[18-го он уже в Твери]

реследование слова.

ге, полет за словом

послужило

оптическим

метафизическим.

метагеографическим

душевное

«Карта языков», Германия, 1750 год.

Это книга наблюдений *за тем, как путешествует слово.
Слово – необычный, «одушевленный» предмет; оно может
покоиться и быть подвижным, может исчезать
и появляться (в поле нашего сознания и вслед за тем
на белом поле страницы, в помещении текста).
Слово способно путешествовать: это важное свойство –
оно открывает нам пространство, рассказывая о нем,
возводя, раздвигая его в нашем воображении. Слово
«способно» к зрению – мы способны, прочитывая его, видеть
больший мир. В свое время этим были озабочены немцы
(см. карту): в середине XVIII века, когда они были заняты
реформой своего языка. Их ученые помещали слово
на карту, и оно менялось, «оглядываясь» в пространстве
всей Европы. Иначе видит русское слово; у него свои приемы
путешествия, освоения пространства. Оно склонно к бегу
по линии: по меридиану, отделяющему Европу от Азии
(см. рисунки на стр. 6 и 7), по руслу реки, дороге или иной
колее цивилизации. Наше слово легко родится в пути;
наблюдение за ним есть воображаемое путешествие.*

ЛАУРЕАТЫ ЛИТЕРАТУРНЫХ ПРЕМИЙ

Андрей Балдин

ПРОТЯЖЕНИЕ ТОЧКИ

ЛИТЕРАТУРНЫЕ ПУТЕШЕСТВИЯ

Карамзин и Пушкин

ЭКСМО
МОСКВА
2009

УДК 82-4
ББК 84(2Рос)
Б 20

Оформление автора

Рукописные заголовки и заметки на полях
сохраняют авторскую орфографию и пунктуацию

flash-иллюстрации — http: // www.nash-albom.ru/html/
longpointpicts.html

Оформление серии *А. Саукова*

Балдин А. Н.

Б 20   Протяжение точки : литературные путешествия. Карамзин и Пушкин / Андрей Балдин. — М. : Эксмо, 2009. — 576 с. : ил. — (Лауреаты литературных премий).

ISBN 978-5-699-38995-7

Эта книга — результат одного из самых необычных исследований истории русской литературы. Предметом наблюдения автора становятся путешествия русских писателей, реальные и вымышленные; их литературные маршруты он наносит на карту, многие из них повторяет. Исследование показывает, насколько важен был опыт сочинения в реальном пространстве для наших классиков, создателей современного русского языка, Карамзина и Пушкина, Гоголя, Толстого и Чехова. Их творчество предстает в этой книге под новым, порой неожиданным углом зрения. Философия путешествия, метафизика языка и сознания, «чертежи» знаменитых романов соседствуют в книге с дорожными зарисовками, географическими картами и планами. В результате перед читателем разворачивается панорама России как литературного «материка», в путешествии по которому нам предстоят еще многие и многие открытия.

УДК 82-4
ББК 84(2Рос)

СОДЕРЖАНИЕ

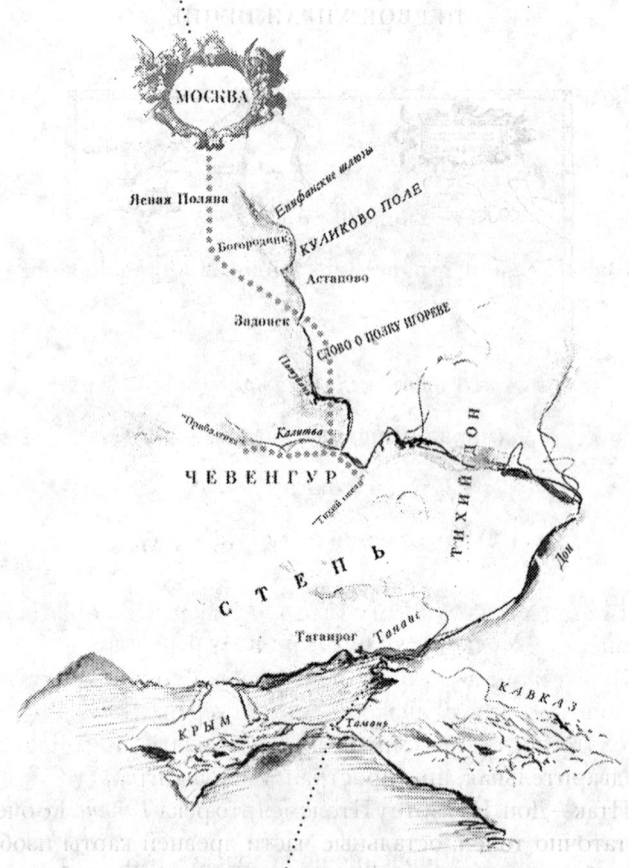

Набросок карты литературного меридиана на отрезке реки Дон,
составленный по итогам экспедиции «Путевого Журнала»
В поисках Чевенгура (2000).

Экспедиции подобного рода показывают, насколько наше слово
чутко к пространству, к невидимому чертежу, расстеленному поверх
географической карты. Слову ведомо, где ее верх и где низ,
по каким направлениям открываются стороны света, где расположены
на литературном чертеже отправные точки и исходные линии,
с которых ему положено начинать свой бег.

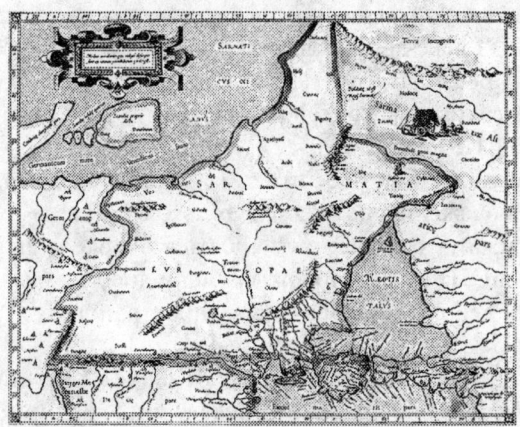

Карта Европы VIII в. по Клавдию Птолемею

Начинается будто бы с игры, дальше все становится серьезнее.

Перед нами две карты, на которых главное, что нужно различить — как одинаково чертится река Дон. (В самом деле, это несложно: смотреть и сравнивать, пока идет эта предварительная, предпространственная игра.)

Итак — Дон. На карте у Птолемея это река *Танаис*. Ее очерк достаточно точен; остальные части древней карты изображены более чем условно. Европа тут не похожа на себя; точно шкура быка, она растянута за четыре угла посередине *некоего континента*, занимая его не весь, но только центральную часть. Слева и справа от нее — области неведомого. Более или менее узнаваемы Атлантический океан (слева вверху) и странной формы Средиземное море (справа внизу).

И лишь одна линия на карте проведена точно; она составляет границу птолемеевой Европы на северо-востоке. Это — впадающая в Средиземное море в крайнем северном его углу река Танаис, то есть — Дон.

Мы наблюдаем у Птолемея не столько карту, сколько сочинение, притом сложенное в несколько слоев: римская «География» второго века переписана в (варварском) восьмом, затем в XVI веке прорисована, гравирована и, несомненно, отредактирована картографом Герардом Меркатором. В таком «многоэтажном» виде ее издал в 1618 году голландский картограф Йодокус Хондиус.

Сразу нужно отметить, что сама по себе эта карта, как реальное изображение, появляется только в XVI веке (есть версии XV века) — отсюда эта точность в очерке реки Танаис. Со времени Птолемея Нового времени дошло только слово, описание Европы в воображаемом пространстве.

И вот это слово: «предел». Река Танаис в представлении Птолемея текла по крайнему пределу мира. За ним было не пространство, но н и ч т о. По этой реке проходила граница «зрящего» античного сознания; невозможно было просто перейти Танаис: прежде того нужно было выдумать следующий (приполярный, гиперборейский) мир. Это представление о Танаис как пределе видимого мира имело силу и в восьмом веке. Северо-восточный край Европы проявился на карте много позже. Но и тогда за ним открывалась неизвестность, пустота, обозначенная как terra incognita.

То есть: по этой реке с древнего до Нового времени проходила граница большого европейского сочинения. Это был творческий предел, провоцирующий воображение Европы. За ним открывалось сначала скифское, затем русское «ничто»; на нем было сосредоточено внимание географов, здесь подразумевалось начало экспедиции, которая должна была открыть Европе бескрайние дали Азии. Эта черта, п р о в е д е н н а я в с л о в е Клавдием Птолемеем, через полторы тысячи лет продолжала беспокоить европейское сознание; она таила опасность, она соблазняла, она обещала будущее. Возможно поэтому этот мифотворящий предел был определен Меркатором — великим картографом, который никогда не брался за дело, не имея на то серьезного задания — максимально точно. Как будто это была линия фронта, ошибиться с начертанием которой было невозможно.

*

Тут начинается самое интересное.

Бог с ними, с Меркатором и Хондиусом и иными конкистадорами европейского разума. Все их (внешние) резоны, весь их настойчивый интерес к этой предельной для них черте меркнут перед тем, что мы сами выдумываем на этой своей будто бы в н у т р е н н е й реке. Ее странный предел, сокровенная граница, как будто ни от кого нас не отделяющая, составляет для русского сознания магнит самый своеобразный. На ней, начиная с того же VIII века, по сей день постоянно и неустанно выдумывается русский мир. На всем протяжении Дона мы обнаруживаем выдающееся напряжение русского литературного вымысла.

На этом пределе-переломе успешно родится наше слово; слово о следующем мире.

Принципиально важно то, что этим проектированием (заречного?) будущего были заняты не одни только древние или средневековые сочинители, которые следовали указанию Птолемея, определившего Дон-Танаис как предел прежнего света, но и современные авторы, мифотворцы Нового и новейшего времени. Вряд ли Чехов, Шолохов и Платонов руководствовались в своем сочинении античной географией. Если здесь имеет силу традиция, то традиция скрытая, которая сказывается в работе интуиции, сообщениях подсознания, которое «узнает» в этих местах край света. Невидимая трещина разнимает донские берега на известный и неизвестный миры, когда за поворотом реки всякую минуту готово открыться то самое «ничто», что холодило душу древним грекам при одной мысли о реке Танаис.

Теперь это Дон, иногда рифмуемый с «дном». Тут скрыта бездна смыслов. Мы еще вернемся на берег Дона; здесь он служит примером места, к которому неравнодушно наше слово. Такого места, где время и пространство некоторым образом раздвоены — нужно еще понять, что такое это двоение и как, чем, каким органом чувств мы это воспринимаем.

*

Еще один вопрос к древней карте (точнее к Меркатору и Хондиусу). Если добраться до истока Танаис, перешагнуть гряду гор, наполовину вымышленных, можно увидеть, как граница Европы и «следующего мира» уже не по реке, но по прямой линии, отчеркнута как по линейке, поднимается на север, к берегу океана (см. *фрагмент карты на стр. 12*).

Эта прямая линия — что она такое?

Тут нет ни реки, ни линии рельефа, которая наяву отделила бы один мир от другого. Но «граница сознания» проведена и достаточно определенно. Автор чертежа Меркатор, опираясь на авторитет Птолемея (на авторитет созданного им мифа, который более важен, нежели простая географическая правда), проводит линию предела-перелома между их «нечто» и нашим «ничто» от истока Танаис до берега северного моря.

Согласны ли наши всеведущие (выраженные в слове) интуиции с этим прямым как по линейке разделением? Не отпечатана ли эта граница на нашей литературной карте?

Разумеется, отпечатана — прорезана, как скальпелем, притом именно так: ровно, как по линейке. Это самая литературная, самая многословная, самая наэлектризованная, пускающая искры от одного конца к другому, самая знаменитая русская прямая: дорога между Москвой и Петербургом.

Удивительное дело эта старинная карта. Она заранее размечает на нашей современной карте литературный меридиан: наполовину прямой, наполовину вьющийся речным (донским) током. Естественно-искусственный, природно-черчёный, водно-стальной, отмеченный на картах всех русских эпох — древней, средневековой, новой и новейшей. Ментальный меридиан; он нам предъявлен в слове.

*

Все это можно отнести в область фантазии, проекта, наводимого в истории задним числом. Да, наверное, но в известном смысле и Петербург можно записать в химеры и фантазии. Разве Петербург не проект? Но это р е а л и-з о в а н н ы й проект, воплощенная, реальная химера. Во-ображаемые пространства, нанизанные на наш литератур-ный меридиан от северного до южного моря, все до одного представляют чьи-то замыслы и выдумки (половина из них воплощена в реальность), — но это эффективные химеры и действенные выдумки. Посредством этих выдумок наше слово и наше сознание оформляют русскую карту.

Здесь все становится серьезно — предельно серьезно. Мы живем на этой наполовину выдуманной карте, ходим по ней, мыслим ее пределами. помещаем себя, особо о том не задумываясь в ее реально-химерическое пространство.

Это особая карта, она в своей ментальной основе, в са-мом принципе устроения не похожа на европейскую. Ска-жем, сколько скрытого (внеевропейского) пространства за-ключено в названии реки *Потудань?*

Вот вывод из первого упражнения: наш мир сочинен, ус-ловен — тут нужно услышать корень «слово», — пространст-венно противоречив, невидимо бумажен. Как он явился (обозначился на карте) в результате исходного «запредель-ного» сочинения, когда прежний мир взглянул за грань Та-наис, так с тех пор всякую минуту он продолжает выдумы-ваться и сочиняться.

Русское пространство открывается — широко, беспре-дельно широко — в процессе путешествия русского слова.

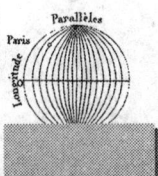

Между Москвой и Петербургом

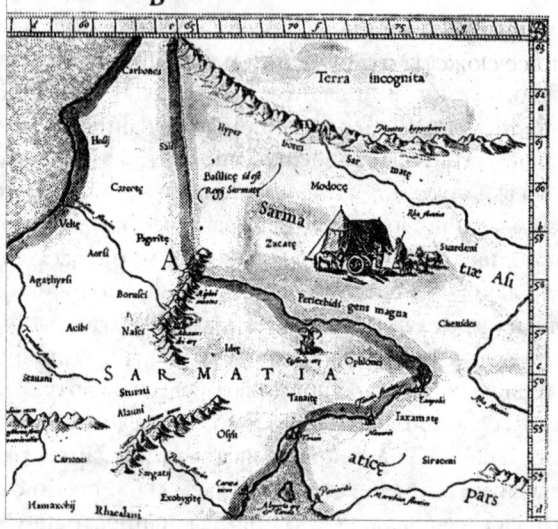

На линии АВ *(см. карту: на первой, главной линии нашего литературного чертежа) когда-то произошло событие, на первый взгляд незаметное. Осенью 1833 года Пушкин задумал написать книгу «Путешествие из Москвы в Петербург». Он собрался ответить на знаменитую книгу Александра Радищева «Путешествие из Петербурга в Москву» – ответить* зеркально, *отражая радищевскую книгу в своей и одновременно возражая автору. По пунктам: следуя из одного дорожного пункта в другой навстречу Радищеву. Пушкин так и не выехал из пункта А в пункт В, он только воображал себе эту «зеркальную» поездку, сидя в Болдине (на карте это место, где разбита скифская палатка). Но хватило одного его замысла, прежде всего этого приема, переворачивающего книгу, чтобы стало ясно, что наша литература освоила большее, удвоенное пространство.*

Именно у в и д е т ь.
Тут все сюжеты о смотрении и видении.

Пушкин собрался перевернуть книгу Радищева, отразить ее в своей, точно в зеркале. Зачем? Затем, чтобы читатель у в и д е л эту книгу. (Одной из затей Пушкина было своей публикацией извлечь запрещенную книгу Радищева на свет.) Но дело тут не в одной конспирации. Пушкин намеревался произвести литературный фокус: отразившись в его «зеркале», сочинение Радищева, написанное языком архаическим и непрозрачным, должно было в «линзе» пушкинского слова проясниться и сделаться видимым. Все должно было проясниться — омытые росой пейзажи, повозки, влекомые в грязи, колеса, неустанно вертящиеся, при переезде через мосты производящие гром и грохот, но прежде того мысли автора. Все должно быть видно — не у Радищева, у Пушкина, — оттого, что его слово прозрачно. Даже не так: его слово само способно к зрению, оно представляет собой некий идеальный н а б л ю д а ю щ и й и н с т р у м е н т.

Наблюдающий инструмент слова: вот что здесь важнее всего. В эпоху между Радищевым и Пушкиным совершилась своего рода оптическая революция: русская литература решительно переменилась — слово ее как будто прозрело; до этого и после Россия писала словно на двух разных языках.
Замечательно то, что сам Пушкин ясно сознавал значение этого «зрительного» переворота. Он один из первых, кто испытал прозрение слова. Начиная с определенного момента (интересно, что такое был этот поворотный момент?), Пушкин принялся писать точно с открытыми глазами, «на воздухе», в большем пространстве текста.

Тут нужно уточнение: разумеется, не в Болдине, но раньше совершился этот переворот, состоялось событие прозрения (литературного слова и сознания). Игра в «перевернутое» путешествие 1833 года констатировала то, что это событие уже состоялось.

Когда и как совершилась эта метаморфоза Пушкина? Можно предположить, что это событие произошло в михайловской ссылке, в 1825 году; тогда пушкинское слово сделалось подобием «перископа», инструмента для наблюдения воображаемых внутрибумажных пространств[1]. После этого оптические фокусы, когда одна книга встает против другой, одно *Путешествие* делается зеркалом для другого, стали для Пушкина привычным делом.

Привычным делом стало писание и чтение новой книги, которая вобрала в себя довольно пространства, чтобы сравниться с пространством реальным. Чудное равенство! Страницы книги прозрачны, через них лиет свет, по ту сторону бумаги продолжается тот же воздух, которым мы дышим по эту.

Счастливая находка: книга, найденная «по дороге», попутно отворяющая нам литературное зрение. С того момента, как она появилась, русский читатель «видит Пушкиным». В его глазу сидит пушкинское слово: оно составляет подобие глазного хрусталика в его читающем организме.

С момента пушкинского прозрения начинается *зрящая* история русского слова. Ее начало будет рассмотрено (именно рассмотрено!) в этой книге; оттого в ней много карт и попутных «стереометрических» рассуждений.

---

[1] Пушкин стал выдающимся мастером подобного наблюдения; он оттого и взялся п е р е с м а т р и в а т ь Радищева: в его руках появилась волшебная линза — новое слово, позволяющее видеть то, что прежде было невидимо. Это новое *зрящее слово* позволяло Пушкину всерьез рассчитывать на то, что радищевское «Путешествие», прежде неразличимое, будет извлечено на свет.

*

В этой книге уже совершилось и еще будет много игры, словесной и смысловой аппликации. Но они и начинали с игры, наши первые «глазастые» сочинители — Пушкин, и прежде него Карамзин. Они помещали слово в пространство, толкали его по странице как повозку с колесами — оттого, что в и д е л и это слово.

Теперь мы серьезны и не склонны к игре; мы унаследовали «зрячий» язык как норму, не требующую осмысления, и более так не видим. Читая, воспринимая мир «с листа», мы не ощущаем в своем глазу магического пушкинского хрусталика. Для нас пушкинская норма — ч т е н и я к а к з р е н и я — есть нечто само собой разумеющееся. Той революции сознания, когда текст прояснился как чисто вымытое стекло, мы не вспоминаем. Зачем? Тогда составилась норма, явился образец «зрящего» языка; с тех пор мы просто «смотрим» этим языком. На глазах у нас бумажные очки; между нашим сознанием и реальностью стоит, скользит, бежит идеальное пушкинское слово. Его язык заменяет нам зрение.

Почему так вышло, откуда и как он взялся, этот самовидящий язык? Ясно, к о г д а он появился — он оглянулся на пушкинское зеркало, которое было выставлено противу Радищева: против прежнего, архаического и непрозрачного языка. Тогда открылось это зеркало, страница идеального текста, в которую мы смотрим теперь, точно в волшебное стекло, полагая за правду то, что видно через это стекло.

*

Вот первый фокус, положение, которое нужно осознать как исходное, с которого начинается «визуальная» история русской литературы: *русский язык смотрит в «зеркало» (страницу пушкинского текста) и наблюдает себя в состоянии, которое мы по умолчанию признаем за идеальное.*

«Язык у зеркала»: еще один оптический образ. Эти образы не более чем иллюстрации, но они важны, эти попутные, наполовину игровые иллюстрации. С их помощью проще различить исходную мизансцену: с момента пушкинского открытия (пространства «позади» страницы) началось постоянное и напряженное с а м о н а б л ю д е н и е русского языка.

Это нужно отметить сразу: история нашего языка не строится по линии; она рисует двойную линию (А—В—А): «рикошетом» от Пушкина. Наш язык раздвоился, «оглянувшись» на Пушкина; с тех пор русский язык существует в двух ипостасях: современной и «идеальной». Он пребывает в двух временах, настоящем и н а с т о я щ е м с о в е р ш е н н о м.

Грамматический казус, который вполне нас устраивает.

Но это истинное чудо, следствие магии сознания: два языка существуют разом, сию секунду, сейчас. Их не разделяют прошедшие двести лет. История между ними как будто отменена; наше слово м и м о и с т о р и и смотрит прямо в пушкинскую эпоху. Тогда явился «настоящий совершенный *(зрящий)* язык», который для нас важнее реальности.

*

Их несомненно видно, эти пушкинские годы; с появлением Пушкина как будто расходятся кулисы нашей памяти. Стоит разобраться: почему? Потому что тогда «прозрело» наше слово. Первые годы правления Александра I, война 1812 года, драма декабристов, восстание на Сенатской: все видно – эта эпоха в нашей памяти написана полными красками. Ее герои ясно различимы; они нам близки, знакомы, мы легко разбираем их речь и самые мысли. Для сравнения — предыдущая эпоха, правление Екатерины II, *времена очаковские и покоренья Крыма*, эпоха Сумарокова, Фонвизина и Радищева (и с ними целого литературного поколения, которое в пушкинском зеркале представляется нам пред-литературным) — та эпоха видится нам точно через патину, темный лак старины.

Вот, кстати, характерное слово Пушкина, касающееся той, радищевской, эпохи: «старина». Тут есть о чем задуматься: и для него и для нас XVIII век — это одинаковая «старина». Изображение той эпохи условно, этой, пушкинской, — нет.

Та, допушкинская, эпоха была к о г д а - т о, а его, пушкинская (пребывает) с е й ч а с. Таково привычное наше отношение к пушкинскому «сейчас».

Но это наше привычное отношение в самом деле означает нечто необыкновенное: так мы отменяем свою историю, складываем вплотную две эпохи, нашу сегодняшнюю и тогдашнюю пушкинскую. Так «видит» наше слово; так мы сознаем, так фокусируем свои воспоминания и в итоге так прочитываем свою историю — избирательно, точечно, в пристрастном освещении (литературной) памяти.

*

Почему так, чем определяется подобная игра нашего исторического сознания? Что такое это «зеркало слова», через которое мы переглядываемся с Пушкиным?

Да, в тот момент русский язык решительно, революционно изменился. Но не одна только реформа языка так обустроила нашу память; это было следствием общей метаморфозы русского сознания.

В тот момент на современный русский язык была переведена Библия. Строго говоря, с момента этого перевода только и можно считать состоявшимся современный русский язык. С точки зрения классической истории это была революция национального сознания, по сути, ренессансная, в совершении которой Россия заметно отстала от остальных стран христианского мира. В силу понятных причин феномен этой ментальной («библейской») революции начала XIX века мало у нас исследован — при том что он формообразующе важен: именно тогда явилось русское «Я» как фокус перманентного притяжения нашей исторической памяти.

Этот феномен сознания имеет много различных аспектов; здесь важно отметить его скрытое «грамматическое» содержание. В тот момент настоящее время в сознании русского человека двинулось синхронно с евангельским. Христос стал с е й ч а с, по ту сторону «прозрачной» страницы. Два «сейчас» слились в одно — разве не чудо?

Тут можно видеть тот же фокус с пушкинским «зеркалом» языка. В принципе это одно и то же событие. «Христос сейчас» и, в языке, «сейчас Пушкин» — явления родственные. Нам просто легче вспомнить Пушкина, чем состоявшийся синхронно с ним перевод Библии. Мы не помним о переводе, его значение для нас скрыто, мы проецируем это значение на Пушкина и невольно наделяем его Христовыми свойствами. Это еще одна «оптическая» игра сознания, совершающаяся в нашей памяти и весьма своеобразно окрашивающая для нас события той эпохи.

Мы принимаем эту удивительную игру, принимаем фокус второго русского «сейчас» как пушкинское должное, не различая его евангельского содержания, не оценивая значения синхронности между русским языком и языком Священного Писания, которая в тот момент была достигнута.

Между тем, возможно, здесь кроется причина (одна из причин) нашего избирательного смотрения в историю, где панорамы 1812 года и восстания декабристов видны так ясно, соседние же эпохи ощутимо «затемнены». В тот момент заново, в современной (привычной, потому и не различаемой, невидимой) композиции сошлись настоящие времена нашего сознания. Тогда открылась карта русского слова.

Грамматический узел национального сознания был в пушкинскую эпоху перевязан заново. Неудивительно, что после этого русская история пошла в режиме двух «сейчас» и теперь являет собой зрелище, с одной стороны, нам привычное и с другой — искаженное, перефокусированное, сакрализованное, в известном смысле внеисторическое.

*

Мы воспринимаем нашу историю не последовательно, линией с одной начальной точкой, но с двумя. Вторая наша история стартует от пушкинского (скрытого Христова) «зеркала»; неудивительно, что зрелище, в нем открывающееся, столь ярко.

Вот, кстати, очередной вопрос — параллельный, являющийся из одного только наблюдения этой чудной мизансцены (слово у зеркала, слово против слова) — все ли мы видим в нашей истории, если так сосредоточенно всматриваемся в этот светлый прямоугольник пушкинской страницы? Что по краям ее, что «за зеркалом», что в тени нашей истории — какие слова, какие языки?

Хорошо видна исходная пара: современное слово против пушкинского.

В этом есть нечто магнетическое. Наши язык и сознание заняты постоянным, напряженным, вневременным наблюдением, сличением себя с пушкинским «сакральным» образцом.

*

За два прошедших века наш язык не раз менялся. Но никогда эти перемены, как бы ни были они внешне радикальны, не означали изменения его основ, не отменяли его сокровенной категории «сейчас» (с Христом и Пушкиным). Напротив, после всякой волны изменений язык стремился вернуться к исходной точке, в очередной раз обнаруживая «зеркальную» композицию своего бытия во времени. Это попятное движение языка незаметно и неотменимо: магнитом нашей памяти он собирается к своему второму началу, к словесному кратеру, исходному пункту Пушкина.

Этот пункт в русской истории представляет собой яркую точку, когда-то выставленную и с тех пор, по сути, недвижи-

мую. С того момента возникает характерный феномен нашего исторического сознания: склонность к вневременной статике, предпочтение покоя движению. Для нашего сознания характерна проблема ментальной статики — н е п р о т я-
ж е н и я т о ч к и. Эволюция, поэтапная и поступательная длительность, последовательное развитие — все это не наше, не для нас; нам нужны революция, перемены разом всего и вся или покой безо всяких перемен; понятие «прогресса» для нашего сознания по меньшей мере противоречиво.

Разумеется, эти склонности изначально присущи русскому сознанию, они сложились «на пределе Танаис», задолго до Пушкина и его идеального «языка сейчас». Мы сознаем, что русский язык возник много раньше, — но нас и наше слово не так интересует это древнее прошлое, как этот момент сакрального («оптического») начала современного слова.

С того момента исходные внеисторические склонности русского языка были многократно упрочены. Они были адаптированы для Нового времени, проговорены заново и восприняты как привычная современная норма — со-временная, то есть: совмещающая времена, настоящее и идеальное.

Поэтому вопрос протяжения (пушкинской) точки по сей день остается актуален.

*

Нет ничего для нас важнее этой начальной светлой точки — той, что была когда-то выставлена играючи, в процессе настольной аппликации или когда на полке переставлялись старинные и новые книги, и нам открылась карта (нашего сознания). Теперь мы серьезны, для нас вопрос о пушкинской точке есть предмет веры: все в ней и все вокруг нее: такой чертеж наводит на прошлое наша память.

Это наше наблюдение в высшей степени пристрастно. Оно провоцирует нас на пересочинение истории, на замену ее литературной выдумкой. В первую очередь это относится к самой «начальной» пушкинской эпохе. Ни одна другая эпоха в нашей современной истории не сочинена, не обращена в миф в такой степени, как эта[2]. Не оттого ли так ясно (искусственно, силою искусства слова) «освещено» ее помещение?

И — наверное, неизбежно — *не* освещены другие помещения нашей истории, другие тексты, существующие свернуто, оставшиеся в потенции, неслышимые и нечитаемые. Мы не просто не различаем их в нашей памяти — теперь, даже если бы мы того захотели, мы не различили бы их содержания, потому что для этого пришлось бы «вспоминать» те языки, что не прошли перекрестка пушкинской эпохи (его прошел только один, собственно пушкинский язык: оттого мы и «смотрим» в прошлое его словами).

В хорошо освещенном нашей памятью пространстве начала XIX века пересеклись многие направления и векторы сознания. Потому и образовалось это светлое пространство, что оно было суммой многих векторов. Однако большая часть их до нас не дотянулась. Иные — тексты, книги, языки — что они такое?

В нашей памяти теснятся невидимки, неощутимые или ощутимые скрыто потустраничные сообщения (какова в таком случае сила их воздействия?). Мы их не различаем и не можем различить через «зрачок» со-временного слова. Такова выборочная оптика нашего не слишком склонного к переменам «самонаблюдающего» языка и соответствующего такому языку статичного и центроустремленного сознания.

---

[2] «Красный миф» о революции 1917 года, возможно, более масштабен, но одновременно прямолинеен и в своей замене одной истории на другую биполярно прост и груб. Он политизирован, является предметом жесткого (зачастую лобового) классового спора и не составляет общего для всех россиян предмета веры. В него верует часть России. В историю, которую показывает нам «зеркало» начала XIX века, верует вся Россия: мы видим ее целостно, связно и по-пушкински «сейчас».

*

Но тогда следует задать вопрос — что такое эта оптика? Вот термин, нуждающийся в пояснении: о п т и к а   я з ы к а.

Допустим, так: оптика языка — это наука, которая призвана разобраться в ситуации, когда наша реальная история постоянно (и успешно) заменяется литературной игрой памяти. Наука, которая способна беспристрастно исследовать ситуацию «языка у зеркала», увидеть ее со стороны, представить подобием внятного чертежа.

Все это пространственные задания, для нашего литературного сознания непривычные.

Нужно увидеть воочию, «начертить» картину созерцания-сочинения современным языком своего отражения в зеркале образцовой пушкинской страницы и для того, сколько возможно, отстраниться, отвлечься от участия в этом гипнотически интересном сочинении.

Вот по-настоящему сложное задание: *необходимо отстранение от картины, которая рисует сама себя.*

*

Предлагаемые читателю заметки и эссе представляют собой такого рода «оптические» опыты, упражнения по отстранению, опространствлению (сложных слов будет много) ситуации современного русского словотворения.

В этих «архитектурных» очерках рассматривается в разных поворотах исходная пара: современный язык лицом к лицу с пушкинским — пара, по сей день существующая вплотную друг к другу, без исторического просвета, в надвременном сакральном единении, столь много значащем для нашего литературного сознания.

Это попытки перемены ракурса в обозрении пушкинской эпохи, способные выявить в сюжете, хорошо известном, новые сопоставления и связи.

По своей форме это биографические очерки о героях той «словотворящей» эпохи, заметки об их путешествиях, реальных и виртуальных; по сути — «биографии литераторов в пространстве».

Часть материалов была опубликована; в книге эти публикации были дополнены и по мере возможности согласованы друг с другом. Сопоставление их героев дало дополнительный пространственный эффект: они сами были выдающимися наблюдателями и только затем писателями.

Они внимательно смотрели окрест себя и друг на друга; смотрение прямо отражалось на их творчестве. Кстати, как правило, они хорошо рисовали — в отличие от писателей позднейших времен. В самом деле, это была *зрящая* эпоха.

Задание этой книги состоит в том, чтобы взглянуть в эту эпоху со стороны, различить в ней событие рождения языка, у в и д е т ь   с л о в о.

●

Пушкин обнаружил себя в пространстве, *однако не сошел в своем умозрительном опыте с той линии А–В, что составляет на нашей карте исходный «Птолемеев» меридиан (москвопетербургский его отрезок). Даже сидя в Болдине в семистах верстах от Москвы, он мысленно переносился в центр, на тот невидимый бумажный гребень – или корешок большой книги? – что соединяет две русские столицы. Мы тем более не можем от него отвлечься; вот «географический» диагноз, приговор нашему линеарному сознанию. Однако этот же диагноз указывает на его, сознания, достоинство: оно скрыто структурировано, возведено по меридиану, значит, ему близки и понятны сюжеты подъема, паломничества, путешествия не только тела, но и духа.*

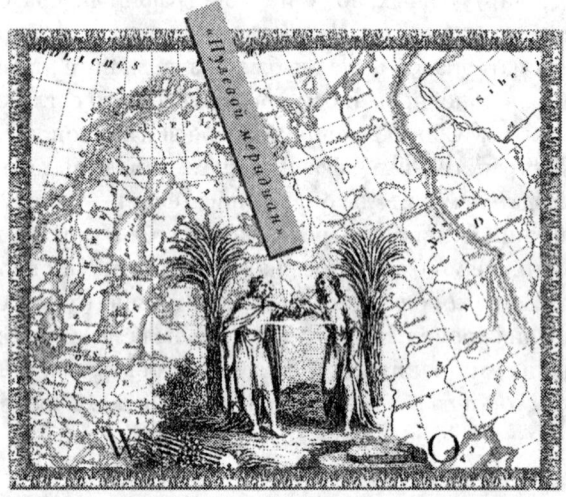

О законе симметрии

«Пулков меридиан»

Правило симметрии, *внутреннего, не столько
сознаваемого, сколько интуитивно ощущаемого равновесия
составляет важнейший закон устроения русской карты.
Он столь же значим, как «правило путешествия», вечного
бега слова по линии, по меридиану, границе миров, и правило
пушкинского (Христова) начала слова. Этот закон важен –
и одновременно незаметен, как незаметны нашему сознанию
два первые правила, как незаметна всякая само собой
разумеющаяся норма. Русское слово постоянно балансирует
между частями света, между эпохами, между «идеальным»
прошлым и грезой об идеальном будущем. Отсюда берется
грань, определяющая траекторию тока слов и предельное его
напряжение (или апатия, это напряжение сменяющая).
Наглядная иллюстрация закона о равновесии, вполне
нами осознанная, – колебание России и ее слова между
востоком и западом, спор о принадлежности нас Европе
или Азии. Это широтное колебание прямо сказалось
в момент современного русского словотворения: оно
происходило в диалоге с Европой, в осознании родства
с нею и отдельности от нее. Здесь прочитывается драма
самоидентификации, хорошо знакомая балансирующему
сочинителю той эпохи. Первый из них – Карамзин.*

«ЗАПРЕДЕЛЬНОЕ СТРАНСТВИЕ»
НИКОЛАЯ КАРАМЗИНА

I

Слово как предмет для наблюдения, для настольной игры, как «повозка на колесах», странствующая по строке-дороге, появляется в ранних заметках Карамзина.

Неудивительно: это лучший в своей эпохе наблюдатель слова, мыслитель и «рефлектор». Он только начинает свою литературную деятельность, но уже видно, что он в и д и т. Он ставит слово на место (как только находит это место, а до того переставляет, передвигает — не по строке, но в пространстве).

Его первые опыты в слове — переводы из немецкого, затем французского языков. Переводы, как перемещения, перебрасывания предметов слов из одной светлой сферы в другую. Эти движения слова из одного языка в другой не то, что нынешние переводы; они были именно «предметны», часто грубы. Но своей грубостью, точнее, тем, что нам сегодня представляется грубым, своим «приблизительным» внешним подходом они только подчеркивали «зрячий» характер переводческого действия. Это было действие в пространстве.

Подобное «макетирование» языка можно в ту эпоху отметить у многих — у того же Державина. Литератор находился тогда в положении, отличном от того, в котором поместились поколением позже профессиональные русские писатели. Писательский цех, здесь в значении «интерьера» сознания, еще не был построен. Карамзин и его современники пребывали в «экстерьере» языка, на улице, под открытыми небесами мысли. Их работа со словом, как правило, была действием извне, внепрофессиональной, пред-профессиональной игрой.

*

Вот что хорошо видно в наблюдении той эпохи: свой собственный язык (русский письменный) Карамзин и его соратники воспринимают «на расстоянии», так же как немецкий или французский, разве что «расстояние» до своего языка меньше, чем до чужого. К тому же в то время мало кто из русских литераторов погружен в писательство с головой. Это одно из их занятий, как правило, не главное.

Но даже на этом общем фоне Карамзин как словотворец смотрится особо. Вот почему: в отличие от других он размышляет, почему он «вне», что означает это «расстояние» — от него, автора, до слова, до собственного языка?

*

80-е годы XVIII века, Москва. Карамзин переезжает в Москву из Симбирска; позади волжские берега, опаленные недавним пугачевским бунтом.

Тут с ним самим можно сыграть в эту игру, в расстояния и «симметричные» пространства. *См. карту на стр. 46.*

Переехал — переводчик. Перенесся из одного пространства (если Волга — пространство) в другое. Скорее так: переместился с «линии» (Волга — поток, вектор, еще один меридиан русского сознания) в «точку», в Москву. Переместился — и сам принялся перемещать, переводить слова из одного пространства в другое. Из немецкого языка — в русский.

Так он переезжал неоднократно — с «точки» на «линию», из Москвы на Волгу и обратно, и всякий раз менялся, «переводил» самого себя из одного «языка» в другой (об этом пишет Лотман, внимательно наблюдающий внутреннюю эволюцию Карамзина). То же продолжится и далее: он поедет в Европу и вернется «переведенным» на чужой язык *сухим французом,* несносным денди, *Попугаем Обезьяниным* (так назовет его вчерашний друг, масон Алексей Кутузов).

Друзья не различают в его переменах а) игры и б) предельно серьезной установки на соответствие пространства и слова (самого себя — и пространства, самого себя — и слова). Первое правило, прямо осознанное переводчиком, доказанное собственным опытом путешествия: «язык есть пространство».

Карамзин переводит в основном с немецкого, из Гесснера и Клопштока[3]. И — наблюдает за собой со стороны, видит свои перемещения и перемещения слов. Он «глазастый» переводчик: смотрит, как два «пространства», два языка обмениваются словами.

Один язык встает против другого, отражается в другом; точно небо в воде.

*

Русский и немецкий: какой из них небо и какой вода? Русский течет как вода. Или в этой паре «отражает» немецкий? Карамзин переносит слова в обе стороны и знает по опыту, что лучше, точнее отражает немецкий. Отполированный, ясный как стекло, продолжающий внешнее пространство внутрь себя — в точности, как это делает зеркало.

Так у него является следующая «оптическая» категория, прямо связанная с понятием рефлексии, умноженного состояния сознания.

Язык — любой язык — есть зеркало, отражающее жизнь; тут все просто.

[3] Первая публикация переводчика Карамзина — книга 1783 года, изданная в Петербурге: «Деревянная нога. Швейцарская идиллия» Гесснера. Этой *деревянною ногой* Николай Михайлович ступил в пределы бумажного мира. Его «Идиллия», хоть и шагала ровно, все же издавала некий лишний звук (стук?), над чем он первый готов был посмеяться. Впрочем, переводчику было не до шуток: несоответствие оригинала и перевода было слишком заметно. Фигуры немецкая и русская у него вышли разны.

Непросто вот что: у переводчика (переместителя слов) Карамзина есть претензии к собственному языку. Письменный русский язык конца XVIII века отражает действительность с «пространственными» потерями, искаженно, смутно, с отставанием на каждом шагу[4].

Возможно, это стало заметно Карамзину именно в процессе перевода; пиши он только по-русски, этой разности

[4] Причины понятны: Россия еще не вполне переменилась после начала петровских преобразований. Во многих отношениях она пребывала тогда в промежуточном состоянии, в том числе в отношении собственного письменного языка. Он понемногу менялся, оглядываясь то на голландский и немецкий образец (при Петре), то на французский (при Елизавете).
При Екатерине вновь оживились русские «немцы». Грамматика была полем частных упражнений.
Громоздкий, неповоротливый, переставляющий глаголы из начала предложения в конец и обратно, письменный русский язык влачился по странице, как перегруженная телега. Каково ему было поспеть за скоро бегущими иноземцами? К этому добавлялась *диглоссия,* двуязычие, изначально разделяющее русский язык на письменный и устный. Когда-то русский письменный язык был исключительно церковно-славянским; на нем изъяснялся чиновник (дьяк), на нем велась служба в храме и писалось всякое письмо, государево и частное. Русский живой язык оставался устным, он не был перенесен на бумагу.
Петр только приступил к реформе письма, помещению устного слова на бумагу; это его действие, как и многие другие, было грубо. Петр действовал точно топором или стамеской, выравнивая строй слов и самые буквы, отсекая у них — точно у бояр бороды — «лишнюю» вязь, переменяя одежду слова. Результаты переодевания были противоречивы. На протяжении всего XVIII века русская диглоссия по инерции сохраняла силу: колеса письменного языка, и без того перегруженного заимствованиями, вязли в этой архаической традиции. Буквально, видимо — в церковной, медленно текущей в я з и. Письменный русский язык не просто шел медленно, он всякую минуту готов был остановиться.

скоростей он бы не заметил. Его русские переводы «не поспевают» за немецкими оригиналами; сначала это раздражает Карамзина, затем озадачивает, заставляет задуматься, наконец, сажает за стол с набросками и чертежами.

Как ускорить бег русского слова?

*

В какой-то момент Карамзин готов видеть язык устройством почти механическим. Он «чертит» его, разлагает на треугольники и квадраты, призмы и лучи; он рассуждает как оптик — это именно то, что нам нужно[5]. Он начинает опыт наблюдения — и в его тексте постепенно делается виден воздух, слова начинают двигаться по строке свободно. Для этого сначала нужно было взглянуть на язык со стороны, подставить ему стороннее (немецкое) зеркало. Невидимое, оно стоит у него на столе и бросает во все стороны блики.

В свете этого зеркала даже московская, хаотическая и пестрая жизнь видится исполненной смысла, подложенной чертежом ума. В комнате у Карамзина окно с готическим переплетом. Оно пускает ровные (по линейке проведенные) лучи — на пол, на стул с одной ножкой (только одна освещена), на белые геометрические фигуры, квадраты и прямоугольники бумаги, летающие по комнате.

---

[5] Ломоносов, меняя письменный русский язык, налагал на него другие — «физические» и «химические» — законы. Он действовал как механик, учитывая ритм, состав и массу слов, их плотности и ударения, сцепления и связи. Русский язык был тогда открыт для многих опытов; Ломоносов видел его как большую лабораторию, где на его глазах совершались перемены словесной плоти. Задача рефлексии, точного отражения языком современного бытия, первым всерьез увлекла Карамзина. Поэтому он «оптик», рефлектор, а не химик с колбой, в которой варятся буквы.

Нет, московская жизнь еще только ожидает чертежа.

Также и данные заметки о начале деятельности Карамзина пока являют собой некоторый хаос, первые наброски.

Дом, где в мансарде, поделенной пополам, живет Николай Михайлович — в соседней половине помещается ближайший друг, литератор Александр Петров — находится в районе Чистых прудов, в Кривоколенном (криво начерченном?) переулке; это дом, где живут московские масоны *(см. стр. 45).*

*

Считается, что деятельность Карамзина тогда направляли масоны. С 1784 года — члены ложи «Золотой венец» города Симбирска, затем московские братья из «Дружеского ученого общества», среди которых наиболее влиятелен Новиков.

Наверное, до определенного времени так оно и было, и некую внешнюю канву деятельности Карамзина в 80-е годы в самом деле определяло сообщество московских мартинистов. «Оптические» идеи, соображения о пространстве языка как об инструменте философской и исторической рефлексии — то, что было в должной степени разработано в Европе, было представлено России в первую очередь масонами. Карамзин в общении с ними, сам будучи членом «Ученого общества», воспринимал эти идеи. И далее — развивал их; и далее — творил. В этом пункте, поэтическом творчестве, внешнее учительство понемногу теряло силу.

Переводчик, поэт, сочинитель в высшей степени чувствительный, чуткий не только к ученым советам, но и к голосу природы, призывам неба, пению душевных струн, Николай Михайлович, как творец, был в должной степени индивидуален. Черченые фигуры и точные расчеты не двинули бы его слово с места. Никакие коллективные бдения коллег не пробудили бы его музы; с ней он общался наедине.

Тем более что указания учителей масонов зачастую были смутны и спорны. Они спорили между собой, ссорились с зарубежными братьями, которые, к слову, относились к российским коллегам без должного почтения. В Москву приезжали эмиссары из Швейцарии и Берлина (перед тем Швейцария жестоко спорила с Берлином) и привозили указания и советы самые противоречивые. Европейское масонство заметно и скоро теряло силу; яркие фигуры покидали его ряды (Мендельсон и собратья); в Москве это видели, и спорили, и ссорились все серьезнее. Наконец, незадолго до отъезда Карамзина в Европу состоялся раскол, который многие объясняют возросшим давлением властей и, увы, предательством отдельных братьев. Перед отъездом Карамзин покидает ложу; путешествие за пределы отечества оказывается лучшим поводом к прекращению отношений.

На этом, по идее, можно остановить розыски в его творчестве масонского следа. Здесь важнее всего отметить желание самого Николая Михайловича оставаться свободным во всяком своем выборе. Он прислушивается к советам других или их отвергает, но при этом остается самим собой — как художник, как «зрячий» литератор. Он хочет большего пространства; переводя для новиковского «Детского чтения» зарубежные статьи, он выбирает заметки о табаке и кофе — от них веет внешним миром (кстати, как это ему разрешили переводить для детей статьи о табаке и кофе?).

Так или иначе, обитатели и посетители московского дома с готическим окном в криво начерченном переулке если и имели на Карамзина влияние, то косвенное.

Сам он среди них выделяет Якоба Ленца, чудаковатого немца (нечаянная, неправильная рифма), рассеянного, склонного к меланхолии поэта-романтика. Родом Ленц из Прибалтики, из города Тарту. Он развлекает Карамзина грустными и смешными сказками. В них как будто слышно будущее. Или теперь задним числом, зная, как повернутся обстоятельства, как переменится жизнь Карамзина и Ленца, кажется, что в этих сказках слышно будущее?

II

Итак, исследование русского языка Николаем Карамзиным начинается с наблюдения за игрой его внешних отражений с языком немецким («табачным») и затем французским («кофейным»; или наоборот). Карамзин полагает, что на данном этапе русскому языку уместнее быть отражением внешнего образца. Пока что это отражение зыбко и не похоже на оригинал.

Он отмечает все его «оптические» неточности.

У Карамзина, кстати, самый «смотрящий» портрет. Наиболее характерны поздние его изображения: тогда метод обоюдоострой рефлексии, перманентного наблюдения и самонаблюдения прямо отпечатается на его физиономии. Глаза сужены, морщины вокруг глаз еще более их фокусируют: Карамзин — воплощение пристального смотрения. Остальные герои той эпохи на портретах более позируют: мы смотрим на них. Этот смотрит на нас — и сквозь нас, видит нас в пространстве. Карамзин лучше видит нас, чем мы его; выражение лица соответствующее: Николай Михайлович разглядывает нас в высшей степени критически. И это не случайно: таков его выбор, таково его отношение к самому процессу смотрения. Наблюдение для него есть уже исследование.

Таков его принцип, перспектива творчества — его и всякого идущего по стопам Карамзина русского литератора. Самонаблюдение и вслед за тем самосознание — так, в пространстве, должны меняться состав и оптика русского языка.

Во время этих первых опытов самообозрения, «пересоставления себя из слов» Карамзин пользуется неким важным философским паролем. Это цитата из Лафатера, швейцарского мудреца — наблюдателя, читателя человека по его внешности. Карамзин состоит с ним в переписке и некоторое время почитает за полубога. Вот, кстати, очередной «всемогущий» его советчик, влияние которого ограничено избранными цитатами из писем.

Глаз, по своему образованию, не может смотреть на себя без зеркала. Мы получаем понятие о себе исключительно при содействии других предметов. Чувство бытия, личность, душа – все это существует единственно потому, что существует вне нас.

Это близко к тому, что делает «оптический» переводчик Карамзин: противополагает один язык другому, отыскивая русскому языку такое зеркало, что способно сообщить нашему слову *чувство бытия,* помочь ему прозреть, ожить, одушевиться.

В скором времени Карамзин встретится с Лафатером в Швейцарии и еще поспорит с ним о чувстве бытия и месте существования души и, когда увидит своего полубога воочию, далеко не во всем с ним согласится.

III

Пока он в Москве.

Вот место, как будто не озабоченное никаким самонаблюдением, никакой особенной ментальной рефлексией. После того как столица переехала в Петербург, Москва не слишком следит за своей формой. Расплеснутые по обширному блюду части города словно путешествуют в разные стороны. Главным образом спят. Нет, не части одного города, но как будто многие города (Ломоносов насчитывал их десятками), разделенные пустошами или слепленные вплотную, словно соты. Эти московские «города» почивают днем и ночью или бодрствуют вполглаза.

Повсюду сады, зелеными облаками влекущиеся по земле, открывающие то там, то здесь пестрые скопления домов. Отдельно от остальных встают в парадных позах редкие, украшенные колоннами, фигуры особняков. Вокруг хаос: ограды, заборы, лавки, на перекрестках полосатые будки — все по мелочи и дробно, и чем глубже в город, все дробнее и мельче, точно кашу вылили из горшка и она растеклась по широкому столу столицы. Улицы угадываются не везде, прохожие и экипажи редки. Церкви, близкие и далекие, перекликаются поверх всего крестами. Чудный вид! Река, пересеченная бродами и запрудами, не то стоит, не то движется.

Все это похоже на тогдашний русский письменный язык. Такое же медленное шевеление инертной массы слов, плотности и прорехи, ничем не объяснимые, и такая же всеобщая — полупустая — слитность. То есть: нежелание одного дома (и слова) оглянуться на другой (другое), стать с ним по линии, составить общей компанией ансамбль, поселить между собой регулярное, твердое пространство города (текста).

Пустырь — не пространство.

Так же как в языке, в Москве встречаются иноземные вкрапления; эти фигуры очерчены ровно. Немцы на берегу Яузы некогда нарисовали квадрат своей слободы и одною его твердой формой отгородились от остальной Москвы точно невидимой стеной. (*См. план Москвы на стр. 45.*)

Не оттого ли московский переводчик Карамзин так внимательно рассматривает немецкие языковые формы? В них ему чудится регулярное пространство, которого нет в окружающей его кривоколенной действительности.

*

Тут следует хоть несколько рассудить об этих граненых немецких формах языка, об их пространственном свойстве, о воздухе, обитающем между ними, который воздух позволяет смотреть в этот язык, как в зеркало, видеть его насквозь и в нем отражаться.

Нужно заметить, что немецкий, образцовый для Карамзина язык обрел указанные «воздушные» свойства к тому моменту относительно недавно. На том же протяжении, что и русский, то есть с начала XVIII века, немецкий язык последовательно и осмысленно перестраивался.

Эта перестройка, как и в русском языке, началась с переводов. Немецкая литература, в первую очередь поэзия, в ту эпоху принялась активно осваивать античные формы. Переводы с греческого, которыми занимались уже упомянутый Клопшток и его соратники, революционным образом расширили ее грамматический арсенал. Затем от переводов поэты перешли к опытам в собственном слове, обрабатывая его, связывая и укрепляя новообретенными греческими конструкциями.

Это были конструкции времени. Глаголы, освоившие новые формы, пронизали прежний язык ясно прочерченными связями по всем направлениям прошлого, настоящего и будущего. Прежний язык как будто оделся строительными лесами[6] — и выровнялся, стал по этим направлениям прям, прозрачен и светел. Это была архитектурная перестройка слова.

Немецкий язык не просто прояснился, но «прозрел» во времени: соотнес себя с иными эпохами, в первую очередь с ушедшей античной (что и требовалось по ходу этой, по сути, ренессансной акции). Большее время ему открылось, явились поводы для масштабной исторической и философской рефлексии, умножению пространства сознания.

---

[6] Эту метафору мне когда-то привел и расшифровал Алексей Прокопьев, поэт и переводчик с немецкого. Строительные «леса» языка, греческие грамматические конструкции, по его словам, послужили делу перестройки немецкого языка дважды. Сначала они составили прежнему языку подобие внешнего каркаса, сообщив ему тем самым саму идею п р о с т р а н с т в а с о з н а н и я, а затем так и остались в его обновленном сооружении, сохранив свою конструктивную и «оптическую» функцию. (См. на эту тему эссе *Конькобег и гармонист*, «Октябрь», № 12, 2002.)

Так же и по той же причине переменилась тогда и сама архитектура, не только немецкая, но и вся европейская. Архитектура вновь вспомнила об античности: наступила эпоха классицизма. Архитектура в очередной раз оглянулась во времени, приняла в действие арсенал античных ордерных форм. И — время стало большим, широко раздвинулось, обнаружив воздух истории между античностью и новой Европой.

Мраморный остов античности, преодолевший разрыв эпох, явил себя в архитектуре — и непременно в литературе, что составило одно общее действие, просветительское в прямом смысле слова. Единое самосознающее действие совершили на протяжении XVIII века аккуратные немцы: наградой им был отрефлектированный, насыщенный пространством самосознания новый немецкий язык.

*

Как же было не оглянуться русскому переводчику и поэту в это новое, на его глазах построенное светлое помещение соседнего языка? Немецкий опыт грамматической воздушной перестройки вдохновил Карамзина (не его одного). Он пожелал того же для русского языка и исторического сознания.

Для нашего отечества освоение пространства (памяти) было тем более необходимо. Россия со времен Петра как будто потерялась среди эпох; язык ее двоился. Наполовину она существовала еще во втором Риме, в поле византийского времени, в принципе отличном от европейского.

Потребности Нового времени влекли Россию в новые (ментальные) пределы. И если устный русский язык с трудом, но поспевал за этими требованиями, то русский письменный явно отставал, влачился тяжело и грузно, порождая на каждом повороте громоздкие переходные формы, которые теперь впору разбирать со словарем. Его удерживала уже упомянутая диглоссия, обязанность следовать в области церковного служения языку церковно-славянскому.

Спор XVIII века между двумя русскими языками, устным и письменным, шел о н а с т о я щ е м в р е м е н и, о понятии «сейчас», той грамматической категории, которая отвечает за верное отражение в «зеркале слова» сегодняшней, сиюминутной, мимо текущей жизни.

Это был не формальный, не узкоспециальный спор, касающийся понятного только специалисту правила словосложения, но существенный, важный для всякого мыслящего человека мировоззренческий спор.

Понятия «сейчас» для церковно-славянского языка не то чтобы не существовало, нет, он обладал известным набором инструментов для отображения настоящего времени, но само это настоящее время было для него определенно вторично. Для древнего языка «настоящее сейчас» и обитало в древности, в континууме евангельской эпохи. Там и тогда рисовался образец, от которого всякая новая и новейшая эпоха представлялась отпечатком, с каждым веком все более бледным и неточным.

Как же было поспеть русскому письменному языку XVIII века — с таким настроем, в таком раздвоенном состоянии — за языками Европы и даже своим устным русским? Никак; он отражал «старину».

Помещение «старины», куда отсылал своего пользователя церковно-славянский язык, предполагало иные формы движения, обусловленные не столько реальным расстоянием от одного объекта до другого, сколько расстоянием во времени от нынешней эпохи до той, образцовой. При подобном трансфизическом переходе появлялись самые своеобразные схождения и расхождения слов и смыслов. Скажем, не «успевание», но «успение» более интересовало церковный язык; при этом (как справедливо отмечал в своих заметках Карамзин, исследуя несовпадение двух русских языков), указанное «успение» означало вовсе не «успеть» в смысле «поторопиться», но, напротив, «уснуть», замереть во времени.

Ко времени Карамзина расхождение двух русских языков сделалось определенно деструктивно. В таком случае очень вовремя является нашему «оптику», литератору, переводчику идея языкового «зеркала», связующего — как у доказавших правоту подобного подхода немцев — эпохи «тогда» и «сейчас». Отсюда является идея развития в России грамматической и вслед за тем мировоззренческой рефлексии: в новом письменном языке, сохраняющем способность к различению своего «тогда», должна была открыться та Россия, что жила «сейчас».

Для этого наш *зрящий* искатель, переводчик в пространстве, Карамзин разбирал и собирал у себя в кабинете части поэтической машины русского и немецкого языков. Не столько для поэзии, сколько для просвещения сознания как такового требовалась России новая машина из слов.

Вовремя явился этот «глазастый» переводчик. Россия в диалоге языков должна была оглянуться на себя. Взглянуть на себя со стороны через немецкое, до блеска отполированное «зеркало» — только что успешно отразившее и тем вместившее в свое смысловое поле пространство мировой истории.

И — настоящий момент, пространство «сейчас».

России прежде всего необходимо было проснуться во времени и пространстве «сейчас».

Великая идея.

*

Далее следует вывод, сам собой разумеющийся, вывод в духе эпохи, для которой механика мысли обязана быть продолжена механикой прямого действия. (Если быть точным, в Европе эта эпоха заканчивалась; наступало время романтики, время сомнений в прочности этой «механической» связи — мысли и действия, тела и души.)

Мы, однако, не в Европе, мы в Москве. И Карамзин собирается в Германию, в большое заграничное путешествие.

IV

Путешествие, полагает он, есть лучший повод для обозрения чужих земель и нравов и непременно, если в дорогу отправляется человек мыслящий, для самообозрения, для поселения в своей голове философского и исторического (свободного от русской смуты) пространства.

Вот, кстати, вопрос: насколько в этом замысле пан-европейского путешествия Карамзина сказалось влияние Новикова и масонов? Наверное, изначальный импульс, который можно расшифровать как просветительский, в самом деле исходил от них. Однако дальнейшая эволюция русского путешественника составляла отстранение и уход от них и их советов. Отъезд в Европу, по признанию большинства историков, только оформил разрыв Карамзина с «Ученым обществом». Ссоры не было; Николая Михайловича провожал тот же дом в Кривоколенном с резным окном в мансарде. Советы и поручения были собраны, но они были уже п о п у т н ы.

Карамзин собирается в Европу на деньги, полученные после продажи отцовской вотчины близ Симбирска. Он едет сам; его поездка была в большей степени обязана живому любопытству, нежели наущениям Новикова и его братьев. Он везет их письма, обещает по пути выполнить просьбы и поручения (будет попытка примирения в Берлине и, как полагают, в Париже – безуспешная).

Главная цель – его собственная: следить за словом, наблюдать слово в Европе и Европу в слове.

Его приятель Якоб Ленц, в свое время поездивший немало, предваряя поездку Карамзина, рассказывает ему на дорогу сказку (тут только не хватало сказки вдобавок к чертежам и правилам). Сочинение довольно занятное: что такое есть чертеж «пресветлого континента Европы»? Сказка самая возвышенная; кстати, Николай Михайлович на большей части своего европейского пути будет следовать ее указаниям.

Насколько серьезно следует отнестись к сказочному путеводителю Ленца? Автор выглядит слишком странно. Он и в Европе чудил немало (участник движения *Sturm und Drung*, приятель Виланда и Гете, с ними разошедшийся — с кем он, впрочем, мог сойтись надолго?), пришед в Россию, и вовсе помешался. Чем дольше Ленц живет в Москве, тем больше смахивает на юродивого. Но наверное оттого как раз, что он в России, в Москве, оттого, что он все более похож на юродивого, к его химерам следует отнестись серьезно.

Москва к нему отнеслась серьезнее некуда[7].

[7] Это уже не сказка, а быль. Ленц в самом деле склонялся к образу юродивого. Такое иногда случается у нас с немецкими миссионерами, добрейшими и самыми беззащитными из всех иноземных проповедников. Первым юродивым на Руси был немец, прусский князь, получивший в Новгороде, при крещении в православную веру, имя Прокопий. Это было в конце XIII века. Прокопий прошел северным путем до города Устюг, где прославился многими подвигами и стал в итоге небесным покровителем города. Одно из чудес, произошедших с ним, было таково: как-то раз зимой он ночевал на улице (ему по рассеянию не оставили открытой двери, и он провел ночь на крыльце в самый лютый мороз). Что такое мороз в северном городе Устюге, известно: там у нас родится дедушка Мороз. Блаженный Прокопий всегда был бос и из одежды имел одно ветхое рубище, едва его прикрывавшее. Он должен был замерзнуть насмерть — но не замерз. Божье дыхание согрело его; он проспал на крыльце всю ночь и к утру был жив. И вот завершение сравнения немцев Прокопия и Якоба Ленца. Однажды Ленц зимней ночью остался в Москве на улице — и замерз насмерть. Непонятно, собирался ли он повторить подвиг блаженного Прокопия (вряд ли он вообще о нем знал), или, по своему обыкновению, решил так странно пошутить, однако шутка с московскою зимой ему не удалась. Он был найден под забором, обращенный в ледяной ком. Карамзин был глубоко опечален его гибелью. В «Письмах русского путешественника» Ленц не однажды упоминается как несчастный Л*.

Итак, путеводитель Ленца.

Есть возвышенный и светлый центр у Европы — Альпы, восставшие к самому небу срединные горы европейского мира. От этого центра во все стороны расходятся невидимые румбы (сознания), как если бы поверх континента была помещена регулярная фигура разума, огромная звезда — не морская, напротив, небесная. Лучи высшего знания бегут от нее на север, юг, запад и восток.

Ввиду этой волшебной звезды схема движения паломников по Европе должна быть такова: необходимо подняться к а ж д о м у   с о   с в о е й   с т о р о н ы по ступеням Европы к верхней кромке Альп, совершить духовное восхождение. Конечной целью паломничества является Гельвеция (Швейцария) и в сердце ее Рейхенбахский водопад.

Нет сомнения в том, что сам Ленц, будучи в Европе, совершил такое восхождение. Зачем только, достигнув такой высоты и причастившись небесам, он отправился в Московию? Или таково было задание, что было прочитано Ленцем в шуме вещих вод Рейхенбаха? Точно его смыло с высоты, и он стек к восточному краю (европейского) мира. Москва на этом краю, за нею проливается море Азии.

Принцип путеводителя ясен. Как же не последовать Карамзину за этим путеводителем, когда его представление о пространстве построено по тому же принципу: пространство — там, на западе, где его начертили многоумные немцы. К тому же в Швейцарии проживает небожитель Лафатер, с которым ему непременно нужно повидаться.

В Швейцарии, согласно инструкции Ленца, Карамзину необходимо посетить также водопад Триммербах. Но прежде подняться в Альпы северным путем — такова его идеальная траектория. Ее Карамзину укажет река Рейн, водный «меридиан» северной Европы. Двигаясь по берегу Рейна вверх, до страны альпийских водопадов и ледников, странник достигнет максимальной высоты, географической и духовной.

Водная вертикаль Рейна, согласно космогонии Ленца, соединяет все этажи земли и неба: она есть луч или «взгляд небес». Наверху, над водопадами, над ледяными остриями гор, открывается невидимое перекрестье лучей великой звезды Европы. Небо там как зеркало — вот оно, зеркало, главнейшее из всех! — взглянув в которое снизу вверх и помолившись, паломник получает возможность духовного самообозрения, раздвижения сознания и в итоге перемещения, хотя бы мысленного, в Элизиум.

*

Карамзин обещает своему наполовину помешанному приятелю совершить духовное восхождение по ступеням вод, по лестнице разума. Забегая вперед, можно сообщить, что он выполнит свое обещание.

Заход в Альпы с севера Карамзин полагает в общем и целом верным для русского паломника. Мы — северяне, гиперборейцы, обитатели заснеженной верхушки глобуса. В своих дорожных заметках Николай Михайлович (не он один, но многие русские, посещавшие Европу в то время, когда Россия впервые примеряла на себя сетку мировых координат) иногда называет себя *северянином*.

Так заранее, и оттого несколько схематично, русский путешественник определяет себе сокровенное задание — пройти свой (северный) путь к престолу Альп, словно в гости к Гудвину, имея на сердце вопрос об устройстве своего языка, не проникнутого в полной мере большим пространством, то бишь лучами альпийской звезды. Его задание — переменить свой язык, искупавшись (отразившись) в королевском водопаде, или «пречистом небесном взгляде». Карамзин не шутя согласен следовать этой химере. Его ожидает путь по воде (по времени), по всем этажам — снизу вверх, туда, где вода (время) делается льдом.

V

Допустим так; поверим Ленцу: Карамзину предстоит «водное» восхождение. По крайней мере нет сомнений в том, что сам Ленц верил в эти заоблачные чертежи, равно и этажи мира. Но возникает попутный вопрос. Что такое Москва на этом всеевропейском «водном» чертеже — как пункт отправления, нулевая точка в странствии Карамзина и конечный пункт в земных странствиях Якоба Ленца? Что такое этот полюс, пункт начальный и конечный одновременно? Понятно, что рассеянному немцу, воображавшему, что он ходит в большей мере по бумаге, нежели по земле, Москва виделась пределом регулярной Европы, за которым следует обрыв в Азию, не ведающую чертежа. Но нам-то хорошо известно, что она вовсе не край, но центр, точка симметричного тяготения своего собственного (воображаемого) материка.

Тут обнаруживается своеобразное двоение Москвы. Геометрия ее сложна и смутна. Заброшенная, заветная столица, что разлеглась спящею красавицей (речь о конце XVIII века), слитной суммой пустот и облаков жилья, по сути, деревенского, редких «правильных» вкраплений усадеб и дворцов, с треугольником Кремля посередине и отсутствием внятного контура. Что она такое?

На прощание Москва заглядывает к нашему переводчику в его готическое окно и как будто улыбается.

Московский пейзаж всегда одушевлен; на рассвете или, напротив, в то мгновение заката, когда солнце, уходя за горизонт, заливает западные стороны домов оранжево-красной лавой, окна в них вспыхивают ярким огнем и стены становятся сколами обожженной глины. Тогда Москва представляет вид Рима и улыбается — празднично, поверх всех времен.

Время здесь завязано особым узлом, подобием храмового; зачем молиться на водопады, когда нужно молиться на Москву? Над Чистыми прудами горит золотой завиток, завершение Архангельской церкви: узелок времени. Николай Михайлович, проходя кривоколенными переулками, видит его каждый день. Загадочная фигура; история происхождения ее изложена ниже. «Неправильная» фигура; подразумевает головокружение и отмену сторон света. Нет, московский мир еще как будто под водой, он только обещает поместиться в пространство; он еще не всплыл к свету.

*

На плане Москвы середины XVIII века *(см. стр. 39, чертеж И.А. Мордвинова и И.Ф. Мичурина, 1731–1739 гг.)* соседство московского «подводного пузыря» и европейского «квадрата» видно весьма отчетливо. Нет, не просто «пузырь», но рой: особый тип организации бытия оборачивает Москву ровным кругом вокруг Кремля. Она царским образом центроустремлена (это видно из-под облаков или из космоса; так, на земле Москва раскинулась совершенно свободно). Но вот на востоке появляется правильная фигура: прямоугольник Немецкой слободы. И начинается борьба геометрий: сферы и куба. Одно время при Петре Немецкая слобода за Яузой играла роль нового городского центра. Царская дорога из Кремля в Кукуй была главной городской магистралью. Тогда на этой дороге появилась «столичная» церковь с высоким шпилем[8]; тогда же под этим шпилем в Кривоколенном переулке был построен дом с готическим окном.

---

[8] Этот высоченный прямой шпиль *(см. рисунок)*, подобный петропавловскому в Петербурге, царил над Москвой очень недолго. В самом деле царил: крест на Архангельской церкви вознесся тогда выше креста на колокольне Ивана Великого в Кремле. За это, по убеждению москвичей, храму последовало наказание: в 1723 году в него ударила молния. Начался пожар; гордый «петербургский» шпиль был уничтожен. Вместо него явилась осторожная изящная фигура. Она не посягает на небеса, не прокалывает их иголкой, но (по-московски) только обозначает «верх». Пространство над ней условно.

Москва и квадратура круга

A – *Архангельская церковь (первоначальный вид)*   B – *дом с готическим окном*

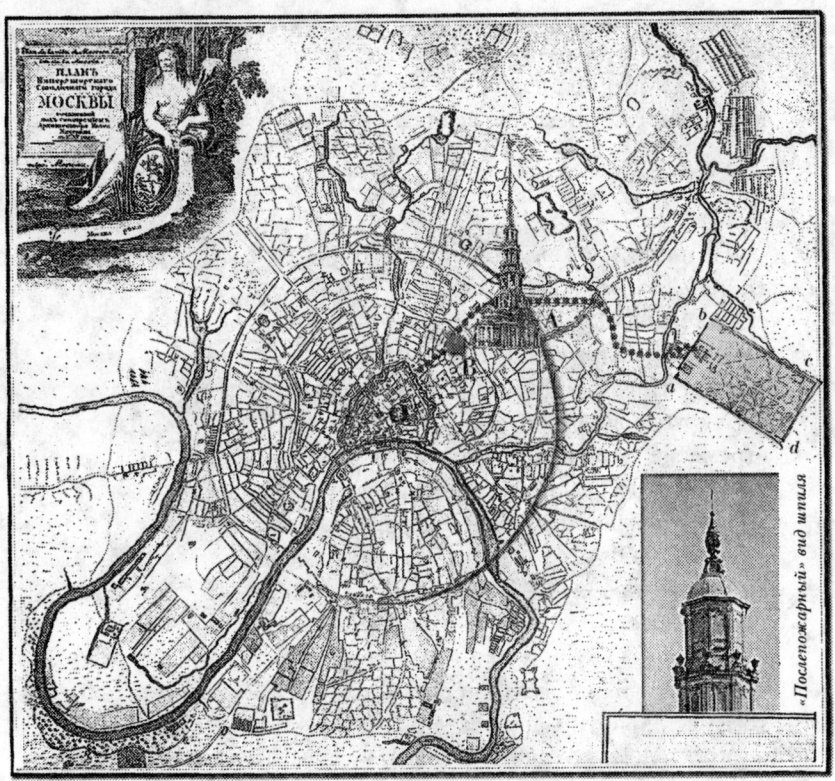

Соревнование фигур, *или московская квадратура круга:
круг, изначально присущий Москве, – и внешний, чуждый,
«атакующий» ее извне прямоугольник Немецкой слободы.
Кремль и с ним весь исторический центр города, свитый
клубком – и регулярное поселение иноземцев, перенесших
привычное им пространство прямиком в Азию. Интересно то,
что этот западный прямоугольник оказался к востоку
от Кремля. Средневековая Москва различает только центр
и «все остальное»; направления света для нее несущественны.
Поэтому Москва переполнена, прежде чем оформлена: она
формально всеядна. Во времена Карамзина она только
накапливает свой пластический потенциал. Она съест
и немецкий квадрат – так и будет: эта регулярная фигура
постепенно растворится в перманентном роении Москвы.*

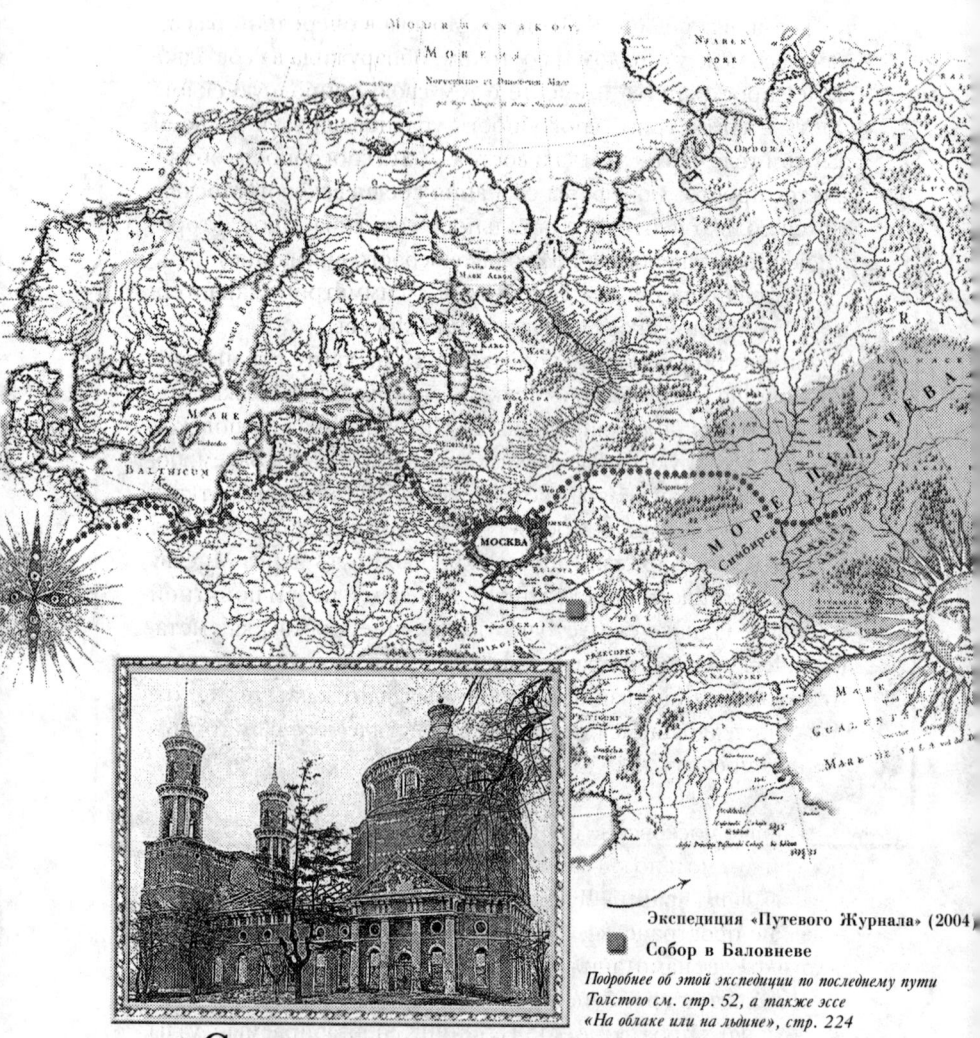

Экспедиция «Путевого Журнала» (2004)

■ Собор в Баловневе

*Подробнее об этой экспедиции по последнему пути
Толстого см. стр. 52, а также эссе
«На облаке или на льдине», стр. 224*

Симметрия двух странствий *Николая Карамзина.*
*Маршрут с левого берега Волги из отцовского имения
близ города Бузулук Симбирской губернии (самое пекло
пугачевского бунта) в Москву. Этот маршрут «равен» –
московским образом подобен – траектории европейского
путешествия Карамзина 1789 – 1790 годов. В этом
«равенстве» степь противостоит Европе, «море» бунта
оказывается на правой чаше больших весов; на левой –
порядок Европы (то, что мнится таким порядком).*

Тогда, в середине XVIII века, Москва в очередной раз закачалась между западом и востоком, обнаружила в себе «двоение» пространства и вместе с тем свою природную склонность к симметрии, способность уравновешивать в своем зыбком теле черты запада и востока. (Эта способность объясняется просто: для сферы сознания средневековой Москвы важен только центр; все остальное — окраина, иное, второстепенное и ущербное, не стоящее особого внимания.)

Отсюда берется эта склонность к симметрии, характерное «геометрическое» предпочтение Москвы.

Симметрия хорошо прочитывается на карте странствий Карамзина. Он приехал в Москву с востока, из Заволжья *(см. стр 46):* место рождения Николая Михайловича — отцовское имение в Бузулукском уезде Симбирской губернии. Затем, побыв в Москве, он возвращается на Волгу, в Симбирск, откуда во второй раз едет в Москву. Нетрудно представить, глядя на карту, что Карамзин продолжил свой путь через Москву в Европу согласно определенной, в общем и целом понятной инерции. Однако следует учесть значение Москвы как метафизического балансира между Европой и Азией: в этом свете путешествие Карамзина в Европу выглядит как скрытое отражение в двоящемся московском «зеркале» его ранних восточных поездок.

Таковы московские формулы, так странно сложено — скорее свито, смотано клубком ее подвижное пространство: в нем путь на запад «равен» пути на восток. Строго говоря, Москва вовсе не пространство, и даже не плоскость, но линия, путь, многократно намотанный на красную катушку Кремля. Москва есть свиток времени, многослойностью своей и з о б р а ж а ю щ и й пространство. Путаницу, неразбираемые узлы московских нитей (времени) мы наблюдаем ежедневно. Неудивительно, что, двигаясь из Кремля на восток, мы попадаем на Яузе (кстати, и на Волге) к немцам. Двигаясь из Москвы на запад, нужно беречь затылок от восточного ветра и проч.

Понятно, как перед поездкой на запад настроен Карамзин, каково в тот момент его положение на воображаемой карте мира. Он стоит лицом к Европе, он стремится в Европу. Начитавшись немцев, наслушавшись альпийских сказок Ленца, «переведя» себя несколько раз с востока на запад, Карамзин по инерции отторгает восток (его самого на свет произведший), как «неправильное» направление, как пространство несостоявшееся.

Но нужно отвлечься от этого его немецкого склонения и попытаться, пока он завязывает баулы и сундуки, взглянуть непредвзято на Москву и ее особое место на «панораме вод» (времен) европейских и русских. Тут, как и во всякой другой метафизической пьесе, роль Москвы двоится.

*

Не оттого ли двоится ее язык?

В тот момент он не просто двоится, но распадается, расходится броуновым роением, которое нам, смотрящим в прошлое ясным пушкинским словом-оком, представляется сущим хаосом. (На самом деле т а м открывается иное зрелище бытия, представить себе которое, тем более изобразить современным словом нам теперь затруднительно.) Москва только готовится к современному рассказу о себе, ищет новый язык, балансируя на исходном меридиане слова.

Наверное, Якобу Ленцу, ищущему идеала европейцу, который делит пространство на этажи времен и вод, Москва представляется царством льда. Пункт недвижения, покоя: таков в глазах Европы русский лед. В самом деле, на севере — согласимся с тем, что Московия, в общем и целом, севернее Альп — в наших пределах сознания лед имеет свою символику, свои значения и тайны. Свои жестокие угрозы (несчастный Ленц!), свою скрытую власть над временем.

Заморозок, оледенение как «остановка» времени, как сон сознания, нам хорошо знакомы.

*

В 1780-е годы в Москве имело хождение сочинение известного историка князя Михаила Щербатова, кстати, вхожего в «Ученое общество» Новикова — *Путешествие в землю Офирскую:* рассказ о странном, между землей и небом помещенном рае, где словно остановлен ход времени. Сочинение самое характерное, прямо касающееся разбираемой темы: образов воды-времени, форм сознания и вслед за тем слова.

К определенного рода «грамматике», когда в с е г д а б у д е т т а к, к а к с е й ч а с, склонны все утопии, но все же этот «раз навсегда разсчитанный» кристалл бытия вышел у московского князя слишком жёсток. В его опусе сказался именно что оледенелый, недвижный этатизм: в земле Офирской все отдано на попечение государству, в том числе физическая и нравственная жизнь гражданина.

Довольно вспомнить одних *санкреев,* или благочинных — особых нравственно-очищенных полицейских чинов. Они наблюдают за недвижением жизни, насаждая тем самым абсолютную ее безопасность (от дуновений времени). Во благо оной безопасности все у санкреев расписано до мельчайших подробностей; взять хотя бы печи, грозящие пожаром: «...ни один гражданин не может делать или починивать печи или трубы без надзирания определеннаго в каждой части печника, которому от граждан и малая плата с числа печей производится» и проч. И так во всем, от чтения и хлебопашества до продолжения рода. Полагалось ли, вообще говоря, продолжение? Самое движение жизни князь Щербатов прекращал своим узлом времени, нераспускаемой точкой, связующей воедино «сейчас» и «всегда».

Сочинение князя имело в Москве популярность; строгость его законов противопоставлялась русскому хаосу, тем темным токам русского моря, что недавно вышли на поверхность во время пугачевского бунта. Это очень важно: Пугачев, несомненно, вдохновил князя Щербатова.

Отсюда тотальная жесткость его офирского «кристалла». Вот лед, который надобен России — совсем не альпийский, но русский, московский, государев лед.

Москва в его середине, в сердцевине русского льда. Ее эманации как фигуры вечного покоя вполне традиционны. Таково ее привычное положение на метафизической панораме мировых вод (времен).

*

Такое положение Москвы выглядит довольно логично — зеркально по отношению к альпийскому чертежу Ленца. (Так же логично выглядит его смерть в Москве, столице льда.)

Но хотелось бы добавить еще кое-что к этой идеальной панораме; тем более что мы вспомнили Пугачева. На фоне пугачевского восстания утопия князя Щербатова и с нею имперские устроения Екатерины выглядят — продолжим водные сравнения — не как материковый лед, но скорее как льдина, плавающая над бездной русского моря (русского бунта).

Нетрудно различить эти ненадежность и хрупкость «вечного» русского устройства, если проехать по тем краям империи, что некогда омыло море бунта, по южному и восточному краям московской «льдины», и увидеть воочию, как неустойчивы и редки здесь фрагменты имперского (классического) пространства. Они корпускулярно малы, не связаны единой панорамой, нет — рассыпаны редкой горстью. Тут связаны буквально слова «россы» и «россыпь»; во тьме лесов, в пустотах бескрайних полей рассеяны частицы света — городские и сельские усадьбы, явившиеся, кстати, большей частью тогда, после Пугачева, возведенные задним числом «против Пугачева». Точнее — против бунта. Следы очередной русской утопии, результаты упражнений в геометрии отдельных чудаков, отнесенных судьбой на восточный край Европы, к пределу хаоса, в Тартар. Их свет по сей день так и остается дробен, не сливается в ровное и ясное сияние.

Как опасно хрупки кажутся эти постройки, разбросанные от Нижнего до Сызрани и Саратова капсулы «правильного» русского пространства! Нет, зачем только Сызрань и Саратов? — повсюду, где близок и возможен русский бунт. Как зачастую они нелепы и неуместны, чрезмерно велики или незамечаемо малы, эти потерявшиеся на краю Европы кубы и кубики черчёного русского света.

*

Так же рассыпан наш текст — здесь в очередной раз видно сходство карты исторической и «карты слова». Собранный полупустой вселенной русский текст, рассеянный мириадами книг, самосветящих, самодостаточных и, в сущности, мало замечающих друг друга. Наши книги (точно усадьбы на краю московской «льдины») большей частью эгоцентричны — в том смысле, что они не любят помещаться в общем пространстве. Каждая из них в идеале сама себе пространство.

Наша классическая литература, тогда, в постпугачевскую эпоху явилась на свет, — и обнаружила себя на грани между западом и востоком, имперским порядком и хаосом бунта. Не испугал ли ее разбойник Пугачев? — в нежном возрасте, в самый момент рождения? Интересный вопрос; мы еще к нему вернемся. Проводя такое исследование, стоит помнить о правиле симметрии. Да, мы следим за Карамзиным, за его поездкой из Москвы на запад, но, только выставив Москву на карту в качестве первой точки маршрута, мы уже обязаны оглянуться.

Откуда едет Карамзин?

Это «оглядывающийся» текст, эссей с глазами; он желает захватить в своем обозрении возможно больше воображаемого пространства. Поэтому, перед тем как двинуться на северо-запад (Москва–Тверь–Петербург–Рига и далее Германия), мы смотрим на юго-восток, в «государство» Пугачева — не от него ли бежит в Европу уроженец Симбирска Карамзин?

*

Как-то раз в компании друзей я заехал в усадьбу Баловнево, что расположена довольно далеко к юго-востоку от Москвы на берегу Дона[9]. Это еще не пугачевские места, но до них уже недалеко, их «видно» на востоке, за гранью низко лежащей равнины, которая простерта за Доном на левом его берегу.

Мы двигались по возвышенному правому берегу. Внезапно среди редкого леса, высоко поднявшегося отдельными косматыми головами, нам явился собор *(см. стр. 46)* — огромный, кирпичный, полуразрушенный, но оттого только более величественный. Такого прежде я не видел. В смешении его стилей преобладали европейские: готика, ренессанс, барокко. Громадный красный параллелепипед собора был слабо отделан; одним углом как будто наклонен над землей. Он не был брошен; внутри собора, точно во чреве кита, четырьмя строителями велись работы. Их усилия были незаметны на фоне гулких залов, осевших потолков и дыр во все стороны света, но сами собой ободряли. Трубы, составленные из полиэтиленовых мешков, точно кишки кита, пульсируя, гоняли горячий воздух вверх и вниз. Собор был жив (надеюсь, и теперь жив), нелеп и на первый взгляд абсолютно ненадобен среди пустынного леса. Мы взошли на одну из колоколен, сколько могли вверх, и выглянули *в готическое окно:* вокруг расстилались поля, местами расчерченные пашней; по краю одного из них, беззвучно пыхтя, полз трактор. Вдалеке, наполовину закрытая туманом, солдатом на карауле стояла водокачка. Жилья не было видно и на двадцать верст. Зачем он встал здесь, этот кирпичный левиафан?

[9] «Экспедиция 10-го года» литературно-исследовательской группы «Путевой Журнал» (Андрей Балдин, Рустам Рахматуллин, Геннадий Вдовин, Владимир Березин). Задачей экспедиции было повторение последнего маршрута Толстого из Ясной Поляны в Астапово в октябре—ноябре 1910 года. *См. маршрут экспедиции на стр. 232.*

Не «зачем», а «когда»: после Пугачева. Тогда юг России, опаленный бунтом, словно завоеванная страна, был поделен Екатериной на наместничества и спешно, и порой вот так, нелепо, начал укрепляться пространством. Хозяином Баловнева был тульский наместник Муромцев. Средств к строительству «домашнего» собора[10] у него было довольно.

Точно балуясь, он возвел этот куб в Баловневе, не надобный ни для чего другого, кроме как демонстрации «правильных», вечных устоев северной христианской империи. Но как послепугачевский наместник возвел этот остов, этот ф р а г м е н т п р о с т р а н с т в а, так он и остался — осколком, скалой на берегу темного русского «моря».

*

Вернемся к Карамзину. Тогда, в его эпоху, огнем и кровью нарисовался этот берег империи. Его омыло не просто «море» бунта, отмеченное на историко-географической карте, — нет, этого мало. Иначе не поднялся бы этот странный красный куб. Основание его кирпичной скалы омывает море русского сознания. В нем родятся бунты, из него, точно из Тартара, выходит Пугачев. Он появляется из моря не знающего порядка языка. Это отлично понимает переводчик, переместитель слов Карамзин.

Древний, дикий язык валит с востока неоформленной сырой горой, толкает в спину Карамзина, который собрался (потому и собрался) в Европу.

Поверх моря протоязыка плавает щербатовская льдина, и в центре ее звездой дорог, узлом времен рисуется Москва.

---

[10] Владимирская церковь; откуда в усадьбе возьмется собор? Но эта церковь оказалась столь велика, настолько превосходила в своем размере барское имение, от которого к тому же остались одни фрагменты, что осталась в моей памяти *собором*. Пусть остается в этом тексте собором: это образ, значение которого в свою очередь превосходит значение усадебной церкви в Баловневе.

Нет, только на первый взгляд на европейской карте Ленца она составляет точку вечного покоя, царство недвижения и льда. Москва, как всегда, двоится: на этой сводной карте вод и времен она есть центр и край, ей свойственна одновременно статика пространства и бунт — беспространственный, *бессмысленный и беспощадный.*

Таково зрелище русского мира, как льда и моря (времени), с Москвою-полыньей посередине.

Карамзин должен был знать, что такое это море: он родился за Волгой, за пределами немецкой карты, где степь разливается до горизонта и она есть не лед, но истинное, бескрайнее море.

На историческом фоне Пугачевского восстания просветительский проект Карамзина выглядит попыткой кристаллизации русского сознания посредством «немецкого» переоформления, опространствления русского языка. Все образы архитектурные, сугубо европейские: России необходимо строить идеальное «государство языка», способное удержать лаву народного бунта.

Наверное, если бы от него потребовалось выразить свою идею в политических образах, он высказал бы нечто подобное, что-то в духе «государства языка». Но Карамзин такого не высказывает; мы можем только предположить, наблюдая его московские сборы, какие чувства у него в тот момент вызывает Москва, эта вечно спящая и только по утрам и вечерам улыбающаяся во сне гиперборейская столица.

*

Довольно метафизики, прочь мысли о бунте, о прорве пугачевщины и московской ледяной полынье (Ленц еще жив): Карамзин едет в путешествие, о котором давно мечтал.

Он более всего *алчет увидеть великих писателей, чьи сочинения пробудили в нем первые движения души.*

VI

Слава Богу, есть чудаки, которые готовы следовать за своей мыслью буквально. По одному их перемещению, жесту, по всякому приключению в дороге можно с уверенностью судить о предметах самых отвлеченных.

Николай Карамзин, просветитель, устроитель языка, едет за границу, чтобы оттуда во всяком смысле слова оглянуться на Россию. Он не просто выстраивает логические цепочки, но прямо их иллюстрирует, следует им д о с л о в н о — движется явно, пересекает реальное пространство. Это уже не условное, но видимое действие, прямо положенное на географическую карту. На ней, по его убеждению, должно «прозреть» современное русское слово.

*

В мае 1789 года Карамзин выезжает из Москвы в Германию и затем в Швейцарию (дальнейшие его порывы и повороты будут совершаться по ходу странствия; их впереди немало).

Свой выезд из дому он не описывает[11]; сразу стремится взглянуть на Москву извне. В этом есть своя логика, мы в этом убедились: не так просто выбраться (мыслью) из Москвы.

[11] Первое письмо, составившее начало книги «Письма русского путешественника», Карамзин отправляет из Твери в Москву 18 мая 1789 года; постоянные его корреспонденты — супруги Плещеевы, Настасья Ивановна и Алексей Александрович. Первая часть книги описывает странствие русского путешественника «вверх» от Москвы до горной Швейцарии. Она выйдет отдельным изданием, вскоре после его возвращения на родину. Вторая часть, путь «вниз», письма из Женевы, из Франции и Англии, долгое время будет лежать в рукописи и увидит свет только после начала царствования Александра I.

С первым же шагом за ее пределы выясняется, что Москва составляет и на всем протяжении пути так и будет составлять центр притяжения его мыслей, его души. Эта точка тяжести будет ясно ощущаться у него за спиной; с каждым шагом удаления от нее значение Москвы будет возрастать в его памяти.

*

Местечко под названием Черная Грязь на петербургской дороге, которое отметило не одно поколение русских странников, представляет собой более чем своеобразный шлагбаум на выходе из столицы. Здесь русский путешественник расстается с Москвой. Карамзин наблюдает это место с печальной улыбкой: вот вам черная соринка на веке у Москвы. Открыт ли ее глаз?

Свои глаза теперь с усердием он протирает: такова его церемония прощания с Москвой.

Из этих дорожных жестов, будто бы нечаянных, из незаметных мелочей, которые, однако, способны уловить всякое движение души путешественника, в основном и состоит его рассказ. Так он смотрит — улавливая малейшие токи мысли, постоянно отмечая перемены своего чувства: он сентиментальный путешественник.

Один из кумиров Карамзина — английский писатель Лоренс Стерн. В «Письмах» Николай Михайлович называет его *Лаврентием*. Еще чаще он вспоминает Йорика, героя книги Стерна *Сентиментальное путешествие по Франции и Италии*.

В свое время эта книга совершила переворот в литературном сознании Европы. По одному своему названию она дала официально признанный старт литературе *сентиментализма*. В России эта книга была переведена в 1783 году (перевод Д. Аверкиева).

На русского читателя (тем более писателя) «Сентиментальное путешествие» произвело сильнейшее впечатление.

Не для одного Карамзина оно составило своего рода путеводитель — не географический, нет, именно *сентиментальный*, — по тайникам, закоулкам и «достопримечательностям» собственной души. Ею был увлечен Радищев, переведший Стерна на свой пламенный лад, Одоевский, Пушкин, впоследствии Лев Толстой.

Для Толстого, увлекавшегося Стерном в детстве и юности, «Путешествие» стало учебником, первым образцом для подражания.

Мало кто оказал столько влияния на оптику русского языка, сколько этот англичанин. Карамзин едет в Европу, не выпуская его книги из рук: она как будто свернута свитком и Николай Михайлович смотрит «через» нее на Европу, точно через подзорную трубу.

Он планирует стать первым оптиком русской души.

Вот и сейчас: достигнув московской заставы, Карамзин встает во весь рост в шаткой бричке и во все глаза (окуляры души) смотрит на город. Различить Москву непросто, тем более что накрапывает дождь, к тому же странник наш в слезах после прощания с домашними и проводившим его Петровым (он вообще силен поплакать, таков его настрой: без слез счастия или печали событие представляется ему не вполне состоявшимся[12]).

---

[12] На этот счет есть определенные сомнения. По признанию современников, Николай Михайлович был человек эмоционально закрытый. Чем более он был приветлив, радушен и ровен в общении с окружающими, тем более закрыт. Часто его сентиментальные проявления, слезы и порывы были представлением, хорошо рассчитанной игрой (вот и в языке его, гладком й несколько охлажденном, много игры, аппликации и перекладывания слов). Он охлажден и отстранен, «зеркален» — нетрудно вообразить, что слезы русского путешественника, которых еще прольется немало, есть та же игра, соблюдение стилистических правил сентиментализма.

Зрение наблюдателя застилает соленая влага. Москву не видно, око ее закрыто, она спит — но и невидимая, она захватывает сознание странника, мысли его тонут в московской глубине. Дух путешественника замирает при взгляде в сторону Москвы — на то белесое грозное облако, которое сейчас представляет ее видимость, — бездна и есть, одно слово бездна.

*

Есть ощущения, предчувствия пространства, которые не менее важны, нежели его прямая видимость. Они неявно, но притом достаточно отчетливо сказываются на нашем письме: в нем, воображаемом, предощущаемом помещении мы находимся, сидя за столом перед лицом белой бумаги.

Русский путешественник, проливая слезы, сейчас, в это мгновение, принимается за учебу нового письма. Русское письмо только во вторую очередь рассказ о видимом пространстве, в первую очередь — о невидимом. В нем правят образы, рисунки и чертежи души.

С чертежами наибольшая трудность; Московия в самом деле есть мир в известном смысле водный — бескрайний, зыбкий, не только не размеченный регулярно, но, кажется, отторгающий саму идею такой разметки. От края и до края России волна за волной встают безмолвные громады лесов: диких, непроходимых, нечесаных человечьим взглядом; к югу проливается степь, истребляемая солнцем, оканчиваемая либо степью еще большей, либо оскаленными зубьями южных гор. Пасть, бездна, пропасть мира — в ней тонет человек, которому нельзя и помыслить о внятном пространстве, потому что, осмысленное, оно своей счетной бесконечностью затмит его разум, своим избытком разнесет ему голову на мелкие части (числа). Непомерно велико русское море, в глубине которого смежила глаз светящая красным, золотым и синим, расплеснутая по неровному дну невидимая звезда Москвы.

*

Отъехав от столицы на три шага, Карамзин уже скучает по ней; так начинается его запредельное странствие.

Во всю дорогу не приходило мне в голову ни одной радостной мысли; а на последней станции к Твери грусть моя так усилилась, что я в деревенском трактире, стоя перед карикатурами королевы французской и римского императора, хотел бы, как говорит Шекспир, выплакать сердце свое.

Вот уже пошли карикатуры на Европу. Хорош у нас выходит русский «немец».

Не только путешествие — один шаг из Москвы есть уже умственный и душевный переворот; движение из нее — это сущее п р о т я ж е н и е   т о ч к и.

*

Предпочтение Москвы и ее способа письма, который способ Карамзин, по идее, хочет изменить в корне, становится скрытой темой его странствия. Он ищет новое русское письмо — и с первого мгновения путешествия выясняется, насколько трудным выйдет это предприятие. Слишком велико притяжение Москвы для русского слова. Удаляясь от нее, Карамзин плачет — его слезы есть потоки слов, бегущие в Москву.

О ней уже много было написано, будет написано еще больше — неудивительно, если она помещается в центре ментального русского чертежа. Слова клубятся вокруг нее, к ней бегут и от нее отливают. Этот пульс составляет характерную особенность московского языка[13], «оптическую», гравитаци-

---

[13] Здесь и далее выражение «московский язык» означает не говор, не диалект, не какую-либо вообще филологическую данность, но феномен пространства сознания. Мы наблюдаем не язык, но систему словесных пустот и плотностей, родственную Солнечной системе, в центре ее всё согревающим объектом светит Москва.

онную его особенность, которая прежде всего для нашего исследования интересна.

Карамзин постоянно и пристально смотрит на Москву, изучает, препарирует, перестраивает ее язык, понимая, что именно язык представляет квинтэссенцию того, что можно назвать традиционным русским сознанием. Подтверждение этому — от противного — полное отсутствие в его заметках Петербурга. Этот город есть результат встречи Москвы с Европой; он уже достаточно осмыслен — он сам готов себя наблюдать и осмыслять. Другое дело Москва: для «немца» Карамзина она, как вечная загадка, так же вечно будет интересна.

И вот результат: Николай Михайлович едет через Петербург и в нем замечает только своего приятеля, у которого останавливается. Тот в бедственном положении: ничего удивительного — это как раз петербургское положение. Описывать его странник не желает. По Москве, едва оставленной, он проливает целую повесть слез. При мысли о Петербурге его глаза сухи: нечего и писать о нем.

VII

Он мчится далее, на запад. Вот следующее его, весьма показательное приключение.

Карамзин покидает Петербург, видимый, но не удостоенный ни слова[14], и вступает далее в прибалтийские пределы.

[14] Справедливости ради нужно признать, что друзьям он старается писать о загранице, по крайней мере о том, что они никогда не видели. Как будто они не видели Петербурга! Зачем тогда писать о нем? и т.д.
В Петербурге ему нужны рекомендации (еще одно свидетельство того, что его отъезд не командировка «Ученого общества» московских мартинистов, а частное дело писателя). В числе прочих его рекомендует Радищев. Все это «петербургские» сюжеты, для книги негодные.

Его встречает плоская, обведенная сизым горизонтом долина; провожатыми из России выступают: грязь, дождь, дороговизна и дорожные снаряды, словно намеренно изломанные. Он проезжает Нарву — *...нигде не было мне так горько, как в Нарве... ...Кибитку дали мне негодную, лошадей скверных. Лишь только отъехали с полверсты, переломилась ось: кибитка упала в грязь, и я с нею.*

Таковы русские проводы! Такова награда за честность в применении отвлеченного метода. Карамзин, окрыленный «пространственной» идеей, отправляется за русский предел и на этом пределе застревает! Вот первая точка на его заграничном пути: он валится в нее как в прорубь.

Нет, неточно: здесь проходит не настоящая, но бывшая, старинная московская граница, которую царь Петр отодвинул далеко на запад. Тогда тем более это важно! Карамзин не различает град Петров, зато замечает под собой невидимую границу Московии. Здесь настигает его прощальное приключение. Так в реальных обстоятельствах времени и места, посреди омываемой дождем чухонской равнины, продолжается обновление его скрытой московской «оптики».

Его мысль начинает раздвижение (болезненное, сопровождаемое поминутно стыдом за прелести милой отчизны); воображение широко шагает с этого предела — в новые, внешние, неведомые, сверх-московские просторы.

На нарвском пределе было испытано патриотическое чувство странника. Явился, точно водный дух, из струй проливного дождя какой-то полицейский чин (допустим, из нынешних времен — гаишник) и потребовал отвезти кибитку подальше от дороги, дабы не мешала она свободному движению. С переломанной-то осью! *Спрячь ее себе в карман!* – отвечает ему Николай Михайлович и только заворачивается плотнее в мокрую насквозь рогожу. Можно ли сегодня так отвечать гаишнику?

В это мгновение Карамзин проклинает свое начинание, вспоминает дом с готическим окном и друзей, среди которых более всего теперь хотел бы оказаться. И вдруг — как не считать после этого даже случайности его странствия явлениями закономерными? — к нему подходит незнакомый мальчик и по-немецки ласково его приветствует. И приглашает в соседний дом, за стол, где сидит за трапезой немецкая семья, где всякое лицо излучает добродушное участие.

В этом доме Карамзина накормили и удерживали до тех пор, пока на нем не просохло платье и не привезли новую ось для кибитки. После чего проводили с Богом в дорогу. Таковую дверь в такой дом открыл ему немецкий язык.

Он путешествует из одного языка в другой, с книгою-подзорною-трубой Лоренса Стерна под мышкой.

Что есть ввиду эстляндских далей собственный его язык? Тот, что собрался тучей над головой путешественника, пролил его насквозь ледяным дождем, явился *полицейским чином*. Прежний русский язык не отражает ни души его, ни чувства. Николай Михайлович предельно честен: если он определил язык как зеркало сознания, то следующим шагом он должен признать, что это русское зеркало слова в тот момент в общем и целом мутно.

Тогда тем более ему должно двигаться к немцам. Тем более — в путешествие вовне. В те края, где слово сумело оглядеться окрест себя, привыкло к бумажному «воздуху», привыкло к дистанции, к пространству, отделяющему одно слово от другого. Разве слово не человек, не одушевленный предмет, требующий к себе уважения — той именно дистанции, оставляющей его на строке неприкосновенным?

Тут слышно политическое сообщение, кстати, Карамзину свойственное. Увидеть русское слово со стороны независимым и свободным, произнести его на широком ходу, в большем, вольном пространстве, оглядеться с его помощью, осмотреться из точки «сейчас» в мировой истории — так же как, путешествуя явно, различить и утвердить себя в точке «здесь» и из нее увидеть разом весь мир.

За языками, кстати, он наблюдает исправно.

Я не приметил никакой розницы между эстляндцами и лифляндцами, кроме языка и кафтанов: одни носят черные, а другие серые. Языки их сходны...

Который из них черный и который серый?

VIII

Когда открылся мне Дерпт, я сказал: прекрасный городок!

Не просто городок, но следующая важная точка на скрытой карте странствия Карамзина. Потаенно пограничная. Для ее обнаружения и описания необходимо новое, позиционное (метафизическое) письмо, к освоению которого мы только приступаем. На языке этого письма — прямо по географической карте — Дерпт обозначает точку некоего интеллектуального баланса, держась за которую, качается большое коромысло (смысла? — рифма непроизносимая) между Европой и Россией.

Отсюда вышел его друг Ленц, печальный просветитель. Здесь читается берег Европы, с которого она смотрит в Московию, как в полынью во льду: только стоит оскользнуться на краю этой полыньи — и готово дело. Ты утонул, пропал, замерз в Москве.

Край полыньи: пограничное, двуединое пространство: Прибалтика, шлагбаум Нарвы пройден, но земля еще заметно качается между русским и нерусским материками. В тот момент балансир Дерпта принадлежит России. Карамзин вспоминает, что еще недавно русских тут не было, и добавляет с нерасшифрованной, прямо скажем, интонацией: *о, Петр, Петр!*

Кто этот Петр, понятно — русский государь Петр Алексеевич, первый, Великий, в свое время отодвинувший русскую границу от этих мест далеко на запад. Непонятно, ч т о Петр. Что хочет сказать ему просвещенный потомок, глядя на прекрасный городок Дерпт?

На русский слух довольно странное название: «тормозящее», упирающееся справа (на востоке) в невидимую стенку. Слово ехало, имея вид дорожной повозки, слева направо по ровной немецкой странице, но вдруг невидимый возница натянул поводья — тпрру! — и лошадь, перебрав ногами, остановилась. Дерпт. Слово упирается правым краем (окончанием) в невидимую русскую стену. Или, воссев на этой стене, оглядывается разом на Европу и Россию? Дерпт, он же Тарту, старинный университетский центр, имеющий в пространстве осознания два полушария, западное и восточное: полный русско-немецкого разумения, дважды умный город. Он лучшим образом использует «коромысленное», двухсмысленное состояние окрестной земли: его пограничность не агрессивна, но взаимопригласительна. Поэтому он не умаляется, не сужается в линию глухого кордона, не скалится пограничными столбами, но растет. Он не вдвое меньше, но вдвое больше в пространстве диалога двух миров, в которые ему судьба дозволила взглянуть.

Дерпт аккуратен, скромен и как будто склеен своими домиками из белого и красного картона; один дом кривой[15] — бумага неловко надломилась (под одним углом дома оказался камень, под другим — речной песок). Наверное, эта скромность спасала Дерпт не однажды; будь он более заметен, какой-нибудь правитель, восточный деспот или западный герцог, непременно постарался бы склонить его по свою сторону стены.

---

[15] Он так и называется — Кривой дом. Но Карамзин его не видел: его построили спустя три года после его проезда через Дерпт. Тогда в его глазах все было ровно.

В Дерпте русский странник выполняет поручения Ленца. Тут вмешивается Карамзин-редактор: протянув из далекого будущего руку с пером, он задним числом исправляет свои же дерптские разговоры. Все они теперь о Ленце, и во всех слышны намеки на его ужасную (московскую) судьбу. Между тем на что намекать? В момент посещения Карамзиным Дерпта Ленц еще жив и еще три года будет жив. Зачем тогда эти причитания? Или мне уже кажется, что это причитания?

Мы слушаем и понимаем из своего далека в печальном смысле рассказы земляков Ленца о временах его юности, о его первых чудачествах, о подающих большие надежды его первых опытах в поэзии. О том, что из него все ждали нового Клопштока или Шекспира (интересное равенство, не правда ли?), и так жаль становится несостоявшегося гения, оставшегося в соседнем, нераскрывшемся времени, зрелого, великого Якоба Ленца. Но не сказывается ли при этом фильтр нашего знания о том, что случилось в Москве с «несостоявшимся» Ленцем? Фильтр, который нам и самому себе поместил в голову Карамзин. Сочинитель — не путешественник, отметим эту разницу, — он заранее хоронит Ленца и говорит о нем, точно над отверстою могилой.

Вот фокус прозы: главное событие в жизни Ленца — смерть в Москве. Она не раньше и не позже, она т е п е р ь в с е г-д а . Это событие смерти во льду — центр в рассказе о нем; точка притяжения всего, что ни есть о Ленце. Он в с е г д а т е п е р ь несчастен. Он пригвожден этим «несчастным» авторским словом тяжелее, чем могильным крестом.

Хорошо, однако, это равенство — между Ленцем, Клопштоком и Шекспиром. Но оно не должно вызывать улыбки, напротив: так улыбаться можно, только принимая историю задним числом, выборочно, «просеками», принимая одну, сложившуюся на все времена, систему мер и весов. Взяли универсальные весы, одни на всех, поставили на них Шекспира и Клопштока — Шекспир перевесил.

Ленц и вовсе исчез. Таковы весы прошедшего времени. А будущее, а потенциальный размер, возможное значение, а тяготение надежды? В нашем задним числом перефокусированном взгляде (пусть он остается, но отчего только он один?) исчезают из поля сознания целые области бытия, потенциальные пространства, семена иных времен и языков. Их наблюдает путешественник и не замечает или спешно вычеркивает из своей книги литератор. Так пропадают «лишние», нечетные времена и города, страны, исторические эпохи. На них не упал луч нашего «единственно верного» взгляда в (пушкинское) зеркало.

Этот «верный» взгляд проходит мимо Дерпта — того, где не был несчастен Ленц. Мимо *прекрасного городка*, умеющего надеяться на живого Ленца.

Насколько все-таки *уже*, связаннее, несвободнее литератор по сравнению с путешественником!

Мне ли того не знать? Я сам то и другое попеременно.

*

Путевые заметки Карамзина замечательны тем, что они полны излишеств, указателей, которые как будто никуда не указывают, но на самом деле все-таки указывают, намекают на потенциальную полноту мира, который не весь мы можем увидеть разом. Его заметки постоянно «оглядываются». Это двоящиеся, русско-европейские, «дерптские» заметки. Карамзин-путешественник с удовольствием разглядывает веселый город Дерпт; Карамзин-писатель переменяет в нем веселье на вечную печаль.

Два К., сойдясь в одно тело, образуют путешествующего кентавра. Карамзин умудряется сохраниться в этом удвоенном состоянии — на время путешествия. По возвращении в нем все отчетливее будет проступать литератор, редактор.

Пока, однако, их двое, они путешествуют разом по карте и по странице с текстом. Страница и карта то сходятся, то расходятся между собой. Это неправильно, это литературная ошибка, но как я рад этой ошибке! В ней сказывается присутствие большего русского языка, указания на который, пусть и в расхождениях и в ошибках я теперь намерен отыскивать, чтобы, хотя в предощущении пространства, опознать его, мысленно разметить на большом «чертеже» слова.

Две буквы «К», помещенные в теле одного Карамзина, отправляются далее в Европу. На выезде из двуединого Дерпта их пытаются повернуть на южную дорогу, советуют ехать через Вену, но они, северяне, не принимают совета. В голове у «К» и «К» иной план (см. выше: взойти в Альпы с севера), их не пугают прусские песчаные дороги.

IX

Первым днем лета 1789 года ввиду Митавы путник приближается к официальной границе России и Курляндии. Весна меняется на лето при переезде границы — каково? Маленький домик заставы с перегородившей дорогу рогаткой встает на пути. За ним поднимается невидимое зеркало неметчины; в этом зеркале все заранее представляется Николаю Михайловичу расчерченным правильно и ровно: дома, дороги, самые пространства и собственно слова.

Там слово видно. Там все открыто взгляду и разуму, видимое и невидимое (второе особенно интересно). Там можно, наконец, увидеть со стороны самого себя.

Карамзин вспоминает Лафатера, уже указанную его «зеркальную» цитату. *Мы получаем понятие о себе исключительно при содействии других предметов.* (Зачем предметов? — других частей света, стран, внешних, бойко бегущих языков.) Ввиду чужого бытия мы переосмысляем собственное. Даже душу

Лафатер готов увидеть в таком зеркале — душа для него предмет. Душа у него существует *единственно потому, что существует вне нас*. Где же? Неужели в Швейцарии?

Приблизившись к границе России, ожидая появления в «зеркале» всего вышеперечисленного (чувства бытия, личности, души) Карамзин, в волнении от прямо производимого метафизического опыта, повторяет вслух свое сокровенное заклинание.

Несколько раз, по-немецки.

Вдруг его мантры разбирает попутчик. Попутчику не нравится «пространствосодержащее» слово немца (швейцарца): что это такое — *душа существует вне нас*? Разве не в нас самих существует душа?

И поехало. На границе России и Европы начинается спор психологический (в прямом смысле слова: участники его ловят, как бабочку, русскую психею).

За этим спором остается неразличимо — в самом ли деле ввиду Митавы проглянула на мгновение из створ русско-курляндского воздуха, согретого наполовину (было утро), неуловимая наша душа, или ее заслонили горячие слова о ней?

Слова порой способны не открыть, но загородить душу.

*

Вот что Карамзин вспомнил еще, пересекая линию границы. Он вспомнил, что до поездки он успел сочинить в своем воображении роман о будущем путешествии. Целые сцены в романе были готовы заранее; реальное путешествие — отметим это — вытеснило их из сознания странника. Только споткнувшись о границу в Митаве, Карамзин вспоминает свой воображаемый роман.

В нем было «написано», что в первую ночь по приезде в Курляндию он спал в корчме. Так и вышло! Более он того романа не вспоминает.

*

Все тянутся пограничные сцены; наконец в Литве, на подступах к Восточной Пруссии, Карамзин увидел море.

Важнейшая, ключевая и притом такая странная сцена!

Уже не раз произнесено слово «море» — и, так же как слова «Москва» и «московский язык», оно будет повторяться постоянно. Две эти сущности, Москва и море, одновременно так схожи и так противоположны, что составляют некую фундаментальную пару, значение которой нами, возможно, не вполне осознано. Между тем это едва ли не центральная пара, то, что называется д и х о т о м и я нашей истории и географии. Не разобрав их взаимодействия, их перманентного слияния-отторжения, трудно осознать конфликтную целостность России в пространстве и во времени. Важнейшая, ключевая пара: Москва и море. Ввиду этого неизбежно русский язык, как «пространственное» сооружение, как фигура в истории, весьма чуток к спору Москвы и моря: он оформляется в этом споре, в нем много «морских» смыслов, течений и глубин. Мы постоянно будем иметь в виду эту базовую мизансцену, на которой Москва смотрит в «зеркало» моря и потому так говорит и так пишет.

*

Карамзин, взошед на песчаные дюны Паланги, впервые наблюдает настоящее, «внешнее» море (Финский залив в Петербурге был только обещанием его); отчего-то он испытывает печаль.

Около часа сидел на берегу и смотрел на пространство волнующихся вод. Вид величественный и унылый!

Точно предчувствуя эту печаль, Карамзин еще в России заранее сторонится настоящего моря, чертит маршрут «континентально»[16]. Но вот оставлена Россия и уже никак не миновать моря, дорога выходит к самому берегу: Карамзин садится на песок и чуть не плачет.

Рискну предположить, что чувство странника было предопределено невольным сравнением того, что он сейчас наблюдает, с тем, что осталось за его спиной. Этого моря с тем — с Москвой, с невидимым и необъятным русским морем. Не два пространства, но две стихии подступили к нему с двух сторон — Москва и море: равно неодолимые. Невместимые разумом; тут, пожалуй, заплачешь.

Если так, то все предыдущие пограничные положения — под Москвой, по колена в Черной Грязи, в Нарве под дождем, в Дерпте, городе-коромысле, в Митаве, где на подъятом шлагбауме трепетала крылышками русская душа, — все они были только предварениями к выходу на главную, метафизическую границу — между Москвой и миром, Москвой и морем.

Вот истинное зеркало, вот непреходимая преграда для Москвы — настоящее море.

*

Москва останавливается только тогда, когда выходит на берег моря. До этой границы ее безразмерная точка готова растекаться бесконечно. В этот момент, столкнувшись с настоящим морем как с равной ей, неизмеряемой сущностью, Москва сознает, что достигла предела роста. Тут она наконец подбирает свои необъятные юбки.

[16] Некоторое время он держит в голове запасной план идти морем. Допустим, плыть из Петербурга в Германию и даже далее, в Англию, в Лондон, чтобы оттуда возвращаться посуху через Европу. Или из Риги плыть в Данциг, Штетин или Любек. Но по ходу пути все водные планы отменяются. Суша под Николаем Карамзиным еще довольно «глубока» (притягательна, привычна сознанию); путник долго не решается ее покинуть.

Показательная сцена; Карамзин, наблюдатель, мыслитель, «рефлектор», стеснен с двух сторон необъятными сферами воды и суши, моря и Москвы. Куда-то делись немцы, членящие, размеряющие пространство, помогающие Карамзину с помощью регулярного размера справиться с идеей бесконечности. Вот, пожалуйста — сошлись краями две бесконечности, московская и морская. Разве тут помогут немцы? Они поместили между двумя стихиями узкий прибалтийский пояс. Да, весь он «в клеточку», аккуратно размерен, но он неширок; его существование между двумя стихиями по внутреннему ощущению небезопасно.

Это чувство и теперь сказывается в оформлении хрупкого пространства Прибалтики.

*

Интересное дело эта одушевленная геометрия. Квадраты и круги, кубы и сферы; куб Европы тщится размерить пульсирующую московскую сферу. Вот и в голове Карамзина действует немецкий куб: Николай Михайлович хочет р а с с ч и т а т ь М о с к в у.

Москва есть вечный вызов точному ментальному инструментарию немцев. Не только немцев — речь тут не о национальности, но о способе «черченого» мышления. Результаты наступления квадратов на восток в историческом плане довольно противоречивы.

Другой вопрос — что такое наступление немецких кубов в настоящее море, как регулярное сознание Германии шагает в море? Как-то я об этом не задумывался, пока не увидел Карамзина, плачущего на невысокой дюне близ Паланги. А ведь его слезы не только о Москве, о которой ему напомнило море; это еще и тоска о том, до чего же неизмеримо для его «немецкого» сознания с а м о п о с е б е м о р е.

Что такое вообще эта тема — немцы и море?

По-немецки «море» — See; по-английски see — «смотреть».
В этом каламбуре (поверхностном, нелепом) слышен некоторый геополитический смысл. Англичане на всем протяжении истории дозволяют немцам только смотреть на море. Не выходить, не владеть — спаси Господь! — только смотреть.

See? Only see!

Но так и выходит, несмотря на всю нелепость дорожного каламбура. Немцам закрыт выход в большое море; Балтийское не в счет — это внутреннее море, к тому же запертое датской «застежкой». По этой ли, или какой-то иной причине историческое отношение немцев к морю обнаруживает некоторую настороженность; море ими освоено не вполне, не до конца. Как будто море — чуждая для них стихия. Особенно это заметно в сравнении с народами-мореходами, уже упомянутыми англичанами и, скажем, близкими немцам голландцами. У тех существует культ моря; оно поэтизировано, украшено парусами кораблей, шкиперы их и матросы, тем более капитаны, суть национальные герои.

Немцы куда более сухопутны, их любимые образы ходят ногами по земле.

Временами Германию заносит, она покидает континент и ступает в море широкою железною стопой. Вот немцы спускают на воду крейсер размером в половину Дании (дело происходит во времена Гитлера) — совершается национальный праздник. Правда, вскоре крейсер тонет; почему-то немецкие дредноуты более известны сценами своей гибели. С другой стороны, это нам они так известны — наверное, в самой Германии прописана другая морская история. И все же более знамениты их подводные лодки. Почему? Как раз поэтому: немцев не пустили в море поверху — они прошли понизу. Так немцы покорили свое See, ускользнув от английского see.

Ну его, Гитлера, лучше вспомним Гете, тем более что он куда ближе исследуемой нами эпохе Карамзина, — Гете один из ее героев. Вспомним заключительную сцену из второй части «Фауста», самый конец, где Фауст останавливает прекрасное мгновение и умирает. Для него — и для Гете — это прекрасное мгновение то, когда он видит новую землю, о т в о е в а н н у ю человеком у моря. Искусственный, усилием высокого разума подъятый из темных вод (наверняка квадратный) остров счастья. Вот предел мечтаний Фауста, оптимум Гете в отношении человека и моря.

Не родство с ним, не братство, но победа над ним, над его хаотическим вечным движением. Только для этой победы квадрата стоит ступать в море.

А пока оно непобедимо.

Вот и Карамзин, едва его увидев, садится на песок в восхищении и печали. Непобедимо! Не освояемо счетом (как и Москва). Взгляду не обежать его в свободном полете (как и Москву). Нет, немецкие рецепты, наложение на все и вся квадратов и кубов тут не годятся. Это первое предупреждение мечтателю, который отправился за предел Москвы за рецептом для ее расчета и просвещения.

*

Во второй раз Карамзин «замечает» море в Данциге (Гданьске), смотрит с горы Штоценберг ч е р е з г о р о д на водный горизонт. Там раскинулось *необозримое пространство вод*. Как это принять обозревателю, бумажному оптику? Он прячется за город — за квадрат, за куб пространства, он сторонится моря как неведомого чудища, главная опасность которого — непомещение во взгляд.

Можно сделать так: отвернуться и связать морское чудище словом. Просто сказать: *море* — и ехать далее посуху. От избытка пространства следует обороняться метафорами: это по-нашему, по-московски! Нужно на все смотреть сквозь книгу (хорошо, что он захватил с собой Стерна). Русский путешественник способен двигаться только с бумажными очками на носу. С момента (смысловой) схватки с морем эти бумажные очки на носу Николая Михайловича сидят бессменно. Раньше! Едва выбравшись из русских пределов, он уже был готов спрятаться в книгу. Вспомним — у него еще до путешествия был «готов» роман, чтобы в его оболочке ехать себе и ехать, успешно спасаясь от являемых по дороге бездн иного.

Нужно постоянно помнить про роман: таков один из главных законов русского путешествия. Иначе последует наказание: перегружение настоящим пространством. Вот, пожалуйста: только Николай Михайлович забыл про роман, открыл глаза во всю ширь, поехал путешественником — и тут же оба глаза ему доверху залило морем.

Теперь ни-ни — он поедет через Германию, точно через библиотечную полку.

X

Нет, не все еще сказано о море. Не сказано о с в о б о д е м о р я.

За первыми пограничными приключениями Карамзина все время слышен этот вопрос — о свободе. Москва не столько невидима, сколько, в ощущении внешнего путешественника, несвободна. Не о том ли с печалью размышляет Карамзин в Паланге, наблюдая бег волн, их вечное вольное движение?

Перемещаясь по Европе, Карамзин первое время все толкует о свободе.

Перед ним мешаются языки и самые пространства; сто ганзейских дорог ему открыты разом. Ледяной «кристалл» отечества, беспространственные русские теснины, где властвуют санкреи, нравственно-очищенные полицейские чины (не все ли равно, как назвать их?): все осталось позади — *есть всему предел; волна, ударившись о берег, назад возвращается...*

Московская волна отпрянула на восток, оставив путешественника на европейском (морском) берегу свободным, как Робинзона Крузо.

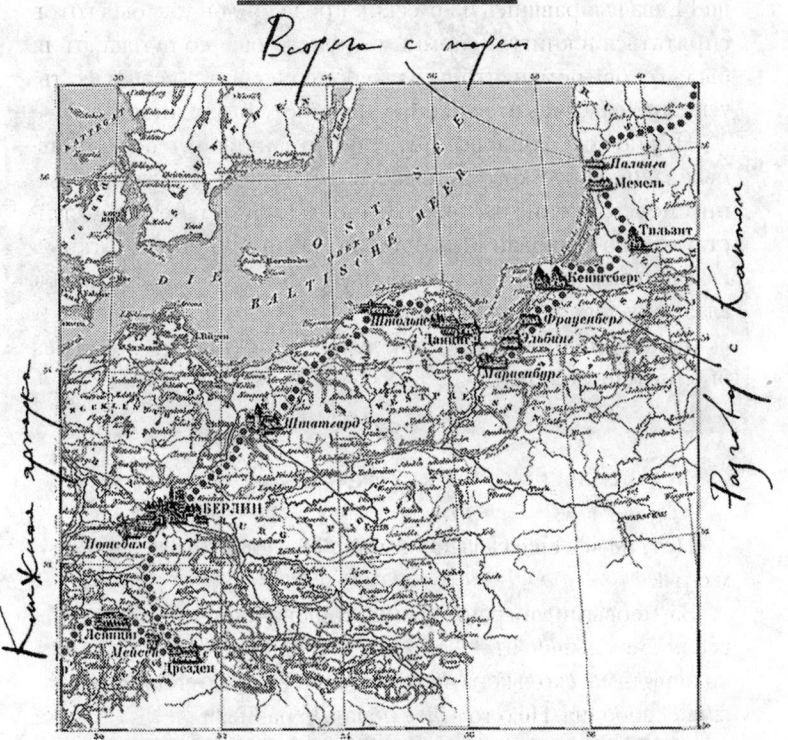

Через Германию *путешественник едет по прямой.
Малые повороты не изменяют общего поступательного
движения. Карамзин по-прежнему «читает» Европу:
перелистывает города как страницы, погружаясь
с каждым шагом все глубже в большую европейскую книгу.
Германия разворачивается перед его мысленным взором
большой книжной полкой. Похоже, Карамзина влечет
не просто запад, но некое идеальное начало
текста, который ему нужно прочитать целиком,
с первой буквы. Начало – на странице слева; Карамзин
отыскивает на карте Европы первую букву, буквицу.
Потому и движется по прямой – по строке, от конца
к началу (кстати, такое движение всегда останется
линеарно, пусть бы дорога вилась и поворачивала во все
стороны). Так, буква за буквой, он добирается до Лейпцига,
бумажной столицы, источника слов – до книжной ярмарки.*

Фигуры языков

Стремление совпасть *с широко открывшимся миром, совпасть буквально (в слове) вызывает порой обратный результат. Странник временами испытывает отторжение; ни в коем случае не личное – Германия к нему гостеприимна. Он «родствен» с нею через язык, он совпадает в общем и целом с теми координатами, которые она выставляет на въезде в свое пространство. Очень редко Карамзин сталкивается с прямо проявляемой неприязнью – увы, дважды это случается оттого, что в нем узнают русского (в русскости он признается сам, так-то этого не определить: Карамзин говорит по-немецки без акцента). И то сказать: в одном случае он встречает шведов, с которыми Россия в тот момент ведет войну, другой случай имел место на востоке Германии, где соседство с близко придвинувшейся Российской империей вызывало понятную настороженность. И все же в целом Карамзин являет собой примерного европейца; он совпадает с Европой в «размере мысли» – и одновременно выпадает из нее . Иллюстрация на эту тему может показаться чересчур прямолинейна: странника вырезает по контуру собственное слово, ясно слышимое изнутри. Чем более вокруг него иноязычного шума, чем больше новых слов возрастает по обеим сторонам дороги, тем яснее рисуется по его внутреннему контуру фигура тишины, та пустота, которая на чужбине ощущается как плотная и весомая тяжесть. Весит ли что-то пустота, весит ли что-то слово?*

Здесь все иное; в прусскую фуру (тут и дорожные снаряды новы: перед путешественником как будто вагон электрички без рессор) набились эстляндцы, лифляндцы, немцы, шведы, итальянец, парижский купец со своею дамой, офицеры и магистр и сам Карамзин; в сумме — пространство олицетворенное. Это — свобода.

Свобода как космос языков; при въезде и выезде во всяком прусском городе проезжающий записывает на таможне свое имя. Пишут кто во что гораздо — граждане вольны в своем письме: Люцифер, Мамон, Авраам (при въезде), Исаак (при выезде). Карамзин отказывается играть в такую игру — почему? В этой фантазии он не свободен. Он русский человек: за ним приглядывает слово. Можно обмануть русского санкрея, слово — невозможно. Нет, Карамзин не подписывает вместо себя ложные имена. При этом, как мы знаем, он знает толк в игре слов. Он не против литературного тумана: его собственный образ в «Письмах» довольно изменен. Alter ego рассказчика — человек молодой и сентиментальный; таким, возможно, хотел бы стать сам Карамзин, но — охлажденный разум оптика того не дозволяет.

Это серьезный вопрос: хотел бы перемениться сам Карамзин в этой поездке по водам времени? Он карабкается на вершину мира — зачем? только ли затем, чтобы обрести совершенный язык, или затем, чтобы обрести другое, совершенное «Я», обновить свою грешную душу? Сложный вопрос. На него не отвечает Карамзин, молчит, точно он запаянная реторта. Ясно только, что в этом вопросе у него есть что от нас скрыть. Он не подписывается чужими паспортами на прусских таможнях. Люциферы и Мамоны пишут за него: теперь он *Баракоменеверус с горы Араратской* или вот — *Аристид, из Афин изгнанный, Альцибиад, стремящийся в Персию.* Наконец, *доктор Панглос. Панглос* — стало быть, *Всеслов.* Этот псевдоним ему нравится. Может быть, *Всеслова* для себя Карамзин выдумал уже в Москве? Он вернулся из похода, поставил себе задачу: обнять мир русским словом. И подписался — *Всеслов.*

Поместить свободу в слово: задача самая сложная — предмет безразмерен и подвижен, и должно найти такой «кристалл» (грамматики?), который не повредил бы свободы слова.

Утопист, одно слово — утопист.

*

В море утопист не утоп. Вопрос о свободе слова, свободы в слове, отложил до возвращения в Москву. Кстати, этот вопрос станет для Карамзина одним из главных в его деятельности в России. Из него выйдет первый русский журналист, настойчиво и последовательно отстаивающий право на свободу мысли, на свободу слова, — сколько это было возможно в его эпоху.

Теперь он повернул от беспокойного, насылающего хаос на его мысль моря в черченую глубину Германии. Утешительный, отрадный поворот. Понемногу забываются замирание духа ввиду бескрайнего водного горизонта и ранящие мысли о свободе. Опять путешествие сходится с чтением. Страница и карта совпали; Карамзин, перелистывая «бумажные» города Германии, постепенно успокаивается.

По идее, несмотря на порывы и попутные развлечения, все происходит согласно заявленной Ленцем программе. В первой части пути странствие Карамзина есть постепенный (широтный) выход на «меридиан» Рейна. Он движется северным краем и затем сердцевиною Германии с тем, чтобы, достигнув Рейна, двинуться вдоль него на юг: вверх, к престолу Альп, к подножию Рейхенбахского водопада. Он сличает свой ход с идеальной картой Ленца. Все (на бумаге) верно. Путешествие русского «немца» продолжается. Все же следует признать: это путешествие человека с бумажными очками на носу, со свернутым в подзорную трубу романом Стерна. Движение экскурсанта, сверх меры начитанного.

XI

Кенигсберг; здесь он говорил с Кантом, в доме коего все чисто и просто, *кроме... его метафизики.*

К чему эта ирония? Разговор с Кантом — важнейший из всех; его дом — первый, что должно посетить в Европе. Еще в Москве Николай Михайлович задавался вопросами неразрешимыми — читая Канта. *«Грезы духовидца, объясненные грезами метафизика»:* название, двоящее разум. Книгу дал ему Ленц, уверяя, что ничего не читал веселее — да уж, веселое вышло чтение: голова читателя осталась едва цела. Как можно увидеть в этом игру? Странные забавы у немцев; не иначе, избыток порядка, везде, всюду и во всем наведенного (избыток чертежа?), подвигает их к мысли, что игра превыше порядка, что играет сам Господь Бог и в его игре родится лучший мир. Лучшее, высшее состояние для них — это *состояние свободной игры понавательных способностей* (Иммануил Кант). Посмотрели бы они на наши русские игры, совершаемые в полном беспорядке. Поглядели бы, на что мы способны в свободной игре познания. Для нас Бог, напротив, — чертежник, господин серьезнее некуда.

С другой стороны, как, не играя, разобраться с вопросом о неразделенности (или разделенности?) души и тела? Вся мыслящая Европа бьется над ответом на этот запредельно сложный вопрос. Карамзин еще из Москвы пишет Лафатеру: *Каким образом душа наша соединена с телом, тогда как они из совершенно различных стихий?* Лафатер отвечает уклончиво — и Николай Михайлович отправляется за тридевять земель, чтобы спросить его об этом прямо.

По дороге — вспомним сцену в Митаве, у русского шлагбаума, где разгорелся дорожный спор о душе — тогда, едва завидев, как со скрипом поднимается от рогаток полосатая оглобля и за нею отворяется свободное пространство, Николай Михайлович явственно ощутил, что его душа расстается с телом.

Путешествие — серьезное дело. И вот русский странник приезжает к Канту, а тот, оказывается, играет в слова, шутит на тему, что они, душа и тело, вовсе не могут быть соединены. Хорошая игра! *Связь между душой и телом непонятна; основания этой непознаваемости неопровержимы.* Вот навязал петель: непознаваемость неопровержима. Стало быть, ежели отбросить ненужные «не», — познаваемость опровержима. Спасибо! Стоило за этим ехать тысячу верст из Москвы.

Карамзин покидает Кенигсберг, несколько недовольный господином Кантом, не то шутником, не то человеком, самым серьезным во всей Европе. Отсюда, наверное, эти пассы о простоте кантовской метафизики.

Навели критику на критикана Канта; едем дальше.

*

Фрауенберг, где жил и умер Коперник; вот где был открыт черченый космос, пространство неземной (невозможной на земле) свободы.

Штолпе, где педантичные немцы требовали палками наказать попутчиков, задержавшихся в харчевне. Наказать палками! Здесь все свободно, кроме дорожного расписания.

Штатгард; *о Штаргарде, куда мы приехали ужинать, могу вам сказать единственно то, что он есть изрядный город и что здешняя церковь Марии считается высочайшею в Германии.*

Да, а Мариенбург! Я позабыл о нем, да и у Карамзина он упомянут как-то вскользь, между тем в оном Мариенбурге или Мальборке находится величайшее в мире сооружение из кирпича: замок *Немецкого ордена.* Это важно, это же сущая г р о м а д а   ч е р т е ж а, здесь родятся квадраты (сознания), которые запад, вооруженный до зубов, сотни лет подвигал на восток. К моменту приезда Карамзина замок полуразрушен, — но может ли быть поврежден исходный квадрат?

Абстрактный квадрат неприкасаем, несокрушим, он вечно будет наступать с запада на восток. Как же русский путешественник не различил этого невидимого наступления?

Наверное, он различил его, только о том умолчал.

Карамзин молчит о невидимом квадрате, притом что он только затем и едет с востока на запад, чтобы освоить его, квадрата, неизменный, надежный порядок.

Это скрытые материи; их русский странник прячет — отчасти от самого себя, — закладывает за масонские письма и застегивает карман. Здесь сокрыта его тайна тайн. Правила и особенности сознания, русского и европейского, и вслед за тем различия в словах. *Связь между ними непонятна; основания этой непознаваемости неопровержимы.*

Да нет, все проще — он просто скучает по Москве.

Берлин: о нем пространный рассказ в «Письмах» Карамзина (там же лучше читать о *его* Берлине) — рассказ, на современный вкус, странный. В нем как будто много лишнего, неузнаваемого нами. Мы не так привыкли представлять себе Берлин. Возможно, здесь сокрыты семена книг несостоявшихся или состоявшихся, но не переведенных на русский язык. Ощутимо проходит мимо взора этот карамзинский Берлин. Остается впечатление обширного, не вполне чистого, какого-то пестро-серого города, где живут люди, не имеющие обоняния, не уважающие Лафатера; зато здесь есть прекрасная опера (замена мира акустическая) и библиотека (замена бумажная).

Дома вдоль его улиц смотрятся как расставленные по полкам книги.

Некоторая смутность и подвижки в портрете Берлина, возможно, связаны у Карамзина с тем, что главной своей задачи он здесь не решил. Ему необходимо было встретиться с г-ном А*, но тот его не дождался, и Николай Михайлович приехал как будто на пустое место. Заполнить эту пустоту многоречием не удалось: от этого вышла картина, стоящая рядом с настоящим портретом Берлина. Г-н А* — Алексей Кутузов, один из ближайших знакомых Карамзина по «Ученому обществу» и дому с готическим окном. Замечательный человек, мыслитель, во многом направлявший Карамзина — до определенного момента, пока искания обоих шли в одном направлении. Но вот они пошли разными путями, и к моменту встречи в Берлине они были уже почти противники. Эта встреча могла навести между ними мосты, восстановить отношения? — нет, не могла. Разрыв был слишком определен: от внутренних исканий Карамзин перешел к путешествию явному. А* не мог того простить, оттого и сделался А*: человеком со странным знаком вместо имени.

*

Дрезден, которого книжные полки (улицы) по размеру не менее берлинских, но книги (дома) в них сдвинуты гораздо теснее. Всего важнее в нем галерея, содержание картин которой *должно* передать еще парою десятков книг. Эти описания теперь читать невозможно: многословные рассказы о картинах, тысячу раз (нами) виденных, наподобие «Сикстинской мадонны» Рафаэля. Они давно и прочно — прямо, визуально — поселились в нашей памяти. Впечатление такое, что Карамзин пытается загородить их словами. На самом деле он пишет друзьям, которые никогда этих картин не видели. И все же как тяжело читать эти страницы, где слова прямо закрывают зрение!

Мейсен: здесь опять из записной книжки является крылатое слово Лафатера о том, как нужно наблюдать себя со стороны и так различать в себе душу, и уже готов очередной оппонент, на сей раз немецкий (пражский студент), чтобы возразить на слишком уж материалистическое толкование души, но... вовремя останавливается дорожная бричка.

Но вот и Лейпциг — все, доехал наконец!

В Лейпциге рисуется первый промежуточный финиш в путешествии Карамзина.

Здесь — *книжная ярмарка:* от этого места русскому читателю нет надобности двигаться далее. Здесь все уже вперед написано. Наш путешественник прямо так и говорит: Лейпцигская книжная *одна может заменить всю Европу.* Сиди читай и не двинься с места до скончания века.

Так Карамзин дошел до искомого им «зеркала», того, что в первую очередь ищет русский путешественник: бумажного. Мир уже в нем отражен, «виден» лучше, чем он есть на самом деле — это зеркало набора книжной страницы.

Он не хочет отсюда уезжать.

Что означает двинуться дальше из точки, которую ты уже нашел наилучшей из всех возможных? Опять эта досадная задача: п р о т я ж е н и е т о ч к и. Невозможно уловить границу между покоем и движением. Душа нашего странника смущена, он готов разорваться между (бумажным) покоем Лейпцига и необходимостью продолжать путешествие. Всюду ему чудятся разрывы и нарушения в пространстве разумной вселенной.

*

Вот, тронулся как будто. И сразу же происходит странный эпизод, чем-то напоминающий «водные» сцены отъезда из Москвы, проливной дождь и аварию в Нарве, наблюдение морского монстра в Паланге. Что-то опять происходит с водной стихией. Это значит: что-то происходит с временем.

Ленц предупредил его: русскому паломнику предстоит путешествие по водам времени, через все состояния воды, от льда в Москве ко льду в Альпах. И вот, пожалуйста: стоило выступить (противу желания) из покойного Лейпцига, как случается очередное водное трясение. В поле под Лейпцигом Карамзина застает ужасная буря, взявшаяся из чистого неба.

В несколько минут покрылось небо тучами; заблистала молния, загремел гром, буря с градом зашумела, и – через полчаса все прошло...

Для объяснения этого происшествия нужно взглянуть в исторический календарь. Буря над головой Карамзина прогремела 14 июля 1789 года.

То есть: сокрушение вод посреди ясного неба над головой русского путешественника произошло с и н х р о н н о с взятием Бастилии в революционном Париже. Там, кстати, тоже все прошло в полчаса — и целый мир изменился.

Покой во времени, в истории и географии был роковым образом нарушен. Континуум Европы распался: с этого мгновения началось неостановимое, охватившее постепенно весь мир революционное движение.

Поле под Лейпцигом побило молниями.

Прежде чем углубляться в метафизику, нужно выяснить два вопроса. Первый: по какому календарю двигался и делал свои записи русский путешественник? Если по своему, русскому, то синхронность событий в Париже и Лейпциге отменяется: штурм Бастилии совершился десятью днями ранее грозы в немецком поле. (С другой стороны, может, как раз за десять дней и докатилось?)

Второй вопрос: что, если этот ощутимо вставной эпизод с бурей в чистом поле в самом деле был вставлен, только много позже, когда Карамзин уже в Москве выправлял свои «вещие» заметки? С него станется; к тому моменту мир для него весь был связан (стреножен, пленен) словом. Слово для него стало окончательно «правильнее» мира. И если, как ему стало известно задним числом, 14 июля 1789 года материя времени получила в Париже жестокую пробоину, после чего история мира пошла вразнос, то он как литератор просто обязан был найти этот день в своем путешествии и отметить его каким-нибудь соответствующим приключением, намеком судьбы. Вот, пожалуйста — в чистом поле из чистого неба на него налетела буря.

Чтобы выяснить этот вопрос, нужно лезть с головой в его черновики, оригиналы писем, которые не все сохранились. Только так можно выяснить, совпадение это или позднейшая вставка Карамзина-редактора.

Не полезу ни в какие черновики. Я русский читатель: я поверю Карамзину.

Я верю в то, что если время где-то рвется, да еще так — с взятием Бастилии, — то сия жестокая трещина обегает всю вселенную разом. Люди чувствительные, у которых при расставании с отечеством душа как будто расстается с телом (этого не скрыть никакой насмешкой, никаким отстранением текста), такие люди слышат это удаленное потрясение, над их головами собираются облака и сверкают молнии.

Я верю в то, что это было происшествие метафизическое; чуткий путешественник Карамзин наблюдал мгновение парижского события в виде бури в чистом небе. Тот, кто не верит, пусть считает, что Карамзину просто не хотелось уезжать из Лейпцига, выходить из страниц его большой книги на сквозняк реальности. Вот он и выдумал революционную бурю в чистом поле — и вернулся на несколько дней в город книг, захлопнул за собой створки его каменной обложки.

XII

Нужно, однако, двигаться дальше. Карамзин переезжает в Веймар. Насмотрелся книг, теперь должно посмотреть на их авторов.

В Веймаре ему положено было повидаться с Гете, но прежде того, согласно алфавиту путешествия — с Гердером.

И прежде того с Виландом! — этот на букву «В».

С Виландом и Гердером поговорить удалось, и на славу, Гете же он только наблюдал: издалека, в окне. *Важное греческое лицо!* Более всего был заметен греческий нос. Нос этот выступал из всех тогдашних сочинений Гете.

Мы уже упоминали реформу немецкого языка, который воспользовался греческими метрическими и граммати- ческими конструкциями. Тогда отовсюду повылезали эти античные «носы». Все было к лучшему: язык насытился пространством. Карамзин ясно сознает это. *Гердер, Гете и подобные им, присвоившие себе дух древних греков, умели и язык свой сблизить с греческим и сделать его самым богатым и для поэ- зии удобнейшим языком; и потому ни французы, ни англичане не имеют таких хороших переводов с греческого, какими обогатили ныне немцы свою литературу. Гомер у них Гомер...*

Теперь бы этого Гомера перевезти (перевести) в Россию!

С гомерообразным Гете Карамзину поговорить не уда- лось: на другой день тот уехал в Йену. Довольно было пока- зать себя в окне в профиль заезжему русскому. В профиль, только в профиль. Слово, двигаясь по строке, должно быть видно в профиль, иначе не различить его выдающийся гре- ческий нос.

Кроме носа Гете, Карамзин в Веймаре думает о Ленце, не- когда водившем дружбу с Гете. Он тут бывал, чудил по обык- новению, на придворный бал приходил в домино и маске, преследовал возвышенными ухаживаниями герцогиню и строил планы по переустройству герцогского войска. Поссо- рился с Гете и отправился гулять по белу свету.

В Москве Ленц выглядел как правоверный масон, здесь же, в Веймаре, чудил как русский; он был тут не вольный ка- менщик, скорее мейстерзингер. Дамам по окрестным дерев- ням днями и ночами читал Шекспира.

*

Теперь приходят сомнения, насколько серьезна была рекомендация Ленца и вообще — может, Карамзин сам так вырулил, по шахматной доске Германии прочертил такую траекторию, или вовсе все вышло случайно, по ходу путешествия. Расшифровок и подробностей в построении своего маршрута Карамзин, разумеется, не сообщает. Все, что связано с масонами, укладывается у него в буквы А* и Л*. (Алексей Кутузов и Ленц).

Во Франкфурте Николая Михайловича изумило то, что старинные дома в нем раскрашены разными красками, *что на взгляд весьма странно*. Дома в черно-белой книге и должны быть черно-белы.

Но вот и Рейн!

*

В Страсбурге закончилась книжная полка Германии; далее, за Рейном, в открытом пространстве увиделась Франция. Вид ее был как-то гол (не покрыт страницею); повсюду говорили о бунте. Незадолго до приезда Карамзина Страсбург в самом деле взбунтовался; была повреждена ратуша[17].

В тот момент он был в Мангейме — и тут ему явился очередной знак судьбы. Как же иначе? Карамзин совершает судьбоносное путешествие. Перед въездом в бунтующий Страсбург в Мангейме русский странник наблюдает знаменитую статую Лаокоона, атакуемого змеями. Что такое эти змеи, о чем предупреждает новых троянцев пророк Лаокоон? Эльзас весь в волнении. Карамзин поворачивает от бунта и скоро о нем забывает; он движется согласно своей идеальной схеме — вверх по Рейну, в пределы богоспасаемой Швейцарии.

[17] Лотман полагает этот рассказ прикрытием настоящего происшествия: Страсбург в те дни был спокоен, как и весь север Франции. И будто бы Карамзин, этим спокойствием вдохновленный, совершает в те дни первый короткий визит в Париж. Кстати, с Кутузовым, которого он после Берлина все-таки в дороге настиг и вместе они поехали в Париж, где рассорились окончательно. Стало быть, какой-то бунт в эти дни все же состоялся.

XIII

Наверное, на наш новейший вкус, язык странника (в отличие от схемы движения) не выглядит идеальным. Он пестр и неровен, его мозаика разрозненно подвижна. Но если таково его странствие? Таков его путь и путь его мысли; более того, можно предположить, что в некоем поэтическом размере рассказы о местах, что он пересекает, совпадают с «размером» этих мест. Путешествие имеет свой темп, свой модуль, который по ходу движения меняется — и текст о нем должен меняться, мешаться мозаикой, различая пейзажи слова — русский и европейский. (Тем более пестры эти заметки, которые суть взгляды, бросаемые во все стороны от маршрута Карамзина с надеждой набраться больше воздуху для слова; ничего, будем надеяться, понемногу выправится.)

Восхождение по Рейну и далее, по ступеням гор к невидимой звезде Альп, к двери лаборатории Лафатера сопровождается у Карамзина рассказами, скажем так, пространственно самодостаточными, отдельными фигурами, не имеющими прямой связи с картой. Эти фигуры встают как будто под углом к дороге, они отдельны от нее. По ним невозможно следить за направлениями света; куда движется путник, неясно — движется текст сам по себе, сам в себе, а это совершенно иное (бумажное) помещение.

Карамзину открывается пространство Германии, как будто привычное, освоенное, хотя и в переводах — оттого его дорожные рассказы звучат как переводы с немецкого. На этом отрезке он мало подвигается к своей главной цели: самообозрения и приучения своего языка к свободному видению в режиме «сейчас». Возможно, странник в этот момент слишком собою доволен или доволен этим немецким пространством.

Так или иначе, его одолевают сантименты.

Карамзин-путешественник (или его бумажный двойник?) постоянно и намеренно душевно обнажен, чрезмерно доверчив, исполнен нежных страстей, которые прячет, порой неискусно, за сказками, притчами и прозрачными эвфемизмами. Заглядывается на дев, бежит от них — и прячется в бумагу. Ему следует вести себя как немцу, вот он и ведет себя так, словно в здешней бумаге отпечатался и стал немец.

То и дело лезет целоваться — ко всем, даже к швейцарской невесте в виду жениха. (Это будет позже, в Швейцарии, но в состоянии той же эйфории: он уже «зачитался» своим путешествием до некоторой потери сознания.)

Среди объятий и поцелуев восхождение идет незаметно. Странник движется и самому себе рассказывает сказки. Вот история о графе, ушедшем в Крестовый поход (еще один путь из Европы с мечом-крестом координат в руке). Войско гибнет в Палестине, но графа спасает дочь восточного владыки. Далее, забыв о кресте и укрепляющих душу христианских координатах, граф вступает с ней в связь и с нею же возвращается домой, где ждет его верная жена. При этом жена (где Сад, где Ланкло?) не только прощает графу его азиатку, но к ним присоединяется третьей, и в этом странном союзе они блаженствуют до самой смерти. Памятник им наш путешественник ставит в церкви (!), не скрывая слез умиления.

Плачет поминутно. Сразу после графа сквозь слезы рассказ о монахе и монашке, которые окаменели в момент свидания, не успев согрешить. В какой, хочется спросить, позе застигла их судьба? У Николая Михайловича нет интереса к позам, он наблюдает фигуры слов. В слова нужно перевести графа, жену и любовницу-азиатку, монаха и монашку. В слове — его, Карамзина, омытом слезами слове — на них не будет скверны. А полная чувств попутчица в экипаже, сидящая вплотную, с головой, прыгающей на его плече? А «нимфы» из Пале-Рояля (тут опять мы забегаем вперед)? Нужно умудриться назвать парижских уличных шлюх нимфами. И всякий раз путешественник спешно оборачивает страсть в бумагу, в рассказ, в гладкий текст: спасается словом. Метафоры притом подбирает аптекарские: *симпатические слезы в глазах ея.* Ну что это? Нимфы! Книгу ему вместо клетки. Он и рвется — в книгу. В немецкую.

*

Заканчивается немецкая книга. Наконец Карамзин в Швейцарии; паломничество его близко к высшей точке.

Отъехав от Базеля версты две, я выскочил из кареты, упал на цветущий берег зеленого Рейна и готов был в восторге целовать землю. Счастливые швейцары!

Занятно: после этого всплеска чувств рассказ путешественника с каждым шагом продвижения в земной рай становится все спокойнее. Это отметить очень важно, потому что готовится радикальная перемена в его настроении, перемена духовного вектора во всем его путешествии. Оно приближается к высшей точке. Согласно «немецкому» раскладу (предсказуемому развитию сюжета) ему положено радоваться и подниматься настроением все выше. А Карамзин остывает, знакомым образом прищуривается, окидывая проясняющимся, пристальным взглядом цветущие окрестности.

Не в том дело, что внимательный взор его отмечает все более деталей, не вполне совпадающих с заранее, еще в Москве нарисованной райскою картиной. К этим расхождениям внутреннего и внешнего рисунка Карамзин давно привык и, как и положено истинному путешественнику, всегда готов исправить идеальные предощущения, приземлить их и даже посмеяться над ними. Однако теперь его ждет поворот куда более значительный. Уже не частное исправление ему предстоит, но пересмотр исходной затеи в целом. Реальная Швейцария оказалась совсем не той мифической образцовой Гельвецией, которую Карамзин рассчитывал увидеть в сердце Альп.

Что такое рассказал о ней в Москве выдумщик Ленц? Здесь совсем не образец; просто — страна, разве только добившаяся среди своих граждан высокой степени договоренности о соединенном бытии.

Еще не готовый снять с глаз своих розовых очков, Карамзин продолжает взволнованный рассказ, но теперь он более уговаривает себя, нежели московских респондентов, что угодил в рай. Еще меньше надежд на то, что здесь он найдет идеальное сочетание реальности и слова, воплощенной Книги, с которой он рассчитывал сводить русскую кальку.

Немецкий язык тут просто плох. Идеальная, прямо совпадающая с лучшей из всех реальностью Книга не может быть написана таким языком.

Центральный пункт его паломнической программы оказался под угрозой. Карамзин, похоже, уже понимает, что не станет здесь писателем, по крайней мере т а к и м писателем.

Задним числом мы можем рассудить: он станет н е т а к и м писателем. Книга его и самый язык русской книги будут оформлены иначе, на свой собственный манер.

XIV

Вот и Лафатер. Господин с огромным носом (не греческим, каким-то корабельным; такой не собьется с курса, с мысли).

Нет больше сил скрывать: Карамзин р а з о ч а р о в а н. Вообще в Швейцарии и конкретно — в Лафатере.

Разумеется, он не проговаривает этого прямо. Но сюжет путешествия, излагаемый им привычно размеренно, гладко, с умолчанием о неприятностях или по крайней мере представляющий их с улыбкой, в этом месте как-то опасно зависает. Русский экскурсант по земному раю в недоумении: реальный, не бумажный Лафатер оказался никак не возвышен. Обыденно, обывательски мудр, не более.

Со стороны это снижение как раз ожидаемо, композиционно уместно. После *симпатических* немецких слез надобно было отрезветь; Карамзин стремительно трезвеет, глядя на Лафатера.

Но это отрезвление оказывается одновременно прозрением; совсем не тем, которого он ожидал, направляясь к вершинам Альп, но может быть, значительно более важным. Карамзин ожидал писательского, философского прозрения — он и получил его. Откровение было в том, что вместо идеального немецкого чертежа, который он хотел подстелить под страницу будущей всецело просвещенной русской книги, нужно искать свой собственный чертеж, свой «пространственный» принцип, которого не высмотреть ни в каком путешествии. Вернее, так: нужно двинуться в «запредельное» путешествие и оглянуться в высшей его точке на свою собственную страну и понять ее «конструктивную» оригинальность, потребность в собственном пластическом (визуальном и словесном) законе самооформления.

Вот истинное начало новой русской литературы, вот чувство, давшее ей решительный толчок. Если в древнегреческой литературе это чувство есть гнев Ахилла, который составляет композиционный нерв «Илиады», начинает ее и завершает, то для Карамзина это изначальное формообразующее чувство есть разочарование в Лафатере.

Он словно просыпается в идеальной стране Гельвеции, где пребывал до этого момента как будто вставленный в гравюру, изображающую свадьбу горних селян. Лишний человек, вклеенный где-то сбоку в виде наспех наштрихованной фигуры иноземца, с глупой улыбкой, в глупом наряде, с руками, разведенными для объятий, когда ни один из хозяев нейдет с ним обниматься.

Только тут русский путешественник отходит от немецкой грезы, отворяет пошире свои «всевидящие» глаза.

Куда он явился, зачем он здесь?

Он пришел сюда с другого полюса Европы, где властвует лед или сон разума; как он полагал — в свет, в лучший из миров. Здесь ожидал увидеть царство мысли, а обнаружил — республику очевидного.

Свет довольного собою разума благодушно и ровно ко всем обращен: равно распределен. На каждого в среднем; посредственность его модуль. Философ Лафатер, могучий ум, за советом к которому Карамзин так часто заочно обращался, оказался филантропом; не столько мыслителем-творцом, сколько аптекарем, что свои мысли раздает как по рецептам, взвешивая на весах. Эти мысли-порошки так же, в сущности, по качеству своему средни и равно пригодны всем клиентам, как хина от лихорадки и толченый уголь от вздутия живота. Как же иначе, если одним и тем же средством хитроумный альпийский мудрец собрался окормить всех и вся?

Наш путник ощутил себя внезапно объевшимся чужим лекарством.

*

У Карамзина достает выдержки, чтобы посмеяться над собой. Шутя, он присягает физиогномике Лафатера, его же метоскопии, науке, читающей прошлое и будущее человека по морщинам на его лбу, и подоскопии (неужели от «пода», «подошвы»?), дисциплине, различающей характер человека по рисунку его ступни.

Минуту спустя он уже посмеивается над Лафатером.

Николай Михайлович умеет улыбаться. Вторая половина его морщин (первая от «всевидения») происходит от постоянной — постоянно скрываемой — улыбки.

Вообще он азиат, и фамилия у него татарская, кара-мурзинская, и пришел он не из Москвы, а с Волги, с левого, азиатского берега; с чего я взял, что глаза у него с прищуром, может, он просто волжским образом раскос?

Более всего ему досадно от той простой мысли, что сей гравированный эдем не переносим в его родную Азию. Да есть ли надобность в таком переносе? Собственно, и желания такого переноса у Николая Карамзина с этого момента особо не наблюдается.

Нет, это не досада.

Одновременно горечь и вместе с ней странную свободу ощутил русский путешественник. Свободу от ненужного, надуманного задания. Какой такой размер он надеялся здесь различить, чтобы этим размером рассчитать, к примеру, его ничем не измеримую Москву? Иллюзия его вела, он повлекся на зов сказки. Размеренная наука бытия возможна лишь в здешних тесных пределах, где края гор вырезаны дамскими ножницами, украшены бахромой и ватным мхом; дома встают как коробки из-под дорогих сластей, а сладкого он не любит. Все это чужое, и чем оно лучше для Гельвеции, тем хуже для Маросейки и Чистых прудов, которые еще вчера именовались Погаными. Нет, до нас этого не донести, это н е п е р е н о с и м о.

Тут надо заметить, что вслед за Карамзиным (на сто лет вперед разочарованным) сюда потянулись в паломничество его духовные дети, русские писатели — с той же целью: коснуться идеала. И с тем же результатом: потерей оного.

Они так писали свои книги, вкладывая в них собственные надежды и разочарования. Достоевский вывел отсюда князя Мышкина, Толстой — Пьера Безухова. Кстати, ни тот ни другой не стали описывать сих многородящих пенатов (у Толстого есть на эту тему отдельный рассказ «Люцерн», где он многое объясняет насчет разности сочинений европейского и русского). Оба наградили своих героев — ключевых, главнейших героев нашей литературы — ажурными помещениями души и одновременно сюжетами невмещения их душевного «пространства» в русскую «плоскость». Они наделили их неспособностью к переносу здешнего, в порошках распределяемого счастья, в отверстые раны Московии.

Каждый из русских авторов, а перебывало их тут множество, рано или поздно испытывал те же чувства: досады и непременно странной свободы; горького разочарования и вместе такого же горького (русского?) вдохновения. Вдохновения от противного.

*

Лафатер спросил русского странника: *Сочиняют ли моско-виты стихи?*

– *Молитвы*, – отвечал Карамзин.

Это можно оценить как пророчество. Он, похоже, уже начинает искать новый модуль для русского слова. Он полагает, что мера духовного содержания должна быть в нем существенно выше, нежели у немецкого.

Карамзин начинает искать новое московское слово.

XV

Обещания другу Ленцу педантично выполняются. Русский путешественник к северу от Цюриха осматривает место, где великая река Рейн падает с высокой ступени вниз, образуя знаменитый водопад (не Рейхенбахский).

Вид Рейнского водопада поражает Карамзина тем, насколько верх воды отличен от низа. Хоть он был о том предупрежден, но все же разность двух вод оказалась удивительна. Сверху тихий поток, бегущий по зеленой равнине почти незаметно, вниз опадая, превращается в водяную стену, чудную тем, что она одновременно как будто недвижна, но на деле страшно подвижна; с е й ч а с стоит и падает.

Сверху к тихому Рейну путник подошел пешком; снизу к чудному, странному Рейну он приплыл на лодке, которую качало и бросало по бурным волнам. Внизу можно пройти под рекой, в галерее, образованной самой природой (только пол в ней настелен деревянный), и наблюдать водную стену изнутри, на просвет, изумляясь метаморфозам пространства. Возле воды живет иное пространство, потому что сама она не пространство, но время.

*

Карамзин покидает всеми хоженные тропы, расстается (дружески!) с Лафатером и его торной дорогой здравого смысла. Дошед до Берна, оставляет в гостинице багаж и сворачивает на юг. В этот момент *(см. схему на стр. 91)* Карамзин делается в полном смысле слова *северянином*, ходоком, идущим от Северного полюса к центру мира. Следует отдать ему должное: он разыгрывает эту партию по всем правилам — русский северянин идет в горы налегке, движется большей частью пешком или на легкой лодке, колеблемой ветром. Теперь при всяком удобном случае он стремится идти (словом) без дорог.

Тун и одноименное озеро *(Тунское:* так по-русски), длинное и узкое как *туннель,* открывает ему водный путь на юг. Наконец, гряда высоченных Бернских Альп преграждает ему путь. По ним взобравшись, можно перешагнуть в небо.

Вообще-то говоря, так можно перешагнуть в Рим — первый, исходный. Поту-альпийский. В первую очередь эти горы представляют границу империй, времен, эпох. Возможно, для племен, некогда «вне времени» обитавших в Гельвеции, сознание, что *там – Рим,* было родственно сознанию *там – Бог.* Или не было для них ни Рима, ни Бога?

Альпы открылись Карамзину в первозданной дикости; явился обещанный Ленцем Триммербах — водный поток, пробивший гору, воплощение воли к свободе. Поток летит с высоты, рассыпаясь по мере полета в водную пыль, в ничто, или в неуловимое нечто, которое одно может сообщить нам понятия: высоты, полета, совершенной, нерасчисляемой свободы.

В ШВЕЙЦАРИИ

странствие по Германии

выход на «меридиан» Рейна
Страсбург

Рейнский водопад

Боденское озеро

Базель

Цюрих

Берн

Лозанна

Люцерн

Женева

Женевское озеро

Тун

Рейхенбах

Розенлауиглетчер

Триммербах

путь во Францию

Гельвеция *(Швейцария) для русского паломника есть не просто возвышенная страна, ближе остальных подступившая к небу; это еще и укрытие, чаша с высокими стенками, попасть в которую и выйти из которой можно только через особые ворота, образованные самой природой. На северо-западе стенки чаши образуют горы Юры: мимо них по оси Рейна Карамзин проникает во внутреннее помещение горной страны; на юге его ограничивают неприступные гряды Гларнских и Бернских Альп. Выход – вниз во Францию, в Европу, ожидается через «туннель» верхнего течения Роны. Хорошо укрытый, сокровенный мир: без этого ощущения бытия в пригоршне у Господа вряд ли состоялся бы миф о горнем швейцарском рае. Вряд ли бы воспринимал этот миф так остро русский странник, для которого вопрос укрытия, замыкания по контуру идеального мира всегда был принципиален. Еще интересно совпадение по меридиану: вошед по Рейну строго с севера, Карамзин после посещения Цюриха возвращается на ту же ось: Берн – Тун – Рейхенбах.*

Этажи воды (времени)

Небо
Ледник
Ручей
Озеро
Водопад
Море

Вид из учебника, *излагающего основы метеорологии: верхние этажи воды на нем предъявлены – небо, ледники, горное озеро, водопад, начало реки (начало времени). Положение горного озера представляется в этой цепочке несколько нелогичным: что означает эта фигура покоя? По идее, от точки, которая подразумевает точку таяния льда, начинается общее движение: точка производит линию (реки), линия обещает в итоге пролиться плоскостью (моря). Но вот эта промежуточная озерная плоскость: она не более чем обещание морского горизонта. Что означает эта гладь? Зеркало горного озера, столь же недвижимое, сколько подвижен и шумен поток, из него исходящий: этот контрастный вид словно специально предъявлен страннику (на картине их двое), чтобы он задался вопросом об аллегории: чему, какому сюжету соответствует этот резкий, волнующий переход? Если исходная точка в токе воды есть символ начала, рождения времени как такового, а море символ конца или большего времени, собирающего в себя все его малые токи, то что символизирует это озеро, покой которого столь невесом и хрупок? Символ первого успокоения замысла – чистого, не замутненного позднейшей работой слова?*

А вот и Рейхенбах, столь грозный и звучный, что постигается уже не зрением, но скорее слухом: этот водопад прячется от глаз в облаках и вихрях водной пыли. Он постигается иным, возвышенным чувством, словно этот водопад представляет самого Бога[18]. Путник, сраженный его величием, опускается в молитве на мокрую траву, правда, ненадолго: откуда-то с изнанки сознания Карамзину является боязнь простуды: водопад Рейхенбах в минуту промочил его насквозь.

*

Ему открывается прекраснейший из альпийских ледников, Розенлавинглетчер, который содержит в своей многозначительной неподвижности все состояния воды (как в предлинном своем названии половину букв алфавита).

Да, так оно и было: все этажи воды прошел Карамзин, поднявшись сюда, в божественные Альпы — море, река, горный ручей, водопад, ледник на вершине. Виды и состояния воды (времени) столь разные, что как будто пребывают в разных мирах, собранные вместе одним лишь усилием ума. Но стоило совершить это усилие, собрать все формы вод (времен). И далее — сделав еще один шаг вверх, уже в самое небо, представить высший из всех, невидимый «слой времени» — небо. Оттуда, сверху, начинается обратный ток времени. Небо, невидимо *кипя*, опускается на ледники, те дают ход водопадам, ручьям и рекам (времени), пока наконец они не проливаются в его же, времени, море.

---

[18] Возможно, эту его невидимость, таинственность и одновременно чувство присутствия иных сил использует Конан-Дойль в роковом сюжете о Шерлоке Холмсе. Сначала он топит Холмса в этих струях, как будто закрывающих нечто неземное от нашего земного мира (иначе писателю было невозможно избавиться от надоевшего ему персонажа), затем из тех же соображений здесь же его воскрешает.

Так небо дарует земле заключенную в воде субстанцию (сознание) чистого времени.

Не иначе, поэтому столь сильны проживающие в этих краях швейцарцы в производстве часов.

Но рекорды регуляции все меньше интересуют русского путника. Не то чтобы он разгадал секреты альпийского поверх-европейского, над-пространственного полюса, увидел звезду над Рейхенбахом или зеркало поверх Розенлавинглетчера или за грядою гор различил Рим как Рим — неизвестно. Пусть это останется его дорожной тайной.

Карамзин понял, что его собственной стране должно жить по другим, иначе размеченным часам. Иначе осваивать океанское пространство материка, иначе управлять водой (временем), иначе мыслить, говорить и сочинять, писать иные книги.

Вряд ли так было загадано вперед, еще в Москве. Николай Михайлович с открытым сердцем отправился в путь; маршрут его не раз менялся, воображаемое и реальное странствия сходились и расходились. Со своею мечтой сопрячь воедино (русские) пространство и слово он всерьез полагался на немцев. Тысячу раз ему казалось, что единство души и тела, зрелища и его содержания наконец достигнуто и не требуется никаких новых скреп для его удержания нашим сознанием. И — тысячу раз развеивалась эта чудная греза. Что же происходит с ним у престола водопада, ведущего себя, точно древний бог? Вот что: достигнув вершины мира, который он полагал за идеальный и где рассчитывал найти точку «подвеса» мира к небу, Карамзин обнаружил свободно ходящий шарнир: это была подсказка (того же неба), совет свыше — продолжить путешествие.

Вдруг его развеселила «рифма»: пить на Рейне рейнское (вино).

Пора бежать из рейнского рая.

XVI

Дальше с моей памятью происходит что-то странное. Несколько раз я перечитывал письма Карамзина и, как мне показалось, разобрался в их последовательности. Тем легче было это сделать, что они содержат связный внутренний сюжет. В основных пунктах сюжет таков: расставание с Москвой — качания на границе (их несколько, границ: старинная в Нарве, «коромысленная» в Дерпте, официальная в Митаве, метафизическая у моря) — Германия как большая библиотека — Швейцария как рай земной, неизбежное и скорое разочарование в ней (в нем) — и бегство, «падение» в революционную Францию, где Париж и «фокусы» (о них чуть ниже) — Англия и новая идея моря — возвращение домой.

Точно по нескольким классам школы, с каждым шагом добавляя своему разумению нового пространства, «отражаясь» в каждой стране, им увиденной, проходит Карамзин Европу. Во всяком ее классе он научается для себя и для своего языка чему-то новому. Иногда урок в следующем классе в чем-то отменяет прослушанное в предыдущем (так Франция наполовину отменит его швейцарский урок), но в целом курс воспринимается последовательно и связно.

И вот эта странность на границе между Швейцарией и Францией. В голове моей после первого чтения осталось «падение» Карамзина с высоты Альп сразу в «низменный» бунтующий Париж, отказ от высоких альпийских идеалов и погружение в смуту революции. Вертикальный, яркий сюжет — слишком яркий; он напоминает сцену изгнания из рая. В таком прочтении (воспоминании) он возобладал над памятью, навязал ей сказку вместо правды.

Некоторое оправдание для себя я нахожу в том, что в этом месте проходит граница между двумя публикациями «Писем» Карамзина.

Первая часть их, вышедшая в свет сразу после поездки, заканчивалась посланиями из Швейцарии и венчающим все и вся Розенглавинглетчером. Французские и английские заметки Карамзин нашел возможность опубликовать только спустя десять лет после поездки, когда с воцарением в 1801 году императора Александра I стало возможно говорить вслух о революции и Париже. При Екатерине эти темы были под негласным запретом. Карамзин тогда попросту скрыл, что был во Франции. До того ли ему было, когда начались гонения на друга его, просветителя и масона Новикова? После швейцарских сцен он сам накрывает свои заметки пеленой умолчания; нетрудно было после этого забыть о том, что произошло под этой пеленой.

*

На самом деле было вот что. Между ледниками Швейцарии и низиной Франции совершается некий промежуточный круг его странствия, кстати, по времени самый протяженный[19].

От высот Альп Карамзин спускается не во Францию, но в Женеву: вокруг Женевского озера он чертит этот промежуточный, невольно мною позабытый «недвижный» круг. Карамзин тут проводит осень и зиму с 89-го года на 90-й. Его

[19] Карамзин приезжает в Лозанну в конце августа 1789 года; в Женеве он в сентябре. Здесь он проводит почти полгода (!) и только 4 марта отправляется далее во Францию. Некоторую компенсацию этому долгому сидению находят историки, которые на этом отрезке устраивают Карамзину несколько тайных поездок в Париж. Здесь Николай Михайлович занимается конспирацией, прятками; так или иначе, на «промежуточном» женевском круге своего путешествия Карамзин проводит столько же времени, сколько до того был в пути. Как я мог такое позабыть? Вот именно так: я следил за движением странника, за сменою пространств, им пересекаемых. Неподвижность русского путешественника в Женеве «остановила» его текст, «выключила» мою память.

время посвящено диалогам со здешними мудрецами, суть которых (диалогов) остается за кадром; не иначе очередное тайное общество наставляло его на истинный путь, уроки нового Ленца он здесь выслушивал.

На поверхности он занят воспоминаниями-размышлениями о Руссо. Руссо воспел окрестные красоты, имеющие другой род совершенства, нежели горный альпийский. Его стараниями здесь им была создана матрица сентиментального сюжета, от которой отпечаталось затем несметное множество подобий. Здесь, на берегах Женевского озера, остался их образец. Снова Карамзин погружается в пространство книги — иной, когда-то состоявшейся. Французской — с немецким языком Карамзин торжественно, не без сожаления расстался в Берне.

Теперь он принимается соразмерять себя с другим, французским языком; и для начала, заговорив на нем, попадает в некий замкнутый круг ушедшего времени.

Отчего так? оттого, что в самой Франции уже началась революция; там поселилось новое время, иное властное «сейчас». Там настоящее время, здесь еще не вполне прошедшее, но уже и не настоящее: замкнутая грамматическая фигура.

В самом деле, эта тихая заводь, словно заранее подготовленная для писания пасторалей, как будто пребывает вне времени. Обитатели ее живы, многоречивы, исполнены чувств, только эти чувства как будто (с нашей точки зрения) бесплодны. Или они имеют силу в ином времени, и это особое время не имеет устойчивой категории в русском языке? Это примерно та же *«старина»*, что для Пушкина и Грибоедова *«времена очаковские и покоренья Крыма»*. Здесь та же живо-неживая эпоха, только говорящая по-французски. Ее героям кажется, что они живут в настоящем, на самом деле они в прошлом.

Магия Руссо вся в силе; под ее чарами озерные люди не замечают происходящих перемен или не хотят их замечать. Счастливый омут! Он сам себе пространство. Карамзин в нем поселяется — и на полгода погружается в этот странный омут, отверстый *рядом* с временем.

*

Наверное, это исходное свойство здешних мест; Руссо тут ни при чем, они и без него слишком хороши. Большие писатели стремятся сюда на покой — наверное, не случайно. Я помню, читал анекдот о Сименоне и Набокове: вместе, почти синхронно, они поселились когда-то в Монтре. И вдруг встретились. Не так: они прочитали записи в гостевой книге и обнаружили себя друг с другом по соседству. Оба сделали одинаковую гримасу и сказали одинаковые слова: «И этот здесь?»

И тот и этот, и те и эти — все эти ловцы слов собираются (кому это по карману) на берега голубого озера, точно словам всех языков положено плыть сюда на нерест. Нет, скорее уж на вечный сон: слова мечут икру всяк на своей родине; здесь же им положено закрывать глаза навеки.

Почему так? Только ли одни красоты Женевы так притягательны для засыпающего навеки слова, или тут имеет место иная временная аномалия? Замкнутый круг, отменяющий последовательный бег времени.

*

Еще одно рассуждение на тему кольца времен, это уж вовсе стороннее. Нынче в западных отрогах Альп собрались со всего мира ученые физики и провели под землей тоннель для запуска элементарных частиц. Проект «CERN», большой протонный (или адронный?) коллайдер, кажется, так. Что означает это клейкое слово, мне неведомо. Но замысел его в контексте наших исканий фигур времени (фигур языка и сознания) выглядит весьма показательно. Многоязыкое ученое племя готовит круглое устройство для имитации Большого взрыва, то бишь начала Вселенной, начала времени. Как тут не усмотреть совпадения? Газеты опасаются, что в результате их научных штук наступит к о н е ц в р е м е н и. Вселенная моргнет и перестанет быть вовсе; хороший фокус!

Ничего не перестанет — не те места. Тут время идет по кругу; трудно взойти на этот круг, еще труднее сойти с него. Ничего не произойдет; будут крутиться протоны, изображая пульс Вселенной, и вечные старики, Сименон и Набоков, стараясь не замечать друг друга, будут следить их бег, скептически улыбаясь. Руссо не одну прольет слезу, Вольтер приветственно помашет дряблою рукой — давай беги, протон. Дистанция бега — вечность.

Карамзин тут надолго задержался, «приклеился» к коллайдеру, то бишь вечному кругу времени. Несколько месяцев он вел тут циклические разговоры с собеседниками безымянными, нам почти не известными. В какой-то момент, в декабре, он и вовсе выпал из времени, недели примерно на две. Потом сказался головной болью. Или он в самом деле конспирировал, с кем-то встречался тайно? На границе с революционной Францией такое представить нетрудно. Главный его собеседник на протяжении этой «вечной» зимы — французский философ Боннет.

Мы теперь с трудом вспоминаем Боннета.

*

Все же — отчего я сначала забыл об этом круговом этапе путешествия Карамзина и теперь вдруг о нем вспомнил? Оттого, наверное, что в этот раз мне понадобилось увидеть не одну только магистральную линию его поездки, которая в самом деле легко укладывается в некую школьную «аллею» памяти, но и то, что осталось по бокам «аллеи».

Нужно увидеть то, что остается по ту сторону искомого нами события, появления нового русского языка. Также и по бокам, сверху и снизу — в п р о с т р а н с т в е события. В этой эпохе оказалось оставлено слишком многое; это многое рассеяно, растворено в пространстве не различаемой теперь «старины».

XVII

Прошла зима, переменившая 1789 год на 1790-й; вот еще одно объяснение женевской паузы в его путешествии: тут Карамзин зимовал, время спало под снегом, ожидая весны, — и вот пахнуло весной, путешественник собрался с духом, прервал циклические разговоры, покинул Сименона и Набокова. Женевский омут времени оставлен за спиной.

Карамзин мчится в Париж, смотреть настоящее время. Нет больной головы, есть здоровая; любопытство странника возбуждено в сильнейшей степени.

Зачем он едет в Париж (по официальной версии собирался в Марсель и оттуда прямиком домой, но как-то не вышло), объяснять не нужно. Карамзин все же подробно объясняет: будто бы другу, с которым он недавно познакомился, опасно ехать в Париж одному, или ему недостает документов, а у Николая Михайловича есть швейцарский паспорт, или еще какая причина, высказанная для видимости и самоуспокоения, на деле же его просто влечет в Париж: как наблюдателя, как историка — теперь уж более не метафизика, искателя высокого чертежа (языка), но просто путешественника, просто писателя.

И не важно, откуда совершается этот марш-бросок, из верхней Швейцарии, из помещения немецкого языка, или из нижней, французской, где время не куб, но круг. Важно то, что теперь оно как стрела — время движется синхронно ходу кареты, не отставая на «штрафные круги» Боннета и Руссо.

Мы разбираем не весь ход путешествия, но его ключевые моменты: этот поход на Париж был драматическим решением и таким же революционным действием; книга, еще не написанная («немецкая»), была решительно отложена, и на свободе, «вне бумаги» пошла вторая половина повествования. Не пошла, но побежала, полетела стрелой.

*

Путь беглеца идет вниз по долине Роны (не Рейна); в какой-то момент — вот он, роковой момент падения с горных вершин в низину — Карамзин проезжает la perte du Rhone, знаменитые каменные ворота в скале, где Рона с грохотом летит через ущелье и вдруг на мгновение исчезает. Здесь она бежит как бы под мостом, на деле же под аркою, образованной самой природой. По этой арке поверху можно спокойно пройти и даже проехать небольшой повозкой.

Образ, говорящий сам за себя: словно через сточную трубу Рона проливается с поднебесья Швейцарии во Францию; господин Рейхенбах, водный бог, Гудвин, великий и ужасный, сливает нашего странника по трубе вниз, из статического помещения покоя в пространство бунта.

Не пространства, но в и х р я.

Это ключевое слово, Карамзин его повторяет не однажды. Он переменил не просто пространство, но время: от этого вокруг него завертелись вихри сознания и слова.

Мне казалось, что я, как маленькая песчинка, попал в ужасную пучину и кружусь в водном вихре.

Строго говоря, в категориях самого Карамзина, которых он придерживался в начале путешествия, это уже не путь, но падение.

Падение совершается по всем статьям. Ощутимы все турбуленции духа; самые лица людей «внизу» являются перевернутыми масками тех, что «вверху». О чистоте портрета более нет речи. В первой же французской гостинице хозяйка встречает его улыбкой, *которой он не видал ни в Германии, ни в Швейцарии.*

Пролетев Лион, Карамзин близится к Парижу. Еще и весна, март, который в тех краях то же, что в наших май: он не мог найти лучшего времени, чтобы увидеть Париж.

*

Вот и Париж! Этот город лишает Карамзина остатков
швейцарского спокойствия. Наконец он узнает, что такое
жить, а не просто дышать. Статика совершенного швейцарского мира отменена окончательно.

Здесь во всем он наблюдает вихри (Декартовы; *система Де-
картовых вихрей могла родиться только в голове француза, парижского жителя*). Париж ему их чертит во множестве. В первый
же вечер он кружит приезжему голову так, что тому кажется,
что он *на Калипсином острове;* он околдован.

Этот мир прямая противоположность швейцарскому, где
все размеренно и степенно, где не говорят прежде, чем не
выслушают вас и еще семь раз подумают, — французы вам от-
ветят на вопрос раньше, чем вы толком его зададите, и тут же
исчезнут — в вихре.

*

Есть причина этому движению (тут Карамзин рассуждает в духе химика Ломоносова); как горячий воздух влечется
вверх в холодные слои, как из узкого створа вода с великим
шумом стремится в широкую заводь, как всякое переполненное место стремится поделиться своим содержанием с соседней пустотой, так, полный всех и всяческих контрастов, этот
великий город постоянно перемешивается сам с собой, кипит, бурлит, всходит пенными клубами. Бедный и богатый,
грязный и чистый, ароматный и зловонный — Париж всегда
в вихре. Он подвижен оттого, что разительно неодинаков.

К тому моменту, как русский путешественник угодил в Париж, это вихреобразное движение сделалось почти целиком
политическим.

Удивительно, но некоторые здешние собеседники уверя-
ют Карамзина, что революция явилась им как средство от
скуки. Еще не настал роковой 93-й год, не полилась кровь ре-

ками, еще живы король и королева. Карамзин наблюдает их в придворной церкви и находит величественными, хоть и опечаленными. На них нельзя смотреть без слез; многие плачут. *Народ любит еще кровь царскую!*

Что такое это его *еще?* То, наверное, что русскому страннику ясно: близок бунт, и такой, когда уже никому не придет в голову, что это лекарство от скуки. Слишком близко к этому *еще*, вплотную пишется слово *кровь*.

XVIII

Карамзин не хочет произносить этих роковых слов, даже думать об этом он страшится. Всеми силами он стремится остаться ученым наблюдателем.

Он видит в Париже не только вихри, но их, социальных кружений, *фокусы*. Карамзин по-прежнему «оптик», по-прежнему прилежный ученик, который учится у Европы писательскому искусству. Он изучает приемы исторических и политических (и в итоге литературных) композиций.

Здесь на его глазах разворачивается подвижная композиция революции: в рисунке времени, в большом парижском «тексте» Карамзину отчетливо видны вихри и фокусы.

Николай Михайлович не самый яркий живописец из тех, что рисовали Великую французскую революцию; у него и задачи такой нет. Он смотрит на нее как на спектакль — буквально, и тем легче ему перевести ее зрелище в спектакль, что он в тот приезд в Париж буквально заболевает театром. Если только не играет в эту болезнь, что предположить нетрудно, учитывая надобность в конспирации: Карамзин в Париже пребывает «незаконно», оттого ему нужно прикрытие, хотя бы декоративное (так, следуя примеру наследника Павла Петровича, который в бытность свою в Париже хаживал в салоны и даже вступил в известный «куртуазный» орден Лантюрлелю, Карамзин идет в те же салоны и вступает в тот же орден). Возможно, для того же он идет в театр. И вот этот новый фанатик, принявший тезис, что мир — театр, другим своим, охлажденным, «зеркальным» умом отмечает следующее (в его заметках видно, насколько он был склонен увидеть в происходящем в Париже чье-то сочинение, великий и яркий опус).

Во-первых, его захватывает синхронность многих совершающихся действий, как если бы Париж в самом деле был один громадный театр и в нем по разным залам одновременно шли акты революционной пьесы.

Во-вторых, что еще важнее, он замечает, как мало в этом спектакле актеров. Публики — тысячи и тысячи парижан, которые действительно относятся к происходящему как к нескучному зрелищу. Актеров, допустим, сотни, но среди этих нескольких сотен большая часть статисты; активных участников десятки — главных героев единицы.

Подобная человеческая, личностная фокусировка событий, точно он навел на Париж большую линзу или монокль, дополненная резонансной синхронностью с тем, что творится в парижских «залах», чрезвычайно интересует (пугает и оттого еще более интересует) Карамзина. Это вам не равнорасставленные немецкие кубы, рассудочно распределяющие энергию времени по трем осям — «икс», «игрек», «зет», — но вихри, концентрирующие эту энергию, сжимающие самое время в точку. Такая композиция представляется начинающему писателю куда более занятной, нежели отстраненная немецкая. Следить за фокусом, еще лучше — создавать свой; опус есть фокус.

Выставить его на обозрение, стянуть к нему людские взгляды, собрать внимание, сознание публики к его центральной точке — с нее начнется твое время, твое «сейчас»: вот оно, решающее, победительное «сейчас», которому не слишком и нужны конструкции грамматики, обстоящие ровно со всех сторон твое «Я», твое сию секунду творимое слово.

*

Это опасно; это грозит катастрофой всему сущему.

Карамзин устрашен; не он один — некий парижский аббат находит у Рабле предсказание революции. «...Дерзкий сын не побоится восстать против отца своего, и раб против господина так, что в самой чудесной истории не найдем примеров подобного раздора, волнения и мятежа. Тогда нечестивые, вероломные сравняются властию с добрыми; тогда глупая чернь будет давать законы и бессмысленные сядут на место судей. О страшный, гибельный потоп! *Потоп*, говорю: ибо земля освободится от сего бедствия не иначе, как *упившись* кровию».

Революция есть момент наибольшего напряжения в историческом сердцебиении — не оттого ли она так остро пахнет кровью? Этот фокус во времени страшен, потому что протяжение жизни и самая жизнь внезапно теряют цену ввиду его сверхжизненной, мгновенной плотности. Не ровный ток, но удар во времени. Неотменимый, такой, что рано или поздно встанет в центр композиции данной нам в осознание эпохи, сделается ее фокусом, главной зарубкой в памяти, от которой мы затем будем откладывать расстояния — к нему и от него.

Карамзин в Париже, он видит: вот оно, приблизилось вплотную — великое, ужасное, кровавое «сейчас».

Именно эта грамматика, которая понемногу оборачивается анатомией времени, всерьез страшит и одновременно увлекает его.

Вот почему страшит, и всерьез: мы помним — до поездки в Европу Карамзин в своих постпугачевских исканиях, писательских и философских (в России все тогда было «после Пугачева»), руководствовался проектом русского «государства языка». По крайней мере он искал в теории такой язык и такое его «государство», что могли бы увести русское сознание с рокового круга: от недвижения к бунту и обратно. От бунта (сознания) он бежал в Европу, в Альпы. Но вот Швейцария и все «усредняющий» Лафатер (во всяком случае, у странника сложилось такое впечатление, что скорее всего, было следствием его же завышенных ожиданий) отвадили Карамзина от идеи идеального расчета языка. Если в результате его должна явиться «аптека» русских слов, ненадобен и расчет. Примерно в таком настроении Николай Михайлович бросился с швейцарских гор в кипящую революцией французскую низину.

Здесь нарисовалось перед ним великое «сейчас» — и разом победило его «немецкие» расчеты идеей опуса как фокуса. Просветительская идея эволюции в сторону «государства языка» сменилась соблазном г р а м м а т и ч е с к о й р е в о л ю ц и и.

Великое искушение для писателя: сойтись сочинением в точку («оточить» время: ударение сначала на второй слог, потом на третий) и оным острием времени — писать. Не длить жизнь бесконечно, расплющену в гравюре, пусть идеальной, но вдруг взять и выйти из гравюры, разъять ее плоскость: взорвать время.

Это увлекает — и ужасает: выходит, что, уходя от русского «льда» и русского бунта, от той композиции, которая грозила только потрясениями, хаосом и кровью, он в конце концов угодил во что-то подобное, только на французский манер.

Кровь здесь еще не полилась, но ждать осталось недолго.

*

Карамзин постоянно и остро это предчувствует: от театра революции он отворачивается (прячется) в театр как таковой. Уличные постановки страшат его. Он хочет успокоиться. После революционного письма он пишет друзьям другое, театральное, длиннейшее из всех, которое более напоминает заклинание, монолог человека, зажавшего себе уши.

Не помогает — предчувствие потрясений слишком сильно; тоска опускается ему на душу. *Как изъяснить сии жестокие мелан-*

холические припадки, в которых вся душа моя сжимается и хладеет?.. Неужели сия тоска есть предчувствие отдаленных бедствий?

Почему отдаленных? События уже начались, далее их опасный ход только ускорится.

Беда с европейскими композициями: от немецкой литературной науки Карамзин отказался из-за ее непереводимости на русский язык, французская слишком пахнет бунтом.

*

Карамзин совершает прогулки ближние и дальние, озирает окрестности Парижа и его потроха и с тем бо́льшим старанием описывает их, чем яснее сознает, что ведет опись имущества накануне пожара.

Едва не заводит роман (в театре — где же еще?)... и уезжает в Англию.

Многословные прощания с Парижем составляют прикрытие его н а с т о я щ е й тоски.

Здесь он провел три месяца[20] — довольно протяженно оказалось его парижское мгновение, великое французское «сейчас».

[20] В «Письмах» о пребывании в Париже одна точная дата — приезд 27 марта 1790 года. Далее только месяц и многоточие: *апреля.., мая.., июня...* Неизвестно, сказывается ли тут конспирация, или то, что вторая (французская и английская) половина «Писем» выходит спустя десять лет после путешествия, когда точные даты уже не столь актуальны. Так или иначе, точных дат нет. Карамзин отправляется из Парижа в Англию во второй половине июня 1790 года. К трем парижским месяцам иногда добавляют четвертый, сложенный из нескольких тайных приездов, произведенных ранее — из Страсбурга и Женевы. Но это все же предположение; в эти приезды (если таковые имели место) Карамзин более прячется в домах у знакомых. В известном смысле он вне Парижа, не смотрит на него в целом, не прочитывает его пространства — как единого связного текста.

*

Последнее континентальное развлечение ждет его в Кале, где, помнится, ступила на землю Европы нога Йорика, героя «Сентиментального путешествия» Стерна. Здесь для англичанина было первое континентальное приключение. Русский путешественник пытается поместить себя в тогдашние обстоятельства, в зыбкий контур путешественника английского. Ищет на песке у кромки воды отпечаток ноги Йорика. Нет отпечатка. Нет совпадения с европейским образцом.

Карамзин и Йорик противоположны в пространстве и времени.

XVIII

Следующее его письмо называется «Пакетбот». Наконец Николай Карамзин прямо выходит в море. Ненадолго: едва скрывается французский берег, впереди в тумане прорезывается английский. Но все равно — Господь да благослови путешествие! Оно лекарство от всех болезней (времени); кроме, пожалуй, морской.

Что такое морская болезнь времени? Смута и за ней революция: страну укачало — она извергает из себя свою же собственную историю.

Пассажиры пакетбота страдают; Карамзин остается бодр или не признается, что и ему худо. Нет, пожалуй, тут он себя не приукрашивает. Ему кажется, что он не подвержен этой хвори; в сию минуту время по его организму перемещается без потрясений и смуты.

Таков же рассказ его об Англии: ровен и бодр. Переход через Ла-Манш остудил его душу, пустил твердым шагом его мысли. Французский литературный урок означал в сухом остатке надобность освоения русским писателем искусства фокусировки текста.

Событие есть центр повествования. После наблюдения роковых парижских страстей у Николая Михайловича на всю жизнь остается тяга связать литературное событие непременно с гибелью и кровью. Смерть ставит точку, в памяти не смываемую. Точка может стоять в конце рассказа, в середине, в начале и даже за его пределами, но и в этом случае она останется скрытым центром повествования.

*

Для англичанина есть другой образ точки, очень понятный — остров в море. Главнейшая из всех точка — главный остров, его остров, merry kingdom, старая добрая Англия. При чем тут смерть? Англичанин последователен, его рассказ есть прежде всего хорошее изложение (путешествие по дороге строки ровно бегущих слов). Он еще настегивает слова, ударяя их по первому слогу, чтобы бежали быстрее. Не то у французов: те садятся на последний слог, осаживают слово — не говорят, а гарцуют.

Карамзин скоро обвыкся в Англии и многое увидел в ней полезного — при всем его критическом настрое. *Хвалю англичан, но похвала моя так же холодна, как они сами.*

При этом первая похвала Гринвичу, главной композиционной затее англичан. Вот чудо-город! Через него не проведено еще нулевого меридиана, это случится много позже, сто лет спустя. Но уже упорные островитяне положили, что центр пространства — уточним: центр морского пространства — главная его точка находится здесь, в Гринвиче. Гринвич есть главное морское событие, вокруг него разворачивается мировая проза — уточним еще раз: «морская», то есть — полагающая время морем.

Они, островитяне, настояли на своем, поставили Гринвич в центр мира. Как это было проделано? Последовательно, упорно, деловито — по-английски. В Гринвиче был устроен госпиталь *матрозов*, ветеранов британского флота. Посещение Гринвича стало главным событием пребывания Карамзина в Англии. Остальные его островные панорамы не так ярки. Более всего его поразило зрелище жизни славных *матрозов*. В Гринвиче они живут в достатке и благополучии. Госпиталь устроен, как музей морской славы, с картами, бронзовыми глобусами, крылатыми Никами и проч.

Музей! Пункт не только в пространстве, но и во времени. В национальной памяти — разве память не являет собой характерно освещенного пространства? — должен быть обозначен этот ключевой пункт, музей как точка притяжения истории. *Матрозы* в Гринвиче и вместе с ними вся Англия крепко ухватились за этот пункт. И победили! Нулевой меридиан, полдневная, центральная черта, ось симметрии мира, сам собою именно здесь начертился. Остров-корабль, именуемый Англией, в XIX веке уверенно утвердил себя на нулевом, исходном меридиане, укротил течение внешних вод, заставил время крутить колеса своей машины.

*

Если Париж стремится выиграть «сейчас», Лондон желает воцариться «здесь». Такова главная цель его грамматического строения.

*

Англия научила Карамзина не бояться моря — того неприрученного, непомещаемого во взгляд пространства, которое так озадачило — опечалило — его в Паланге (что делать с морем? как чертить по морю?). Очень просто: нужно фокусировать его кораблями, связывать маршрутами, каждый из которых, с ясно обозначенными началом и концом, есть уже сюжет, готовая новелла.

Море возможно как форма языка (не бунта).

Теперь Николай Михайлович не страшится ни моря, ни какого бы то ни было подвижного множества; напротив — теперь он к нему стремится. *Философия моя укрепляется, так сказать, видом людской суетности; напротив того, будучи один с собою, часто ловлю свои мысли на мирских ничтожностях.*

После этого проезжаешь его английские письма — предлинные! — точно читающая машина, по образу и подобию английская.

Англии, как и Франции, посвящено у него примерно три месяца[21] — школьная четверть; Карамзин к концу странствия вошел в ритм, регулярную перемену движения и покоя. Также и текст его «вошел в размер»: количество увиденного нашло себе должную меру в бумажном изложении.

Англичане уверяли, что у них он мало что видел, английские «Письма» писал уже в Москве по газетам и журналам: оттого они вышли так гладки и скоры.

Так или иначе он научился путешествовать (сопрягать слово и пространство): пора возвращаться домой.

---

[21] И этот срок, как всё, что касается графика его движения, вызывает споры. Карамзин мог провести в Англии не более месяца — в случае, если отправился в Россию раньше, чем обозначил в письмах. То есть: его последнее письмо (о нем еще пойдет речь), отправленное будто бы в сентябре из Лондона, им самим будет получено в Москве в том же сентябре. Странная игра; в ней много неясного. Зачем ему было устраивать эти сюрпризы, получать собою же посланные письма? Причина могла быть серьезна: на его друзей в России уже начались гонения, и все, что касалось его реальных перемещений, должно было камуфлироваться по возможности тщательно. Но так же эта причина могла быть «несерьезна», обеспечена одним лишь игровым литературным замыслом. Просто игровым: в Россию из Англии возвращался новый Карамзин, чудак и экспериментатор, одетый *Попугаем Обезьяниным*, готовый эпатировать публику, одеваться эксцентрически, выступать с заявлениями, издавать журналы и проч. Перед нами два Карамзина, два графика его прибытия в Россию, две правды об окончании его путешествия.

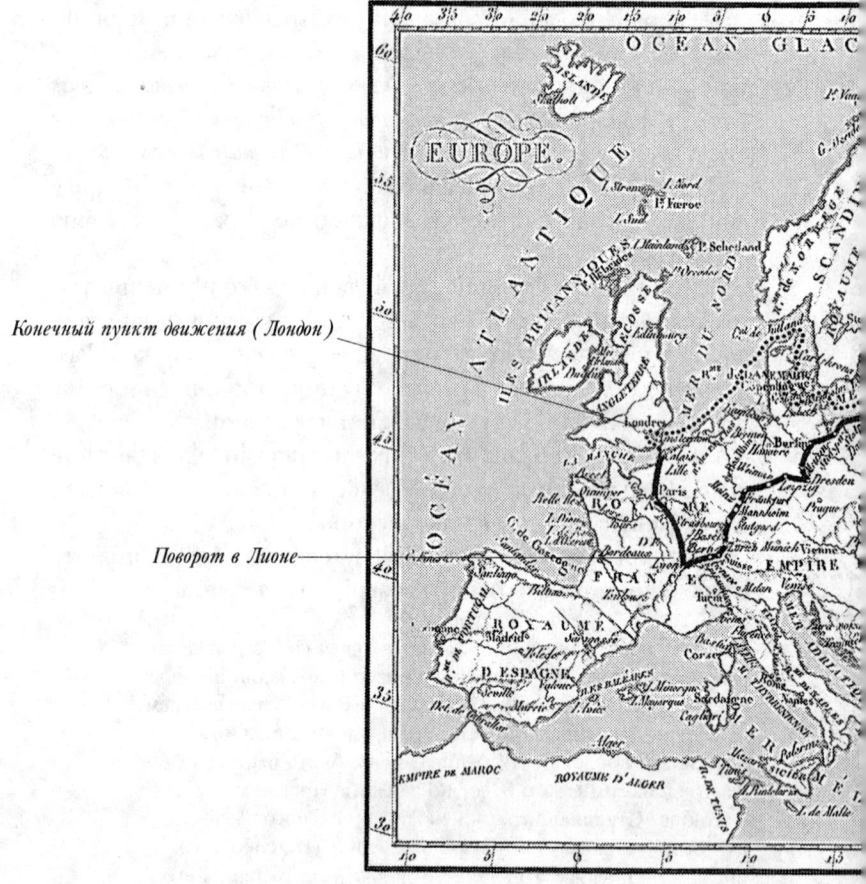

Конечный пункт движения (Лондон)

Поворот в Лионе

Рᴇᴀльное путешествие *всегда нарисует живую линию,
отличную от заранее заготовленной черченой схемы. И все же
можно обнаружить некоторые закономерности при взгляде
на карту европейского странствия Карамзина. В нем два
решительных поворота: в Петербурге и Лионе – но так оно
и было в реальном расписании странствия. В Петербурге
и Лионе менялись планы путешественника, он поворачивал
мысленно и явно – и так же менялась самая суть его пути.
Из Петербурга Карамзин планировал идти морем прямо
в Англию, чтобы только на обратном пути наблюдать
континентальную Европу. В итоге вышло наоборот: Лондон
завершил «учебную» поездку Карамзина. В Лионе он повернул
в Париж (в пекло революции), когда, по его словам, намеревался
ехать в Марсель (от революции). Повороты показательные.*

Поворот в Петербурге

Начальный пункт движения (Москва)

*Как будто две рукояти приделаны по бокам вала:
путешествие Карамзина «вертит» Европу, нанизанную
на широтную ось. Все же движение русского путешественника
было преимущественно горизонтально: «азиат» Карамзин,
несмотря на все попутные сомнения и петляния, достаточно
целеустремленно продвигался на запад. Там его ждали
открытия и разочарования; оттуда он (по сути так же,
по прямой) отправился обратно. Возвращение морем не
было равно первой, сухопутной половине странствия. Закон
симметрии, разнимающий страницы книги-карты, сказался
в другом. Уравновешивать свой далеко выставленный на запад
вектор Карамзину предстояло в Москве: другое путешествие
началось с момента его возвращения: восточным вектором
стало начавшееся в Москве протяжение русской прозы.*

XIX

О своем возвращении Карамзин пишет короткую новеллу «Море». На первый взгляд это очередное письмо, одно из последних — то самое, что было «одновременно» отправлено из Англии и получено в Москве. Внутри этого письма, как в трюме, было спрятано еще одно короткое письмо, без номера, которое также было названо «Море».

Но это особое письмо: первый опыт нового уложения текста; отсюда этот малый внутренний текст, письмо в письме, заключающее в себе историю о некоей Марии.

В этом удвоенном — письмо в письме — рассказе начинают собираться писательские находки Карамзина.

Фоном повествования служит море (это актуально в Москве, в столице льда, покрытого льдом моря суши). Событием должна стать смерть; после Франции, ее фокусов и вихрей другой начинки повести он не приемлет. Смерть как точка, остановка времени.

Любовь — это уж непременно, об этом Николай Михайлович догадался безо всяких подсказок.

Итак, морской рассказ о любви и смерти. Сюжет короток, как немецкая дорожная сказка (романтическая).

Часть первая, что запечатана во внутреннем письме; это еще не рассказ, но *макет рассказа*, части которого еще не соединены, словно в конструкторе для начинающего писателя. Девушка по имени Мария, что родилась в Лондоне, уезжает с отцом в Америку, где тот умирает, она же стремится обратно, потому что в Англии ждет ее возлюбленный, жених, о котором ей все это время ничего не было известно. Она садится на корабль, тот пускается в море (времени). Мария спешит в Лондон, но по дороге заболевает и умирает в горячке, и ее вместо похорон выбрасывают в море.

Она исчезает в воде и во времени. Запомним эту водную концовку.

Теперь вторая часть рассказа, содержащаяся в большом письме, что служит для меньшего оболочкой. Николай Михайлович в Лондоне садится *на тот же* корабль, на котором умерла и с которого была сброшена за борт несчастная Мария, чтобы на нем плыть в Россию. Его приводят в каюту несчастной Марии, указывают на ее постель, более похожую на гроб (еще бы!), с тем же бельем и окружающей обстановкой и предлагают лечь в эту постель и так возвращаться домой.

Вот это поворот! С этим поворотом история обретает истинно литературное пространство. То именно пространство, которое одновременно разделяет и связывает мысль и слово, помещает автора перед зеркалом, в котором ему виден «евангельский» образец текста, которое пространство мы наблюдаем с самого начала настоящих заметок, стараясь сохранить дистанцию от «картины, которая рисует сама себя». Всё видящий Карамзин оказывается посередине собственного рассказа о любви и смерти, с гробом-постелью, плывущим по морю, — не зная, чем этот рассказ завершится. С большой вероятностью, по всем канонам жанра, он должен закончиться смертью автора.

Так, повисая перед неизвестностью, ввиду вероятной смерти, Карамзин становится писателем. Зачем он запечатывает одно письмо в другое? Наверное, на случай его смерти в дороге. Тогда, даже в этом случае, рассказ о Марии и о нем самом, повторившем судьбу Марии, мог найти читателя.

Корабль его добрался до берега, пересекши несколько морей между Лондоном и Кронштадтом. Рассказ об этом путешествии составляет содержание большего письма «Море». Спрятанное внутри него меньшее письмо означало, что во время странствия Карамзин все время думал о погибшей Марии.

Эта «запечатанная» мысль о только что состоявшейся смерти сопровождает все перипетии его морского возвращения, — а оно было всерьез опасно. Тут все имело место: штиль, и шторм, и морская болезнь, которая все же Карамзина настигла, и перелетающие через борт волны, и едва не состоявшееся крушение корабля у берегов Дании, во время которого команда выказала себя молодцами. Есть даже эпизод с наказанием пьяного боцмана, едва не сгубившего корабль. Ничего, *с англичанами весело и умереть на море! Это подлинно их стихия.*

Путешественник выжил, слава Богу. Рассказ его по этому поводу остался не дописан (роковые события не сошлись одно с другим), но главное было сделано. Стихия моря, аморфное роение времени были покорены литературной композицией Карамзина. Его удвоенное письмо содержало все необходимые компоненты настоящего рассказа.

Путешественнику весело вдвойне. Во-первых, он выжил, во-вторых, покорен морской зверь времени — его, Карамзина, опусом, текстом.

Таким должен стать его текст. Бегущий, путешествующий, следящий сам за собой, не оставляющий читателя ни на минуту в равнодушном спокойствии. Обладающий должным пространством, воздухом во времени, дистанцией между Марией и Николаем, между «тогда» и «сейчас».

Замечательная вещица, отдельная от всего корпуса писем, письмо с вложением, посылкой от мертвой Марии за пазухой.

*

Все, довольно, он вернулся в Россию! Из топи Финского залива, точно из бездны иного времени (а разве не так? из русской бездны) поднимается город Кронштадт. Темный, сырой, угловатый — внешние углы крепости из-за малого размера города обратились внутрь и толкают прохожего то в бок, то в спину. В домах и на душе тесно.

Всех останавливаю, спрашиваю, единственно для того, чтобы говорить по-русски и слышать русских людей. Вы знаете, что трудно найти город хуже Кроншта̄та, но мне он мил! Здешний трактир можно назвать гостиницею нищих, но мне в нем весело!

XX

Карамзин вернулся; здесь помещение его языка, такое же, как Кронштадт, — темное и сырое, полурусское-полунемецкое и в целом какое-то хаотическое, но Карамзину уже ясно, чем осветить его, как связать этот хаос словом.

Еще неделя странствия, внутреннего, сухопутного; наконец движение сменяется долгожданным покоем — он в Москве.

Именно теперь его путешествие представляется «запредельным» — и ему самому, и нам, его читателям.

Первое впечатление в целом — ему явился сон. Почему так? Все было взаправду и живо. Вот в чем, наверное, дело — это о нашем, читательском впечатлении: мы судим о его поездке по «Письмам русского путешественника», а эти «Письма» так доброжелательно отстранены от тех мест, где он побывал, настолько тактичны и «бесконтактны» (тем более для нас, привычных к новейшему письму, прямо лезущему в душу, грубому и телесному), настолько по-хорошему сентиментальны, что в самом деле возникает ощущение, что, читая их, мы смотрим светлый сон. Без потрясений и страхов, как, впрочем, и особой радости, вообще — без острых ощущений.

Но эта гладкость, которая Карамзину свойственна, не должна никого обмануть: его путешествие было полно драматических перемен, поворотов маршрута и поворотов мысли, которые подразумевали истинные переломы — судьбы, жизненной перспективы, слова и сознания.

Тем более не было гладкости в тех обстоятельствах, в которых Карамзин оказался, вернувшись из-за границы. Началось преследование Новикова, разгром его просветительского (и политического) проекта. Тучи заволокли небо, гром загремел над головами, и посыпались злые молнии. В этих обстоятельствах нужно было сохранять голову холодной — просто: сохранять голову. Это сказалось на поведении Карамзина. Нет, он не спрятался, он вступился за Новикова и товарищей, однако прежние его взгляды и позиции неизбежно должны были подвергнуться редакции.

Карамзин взялся за подведение итогов долгого странствия, но первое его, а за ним и наше ощущение при воспоминании о его поездке было именно это — он увидел светлый сон (еще бы: при обратном взгляде в Европу из глубины грозовой московской тучи).

*

Результаты «запредельного странствия» Николая Карамзина следует признать в высшей степени плодотворными и в то же время показательно противоречивыми.

Он отправился за границу как оптик: с отверстыми глазами, с заданием видеть, то есть — смотреть и понимать увиденное. Часто на вопрос: «Зачем поехал?» — он отвечал: «Из любопытства» — и всякий раз был честен. Смотреть и видеть; не читать — прочитал он к тому моменту довольно.

Что же случилось с ним в Европе, так же честно перед ним открывшейся и выставившей перед ним (как и было вперед заказано) зеркало для самообозрения? Европа вдохновила, изумила, насторожила, разочаровала странника — именно в такой последовательности менялись его эмоции, — заставила глубоко задуматься, пересмотреть исходные «кристально ясные» позиции. Затем она соблазнила и тут же одним этим своим (парижским) соблазном всерьез испугала его, довела до припадков меланхолии и роковых предчувствий и тут же после этого дала ему английскую «таблетку», пилюлю здравого смысла. Он научился «островным» образом сосредоточиваться, фокусировать себя и свой интерес, чтобы в этом сосредоточенном состоянии пребывать далее, в жизненном (морском) странствии добиваясь своего.

В своей судьбоносной поездке Карамзин переменил отношение к феномену пространства: отправляясь в Европу, он принимал его как абсолют, извне представленный, предельно объективный; побывав в Европе, он понял, насколько этот абсолют пластичен, подвержен пересочинению, точнее — уже указанной ментальной перефокусировке.

В этом все дело: он поехал на Запад «оптиком», а вернулся «фокусником».

Это принципиальный переход (перелом): на Запад едет грамматик, намеренный у в и д е т ь с л о в о, возвращается сочинитель, «фокусник», желающий владеть и в и д е т ь с л о в о м.

Карамзин, поехавший из Москвы «немцем», возвращается в нее идеальным московитом. Теперь им владеет идея монархии языка и сознания (за границу Карамзин поехал скорее республиканцем от грамматики).

Русское сухопутное море, «беспространственный» (не справляющийся с категориями «здесь» и «сейчас») язык ожидали кристаллизации, сплочения вокруг фокуса царского «слова–сейчас», «Я–слова».

Он возвращается затем, чтобы строить московское ц а р с т в о с л о в а.

XXI

Этого нового монархиста невозможно зачислить в классики (классицисты) или романтики. «Поехал классик — вернулся романтик»; нет, хоть в этом есть доля правды, но в целом такое определение было бы неверно.

Карамзин в принципе не помещается в эти внутренние литературные рамки; тем более что в его время и литературы-то русской (как определенного, поделенного на классы, роды и виды бумажного царства) не было.

Он был существенно больше тогдашней нашей литературы[22]; в его дорожной сумке в виде «Писем русского путешественника» были уложены в эскизах и планах многие будущие ее жанры и формы.

Неудивительно, что он стал журналистом: эта пестрая смесь без труда могла заполнить любое издание.

Карамзин затеял «Московский журнал» — и преуспел. В поездке он учился у всех литературных учителей Европы — немцев, французов, англичан — и выучился; кроме прочего, выучился тому, как собирать своих учителей вместе, под одной обложкой. Спустя немного времени он затеял еще один журнал, «Вестник Европы», — и с ним преуспел тем более. Его стихией стала полифония слова и жанра; он видел панорамами — по-прежнему в и д е л.

Впоследствии это панорамное видение Карамзин применил в написании своей необъятной «Истории».

Среди его разноголосых начинаний видны и «греческие»: сборники «Аглая» и «Аониды», где им были применены приемы немецких просветителей, в свое время преобразовавших свой язык посредством античной грамматической реконструкции.

Карамзин ничего не забывал: так работала полифония его памяти.

*

И все же в первый раз и потому наиболее ярко он продемонстрировал свое литературное многовидение в «Письмах русского путешественника». Можно сказать, что они есте-

[22] Позже шурин Карамзина, известнейший литератор Петр Вяземский, шутил (имея в виду не в последнюю очередь самого себя, но в первую — Николая Михайловича, его друзей и близких, которые общим числом составляли большую и лучшую половину тогдашних русских писателей), что отечественная литература — это простонапросто *род их семейного развлечения*.

ственным ходом вещей собрались «хором»: письма шли из-за границы пестро окрашенной словесной дробью — такой мозаикой и собрались. Карамзин сам признавал, что намеренно не стал их выравнивать; его редакция писем была «косметической»: он только поправил фактические ошибки и добавил что-то задним числом — так явился «несчастный Ленц», который погиб в Москве уже после его возвращения из Европы.

Карамзин-редактор удержал руку: ему хотелось сохранить живость текста, взятую от непосредственных впечатлений Карамзина-путешественника.

В итоге вышло сочинение самое занимательное. С точки зрения «оптики» оно совершенно своеобразно: рассказ распадается на отрезки (отдельные очерки, которых в одном письме могло быть по нескольку); всякий такой очерк идет словно по касательной к реальному движению странника. Или теперь так кажется — нам, уже привычным к прямолинейной «синхронности» действия и его описания. Теперь мы довольно искушены в чтении и уловлении «времени, заключенного в бумаге»; бег современного письма согласен с ходом нашей мысли: оно льется по линии. Тогда же эта синхронность еще не была достигнута. Нашим путешественником, начинающим писателем — не так! начинающим самое русское писательство, — многое делалось впервые. Его дорожные письма были большей частью литературные опыты, в которых временами слышен перевод с немецкого или английского. Неудивительно, что они порой как будто отклеиваются, отходят в сторону от общего хода книги, встают к дороге под углом.

Зато они по-своему честны, при том что во многом представляют сказку, миф. Это ч е с т н ы й м и ф; в результате его творения перво-письмо Карамзина полно откровений, которые теперь нам не могут и сниться; он смотрел и видел — нам теперь не хочется ни смотреть, ни видеть. Сознание наше, мы сами с головой завернуты в бумагу, исчирканную, покрытую буквами, — он на этой бумаге, глядя на нее извне, записывал первые слова.

*

Тут можно вернуться к исходному «чертежу» литературного события начала XIX века, к идеальному «зеркалу» (пушкинского) языка, и рассмотреть мизансцену со стороны. В путешествии вослед Карамзину нам явилось искомое посю- и потустраничное пространство — где же еще ему явиться, как не в путешествии?

Фигуры на «чертеже» слова видны все более отчетливо.

Карамзин располагается от нас по ту сторону Пушкина — за «зеркалом»; многие его опыты от нас закрыты. Мы по эту сторону, мы говорим на языке, «смотрящем» в историю выборочно. Многие темы и формы мы теперь различаем с трудом или не различаем вовсе и попросту не прочитываем того объема информации, что был вложен русским путешественником в его дорожные заметки. Он писал их «с избытком», пускался в формальные опыты, нам уже непонятные. Это лишний раз доказывает избирательность, если не сказать узость нашего нынешнего литературного восприятия.

*

Что такое эта «узость», как происходило позднейшее сужение (фокусировка слова)? Возможно, — все это предположения, исходные гипотезы — первый опыт предпринял сам многоречивый путешественник, собравший по пути много «лишнего».

По возвращении, оставив «Письма» нетронутыми и взяв одно из них как некий исходный материал, Карамзин предпринимает опыт совершенной «очистки» текста. Он редактирует некое «нулевое» письмо так, что в нем исчезают всякие шероховатости. При этом все выигрышные приемы, формальные, содержательные, композиционные, почерпнутые им из опыта просвещенной Европы, он хладнокровно применяет.

Нет, не так, хочется думать, что все было произведено еще более показательно (игрово, эксцентрически, «макетно»). Не было одного «нулевого» сюжета, одного исходного письма, но был взят весь их корпус, и из его частей был, точно Франкенштейн (только со знаком плюс), составлен один идеальный сюжет, и на нем были применены разом немецкие, французские, английские приемы. Почему нет? Наверное, в первом значительном московском произведении, которым Карамзин намеревался отметить свое возвращение на родину[23], он должен был выложить все свои новообретенные литературные козыри.

Поэтому здесь преувеличение небольшое: Карамзин взял свои дорожные «Письма» и сжал их, выбросив все лишнее, всякий повтор, любую длинноту и многословие, оставив всякий прием в единственном числе. Многоголосие сократилось до одного голоса, оркестр — до одного инструмента. Предварение и выводы с обоих концов текста были отрезаны.

В результате его рассказ пролился «дорожно» гладко, повозка новой прозы не застряла ни в одной строке, как бы ни были длинны иные фразы. Была произведена совершенная фокусировка текста. От «Писем» осталась формула, образец нового текста — такова вышла повесть «Бедная Лиза».

О ней необходимо сказать несколько слов и на этом закончить рассказ о «запредельном странствии» Николая Карамзина. Эту повесть можно посчитать самым показательным итогом его долгого путешествия, хотя по сути она была не итогом, но началом нашей новой литературы. Карамзину она стала лучшей наградой: он хотел стать писателем — и стал им. «Бедная Лиза» оказалась выпускным экзаменом в его европейской писательской школе: он сдал его на «отлично».

---

[23] Первое значительное действие Карамзина в Москве было издание журнала — «Московского журнала»; название самое показательное. Первым значительным произведением, в нем опубликованным, была повесть «Бедная Лиза» (1792).

Приложение к странствию Карамзина,
или Оплакивая «Бедную Лизу»

Первое (неправильное) впечатление, что Карамзин не слишком утрудил себя созданием «Бедной Лизы». Нет, разумеется: это был плод самого серьезного композиционного усилия; см. выше — «сжатия» всего свода его европейской «Одиссеи». Легкость, с которой принимается эта повесть, была результатом тщательной отделки, долгим трудом достигнутой гладкости письма, но в первую очередь способом немилосердного сокращения некоего исходного текста до состояния литературной «молекулы».

Единственное, с чем он, на мой вкус, ошибся, это имя главного героя — Эраст; что еще за Эраст? назвал хотя бы Евгением (то-то бы Пушкин потом мучился, переназывая своего Онегина, меняя по всему роману рифмы и попутные склонения).

Лиза — имя также не строго русское; Елизавет по Европе жило и живет преогромное количество. В двух этих именах, особенно в Эрасте, остался прямо слышен перевод «Бедной Лизы» с некоего абстрактного общеевропейского образца — с самого Карамзина, еще не разочарованного в неметчине, не иначе, задумавшего эту идеальную повесть в дороге, когда он по Германии ездил «немцем».

В «Бедной Лизе» все готово заранее, точно вырезано по идеальному шаблону. Гибель *несчастной* девицы была предрешена. Событие жертвы было задумано Карамзиным как главный фокус повести: никакая другая точка тяжести не удержала бы рассказа, даже такого невесомого. Представьте, что Лиза осталась бы жива — заболела, но выздоровела, вышла за крестьянина и прожила до глубокой старости. Ну, допустим, проливала бы тайную слезу, проходя перекрестком, где когда-то продала букет ландышей милому своему Эрасту (как он додумался до этого *Эраста*? точно: Карамзин вовсе об этом имени не думал, оставил как есть в немецком подстрочнике). Тут еще и ландыши! Ох, Москва... В общем, бедная Лиза заранее была обречена. Если бы она осталась жива, погибла бы повесть.

Что бы стало тогда с великой русской литературой? Ей была принесена жертва бедной Лизы[24].

Думаю, что и способ смерти (утоплением) заранее не вызывал у автора сомнений. Довольно вспомнить Марию, английскую девицу, погибшую в море (см. выше), выброшенную за борт, едва не уморившую самого Карамзина. Пример слишком близкий и слишком определенный. И потом, какие тут могли быть варианты? Веревка, сечение вен? Это безобразно, ужасно, а должно быть печально. Паровозов тогда не было. Разве головой вниз с колокольни? Нет, тут непременно должна была быть вода. Тут работает тот же шаблон, давно устоявшийся в сочинениях народных и светских: все что о времени (равно и о конце времен, о смерти) — о воде. Только вода.

Но главное то, что все это как раз не главное. Это детали, которые сопровождают фокусирующий, «французский» прием сочинителя. Вихрь времени обнаруживает в своей сердцевине точку события, фокус повествования — повесть вертится вокруг него, где бы он ни находился, в начале или конце рассказа. Этот фокус — смерть несчастной Лизы.

*

Итак, немецкий сентиментальный сюжет, французская погибельная начинка. Наконец, третьим приемом, в полной мере успешным, был «английский»: Карамзин пустил свою «Лизу» показательно ровно, точно на локомотиве — во времени «сейчас».

[24] Она пострадала не одна; пример «Бедной Лизы» оказался столь заразителен, что за нею немедленно выстроилась целая цепочка девичьих жертв: «Бедная Маша» Измайлова, «Обольщенная Генриетта» Свечинского, «Даша, деревенская девушка» Львова, «История бедной Марьи» Брусилова.

Это была первая русская повесть, в которой слово бежало «синхронно» с мыслью читателя. По ту и эту сторону страницы побежало одно время — и страница отворилась, осветилась настоящим временем, словно омытое дождем окно кареты. Одно пространство открылось с обеих сторон бумаги: читатель не столько прочитал, сколько «посмотрел» «Бедную Лизу».

Таков вышел синтез путевого опыта Карамзина — успешный во всяком смысле. Сантименты, смерть Лизы и синхронность (слова и мысли), эта видимость настоящего времени произвели гипнотическое впечатление на читающую Москву. Она разразилась слезами, она поверила в смерть бедной Лизы! Деревья вокруг Симонова пруда, который до того был Лисин, а тут сразу стал Лизин, украсились прощальными надписями. Пошли слухи, что в Москве ищут подходящего Эраста, чтобы отомстить ему за смерть девицы, но ни одного Эраста в Москве не нашли. Может, в этом был замысел Карамзина, назвавшего героя столь странно?

Ни одно произведение той эпохи, предшествующей пушкинскому времени «сейчас», не оказало столь сильного (явного и скрытого) влияния на развитие современного русского языка.

Тут, наверное, нужно произвести уточнения: выражение "Бедную Лизу" с упоением читала вся Москва» следует принимать условно. Читателей в Москве было тогда не так много. Вырезать имя Лизы на коре дерев могли только единичные, наиболее упоенные новым словом поклонники Карамзина.

Осторожные историки так и говорят: было не столько массовое чтение и поклонение «Лизе» всей Москвы, сколько бурная деятельность достаточно узкой, хотя и весьма горячей компании читателей, уже не любителей, но фанатиков нового слова Карамзина.

Так оно и было; штаб первой нашей литературной клаки находился в кругу московских «архивных юношей», выпускников Московского университета, служащих в архиве Министерства иностранных дел. После появления «Бедной Лизы» Карамзин стал их безоговорочным кумиром. По сути, это была литературная партия, подготовившая появление «Старого Арзамаса» и определившая критерии не столько литературы, сколько запоминания того, что *должно* запомнить из литературы настоящей эпохи и представить дальнейшим поколениям как безусловный ее образец.

Это напоминает «театр» французской революции, который наблюдал в Париже Карамзин. Тогда действовала очень небольшая часть парижан — «актеры» революции, остальное было публикой. Возможно, та же схема повторилась в Москве: не вся она поголовно поклонялась «Бедной Лизе», но только горячая группа фанатиков, которая, впрочем, произвела столько шума и так последовательно продолжала этот шум в нескольких литературных поколениях, что в нашей памяти составилась икона повести «Бедная Лиза». Наиболее горячим ее поклонником был Дмитрий Блудов (мы еще с ним встретимся в «Старом Арзамасе»). Недоброжелатели говорили, что он веровал в «Бедную Лизу» крепче, чем в Варвару-великомученицу.

Тут стоило бы задуматься на такую тему: самоубийство Лизы, которую новые читатели признавали за икону, было среди прочего смертным грехом, — но о том уже не думали. Новая, литературная «религия» брала верх над русским сознанием.

Все же следует признать: если какое-то произведение той поры и заслуживало такого поклонения, то это была идеальная — идеально отредактированная, скрупулезно выверенная, гладко текущая «Бедная «Лиза».

Вот что стоит отметить напоследок: первыми поклонниками «Лизы» не случайно были «архивные юноши», будущие дипломаты, в переводе на наши реалии — выпускники МГИМО. Это была элита тогдашней молодежи: «русские иностранцы», знающие толк в переводах, сами позиционирующие себя между Москвой и Европой. Думается, им более всего пришлось по душе европейское происхождение «Бедной Лизы», ее отчетливо видимая (вплоть до имени Эраст) переводная подкладка, тот именно сплав европейских приемов, весьма искусно и последовательно примененных Карамзиным: немецкий сентиментальный сюжет, французский композиционный фокус и по-английски ровно и гладко бегущая «машина» прозы. Наконец русские европейцы прочитали свою повесть: еще бы они не выставили ее знаменем новой литературы!

Замечательно то, что в итоге эта «переведенная» «Бедная Лиза» дала толчок характерной московской литературе и тому классическому русскому языку, который после пушкинского преображения стал нашим образцом, зеркалом для отражения (подражания). Карамзинисты, европейцы самые горячие, постепенно превратились в самых горячих московитов.

*

Это была показательная эволюция; первым ее пережил Карамзин, вернувшийся из Европы (отвернувшийся от Европы) в московское царство.

Также и «Бедная Лиза», явившаяся в свет хоть и в кокошнике и сарафане (я видел такие иллюстрации), но все же девушкой, явно переведенной-перевезенной из Европы, погибнув в Москве, дала потомство в виде плеяды исключительно русских барышень, национальных литературных героинь.

Извне — вовнутрь, из-за внешнего, западного предела — в Москву: вот путь всего настоящего русского, вернее, того, что мы теперь принимаем за таковое. Из пространства — в слово, из воздуха — во всепоместительную бумагу: таков характерный московский прием, классическая перемена образа.

Эту метаморфозу прежде всего пережил сам «оптик» Николай Карамзин; таким был знаковый конец его «запредельного» странствия.

*

Вспомним портрет, на котором первое, что мы отметили — взгляд, которым Карамзин так смотрит на нас, словно мы, а не он представляем собой и з о б р а ж е н и е. В чем-то это верно: мы его литературные потомки, результат его видения и расчета. Задача настоящих заметок отчасти в том, чтобы хоть несколько отвлечься от этого состояния. Как это сделал Карамзин: извлек себя из бумаги, чтобы далее пользоваться ею «зряче», сознавая свое *место в пространстве*.

После первого успеха Карамзин более не брался за сюжеты, подобные «Бедной Лизе». Из всех следствий его путешествия самым странным было то, что, пройдя такую науку и сдав выпускной экзамен русского писателя на «отлично», Карамзин не стал русским писателем. Он продолжил исследование русской ментальной «оптики» как историк. Так, в истории он принялся заново «рассчитывать» Москву.

Здесь не место разбирать «Историю государства Российского» Николая Михайловича Карамзина — тут его непременно нужно записать по имени и отчеству: предмет его «Истории» велик во всяком смысле, в том числе словесном, и заслуживает отдельного внимательного и подробного разбора. Можно только отметить и в этом случае его «смотрящий», панорамный подход, «царскую» (монархическую) фокусировку событий и вместе с этим прием, уже наработанный: Карамзин стремится излагать историю «синхронно» с его, конца XVIII века, настоящим временем. Это дает своеобразный «романтический» эффект его версии: в его «Истории» во множестве поселяются русские Эрасты. Михаил Тверской делается у Карамзина во сто крат привлекательнее Ивана Калиты, хоть и проигрывает ему фактически и проч. (Нелюбовь Карамзина к Калите лишний раз подчеркивает его желание отстраниться от Москвы, взглянуть на нее извне, с европейской позиции.)

Возможно, указанная московская оптика души, которой он не определял, но диагностировал и которой поддался на одно мгновение писания «Бедной Лизы», в итоге оказалась настроена для него самого слишком уж центростремительно, «монархически». Николай Карамзин не вполне соответствовал требованиям им же самим определенной московской оптики. Он для того был слишком онемечен: хладнокровен и «глазаст».

Карамзин остался вне Москвы, за «зеркалом»; не шагнул из пространства в слово, хотя указал русской литературе именно этот путь — в Москву. Он был достаточно осторожен, старался во всяком своем предприятии сохранить дистанцию от совершаемого переворота языка. Не случайно он так часто вспоминал о зеркале и надобности рефлексии. Так на войне осторожный наблюдатель поднимает зеркало поверх окопа, чтобы увидеть, что там впереди, и при этом не получить пулю в лоб.

Поэтому он оказывается в нашем представлении — «там», до Пушкина.

*

Примерно так видится теперь, после разбора европейского путешествия Карамзина, исходная мизансцена «языка у зеркала».

Мы пробуем поместить слово в пространство (истории). Русский язык, тот, что для нас уже состоялся и предъявляет в должной степени освоенную категорию настоящего времени, и который прямо связан для нас с именем и временем Пушкина, для Карамзина был — остался — в будущем времени. Такова композиция исследуемого события: то, что для нас н а ч а л о, чудо рождения нового слова, для Карамзина к о н е ц долгого, сложного, противоречивого, с откатами и возвращениями на исходные позиции «архитектурного» опыта по устроению русского языка.

Наверное, Карамзин сознавал свое «предварительное», «зазеркальное» положение в строящемся храме русской прозы. Иногда создается впечатление, что он прямо указывает на событие Пушкина, как на архимедову точку словесного переворота. При этом, точно библейский Моисей, все сделав для достижения этой точки, он как будто отстраняется от нее, остается вне Эдема русского «сейчас».

В этом смысле он парадоксальным образом дальше нас от кратера пушкинского словорождения: он вне этого кратера, мы же в огне его и лаве двести лет пребываем с головой.

Карамзин — вне современного языка, мы — в нем, *в* языке; зато у него свои глаза (см. портрет), у нас — «бумажные».

У нас слово вместо глаз, слово смотрит вместо нас и видит то, что должно видеть слову: свой идеал, свой недвижимый образец, исходную светлую точку, которой так трудно найти протяжение.

●

Карамзин, путешествуя по Европе, *оглядывается на Москву и за Москву, и не на одного только Пугачева, как бы ни были важны воспоминания о его «морском» бунте. Русский путешественник затылком смотрит в степь, туда, где он некогда появился на свет, и можно предположить, что именно это воспоминание уравновешивает в его сознании зрелище Европы. Правило симметрии в этом взвешивании сказывается определенно. Однако здесь интересны не сами по себе восточный магнит или правая (азиатская) сторона русского коромысла. Качание на московском меридиане и прежде было России знакомо. Теперь в воображении русского сочинителя открылось большее пространство – вся русская комната, в которой на московском столе стоят часы с весами.*

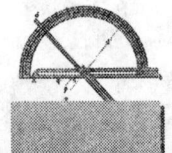

Передел пространства (слова)

Властители Европы обсуждают польский вопрос; на столе карта,
она же страница с новым европейским «текстом» — он опасно подвижен.
Меняются слова на карте, меняются, бунтуют языки.

С**южет переустройства,** *прозрения русского слова*
протягивается от Карамзина к Пушкину. Важно
различать: между ними не протяжение, но помещение –
воображаемое пространство, в котором пересекается
множество сюжетных линий. Таков рубеж двух веков:
его перекресток открыт всякому ветру времени. Так же
и слово, еще не оформленное, в тот момент находящееся
в центре русского спора, пребывает на перекрестке.
К нему прилагается много векторов, они тянут его в разные
стороны, рисуют перед ним разные пути. Не все эти стрелки
укладываются в то магистральное направление, согласно
которому развивалась в дальнейшем русская литература.
(Оно, это направление, задним числом было спрямлено.)
Тогда же, на переломе XVIII–XIX веков столбовой дороги
еще не существовало. Напротив: в пространстве слова все
было спор и хаос. Существовал выбор между вариантами
развития русского языка: рисовались перспективы,
замыкались тупики, чертились мнимые пути и проч.
Помещение литературного события было полно.

НЕ ПРОТЯЖЕНИЕ, НО ПОМЕЩЕНИЕ

О бинокулярном зрении

Господин с открытым глазом *(не адмирал: сходство, если оно тут есть, случайно)*, взятый из учебника оптики середины XIX века, символизирует нежелание субъекта смотреть и видеть вещи «объемно», посредством бинокулярного зрения. Он выбирает направление одно-единственное, желает следовать одному курсу, не принимая во внимание возможность какой-либо альтернативы — возможность пространства. Это фигура в большей мере политическая (отсюда этот акцент на слове «направление»), хотя и в политике порой бывает надобно пространство: диалога, маневра, компромисса. Компас на голове у героя, добавленный современным художником, сообщает о том же: он подсказывает «одноглазому» хозяину о наличии большего мира, в котором спор направлений не отменяет существования их объемлющего, старшего по знаку пространства. Аллегория самая простая; так же как в начале рассуждений над картой древнего и нового Дона, мы начинаем с игры. Тема, однако, серьезна: спор направлений, как правило, носит в России взаимоисключающий характер. В том числе в области географии — если эта география судит о том, каким курсом следует идти России, «западным», европейским, или «восточным», азиатским. Есть еще север и юг — и как будто нет их: в этом споре мы вечно «одноглазы».

АДМИРАЛ ШИШКОВ И «СЕЙЧАС»

I

Адмирала Шишкова вспоминают первым, когда нужно определить сторону, противную реформатору Карамзину и его соратникам: Вяземскому, Жуковскому, Пушкину. На «чертеже» русского слова адмирал, сколько возможно, далек от Карамзина. Именно Шишков и его партия литературных консерваторов составляли карамзинистам решительную оппозицию — и тем определили максимальное «количество пространства» в наблюдаемой нами мизансцене.

Карамзин и Шишков составляют не столько литературную, сколько мировоззренческую полярную пару. Они слишком по-разному «зрели мир». Сутью их спора — не только их самих, но всей эпохи — было не столько слово, сколько то, что *до слова* — направление (и в этом смысле пространство), в котором положено двигаться России. Не столько текст их интересовал, сколько фон для него и самое зрелище, помещение русской мысли. Они видели это помещение слишком по-разному, чертили каждый свою перспективу. Это для нас прежде всего интересно: различие в «оптике мысли» участников спора об идеальном русском словосложении.

Мы привычным образом различаем соперников как новаторов-карамзинистов и архаистов-шишковистов. Для нас не существует вопроса о победителе в этом споре. Победили, разумеется, новаторы: Карамзин, Вяземский, Жуковский, Пушкин. Что в литературном плане могли им противопоставить Шишков, Шаховской, Ширинский-Шихматов? Только «шипение»; шутка из той эпохи довольно распространенная — у консерваторов как на подбор фамилии были на букву «Ш». Были среди них еще двое Хвостовых — эти «хрипели».

Следует отметить: это наше нынешнее, пристрастное мнение, сложившееся задним числом, много позже тогдашних баталий. Тогда вопрос о литературном первенстве решался иначе; по меркам того времени, побеждали как раз шишковисты: они ходили в генералах и министрах. Карамзинисты были в оппозиции, они были фрондой, задиристой и острой на язык.

Мы «видим» эти распри заведомо искаженно; многие смыслы, имеющие силу в том времени, к настоящему моменту утрачены или зеркально перевернуты.

К примеру, линия фронта между воюющими сторонами была проведена довольно причудливо. Некоторые участники литературной войны свободно переходили с одной стороны на другую, вторые стояли над схваткой и не относились к спору архаистов и новаторов всерьез, третьи и вовсе мало его замечали.

Скажем, «Беседы любителей русского слова», знаменитый оплот партии шишковистов — что такое были эти «Беседы»? Первоначально (с 1807 года) это были частные вечера в доме Гавриила Романовича Державина. И уже на фамилии Державина наша память дает сбой: мы не часто связываем вместе Державина и пресловутые шишковские «Беседы». Или взять того же Крылова — а ведь и он был участник «Бесед». Легко ли их сегодня связать вместе — Крылова и *архаические*, консервативные «Беседы»?

Теперь привычнее говорить в единственном числе — «Беседу». Это название стало именем нарицательным, и у нас ассоциируется только с Шишковым и его соратниками на букву «Ш». В «Беседе» же, оказывается, заседали Державин и Крылов. И не просто заседали, а первенствовали в ней, были главные ее представители в глазах современников.

Этот частный кружок в 1809 году был преобразован в официальное общество. С этого момента его состав сделался еще более нейтрален. Он превратился в подобие академии, с президиумом, секретарем, протоколами заседаний и списками членов, в которые были занесены, по сути, все русские литераторы. В эту официальную «Беседу» входил и Карамзин!

Тут картина готова перевернуться вверх дном: вместо ясной линии фронта рисуется какой-то хаос (на самом деле обнаруживается искомое п р о с т р а н с т в о   с о б ы т и я, которое событие в тот момент, в 1809 году, только готовится, состояние языка пластично, его будущее не определено).

В какой-то момент шишковисты, составлявшие только часть пресловутой «Беседы» (самую горячую), решили изгнать Карамзина из рядов общества. В самом деле, это какая-то нелепость: вождь новаторов Карамзин в рядах их консервативной «Беседы». Но того защитил Державин, притом без особого усилия: махнул на них рукой — они послушались. По одному этому державинскому жесту — махнул рукой, и дело с концом — можно судить об условности литературных разграничений того времени. Судить — о пространстве.

По нему шла граница — не литературная, но мировоззренческая. На этом фронте противные партии стояли твердо.

*

О Державине и Крылове нужна оговорка. Их нужно оставить на особом положении в том строящемся «помещении слова», которое мы теперь стремимся очертить. Дело не только в том, что они стояли над партиями и редко озабочивались обстоятельствами ведущейся вокруг них (под ними) литературной войны. Дело в том, что, в терминах данного исследования, эти двое были «сами себе пространство».

Особенно Державин с его сундуком слов — каменных, громогремящих, из которых часть была драгоценности, часть — булыжники и щебень. (Крылов в этом сравнении представляет собой мешок с баснями.) Они были переполненные самими собой «фигуры» собственного слова.

Державину по большому счету не было особенного дела до литературных споров; только когда его задевали прямо, он гневался (как это было в случае с Батюшковым и его пародией «Видение на берегах Леты»). Себя Державин не считал литератором; он был государственным деятелем, дважды губернатором, секретарем Екатерины II. Стихи были частью его целого, которое не было в полной мере литературным. Эта его самодостаточность, внелитературная целостность выводит Державина за пределы области «цеховых» преобразований русского языка. В храме современного русского языка, который в те годы спешно перестраивался, его поэтический «сундук с камнями» оставался где-то у основания, в крипте.

Кстати, державинский сундук по сей день толком не распечатан. Его сокровища остаются большей частью скрыты, не «переведены» на современный русский язык. Державин точно иностранец в нашем бумажном отечестве. Пушкин, сидя в Михайловском, озирая в 1825 году Россию как л и т е р а т у р н о е   з р е л и щ е, писал, что подлинник Державина — чудесный, истинно поэтический — написан не иначе по-татарски, а потом самим Державиным дурно и небрежно переведен на русский язык. Показательный диагноз. Он говорит о своеобразном герметическом характере литературного феномена Державина.

Или так: это в очередной раз свидетельствует об избирательности нашей литературной памяти, о том, что ее сообщения мы слышим на каком-то одном из русских языков — на малом, пусть и «образцовом» наречии, которое есть только часть большего русского языка, и этот больший язык остается для нас недоступен.

Эти заметки посвящены тому как раз, чтобы попытаться выяснить — так ли это, был ли возможен этот больший язык на перекрестке эпох между Карамзиным и Пушкиным, в тот переломный момент, когда наше «образцовое» наречие (наше современное сознание) только формировалось?

Так или иначе, запертый сундук Державина с мешком Крылова (этот развязан) в процессе нашего черчения следует оставить в покое. Они пребывают автономными фигурами в наблюдаемом «помещении слова»; достаточно того, что Державин и Крылов одним своим присутствием напоминают о том, что мы находимся в большем пространстве языка, хоть и не различаем вполне его помещения.

Здесь мы рассматриваем фигуру адмирала Шишкова. Этот не в мешке, не в сундуке — он весь на поверхности. Он воюет, чертит фронт, делит пополам воображаемое русское пространство.

Необходимо разобрать законы его деления. Вопрос отношений Карамзина и Шишкова — это не столько литературный, сколько «оптический», мировоззренческий вопрос об архитектуре нашего современного сознания, которая в тот момент только проектировалась.

*

Отторжение Шишковым карамзинских новаций было именно «оптическим»: оно являлось следствием иного взгляда в иное время, в другое «русское окно» в историю.

Если различать направления взглядов по грамматическим категориям, то можно сказать так: Карамзин смотрел в настоящее время, Шишков — в настоящее прошедшее. Или в категориях географии: Карамзин смотрел на запад, Шишков — на юг.

Почему так? Здесь, после разбора путешествия Карамзина, нужно рассказать о путешествии (таком же запредельном) Александра Шишкова.

Путешествие — ключ в большее пространство, в котором наглядно видны расположение ментальных векторов, направления взглядов и к у р с ы я з ы к о в.

*

Различие Карамзина и Шишкова для меня изначально являлось «морским вопросом»; двух спорщиков нужно было расположить на карте, убедиться в их различии воочию.

Шишков был адмиралом. Что означало его адмиральское звание? Ходил ли по морю этот противник русского путешественника Николая Карамзина? Как выглядит их оппозиция на карте? Важнейшие вопросы: о дальнем путешествии, о восприятии своего и иного мира, об уложении в голове запредельных пространств, которые непременно должны сказаться в мысли и слове.

II

С мятым, точно сейчас с подушки, лицом, с седыми, торчащими врозь волосами, с черными горящими угольями глаз; рот энергически сжат — что и говорить, боевой дядя был этот адмирал.

Да, в его жизни было большое путешествие, то странствие, что раз и навсегда укладывает в голове пространства видимые и невидимые.

В 1776 году, в возрасте двадцати двух лет, в чине мичмана на фрегате «Северный орел» Александр Шишков отправляется из Кронштадта против часовой стрелки вокруг Европы *(см. карту на стр. 149)*. Через Балтику, Атлантический океан, Гибралтар, Средиземное море, Дарданеллы — в Черное море. Фрегат сопровождают три корабля, также военных, но идущих под видом купеческих.

Поход совершался по местам боев недавней турецкой кампании; плавание длилось три года.

Европа произвела на Шишкова противоречивое, во многом отталкивающее впечатление.

Наиболее ярки оказались его впечатления на заключительном отрезке пути — Ионическое и Эгейское моря, поход вокруг Греции, находившейся тогда под властью турок. Обожженные солнцем, терракотовые обломки островов, точно святые мощи, разбросанные по синему морю, напоминали русским морякам о Втором Риме, об исчезнувшей христианской империи, которой современная им Россия являлась только подобием.

Шишков, фантазия которого всегда была горяча, на своем корабле «Северный орел» точно перелетел во Второй Рим, в другое время, в то именно «настоящее прошедшее», с которого только списано «настоящее» время Карамзина.

Здесь обнаружилось их будущее расхождение — они разошлись во временах. И это не просто метафора, такова правда о путешествии Шишкова: он отправился на юг и попал во Второй Рим, за который тогда шла настоящая, реальная война. Россия воевала с турками не столько за Грецию, сколько за Царьград, за идеальное христианское пространство *(см. схему на стр. 150)*. Такова была русская Реконкиста, стратегический проект екатерининского времени.

Мы мало знаем эти обстоятельства, не различаем историко-географических карт той эпохи. Для нас тогдашние панорамы морских боев, герои тех войн задернуты покровом «старины». Удивительное дело: деяния Петра Великого начала XVIII века мы различаем легче, чем подвиги наших моряков в Средиземном и Черном морях, совершенные на полвека позже. Нам не вполне понятны по своей сути эти запредельные «римские» войны.

Александру Шишкову они были понятны. Мало того, что понятны: их следствия он по горячим следам наблюдал со своего корабля сопровождения. Шишков хорошо различал за видимостью современной, плененной турками Греции — Второй Рим, пусть сохранившийся в обломках, зато обладающий всеми признаками святости. Тот Второй Рим, тот мир был н а с т о я щ и м, тот был для Шишкова «сейчас», и за него шла вечная война; этот же мир являл поверхность события, тонкую пленку очевидного. Умирали з д е с ь и уходили т у д а: так он прочитывал суть событий, такова была для него метафизическая грамматика той религиозной, вселенской войны.

И вот причина его горького разочарования в Европе: Шишков был потрясен поведением союзников-французов[25], которые не различали сакрального двоения миров, понимали берег второго Рима как турецкий и оскверняли греческие храмы, замалевывая иконы, оставляя богохульные надписи на стенах.

Удивительно, до какой злобы и неистовства доводит развращение нравов! Пусть бы сами они утопали в безверии; но зачем же вероисповедание других, подобных им христиан ненавидеть? Для чего турки не обезобразили сих часовен? Для чего не иной язык читается в сих гнусных надписях, как только французский?

III

Путешествие не просто изменило Шишкова: оно прочно утвердило те воззрения, которые сложились у него еще в юности. Мемуаристы и исследователи Аксаков, Стоюнин и другие утверждают, что он с младых ногтей был склонен к церковно-славянской лексике, к голосу второго Рима.

---

[25] Союзничество было условно. Более того, вскоре по окончании войны с Турцией Россия в тех же водах начала кампанию против Франции, ту, в которой прославился адмирал Федор Ушаков, освобождавший греческие острова уже не от турок, но от французов. Его усилиями Второй Рим держал тогда оборону против первого, против Западной Европы. Все это уроки не столько географии, сколько ментальной геометрии, различающей стороны света согласно их духовному (поверх-географическому) содержанию. Предпочтения Шишкова в этом плане были совершенно определенны: западное направление было для него во всяком смысле чуждо.

Места морских подвигов адмирала Ушакова

Место монастырского подвига Федора Ушакова

Путешествие Александра Шишкова *интересно тем, что сразу по завершении оно делается «невидимо». Исчезает его протяженная округ-европейская петля, пройденное пространство убывает, и остается прямая от Петербурга до Царьграда. На карте Шишкова есть А и В: исходная и конечная точки движения и между ними – сакральный меридиан, соединяющий русскую и (исчезнувшую) греческую столицы. Это сжатие карты, сворачивание ее в рулон, с одного конца которого настоящее время, с другого – тысячу лет назад прошедшее, составляет особый ментальный фокус, свойственный Шишкову и его эпохе.*

План Стамбула
(Константинополя),
1720 г.

План Петербурга,
после 1721 г.

Меридиан Петербург—Царьград *как особого рода
сакральная прямая привлекал внимание многих русских
стратегов. По этой трассе спящая северная мысль
переносилась мгновенно к центру мира, на юг, и в этом
сквозном (важнее всего, что мгновенном) переносе делалась
римской, вселенской мыслью. Нужно отдать должное
Шишкову и его соратникам: до них это метафизическое
путешествие производилось вне черченого (географического)
пространства — они рассчитали это движение
на карте. Они сравнивали планы столиц, Петербурга
и Царьграда, в которых находили известное сходство
(трехлучие вод-времен, фокус в водном центре). Путь их
шел мимо Москвы: в этом видна «оптическая» ошибка.*

Он был воспитан в небогатой семье, учился читать — понимать, «видеть» мир — по церковным книгам и календарям. И вот, по общему мнению, следствие: зрелище богохульной Европы закономерно показалось молодому Шишкову отталкивающим. Возможно и так; однако его резкое отторжение могло быть вызвано разочарованием. В таком случае его биографы не вполне правы: если Шишков ожидал другого, первоначальный его настрой был положительным. Он не отторгал запад заранее, не был предвзятым наблюдателем.

Так или иначе, он вернулся на родину в настроении очевидно антиевропейском. «Окно» на запад после этого путешествия было для него закрыто.

Его детские грезы над «Житиями» и «Четьими Минеями» после путешествия на юг, паломничества за море стали убеждениями. Сокровенное духовное помещение, открывшееся ему в войне за Второй Рим, стало для него не менее важным, нежели современное ему пространство. С тех пор он ненавидит и презирает французов — всю свою жизнь, почитая их за варваров. Они и были варварами во времена Второго Рима, пребывающего для Шишкова во времени «тогдашнего сейчас».

С тех пор он смотрит только на юг, так же как Карамзин — на запад. Они еще не знакомы, но уже по своим взглядам «перпендикулярны».

У Карамзина в окне истории — Первый (тут нужно с большой буквы) Рим, у Шишкова — Второй.

Из этого следует не только то, что перед нами два непримиримых спорщика, но и то, что Россия во времени и пространстве была в тот момент «многоэтажна», имела фасады и окна во все стороны света. Стало быть, теоретически — увы, только теоретически — она могла выработать такой язык, который соответствовал бы ее сложному (конфликтному, вызывающему на спор ведущих отечественных интеллектуалов) «архитектурному» строению.

*

Героем той греческой (цареградской) войны на море стал адмирал Федор Ушаков: моряк и монах в одном лице, подвижник и воин, не проигравший ни одного большого и малого боя. После своих южных побед он тихо, без слов ушел в монастырь *(см. стр. 149, 204)*. Я знаю этот монастырь: Санаксарский, близ города Темникова на западе Мордовии. Он имеет вид каменного корабля. Спрятанный в глубине русского сухопутного моря, в обширной зеленой низине между Нижним Новгородом и Пензой, он в и д и м ы м о б р а з о м плывет через долину мордовской реки Мокши.

Далеко закинуло Ушакова, однако морского образа он не утратил: пересел с одного корабля на другой, с деревянного на каменный. Он остался на границе, разделяющей разно верующие миры: в Греции это была граница между христианами и мусульманами, цареградскими ромеями и европейскими варварами, в Мордве — между христианами и язычниками[26].

IV

По возвращении (из второго Рима в третий?) новый римлянин, по-гречески «ромей», Шишков получает чин лейтенанта, после чего делает карьеру преподавателя в морском училище; для него рисуется теперь иная война, производимая более в слове, нежели в морском деле.

[26] Мы еще взглянем на этот монастырь (см. далее — эссе *О нахождении Арзамаса, На облаке или на льдине*). Он составляет одну из важных точек на русском чертеже, в той части, где искомый рисунок плохо различим и только намекает на большее целое, увидеть которое возможно лишь при непротиворечивом сложении всех российских историй — «западной» и «южной», внешней и внутренней, сухопутной и морской.

Он много переводит; кстати, с французского — мелодраму «Благодеяния приобретают сердца». Его прославила переведенная с немецкого «Детская библиотека» Кампе. (Вот и Карамзин переводил для детей; вся Россия была тогда точно грузное дитя за тесной европейской партой.) Интерес Шишкова к творчеству возрастает; военное дело, напротив, успеха не приносит. В 1790 году — Карамзин во Франции — Шишков воюет с шведом. Кампания выходит неудачной; по мнению нашего героя, всех подвел Чичагов, командовавший кораблями. В чине капитана второго ранга Шишков сходит на берег; теперь его плавание совершается только пером по бумаге.

Решительный успех ждет Шишкова при императоре Павле I. Не иначе средиземноморские утопии Шишкова нашли в лице Павла благодарного слушателя; император был с географией в отношениях наполовину сомнамбулических. Идеалы и химеры имели для обоих вес больший, нежели веления реальности. Сошлись два метафизика, горящие душой; повышение следует за повышением. В 1796 году Шишков избран членом российской Академии; он погружается с головой в изучение церковно-славянского языка — вот когда он к нему склонился бесповоротно. Это еще раз говорит о том, что Шишков совершал поход вокруг Европы человеком в достаточной мере непредубежденным: не оттого он так увидел войну с турками и французами, что в юности начитался церковных книг — такова была сама эта война, разворачивающая перед глазами наблюдателя исчезнувшие, но притом более, нежели реальные, пространства. Теперь — академиком, любимцем императора Павла, Шишков начинает переводить эти видения в слово, полагая, что русское слово его усилиями прозреет в южном направлении, в том правильном, русско-греческом пространстве. Он руководит целым направлением в науке, «этимологическим», в то время модным (вскоре признанным антинаучным, неосновательным, до крайности политизированным).

Вдруг (главное слово в грамматике императора Павла — «вдруг») наступают опала и отлучение от двора. Впрочем, без повреждения в чине, напротив: именно в этот момент Шишков получает вице-адмиральский чин. Павел от Греции поворотил взор свой в Европу: с юга на запад; новые замыслы захватили его горячее воображение. Им не суждено было сбыться: 1 марта 1801 года он был убит заговорщиками.

При воцарении императора Александра I адмирал Шишков всерьез ждет министерского поста, но его получает Чичагов. После этого службу длить невозможно; адмирал всерьез и надолго делается литератором. Можно представить его писательскую программу — по «географическому» направлению. Она довольно знаменита: это «Рассуждение о старом и новом слоге российского языка» (1803 год). Шишков ратовал за повсеместное внедрение основ церковно-славянского языка или, в настоящем контексте, насаждение в народное сознание греческой ментальной «оптики».

По новым временам она была совершенно неуместна. На высоте, в том числе в области слова, были новаторы и первым среди них — «фокусник» Карамзин, переписывающий (переменяющий) на европейский манер историю государства Российского. Можно представить реакцию Шишкова на эту его профранцузскую историческую стратегию. Шишков видит в Карамзине главного противника и начинает с ним войну по всем правилам военной тактики.

Между прочим, перу его принадлежит переведенный с французского, многократно изданный труд «Морская тактика» (почему не грамматика? там и тут о бумажном пространстве) — Шишков знает, как воевать с французами.

Начинается горячая, но при этом «стереометрически» странная война. Противники плавают как будто по разным морям, наблюдают вместо соперников бумажных двойников, двигаются и действуют в разных пространствах. При этом язвят друг друга болезненно и явно, бьются всерьез.

*

Отчего готовящийся к новому изданию русский язык оказался не в состоянии удержать оба их направления, «западное» и «южное»? Теперь это невозможно, и даже вообразить, как этот сделать, невозможно, потому что теперь мы говорим и мыслим на языке победителей — центростремительном, «сухопутном» языке.

Два путешественника не смогли между собой договориться. Парадокс в том, что они не так уж разно говорили, да и писали примерно одинаково. Их развела и столкнула лбами разная оптика сознания. В результате две части русского языка перессорились между собой в борьбе за власть, не составили общего целого. Удивительно и печально то, что, получивший эту изначальную пробоину, наш язык по сей день так и не научился путешествовать морем. Рассказ о путешествии он норовит переложить в роман.

Русский язык не освоил вполне темы моря, у него налицо морская болезнь, водобоязнь и упоение сушей.

Это не значит, что сейчас, задним числом, я бы предпочел Шишкова — вот уж нет! Для моей утопии нужны оба героя. Нужны все направления и словесные румбы. Интересен пространственно полный, «зрячий» язык, обустроенный по принципу мира, а не привычной нам перманентной литературной войны.

V

Тогда на первый взгляд именно такая война и разгорелась — бумажная, поверх-страничная: схватка старых и новых слов. Но на деле шла война поту-страничная, столкновение разных типов мышления, явленное в борьбе поколений, стратегически «перпендикулярных».

Воевали друг с другом две России, два разномыслящих «государства языка». Каждый из противников тянул на свою сторону (по своему вектору) нового государя, Александра I, который в первые годы правления был как будто восприимчив к советам со стороны.

В тот момент он склонялся на сторону «западников»; «южане» уходили в оппозицию, но не сдавались.

Особенную остроту борьба «перпендикулярных» русских партий приобрела в тот момент, когда в России зашла речь о переводе Священного Писания на современный русский язык. Вот площадка, на которой сразу дают о себе знать стратегические соображения — нам уже неведомые, остающиеся вне освоенного помещения памяти. Тогда же один только замысел перевода вызвал войну. Он означал вопрос: куда идет Россия? Не просто как она говорит или пишет, но как она верует? Проект перевода означал, что новая, александровская Россия была готова перевести стрелки на запад, лечь по духовной «широте», различая себя на оси «запад—восток».

Для консерваторов поколения Екатерины, воевавших за Второй Рим, строящих русскую перспективу по оси «север—юг», акция по переводу Священного Писания, по сути своей западно-европейская, была угрозой куда более важной, нежели все попутные литературные распри. Перевод означал перемену русской оптики, способа ориентации в Божьем пространстве. «Южане» решительно возражали; обострение читается по датам: всерьез о переводе Библии заговорили в 1809 году в связи с реформой Санкт-Петербургской духовной академии. Тогда во всей силе был Сперанский и соответственно новаторы. Заседания «Беседы», на тот момент частные, немедленно стали публичными, «академическими», сколько возможно, официальными — такова была уже не частная, но партийная реакция «южан» на готовящийся проект перевода. Вопрос о нем был центральным пунктом сражения России «горизонтальной», ориентированной на запад, и России «вертикальной», смотрящей на юг, в Царьград.

Литературная склока была только отзвуком этой борьбы, происходившей при дворе, в правительстве, в Святейшем Синоде. Сражение шло с переменным успехом — так же как в Европе мир с Наполеоном сменялся войной и обратно.

В 1812 году, накануне неизбежной и полномасштабной войны с французами, западник Сперанский был отставлен; на его «стилеобразующий» пост государственного секретаря Александр I назначил «южанина», адмирала Шишкова.

Перевод Библии на несколько лет был отложен.

*

Отечественная война с французами перевернула стрелку русского компаса; теперь мы были против Европы.

Неудивительно, что адмирал Шишков, не как литератор, но как стратег, выходит на первый план. Он пишет «Рассуждение о любви к Отечеству»; его и всей его «константинопольской» партии нелюбовь к варварам-французам делается стержнем государственной идеологии.

Начиная с Вильны, с июня 1812 года, Шишков все время возле императора Александра: пишет рескрипты и манифесты. Знаменитые слова Александра: *Я не положу оружия, доколе ни единого неприятельского воина не останется в царстве моем* — принадлежат адмиралу. Не только слова, но суть производимого действия: на бой с французом поднимается д р у г о й Р и м, вооруженный иной политической логикой, действующий иным оружием (дотла сожженной собственной землей), стреляющий по врагу как будто из другого времени.

Этого не понимает противник, который вовсе не собирается до последнего солдата воевать с Россией. Для Наполеона русская кампания — это масштабная дипломатическая операция, принуждение Александра к миру на противуанглийских условиях. Ему не нужны сожженные города, не нужна свобода для русских крестьян и перемена в России царя и правительства. Ему нужна континентальная блокада против англичан и дорога в Индию и для этого он готов в любую минуту договориться миром. Какое! против него встает новый Константинополь, полагающий его за дикаря из десятого века. Против него выступает православный генерал Багратион, генерал-губернатор Москвы Ростопчин, которого мы знаем в большей мере по толстовской карикатуре в романе «Война и мир» и не знаем как активного и влиятельного деятеля партии «южан», — и собственно Шишков, государственный секретарь, комиссар византийского воинства. С этими стратегами Наполеону не договориться.

VI

Можно вспомнить по этому поводу толстовскую оценку событий 1812 года, подробно изложенную в романе «Война и мир»; она весьма своеобразна (при том что для нашей памяти она формообразующе важна); мы к ней еще вернемся. В позиции Толстого в принципе необходимо разобраться: мы смотрим на эту войну большей частью его глазами, следуем его логике. Здесь интересен взгляд Толстого на войну «в пространстве», его выбор между той или иной «перпендикулярной» русской партией, а также его отношение к персоналиям, эти партии представляющим, в частности к Александру Шишкову.

Всегда следует различать, что мы видим у Толстого и что на самом деле прячется за его литературным фильтром, в равной мере действенным и субъективным.

К слову сказать, географическими направлениями и стратегиями Толстой интересуется мало, его «оптическое» устройство сфокусировано исключительно на Москве. Для такого подхода нет южных или западных направлений, есть только значения «снаружи» и «внутри», вне России, вне Москвы и внутри России, внутри Москвы. Так же Толстой относится и к партиям: для него есть только промосковская и противумосковская партии, в которые он, согласно своему авторскому предпочтению, записывает своих героев и с ними реальных исторических деятелей. Это оборачивается путаницей и поминутными противоречиями (мало интересующими автора), зато позволяет Толстому взглянуть на произошедшее так сосредоточенно лично, что открывается иной, сокровенный пласт произошедшего в 1812 году, где духовные вопросы решаются в связках «Я» — и Москва, «Я» — и время, «Я» — и «сейчас».

«Я» — и Бог (явленный в слове). Здесь нет и не может быть реальной географии. Рим и Константинополь отменены Толстым в «Войне и мире» как лишние, внешние данности.

Это, между прочим, результат интересующей нас эволюции языка — ко времени Льва Толстого в России победила не партия «западников» или «южан», но партия слова. Та тенденция «омосковления», литературной фокусировки русского сознания, которая сказалась уже на западнике Карамзине, в следующем поколении сделала из западника Пушкина стихийного московита, через поколение подарила России абсолютного бумажного монарха, московского «царя» Толстого. Мы, его читатели, во многом во власти его солиптической оптики: для нас «зрелище» 1812 года — это в первую очередь н а р и с о в а н н а я с л о в а м и панорама Льва Толстого (с несущественными поправками, слабыми, никому не слышными возражениями историков). В результате вслед за Толстым мы не различаем в той войне сторон света, а стало быть, и внятного политического пространства события 1812 года, оставаясь вполне удовлетворенными наблюдением одного его экзистенциального московского «пульса». В этом смысле толстовский фильтр успешно закрывает от нас реальное пространство 1812 года.

Другое дело физиономии главных участников события. Пусть мы различаем их в толстовской, подчеркнуто личностной трактовке, зато в этом окрашенном эмоциями «пространстве» они становятся видны вдвое более отчетливо.

И тут возникает сложность: Толстой почти ничего не пишет о Шишкове. Много, пристрастно, подробно он пишет о Багратионе и Ростопчине, причем в полярном ключе: один всем хорош, другой всем плох. Между тем это были единомышленники, вожди «православной» партии войны, византийские комиссары (как и первый из них, Шишков).

Откуда этот разброс и почему Толстой «забыл» о Шишкове? Реальная роль Шишкова в событиях 1812 года не менее важна, нежели Ростопчина и Багратиона. К тому же она важна именно в том контексте, который прослеживает в этих событиях сам Толстой — в контексте в о й н ы   м и р о в, прямо отраженном в названии его романа. Толстой со всем убеждением описывает тотальное противостояние, несовпадение времен, в которых жили Россия и Европа. Он в этом плане прямой шишковист, отчего у него нет Шишкова?

Во-первых, как уже было сказано, Толстому неинтересны ни соперничающие в начале XIX века русские партии, ни «перпендикулярное» их расхождение, стало быть, ему неинтересна «географическая» суть программы Шишкова. Меридиональное, церковно-славянское, архаическое направление «южанина» Шишкова, его сосредоточенность на идее духовного родства со вторым Римом Толстому безразличны. Второго Рима как характерного ментального помещения он — писательски, через слово — не ощущает[27].

---

[27] Сцены из первых набросков «Войны и мира», где есть описания тогдашней турецкой территории (не Турции — Румынии; ближе к Царьграду автор не приближался), были Толстым забракованы. И заслуженно: в них нет ни внешнего вида, ни духа этих мест. Толстой ощущал всей душой только Третий Рим, только Москву. Первый Рим, Европу, он видел хорошо, но не принимал душой, Второй Рим не видел, не ощущал, не принимал.

Поэтому он не различает Шишкова; он к нему ни дружелюбен, ни враждебен.

К тому же, и это во-вторых, Шишков — петербуржец. Это важный акцент; стратегия Шишкова построена на определенном «равенстве», метаисторическом родстве Петербурга и Константинополя. Таковы полюса на его русском «глобусе». Он не забывает о Москве, но понимает ее положение как пассивное и страдательное и неизменно сосредоточен на Царьграде. Это еще одна причина невнимания Толстого к Шишкову.

Тут, кстати, Толстой прав: адмирал Шишков ошибался в оценке роли Москвы, ее растущего значения в духовном пространстве России.

Москва после ста лет первенства Петербурга возвращалась на русскую карту. События 1812 года стали апофеозом этого возвращения; до того (вспомним еще раз об эволюции Карамзина) ее влияние росло скрыто. Она возвращалась через слово, через власть литературы над русским сознанием. Адмирал Шишков не различил этого ее возвращения, за что и был наказан: сначала насмешками и карикатурами карамзинистов, а затем, в поколениях, тем, что в памяти о нем остались одни эти насмешки и карикатуры. И — забвением Толстого.

Из-за одного этого стоило рассмотреть (сначала отыскать) толстовский портрет Шишкова: в его умолчании виден приговор адмиралу — тот не принял в должное внимание Москву, и потому его русский «чертеж» вышел неверен. Шишков потерпел поражение в главной своей войне с новаторами, пременителями России, потому что они, начавши западниками, скоро «омосковели», а он, глядя из Петербурга в Царьград, так и остался вне Москвы, вне фокуса, ключевого события эпохи: возвращения Москвы.

Не следует забывать о Москве. Ее тема является центральной в той эволюции русского слова, которую мы наблюдаем в пространстве между Карамзиным и Пушкиным. Она притягивает к себе новое слово и новый язык, точно магнит. Это ее притяжение существенно, обеспечено исторически и духовно. Адмирал Шишков не почувствовал его тяготения и был удален (в глазах Толстого, а за ним и в наших глазах) с орбиты русской истории.

Третья причина умолчания Толстого об адмирале Шишкове, возможно, такова. Шишков в своих патриотических высказываниях во время войны проговорил слишком много того, что затем, спустя пятьдесят лет, как будто от себя лично написал Толстой. Такого «соавторства» Толстой не терпел; он не захотел записываться в шишковисты, оттого и умолчал о Шишкове. Он попросту устранил его как литературного конкурента: «забыл» о нем, «забыл» сослаться на него в своем романе.

Толстой в этом плане достаточно ревнив. Это видно на примере того же Ростопчина, который также многое что сказал и сделал вперед Толстого. Но генерал-губернатора Москвы Ростопчина невозможно «забыть» в московском романе — и Толстой уничтожает Ростопчина карикатурой, самой злой из всех возможных.

Таковы все толстовские портреты: они пристрастны; они верны только в той личностной системе координат, которую задает для себя (и для нас) автор «Войны и мира». Адмирал Шишков через эту систему координат проходит почти невидимым. Это и несправедливо, и справедливо, если учесть, что в центре этой «единственно верной» толстовской системы как формообразующий пункт находится Москва.

Из этого можно сделать общий вывод, согласно портрету Толстого и тому, что можно различить за этим портретом: адмирал Шишков во время войны 1812 года действительно был комиссаром православного воинства, его идеологическим руководителем, одной из ключевых фигур российской политики, но при этом оставался недальновидным стратегом, не предугадавшим перспективу дальнейшего стратегического роста Москвы как нового духовного центра России, как фокуса ее духовной «оптики», столицы нового литературного языка.

VII

Война окончена победой, парижским триумфом царя Александра. Как ни странно, вернее, совсем не странно, что значение Шишкова к концу войны начинает стремительно умаляться. С первым шагом за российские пределы ее сакральный характер, на котором настаивал комиссар Шишков, отменяется. С этого момента становится все более очевидно, что Россия воюет не с дикарями и варварами, что византийские настроения противу Европы бессмысленны, что вследствие такого «литературного» настроя сама Россия выглядит все более средневековою ордой.

И — Александр отворачивается от константинопольского комиссара Шишкова, обнаруживает себя в современности — в синхронной связке с реальностью.

И — в 1815 году проект перевода Библии возобновляется. Проект переосмысления, переоформления языка в контексте глубинной «грамматической» связи «Христос — сейчас». Все логично: опять мы дружны с Европой, которая давно существует и мыслит согласно этой Христовой «грамматике».

Нет, все не так однозначно; коллективное сопротивление архаиков остается эффективно. Проект перевода Библии идет трудно: дело поручают не Священному Синоду, как, по идее, положено, но уже указанной духовной Академии. То есть: это не вполне официальное, скорее, учебное начинание. Кстати, это приводит к тому, что Шишкову, сумевшему с новой политической волной в начале 20-х годов вернуться во власть, удается запретить перевод, отозвать его из Академии, напечатанные же экземпляры Библии изъять из употребления и сжечь (!). Но поздно: событие уже совершено. Слово Писания переведено на современный русский язык, Новое время в России, вместе с новым словом, пущено неостановимо.

*

Россия во время войны 1812—1814 годов взглянула в лицо Европе новым взглядом, она уже видит и мыслит иначе, чем прежде. Адмирал Шишков и его цареградские предпочтения окончательно делаются анахронизмом. Некоторое время он служит главным цензором (показательная эволюция), с воцарением же Николая I сдает дела: новому императору нужны иной темп существования, иной текст, иные «географические» смыслы.

Николай вызывает из ссылки Пушкина; показательное и вместе с тем противоречивое действие, разбор которого еще впереди. Здесь это означает определенное: конец адмирала Шишкова, конец его славяно-греческой концепции. Время адмирала становится целиком и полностью «тогда».

VIII

О нем начинают слагать сказки, умалчивать о его реальных делах и приписывать мнимое. Занятно (я этого не знал, пока не взялся почитать немного подробнее об адмирале-литераторе, взглянуть на него шире того узкого шаблона, что налагает на Шишкова наша «шикающая» память): лицейское прозвище Пушкина — *Француз, он же смесь обезьяны и тигра*, взято из пламенных рескриптов адмирала времен войны 1812 года. Это его, Шишкова, образ, у него француз есть *помесь обезьяны с тигром*, подготовленный давнишними впечатлениями морского похода вокруг Европы 1776—1779 годов. Мы, особо не думая, отобрали обезьяну и тигра у Шишкова и отдали Пушкину.

Эти блики-обманки бегают по нашим воспоминаниям, вспыхивая там и сям по граням «зеркала» русского языка и сознания. Только на них мы и смотрим, только ими любуемся; но эти блики — не история, это в лучшем случае сумма анекдотов на историческую тему.

В худшем — такое же, бликующее и фрагментарное, п е - р е с о ч и н е н и е истории. Наша историческая память представляет зрелище, подготовленное для зевак и любителей коротких и ярких сюжетов. Это память посетителя цирка; его внимание устремлено от окружности в центр, на освещенную (словом) цирковую арену прошлого.

Я не против литературного цирка; все жанры нам потребны, все здания должны стоять в нашем городе из слов. Важно еще, чтобы мы умели взглянуть окрест этого города — взглядом не сужающимся, но расширяющимся.

Я все о своем, о большем языке, о тексте-путешествии, к которому у нас нет ни привычки, ни исторической, ни грамматической (тем более «оптической») склонности.

*

Разбор Шишкова и его цареградской «стереометрии» показывает, как адмирал оказался вне времени и вне языка, а стало быть, и вне нашей памяти, — как он заплыл в иное, невидимое нам море. Уточним: он оказался вне карамзинско-пушкинско-толстовского «помещения времени», которое одно мы различаем, оглядываясь на ту эпоху.

Одновременно этот разбор показывает, насколько невосприимчиво наше традиционное литературное сознание к идее регулярного пространства, к счету твердых расстояний по осям (сторонам) света. Наше сознание, наученное «фокусником» Толстым различать в помещении той эпохи прежде всего центр, московское событие 1812 года, без особой охоты смотрит от Москвы вовне. Ему неинтересен адмирал Шишков, неинтересно, почему он адмирал (звание, кстати, довольно поместительное, намекающее на внешний мир), интересны только насмешки над адмиралом.

Еще раз: адмирал Шишков потерпел поражение не оттого, что писал хуже, чем Николай Карамзин; не в этом было дело, да и соревнования такого никто не устраивал. Он проиграл оттого, что потерял из виду Москву как фокус духовного зрения. Он был занят ненужным согласованием времен (Рима и Рима), считал версты между Петербургом и Царьградом, имел в голове черченые меридианы и широты, верил в «Морскую тактику» как возможность меры моря. Это знание оказалось излишне в той бумажной стране, новой Московии, которая постепенно начала оформлять себя с переменою веков с XVIII на XIX.

Да, пожалуй, эта хронология будет верной: начало правления Александра I, как бы ни выглядело оно на поверхности европейским и петербургским, на деле скрыто содержало новую московскую начинку (в 1812 году с огнем пожара она вышла на поверхность). На это в первую очередь указывает Карамзин, самый европейский из всех наших писателей: он дает старт «московскому языку», который ко времени Толстого постепенно отворачивается от Европы, отворачивается от пространства — в книгу. В этом новом языке расстояния несущественны, и если ему интересно море, то это прежде всего море времени.

Нашему сознанию не нужен географ, «геометр», адмирал Шишков; в реальной, внелитературной истории мы вовсе его не различаем. Мы видим — с уничижительным искажением в литературном «зеркале» — только Шишкова-архаика, пишущего, как в «старину», с нелепым церковно-славянским акцентом.

В известной мере это заслуженный итог: Шишков проигрывает с е й ч а с. С его архаическим, цареградским «тогда» он удаляется из времени литературного «сейчас». Карикатуры и шипения составляют этому уходу только шумовое сопровождение. Это шум и пестрые картинки: суть удаления «оптическая». Адмирал не виден, он отсутствует в нашей памяти, потому что наша память внепространственна, она заговорена (новым московским) словом.

Мы помним Шишкова от противного — от Карамзина. Не «перпендикулярно», не под углом к Карамзину, что, несомненно, добавило бы нашей литературной карте новое измерение. К «широтной» (карамзинской) оси «икс» был бы добавлен меридиан «игрек». Нет, такого раздвижения нашей памяти не наблюдается. Она помещает адмирала строго против Карамзина, чем, по сути, уничтожает его (литературную) фигуру. А вместе с ней и потенциальное пространство истории рубежа XVIII и XIX веков, остающееся от нас по сегодняшний день большей частью скрытым.

●

Так трудно совмещать в голове *перпендикулярные румбы; слишком трудно – проще отодвинуть Шишкова (не его одного) на поля памяти и устремиться взором прямо к Пушкину. Наше поклонение Пушкину «линеарно», одномерно – но тем четче пушкинское изображение в зеркале языка. Происходит своеобразное убывание измерений исторического сознания, сопровождаемое «прояснением» нашей памяти как некоего сводного текста. Текст против пространства? Текст вместо пространства! Если мысленно продолжить сжатие памяти и фокусировать ее в точку; подобное сосредоточение, сопровождаемое отменой исторического пространства как такового, составило бы, вероятно, ответный – предельный – рост текста (вымысла). Взрыв «реального» текста.*

Об отмене пространства

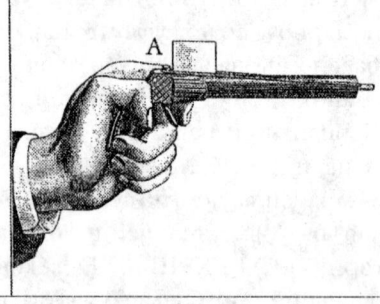

Что такое отмена пространства? *Уничтожение, разрушение, смерть пространства. Эти отвлеченные положения для нашего сознания имеют важный смысл: смерть пространства есть отмена обязательств, которые налагает на нас реальность. Реальность является нам в пространстве – жесткая, не зависящая от наших тонких чувств и верований, равнодушная к нашему «Я», обязывающая принять оковы очевидного. И худшая из всех обязанностей, определяемая сознанием собственной конечности, – обязанность умереть – является нам в пространстве. «Отмена пространства как отмена смерти» – нет, эти формулы вовсе не отвлеченные. За сообщения о нашей конечности, о неизбежности смерти мы не расположены к пространству. Нам ближе слово. Оно, по идее, бессмертно. Оно как будто и выдумано для того, чтобы победить смерть, по крайней мере отвлечь нас от мысли о ней. Только в слове, надев на себя одежды слова, словно космический скафандр, мы готовы ступить в тот вакуум, который несет с собой мысль о смерти. Поэтому мы насылаем на пространство слово; поэтому отношение слова с пространством так напряженно. Поэтому слово в конечном счете готово отменить, «убить» пространство. Как? Собрать сознание в точку, упаковать вечность в одно мгновение и – взорваться текстом.*

СЛУЧАЙ В ОКЕАНЕ

Два случая. Но они сходятся в один, в одну малую точку; речь и пойдет о точке, или, так будет точнее (что может быть т о ч н е е т о ч к и?) — о фокусировке литературного образа.

И герой тут один; тем легче будет разобраться с этой малой точкой.

Известный всему свету, то есть Петербургу и Москве, в самом деле знаменитый господин Федор Толстой по прозвищу Американец во время кругосветного плавания на шлюпе «Надежда» под командованием Крузенштерна[28] совершил два нелепых, диких поступка, которые вместе составили анекдот, двести лет повторяемый.

Сначала он напоил судового священника и, когда тот мертвецки пьяный лежал на палубе, припечатал его бороду сургучом и корабельной печатью. Когда поп очнулся, Толстой напугал его до полусмерти, сказавши, что казенную печать ломать нельзя, и несчастному пришлось отрезать себе бороду; то есть — совершить грех, отказаться от священства.

О втором случае, с обезьяной орангутангом, чуть ниже.

---

[28] Экспедиция 1803—1806 годов; целью ее было доставление первого русского посольства в Японию. Чтобы добраться от Петербурга до Киото, тогдашней столицы Японии, нашим дипломатам требовалось обогнуть земной шар; кругосветка совершалась «попутно». Руководил посольством Николай Резанов, более известный сегодня как герой романтической русско-калифорнийской сказки (опера «Юнона и Авось», очередное литературное переложение российской истории).

Очень важно, что дело происходит в море; оно одним своим масштабом составляет контрапункт тому мелкому безобразию, что совершилось на палубе корабля.

*

Колоритная история с попом и печатью. В ней сразу узнается наш веселый соотечественник, характерный тип, не оглядывающийся ни вправо, ни влево, ни во вчерашний день, ни в завтрашний, но живущий сею секундой, с е й ч а с, тем интересом, который его в настоящий момент обуял. Он и сейчас жив, этот русский тип, может, только со времен Федора Толстого несколько помельчал породой, остригся наголо и не различает языков, но за границу ездит, ходит по морям и веселит себя соответственно.

Сразу вспоминаются картины недавней катастрофы в Индийском океане, когда волны цунами по его восточному побережью и островам унесли несколько сотен тысяч жизней. Пляжи в один день сделались кладбищами, все туристы, что спаслись, разумеется, разъехались по домам — все, кроме наших. Понятно, что нас не испугать цунами, но дело-то не в страхе, а в том, что праздновать и веселиться, заказывать по тайским ресторанам «Мурку», когда вокруг хоронят тысячи людей и ищут еще несчетные пропавшие тысячи — грех.

Это и узнается, это и есть приклеивание священника за бороду к палубе.

Нечувствие чужой беды, существование без оглядки на то, что справа и слева, вчера или завтра, но только на то, что весело и «сейчас» — знакомая картина.

Это грех в известном смысле «грамматический»; прием, отвергающий все времена, кроме настоящего, все падежи, кроме (в единственном числе) именительного. Тут виден соблазн фокуса, сосредоточения на одном себе. Все это можно записать в проделки языка, роковые спазмы сознания, работающего вне пространства и вне ответственности, в коконе своего «Я—сейчас».

Отсюда является этот характерный (литературный и не только) русский тип. Федор Толстой был если не первым, то самым ярким, «точечным» его проявлением — в ту эпоху, которую мы полагаем за время революционного оформления современного русского языка и сознания.

В ту эпоху, напомним, когда это сознание переводило-принимало на русский — *в* русский язык другое «сейчас», Христово.

Не случайно в истории на палубе присутствует священник. Два «Я—сейчас», полярные, тогда сошлись. Столкнулись, взаимно друг друга отрицая. То и другое было результатом процесса самосознания русского человека. Он примерял на себя понятие «Я»; выходило то так, то эдак, то впору, то наизнанку.

Федор Толстой Американец в тот момент оделся наизнанку: его «Я» написалось со знаком минус. Вот вышел тип! увы, успешный. Э т о т Толстой поставил минус-точку в начале русской литературы, подал пример и именно в таком — перевернутом, зеркальном «Я» — смысле вошел в книги, притом книги классические[29].

---

[29] В первую очередь это касается сочинений его двоюродного племянника, Льва Николаевича Толстого: «Война и мир», где Федор Толстой выступает прототипом Долохова, и «Два гусара», где он старший Турбин. Также можно вспомнить Пушкина, у которого Толстой Американец присутствует как скрытый антипод Сильвио в повести «Выстрел». У Пушкина на э т о г о Толстого много намеков, в том числе в «Евгении Онегине», и намеков злых; мы к ним еще вернемся в очерке о самом Пушкине (см. эссе *Черчение по человеку*). Важно то, что сей субъект был объектом самого внимательного наблюдения и затем глубокого осмысления его характерного образа двумя гениями русской литературы. Они писали о нем, компонуя, вправляя его «минус Я» в свои произведения.

Тут важно еще и то, что сам шутник был сочинителем: в его проделке со священником виден композиционный талант; этот фокус подан по-своему изящно, оттого и превратился в анекдот. Все было продумано заранее. Современники свидетельствуют: Федор Толстой был мастер на такие штуки.

*

Параллельный вопрос. Возможна ли сегодня, с е й ч а с, такая шутка со священником? Сию минуту, наверное, нет. Сегодня мы относимся к возрождающемуся духовному сословию с осторожностью, интересом и несколько детским недоумением, берущимся от непривычки к самому образу длинноволосого и бородатого человека в рясе. К тому же нынешние священники не есть государевы люди, чиновники духовного рода, какими они были при Павле и Александре. В то время поп, к примеру корабельный, был на положении служащего и, стало быть, зависимого от начальства человека. Его только с воцарением Александра освободили от телесного наказания (стало быть, при Павле пороли). Будем надеяться, что нынешнему священству подобное огосударствление не грозит.

Сегодня подобную сцену представить трудно. Но что такое это «сегодня»? В России это пластилиновое слово. Важна тенденция: церковь все ближе государству, все понятнее и привычнее ее взаимодействие с российским чиновничеством; она еще не класс, но уже «корпорация» (это слово я слышал от церковнослужителей); из положения исключительного священник все увереннее переходит в обыденное.

Вместе с тем богатый русский человек чудит, как и ранее, не уступая эскападам начала девятнадцатого столетия, и если у него уже есть свои яхты и корабли и не за горами появление на них судовых священников, то можно ли говорить с уверенностью, что завтра эти священники не попадут в те же обстоятельства, что новый веселый русский человек не попробует на их шкуре свою любимую игру в «сейчас» и «все можно»?

Есть предрасположение нашего языка и сознания к подобного рода экзистенциальным, «точечным» приключениям, или так, в переводе на литературу: есть соблазн анекдота, который своей завершенностью, будто бы легитимной формой подвигает русского человека на опасные чудачества.

*

Скажем, такой вопрос: как Федор Толстой попал на море? И на это есть анекдот; вся его история рассыпается на готовые анекдоты. Когда-то э т о т Толстой стараниями родни попал в Преображенский полк, хотя, наверное, того не заслуживал: с младых ногтей он был опасным шутником, испытателем себя и других на предмет «что можно?» и «что нельзя?». Он всегда искал мгновения, точки, пункты абсолютной свободы, вернее, абсолютного произвола, когда «все можно», когда отсутствует «нельзя», — и успешно их находил. Выражаясь языком его двоюродного племянника, Льва Толстого, он искал свой «дифференциал истории», бесконечно малую величину (со знаком минус), в пределах которой отменены все человеческие и божеские законы и остается только воля героя, ничем не связанная. Нет сомнения: великий племянник Федора Толстого Лев Толстой немало на эту тему задумывался.

Юношеские эскапады Федора Толстого были известны всему Петербургу. Как такому сорвиголове можно было идти в военные? «Можно». Кстати, он стал храбрым офицером, в деле всегда сохранял хладнокровие. Часто оно переходило в нечеловеческую, звериную жестокость.

Племянник много лет спустя писал с него Долохова: этим многое сказано. И — старшего гусара Турбина; и на этот образ стоит взглянуть внимательнее.

Вот Федор Толстой в Преображенском полку; ведет себя по-прежнему. За ним множество больших и малых грехов. От них спасаясь, он ступает на корабль «Надежда» и бежит за моря. Разве не анекдот? И этого мало, вот еще добавление: он записывается в команду Крузенштерна вместо своего тезки, двоюродного брата Федора Толстого, будущего знаменитого художника. Этот второй Федор страдает морской болезнью, не хочет плыть и прочая: брат подменяет брата — готовая романтическая повесть.

Повесть, вымысел, притом бесовская повесть и дикий вымысел ведут нашего озорника в большое путешествие. Литература (еще не состоявшаяся, на дворе 1803 год), нет, не литература вовсе, или так: минус-литература в его лице вступает в странное соревнование с научным, исследовательским, просветительским замыслом первой русской кругосветки.

Толстой бунтует всю дорогу; он на корабле не на своем месте, с ума сходит от скуки и ничегонеделания. Балтийское море, Атлантический океан, Бразилия, мыс Горн, Тихий океан, экзотические острова южных морей — ничто ему не интересно.

Далее — горизонт все шире: северное тихоокеанское полушарие, побережье Северной Америки, Аляска, Алеутские острова, Япония, Камчатка — ничего не замечено нашим героем (и затем не удержано в нашей памяти), кроме уже указанного приключения с корабельным попом.

Замечено вот что еще: на одном из тихоокеанских островов он покупает дрессированную обезьяну орангутанга.

После этого происходит второй случай в океане, не менее первого знаменитый.

Как-то раз, наигравшись с обезьяной, Федор Толстой приводит ее в каюту капитана, где на столе лежит путевой журнал экспедиции, и показывает ей, как можно рвать на столе бумаги и заливать их чернилами. Ручной зверь начинает все это проделывать с великим усердием. Толстой тем временем уходит и запирает зверя в капитанской каюте. К приходу капитана журнал и прочие бумаги, что ни есть в помещении, уничтожены.

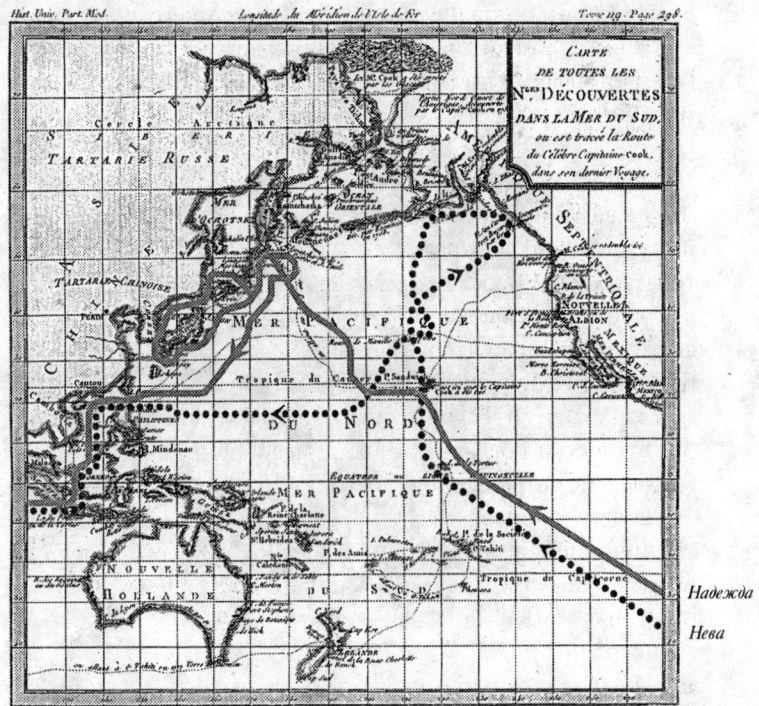

Маршрут Надежды и Невы

Надежда

Нева

Карта Тихого океана *очевидно (именно так –
о ч е в и д н о) готова рассказать нам другую историю
о путешествии Федора Толстого. Океан есть отчасти
роман; будущий, имеющий случайно-неслучайный очерк,
подразумевающий бесконечное множество сюжетов-
маршрутов. Океан есть больший текст. На его фоне
теряются, тонут нелепые приключения Федора Толстого.
Где они произошли, когда? Нигде и никогда: так говорит
нам карта океана. Океан нашей литературной памяти
сообщает нам другое – неизменно выставляет перед
мысленным взором попа и обезьяну. Как о них не помнить?*

Про образ обезьяны

ФИЗИОНОМИЯ обезьяны *в равной мере симпатична
и, в сознании русского сочинителя, ужасна. Обезьяна одним
своим обликом слишком близка к человеку; она представляет
на него опасную карикатуру. Откуда взялось это слово?
В нем хорошо слышно «без Я»: не таково ли его толкование?
Оно кувыркается у нас во рту, дергает за язык, ведет себя
непредсказуемо: слово «обезьяна» неуправляемо (известный
фокус сознания — «не думать об обезьяне»). В результате
для литератора этот зверь становится символом
непостижимости игры судеб. Он всегда до логики, до образа,
всегда прообраз. Но опаснее всего это отсутствие «Я»;
в это не верится — перед нами почти человек и одновременно
показательно не человек. В неравенстве человека и обезьяны,
в вычитании ее из человека определяется самое важное —
собственно «Я». Оттого так соблазнителен и опасен
этот образ. Но как симпатичен! Неудивительно, что он
является рядом с Федором Толстым: Федор был обаятелен,
гипнотически притягателен — и опасен необычайно.*

Тут есть о чем задуматься: *господин по фамилии Толстой с помощью наученной им обезьяны уничтожает путевой журнал первой русской кругосветной экспедиции.*

Если отыскивать в этом повод для крайнего вывода, «затачивать» этот случай до точки, можно сформулировать так: некое сочинение — в самом деле, и тут видно сочинение, и презабавное, — некий малый текст уничтожает другой, много больший и значительный. Уничтожает буквально и вслед за тем — фигурально: короткий скверный анекдот в нашей памяти заслоняет трехлетнее кругосветное повествование.

Хороша, однако, геометрия нашей памяти. Согласно ее законам один русский язык, бесконечно малый, умаляющийся до точки, уничтожает другой, растущий, стремящийся охватить земной шар, — уничтожает в зародыше, в момент его формирования.

*

С точки зрения стереометрии имеет место совершенный абсурд: точка (приключение на корабле именно «точечно», мало, узко, непоместительно для души) уничтожает пространство — море.

Тот именно «морской», больший язык, который, возможно, поместил бы Карамзина и Шишкова в своих пределах — свободно, без надобности взаимоуничтожения — был в конкретных «точечных» обстоятельствах заменен на анекдот.

Мы теперь не знаем, не помним ни точной даты произошедшего, ни места, где это случилось. Мы не различаем ни мыса Горн, ни островов южных морей, ни синих волн, ни какова была погода: все, что должен был бы различить и запомнить больший русский язык, пропало втуне. Мы не можем этого воспроизвести, потому что говорим на меньшем, сужающемся языке, которому в конечном итоге надобен не журнал кругосветной экспедиции, а дикий анекдот. Мы помним несчастного попа и обезьяну: такова оптика нашей памяти.

Анекдот с судовым журналом, кстати, продолжается. Толстого за его проделку высаживают на берег — неизвестно, то ли это остров Ситка, то ли полуостров Камчатка, где Толстой то ли съедает орангутанга, то ли с ним сожительствует, наконец, туземцы покрывают его с головы до ног татуировками, после чего много позже основной экспедиции он возвращается в Петербург — главным ее героем!

Тут стоит разобрать и такой вариант развития событий: ничего подобного не было, а было вот что. Буяна высадили на берег — неизвестно где — за проделку, никому не интересную, после чего он возвращается в Россию своим ходом, показывает некие татуировки, с которыми многие тогда из-за морей возвращались, и рассказывает в ы д у м к у о своих ужасных подвигах. И эта нелепая выдумка побеждает правду; меньшой язык побеждает своего старшего брата — травит, залив ему в ухо ядовитых чернил — и садится на трон русской литературы.

Тем временем (договорим и эту сказку) путевой журнал экспедиции возвращается в Кронштадт на шлюпе «Надежда» 19 августа 1806 года цел и невредим, но никому и дела нет до этого журнала. Его положение безнадежно. Все только повторяют анекдоты про несчастного попа, приклеенного за бороду к палубе, и веселящейся в каюте капитана огромной обезьяне.

Вот и я пишу о том же! Скверное слово побеждает историческую правду, закрывает собой большее и лучшее слово — хорошая история.

Еще веселее от сознания того, что во всем этом виден закон некоего противоестественного отбора, в данном случае словесного. Да, нашему слову и нашей памяти ведомы и другие законы, естественные, отбирающие для истории лучшее, что написано русскими писателями, да еще в образцовые времена, и все же в силу непонятной стереометрической чертовщины, в силу «соблазна точки», анекдота, фокуса эти естественные законы зачем-то дополняются противузаконами, умаляющими, уничтожающими большее, растущее слово.

*

У нас есть книги о море, но они не составляют истинных глубин нашей литературы. Они где-то на полях ее бумажного мира. Слово наше и сознание — сухопутны, материковы, отягчены всеми самомнениями Азии.

*

Похоже, Льву Толстому — не всегда, временами — хотелось задним числом пристрелить своего двоюродного дядю. В романе «Война и мир» он насылает на него своего главного героя Пьера Безухова (дядя выступает в образе Долохова, но ведет себя истинно по-своему, как бес во плоти). Толстой сводит их на дуэли — и наполовину слепой, никогда не бравший в руки пистолета Безухов в самом деле едва не убивает записного дуэлянта Долохова. Немного спустя другой главный герой романа, вторая половина авторского alter ego, Андрей Болконский, жалеет, что не удалось убить «дядю» Долохова — надо было пристрелить его как собаку.

Через некоторое время, видимо, взяв себя в руки, Лев Толстой принимает другое решение: не нужно его убивать, пусть он лучше покается. И Долохов, который на самом деле Федор Толстой, перед Бородинским сражением, надеви белую рубаху московского ополченца, со слезами на глазах кается, просит прощения у Пьера Безухова.

У всех нас — за то, что когда-то натворил. За попа и обезьяну, за то, что учудил тогда в океане с будущим русским языком.

Нет, в самом деле, в жизни Федора Толстого было что-то наподобие раскаяния. Было наказание, которое он воспринимал буквально: как кару, ответ судьбы на его злую буффонаду. Правда, это не касалось русского языка, в который он запустил свою обезьяну; дело было в одиннадцати человеках, которых он убил на дуэлях. Все они были у него поименно записаны в особую книжицу. После этого у Федора Толстого умерли одиннадцать детей. Всякий раз после смерти ребенка он вычеркивал одну фамилию из списка и говорил – Quit. Видимо, понимал, что судьбе ведомы у р а в н е н и я, ведома высшая алгебра, учитывающая, уловляющая неуловимые толстовские дифференциалы.

Еще одна история, сведенная до размера анекдота.

За убиенное большее слово Федор Толстой не каялся. Оно так и утонуло в Тихом океане нашей памяти, неизвестно в каком месте и в какой день.

*

Какой же вывод можно сделать из этой простой истории?

Уже указанный: в определенный момент, в определенных исторических обстоятельствах русское слово научилось делать фокусы[30].

[30] О фокусах, которые надобно производить посредством слова, есть одно интереснейшее замечание все того же Льва Толстого. Вот что он пишет в своем дневнике в июле 1857 года, путешествуя по Европе, в Швейцарии (где же, как не в Швейцарии русскому писателю являются на ум важнейшие композиционные формулы?). Вот очередная формула: *задача искусства — производить фокусы*. И все, более ни слова. Фраза-фокус. Она тем более многозначительна, что, по свидетельству самого Толстого, тогда же, в июле того же 1857 года, им был открыт принцип композиции романа «Война и мир». Именно так: открыт; в Швейцарии, в городе Люцерне, ввиду гряды Гларнских Альп *(см. рисунок на странице 93),* Толстой испытал озарение, после которого ему стало ясно, как нужно верно «фокусировать» главный свой роман.

То, как этому учился Николай Карамзин, мы уже разобрали. Теперь другой случай, со знаком минус. Это история о том, как легко мы порой выбираем точечный — не обобщающий, но именно фокусничающий — «меньшой» язык. Мы к нему склонны; такова гравитация нашего литературно-помещенного сознания. Больший, старший (пространство старше слова), поместительный язык остается нами не развит, не развернут в пространстве.

Наше слово не любит пространства.

Вот и эта заметка написана на «меньшом» языке.

В задачу настоящего исследования не входит поиск иных русских языков. Мы просто констатируем их потенциальное присутствие в поле нашего сознания. Без них, без серьезного о них предположения история нашей литературы, эволюция нашего сознания остаются неполными.

Частью этой большой истории должен стать сюжет н е -
в о з н и к н о в е н и я других языков, других литератур.

●

Не идет из головы эта связка: *пространство против слова. И завершении этой схватки: минимизация пространства, сжатие его до точки (сжатие бесконечности времени до одного мгновения) должны означать предельный рост, взрыв слова. Океан, роман, вселенная, составленная из слов – и все это об одном мгновении. Тут есть основания для равенства; воображаемое пространство уравнивается с реальным в точке «выстрела», мгновения осознания этого равенства. В этой точке «Я» равно миру, «Я» бессмертно. Не об этом ли фокусе толковал Толстой в Люцерне? Похоже, об этом: его роман обернут вокруг такой фокусной точки. Толстой (Лев, разумеется) был большим любителем геометрии, отвлеченных композиций и «чертежей смысла». При этом, наводя на слово предварительный чертеж, рассчитывая сколько возможно это слово, он, по сути, искал м г н о в е н и я, когда можно будет отбросить этот чертеж, освободиться от него, отменить (конечное, смертное) пространство.*

«Нулевой меридиан»

Новый меридиан

Москва ●————● Нижний

Арзамас

ниже Нижнего,
или
море Мордвы

греческое море

Царьград

Черчение поверх страны

Сложный момент в рассуждении – *над картой, поверх страницы с текстом. Нетрудно обнаружить сходство страницы и карты: Петербург в виде буквицы в верхнем левом углу, от него с запада на восток разворачивается русская бумага. Страна растет как текст. Эта широтная метафора понятна, тем более что она «подтверждена» Птолемеевым рисунком: от его скифского меридиана, левого края страны-страницы началось восточное сочинение-прирастание следующего мира (такова европейская версия русского материкового формообразования). Необходимо, однако, двинуться в сторону с этой оси и выйти на чистое поле бумаги, где русский текст является без внешних подсказок, где наше слово самостоятельно обустраивает себя. Возможны ли иные чертежи, иные меридианы (сознания), в наблюдении которых можно различить скрытый чертеж страны? В этом и состоит сложность дальнейших рассуждений: мы сходим с москвопетербургского меридиана в поисках нового пространства текста, в поисках новой легитимности для этого внеположенного нового текста.*

О НАХОЖДЕНИИ АРЗАМАСА

I

Эта дорожная история не менее серьезно сказалась на формировании оптики русского литературного языка, нежели «точечные» эскапады Федора Толстого. Нет, безусловно, и он важен, Федор, — это же тип, характерный герой, заворо́живший своим «отрицательным целым» первых и лучших наших писателей. И все же он свидетельствует о единичной, малой точке тяжести нашего сознания, одном из его притягательных фокусов; здесь же будет рассмотрено самое пространство оного.

Понадобится, хотя бы в эскизе, воображаемый «чертеж», определяющий верх, низ и «стороны света» помещения русского слова (вот еще удивительная штука: география русского слова). К этому вдобавок потребуется реальная карта, и — самое сложное, самое отвлеченное — необходимо будет совместить реальную географическую карту и этот воображаемый «чертеж» слова с его верхом и низом и потусторонними «сторонами света».

Итак, еще одно литературное путешествие, в полной мере судьбоносное; история такова. Дмитрий Николаевич Блудов, нам уже известный «архивный юноша», первый карамзинист, однажды попал в неприятное дорожное приключение.

Обязательно дорожное! Во всяком разбираемом нами случае должна присутствовать дорога и с нею вместе — большее пространство (мысли).

Сложность в том, что во всей этой истории искомое пространство обозначено довольно смутно. Правда в ней постоянно мешается со сказкой. Самое ее начало географически невнятно. Блудов поехал в н е к о е и м е н и е, расположен-

ное в окрестностях города Арзамаса, что на юге Нижегородской губернии, и вдруг по дороге заблудился[31].

Блудов заблудился! Одно это созвучие могло составить анекдот; и наверное, составила, и этот «стихотворный» анекдот
он, без сомнения, не раз обсудил в столице с друзьями, таки-
ми же, как он, карамзинистами.

Это произошло в 1811 году, незадолго до войны с Наполеоном.

*

Приключение в самом деле было серьезно. Места, где
пропал Блудов, как уже было сказано, расположены на юге
Нижегородской губернии; там русские территории издавна
граничили с языческой Мордвой.

Тогда это была глушь воистину заповедная.

Долгое время Дмитрий Николаевич скитался по местам,
частью голым и пустым, частью заросшим диким лесом, по до-
рогам, более напоминавшим пролитые по зеленой скатерти
чернила — так ездили вправо и влево колеса его повозки, — и
понемногу приходил в отчаяние. Окрестности не имели направлений; двигаясь как будто в одну сторону, путник кружил

---

[31] В этой истории в самом деле есть неясные места; так,
родовое имение Блудова, куда он, согласно общепринятой
версии, тогда направлялся, находилось не в Нижегородской
губернии, а во Владимирской, близ города Шуя, а это
далеко от Арзамаса. Возможно, Блудов направлялся
не в вотчину, а, допустим, в иное имение, не в свое,
но в гости или по другой надобности, и оказался в
Арзамасе. Есть предположения, что это дорожное
приключение произошло не с Блудовым, а с кем-то
другим из арзамасцев (чаще остальных называют Уварова),
Блудов же написал свое сочинение с чужих слов.
Не вызывает сомнения только то, что спустя несколько лет
он п е р е с о ч и н и л этот дорожный эпизод.

на одном месте, и напротив, стремясь вернуться к уже пройденному месту, заезжал в глушь, прежде не виданную. Как будто его водил колдун. Так продолжалось несколько дней (вначале было несколько часов, но постепенно в рассказах Блудова время его блужданий все увеличивалось). Наконец, так же неожиданно, как прежде он попадал в чащобы и овраги, странник вышел к городу; это и был Арзамас.

Наверное, на впечатлении Блудова сказалось, что в тот момент он спасся от вероятной гибели; вид Арзамаса явил ему зрелище земного рая. Город на невысоком, природой образованном балконе, был обращен лицом к югу. Солнце освещало шатры древних церквей, дома по грани берега (внизу вилась река) стояли покойно и ровно. Поднявшись к ним, Блудов понял, что вернулся не просто в город, но в лоно цивилизации. Он вернулся в Рим, в мир человека; позади остался мир леса — темная прорва, не знающая географических направлений и частей света, не ведающая писаной истории, составляющая во времени, пространстве и самих чувствах путешественника зияющий провал.

В арзамасском трактире его утешил гусь, запеченный с клюквою.

Вот и все; случай, если задуматься, обыкновенный — тем более для того времени, когда темного лесу и неведомых, не нанесенных на карту глухих чащоб было в России много больше, чем теперь.

В этой истории нам среди прочего интересны гримасы пространства, испугавшие Блудова, обман в направлениях света. Он их утратил, потерял верх и низ; дали, хаотически заросшие, сошлись в одну круговую панораму. И кроме этих гримас, чрезвычайно интересна граница, невидимо начерченная, по одну сторону которой обман и путаница направлений, по другую — наведенный по воздуху «римский чертеж», твердое, надежное, полное русских слов пространство.

*

Итак, состоялись блуждания и затем спасение Дмитрия Блудова в нижегородской глуши летом 1811 года.

Затем пришла война 1812 года и отменила это «пространственное» происшествие, закрыла его в памяти путешественника.

Стоит отметить это забвение; память рисует перед нами живые картины пропажи и спасения — рисует (не чертит), раскрашивает на свой лад. Или вдруг отменяет: точно вихрь размером со всю страну, прошла война — и как будто не было ничего до этой войны, ни леса, ни потоков чернил, в которых тонула блудовская повозка.

Но война закончилась, понемногу переменились обстоятельства, и арзамасское дорожное происшествие всплыло в памяти Блудова.

Произошло нечто важное, нами уже затронутое: в России разгорелась другая, «бумажная» война — между шишковистами и карамзинистами. Дмитрий Блудов стал активным ее участником.

Случилось так, что шишковисты выпустили сатиру на карамзиниста Жуковского[32]. Ответ не замедлил себя ждать: защитники Жуковского составили общество, которому только недоставало подходящего названия. Название придумал Блудов; отчего-то он вспомнил свое давнишнее приключение в нижегородской пустыне и предложил своей партии назваться литературным обществом «Старый Арзамас».

[32] Князь Шаховской, участник «Беседы», в своей комедии «Урок кокеткам, или Липецкие воды» зло высмеял Жуковского, представив его в образе поэта Фиалкова, докучающего обществу своими длинными и невнятными балладами. Друзья Жуковского были возмущены этой карикатурой; в ответ «Беседе» готовилась ответная литературная вылазка, зачинщиком ее выступил Блудов.

II

Он не просто вспомнил то свое приключение, но п е р е - с о ч и н и л   е г о   з а н о в о. И то, как он его пересочинил, является отправной точкой наших дельнейших рассуждений.

Блудов сочинил сказку, небылицу, для которой Арзамас был только фоном. По сути, в этой небылице все было поставлено с ног на голову против того, что с ним случилось на самом деле.

Нет, это была не просто небылица, но манифест нового литературного направления, хоть этот манифест и был представлен в виде литературной пародии.

Итак, сочинение, имеющее вид сказки и содержанием — принципиальный литературный манифест.

Сочинение называлось «Видение в какой-то ограде»; в нем дорожное происшествие 1811 года было изложено следующим образом.

Однажды некие *безвестные литераторы* в никому не ведомом захолустном городе Арзамасе собрались по обыкновению отведать в местном трактире запеченного с клюквой гуся, как вдруг услышали из-за стены чей-то лунатический бред. Взглянув в щель, каковых по стенам трактира было великое множество, они увидели заезжего господина, в котором современники легко могли узнать драматурга Шаховского, того самого, что осмелился осмеять Жуковского в комедии о липецких водах. Во сне, ложась и вставая, задыхаясь и путая слова, изъясняясь на языке неразбираемо темном, этот господин рассказал о своем удивительном видении, как *в какой-то ограде* ему явился седовласый старец и направил на путь (литературного) подвига — во славу некоего направления русской литературы, в котором без труда угадывалось консервативное направление шишковской «Беседы». Сам язык спящего и во сне говорящего господина, исполненный архаизмами и церковнославянскими оборотами, ясно на то указывал.

Седовласый вещий старец, которого также было узнать нетрудно, был сам адмирал Шишков.

Вот и все, и эта история вышла недолгой; сочинение, которому судьба была назначена стать важнейшим литературным манифестом, уложилось в три короткие части: описание трактира, явление господина в лунатическом бреду и — показательно бессмысленная и бессвязная — «стенограмма» его вещего видения.

*

Рассказ был написан Блудовым в духе принятой в ту пору литературной пародии, был исполнен намеков, из которых большая часть нам сегодня непонятна, составлен, честно сказать, как-то смутно, что называется, для своих, и, наверное, для посвященных был довольно смешон. Так слушателям его рассказа в первую очередь было забавно сочетание возвышенных видений мнимого Шаховского и глухой, неведомо где находящейся провинции, бредовых — вселенских — претензий заезжего литератора и обстановки придорожного трактира со щелями в стенах шириной с ладонь.

Первый заметный «пространственный» акцент: контраст обстановки и намерений героя. Неведомый (бесталанный, никчемный) человек, находящийся н и г д е, намеревается стать в с е м.

С этого можно начать разбор двух блудовских путешествий, настоящего и мнимого.

Первое, что сделал Блудов, переменяя правду на сказку, — поставил на свое место своего неприятеля Шаховского. Шаховской вместо него заблудился в никаком, «нигдешном» месте. Сам Блудов отстранился, отступил в круг *безвестных литераторов*, которые только наблюдали нелепую фигуру заезжего господина. В этот круг наблюдателей и насмешников он звал теперь своих друзей и соратников карамзинистов.

В этом была карнавальная зацепка; столичные люди, карамзинисты за нее ухватились. Они согласились играть в перемену пространств: представиться провинциальными литераторами, оставаясь въяве сугубо столичными, всем известными фигурами. Отныне они были *арзамасцы.*

Здесь нетрудно различить истинные намерения «скромных» арзамасцев, намерения исключительно столичные, равно и высокие их амбиции, которые, в отличие от Шишкова и Шаховского, были обеспечены их талантами. Их главное намерение было — взять верх в разгоравшейся литературной (не просто литературной, но мировоззренческой) войне, взобраться на самую вершину русской царь-горы.

В конце концов им это удалось: «Арзамас» в нашей памяти взял верх над «Беседой». Великая русская литература стала продолжением их проекта.

«Арзамас» победил — и вознесся недостижимо высоко над настоящим Арзамасом.

III

Арзамас настоящий и мнимый, два Арзамаса: вот что важнее всего. Оставим пока амбиции «безвестных» литераторов. Взглянем внимательно на Арзамас и «Арзамас».

Между ними наблюдается принципиальная и показательная разница, и она в данном случае интереснее трений между столичными партиями. Что такое была перемена мест Блудова и Шаховского? Два столичных господина побывали в нелепой ситуации, — вернее один, Дмитрий Блудов, побывал в нелепой ситуации и затем поставил на свое место своего литературного врага, чтобы вволю над ним посмеяться, — велика ли разница? Нет, этот фокус не так интересен, как замена реального Арзамаса на вымышленный.

Тем более что здесь была уже не замена, но переворот вверх ногами. Вымышленный Арзамас оказался в чем-то прямой противоположностью реального.

Реальный Арзамас был местом спасения путника из «вод» лесного моря. Вспомним — Арзамас показался Блудову новым Римом. В сказке же он сделался глухой провинциальной дырой, воплощением «ничто» и «нигде», местом, в котором все обречено на безвестность, куда нужно поместить своего литературного противника, чтобы он, а не ты пропал втуне. Арзамас из места с п а с а ю щ е г о превратился в место, откуда нужно с п а с а т ь с я: показательная разница.

Вымышленный «Арзамас» оказался бесконечно далеко от своего реального прототипа. Даже так: он сбежал от него как можно дальше. «Арзамас» сбежал из Арзамаса — отчего так?

Оттого, что вымышленный «Арзамас» у с т р а ш и л с я реального. Настолько устрашился своего реального исходного пространства, что никогда больше не вошел в его пределы[33].

Здесь является повод для серьезного «стереометрического», скрыто литературного рассуждения. Что такое страх пространства, страх русской литературы перед реальным русским пространством?

---

[33] Арзамасцы, составляя шуточный устав своего общества, договорились о том, что местонахождение их «Арзамаса» будет неопределенно, подвижно. «Арзамас» будет там, где соберутся хотя бы два арзамасца. Дорожная карета может стать «Арзамасом», если в ней сидят *безвестные литераторы*. Кто-то из учредителей предлагал сделать карету постоянным местом их встреч, чтобы «Арзамас» был вечно подвижен. И далее: куда бы ни закатилась эта карета, там был бы «Новый Арзамас». Так примерно и было, литераторы встречались в разных местах, и порой далеко закатывалась их карета — но она так никогда и не докатилась до настоящего Арзамаса.

Блудов, спасенный из темной прорвы, расступившейся на границе между Нижним Новгородом и Мордвой, ужаснувшийся ею, теперь отстранялся от нее сколько можно дальше (в столицу). Настоящий Арзамас был напоминанием о ней — Блудов бежал памятью от настоящего Арзамаса.

Замечательно то, что ужас Дмитрия Блудова оказался для нашей нарождающейся литературы по-своему продуктивен. Отторжение глухой провинции помогло путешественнику мобилизоваться творчески — собрать, столично «сфокусировать» свое сочинение о «видении» мнимого Шаховского так, что оно послужило литературным манифестом для партии, победившей в литературной «гражданской» войне.

Отторжение реального пространства оказалось формообразующим чувством для создателей современной русской литературы.

*

В сочинении Блудова позади пародии читается сюжет об иерархии русских пространств. Они выстраиваются на шкале с полюсами «столица» — «провинция». Именно на это среагировали его соратники карамзинисты, которые воевали с «Беседой» за власть в бумажной стране, за место наверху литературной «царь-горы». Принимая в карнавальной игре прозвание *безвестных*, они сломя голову бежали от безвестности. В итоге их несознаваемый страх перед провинциальным русским морем оказался чувством, партийно, «классово», литературно формообразующим.

Отторжение пространства, как повод к тексту, — вот мотив, мобилизующий современное русское слово, понукающий его к скорому бегу по строке (из провинции, некомфортного, внешнего пространства — в столицу). Таков первый «стереометрический» вывод, который можно извлечь из наблюдения того, как изменился город Арзамас в сочинении Дмитрия Блудова.

*

Об этом уже шла речь — в разборе странствия Николая Карамзина по Европе, а именно о том, как дискомфорт внешнего (европейского) пространства вернул Карамзина как писателя в Москву. Разумеется, это был другой дискомфорт, взявшийся из отторжения чужбины, продиктованный понятной ностальгией. Но есть и то, что роднит два эти чувства, Карамзина и Блудова, учителя и ученика: оба они испытали характерную московскую ностальгию.

В Москве родился современный русский язык, она составила ему материнское лоно, матрицу, по которой можно определять его характерные «родовые» свойства. Первый толчок его появлению дал Карамзин, его дело продолжили Блудов со товарищи, *безвестные арзамасцы*, — выходит, что все они прятались в Москве от внешнего, внемосковского пространства.

Москва прячется сама в себе от этого внешнего пространства. Отсюда и язык ее — «фокусничающий», центростремительный, бегущий от краев к центру.

IV

Мы уже сравнивали Москву со льдиной, плавающей средь бездонного русского моря (см. *«Запредельное странствие» Николая Карамзина*). Море для Москвы есть нечто запредельное, внешнее, иное. Русский (московский) язык бежит от этого запредельного, внешнего, иного: всегда бежит от моря и всегда — в Москву.

Откуда море в Арзамасе? Если это не просто метафора, обозначающая беспредельность и глубину неподъемной русской провинции, то где оно и что оно такое, это невидимое арзамасское море?

Нет, для Арзамаса, настоящего, реального Арзамаса, море — это не одна только метафора. Об этом уже заходила речь: город Арзамас стоит на внутренней границе России, в месте, где христианская территория граничит с областью темного финского (мордовского, языческого) леса.

Этот древний лес и есть внутреннее русское море, темное и некрещеное.

Такое море и теперь видно в Арзамасе[34]; этот город как будто специально устроен для того, чтобы заглядывать со своего невысокого «балкона» в южные языческие дали.

Языческие: это важное уточнение.

С этого начиналась наша история о блужданиях Блудова, о его знаковом путешествии, имевшем столь важные последствия для развития русской литературы. Он не просто заблудился — он «утонул» в иноязычном и иноверующем море, разливающемся вокруг Арзамаса. Колдовской лес водил Блудова по кругу, затуманивая в его голове внятное представление о географии. Он тонул в море (финского, варварского леса) и спасся на «римском» берегу Арзамаса.

Он тонул в и н о м в р е м е н и, что означало духовную кончину, для русского христианина вдвое ужасную. Дмитрий Николаевич ощущал это отчетливо; вопрос «своего» и «чужого» духовного помещения был ему понятен и близок. Возможно, так сказалось его дипломатическое образование, приучающее относиться предельно ответственно к понятиям своей страны и своей веры (спустя много лет Блудов от имени Российской империи будет вести переговоры с католическим Римом о разграничении конфессиональных границ России и Европы).

---

[34] Со времени Дмитрия Блудова «морская» граница отодвинулась на юг, однако общей мизансцены это не изменило: Арзамас — это место, где к христианскому русскому «берегу» приливает языческое «море» Мордвы.

Нет, тут не одни метафоры о неподъемной и бескрайней русской провинции. Здесь видна реальная географическая и вместе с ней духовно-историческая составляющая[35]. Город Арзамас был «береговым» форпостом христианской империи, заглядывающим в финский лес, как в иной мир.

*

Я хорошо знаю этот город; мне понятна подоплека сказки Блудова, его отторжения не просто от провинции, но от иного, иначе верующего, иначе говорящего и мыслящего мира.

Можно найти много мест на нашей карте, где проходит граница русской и финской территорий. Если попытаться нарисовать такую карту, выяснится, что большая часть России — это именно «море», с обширной областью христианской «суши» в европейской части страны и бескрайним «водным» полем на востоке. Обширен и охлажден этот океан, Русский Тихий; страннику, пересекающему его, должно быть знакомо чувство береговой кромки, которое может явиться там, где нет как будто ни берега, ни моря. Посреди поля, ввиду темного леса возьмут и разольются невидимые воды, и станет ясно, что по эту сторону своя «суша», а по ту — иное «море».

Особенность Арзамаса в том, что он стал литературным символом подобной границы. Одним своим названием — пусть от противного, в насмешке Блудова — он обозначил место, где современное русское слово оказывается на некоем важном для себя пределе. За этим пределом — глушь б е с - с л о в е с н а я.

---

[35] Мордовия в ту пору еще не была в общем и целом крещена; редкие острова монастырей были по ней разбросаны, христианская миссия в этих краях тогда только разворачивалась. Окончательное крещение Мордовии состоится много позже, к середине XIX века.

*

Арзамас, обыкновенный, вполне себе приветливый русский город, каковых еще немало в нашей глубинке, обладает этим странным свойством, в природе которого стоит разобраться: он умеет внушить страх человеку слова. Можно вспомнить Толстого с его «арзамасским ужасом» или Максима Горького и его цепенящий, полумертвый «Город Окуров», под которым выведен настоящий Арзамас (Горький в свое время был сослан в него из Нижнего; лучше так — Горький был сослан из Горького).

Многое что можно вспомнить. Но лучше все же не пугаться вслед за нашими литераторами, а для начала в общих чертах разобраться в причине их «бумажных» страхов и для этого хоть несколько г е о г р а ф и з и р о в а т ь Арзамас. Поместить его на карту и в историю, как ясную (зримую) последовательность фактов, расположить его в «прямо видимом» поле сознания. Возможно, в этом действии хоть несколько разнимет створки, откроет глаза тот «малый» русский язык, который мы, в ожидании лучшего определения, условно обозначили как «московский». Центростремительный, склонный к фокусу и сжатию, исполненный скрытых чувств и интуиций, привычно отгораживающий себя от внешнего, иного пространства.

Все это не универсальные, но именно характерные, узнаваемые его черты. Их можно списать на следствие «родовой» (постпугачевской) травмы, соотнести с политическим противостоянием той эпохи, связать с событием перевода Библии — все это мы уже проделали и найдем еще новые сопоставления и связи. Важно понять, что эти характерные связи суть составляющие единого целого, что они не случайны и мы имеем дело с устойчивым феноменом сознания, который проявляется в первую очередь в слове и который можно уверенно диагностировать на примере «парного» явления Арзамаса и «Арзамаса».

V

История реального Арзамаса, в достаточной мере пестрая и богатая, в первую очередь свидетельствует о его характерном пограничном состоянии[36]. На этой границе Московия с давних пор спорила с Мордовией, страной, много старшей ее и потому, в московской памяти, влиятельной, — страной, пугающей Москву несознаваемым, древним, «детским» страхом.

В этой рифме (Москва и Мордва) многое слышно: когда-то они говорили одинаково. Одинаково мыслили и веровали, помещали себя в пространство. Обе эти древние страны географически принадлежали Оке: одна располагалась на левом, другая — чуть ниже на правом окском берегах. В этом смысле они были зеркальны, и, стало быть, «сестринским» образом конфликтны: соревновались друг с другом (вряд ли воевали), помнили друг о друге постоянно.

Важно то, что изначально это были родственные, по своему сакральному статусу финские территории. Затем Москва принялась восходить к христианству: тогда только дело дошло до войны, от соревнования — к завоеванию соседней территории. Тогда образовалась эта ступень, с которого рус-

---

[36] Дохристианская история Арзамаса уходит в глубину веков. Само название города — эрьзянское (эрьзя — одно из двух главных мордовских племен). Буквально оно толкуется как «место, где живут эрьзя». Еще один перевод слова «Арзамас» — «мысль, дума, потаенное желание». Наконец, есть мужское мордовское имя Арзамас, соответствующее старинному русскому имени Ждан (долгожданный сын; тут видна связь со значением «потаенное желание»). Сегодня ученые склоняются к версии «именного» названия Арзамаса: Арзамас, как долгожданный сын, условно в переводе — город Ждан. В 1552 году Иван Грозный, направляясь походом на Казань, прошел через эти места и поставил здесь деревянную крепость. Официальной датой основания города считается 1578 год.

ский мир стал, словно с балкона, с берега в море заглядывать поверх мордовского — на юг, в темный лес. Тогда конфликт перешел в войну измерений, противостояние языков, которые теперь стали родственно-чужды. Сложная позиция, грозящая разночтением и разломом. Невидимый берег нарисовался; русское христианство несколько веков смотрело здесь сверху вниз в глаза древнему лесному язычеству[37].

*

Сюжет ступени, границы, конфликтного перелома в духовном устройстве территории сквозной нитью проходит через всю историю Арзамаса. Здесь с севера на юг, с русского берега в финскую топь перешагивали христианские миссионеры. Их движение началось в Петровскую эпоху; тогда это были в большей мере прятки, поиски пустыни, спасающей от хаоса перемен Нового времени. Но очень скоро, различив истинные высоты арзамасского «двухэтажного» устройства (Московия «поверх» Мордовии, христианство по-над язычеством), русская церковь начала в этих местах планомерное миссионерское наступление. В самой глубине леса, в сакральной столице лесной мордвы, был основан знаменитый Саровский монастырь.

В середине XVIII века сверху вниз по арзамасскому меридиану *(см. стр. 198)* спустился известный петербургский подвижник Федор Ушаков — не адмирал, герой нами упомянутых «римских» войн, но его дядя. Он продвинулся южнее Сарова, прошел по-

---

[37] Приключение Блудова в 1811 году было в историческом плане погранично: поднимаясь от лесной бездны в реальный, спасающий Арзамас, он двигался по вектору древней истории: из язычества в христианство. Блудов был человек весьма чувствительный к перемене духовного пространства (или сам о себе полагал такое), чуткий к сообщениям флюидов, к тому, что можно было бы назвать «голосом места».

граничный лес насквозь. Здесь еще в конце XVII века была основана Санаксарская обитель. Ушаков остановился в ней[38]; с его приходом слава монастыря возросла, началась его перестройка. Он был обнесен каменной стеной, которая округлыми обводами, точно корабельными бортами, обошла обитель и подняла его над окрестною равниной. Церкви поднялись как корабельные надстройки, мачтой встала колокольня — не в центре, но на «корме» монастыря. Так, меняясь, обитель постепенно обретала черты ковчега, путешествующего в поисках твердой (христианской) земли.

Я уже говорил об этом и свидетельствую еще раз: комплекс строений Санаксарского монастыря отчетливо напоминает в плане лодку или корабль *(см. стр. 204)*.

Но вокруг и в самом деле было (и есть) «море»: плоско разлитая, некрещеная, ходящая незаметными волнами языческая земля. Весной, когда разливается река Мокша, вода поднимается ближе к стенам. и сходство обители с кораблем делается очевидным.

*

В конце XVIII века после завершения своих подвигов в греческих морях на «корабль» Санаксара пересел сам адмирал Ушаков. Первая мысль та же, продиктованная очевидным сходством: адмиралу приглянулся морской образ монастыря. Суждение поверхностное, но не противоречащее общему направлению мысли: Федор Ушаков продолжил свою миссию, начатую еще в южных морях, в битвах за Грецию. Тот его

---

[38] По другим данным, неподалеку было имение Ушаковых. Но и в этом случае сохраняется духовный маршрут старшего Ушакова (тот же источник называет его не дядей знаменитого адмирала, но его дедом). Старший Ушаков, ушед из Петербурга, постригся в монахи в Санаксарском монастыре и до конца дней в нем подвизался.

южный поход продолжился: по меридиану из Нижнего Новгорода он прошел через Арзамас и Саров, отчалил от христианского берега и вышел в море Мордвы. В обители у дяди он принял монашеский постриг — для совершения подвига духовного, миссионерского, в данном метагеографическом смысле — «морского».

Двое Федоров Ушаковых, дядя и племянник, теперь канонизированы; их «корабль» по-прежнему движется по кромке финского леса, обозначая береговую линию «моря», неочевидно (в наших головах) существующего[39].

*

Адмирал Ушаков возвращает нас к теме Второго Рима, которая была затронута в рассказе об Александре Шишкове. Вместе они участвовали в морском деле, сначала против Турции, затем против Франции, то есть: воевали за второй Рим, «видели» его, сознавали как скрытую часть русской реальности. Они были участниками константинопольского проекта, который был разработан и в значительной степени осуществлен во времена Екатерины. Не только эти двое, но многие их сторонники полагали, что в новые времена этот проект будет продолжен — Россия соединит в одно целое Второй и Третий Рим, их явное и скрытое (сакральное) пространства. Согласно этому проекту, была выстроена оптика их сознания, логика поведения и соответственно так же ими проектировалось «идеальное» русское слово.

---

[39] Санаксарский монастырь (иногда пишут *Синаксарский*): его название местные жители понимают как свое, мордовское, заезжие моряки — как греческое. Сюда, в глубину материка, после канонизации Федора Ушакова в 2001 году, приезжают делегации моряков со всех флотов России, представители ее «морского целого».

То же и в географии, точнее, в той игре пространств, которую русский человек понимает как географию. Эти люди неизменно мыслили себя северянами, новыми римлянами, которые, оглянувшись и вспомнив о своих корнях, поворачивают свой взор на юг — к морю, к исходному Риму.

Неизвестно, возможно, это просто совпадение, но и в локальной мизансцене Арзамаса также представлено южное направление; Арзамас являет собой форпост на южном «берегу» христианской империи, который омывает «море» финского леса. Поэтому фигура адмирала Ушакова здесь в определенном смысле уместна: он точно встает по духовным румбам екатерининской России.

VI

Постепенно собираются вокруг арзамасского узла темы, нами уже заявленные. В 70-е годы XVIII века во внутреннем «южном море» России начинается великий шторм: на московский материк с юга подступает Пугачев.

Ближе к Москве он не подвигался; здесь обозначился предел его наступлению на север. На арзамасском «берегу» ожидали волну восстания; вид лесного моря был темен и подвижен. Движение бунтовщиков в самом деле напоминало наводнение: они шли по нижним отметкам карты: «нижняя» Русь наступала на «верхнюю» — Пугачев на Екатерину.

Если быть точным, он подошел не к самому Арзамасу, но к лесным мордовским дебрям с юга. Древний лес непроходимой полосой разделил тогда два царства: к северу была «материковая» территория Екатерины, с юга — Пугачева, бунташного («водного») царя. На фоне вечного леса верхнее и нижнее русские царства выглядели молодо; это были государства пришельцев: христиане пришли с севера, язычники — с юга. Полоса леса между ними выглядела впадиной во времени.

Наступление Пугачева было в известном смысле противухристианским; с самого начала восстания он опирался на силы поволжских язычников. Их нижние (придонные) территории были ему широко открыты. По ним волна восстания разливалась стремительно, не встречая сопротивления — до самого арзамасского «берега».

Опять Арзамас на границе, и опять это не просто граница, но линия, разделяющая разно видящие и разно верующие миры.

Отсюда же начинается отступление бурных народных «вод», отход Пугачева на юг, где он в конце концов «утонул» — ниже уровня моря, в зеленой полости Нижней Волги.

*

Ответное движение империи было также показательно.

Мероприятия Екатерины после бунта можно признать «береговыми»: ее наместники и комиссары в первую очередь укрепляли (цивилизовали, крестили) возвышенные русские «берега».

Арзамасская «ступень» приобрела тогда для России новый смысл. Отсюда, из Нижнего Новгорода и Арзамаса, Екатерина начала не просто военное, но цивилизационное наступление на юг. На «берег» пугачевского «моря» вослед войскам был высажен десант столичных людей, мастеров землемеряния и картографии. Они выдвинулись к самому древнему лесу, к его темнейшей впадине; штаб их помещался в Арзамасе. Задачей петербургских и московских десантников было крещение подвижной и ненадежной «пугачевской» земли-воды географическими координатами, население ее регулярным (ментальным) пространством.

Но прежде этого им предстояло крестить этот лес.

Они двигались с севера на юг: это было характерное движение православных «римлян», всего поколения Екатерины: от полночи на полдень, от Петрополя к Царьграду.

Насколько драматична и непредсказуема была эта борьба Арзамаса за порядок на внутренней границе империи, как труден был поход «против леса» (выход в море), может рассказать история Ивана Лобачевского, отца знаменитого математика, одного из просвещенных десантников Екатерины, землемера, приехавшего сюда из Москвы. Некоторое время он боролся в Арзамасе с непослушной, волнами ходящей землей, и так это отторжение иного мира его утомило, что он бросил свое геометрическое занятие и безнадежно, мертво спился. Землемер Лобачевский, поляк, пропал на этом внутреннем русском пределе, не поддающемся правилам разумной геометрии. После того жена его с двумя малыми детьми переехала сначала в Нижний, затем в Казань, где старший из детей, Николай, возросши и, видимо, переосмыслив печальный отцовский опыт, основал новую науку, сверх-геометрию (pangeometria). Более философскую, нежели математическую, согласно которой — можно досказать этот сюжет — надобно совершить «пересчет» Арзамаса, освоить мир, открывающийся у его порога, наведя на него вместо цифр философские метафоры, и тем самым свести вместе нестыкуемые русское и финское пространства.

Так сложна и дискомфортна для европейца эта внутренняя граница России, где в самой ее сердцевине обнаруживается «морской» берег и открывается иной, иначе мыслящий и говорящий мир.

Необыкновенно, формообразующе важна эта граница: она символизирует противостояние двух русских миров.

В этом смысле весьма характерно выглядит герб Арзамаса, единственный в своем роде в России: на желтом поле сходятся две стрелки, сверху и снизу. Сверху опускается красная стрелка, символизирующая победное наступление христианской империи на юг, снизу зеленая, будто бы означающая ислам, но на самом деле финский лес и мордовское «море».

Между Москвой и Мордвой

Между Устьем и Городищем

Между Москвой и Мордвой

Болдино · Арзамас · Нижний Новгород

Новый меридиан *на нашей литературной карте чертится в шаге на восток от Москвы. На самом деле это такая же древняя черта, как и та, что проведена на карте Птолемея-Меркатора. Это граница противостояния Москвы и Мордвы, до-пространственного спора, уходящего корнями в праисторическую древность. С обретением Москвой статуса христианской столицы этот спор перешел в новое измерение (подтвердил в этом месте наличие перелома измерений). Неизбежно на переломе возникло напряжение русского сочинения, выразившееся прежде всего в миссионерском проектировании, намаливании на этом пределе устоев нового мира. Вслед за тем в следующих поколениях, когда сакральные функции слова унаследовала литература, к этому пределу и от него двинулись новые сочинители. Их вела интуиция (вело слово) – так или иначе этот рубеж был вполне наэлектризован. Меридиан между Нижним и тем, что «ниже Нижнего», нарисовался достаточно определенно.*

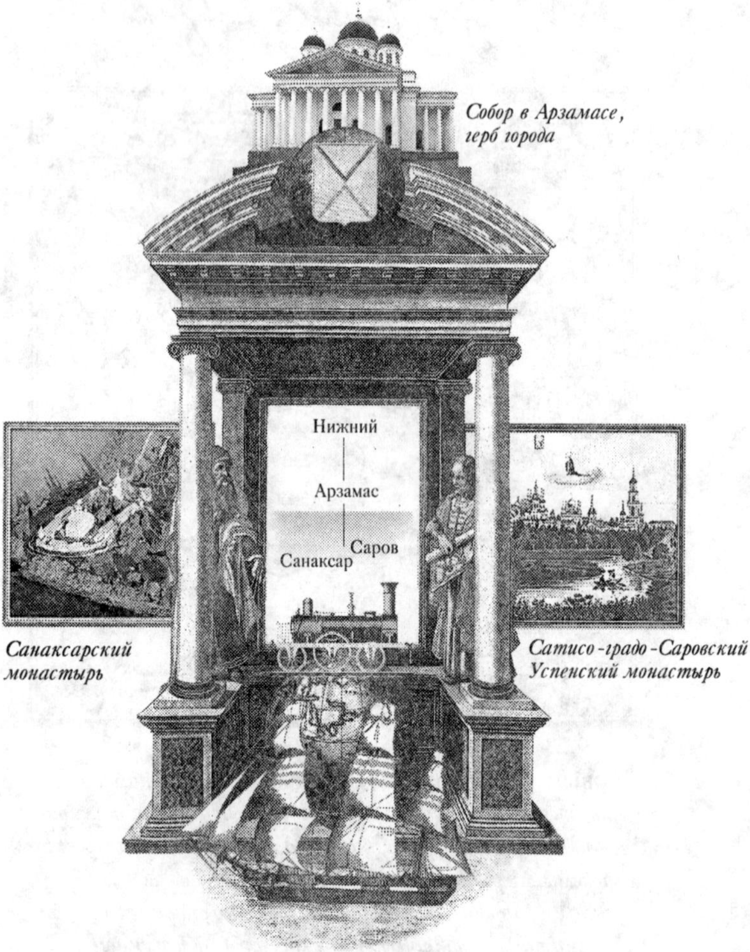

*Собор в Арзамасе,
герб города*

Нижний
|
Арзамас
|
Саров
Санаксар

*Санаксарский
монастырь*

*Сатисо-градо-Саровский
Успенский монастырь*

Новый «морской» предел адмирала Ушакова

Б**ереговые укрепления** *православной Империи
на границе с иноверующим морем Мордвы: собор в Арзамасе,
Саровский и Санаксарский монастыри. Все это петровские
и постпетровские «пространственные» объекты – квадраты,
кубы, корабли. Это не случайно: трехмерие Нового времени
взломало в этом месте русскую карту, прежде плоскую.*

Кстати, этот герб был составлен задолго до пугачевских событий: таково перманентное состояние Арзамаса — быть на границе, в точке соприкосновения спорящих стрелок.

Россия трудно, шаг за шагом подвигала эту границу на юг — внутрь самой себя. Христианские подвижники выступали вместе с землемерами; они намеряли свое, наводили свои координаты, но в итоге делали то же: крестили лес.

VII

Ключевой фигурой в этом миссионерском движении был преподобный Серафим Саровский.

Вот очередной повод к тому, чтобы «отстраниться» и охватить возможно шире географическую и историческую панораму Арзамаса. Пока она существует дробно, по частям, всяк в ней видит свое и не видит целого. Пример тому — наше представление о преподобном Серафиме Саровском. Он существует словно сам по себе, вне истории и географии.

Его участие в постпугачевских мероприятиях, в большом церковном проекте крещения мордовского леса, общем с цивилизационными усилиями Екатерины, многими (знаю по опыту собственных разговоров) воспринимается как некая обескураживающая новость. Как это — Серафим шел «на лес», да еще с инженерами и геометрами Екатерины? Совпадение по датам не вызывает доверия: преподобный Серафим — великий пророк, который существует как будто вне дат, в собственном помещении времени.

Если задуматься, это нонсенс, по сути, невольное умаление его реальной фигуры. Это следствие позднейшей — «арзамасской» — аберрации нашего исторического сознания. Мы смотрим на преподобного Серафима перевернуто, задним числом: он устойчиво воспринимается нами как «лесной» святой, выходец из леса, борец противу грешного города, пророчествующий о безбожной — нашей с вами — эпохе. На деле же это был великий миссионер, который в то тяжелое время, когда христианская Россия заживляла раны, нанесенные бунтом, наполовину языческим, отправился на край финской полыньи, на арзамасскую границу между русским «берегом» и мордовским «морем» с тем, чтобы крестить это лесное «море». Серафим (тогда Прохор Мошнин) пришел в Саровский монастырь, который был крепостью русской веры в сердце иноверующей мордвы, и двинулся далее — не «из лесу», но «на лес».

Преподобный Серафим был миссионером, пограничником веры; арзамасский духовный предел — самое для него место. Он и пришел сюда для того, чтобы шагнуть с этого предела далее на юг, следом за адмиралом Ушаковым и его дядей: в глубину иного «моря». Его Саров и Дивеево были и остаются важнейшими пунктами крещения Руси; отсюда берется определенное духовное напряжение этих мест. Это вовсе не глубинка и тем более не сердце христианской России — это ее передовой край.

Существенное, пограничное напряжение духа сохраняет здесь силу и теперь. Тогда же — вспомним Дмитрия Блудова (кстати, современника преподобного Серафима: еще один не вызывающий доверия исторический факт) — языческий лес подступал к самому Арзамасу. Колдовство его и магнетическое напряжение ввиду остро ощутимого присутствия иного сохранялось в полной силе — неудивительно, что заезжий путник мог, едва шагнув в эти дебри, заблудиться на несколько дней. Мог и вовсе пропасть, провалиться между координат. Счастье было для Блудова, что он спасся в Арзамасе. Тогда достаточно точно ему дало знать о себе его внутреннее «римское» чувство, — бежав из варварского леса, ступив в Арзамас, он совершил путешествие во времени, вернулся в лоно цивилизации, оставив позади себя нети язычества и еще не остывший хаос пугачевского бунта.

VIII

Мы вовремя вспомнили о Блудове. Он также в Арзамасе, не случаен, он выступает как характерная, узнаваемая фигура. После усмирения «морского» бунта Пугачева явилось новое поколение московских людей — его, Дмитрия Блудова, поколение. Явилось — и перевернуло русскую страницу как будто вверх ногами. Искатели Царьграда, «южане», десантники и миссионеры Екатерины в одночасье оказались людьми вчерашнего дня, безнадежными архаиками. И Арзамас переменился, перевернулся в своем значении вверх ногами.

*

Тут в очередной раз обнаруживается «стереометрическое» различие между двумя этими поколениями, ярко себя проявляющее в конкретной, перманентно конфликтной точке Арзамаса. Десантники Екатерины, опираясь на эту точку, наступали по карте сверху вниз. Их Арзамас, христианский форпост, был местом спасения из мордовского (духовного) плена Дмитрия Блудова.

Их Арзамас спас Блудова. И что же? В ответ, в благодарность за спасение, он посмеялся над Арзамасом.

Московский сочинитель устрашился его и, написав сказку, сделал его имя нарицательным. Он и его поколение, и с ними новый, центростремительный, «меньшой» русский язык — отступили от Арзамаса в Москву. Их отцы шагали через арзамасскую границу в море, шли по его «дну» (по лесу и по низу), крестили «дно» (лес). Эти же — побежали от границы как можно дальше, в центр московского «материка», в столицу, на вершину бумажной «царь-горы».

На пределе Арзамаса два поколения повели себя полярным образом. Между собой они образовали ступень, родственную арзамасской.

*

Так постепенно на «берегу» Арзамаса собираются география и история, собираются в искомое единораздельное целое — и достаточно определенно обозначает себя бегущая от этого «берега» в Москву новая отечественная литература. Или так: наша большая литература обнаруживает в себе партии «разно говорящих» поколений; она неявно обозначает пульс слова — разнонаправленные векторы тянут его в разные стороны, вовне и внутрь, от Москвы и в Москву.

Большее слово склонно к пульсу; беда в том, что мы говорим на «меньшом» языке и потому наша память оставляет нам большей частью сюжеты сжатия, бегства «Арзамаса» от Арзамаса.

Наша память об этом этапе русской истории раздвоена: одной половиной вспоминаем «Арзамас» Пушкина, другой — Арзамас и Серафима Саровского.

Не просто две половины мира здесь видны, христианская и языческая; так поделить территорию было бы просто; собственно, она давно была так поделена. Нет, все сложнее: это внутренний, общий, сказавшийся во всякой области сознания ментальный разлом. Русские христиане, люди Второго и Третьего Рима («арзамасцев» можно с уверенностью записать в Третий, московский Рим) на этом пределе ведут себя по-разному, обнаруживая склонность: одни — к наступлению, другие — к бегству.

Это двоение может преодолеть только большее, объемлющее целое: наша объединенная историческая память (что такое эта память?), собирающая свои половинки вместе. Путь из перманентного ментального конфликта может найти только новое, на порядок раздвинутое русское сознание (что такое это раздвинутое сознание?), принимающее диалог, а не фатальное противостояние «арзамасских» поколений, встречно направленных духовных стрелок.

IX

Понятно теперь, отчего так зябко ощущает себя в Арзамасе нежное столичное слово. Не случайно так демонстративно отстранился от реального Арзамаса основатель «Старого Арзамаса» Дмитрий Блудов. Он весь, с головой, принадлежит новому поколению, бумажному, литературному, заменяющему пространство словом. Его путешествие 1811 года закономерным образом было перевернуто в сказке 1815 года: Дмитрию Николаевичу довольно было только оглянуться из столицы на этот медвежий угол, не знающий сторон света, обладающий из всех достоинств цивилизации одним только гусем с клюквой, чтобы задним числом устрашиться, сжаться душой «по-московски».

Отсюда, из столицы, с вершины бумажной горы он не мог различить другого Арзамаса, в нем Федора Ушакова и Серафима Саровского. Если он и знал о них, то примерно то же, что об адмирале Шишкове, — все это «старина», ненужная, невидимая старина.

*

Некоторые повороты в арзамасском манифесте Блудова 1815 года в «пространственном» плане весьма занятны.

Эпиграфом к этому манифесту он выбирает французское изречение: *Le vrai peut quelquefois n'utre pas vraisemblable.* «И правда иногда на правду не похожа». Поди разберись в этом кульбите смысла и звука.

Quelquefois. Vraisemblable. Экие завитые слова. Блудов, наверное, специально их употребил, чтобы лишний раз взбесить старцев из «Беседы». (Нетре па) вресаблябль! (Не похож!). Для них это было готовое ругательство.

Для него это был изящный кульбит, переворот смысла: так этот новый сочинитель уходит из реального пространства в текст.

Так с т о л и ч н ы й сочинитель переходит с географической карты на страницу с текстом. Характерное «московское» действие: заклинание пространства словом, упаковка его в текст. Текст от этого уплотнения, перенаселения бегущим словом цветет намеками, фантомами пространства. Он намекает на море (смысла), на деле же играет сам собой, существует «анаэробно», безвоздушно.

Такому сочинителю необходим настоящий Арзамас только как повод к игре, как провокация столичного разума.

Подобного рода литератор не видит реальной карты своего отечества. Зато язык его становится самодостаточным «отечеством».

Так оно и было: этот язык на первом же этапе своих метаморфоз замкнулся сам на себя, нарисовался новою страной — и отвернулся от реальной (опасной) русской карты. Вместо нее он принялся писать сказку. В таком переводе этот новый язык оказался всеяден; он принял и колдовской финский лес — именно так, поставив такие знаковые слова: не «дикий» и «мордовский», но «колдовской» и «финский».

Сразу слышно балладу Жуковского — это и сделал Жуковский: представил страшные мордовские чащи вполне себе европеизированным, «нестрашным» финским лесом.

Зачем сказочному слову бороться с финским лесом? Сказка, как и лес, отвергает твердые направления. Она в них играет.

*

Пушкин в этой игре составляет исключение: он смотрит из бумаги вовне, не страшится реальной карты — на то он и Пушкин. Но это относится к Пушкину, уже повзрослевшему, выросшему из «арзамасских» одежд. В отличие от своих литературных собратьев он добрался до настоящего Арзамаса и перешагнул далее, в Болдино, на сто с лишним верст на восток. И — сошел с опасной трещины, по которой проходит невидимая арзамасская граница между словом и лесом.

X

Понятно после этого, чему в свое время ужаснулся в Арзамасе Лев Толстой. Он был более, чем кто-либо другой, характерный «московский» писатель. Толстой — прямой наследник тех юных литераторов, насмешников и пересочинителей, бежавших из Арзамаса в «Арзамас», из пространства на бумагу. Он много превзошел их в литературном колдовстве: у него под пером сама бумага стала новым пространством. Но это не отменяет его «московских» склонностей и ментальных предпочтений, напротив: в его поколении они только усилились, стали нормой.

То, что пережил Толстой в Арзамасе, было странное и вместе с тем самое характерное здешнее происшествие[40].

[40] Толстой ехал ч е р е з Арзамас — на юг, в самом опасном для московита направлении, собираясь, сам не зная того, перешагнуть исследуемую нами ментальную границу, трещину между христианским и языческим помещениями души. Толстой сам себе накликал это путешествие; *черт* его понес (он сам потом говорил, что *черт*) из Нижнего Новгорода в Пензу покупать лес. Зачем? Ему, в головокружении от внезапно свалившегося большого богатства — за «Войну и мир», что печаталась выпусками, пошли серьезные гонорары — показалось, что лучшим вложением денег будет покупка леса. В Пензе обнаружился дешевый лес. Лев Николаевич, по его словам, решил, что *нашел дурака, который ему за пять копеек рубль продаст*, и отправился из Нижнего в Пензу. Тут стоит еще раз взглянуть на карту: это тот самый миссионерский меридиан, на котором незаметно обламывается из русского мира в мордовский невысокая арзамасская «ступень». Соблазн ненужной, лишней выгоды заслонил от его внутреннего взора опасность такого перехода. Толстой шагнул, споткнулся на арзамасской «ступени» — и провалился, как в яму.

Это случилось в сентябре 1869 года. Толстой едет из Нижнего в Арзамас *(см. схему)* — настоящий, не выдуманный сказочником Дмитрием Блудовым. Не просто едет, но опускается по уже упомянутому меридиану. Тут можно вспомнить легенду о том, как в детстве его напугал старший брат Николай. Братья Толстые переезжали в 1841 году из Москвы в Казань через Нижний, где услышали известное присловье: *ниже нижнего* (то есть — хуже худшего, хуже некуда). Николай, большой сочинитель, растолковал меньшим братьям, что эти слова означают совершенную пропасть, расположенную где-то южнее Нижнего, ниже его по карте. Будто бы там находится дно земли, далее которого бездна. Там — в Арзамасе.

Неизвестно, вспомнил ли о том Лев Толстой, когда поехал по этому пути на «дно земли» и далее, или иные приметы сообщили ему о близкой бездне, но все вышло так, как напророчил брат Николай. Толстой добрался до Арзамаса, поселился в гостинице — кстати, ему сразу не понравилась эта гостиница, в которой комнаты как-то неприятно квадратны, — ночью проснулся и внезапно понял, что в самом деле провалился в какую-то неведомую темную дыру. Вокруг все черно, и в этой черноте сидит смерть, от которой нет защиты.

Смерть сидит в комнате за столом, и нет у него, Толстого, силы, нет слова, которое оборонило бы его от нее.

«Географически» все просто: Толстой вышел на предел, на «берег», на котором заканчивается московское (намоленное, наговоренное) помещение веры. Ему открылось за границей Арзамаса просто пространство: необъятная лесная пустыня, мир без слов. На этом пределе двоится ментальное русское целое: Третий Рим отступает от него в Москву, Второй движется дальше — на юг, на лес. Дальше допущено идти только миссионеру, крестителю леса, который несет с собой христианское пространство. Носителю же московского слова Льву Толстому неизбежно станет пусто на этом пределе, так пусто на душе, что сама собой явится мысль, что *нет ничего, кроме смерти.*

Толстой ощутил литературную пустоту, заявленную «Арзамасом» в Арзамасе — прореху вместо слова, которое составляло для него, московского писателя, плоть мира, и ужаснулся так, что едва не повредился в рассудке.

Он назвал состояние, испытанное им в гостинице с квадратными номерами, «арзамасским ужасом».

Толстой испытал ужас утраты слова, точнее, утраты «христианской» иллюзии, что слово способно загородить человека от смерти. Это был не столько арзамасский, сколько блудовский: столичный, литературный ужас.

Тут все сходится согласно нашей воображаемой «геометрии»; путешествие Толстого через Арзамас было «геометрически» подобно путешествию Блудова.

*

Сочинение Алексея Максимовича Горького об Арзамасе («Город Окуров») также довольно показательно. Проникнутое в должной мере социальными обличениями, карикатурами на мещанство и идеями классовой борьбы, оно начинается с описания нескольких пейзажей, с четырех сторон обстоящих Арзамас. Они ярки и верны, эти пейзажи, но главное, они очень разны. (Все же главное членение Арзамаса–Окурова — надвое: на верхнюю, богатую, благополучную часть, именуемую Шихан, и нижнюю, бедную, исполненную зависти и темных чувств в отношении богатого соседа — Заречье; и тут встает «зеркало», неравно отражающее две несводимые половины мира.) Алексей Максимович, вряд ли о том задумываясь, первое, что сделал — расположил этот город на перекре-стье миров, на границе контрастных природных территорий, на которых затем совершаются не менее того контрастные социальные коллизии. Спорное, двоящееся, четверящееся, ломкое место. Одного столичного наречия недостаточно, чтобы вместить в целостное понимание, связать одним текстом его разнородные составляющие.

XI

Что происходит сейчас, что представляет собой сегодня «дробный» город Арзамас?

Прежде всего в Арзамасе виден большой белый собор.

Это замечательно: после расколов, ступеней, конфликтов, расщепляющих сознание границ, толстовского ужаса и блужданий Блудова, после р а з б о р а Арзамаса на метафизические составляющие самое время увидеть в нем с о б о р.

Его могут наблюдать из окон поезда пассажиры, следующие из Москвы в Казань. Не только в Казань: железнодорожный узел в городе Арзамасе и сегодня остается одним из важнейших в этой части России. Здесь много ходит поездов, всем им открывается (по ходу из Москвы — слева) большой арзамасский собор.

С ним связана еще одна «двуединая» здешняя история. После победного окончания Отечественной войны 1812 года жители города решили построить собор, первый в России храм в честь победы над Наполеоном. Прежде Москвы и Петербурга[41] — огромный, светлый, с широченными портиками по четырем сторонам света. Воскресенский. Квадратный: вот, кстати, и квадрат. Был даже план расписать его в характерном

---

[41] Есть предположение, что именно эта дерзость провинциальных «первостроителей» изумила обе русские столицы и послужила поводом для выдумки Дмитрия Блудова. По Москве и Петербургу пошли «арзамасские» разговоры о большом белом соборе, который прежде столиц будет праздновать победу 1812 года; за разговорами — анекдоты; они дошли до Блудова — он вспомнил, что такое н а с т о я щ и й Арзамас. И когда пришла пора высмеять дерзкого Шаховского, осмелившегося напасть на Жуковского, Блудов написал свое «Видение», где поместил героя в арзамасскую глушь, где родятся одни нелепицы и несбыточные химеры.

здешнем стиле — при том что самого стиля как такового не было! Стиль только собирались найти (это внушает уважение: найти стиль), для чего организовали первую в России частную школу иконописи под руководством художника Ступина, уроженца города Арзамаса. Удивительный проект. Он исполнен какой-то запредельной гордости.

Собор был построен и расписан в особом духе: в черно-белом, «пространственном» стиле, том, что называется «гризайль». Европе этот стиль был хорошо известен со времен Ренессанса; в случае Арзамаса это составило истинную стилистическую революцию. В русских церквях мы по привычке ожидаем преобладание цвета; здесь же во главе всего стал свет.

Воскресенский собор в Арзамасе остается по сей день светел и как будто несколько пустоват внутри, что, впрочем, ему идет, потому что главное в нем — избыток, демонстрация, торжество пространства[42].

Но это не вся история. У этого сюжета было продолжение: на противоположном — южном — берегу реки Теши, что разделяет город пополам, где разворачивается пригород, село Выездное, местные купцы, не желая уступить городским, затеяли перестройку старинной церкви и в результате возвели еще один собор, примерно такого же размера, как первый, правда, уже без портиков и колонн, с прилепленными к телу храма плоскими пилястрами — без особого пространства. Он составляет своеобразное отражение первого собора, в меру искаженное, но все же похожее, как если бы между двумя храмами от земли до неба было поставлено зеркало.

---

[42] «Греческая», архитектурная фамилия зодчего этому вполне соответствует: собор, полный пространства, проектировал Михаил Коринфский, уроженец Арзамаса, ученик А.Н. Воронихина.

Все же сказывается, даже в сюжете о соборе, заколдованное (раздвоенное) пространство Арзамаса.

Опять начинается разбор пограничного места. В нем помещаются как будто два пространства — одно настоящее, другое отраженное. Настоящее устроено на «балконе» города, на той невысокой ступени с которой открывается вид на юг, в «море» Мордвы. Зеркало же выставлено именно с юга, со стороны «моря», что по сути своей верно, потому что там, на юге, нет христианского пространства, там только хрупкое (внепространственное) его отражение.

Арзамас по-прежнему раздвоен между «берегом» и «морем», и так разны эти его помещения, что чувствительный наблюдатель скоро начинает ощущать подобие провала в пространстве, трещины, берущейся из несовпадения нескольких арзамасских природ. Московские слова по-прежнему бегут из этих невидимо растреснутых мест. Их пугает «зеркало» иного мира, встающее от земли до неба по линии железной дороги Москва—Казань.

XII

Итак, Арзамас, как пограничное явление, остается наэлектризован, двуедин, «соборно-разборен». Таково его характерное состояние. Эти электричество и конфликт существуют прежде всего в нашей литературной памяти. Полярное различие «Арзамаса» и Арзамаса показывает, что наше следующее за словом сознание остается по-прежнему не вполне крещено реальной географией. По-прежнему у нас вместо глаз светит (заменяющее пространство) слово. Оттого душа стесняется, сердце сочинителя сбоит при въезде на арзамасскую границу. Разум ищет утешительной сказки; однажды таковая уже состоялась: «арзамасская» сказка 1811, 1815 годов — она занавесила своей страницей географическую карту.

Но стоит только отойти этой бумажной занавеске и про-
глянуть лесному духу, как все возвращается в исходное положение: с е й ч а с на дворе 1811 год; за арзамасской занавес-
кой пространство (без слов) пусто.

Московский книжный материк показывает здесь свой
край; необходимо понять, очертить этот край, скрытый,
зашифрованный, представленный потенциально на некоей
сводной — историко-литературно-географической — русской
карте. На ней исходная, недвижимая точка, она же фокус
(слова), она же сама себе помещение, только и способна протянуться, обнаружить потенцию к новому движению.

●

Где находится пушкинское Болдино *на этой
карте? Как оно соотнесено с нижегородским меридианом?
Если и соотнесено, то условно. Болдино расположено далеко
к востоку от Арзамаса; если продолжать морские
метафоры, оно выглядит островом, отнесенным далеко
от берега; по карте — вправо, на сто пятьдесят верст.
Этого довольно, чтобы его обитатель, чуткий к рисунку
пространств, почувствовал себя островитянином. Пушкин
определенно заявляет о себе как о Робинзоне. Точнее так:
сначала Пушкин пишет, что он Одиссей, задержанный
колдовской силой в гостях у феи Калипсо («я на острове,
окруженном скалами»), затем сравнивает себя с Иоанном
Богословом на острове Патмос. В обоих случаях точно
заявлено, что поэта окружает иноверующая стихия.
Но это море не враждебно; здесь нет противостояния
ландшафтов, нет перелома пейзажа, который ощутим
в Арзамасе и на Саровском рубеже. Нет, пологий холм
Болдина окружают такие же — легко вздымающиеся,
как будто гонимые ветром волны-холмы. Здесь много
пространства, душе нисколько не тесно, напротив, со всех
сторон ей открывается простор для свободного движения.
Светлое место; земля (бумажная?) остается где-то за
спиной. Московия далеко, Петербург еще дальше — ты в море.*

Чудо преодоления *пространственных оков,
возможность полета над этим миром в том измерении,
где правит только слово, столь соблазнительны для
русского читателя, что он готов с головой уйти в бумагу,
с ней слиться, в ней раствориться. Не раз я встречал
чудаков, бродящих с книгой у самого лица с очевидной
целью загородиться текстом от реальности. Теперь их
вокруг все меньше. Мы разочарованы в слове, или оно
устало со времени Пушкина утешать нас во всяком
нестроении бытия. Бумажный материк классического
русского слова пошатнулся, подтаял. Уместно ли сегодня
его пространственное (грубое, с линейкой и циркулем)
«географическое» исследование? Полагаю, что уместно,
именно сегодня оно и уместно; тем более необходимо сегодня
оглянуться в то время, когда он только задумывался, этот
проясненный словом мир, только угадывался в темени
будущего, как доколумбова Америка. Наше классическое
слово родилось в пространстве, – радуясь ему, боясь его,
его отменяя, споря с ним, поднимаясь поверх него и нас
поднимая к невидимым небесам. Этот опыт необходимо
разобрать – да, с циркулем и линейкой, и еще с весами,
чтобы определить вес слова; минус-вес, его подъемную силу.
Все это метафоры не слишком отвлеченные. Возвращение
слова к исходному (дорожному) опыту,* в о з в р а щ е н и е
в п р о с т р а н с т в о, *быть может, восстановит у него
обмен веществ (смыслов), связь оболочки и содержания.*

Границы материка классической русской прозы довольно устойчивы.

По идее, отторжение нашим литературным сознанием
самого понятия границы должно было бы размыть наш про-
заический континент по всей карте России — поверх ее, во
все стороны вовне. Материк слова, в идеале, беспределен, он
извлечен из реального пространства, свободен от его ариф-
метических, казенных пут.

По крайней мере он не должен быть отчеркнут по берегу
реальной реки или реального (того же арзамасского) леса.

Море — куда ни шло, тем более что речь у нас идет о мета-
форе моря; такую поэтическую границу принять можно. Но
лучше все же беспредельность, безграничность: пусть наша
бумажная страна будет облаком, контуры которого свободно
размыты.

Как говорил Лев Толстой, определяя подобного рода фигуры — *шар, не имеющий размеров.* (Так он говорил о жизни, еще
добавляя: *жизнь есть Бог.*) Такое сводное определение страны
слова — *шар Бога жизни, не имеющий размеров* — было бы, наверное, наиболее адекватно самоощущению отечественного
сочинителя.

И все же опыт самого Толстого говорит о другом.

Его арзамасское приключение, ужаснувшее Льва Николаевича в сентябре 1869 года, было выходом на некую важную
границу, на которой испытывалось на прочность самое его
сознание, где этому сознанию был положен предел — оттого
это происшествие до такой степени его потрясло. «Облако»
бытия, привычное (привычно безграничное) помещение,
прямо связанное для него с существованием в «слове», — это
чудное облако внезапно обнаружило свой край и за ним тем-

ную пустоту. *Шар жизни* Льва Толстого показал в Арзамасе конечный размер, его отек контур небытия, выраженный мыслью писателя о неизбежной смерти.

И — вот что в данном случае самое важное — этот сокровенный поэтический контур «совпал» с реальной внутренней границей России, сохраняющей в Арзамасе скрытый статус предела христианского мира. За ним, за этим пределом показалось так пусто русскому писателю Толстому, что ни о чем другом он не мог помыслить в тот момент, кроме смерти.

Толстой п р е д е л ь н о честен в описании своего «квадратного» геометрического ужаса, он прямо говорит об обнаруженной в этом месте границе привычного бытия и потому диагностирует эту границу как арзамасскую. Его сообщение можно считать объективным — и так же объективно можно судить о пределе «московского» столичного слова, о крае бумажного материка Москвы: за этим краем страницы нет для слова ничего, кроме смерти. Там пусто и голо, и дали б е с -
с л о в е с н ы е.

Напомним, речь идет о классическом московском слове, со всеми сопутствующими оговорками, — том особом слове, что явилось в России на рубеже XVIII—XIX веков: новом, заряженном сакральною идеей, о «человеко-слове», способном к чувству, к воображаемому росту и сжатию, к страху смерти ввиду иного пространства.

Поэтому его контур, ареал его обитания, обусловленный реальной исторической подосновой, можно полагать, вполне устойчив. Его необходимо следить по карте, предполагать размер страны слова и иные его «географические» особенности.

Важнее всего, что это слово живо, способно к самостоятельному (потустраничному) бытию, ему ведомы страх границы и чувство целого.

Это важная характеристика классического русского языка: он сознает свою целостность и одновременно целеустремление (здесь сходятся вместе понятия «целое» и «цель»).

Но это же чувство целого обратным образом сообщает о его скрытом сознании собственной конечности. Однажды явленный, «рожденный», этот язык должен рано или поздно «умереть», замкнуться в своем историческом времени, остаться в нем идеальной — далее только воспоминаемой — фигурой.

*

Есть границы у страны слова; мы обнаруживаем их в своеобразном соревновании русской литературы и географии. Это соревнование есть определенная культурная константа нашей истории. Оно полно животворящей драмы. Классическое «московское» слово XIX века не желает помещаться в ему отведенных (реальных) историко-географических пределах, стремится превзойти их и одновременно бежит от них (в Москву): пульс весьма показательный. Но эта эмоциональная подвижность только подчеркивает прочность этих пределов.

Они досаждают «московскому» слову — оно недолюбливает географию.

Вслед за тем и мы, носители, сочинители, воспоминатели этого подвижного слова, находимся с этой наукой в отношениях более чем противоречивых. Географическое пространство нам в тягость; неудивительно — при таких размерах страны.

Мы отгораживаемся от «лишнего» пространства страницей с классическим литературным текстом — и все видится прекрасно на этой странице и ужасно без нее. На ней всё «арзамасски» (пушкински) прекрасно — и арзамасски (толстовски) ужасно. Столь противоречиво (столь живо) наше восприятие своей страны-страницы, материка классического русского слова. И все же материк этот не бесконечно подвижное облако, он — довольно прихотливо, не прямоугольно, напротив, весьма живо — вырезан из бумаги.

*

Далее — уже объявленное, не вызывающее сомнений: Москва — столица этого бумажного материка.

Необходимо обвести его по контуру, хотя бы в эскизе, по ходу литературного странствия.

*

В эссе о Карамзине уже заходила речь об имении Баловнево, расположенном на правом берегу Дона, в среднем его течении, довольно далеко к югу от Москвы. Мы вспоминали об этом имении и замечательной тамошней церкви, которая по своему виду и тайному значению более напоминает собор, и вспоминали вот почему. Отъезд Карамзина в Европу, в ясно расчерченное пространство первого Рима, заставил его самого, а вслед за ним и нас — оглянуться на Москву и за Москву на восток и задаться вопросом: что представляет собой русское пространство? Что такое русский Рим? Где его черченые (ментальные) пределы?

Не административные, тут все более или менее ясно, нет — пределы «архитектуры» сознания. Такое «правильное» пространство в эпоху Карамзина только подвигалось по России «немецким» (романовским) усилием с северо-запада на юго-восток и далее в бесконечность. Оно не совпадало с границами политическими, — оно и теперь с ними не совпадает, — и в принципе не составляло единого целого, являя собой редкую россыпь отдельных кубиков и кубов, городов и усадеб.

Эту его фрагментарность и хрупкость, как мы отмечали, ясно обозначил пугачевский бунт; об этом и шла речь в Баловневе: о том, как имперское, «римское» пространство повело себя после бунта — оно «окуклилось», поставив на своем пределе этот удивительный пограничный собор. Таково было знаковое действие екатерининской империи: здесь, в этом

222

конкретно месте, прошла граница «римского» пространства, собор ставился как памятник ему, это был (в замысле)
опорный столп империи — оттого, наверное, он вышел столь
несоразмерно велик и чуден видом.

И далее, в продолжение этого историко-географического
рассуждения, в контексте странствия Карамзина — тогда же,
в том же ментальном помещении, огороженном (городском)
пространстве началось создание нового языка.

Они были прямо связаны, эти просветительские опыты, в
слове — Николая Карамзина, в реальном пространстве — туль-
ского наместника Муромцева или, к примеру, в архитектуре — Николая Львова (его в данном контексте всего уместнее
привести в пример). Их «огораживающие» сознание классические опыты производились на коротком постпугачевском
отрезке истории.

Новое слово, классический русский язык явились в едва
размеченном классическом пространстве России конца
XVIII, начала XIX века в том странном (ментальном) «аквари-
уме» с тонкими стенками, который едва не разбил разбойник
Пугачев, в который далее вторглась наполеоновская Европа
в 1812 году, в который пролилось живой воды с переводом
Евангелия. В сумме этих формообразующих обстоятельств
новое слово вышло правильно начерчено, светло и живо и
вместе с тем — нервно, тонкокоже, колеблемо по широте, с
лицом на запад, откуда жди войны, и затылком на восток, откуда вечно веет бунтом.

Здесь, в Баловневе, нарисовалась тогда, в н а ч а л е с л о -
в а, юго-восточная граница русского (московского) Рима.

И вот продолжение наблюдения за этим изначальным
«римским» пределом; мы смотрим на него в другую эпоху,
когда он вновь проявил себя, в иных исторических обстоятельствах, но так же показательно в контексте русского бумажного (соревнующегося с реальностью) бытия.

Через этот историко-географический предел Баловнева в октябре 1910 года движется в своем последнем путешествии Лев Толстой. То есть: этот предел обозначает себя   в   к о н-ц е   с л о в а, на излете эпохи классического русского языка, накануне очередного исторического перелома, в предвидении следующей России, следующего, «красного» Рима.

*

«Экспедиция 10-го года» *(см. стр. 46, 52)* имела целью повторить последний маршрут Толстого из Ясной Поляны в Астапово. Следует признать: наблюдение берегов пугачевского «моря» не входило в ее планы. Просто, следуя за Толстым, повторяя, сколько возможно, траекторию его бегства, мы в определенный момент выехали на некий предел, обозначенный пограничным столпом собора, и определили его как предел русской (имперской) классики, нарисовавшийся по горячим следам пугачевского восстания. Далее карты конца XVIII и начала XX века были наложены одна на другую: две внутренние границы совпали.

Это можно увидеть на карте *(стр. 232)*. Рисунок бегства Толстого достаточно прост: он напоминает качания маятника. Сначала Толстой «вывешивает» этот маятник, движется по карте из Ясной Поляны вниз, на юг, до станции Щекино, там садится на поезд, на нем спускается по карте еще южнее и затем, выбравшись на магистральную (широтную) дорогу, совершает на ней два больших качания: на запад и на восток.

Качания совершаются в пределах Тульской губернии, и только немного, в крайних точках, выходят за эти пределы. «Маятник» Льва Толстого как будто ударяется о невидимые стенки, за которые ему далее нет хода. Нужно помнить: Толстого в его последнем бегстве ведет не столько расчет, сколько интуиция, многократно усиленная его предсмертным страхом. Он «чует» дорогу (это слово — «чую» — он пов-

торяет в эти дни постоянно). Эта интуиция не пускает его
далее определенных границ, на западе и востоке. Что такое
эти интуитивные толстовские границы?

Нас интересует восточная граница: здесь, на пределе
Дона, на пугачевско-екатерининской границе, обозначающей для нас н а ч а л о   я з ы к а, Толстой умирает, определяя
тем самым — конкретно, географически — к о н е ц   я з ы к а,
завершение его классической эпохи.

*

Мизансцена рисуется достаточно определенно. Правый,
имперский, возвышенный берег Дона, украшенный маяком
собора, сохраняет пусть плавное, но все же ощутимое дыхание рельефа. Противоположный, плоский и «бездыханный»
левый берег являет другую землю, безлесую, плоскую как
стол. Там за Доном — иной мир, степной, не имеющий видимого предела. И этот иной, восточный мир отторгает бегу-
щего из Ясной Поляны Толстого.

Оттуда, с востока, где нет «пространства», а есть только
«плоскость», раскатанная скалкой неба, некогда грозил империи невидимый Пугачев, — там место голо и пусто. Знакомая «арзамасская» мизансцена: там пусто для толстовского,
«московского» слова.

Вот он, предел нашего «бумажного» материка: в месте переезда Толстого через реку Дон.

Туда нет пути «московскому» писателю Толстому. И п о -
э т о м у Толстой именно в этот момент, едва переехав Дон
с правого берега на левый, начинает стремительно умирать.
Не в Ясной Поляне, не на западе, куда качнулся его «маятник,
а здесь, на востоке, на бумажном берегу слова. В этот момент
наступает роковой перелом в его состоянии, после которого
спасти писателя уже невозможно.

Лев Толстой оказался «царь До-дон»: на ту сторону реки ему переезжать было нельзя. Там для него не было помещения жизни, туда не раздвигался его *шар слова, не имеющий размеров*, там было только помещение смерти, словно по воде Дона проходит граница между двумя его мирами, «живым» и «мертвым».

*

Мы следили за его движением, сверяя дни и часы; вышли ночью 28 октября из Ясной Поляны и далее шаг за шагом, стараясь соблюдать график, проходили ключевые точки его маршрута. Реконструкция его душевного, тем более физического состояния не требовалась (тем более не было надобности «играть» в Толстого): все было очевидно — близость смерти, крайнее напряжение сил, неизбежный роковой перелом. В виду «придонной» (начинающейся за Доном) рязанско-мордовской степи у беглеца начинается агония.

Это была странная агония. Судите сами: спутники Толстого снимают его на первой же за рекой товарной станции — это и есть Астапово. Снимают потому, что Толстой при смерти, что он не выдержит двух часов езды до ближайшего города Раненбурга, где, наверное, найдутся для него больница, кровать, средства для ухода, наконец, тишина. Нет, он не протянет двух часов, и поэтому его снимают в Астапове, где нет ничего для ухода за таким больным. И в этом Астапове, где он лежит в доме начальника станции, в общем помещении (ему не сразу отвели комнату), притом еще этот дом стоит в нескольких шагах от полотна железной дороги, по которой идут поезда, а нужно знать, до какой степени Лев Николаевич не любил поезда, — в этом Астапове, с поездами, проезжающими ему по голове, Толстой живет е щ е с е м ь д н е й. Что же такое была его агония в поезде?

Это был запрет на движение дальше, в пустоту, туда, где его ожидает смерть (слова).

*

Это слишком похоже на арзамасскую мизансцену: христианский «берег», заглядывающий поверх нижнего языческого «моря», — и предсмертные страхи Толстого. Здесь, на берегах Дона, узнается тот же ментальный балкон, на котором только и может существовать его характерный «московский» язык, оформляющий себя в процессе отторжения от иного моря, от моря иного.

Этим внутренним отторжением был в свое время обеспечен «арзамасский ужас» Толстого, отшатнувшегося в 1869 году от края христианского балкона. Одно предощущение спуска на финское (мордовское) дно лишило его тогда душевного равновесия, пошатнуло до основания его — обеспеченную словом — веру.

Здесь, на Дону, обнаруживается та же картина: «берег» и «море», и то же заглядывание с балкона через границу двух вер в нижний мир.

География говорит: это одно и то же «море» — северо-западный берег его в Арзамасе, западный — в Данкове.

Толстой заглядывал в 1869 и 1910 годах в одну и ту же «бессловесную» бездну.

*

Об этом можно говорить определенно: арзамасская ситуация 1869 года, когда перед спуском на «дно» Мордвы Толстой испытал смертный ужас, точно соответствует астаповской ситуации 1910 года, когда при переезде через Дон на то же «дно» началась его предсмертная агония. Та странная агония, которая приостановилась только оттого, что Толстой более не двигался в это заречное, нижнее, рязанско-мордовское «иное», которое для него означало помещение смерти.

Может быть, тогда, в Арзамасе, ему явилось предодущение этого последнего переезда — через Дон на тот свет?

Тогда он удержался на христианском берегу, теперь перешагнул его — теперь перевезли его, — и он, промучившись неделю, умер.

До какой же степени душевно и духовно Толстой был сращен со словом, с намоленным, наговоренным, написанным и начитанным «московским» пространством, если расставание с ним означало для него опасность физической смерти? Он совпадал с ним совершенно; в этом смысле Толстого можно назвать «человеко-словом».

В этом нет преувеличения.

Нужно знать Толстого — не такого, как привыкли нам представлять в школе: каменную глыбу, великана и «человечище», а такого, каким он был на самом деле — «тонкокожим» (семейное прозвище), нервным и чувствительным человеком, предельно сфокусированным на своих чувствах, которые он всеми силами стремился как можно точнее передать в слове, — нужно знать это, чтобы понять, что означали для него арзамасская и астаповская «бессловесные» мизансцены.

Толстой, сливаясь, «сращивая» себя со словом, не просто остро ощущал перемены настроения, перемены в пространстве внешнем и внутреннем, но долгое время занимался особыми упражнениями, имеющими цель заострить в себе тонкие чувства и реагировать на эти перемены в слове — максимально точно, быстро и живо. Нужно знать такого Толстого, не столько писателя, сколько сверхтонкого воспринимающего инструмента, улавливающего сообщения интуиции, голоса мест и эхо духовного помещения, чтобы судить о том, что он пережил, выходя в Арзамасе и Астапове на край своей вселенной.

Своими вербально-экзистенциальными опытами Толстой постепенно довел себя до состояния идеального «локатора», способного отличить неуловимую границу между бытием и небытием, в данном случае между своим, московским, и чужим, финским, помещениями слова (сознания). Он превратился в своего рода духовный «локатор», тонко и сложно устроенный, который легко ломается при переходе «московской» границы слова.

Следует еще учесть, что оба раза, в Арзамасе и Астапове, он находился в крайнем нервном напряжении. В Арзамасе потому, что в тот момент заканчивал «Войну и мир» — имея в виду под словом «мир» именно «московский» мир — и рассчитывал выложиться в этой концовке полностью. Тогда Толстой был предельно утомлен семилетней работой над романом и понимал, что впереди его ждет еще большее утомление, и потому физически и психологически был «на грани». Тем более что эта концовка романа оставляла у композитора большие сомнения (здесь именно так: не писателя, но композитора Толстого). Пресловутый эпилог «Войны и мира», который мало кто из читателей романа одолевает до конца, тем более разбирается в его отвлеченной метафизике, никак не давался автору. Именно эпилог он оставил для последнего завершающего усилия, в нем намеревался поставить точку в назначенный час, в ночь с 5 на 6 декабря 1869 года. И вот пришел сентябрь этого года, до завершения работы оставалось три месяца, а Толстой все еще сомневался в композиции и даже самой надобности такого эпилога. В этих сомнениях, размывающих самый остов его сочинения, готовых опрокинуть все семилетнее строение романа, он отправился через Нижний и Арзамас в Пензу — нашел момент! Отвлекся от работы для нелепой покупки леса и в этом подвешенном состоянии, в крайнем переутомлении поехал куда-то *к черту* — и приехал. Вышел на роковой арзамасский балкон, на предел московского слова: как на это мог отреагировать его чуткий «локатор»?

В Астапове же Толстой просто умирал, в болезни и истощении сил. В этом состоянии самое малое колебание могло вывести его из равновесия. И вывело, и надломило, и в конце концов привело к смерти.

*

Следуя за ним, не по бумаге, но реально, по карте, мы отыскивали границы его «материка» и соответственно скрытые границы территории классического русского слова. Границы не столько веры, сколько слова о вере.

Такие характерно «московские» границы можно различать там и здесь по переменам в состоянии «локатора» Толстого. Этот одушевленный инструмент безошибочно указывает на особые литературные пределы. Не только на Дону или в Арзамасе, но и во множестве других мест[43], но в данном случае достаточно двух точек на «бумажном» берегу, чтобы проследить юго-восточный берег нашего материка слова.

Все сходится на этом берегу, в Арзамасе и Баловневе: на пределе своего «пространства» тонкокожий человек Толстой всякий раз трепетал, предчувствуя неведомое, различая близкий конец. В Арзамасе он столкнулся с чем-то странным, квадратно-ужасным — смерть подошла вплотную к границе его сознания. Здесь, на Дону, на бегу он различил ту же ужасную границу, отчего впал в свою странную агонию, лихорадку пространства. И умер — в этой «запредельной» лихорадке, в «бессловесной» задонской агонии.

Это была агония не настоящая, а наведенная самим больным, который научился из-за одних только пространственных ощущений наводить на себя нервные припадки. Такова была расплата идеального «локатора» за многолетние упражнения по утончению своих и без того тонких нервов.

---

[43] Таков, к примеру, Ярославль в «Войне и мире», где после бородинского ранения умирает Андрей Болконский. При этом Толстой, сколько возможно, умалчивает о городе Ярославле; также не названа Волга, просто написано — большая река, «большая вода». Для Толстого это не Волга, но сущий Стикс: по ней проходит граница между двумя мирами, жизни и смерти. Болконский перешагивает ее и умирает, тонет в белом поле толстовской бумаги.

Река Дон на карте Сибири (1606 г.)

Мы опять на Дону, *как и было обещано в начале наблюдений, когда в сличении двух карт, «внешней», Птолемеевой, и «внутренней», литературной, обнаружил себя начальный предел русского сочинения. Вот еще одна карта, того же издателя Йодокуса Хондиуса: фрагмент карты Сибири 1606 года (далеко заглянул голландец), та часть, где виден Дон, названный, разумеется, рекой Танаис. Здесь обозначен город Данков (указанный у Хондиуса как Donko). Для издателя это был, наверное, второстепенный пункт, указывающий на русское название реки Дон; для нас это бумажные ворота Льва Толстого, через которые он, точно через Стикс, переехал не на тот берег, а на тот свет.*

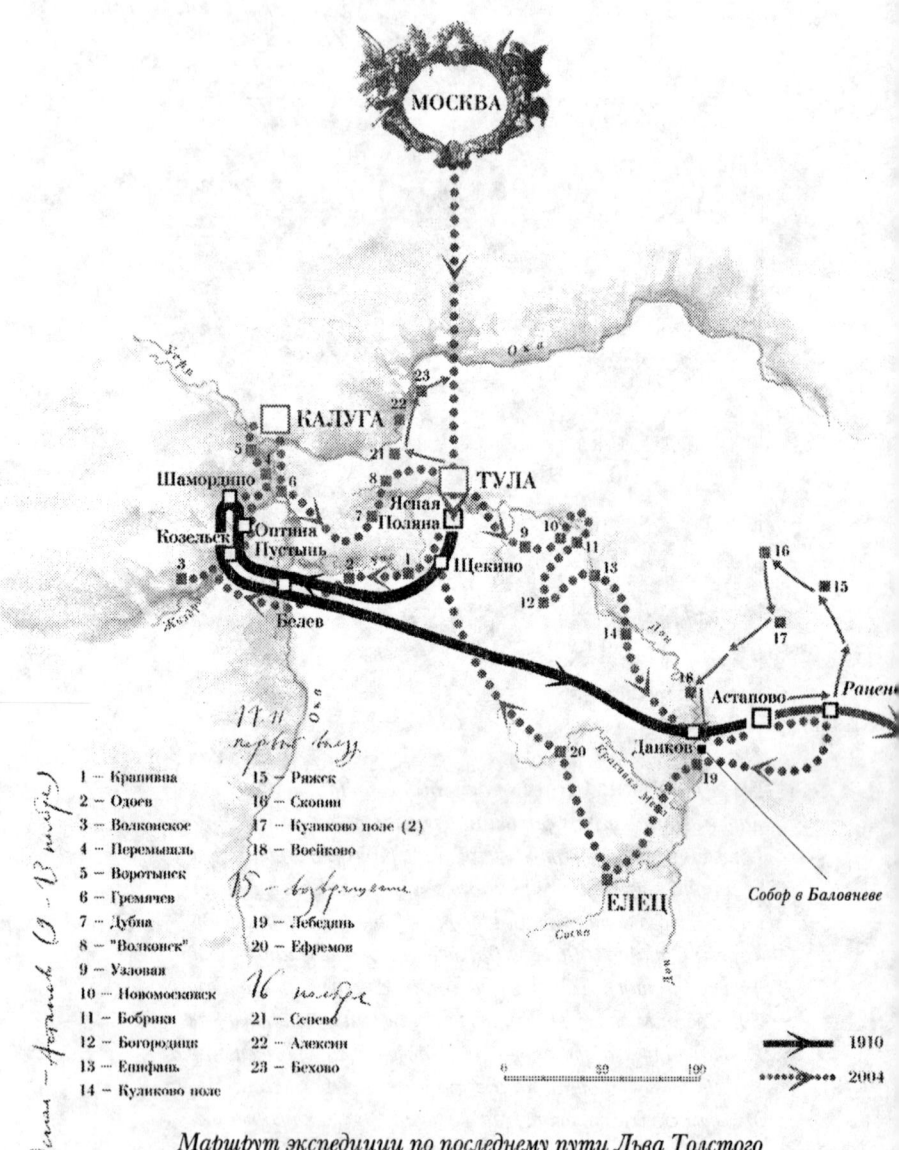

МОСКВА

23 · О к а

КАЛУГА

22

21

Шамордино   5

Козельск   6   Оптина   8   ТУЛА

Пустынь   Ясная   7

Поляна

9   10

2   1   Щекино   11

Белев   12   13

14   16

15

17

20   18   Астапово   Ранен

Данков

19   Собор в Баловневе

ЕЛЕЦ

1 — Крапивна   15 — Ряжск
2 — Одоев   16 — Скопин
3 — Волконское   17 — Куликово поле (2)
4 — Перемышль   18 — Воейково
5 — Воротынск
6 — Гремячев
7 — Дубна   19 — Лебедянь
8 — "Волконск"   20 — Ефремов
9 — Узловая
10 — Новомосковск
11 — Бобрики   21 — Сепево
12 — Богородицк   22 — Алексин
13 — Епифань   23 — Бехово
14 — Куликово поле

0   50   100

1910
2004

Маршрут экспедиции по последнему пути Льва Толстого

*

Нам всем вышла расплата; Астапово[44] теперь представляет собой своего рода символ, смысловой предел, достаточно точно сходящийся с пределом географическим (донским) и историческим (в данном случае «пугачевским»). Теперь это еще и толстовский, «бумажный» предел России. Прочно утвержденный в национальном сознании, намоленный, как икона. Сюда сто лет стекаются литературные паломники, собираются словно в воронку к этому небольшому дому у железнодорожных путей, где умер Толстой. Прижимаются лицами к окнам, как когда-то к ним прижималась Софья Андреевна, которую не пускали в дом, — и так и остаются рядом с ней, заглядывая поверх ее головы за стекло, в комнату, где совершается нечто неразличимое. И не двигаются далее.

Как по заказу: это место «механически» плоско и сухо. Вода не течет по нему на запад или восток, потому что тут нет воды и нет рельефа. Каково было оказаться здесь «водяному» человеку Толстому, истинному волхву, акварелисту, которого сухие предварительные построения в начале всякой работы непременно должны были быть смочены водою? Его слово не двигалось по бумаге, если рядом с ним въяве или в воображении не лилась река, не ходил туман, или так: не текло время. В Астапове не текло время, только громыхали поезда, под прямым углом один к другому стояли склады, место было сухо расчерчено и оттого для московского художника Толстого было вдвое безжизненно, страшно и мертво. Здесь рисовался предел живого московского художества, за которым возможны только равнодушный чертеж, квадраты, кубы и стальные линейки рельс, ведущих неведомо куда.

---

[44] Теперь это город Лев Толстой; название советских времен, показательное во всяком смысле, в том числе предельном — здесь г о р о д, огород, граница Льва Толстого и его языка.

Мы даже не задумываемся — что может быть далее Аста-пова?[45] Ничего: здесь видится конец сочиненного русского пространства, к о н е ц   я з ы к а.

Здесь страница с «московским» текстом оборвана, за ней не угадывается ни слова.

*

Эти конечные обрывы и мертвые пустоты языка — такая же утвержденная в нашем сознании реальность, как расходя-щиеся по высоте берега рек, «балконы» и «моря» физическо-го рельефа. В совпадении реального рельефа с «рельефом» языка и сознания обнаруживает себя метафизический ланд-шафт России.

С одной стороны, это совпадение естественно, «карта» языка, исторически обусловленная, обязана соответствовать географической карте, чему примеров несть числа. Но в дан-ном случае мы имеем дело с особым языком, русским класси-ческим, то есть — новоявленным, ново-Христовым, который принялся заново оформлять себя в духовном пространстве, уже тысячу лет существующем. Этот язык явился противу

[45] Одной из целей «Экспедиции 10-го года» было
м и н о в а т ь   А с т а п о в о. Проехать дальше, понять,
куда бежал Толстой. Он бежал, чтобы жить дальше;
в самом деле, не собирался же он именно здесь
остановиться и так умереть. Нужно было ехать дальше,
отыскивать продолжение толстовской перспективы,
искать на карте продолжение русского языка.
Это в общем и целом удалось. Мы миновали Астапово,
продвинулись на восток, посмотрели город Раненбург
(ныне Чаплыгин), тот самый, до которого два часа не
доехал Толстой, и затем повернули на юг. К югу от
Астапова был «найден» город Елец, где оставили о себе
память Бунин и Розанов, на юг тек Дон, прирастая землями
Платонова, Чехова, Шолохова — все за Толстым,
после него, на других бумажных островах нижнего
русского «моря».

прежнего пространства, на сломе культурной традиции России. Своими нововременскими, по сути — квазиевропейскими конструкциями он столь определенно противопоставил себя сложившемуся ментальному помещению средневековой Руси, что в результате оформил новую поверх-реальную «реальность», по сути, автономное пространство слова. И эту его бумажную гипер-реальную капсулу мы воспринимаем сегодня как норму. Вернее, так: мы воспринимаем как норму н е - с о в п а д е н и е и к о н ф л и к т реальной, географической и «бумажной», литературной карт России. Для нас, русских читателей, является нормой аномальный разрыв между пространством и словом. Нам понятно без всяких объяснений, что некое важнейшее помещение (души? воображаемого потустраничного пространства?) заканчивается на пределе Астапова. Нам незачем ехать за Астапово, двигаться от него на восток, как будто нет ничего за Астаповым, нет ничего за (городом) Львом Толстым.

То же и в пространстве истории: за уходом Толстого в катастрофически скором порядке последовал общий русский обрыв, мировая война и революция, и это в «бумажном» сознании русского читателя составило «нормальную» цепочку событий после ухода Толстого[46].

---

[46] Об этом предупреждал Чехов, не просто писатель,
но исследователь русских ментальных пределов
(тут довольно вспомнить один его «Остров Сахалин»).
Он страшился смерти Толстого, как конца света,
и в конце концов «успел» уйти раньше него на шесть лет.
Вот умрет Толстой — все к черту пойдет — так говорил
Чехов. Он имел в виду не что-то конкретное, наподобие
войны и революции, но нечто отвлеченное и одновременно
катастрофически действенное для русского человека:
распад архитектуры сознания, в которой Толстой был
на тот момент главным скрепляющим звеном. Это была
та именно архитектура сознания, что удерживалась словом,
существовала в пространстве слова в слабой связи
с географической и исторической реальностью.

*

Двоящийся, анизотропный, полный сплочений и пустот метафизический русский рельеф есть явление в равной степени реальное, по крайней мере достаточно реальное, чтобы сказываться всякую минуту на наших чувствах и представлениях о пространстве, и вместе с тем нереальное, лучше так — сокровенное, наконец, неисследованное. Этот рельеф различаем скорее интуитивно, но толком не виден въяве и потому столь «мистически» действен в отношении того же Толстого, определяющего для себя на карте арзамасские края света и астаповские бездны.

Нам он оставлен как вполне устоявшаяся а н о м а л ь н а я н о р м а пространства. И теперь необходимо отправиться в путь, в максимально реальное странствие, разнимающее и заново собирающее голову по сторонам света, чтобы на месте сличить сообщения двух карт (та, что состоит из слов, наполовину в обрывках), чтобы разобраться в конфликтных составляющих этой нормы. Нужно разглядеть горы слов, соседствующие с пустынями по соседству с реальными горами и пустынями, различить, дифференцировать и затем суммировать этот наполовину читаемый, наполовину видимый мир, чтобы в результате их сложения воображать себе далее сей удвоенный мир как нечто сущностно целое.

Для того и нужно литературное путешествие; эта распаковка (головы прежде карты) производит в сознании прежде всего совершенную мешанину, расслоение возрастов слова. Сами собой в попутно производимом тексте являются архаизмы — и это не стилистическая игра, имеющая целью «вернуться» во времена Карамзина и Пушкина, а следствие множественности исходного «невидимого» текста, скрыто содержащего целостное сообщение о России. Оно «видимо», это скрытое сообщение, в Арзамасе и Астапове, и во всякой другой точке русской карты, означенной появлением в ней (тем более смертью) русского литературного гения.

*

Географизация русской литературы, этой автономной, перенасыщенной смыслами сферы «пространства», может стать продуктивна, так же как проверка ее истории. География вместе с историей чертят на наших глазах границы пугачевского «моря» и дрейфующей по нему обширной московской льдины языка (или облака слова? кому как понравится, это дело вкуса).

Русское сознание два века качается на этой льдине (почивает на облаке); положение небезопасное. Это качание ему сообщает слово — «живое» и уже поэтому «способное к смерти». Или так: способное сообщить своему носителю, сочинителю и читателю, страх небытия. Русская карта, таким словом оформленная, в высшей степени неравнодушна.

Большей частью пустынна.

Она развернута на востоке до океана — не так: не развернута, но написана. Русское письмо, стартуя, как и положено, из левого верхнего угла страны-страницы, то есть из Петербурга, течет с запада на восток, слева направо и сверху вниз, постепенно заливая бумажную плоскость России. Занимательный процесс: рост страны как бесконечного текста. Имеется в виду петербургская, петровская Россия, по которой буквы побежали достаточно бойко. Прежде они склонны были покоиться на месте, вязли в собственной вязи, но вот стараниями Петра они пошли ровнее и в несколько поколений освоили бескрайний русский материк. Тут, разумеется, нужны оговорки; московское слово добралось до Тихого океана до Петра I (казацкий старшина Поярков со своим отрядом появился на Сахалине в 1654 году). Также и географическая бесконечность русского текста спорна: на ту сторону Тихого океана он, хоть и сделал несколько попыток, все же не перебрался. Однако сама метафора понятна и вполне основательна: *Россия есть страна-страница, бумажная, двумерная страна.*

*

В центре страницы Москва.

После рассмотрения арзамасского и донского пределов должно возвратиться в Москву. На т а к о й карте, где не север и юг, запад и восток, но верх и низ, начало и конец текста, на такой мета-странице, где всего важнее слово, Москва помещается в центре.

Она есть центр тяжести сферы слова. Без учета этого положения Москвы невозможно понять метаморфозы русского (ментального) пространства первой четверти XIX века. При этом следует помнить, что Москва после ста лет молчания, умаления перед Петербургом в о з в р а щ а е т с я на это центральное место. Она проявляет себя заново на бумажной карте, словно на фотобумаге, выставляя на ней центральную точку. В этом суть «геометрической» драмы этой эпохи: в возвращении, новом воцарении Москвы в стране слова.

Словотворец, словоискатель, «локатор» Толстой, осваивая в своем экзистенциальном опыте невидимый бумажный «материк», смотрел не по краям этой чудной страны — их он страшился до смерти, — но в центр, в самый ее фокус: в Москву. Туда он стремился, там видел свое место.

В Москве Толстой диагностирует событие рождения нового мира. Время — 1812 год, катастрофическое потрясение Москвы, ее огненная жертва, имевшая ясно читаемую духовную подоплеку и такие же глубинные следствия для помещения русского сознания. Тогда оно было кардинальным образом переоформлено. Оно развернулось (привычной) сферой, подобием Солнечной системы, в которой, кстати, пустоты много больше, чем плоти, но тем вернее это сравнение. В центре этой умозрительной системы (сознания) вновь вспыхнула Москва. Тогда, по убеждению Толстого, возникла не просто столица нового слова, современного русского языка, но образовался новый сакральный фокус, обеспечивающий этому языку свойства поверх-литературные.

В огне войны 1812 года Москва явилась как средоточие русского пространства, магнетического помещения русского сознания. Это появление Москвы не просто интересует, но целиком захватывает внимание Толстого. Он пишет именно такой ее портрет в романе «Война и мир». Отталкиваясь от краев, обведенных широким кругом (в двух точках на этой окружности мы его наблюдали), он движется в центральную точку «чертежа слова» и самого нашего сознания.

Нет ничего важнее этой точки, которая была поставлена в 1812 году; вокруг нее принялась наворачиваться страницами-слоями наша новая история.

●

Эта воображаемая Москва как будто бестелесна; как и эта круглая точка, поставленная посередине страницы – сколько в ней веса, какого она материального размера? Никакого, в ней нет веса, ее размер условен. Так же эфемерен материк слова, обстоящий Москву бумажными торосами. Он обезвешен; правда, без его невесомой добавки реальный русский материк куда-то исчезает, превращаясь в статистическую, голо-географическую евразийскую данность. Без этого условного бумажного покрывала России не существует. Материк слова превращает ее в нечто безусловно целое. В свою очередь это свойство целого придает нашей стране-странице Москва, точка тяжести в центре бумаги. Она в о ц е л я е т (исцеляет) ментальный русский материк. Такова ее способность, которая в иные моменты истории становится жизненно необходима России. Во времена Смуты и наполеоновского нашествия, когда начинают распадаться на линии и точки наши поверх-географические чертежи, когда вслед за этим как будто расходится на атомы народное сознание, является большой магнит Москвы и собирает вокруг себя русские опилки. Тогда невесомость этой точки в середине страницы оборачивается максимальной тяжестью, бестелесное делается телесным.

О плотности материала времени

1812 год *составляет принципиальный рубеж
в истории русского метафизического черчения. В известном
смысле само черчение слова (проектирование, загадывание
его будущего) заканчивается. «Оптика» уступает место
«физике»; не случайно именно в этот момент начинается
уход Карамзина, его постепенное отстранение, замыкание
в капсуле «Истории». Настоящее время подступило
слишком близко – так близко, что сожгло прежнюю Москву
дотла. В огне пожара погибла библиотека Карамзина;
не она одна: весь (не деревянный, но бумажный) город
исчез. Это была катастрофа в устройстве времени; наше
прошлое, удерживаемое в слове, стало быть, и в народной
памяти, было наполовину истреблено. Вместо этого нужно
было писать новую историю, которая уже не могла стать
повторением утраченной. Нет, России потребовалась новая
выдумка – и о прошлом, и о будущем, о времени вообще;
эта выдумка не замедлила явиться. Карамзин, не выдумщик,
но историк, неизбежно ушел в тень. Прямой опыт
выдумывания времени был для его научного сознания опасен.
Так место «оптики» в лаборатории русского слова заняла
«физика», новый поэтический опыт, начатый Жуковским
и продолженный далее Пушкиным. На мобилизацию
(оплотнение) Москвы такою же мобилизацией ответило
слово: таково было литературное следствие 1812 года.*

МОСКОВСКИЙ ОСТРЫЙ ЦИРКУЛЬ

То, что произошло с Москвой в 1812 году, невозможно рассмотреть и изложить в рамках одной темы. Одной точки зрения на это событие никогда не будет достаточно, как бы ни была она основательно и подробно аргументирована; это событие может быть представлено только в пересечении множества взглядов и суждений.

Извне, в контексте «пространственного» анализа, в этом множестве видится центральный, ключевой сюжет: это сюжет и с ч е з н о в е н и я - п о я в л е н и я Москвы.

Москва исчезла в огне пожара и затем явилась заново, наяву и в особом помещении русского сознания, где она вновь обнаружила себя духовной столицей России.

По сути, она обозначила себя как центр новой страны, которой прежде не было, — столь радикальным было изменение Москвы в 1812 году. После войны миру явилась не просто новая послепожарная Москва, но и новая Россия, которую в данном случае мы рассматриваем как «материк» современного слова. Тогда нарисовалась, точнее, прописала себя как terra nova, следующая земля, в пределах которой имеет силу особый (литературный) духовный пульс, слышимый от центра до арзамасских и донских границ.

Тут любые метафоры возможны, но вряд ли даже в своей сумме они передадут масштаб произошедшего.

Москва преобразилась целиком, внутренне и внешне; в результате она обрела статус сакрального центра, не одной только России, но одного из духовных полюсов Европы: масштаб произошедшей с ней метаморфозы значительно превосходил национальные рамки. Исчезнувшая в огне пожара Москва вернулась в Европу в качестве одного из ее ключевых (духовных) центров. Пространство Старого Света, общий его «чертеж» заметно изменились с появлением в Европе послепожарной Москвы.

Прусский король Фридрих, чье государство в течение наполеоновских войн само несколько раз появлялось и исчезало, после окончательной победы над Бонапартом приехал в Москву; он застал на ее месте пепелище, постепенно восстающее к новой жизни. Король встал на колени и поклонился обгорелым руинам и то же приказал сделать сыновьям, которые были с ним. *Смотрите,* сказал он им, *и помните: вот наша спасительница.*

Н и ч т о на месте города было для него святое место, положительно и прямо влияющее на все духовное пространство Европы.

*

На какой карте, в какой географической проекции можно уловить это исчезновение-появление Москвы?

Тогда явилась исследуемая нами «бумажная» страна. Исчезновение-появление Москвы ясно указало, что у этой страны есть центр. Ко всему прочему, это было «зеркальное» (оптическое) потрясение, факт с а м о о б н а р у ж е н и я русской столицы: после гибели в огне и возрождения Москва увидела себя со стороны. Она отчетливо осознала себя духовным центром страны, не столько прежней, древней Московии, но будущей страны, будущей России, готовой перейти в следующую (победную, спасительную?) эпоху.

Неизбежно эта новая страна, контуры которой впервые нарисовались в огне московского пожара, должна была обзавестись новым языком. Такого задания никто прямо не высказывал, напротив, потрясение 1812 года, казалось бы, отменило все отвлеченные задачи и оставило только вопросы выживания и спасения Москвы. Но на деле возвращение Москвы означало также и важнейший культурный переворот, обновление национального сознания — и языка.

*

Этот язык задавал себе ключевые онтологические вопросы, заново озвучивал «фокусные» сюжеты гибели и спасения — событийные, «вневременные» сюжеты — и отвечал на эти вопросы литературою.

Если вспомнить первые опыты языкотворца Карамзина, его жертву «Бедной Лизы» (1792), имеющую заслуженный статус первого литературного события современной отечественной словесности, и сравнить ее с тем, что произошло в Москве двадцать лет спустя, то можно увидеть, что та бумажная жертва оказалась своего рода репетицией жертвы куда более значительной — московского самосожжения 1812 года или — вселенской важности сакрального события, после которого поменялся статус собственно Москвы. В настоящем контексте опыты Карамзина можно трактовать как репетиции б у д у щ е г о языка, который после гибели и спасения Москвы в 1812 году стал языком н а с т о я щ и м.

Для этого, по мнению Карамзина, Москве прежде не хватало рефлексии, желания самообозрения, способности взглянуть на себя со стороны. Пожар 1812 года так ее осветил, что Москва наконец прозрела. Самосознание ее установилось единым огненным жестом.

Прозрение вышло жестокое; Москва была физически уничтожена; на языке вербальной оптики — прежняя Москва исчезла, как будто от одного чуждого взгляда на нее извне. Могло ли это пройти бесследно для нового слова? Не могло, разумеется; после войны, после самосожжения Москва уже не могла просто вернуться к прежнему бытию и прежнему языку. Она увидела себя в новом свете и неизбежно заговорила иначе.

Заговорила о своей гибели и спасении: вот тема сокровенного, бытийного предела, озвучивая которую, поневоле заговоришь на новом, «запредельном» языке.

*

Здесь обнаруживается идеальная площадка для Толстого: он в центре и одновременно на должном расстоянии во времени от совершившегося события. Он наблюдает Москву «в себе» и «вне себя». В результате его рефлексии мы получаем одну из самых интересных версий «оптического» и неизбежно грамматического преображения Москвы в 1812 году.

Все верно: Толстой — самый чувствительный индикатор московских перемен. Мы наблюдали, как своими арзамасским и астаповским потрясениями он обозначил пределы московского «материка». Но прежде того он нашел его центр во времени и пространстве. Он обнаружил главнейший московский фокус: самосожжение, жертву Москвы 1812 года.

Интересно то, что Толстой предлагает нам только версию того, что произошло с Москвой; но она настолько масштабна и точна в своей всеобъемлющей реконструкции, что мы, особо не задумываясь, по умолчанию принимаем ее за правду. Мы, бумажноголовые воспоминатели, смотрим на события тех лет через волшебные очки, «магический кристалл» Толстого.

Точнее, через его текст: тот текст, который согласно замыслу Толстого призван заменить собой мир.

В этом Толстой был великий мастер — в создании посредством слова гипнотически точной иллюзии мира, не просто равного миру настоящему, но превосходящего его по многим позициям. Позади страниц своих книг он поселяет иную, «правильную» московскую вселенную. И мы верим ему, живем сознанием в его вселенной, по ту сторону его страницы.

Это прямо относится к его описанию событий 1812 года: толстовский миф о них для нас важнее, целее, убедительнее, чем историческая правда (тем более что эта правда толком не собрана воедино, а существует фрагментами в общем рое толкований и версий).

*

В сравнении со статусом Карамзина, открывшего помещение нового слова (но не вошедшего в него наподобие библейского Моисея), Толстому необходимо присвоить статус окончательного оформителя Москвы как помещения этого слова — «Моисея наоборот».

Его роман-миф по крайней мере по претензиям мифотворца Толстого родствен основополагающему священному Пятикнижию. Он обустраивает пространство московской памяти; для московита его значение много больше, нежели литературный роман. Его имеет смысл разбирать построчно. Здесь это сделать невозможно, но достаточно указать на некоторые его малые детали, чтобы сделалось ясно, как осознанно и внимательно действует его автор. Он работает в пространстве нашей памяти, он сознает это, его строительные приемы уверенны и эффективны. Это о п т и ч е с к и е приемы, они нам незаметны, но оттого для нашего сознания они становятся вдвое эффективны. Москва по-толстовски рисуется в нашей памяти, сохраняется идеальным чертежом в наших бумажных головах. Тем более важно отслеживать и оценивать его волшебные оптические «мелочи».

К примеру, во всей первой, довоенной части романа «Война и мир», где часто речь идет о Москве и действие надолго в ней задерживается, самой Москвы н е в и д н о. Нет описаний города, нет внешних его примет — ни панорамы, ни домов, отдельно взятых, ни земли, ни неба, ни внешнего цвета. Все происходит где-то у Москвы за пазухой, в ее малых и тесных интерьерах, тайниках души.

Как-то раз я просмотрел всю «мирную» половину романа, первые два тома «Войны и мира». и нашел в них только два прямых упоминания о в и д и м о й довоенной Москве. Два незначительных, по сути, случайных замечания, в которых хоть как-то упомянут московский экстерьер.

Это настолько показательно в отношении Толстого как неравнодушного наблюдателя пространства, переменителя миров, что оба примера стоит привести дословно.

Первое наблюдение: Николай Ростов в канун 1807 года едет из армии домой[47] — известнейшая сцена рождественской встречи с домашними. Николай торопится, он весь в нетерпении; он хочет устроить домашним сюрприз, вернувшись домой на самое Рождество.

И начинаются оптические «фокусы». Ростов едет с Денисовым через Дорогомиловскую заставу (которая не упомянута, только сказано, что на ней были отмечены пропуска), через Москва-реку (нет реки), по Садовому кольцу на Поварскую (нет ни того, ни другого). Маршрут его «беспространствен», он только угадывается. Сам Ростов видит знакомые приметы — но мы их не видим, только слышим, как он говорит Денисову про Захара с лошадью и про лавочку, где они когда-то покупали пряники. Все это только в голове Николая, это только мысли его, продиктованные понятным нетерпением — *о, эти несносные улицы, лавки, калачи, фонари, извозчики*.

Мне не нужны эти косвенные узнавания Николая, мне нужно, чтобы Толстой сам взглянул на Москву и сказал: в ней видно то-то — заснеженная спящая застава, белая река с черными полыньями, узкие — или широкие? — улицы, нарядные дома. Где они? Ничего не видно.

Наконец гости подъезжают к дому; *над головой своей Ростов увидел знакомый карниз с отбитою штукатуркой, крыльцо, тротуарный столб*.

И все! Это все, что мы успеваем у в и д е т ь в Москве.

И даже тут Толстой не осмеливается прямо взглянуть на Москву: он смотрит на нее глазами Ростова и видит только то, что уже знакомо Ростову. Отбитую штукатурку и тро-

---

[47] Том II, часть I, глава I.

туарный столб. Как будто внешность Москвы заколдована и на нее нельзя смотреть прямо — только «через зеркало», глазами героя, глазами его памяти, которые также смотрят избирательно, отсеивая только то, что знакомо, что прежде не раз было увидено.

И вот вторая «находка», не менее первой показательная: мы в самом конце «мирной» половины книги, читаем последний абзац последней главы[48], в которой Пьер Безухов навещает Наташу Ростову, только приходящую в себя после разрыва с князем Андреем. Пьер успокаивает ее, прощается, выходит на морозный воздух (мороз невидим, зато сказано, что в нем десять градусов), садится в сани и направляется домой. И вдруг опять, в о в т о р о й р а з с н а ч а л а р о м а н а, является видимая Москва. *Над грязными, полутемными переулками, над черными крышами стояло темное, звездное небо.*

Все, дальше только про небо и комету!

Два обрывка из двух проходных фраз: это все, что упомянуто о *видимой* Москве. И каких обрывка! Карниз с отбитой штукатуркой, крыльцо, тротуарный столб, грязные полутемные переулки и черные крыши. Все, более ни слова. Десять слов на восьмистах страницах! При этом в первом случае Толстой прячется за Ростова, смотрит его глазами, во второй раз, только зацепив взглядом черные крыши, тут же поднимает взор (Пьера) к звездному небу.

В следующей фразе как будто указана разгадка столь намеренного невидения Москвы Толстым. *Пьер, только глядя на небо, не чувствовал оскорбительной низости всего земного в сравнении с высотою, на которой находилась его душа.* Вот в чем дело: душа его вознеслась после разговора с Наташей, когда, утешая ее, Пьер внезапно объяснился ей в любви. Вот что имеет своим основанием удивительное московское зрение Толстого, которое, оказывается, есть в Москве не просто зрение,

---

[48] Том II, часть V, глава II.

но наблюдение души. Поэтому ничего нельзя прямо видеть в Москве: потому что так может быть повреждено ее «невидимое» зрелище как идеальное помещение души.

Это не значит, что Толстой как писатель не склонен к прямому изображению мира в слове. «Оптический» прием Толстого, его сокровенное наблюдение действует только в Москве; только на Москву нельзя смотреть прямо, чтобы не спугнуть полет души. Весь остальной мир Толстой способен разглядывать подробно, во всех деталях. При этом — еще один удивительный закон толстовской «оптики» — чем дальше действие от Москвы, тем яснее взгляд Толстого. Лучше всего видна заграница, австрийский поход русской армии. Батальные сцены зарубежных кампаний полны реальных описаний, они ярко зримы и, словно специально по контрасту с Москвой, прописаны во всех подробностях. Как будто слово за границей прочно привязано к предмету (тут опять вспоминается «оптик» Карамзин), в Москве же, мирной, довоенной, ему крепиться не к чему — какое может быть крепление к душе?

*

Но заканчивается первая половина романа, заканчивается мирная жизнь. Европа — тот как раз предметный, внешний мир, видимый «сейчас», насквозь зримый, надвигается на Москву и постепенно поглощает ее. Видимое наступает на невидимое и так, на свету, поглощает прежнюю Москву. Не просто поглощает, но уничтожает: разрывает, разрезает покров ее души чуждым взглядом. И Толстой, еще раз отметим это — не сам, но вслед за Европой, вслед за вторгшимися в город французами, — наконец прозревает, открывает глаза на Москву. Огнем пожара она теперь ясно для него освещена: описания города делаются подробны и даже многословны. После десяти слов в первой половине романа являются целые главы, посвященные прямому зрелищу Москвы.

Вопрос: случайны ли эти контрасты? Полагаю, нет, хотя можно заподозрить, что заграничные военные главы первой половины романа писались Толстым отдельно, в другом настроении, потому и оказались так хорошо «видны». Роман собирался сложно, не последовательно, скорее аппликативно; написанные в разное время фрагменты «склеивались» один с другим (этим Толстой добивался удивительного пространственного эффекта: роман рос в разные стороны, словно он в самом деле был целый мир).

И все же столь демонстративную разность — закрытое, спящее око мирной Москвы и точно скальпелем разъятое с приходом войны — трудно признать случайной. Вопрос о наблюдении души здесь представляется принципиальным. Для Толстого событие 1812 года в Москве имеет сакральный подтекст. Не одно только физическое преображение совершается в Москве, но преображение духовное; оттого она возвращается в круг мировых христианских столиц.

Ее исчезновение-появление Толстой иллюстрирует прямо: Москва невидимая становится видимой. Это ли не осознанный «оптический» прием?

*

До пожара его Москва была темна, неразличима, только душа героя над нею высоко носилась — неприкосновенная, не данная в зрение (слову). С момента пожара Москва прозрела, различила сама себя и мир вокруг себя.

И стала — Рим.

Это явления духовной «оптики».

В очередной раз можно вспомнить Карамзина и его проекты пробуждения русского самосознания. Вместе с ним необходимо вспомнить и о сквозном сюжете перевода Библии на русский язык. Этот перевод тоже предполагал «прозрение» слова — в большем времени, *сейчас* с Христом. Это не синхронные, совпавшие одно с другим события, но разные стороны одного события, фиксирующие революционную перемену Москвы во времени. Москва «началась» заново — язык Карамзина, перевод Библии, евангельская жертва 1812 года: это не совпадения во времени, но свидетельства того, что в Москве пошло новое время. В ней началась новая эра[49]. Сюжет евангельской жертвы Москвы составляет содержание «оптического» сюжета исчезновения-появления. Она совершила подвиг, по сути своей христоподобный; с этого события начинается ее новая, «зрячая» эра.

Поэтому вокруг нее рисуется «материк» слова, земля в новом (христианском) времени.

*

Не рисуется — чертится, идеальной сферой.

Вот как очерчивает новое «пространство», сферу Москвы во времени Лев Толстой. Он в этом метафизическом черчении весьма скрупулезен. Толстой берет в руки «циркуль», находит необходимое архимедово мгновение, которое представляется ему центральным в романе «Война и мир», пронизывает его острием иглы и проводит ровный круг во времени, с равными временными промежутками истории — перед этим мгновением и после него. В результате этого точно рассчитанного действия ткань времени (в нашей памяти) ровно оборачивается вокруг центрального, фокусного мгно-

---

[49] Еще одно «совпадение» из того же ряда, разумеется, отмеченное Толстым. Бородинская жертва и самосожжение (жертва Москвы) в начале сентября 1812 года произошли ровно через 1500 лет после исторической победы Константина Великого (1 сентября 312 года), после которой была объявлена эра христианской свободы и переменен календарь. Тогда началось время Константинополя, теперь — время Москвы.

Въезд Наполеона в Москву *3 сентября 1812 года.*
Лубок, созданный, вероятнее всего, очевидцем события.
Здесь интересен не один пожар или детали Наполеоновой
процессии, но общая геометрия картинки. Квадрат
иноземного войска вторгается в Москву – и город, очень
плоский, как будто в самом деле вырезанный из бумаги и
поставленный вертикально, прогибается под напором
этого квадрата. Его бумажная стена сейчас будет смята.
Она уже загорелась – как же не загореться бумажной стене?
И за этой стеной – только огонь. Там нет и, похоже,
вовсе не было города, по крайней мере земного города.
Там было некое царство, постигаемое, наблюдаемое только
сердечным взором. Там было помещение души – теперь
вместо него разливается море огня. И вот вопрос: может ли
море огня стать новым помещением (московской) души?

О метеорологии души

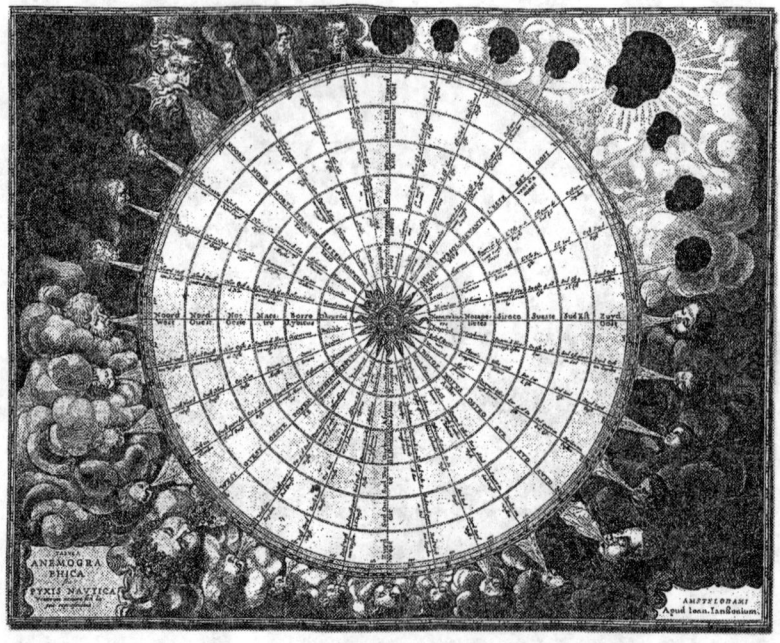

Еще одно помещение души; *по крайней мере
эту большую розу ветров («Морской атлас» Янссона, 1650)
легко принять за проект подобного сокровенного помещения.
Дуновения мыслей и иных душевных струений в Москве
должны распределяться именно так, по кругу. Ток этих
мыслей, ток времени обязан устремляться в самый ее центр.
Так будет очень по-московски – добавим: и по-толстовски.
Так же: извне – в центр направлен его взгляд. Толстой
смотрит на Москву 1812 года спустя пятьдесят лет после
революционного события, начала Нового времени, новой
христианской эпохи (как если бы «водная» столица, ледяная
звезда Москвы в огне пожара была крещена заново). Именно
такой вселенский размер события согласен принять Толстой.
Ему только необходимо в обеспечение этого идеального
чертежа так скомпоновать свой роман о времени, так
подобрать сюжетные линии и траектории движения
героев, чтобы они в должный момент сошлись в его фокус,
в тщательно выверенную середину романа: в точку кометы.*

вения романа. Это может показаться приемом слишком уж механическим. Но Толстой именно механистичен в осуществлении таких приемов. Он наполовину арифметик, нудный и несносный «немец», который первый страдает от своих дистиллированных расчетов, предшествующих у него свободному творчеству. Прежде чем начать свободно творить, музицировать, выводить мелодию текста, Толстому нужно подолгу заниматься «гаммами», композиционными упражнениями, для того, чтобы далее поверх чертежа возноситься в творческом порыве. Поэтому в своем предварительном черчении он намеренно, чрезмерно аккуратен, насильственно «арифметичен», поэтому он берет в руки циркуль и выводит во времени круг. Для удержания (в своей и нашей памяти) Москвы 1812 года ему нужен именно круг, сфера во времени, идеально сфокусированная. И потому он аккуратно и расчетливо, нацелясь своим оптическим инструментом в этот год, чертит вокруг него основополагающий московский круг.

Где же входит игла его «циркуля», в какое мгновение (романного) времени? Где центр толстовского времени, где новое начало Москвы? На это ответить просто — так же просто, как Толстому навести свой идеальный чертеж. В то самое, уже упомянутое, мгновение, когда после внезапного — точечного, именно мгновенного — объяснения в любви с Наташей Пьер Безухов выходит из дома на мороз, смотрит в небо, где, как мы помним, широко развернута его душа, и видит, что в небе, в самом центре его души, сквозит огненное отверстие кометы.

Вот оно, это небесное отверстие, куда вдевает иглу своего «циркуля» Лев Толстой. Это место, это фокусное мгновение находится в «оптическом» центре романа. От начала романа до этого мгновения проходит семь лет и после него пройдет еще семь лет до его окончания, эпилога.

Так работает «оптик» московской души Толстой: он обводит душу (Москву) «циркулем» своего слова.

Это не игра, не упражнения чистой геометрии. Нет: так Толстой собирает, стягивает, «упаковывает» время. Ему нужно собрать в целое пространство романного времени — в круг, с тем чтобы положить этот идеальный круг в историю и так увидеть историю, *увидеть время*. Различить как полную сумму закономерностей, уравновешивающих прошлое и будущее относительно центральной (кометой в небе) точки.

Нет, это не механика. Это м н е м о т е х н и к а — управление своей памятью, художественное и потому убедительное, «архитектурное» оформление своей памяти. В памяти Пьера центральное мгновение его жизни — это счастливое объяснение в любви Наташе. Пьер так помнит свою жизнь, так он вспоминает ее в эпилоге романа[50].

И вместе с Пьером, благодаря этому «механическому» черчению Толстого, мы в с п о м и н а е м этот роман — целиком, округлой сферой, и тем удерживаем эту московскую сферу в своей памяти и своей душе.

Эта сфера памяти, это пространство души и есть Москва. Она у Толстого идеально симметрична (одинаково развернута вокруг центральной точки, куда продета игла его «циркуля») и уложена на сакральное основание события 1812 года.

Москва на чертеже Толстого строится наилучшим, узнаваемым образом: концентрически и центроустремленно. Она и наяву такова, и это не случайное совпадение, но следствие общего геометрического закона: в ней все стремится к центру, к царской точке, к Кремлю.

Очерчивая Москву по циркулю, Толстой демонстративно, показательно «фокусничает».

---

[50] Развернутое рассуждение об этом мнемофокусе
я опубликовал в журнале «Октябрь», № 10, 2004,
эссе *Пьер переполнен (Первая глава)*.
В нем механика воспоминания Пьера о жизни
как о состоявшемся романе разобрана
по возможности подробно.

*

Нас интересует оптика языка: вот лучший опыт применения этой оптики. Линзою своего романа Толстой — второй Моисей (после первого, Карамзина, предваряющего московское событие) — обратным ходом собирает нашу память о событии 1812 года: показательно концентрически.

Такова его идеальная космогония Москвы.

Персонажи его «библейского», время-оформляющего романа, или романа-мифа, в который должно веровать, а не искать в нем точного исторического свидетельства, начиная с Пьера («апостола» Петра, основателя новой московской «церкви», о ц и р к у л е н н о й вокруг его объяснения в любви) выстраиваются перед нами показательной галереей. Здесь уместен даже Долохов (он же, мы помним, двоюродный дядя автора, Федор Толстой). Почему, кстати, «даже»? Именно в таком контексте Долохов в полной мере становится уместен. Это бес, испытатель материала времени. Точно канатоходец он пляшет на струне времени, качается между жизнью и смертью, бытием и небытием: на карнизе с бутылкой рома, на тонкой линии фронта, на льду пруда во время Аустерлицкого сражения, всегда, везде — и всегда и везде остается жив. Он витально сосредоточен и потому пребывает как будто вне времени: время над ним не властно. В той з а м е н я ю щ е й и с т о р и ю мистерии, которой при внимательном рассмотрении предстает роман «Война и мир», такой противуисторический, перечеркивающий, превращающий время в точку персонаж совершенно необходим.

В этом романе-мифе все встают на свои места, в первую очередь богородицеподобная Мария Болконская и с нею рядом русская Афродита — Наташа, самое Москва, которой в событие 1812 года судьба преобразиться, креститься заново.

Тут все сходится — и сходится вокруг фокуса слова (о душе).

Толстой, глядя на Москву, учится мыслить и смотреть словом. Язык, который он при этом обретает, Толстой полагает христианским, которым успешно отгораживает себя от смерти, — пока не добирается до Арзамаса и Астапова.

С 1812 года для него — для всех нас, уверовавших в толстовское слово (как не уверовать разом в Марию и Афродиту?) — начинается новое царство: не *государство*, но *царство* такого как раз, спасительного, огораживающего душу языка. Это важное уточнение; оно так же важно, как метаморфоза Николая Карамзина, в свое время отказавшегося от равнопросвещенных немецких стереометрий будущего языка в пользу его московского — концентрического, «фокусного» устройства.

*

На фоне этих чертежей (здесь это слово можно уверенно писать без кавычек) пожар Москвы, ее исчезновение-появление в 1812 году делаются «оптически» понятны — видны, хорошо различимы в пространстве нашей памяти. Вот что видно прежде всего: с этого события начинается новая московская эра, начинается с жертвы, когда является не столько «сейчас Христос», сколько «сейчас Москва». Москва пускает себя во время, где она всякое мгновение будет в центре, всегда будет «сейчас Москва».

И это, с точки зрения толстовской метафизики, которой мы верим читательски «слепо», составляет центр, суть события 1812 года.

Вокруг него, сходясь к нему и от него расходясь, пишутся и читаются тысячи сюжетов этого года. Война, приход французов, внутренние политические и личные потрясения, гибельные переломы и игра судеб, стотысячные жертвы (в один бородинский день), сокрушительный, инфернальный пожар Москвы, уход французов — все это у Толстого нанизывается на иглу московского острого циркуля, что чертит в нашем сознании фигуру Нового времени. Тогда оно явилось Москве, рецептору русского сознания, «глазу», который прежде был закрыт и теперь открылся. Теперь все, что мы помним о 1812 годе, должно быть уложено в эту фигуру, нанизано на ось центрального события: начала христианского (в понимании Толстого), н а с т о я щ е г о времени в Москве.

*

Следует заметить, что подобное промосковское толкование событий 1812 года Львом Толстым понравилось в момент выхода его романа далеко не всем. Роман выходил выпусками, под разными названиями, при этом сразу привлек внимание, в том числе критическое. Середина 60-х годов: тогда еще были живы участники Отечественной войны; некоторые из них оспорили историческую и философскую концепции толстовского романа.

Первым критиком выступил Петр Вяземский — бывший «арзамасец», прямой последователь Карамзина, один из самых горячих его сторонников. Он жестоко раскритиковал «Войну и мир», в первую очередь за «пространственные» искажения истории. Россия и Европа, согласно его мнению, не противостояли друг другу в начале века; никакой фатальной несводимости двух этих миров не было и быть не могло (у Толстого тезис о несводимости Москвы и Европы центральный — затем и нужна была ему эта автономная, идеально закругленная московская сфера). Напротив, сутью события было для Вяземского объединение России и Европы — в Париже, в 1814 году, в момент победного окончания войны. Вяземский был в тот момент в Париже, свидетельствовал о триумфе объединения России и Европы, и это (а вовсе не точка кометы в московских ночных небесах) был для него момент истины, опорная точка, от которой нужно отсчитывать расстояния и относительно которой оценивать трактовки исторических событий той эпохи.

Не один Вяземский возражал на метафизику «Войны и мира»; но его критика была наиболее основательна — он диагностировал принципиальную («оптическую») ошибку Толстого.

Но что нам за дело до критики Вяземского, будь она трижды справедлива? Вслед за Толстым мы погрузились в другую историю 1812 года, более чем настоящую. Мы приняли его «евангельский» миф; с того момента правда о той эпохе стала необременительным дополнением к свидетельству новой русской веры.

Вера важнее правды, она включает ее в свое большее (внутреннее) пространство — или исключает, в том случае, если правда о 1812 годе противоречит тому, что мы принимаем на веру.

Такова чудная пластика нового московского языка, его оптика, берущая верх над оптикой «простого» очевидца событий Вяземского. Она куда эффективнее в пространстве нашей памяти — она задает параметры этого воспоминаемого пространства, формирует нашу память и сознание.

*

Вяземский стремится связать Москву с Европой, вовлечь ее в общее (большее) с Европой пространство. Он хочет, в нашем понимании, г е о г р а ф и з и р о в а т ь ее. Толстой, напротив, стремится вывести Москву из, по его мнению, мертвящего куба европейской стереометрии. Он различает, разлучает Москву и Европу.

На его стороне слово; это способствует его победе — не только потому, что он писатель много больший, чем Вяземский. Нет: не один Толстой, но сам наш язык, наше сознание ищут автономии от европейских координат. Современному русскому слову нужны самодостаточные грамматические и содержательные, квазипространственные приемы.

Вяземский хочет географизировать Москву буквально, поместить ее на европейской карте, на которой центр событий в Париже, в 1814 году. Толстой настаивает на приоритете духовной географии, в понятиях которой центр — в Москве, в 1812 году.

И его, Толстого, концепция делается для Москвы совершенно убедительна. Москва у Толстого — в два приема, из первой половины романа во вторую — открывается в мир. В собственный, «сингулярный», где она — «Христос». Столкнувшись с внешним, чуждым миром, его отторгнув, самоуничтожившись, она возрождается вновь — в мире, созданном по ее подобию (согласно ее «циркулярному» сознанию). Такова прозревшая Москва, увидевшая мир и себя в нем, и после того — мир в себе, себя как мир. После этого Москва неизбежно, не у Толстого, а наяву, в истории, о т г о р а ж и в а е т с я от Европы сеткой собственных духовных координат.

Это говорит о совершившемся в тот момент реальном, революционном перевороте русского сознания. Он состоялся, и это не прихоть Толстого, так диагностирующего события задним числом: русское сознание в огне пожара 12-го года было решительно оциркулено, «омосковлено».

Интересно то, что первые русские писатели, начиная с Карамзина, уже производили это «омосковление» словом читательского сознания, и среди них был Вяземский, — и вот он после выхода толстовского «библейского» романа возражает против «омосковления», некогда им же производимого.

Теперь этот Вяземский возражает против того себя; его положение противоречиво. Толстой же, очертив круг собственно московской вселенной, пребывающей в круге автономного (не текущего, но пульсирующего) времени, обороняется от всякого противоречия. Он не возражает ни против себя, ни против Москвы, потому и воцаряется в памяти Москвы и нашей памяти, выставляет фильтр, мимо которого мы не можем взглянуть в нашу историю.

*

Такова гравитация толстовского потустраничного «пространства». Наше представление о Москве 1812 года, самый образ ее, пребывающий в наших читательских головах, формируются в условиях этой сильнейшей гравитации. Она победительна (потому уже, что Толстой, порой против исторической логики, постоянно говорит о победе Москвы), она художественна и потому тем более убедительна.

Как писать о Москве, сознавая действие этой художественной гравитации и могучего толстовского фильтра, отсеивающего все, что не работает на победу Москвы в 1812 году? Что такое Москва 1812 года и просто Москва без этого чудного фильтра? Как вообразить себе эту за-толстовскую, забытую, «ненастоящую» Москву?

Что происходило с ней на открытом историческом «пространстве»? Наверное, фактически с нею происходило примерно то же, о чем пишет Толстой: он не идет против фактов, он честен, только придает этим фактам должный, по его мнению, смысл. Различие в склонностях, в оценках, в знаке, «минусе» или «плюсе», который готовы выставить тому или иному факту Толстой и его оппоненты.

К примеру, если говорить о склонностях Москвы, то в его понимании она после события 1812 года была более расположена к покою, нежели к движению. Возвращение ее к жизни Толстой описывает как простой и вместе с тем сокровенный внутренний процесс. Русские люди всякого сословия и состояния возвращаются в Москву и вместе с ней оживают. Вспоминают о любви, как внезапно и счастливо о ней вспоминает Пьер. С этим его сердцебиением восстанавливается работа большого московского «сердца». Наоборот — с восстановлением сердцебиения Москвы оживает Пьер.

Так Толстой и после 1812 года продолжает смотреть «внутрь» Москвы, посвящая этому все свое внимание.

Но только ли «вовнутрь» тогда жила Москва? Тут есть о чем спорить, по крайней мере предполагать другие векторы, варианты ее бытия, и тем самым выходить за пределы устойчивого центростремительного образа Москвы. Если воспользоваться языком настоящего исследования, Москва после пожара 1812 года не только сжималась, не только сосредотачивалась на себе самой и своем сокровенном сердцебиении, но и разжималась, возрастала, жила «вовне». Она вовсе не склонялась тогда к покою, но, напротив, более или менее успешно п у т е ш е с т в о в а л а.

Русское войско отправилось за границу, где успешно добивало Наполеона еще два года, — разве это не путешествие Москвы? Зрячее, осмысленное, победительное. Но все это совершается как бы «мимо» Толстого, вне его романа. В его «библейском» тексте мы не видим путешествующей Москвы, как не видим ее «запредельной» и победной европейской войны. С перископом толстовского слова мы можем выглядывать в Австрию и далее от Москвы — но только *до* 1812 года и притом с определенной целью: предъявить зрелище воюющей Европы, которое в скором будущем распространится и на Россию. Это зрелище смертельно опасно для Москвы (прежней, невидимой, запрещенной к видению). Это страшное зрелище является во второй половине романа и уничтожает прежнюю Москву. И более не нужно этого зрелища, поэтому *после* 1812 года взгляд Толстого не направляется в Европу. Там, в Европе, совершается «лишняя», чужая война, которой не место в романе Толстого, обнаружившего в послепожарной Москве рай, покой и ненужность никакого внешнего движения.

Замечательный эпизод в конце романа, вернее — слова Пьера, ожившего в Москве после нового свидания с Наташей. Дела зовут его в Петербург, он собирается в дорогу, но что-то не пускает его в Петербург, вовне Москвы (понятно что: Наташа), и все же он хлопочет несколько дней, собираясь в Петербург. Но вот в один прекрасный — истинно прекрасный — день он просыпается и ясно понимает, что никуда двигаться не нужно. Все, что ему нужно — оставаться в Москве, с Наташей. Слуга Савельич напоминает ему, что нужно укладывать вещи в дорогу. (Ту именно, несостоявшуюся пушкинскую дорогу, «Путешествие из Москвы в Петербург».)

Как в Петербург? Что такое Петербург? Кто в Петербурге? — в недоумении спрашивает себя Пьер и уже готов себе ответить: никак, ничто и никто теперь в Петербурге. Все в Москве, и незачем ехать из нее. И он откладывает отъезд в н и к у д а и радуется этому как малое дитя. Радуется с ним слуга Савельич, радуется до слез сам Толстой, наблюдая эту сцену сквозь бумагу, и еще дописывает к ней особые московские слова, как всегда дописывает их, когда ему нужно еще и еще раз высказать некую важную задушевную мысль. Пьер смотрит на улыбку Савельича и думает: *Как странно, что он не знает, что теперь нет никакого Петербурга.*

Нет этого ненужного, лишнего «вовне», есть только Москва или рай на земле — зачем же уходить из рая?

Что бы, спрашивается, Толстому не довести повествование до Парижа? Отец его, кстати, воевал в Европе, участвовал в битве под Лейпцигом. Где битва под Лейпцигом? Все загородило Бородино.

Нет, невозможно увидеть эту лейпцигскую битву, которая еще дальше «ненужного» Петербурга, потому что душа Пьера отыскала земной рай и ток нашей памяти теперь перманентно устремлен к Москве. Продолжение войны за рубежом не помещается в самофокусирующийся круг памяти Пьера. Не только Пьера — он только указатель, вектор, по которому стремится наша память — нет, это наша общая память, Толстого и нас с вами: она устремлена в этот круг самодостаточного московского времени.

Кутузов, еще один тонкий толстовский «индикатор» умер в 1813 году, только шагнув за границу России; у него уже не было сил идти против московского течения времени.

*

Что определяло (определяет и теперь) эту гравитацию нашей памяти, работающей согласно указанному московскому течению времени? Слово, новое слово, в тот момент резко потяжелевшее. Слово-фокус — притягательное, убедительное слово нового литературного языка задало эту общую тенденцию омосковления русского сознания, приведшего к настоящему моменту к истинным чудесам нашего исторического «видения», когда мы отчетливо наблюдаем невидимое и не различаем очевидного.

Нет, это неточно, этого мало — это только стороннее сравнение, к тому же «мертвое»: тут нельзя ограничиться одной «физической» тяжестью слова. Духовное преображение Москвы, «евангелизация» ее события 1812 года Толстым привели к тому, что слово ее нового языка не столько потяжелело, сколько о ж и л о.

Не тяжелое, но «Я–слово» родилось в Москве в эти годы. 1812 год стал апофеозом этого явления; «библейский» роман Толстого спустя полвека окончательно оформил первенство этого нового слова в духовном строении России.

Толстовские идеальные чертежи, аккуратные круги во времени и выверенные фокусы-центры воспоминаний — сначала героя, Пьера, о прожитой жизни, а затем и наши о романе — означают «техническое» (композиционное) обеспечение главного сюжета — одушевления Москвы в слове. Только в слове! Не только потому, что слово, произнесенное или написанное задним числом, достаточно пластично, чтобы с его помощью исказить историю, наложить на нее должный фильтр. Нет, вовсе не поэтому, тем более что Толстой не искажает историю. Он пишет верную панораму чувств, перед тем рассчитав ее чертеж; чертежи сопровождают чувства, компонуют их так, чтобы мы ничего не пропустили в Москве, — не как городе, но в «Я–Москве», как помещении души.

Следует признать: его расчеты были верны. Расчеты, устремленные не в прошлое, но в будущее: прошлое уже состоялось, нет смысла забрасывать его словами. Слова должны лететь в будущее, к нам с вами, слова-гранаты, слова-пилюли, содержащие порции неизменяемого московского времени. Толстовское слово непеременимо — слово, сообщающее нам о духовном подвиге Москвы. В слове жива Москва.

Такая живая «Я–Москва» после гениальной толстовской обработки помещается в центре нашей памяти и нашего сознания — в оболочке слова. Он замкнул ее своим волшебным циркулем и тем спас от сквозняка времени.

Далее эта спасенная Москва законным образом воцаряется посреди литературной страны-страницы; литературному материку только остается прирасти к ней.

Он и прирос, составился необъятным целым.

Он столь же невидим, этот материк сознания, сколько реален для наших тонких, поверх-материальных чувств. Он похож и не похож на географическую карту России; его совпадение и расхождение с ней драматичны и оттого еще более реальны. Путешествие по такому материку — и вместе по карте России, — различение на карте невидимых границ, фокусировка его центра суть реальные и результативные действия в пространстве нашей памяти, нашего сознания.

Это н а с т о я щ и е (московские, литературные) путешествия.

Но так же как комфортно и легко нашей памяти следовать по гладко раскатанной (словом) бумажной стране, так же трудно и, наверное, некомфортно останавливаться в этом легком беге и заглядывать за край карты — не на запад или восток, а под нее, туда, где спрятано тело страны «до слова». Еще страннее и непривычнее воображать, что там, «до слова», может быть обнаружено пространство большее, нежели то воображаемое литературное помещение, что сейчас объемлет наше сознание. Неужели там больше воздуху (для сознания и слова), чем здесь, на поверхности страницы?

Это нетрудно вообразить: там, полузабытый, помещается мир, столь пестрый и полный, что в свое время произвел на свет роман «Война и мир». Роман-мир, в пределах которого — между страниц которого! — мы теперь пребываем. Насколько больше был тот (пушкинский) мир, в котором родился Толстой? «Стереометрический», ненужный вопрос. Игра умозрения. И все же, даже играя, трудно отделаться от мысли, что пушкинский перекресток, поколением спустя обведенный по циркулю Толстым, был хотя бы потенциально открыт в большее время. Просто — открыт: для нового, следующего языка, который не состоялся, от которого нам осталась только проекция, необъятная страна-страница.

●

Задачей Толстого, *которой он особо не скрывает, стоит только внимательно прочитать эпилог «Войны и мира», является не сама по себе игра в квадраты и круги, не только метафизическая диагностика (европейский, квадратный и бездушный* п о р я д о к *вторгается в сферу московской души), но синтез новой истории Европы и России. Он фокусирует нашу память словом. редактирует прошлое, пишет «круглую» историю взамен дискредитировавшей себя линеарной концепции истории. Эта прежняя концепция была опрокинута в 1812 году; тогда сошлись две истории, разно направленные и расчерченные. Их воюющая сумма не могла быть изложена (тем более осмыслена) как простая последовательность фактов. Нужно было выдумать иного размера помещене времени, применить другой принцип исторического монтажа, который смог бы свести воедино эту несводимую пару. Впервые эта мысль пришла Толстому во время Севастопольской войны, когда он воочию наблюдал столкновение русского и европейского миров, закончившееся катастрофой первого и «пространственной» победой второго. Тогда ему явилась мысль о написании новой истории.*

Мальчик в кубе

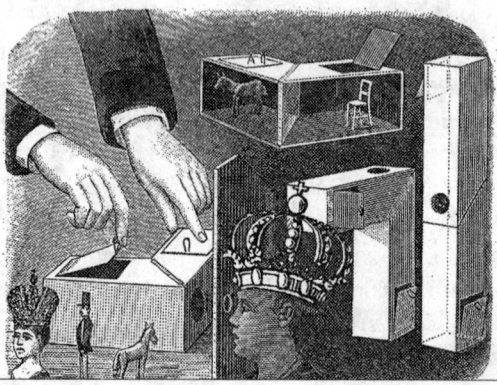

Оптика сознания Александра I *ни в коем случае
не может быть признана московской. В известной мере она
составляет ей противоположность. Нужно только отличить
собственные, очень индивидуальные представления Александра
о пространстве (их разбору посвящен следующий «зеркальный»
очерк) от того классического петербургского представления,
которое мы принимаем по умолчанию: пространство есть
идеальное трехмерие, точно расчисляемое по трем осям:
«икс», «игрек» и «зет». В чем-то они безусловно совпадают,
Александрово и петербургское пространства, но все же они
внутренне разны. Эту разницу и необходимо проследить.
Несовпадение идеального чертежа и идеального царя (пусть
будет так в качестве исходного предположения) породило
множество аберраций, искривлений, смещений и накладок
в позднейшем восприятии событий этой эпохи. Александр –
самый бликующий, видимо-невидимый ее персонаж. Также
и слово, передающее на свой лад его царские блики, добавляет
игры. Александр постоянно привлекает внимание литераторов
и мемуаристов, однако редко появляется у них в качестве
главного героя. Скорее, он дает толчок многим попутным
словесным фантазиям. В этом смысле он активный участник
литературной игры эпохи – невидимый, неуловимый. Его
присутствие-отсутствие на перекрестке XVIII–XIX веков
сообщает ситуации новые «оптические» свойства.*

ЗЕРКАЛО И АЛЕКСАНДР

Необходимо отвлечься от Москвы и вернуться во «внешнее» пространство, иначе сюжетное притяжение московского фокуса, дополненное магнетическим обаянием Толстого, привычным образом поглотит наше внимание целиком.

Необходимо, всей душой помещаясь в Москве (как может быть иначе, если она — «помещение души»?), всякую минуту стараться видеть Москву извне, сохранять ее в пространстве умозрения.

Здесь, во внешнем — вне-московском — пространстве, всё на первый взгляд просто: в начале века им безраздельно правит Александр I. Его фигура предстает определенного рода модулем эпохи, каковым и положено быть русскому царю. По нему выравниваются все «чертежи», в первую очередь ментальные: он не просто образец для подражания, он, в сознании подданных, представляет Россию миру и небу (последнее особенно важно).

Однако в этом как раз вопросе — представительстве, не столько внешнем, сколько сокровенном, духовном — мы наблюдаем наибольшие противоречия в портрете Александра. Его поведение, как принято писать, загадочно, непоследовательно, раздвоено. Александр, по общему мнению, был в свое время самый «на виду» и одновременно самый п р я - ч у щ и й с я человек, то есть — уходящий из пространства, в котором он должен был представительствовать за Россию, служить образцом русского «черченого» человека.

Это история о русских прятках, забаве весьма своеобразной: *бегстве из пространства во время*. Такое трудно себе вообразить въяве — что это еще за побег? Нет ли тут игры слов? Нет; эта история именно о том, что такое бегство возможно.

*

Итак, прятки Александра I: вот сюжет, который необходимо хотя бы в общих чертах разобрать при составлении «стереометрического» портрета человека его эпохи.

Игра в прятки Александру была свойственна изначально. Причину найти нетрудно (их определяли во множестве); стоит назвать самую первую, которой, может статься, окажется достаточно — самую простую, «детскую» причину пряток.

Александра с младенчества слишком много выставляли напоказ. Вот и все, этого может оказаться достаточно, разумеется, при том условии, если разобрать, отчего его выставляли, точно на витрину, что такое эта царская витрина? Насколько серьезно эта постановка может сказаться на человеке (выставочном экспонате?) в дальнейшем, на протяжении всей его жизни. Если как следует в этом разобраться, в самом деле может выйти так, что вся загадочная, полная тайн и умолчаний жизнь Александра I расшифруется «по-детски» просто.

Все пишут о привычной легкости его поведения на публике: он чувствовал себя непринужденно, находясь постоянно в центре общего внимания. Но как достались ему эти легкость и непринужденность?

Это заметки о пространстве; среди прочих его свойств есть агрессия.

Можно предположить, что для младенца оно именно агрессивно. Он не просится на свет из материнской утробы, плачет, едва познакомившись с реальностью.

Есть целые направления психологии, особенно те, что имеют касательство к традиционным верованиям, древним и новым мифам, которые толкуют состояние младенца в утробе матери как некое идеальное райское положение, разумеется, им не сознаваемое, но закладываемое ему в будущее сознание в качестве определенного образца. Кто-то идет дальше, полагая, что некое особое сознание все же ему дано, притом это такое удивительное сознание, которое можно назвать все-знанием, которым младенец владеет потому, что слит с миром, не отчленен от него и все, что сознает этот мир, сознает и он. Есть легенды большей или меньшей красоты и убедительности, подтверждаемые к тому же массой индивидуальных свидетельств («я помню, как до рождения был абсолютно счастлив», «я помню свет» и проч.), о том как всезнающий младенец, явившись на свет, мгновенно забывает свое внутриутробное знание или не успевает его сообщить, оттого что ангел касается крылом его губ... тут мое доверие подобным свидетельствам заканчивается; но истории в самом деле красивые: это так похоже на то, как по утрам мы забываем сны. Наверное, младенец испытывает подобие драмы, ввиду одной только кровавой и болезненной драмы появления на свет. Он испытывает боль, его привычное состояние фатальным образом переменяется, он плачет.

Одно не вызывает сомнения: мать для младенца — наилучшее «помещение для пряток».

*

Александра отняли у матери с момента рождения. Первое, чего он лишился в жизни — материнской, естественной защиты от агрессивного внешнего пространства.

Бабка, императрица Екатерина, забрала его у матери с первой минуты пребывания на белом свете.

Причина была внешней, «царской», стало быть, это действие не могло быть исправлено; оно было абсолютно фатально. Екатерина сделала с его матерью то же, что с самой Екатериной проделала в свое время предыдущая императрица, Елизавета. Елизавета отняла у Екатерины Павла — Екатерина, в свою очередь, отняла у своей невестки Александра.

При этом Екатерина как будто сыграла во «все наоборот»: у нее, немки, когда-то отняли сына и воспитали на русский дедовский манер. Теперь она сама забрала внука, разлучила его с матерью и стала воспитывать подчеркнуто по-немецки, согласно новейшим педагогическим теориям, поступая всякий раз противоположно тому, как растили Павла.

При этом одинаково было то, что ребенок в том и другом случае рос без матери.

Игру во «все наоборот» с воспитанием Александра отмечают все мемуаристы — что стоит за этой игрой и что в ней может быть интересно для нашего «оптического» исследования?

Все, вплоть до мелочей.

К примеру, Павла растили в люльке, обкладывая собольими мехами, кутая так, что младенец едва мог дохнуть свежего воздуха. Он вырос чахлым и болезненным, неспособным справиться с малой простудой.

Александр вырос в прохладе — особенно следили за тем, чтобы у него не были закутаны ноги.

Вот что важно: он спал не в люльке, но на железной кроватке, все четыре ноги которой прочно стояли на полу; постель была плоской и едва упругой. Александр вырос здоров и подвижен; его босые ноги хорошо запомнили твердую землю (лакированный, во всю ширину залы ровно настланный паркет). Он вырос в жестком, идеально разлинованном «немецком» пространстве.

В кубе.

Это то, что нам нужно. Куб и люлька, как противоположные по способу воздействия пространственно-педагогические модули. Это только звучит сложно, но на самом деле тут все просто. С другой стороны, как это часто бывает, история, которая так просто начинается, может развернуться в дальнейшем многообразно и драматически сложно.

*

Люлька помещает младенца в сферу; он не просто качается — он движется по внутренней поверхности сферы. Мир
для него есть шар, имеющий одну твердую точку: крюк, на
котором висит люлька. Нам не разобрать, что приходит в
голову младенцу, растущему в люльке; можно только предположить, что привычным для него оказывается в итоге
мир монополярный, «царский», в котором твердо и надеж-
но что-то одно, в котором есть один центр существования и
нужно только занять в этом мире место этого центра. Московский мир.

Стать царем, стать таким «Я», от которого остальной мир
откладывается зависимыми, вторичными проекциями: вот
что нашептывает младенцу Павлу дедовская русская люлька.
Она растит царя, то есть в данном случае — солипсиста, супо-
стата, деспота, не принимающего и не понимающего никакого
другого мнения, как только своего. Разумеется, это колдовское действие люльки имеет силу лишь в том случае, если в
самом деле в ней растет царский сын: мир вокруг него и далее
остается достаточно пластичен, чтобы сохранять у царевича
ощущение «бытия в люльке».

И вот вырастает царский сын, Павел: хилый, нервный
и вместе с тем уверенный, что мир должен вращаться вокруг него, — и попадает в ситуацию безвластия, когда мать-
императрица, у которой его отобрали, ненавидит и боится
его как законного наследника (сама она правит незаконно,
потому что убила отца его). Мать, Екатерина, боится и потому отнимает у Павла всякую возможность власти. И тогда,
расщепленный этой ситуацией, когда за ним право центра,
юридическое и т е л е с н о е, присвоенное ему матрицей-
люлькой, а он лишен этого права, он обесцентрен — русский
царь неизбежно вырастает эксцентриком, не просто супоста-
том, но психопатом, ежесекундно меняющим свое мнение,

смешным и страшным одновременно, которого милость и немилость одинаково пугают подданных, и остается только дождаться, когда обстоятельства судьбы, болезнь или заговор уберут его с трона. Он это понимает и оттого делается вдвое страшен и эксцентричен. В этом случае вырастает (встает из люльки) хорошо нам знакомый император Павел I.

В свою очередь его сын, «мальчик в кубе», Александр, растет согласно противоположному сюжету. Его обстоит прочное, надежное пространство. Тот, кто хочет увидеть воплощение этого пространства воочию, может посмотреть в музее на кроватку Александра, которую, согласно легенде, ему подарили тульские мастера. Это классическое сооружение (под словом «классическое» подразумевается все тот же идеальный кубический порядок) — триумфальная, только не арка, но колыбель, украшенная кованым золоченым карнизом. Это в самом деле куб, только прозрачный; кстати, в нем есть колыбель — съемное устройство, подвешенное к п о т о л к у к р о в а т и (хорошее сочетание слов), более похожее на часть какого-то вращательного механизма; такую люльку положено качать роботу. Но Александр в этой механической люльке вовсе не качался: кровать подарили, когда ему исполнилось полтора года. Люльку для робота сняли, и царевич лег на плоскость постели — твердый, почти несминаемый кожаный матрасик.

Так и есть, он растет в кубе; воплощенный порядок для него ровно распространен во все стороны света — о том, чтобы все вокруг было в порядке, позаботится педантичная бабушка-немка. Мир, его обстоящий, не подвешен на один крюк, не зависит в своем устройстве от одной точки (от воли одного человека), и потому нет т е л е с н о й — несознаваемой, абсолютной — надобности в овладении этой центральной точкой. Мальчик, растущий в кубе, заведомо не столько царь, не столько монархист, сколько своего рода республиканец, — правда, такой республиканец, которому не входит в голову, что для поддержания окружающего «кубического» порядка необходимо совершать постоянные и неустанные усилия: все и так стоит как надо.

При этом бабушкино «как надо» имеет свою изнанку — не так-то и комфортно пространство, идеальному обустройству которого все вокруг посвящено. Если разобраться, изначально это пространство ужасно, потому что в первую очередь ужасно и неверно то, что ребенка отняли у матери и не дали ему привыкнуть к опасному внешнему пространству, но сразу поместили его, как в аквариум, в к л е т к у п р о с т р а н с т в а, да еще и выставили в этой клетке, точно зверя, всем напоказ. И еще: он никакой не республиканец, этот мальчик в кубе — он русский царевич. Ему должно, хочет он этого или нет, встать в центр бытия, повиснуть на царском «крюке» и следить за тем, чтобы все вокруг совершалось согласно его монаршей воле, независимо от того, есть у него эта воля или нет.

Александр растет в раздвоении, принципиально отличном от того, в котором рос его отец. У него все идеально устроено снаружи, внутри же — а что у него внутри? Неизвестно.

*

И вот он научается играть в прятки, сам, без матери, сначала неосознанно, затем осознанно — последовательно, понемецки педантично, обнаруживая упорство и волю, которую трудно угадать за его ангельской наружностью, и в итоге достигает в искусстве прятки выдающегося успеха, чем пользуется затем всю свою жизнь. Он зарабатывает в мире прозвище Северный Сфинкс, оттого что никто не может угадать его реальных намерений, начинает и отменяет реформы, побеждает Наполеона, управляет империей, но на деле, стоит только приглядеться к нему повнимательнее, скоро становится ясно, что он не столько правит, сколько заворачивается все плотнее в свои царские одежды. С каждым днем, с каждым годом Александр делается все менее виден, пока не исчезает окончательно. И как еще исчезает! Будто бы умирает, но так странно и «неубедительно», что по сей день идут споры, умер он или идеально спрятался: исчез, к примеру, и явился в Сибири святым старцем Федором Кузьмичом.

Так мальчик, выросший на сквозном свету, под пыткою пространства — в кубе — становится хорошо нам знакомым императором Александром I.

Таковы Павел и Александр, первый из люльки (сферы), второй из железной кроватки (куба).

До чего удобен пространственный детерминизм! Не нужно знаков Зодиака, числом двенадцать, ни хиромантии, ни метоскопии, ничего — достаточно знать, в какой кроватке ты спал в детстве, круглой или квадратной. Выбираем одно из двух: проще некуда, далее жизнь прописывается как будто сама собой.

*

Но в самом деле, поневоле задумаешься, когда читаешь, с какой радостью, с каким арифметическим самоупоением бабка его Екатерина Великая рассказывает (всей Европе, с которой она в переписке), что все четыре ножки его железной кроватки прочно стоят на полу, разве что не обозначает оные ножки буквами: A, B, C, D.

Где она вычитала этот душеспасительный, геометрически обеспеченный рецепт?

На определенном расстоянии от кроватки ставится белый резной барьерчик, или балюстрада, чтобы гости в спальне, словно посетители в зоопарке, смотрели на царского детеныша издалека. Сверху кроватки ставится высокий и просторный балдахин — куб большего размера. На вырост (имеется в виду рост сознания, помещения разума).

Это самая характерная «оптическая» история, только не роста, но, напротив, убывания в пространстве, нарастающей ненависти к нему и пряток от него. И если пересказать этот сюжет так, чтобы в центре его был не человек, но мир — новорожденный, александровский, «идеальный» мир начала XIX века, — выйдет история о том, как в России спряталось столь успешно, казалось бы, стартовавшее с рождением Александра I, исследуемое нами русское пространство.

*

Такое впечатление, что Екатерина успокоилась, отобрав Александра у матери, соорудив — вместо матери — этот идеальный макет в детской. Мамки и няньки (немка и англичанка) его только дополнили. Гувернеры и дядьки, равно и учителя, за исключением Лагарпа, были не лучшего свойства. Вспомнить одного Салтыкова, человека не выдающегося, но хитрого, сумевшего, к примеру, хоть отчасти нейтрализовать взаимные распри Павла и Екатерины, отца и бабки нашего героя. Салтыков этого добивался тем только, что не договаривал до конца их гневные друг другу послания, через него, Салтыкова, посылаемые. Вообще-то тем самым он сохранил отношения отца с сыновьями, так что это была хитрость, по-человечески понятная.

Не от него ли получил Александр первые уроки спасительного лицемерия? Нет, первые вряд ли; он начал прятаться много раньше. Сначала от самой Екатерины, которую он не любил, однако сумел внушить ей впечатление любви, затем от всякого непрошеного гостя, который подходил с той стороны к его резному барьерчику.

Все видели его, смотрели целыми днями в его вольеру: для спасения — даже дикому зверю в клетке необходимо укрытие — ему нужно было научиться быть невидимым, прятаться из пространства.

Как он это делал? Наверное, эта манера пришла сама собой, в младенческой практике, когда малыш в два счета научился вертеть своей сентиментальной бабкой (с матерью такие штуки вряд ли прошли бы так просто); сначала это были несознаваемые приемы обольщения, затем сознаваемые вполне. Все очень просто: нужно делать то, что нравится твоему визави, нужно п р и к и н у т ь с я и м, сыграть в него, подыграть ему (внешне, в пространстве); не замечая того, он будет обращаться к тебе как к самому себе, видеть себя в твоем артистическом зеркале. И он непременно понравится самому себе, стало быть, ты понравишься ему.

Так Александр с младых ногтей научился быть человеком-зеркалом.

Его история — это сказка о постоянно меняющихся бликах и отражениях, являющихся нам вместо героя. Он сам сочинял и разыгрывал перед всеми такую сказку — успешно, более чем успешно. Его приемы были отработаны идеально. Это отлично видно по тому, как он, начиная с юности, обходился с Адамом Чарторыжским: он подставил ему свое «зеркало» — поляк увидел в нем поляка. Замечательно то, что этот фокус только наполовину был игрой; на вторую половину Александр был серьезен. Он, разговаривая с Чарторыжским, всерьез хотел быть поляком, европейцем, республиканцем – что нетрудно представить, зная, что этот мальчик вышел из железной кроватки. Вдвое замечательно то, что Чарторыжский, человек умный и проницательный, которого зрение только обострялось ввиду его положения заложника богатых родителей при дворе Екатерины, не просто поддался на этот «зеркальный» трюк, но продолжал верить в него всю жизнь. Его предупреждали, что он может быть обманут, ему открывали глаза в процессе представления, сам он понимал, что перед ним актер, не вполне искренний, наконец, не однажды ему приходилось обнаруживать следствия этого миража, когда Польша, которой «поляком» Александром обещана была свобода, оставалась несвободна, — все равно после этого Чарторыжский в своих мемуарах продолжает верить Александру.

Не Александру, но «зеркалу», которое тот ему вместо себя подставил.

Эта игра заходила слишком далеко (об этом в своих воспоминаниях умалчивает Чарторыжский): зная о том, что поляк романтически увлекся его женой, великой княгиней Елизаветой, Александр начал «рефлективно» подыгрывать ему и в этом, как будто поощряя его ухаживания за собственной супругой, на деле же почти сливаясь с ним в одно целое. Этого не понимал Чарторыжский, впрочем, не только этого.

Некое поэтическое предчувствие посетило его во время первой встречи с «невидимкой» Александром. Была ранняя петербуржская весна, Нева еще не вскрылась. Есть (или был? ответьте, петербуржцы) некий природный феномен северной столицы: накануне ледохода, приносящего в Петербург с Ладоги ледяной ветер и пронизывающую до костей сырость, в городе на несколько дней поселяется робкое, нежное, обманчивое тепло. Горожане выходят на набережную на первое в году гулянье, торопясь надышаться, нарадоваться этому теплу, которое вот-вот сменится непогодой. На этом как раз предварительном, пред-ледоходном гулянье Чарторыжский впервые встретил великого князя Александра. Александр улыбался так же, как невское солнце, — трогательно, нежно, точно впервые в жизни. И в два счета покорил Чарторыжского. Поляк был пленен; то, что через несколько дней пошел жестокий русский ледоход, то, что скрылось неверное солнце, уже не имело значения. Чарторыжский не поверил пророчеству природы — поверил своему отражению в человеке-зеркале.

Нева в те дни была как зеркало; вид ее означал одновременно покой и скорое роковое движение. Этого двоения поляк не разгадал.

*

Александра упрекают в актерстве, пристрастии к позам, которые он только и делает у невидимого зеркала. Александр для этих критиков всю жизнь проводил у зеркала, только переменяя позы: эта фигура мирная, эта военная, эта публичная, эта частная и так далее. Это правда и неправда. Он в самом деле много актерствовал, но это ему нужно не для удовлетворения своего тщеславия, а для пряток.

*

Многое остается непонятно: гатчинские увлечения Александра, когда он с братом Константином погружался с головой в отцовскую шагистику, прусскую воинскую бижутерию и прочие смешные мелочи потешного устава, которые затверживал куда успешнее республиканских наставлений Лагарпа. Александр вообще читал мало. Поручения всесильной бабушки он выполнял неохотно, спустя рукава. Она хотела через голову Павла передать ему власть, но Александр не хотел власти, как вообще всякой ответственности, как д а в л е н и я п р о с т р а н с т в а, которым был переутомлен с пеленок. Он хотел покоя и незаметности (так незаметен, неотличим от остальных гатчинский солдат в прямом, как линейка, строю). Однажды в дворцовом парке его встретила кормилица, которой, он, конечно, не узнал, но она его узнала и привела в свой домик, где тихо и незаметно проживала ее скромная семья. Главное, что незаметно; он сам ее не заметил во время прогулки. Александр расчувствовался до слез — так ему хотелось такого же покоя.

Такой покой был для него невозможен; тогда Александр обставил себя со всех сторон зеркалами и спрятался во внутреннем потайном помещении, которое так же невидимо, как пространство между ножками циркового зеркального стола, на котором помещается говорящая голова.

*

Эти обманы и обманки выручали его довольно долго. Мне было бы интересно узнать подробности путешествия Александра с отцом и братом Константином через половину России (от Петербурга до Казани и обратно). Павел был еще у власти, но власть его заканчивалась; наверное, оттого их странствие прошло так быстро и особых примет не оставило. Жаль: на то и нужно путешествие, чтобы во множестве подробностей, на первый взгляд случайных, на фоне бытия, с каждым днем все расширяющегося, мир и человек открылись друг другу таковыми, какие они есть на самом деле.

Александру в этом путешествии было скучно. Что толку загораживаться «зеркалом» от дорожных пейзажей, меняющих один другой? Дороге незачем смотреть на дорогу.

Они вернулись; спустя несколько месяцев император Павел был убит заговорщиками.

Так внезапно и ужасно закончилась игра царевича Александра в его зеркальный дом; машина пряток дала сбой. Она сломалась — так, что уже не поправить. Перманентное самоустранение Александра завело его в тупик. Он знал о планах заговорщиков, он до определенной степени был в них посвящен. По обыкновению Александр не возражал заговорщикам — он о т р а ж а л их, — понимая, что так совершается верховная воля бабушки, которая хоть и умерла, но продолжала править (многими горячими головами). Отчего-то он был уверен, что речь идет о подписании отречения, не цареубийстве. Согласно этому плану, возможно, у него одного в голове существовавшему, отец оставался жив, передавал власть Константину, а он, Александр, становился регентом. Он даже выдумал для отца план дальнейшего идеального существования, когда тому отводится любимый его Михайловский замок и Летний сад для уединенного покойного бытия. Заговорщики ему кивали — в нем отражаясь, они наблюдали свои собственные киванья — да, так и будет, император выйдет на пенсию и сделается посреди Петербурга дачником. Александр умилялся. Неизвестно, в самом ли деле у него был такой нелепый план, на который никто бы не согласился, или он придумал его потом, пытаясь хоть как-то объяснить себе, как это могло случиться.

Так случилось — в результате бесконечной игры отражений и кивков-бликов, когда последний из них не означает уже ничего, кроме констатации общего светлого согласия. Неизвестно на что: согласия как такового.

Наконец выяснилось: согласия на отцеубийство.

Убийство императора Павла I описано во множестве вариантов; во всех оно выглядит одинаково отвратительно. Чем больше подробностей выясняется об этом преступлении, тем оно страшнее. Страшнее — и по-своему привлекательнее, «фокуснее». Память не в состоянии освободиться от этой ночной картины нападения на спящий Михайловский замок, от попутных заноз-деталей, наподобие запертой двери на половину императрицы, через которую Павел мог бы спастись, но не спасся, оттого что сам и запер эту дверь, или белого офицерского шарфа, которым его душили, а он не давался, оттого что просунул руку под шарф, и тогда его схватили за уд, чтобы он убрал руку; или табакерки, которой его били по голове, стараясь попасть углом, — все эти занозы прочно сидят в памяти, но этого ей мало, и она накручивает вокруг ночного убийства новые и новые сюжетные круги. Можно представить, как это событие в деталях куда более подробных и ярких поселилось в голове Александра, в том его сокровенном «зазеркальном» помещении, которое он полагал абсолютно закрытым. Теперь он оказался в этом помещении, с «табакеркой памяти», откуда не мог выбросить ни одной сцены, ни одной детали, один на один с убитым отцом.

Главное событие в его жизни совершилось — на этот крюк была теперь подвешена его память.

*

Это событие цареубийства можно посчитать прото-ли-
тературным; гибельный сюжет напрямую вторгся в жизнь;
царский сюжет — в русскую жизнь. Стало быть, неизбежно
он должен был обернуться главным сюжетом эпохи. Так оно
и вышло. При этом сам Александр присутствует в нем как бы
по умолчанию — убывающей, прячущейся фигурой.

С момента убийства отца и своего несчастного воцарения
в его жизни начинает разворачиваться настоящая «оптическая» драма.

Несколько первых месяцев правления все происходит как
бы по инерции: слишком долго составлялись планы его про-
свещенного царствования, многое было заранее продумано
и сверстано; теперь это переверстывается. Изменение в том,
что реформаторов (Чарторыжского, Строганова, Новосиль-
цева, Кочубея), столь долго с ним, еще великим князем, меч-
тавших о переменах, допустили в особую туалетную комнату,
одно из потайных помещений его «шкатулки», где они, не
пересекаясь ни с кем, теперь подолгу заседали, подробно и
пристрастно обсуждая государственные проблемы — без всякого продвижения к их решению. По-прежнему они «отра-
жались» в Александре, наблюдая более самих себя и с собой
соглашаясь.

Также и заговорщики, убийцы отца, ожидали чего-то знакомого в духе матушки Екатерины: наград и назначений за
совершенный «подвиг» — но ничего не двигалось, всё шли
ничего не означающие кивания. Скоро выяснилось, что наград не будет; напротив, действуя привычными приемами,
как бы соглашаясь, но на самом деле уходя от решения, силою
одного только молчания Александр дал понять, что видеть
их около себя он не желает. Убийцы Павла были разосланы
подальше от Петербурга или разъехались сами; по крайней
мере эта страница дела (створка зеркала) была закрыта.

*

Коронация в Москве летом того же 1801 года показала, что по-прежнему все продолжаться не может. На тех, кто был близок к Александру, она произвела тягостное впечатление, самого же нового царя подвергла настоящей пытке с а м о - р а с с м о т р е н и я. Сработала иная оптика восприятия мартовской трагедии: Александр попал под называющий, помечающий словом взгляд Москвы.

Наверное, тут началось его «омосковление». По идее, эта хворь, заложенная на генетическом уровне, пребывала в Александре с момента рождения. Но в Петербурге она на нем не сказывалась (или он хорошо ее прятал). И вот на коронации он наконец «заболел» открыто, уступил Москве; слишком тяжел оказался ее наказывающий словом взгляд. И с тех пор Москва регулярно ему о себе напоминала, все более забирая над ним верх.

Она победила его с помощью слова — типичный московский прием.

Слово было — «отцеубийство».

Александр садился на трон отца, которому недавно, во время коронации Павла, здесь же, в Кремле, клялся в верности. Теперь эта клятва вернулась и пронзила ему сердце мечом (так он говорил близким). В Петербурге, в суете двора, в перемене «зеркал» вне и внутри его заветной «шкатулки», как-то удавалось об этом не думать. Здесь же, в Кремле, другие виды и интерьеры его окружили — не туалетные комнаты с зеркалами, но переполненные тенями прошлого шепчущие и шуршащие палаты, цветные изнутри, как лоскутные одеяла, и к ним в придачу говорящие короба кремлевских соборов. Их стены оказались с «глазами»; Кремль поразил Александра в з г л я д о м с л о в а.

Несколько дней новый царь был близок к помешательству.

С того момента визиты в Москву всякий раз оборачивались для него напоминанием об отцеубийстве. Петербург как будто отпускал ему душу, дела понемногу двигались, перемены кадровые и административные постепенно очерчивали пространство новой России, Москва же возвращала Александра на ось страшного слова, нанизывала на иглу своего циркуля, очерчивающего мир как сакральный текст.

С того момента его историю начинает рентгеновским образом просвечивать московское слово.

*

Перевод Библии на русский язык был инициирован Александром еще до войны, в ходе естественным образом идущих преобразований нового царствования. Не англичане со своим «Библейским обществом», как полагают многие, тому способствовали, скорее, казенная (именно так) логика действий нового правительства. От создания в 1802 году системы министерств до преобразования в целом всего народного просвещения (также впервые в истории обзаведшимся собственным ведомством) дела российские выстраивались согласно общеевропейскому образцу.

В этой же логике совершались реформы и в образовании духовном. Не ставилось особой цели перевода Священного Писания, тем более не рассматривалось историческое значение этой акции, но — перестраивалась Александро-Невская академия, с 1809 года она становилась Санкт-Петербургской, и в ней вводилась целостная программа обучения, со стандартным набором предметов, системой экзаменов и защит выпускников. До того образование в академии строилось «от преподавателя», определяющего всякий курс по своему усмотрению. Теперь возобладала логика, которую в данном случае, без выставления плюса или минуса, можно определить как казенную. Петербургскую, «кубическую», равнонаправленную на всех учащихся.

Такому стандартному заведению п о   у м о л ч а н и ю требовался перевод Священного Писания на национальном языке: такова была европейская практика.

Ректором преобразованной Академии был назначен Филарет (Дроздов), в тот момент начинавший свою выдающуюся церковную карьеру. Не уверен, что задача перевода именно им была замышлена, скорее, задание было принесено ему на стол уже указанным казенным током. До того переводились по частным случаям фрагменты Писания, теперь понадобился общий перевод.

Дело перевода Библии было принято, таким образом, к производству, однако возникло сопротивление — уже не бумажное, но живое. Можно вспомнить упомянутое преображение шишковской (державинско-крыловской) беседы, которая именно в этот момент перестала быть частным предприятием и превратилась в официозное полугосударственное учреждение, представляющее интересы влиятельной политической партии — консервативной, сопротивляющейся нарастающим переменам нового царствования, в частности, возможно, прежде всего — проекту перевода Библии. Все, что было связано с преобразованием языка, а перевод был не просто связан с этим преобразованием, но грозил стать недвижимым концептуальным основанием для дальнейших перемен слова, все эти вопросы, имеющие своей подоплекой спор о направлении, в котором пойдет Россия, были тогда предметом заинтересованной политической баталии. Россия поворачивала вектор своего стратегического интереса с юга на запад; «южане» сопротивлялись отчаянно.

До войны перевод так и не двинулся; Александр, в обыкновенном своем «бликующем» стиле, колебался. Сам он читал Евангелие по-французски. Нелады с французами как будто подвигали его к мысли о переводе священной книги на русский, но затем очередное перемирие с Наполеоном охлаждало его пыл.

*

Большая война с французами отложила вопрос о переводе Библии, как всякий другой мирный вопрос, на неопределенное время.

Поводов к войне с Наполеоном было множество; не нужно было искать их — они сами являлись. Несовпадение в самом устройстве России и Европы было слишком очевидно. Но было одно столкновение — н а   с л о в а х, которое в ряду этих поводов занимает особое место. Ссора Наполеона и Александра по поводу ареста и казни герцога Энгиенского и, главное, обмена нот, в котором французы прямо указали Александру на его участие в заговоре и убийстве Павла, — таково было это фундаментальное столкновение. В логике нашего исследования его можно назвать «московским». То есть: неотменимым, вечным, после которого никакие «петербургские» умолчания, дипломатические транскрипции, смягчения формулировок, никакая внешняя игра и блики уже не могли помочь.

Если отыскивать некую ключевую ошибку Наполеона, фатальную русскую ошибку, то она совершена была тогда, в обмене нот 1805 года. Нельзя было напоминать Александру об убийстве Павла. После этого конфликт перешел в «кремлевское» измерение. Что это такое, каковые притом могут открыться бездны, Наполеону было неведомо. Результат этой фатальной ошибки (теперь, задним числом) очевиден. Все последующие годы через столкновения и перемирия, через Аустерлиц и Тильзит Наполеон влекся в бездонную московскую воронку. Он полагал, что торгуется с Россией по поводу условий континентальной блокады, что стремится в Индию, чтобы лишить Британию основы ее могущества — ничего не в Индию: он шел в Москву. Такова была общая, «сакральная» гравитация события 1812 года.

*

Война отложила перевод Библии только на время. По окончании войны московская гравитация возобладала, вопрос о русском Евангелии вновь был поставлен, и понемногу дело двинулось.

Здесь интереснее всего эволюции самого Александра.

После сожжения Москвы, опалившего ему душу по знакомому (отцову) контуру, после парижского триумфа он очень изменился. Он не испугался европейских свобод, как утверждают иные советские историки — чего бояться, когда вся Россия испытала сильнейшее отторжение по отношению к европейскому порядку, пришедшему в ее мир войной? Он не отшатнулся от России с презрением, тем более с ненавистью, как полагают другие, указывая, как по-разному вел себя Александр в Париже и сразу после того в Москве: там был любезен, тут погнал народ палками и завел военные поселения. Ни того, ни другого: после войны Александр все более уходит от дел, отворачивается от пространства, замыкается во внутреннем помещении души, обратясь к миру системою «зеркал», вполне к тому времени сложившейся. Он не стал лицемерен, по крайней мере более лицемерен, чем был прежде. Просто собеседник, даже если этот собеседник — его страна Россия, — становился все менее ему интересен.

После войны с ним все чаще люди духовные или считающие себя за таковых, или почти безбожники, но увлеченные метафизикой: архимандрит Фотий, Амалия Крюденер. Александр ходит по разным церквям и молится разно, одинаково равнодушно — все по эту сторону зеркала, где его нет вовсе.

По ту сторону он один, и ему нужно Евангелие, которое лучше было бы вовсе без слов.

В таком состоянии души Александр словно со стороны наблюдает за баталией по поводу перевода Библии. Это настроение для его подчиненных оборачивается привычными неопределенными и смутными импульсами.

Так же несколько смутно оформляется дело. По-прежнему перевод находится в ведении духовной Академии и ее ректора Филарета (Дроздова). Но это означает, что он совершается, по сути, неофициально, в формате учебного задания. Возможно, это лучший вариант для Александра — оттого, что в любой момент начинание можно свернуть, если не развернуть обратно (так и произойдет — в момент окончательного самоустранения государя от этой идеи).

Нет, не только это. То, что перевод осуществляется в значительной мере личным (академическим, не казенным) усилием, устраивает Александра так же — лично. Это предположение, основанное на общем впечатлении от его эволюции. Теперь, после долгой войны и трудной победы, когда подвиги совершены и принесены жертвы, когда делается ясно, что все внешние триумфы не в состоянии оградить его от внутренней пропасти, он ищет герметически личного решения главного для себя духовного (отцовского) вопроса, ищет ни для кого, но для себя одного. Ему первому в России нужно такое же, одно-единственное, евангельское слово, сказанное на языке «сейчас».

*

Александру было подарено историей русское Евангелие: он открыл его, вошел внутрь и закрыл книгу за собой.

Все это показательно синхронно: события его жизни, «внешняя» история и некий образцовый сюжет жизни человека, русского христианина. Не царя: Александр, сколько мог, сторонился царской матрицы. Он не хотел быть от нее отпечатанным; другой образец, другое «Я» его влекло — человеческое, анонимное, интимное. Совпасть с ним, соотнести себя с ним и стать этим новым «Я» Александру можно было только втайне. И наоборот: оставаясь на виду, невозможно было достичь адекватности, душевного равновесия, совпадения с собой и Христом в себе.

Так — анонимно, невидимо, совершается этот сюжет, для нас, по сути, центральный: жизнь императора Александра и проект русского Евангелия. Здесь не случайное совпадение, но историческая параллель имеет силу: мы наблюдаем фокус, который притягивает к себе разрозненные сообщения общей и личной хроники (для Александра это одно и то же) и превращает их в историю.

Жизнь Александра до отцеубийства до-событийна: она как бы отсутствует, являя собой игру отражений других людей. Преступление оборачивает все эти зеркала на него: в них он является самому себе виновный в убийстве отца. Коронация в Кремле пригвождает его к месту, к этому положению у зеркала, в котором видна единственная правда — он виновен. Оправдание возможно только в перестроении себя заново, в новой жизни: о ней говорит Евангелие. Но то Евангелие, что он читает по-французски, есть очередное отражение, ему нет веры, стало быть, какое это Евангелие? И является — не против его воли, но и не по его воле, но так как должно, вовремя, «сейчас», — русское Евангелие.

*

В общем контексте нашего исследования перевод Евангелия был действием определенно московским; по крайней мере без Москвы и той роли, которую она сыграла в метаморфозе императора Александра, сюжет его перевода был бы иным (если бы вообще состоялся). Тут видна та же фокусировка события, которая оборачивается сосредоточением — омосковлением — нашего языка. Та же пластическая метаморфоза, которую мы изначально диагностировали у Карамзина: чертеж изначально «немецкий», питерский, наводимый в пространстве, делается построением вербальным, то есть — внепространственным, свободным от внешних координат. С участием евангельского сюжета эта московская фокусировка становится центральным действием эпохи.

Фокусируется самое русское сознание — в точке «Я—Москва» и «Я и Христос», «сейчас Москва» и «сейчас Христос».

И — видимое становится невидимым, невидимое — видимым, государство — царством; таково выходит классическое русское странствие, метафизическое тяготение: из Петербурга — в Москву, из пространства в означенное словами помещение души.

По тому же пути отправляется переводчик (руководитель русского перевода) Библии Филарет. Он переезжает — знакомый пассаж: «переводчик переводится» — в Москву, где поставлен митрополитом, где духовный полюс России и Европы после победной войны рисуется все более определенно.

*

Переезд слова в Москву, перемена темы с петербургской на московскую неизбежно сказывается на всяком сочинении. Занятно — сам я теперь, сию минуту, пишучи «со стороны», переходя от Петербурга к Москве, ощущаю, как меняется при этом гравитация фразы, степень ее открытости и внешний рисунок. Не то чтобы она округляется или сворачивается узлом, но все же стремится от «петербургской», последовательной перейти к иной композиции — статической? во всяком случае, не столь динамической, нежели страницей ранее. Предыдущий текст, назовем его условно «петербургским», шел именно последовательно (по крайней мере во внутреннем ощущении). Теперь же, по приближении московской темы, всякое слово как будто готово оглянуться на соседнее, присесть в сторонке и возвести взор к небу. Что такое «небо страницы»? На это способно ответить только «московское» слово. так или иначе, темп текста заметно падает, оттого же, что этому есть метафизическое оправдание, слово готово встать на месте окончательно.

Рассказ об Александре понемногу поворачивает (сворачивается) в Москву.

*

«Омосковляется» ли в итоге своего царствования Александр I? Нет, он попросту исчезает.

Смерть или исчезновение Александра — эпизод таинственный и в такой же степени прозрачный, легко читаемый на чертеже исследуемого нами события.

Петербургский «мальчик в кубе», явленный в игре отражений, правильный, черчёный, с какой стороны на него ни посмотри, но, главное, по принципу формирования — «внешний», россыпью портретов обращенный вовне — такой персонаж не мог стать московским. Отношения Александра и Москвы всегда подразумевают системный контраст, напряжение от несовпадения, полярные воззрения и ответы на вопросы. Александр «внешен», устремлен вовне, центробежен — Москва центростремительна, сокровенна, окуклена сферою. Александр на протяжении всей своей жизни постоянно виден, он весь напоказ — Москва толстовским образом невидима, собрана свертком (слова).

Это принципиальное расхождение лучшим образом иллюстрирует его уход. Такова в целом синхронная раскадровка эпохи: Москва возрастает, проявляется на духовной карте России и мира — Александр тем же темпом запахивается в царскую шинель, исчезает.

Умирая, Александр прячется (от «прозревшей» Москвы) окончательно.

*

Уход Александра в Таганроге может составить отдельную тему «оптического» исследования (а то и книгу, да наверное, и не одну). Подробностей и толкований — особенно толкований — этого эпизода более чем достаточно.

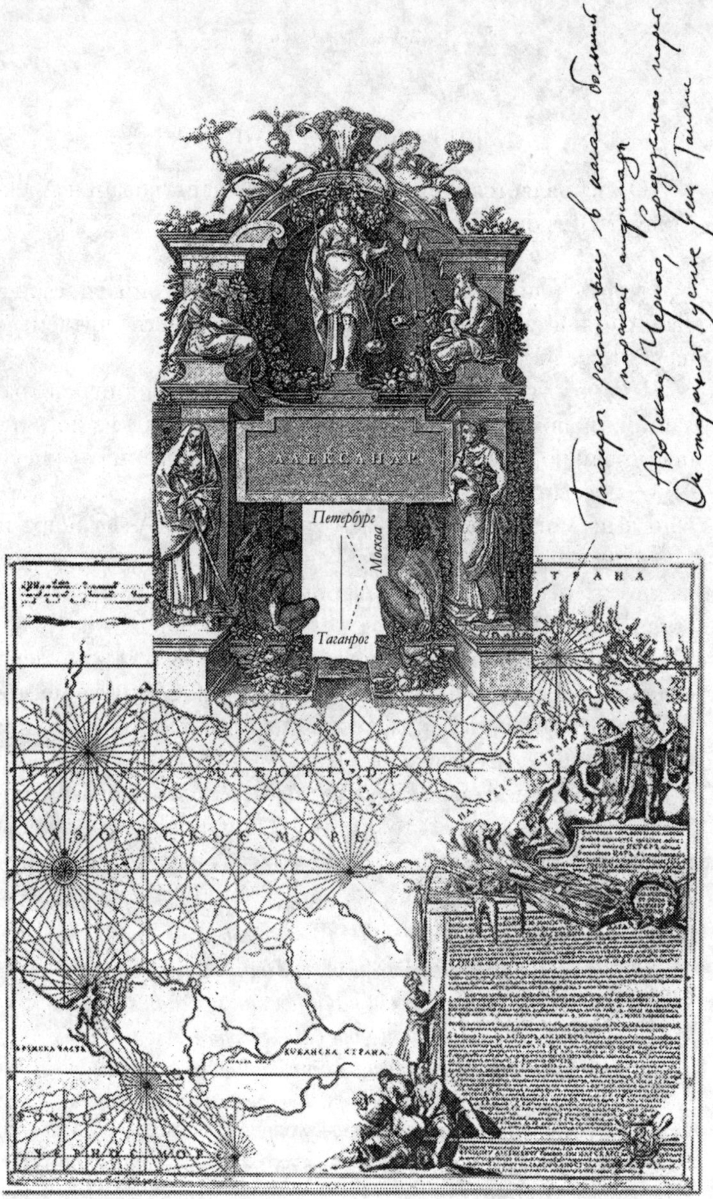

Меридиан Александра I (1777–1825): Петербург – Таганрог.

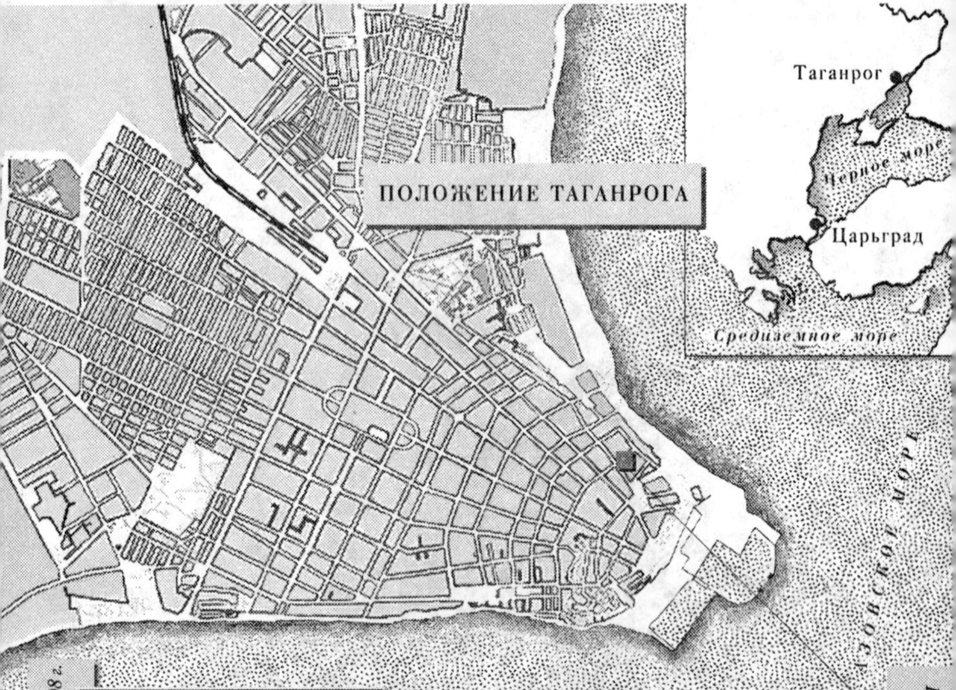

ПОЛОЖЕНИЕ ТАГАНРОГА

Таганрог

Черное море

Царьград

Средиземное море

Азовское море

Проект плана Таганрога 1808 г.

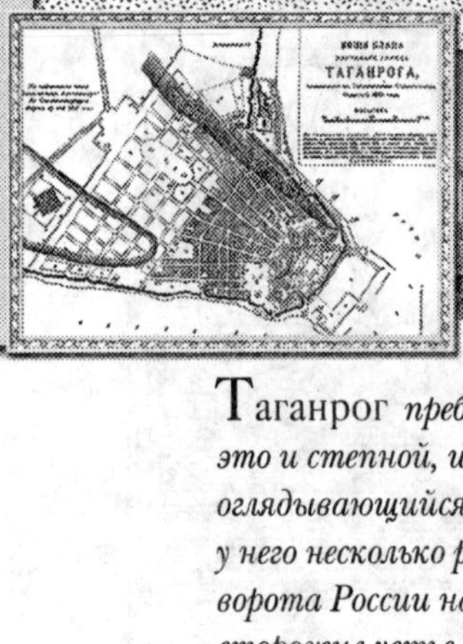

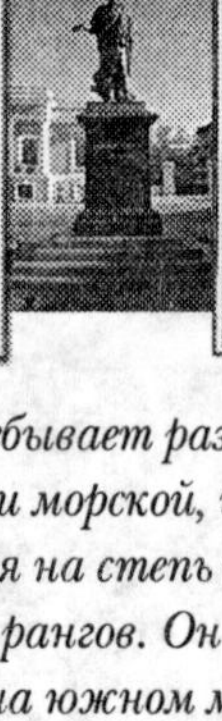

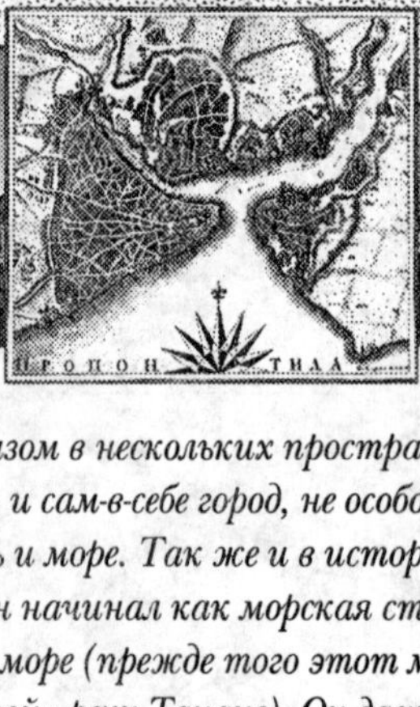

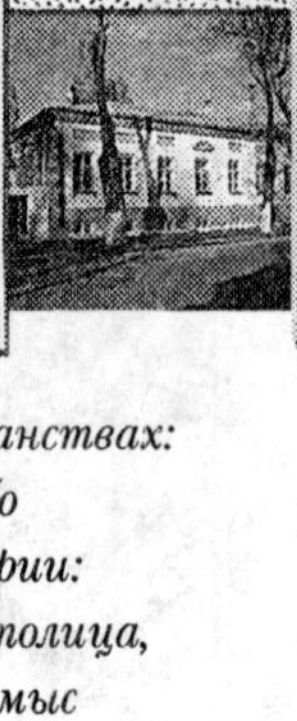

Дом на Греческой улице, в котором умер Александр I

Таганрог *пребывает разом в нескольких пространствах: это и степной, и морской, и сам-в-себе город, не особо оглядывающийся на степь и море. Так же и в истории: у него несколько рангов. Он начинал как морская столица, ворота России на южном море (прежде того этот мыс сторожил устье «предельной» реки Танаис). Он даже подражал Царьграду, что следует из очерка его плана, подтвержденного в проекте александровского времени. И вместе с тем в нем сказывается другой масштаб. Таганрог тих и скромен; на царские – внешние – упования он отвечает внутренним покоем и человеческим размером бытия.*

Сам по себе город Таганрог весьма занятен; его положение на географической и исторической карте России более чем своеобразно, его роль в истории не исчерпывается обстоятельствами ухода царя Александра, визитом Пушкина, рождением Чехова и любым другим личным подвигом; Таганрог — их сумма, событий заметных и (большей частью) безымянных, узел судеб, наслоение эпох, поселение на мысу, которому не одна тысяча лет.

Теперь он не тот, что прежде, он почти уснул; между тем в свое время Таганрог мог стать главным портом Московии на юге. В этой точке Москва в конце XVII века усилиями Петра Алексеевича, тогда еще царя московского, впервые вышла к морю (Азовскому). К нему она «текла» вниз по карте, по меридиану Дона. Петр замышлял устроить в устье Дона первые врата России во внешний мир. Он поставил на мысу Таганрог деревянную триумфальную арку и учинил парад, впрочем, немногочисленный. Сначала царь прошел под аркой в одиночку, что составило зрелище необычное, ибо кроме этой арки на мысу ничего толком и не было.

Откуда и куда прошел под аркой царь Петр? С севера на юг, от России к морю. Триумф его был недолог. Вскоре Турция оттеснила Россию обратно в глубину материка; таганрогскую крепость срыли, об арке, предназначенной для наблюдения морей, никто и не вспомнил.

Новый выход из России вовне Петр нашел на Балтике. Это же место так и осталось в стороне от магистрали истории.

Екатерина отвоевала у турок азовское и черноморское побережья; главным (военным) портом на этих рубежах стал Севастополь. Таганрогу была отведена торговля, и она, сколько возможно, тут цвела. Все флаги и языки Средиземноморья были тут в гостях, плотно помещаясь на высоком и узком мысу Таганрога; со стороны материка, с севера, на него грузно давила степь.

И еще, что касается внешних и внутренних стереометрий: Таганрог, первый московский порт на юге, вполне себе царский, но все же не вполне состоявшийся, не оправдавший исходных надежд (все это важные характеристики места), которому не было дано широкого выхода вовне, научился со временем уходить вовнутрь. Дробя до домика, до дворика свою городскую плоть, Таганрог научился искусству перманентного исчезновения (из официального пространства), частных, человечьих пряток. Героика, равно и романтика большого морского порта была им отменена, она вся досталась Севастополю. Малое, мелкое, оттесненное в самый конец средиземноморской анфилады Азовское море сонным своим пейзажем только способствовало упрочению этой несколько отстраненной позиции города, равно и его настроению. Он изготовился к покою и сну. Это составило стиль Таганрога — в сущности, обаятельный, успокоительный, отпускной стиль (если отпуск предполагается без особых затей и претензий). Модулем города стал малый тихий дворик; главные формы существования оказались: ловля бычков, малого и среднего формата торговля, еда и сон.

К моменту приезда Александра осенью 1825 года Таганрог был еще довольно бодр; на острие высокого мыса сохранялась крепость. Но стиль — покойных пряток, отмены героического проекта, частного членения бытия — уже тогда, в момент царского появления в Таганроге, вполне сложился. Таганрог излучал обаяние безвестности и безответственности, обещал укрытие, указывал на выход: от суеты и беспокойства большего мира — в меньший.

Можно предположить, что этот покой утешил Александра. Это нетрудно вообразить, зная степень его утомления внешним пространством, постоянной публичностью и запредельной мерой ответственности за происходящее в стране. О таком покое он мечтал еще в юности (об этом и мечтал: о садике, о дворике — все с уменьшительным суффиксом),

наверное, к пятидесяти годам эти мечты переросли в состояние навязчивой грезы. Нет сомнения в том, что Александр
со всей возможной силой испытал в тот приезд характерный
таганрогский соблазн тишины и покоя.

И — исчез.

Наверное, он умер в Таганроге. Соблазн покойного исчезновения — вовсе не соблазн бегства. Бегство суетно, полно
опасностей, сиюминутных и ожидаемых — вдруг узнают его
там, где он хочет спрятаться? А ведь узнают непременно, и
тогда опять начнутся позы и спектакль, хождение перед зеркалом. Зачем тогда бежать?

Таганрог если чем и увлек императора, то соблазном вовсе никуда не бежать, не спешить, не суетиться. Он увлек Александра идеей скорой и тихой смерти. Не важно от чего: от
дорожной лихорадки, от того, что порезался при бритье, от
апоплексии, оставившей у царя на затылке красное пятно. От
одного осознания возможности лечь на кровать и умереть.
Уйти спокойно и тихо: успеть, уснуть. Александр послушался
совета Таганрога, лег на кровать в доме на Греческой улице,
закрыл глаза и умер.

*

Нам, смотрящим на Александра извне, из «пространства»,
слишком хочется того, чтобы он ушел в Сибирь и стал старцем.

Однажды на научной конференции я слушал рассказ по-
жилой ученой дамы о подробностях пребывания Александра
в Сибири. Для нее не существовало вопроса — умер он в Таганроге или ушел в старцы. Для нее — ушел; она говорила о
частностях: о статистике встреч старца с омским губернатором, о деталях семейной жизни некоего семейства, бывшего
со старцем в контакте и проч., то есть, о всем том, что может интересовать историка, главный вопрос уже решивше-

го и теперь коллекционирующего попутные подробности дела. Я слушал и верил всякому ее слову; но не все в зале оказались так легковерны. После выступления последовал вопрос: а точно ли этот старец, в существовании которого нет сомнения, как нет сомнения в том, что н е к и й с т а р е ц встречался с губернатором, точно ли этот человек — Александр? И другой его лет старец, не Александр мог знать омского губернатора и состоять с иными семействами в переписке. Вот такой был задан «простой» вопрос. Дама улыбнулась светло и грустно и ответила: конечно, это был Александр, вне всякого сомнения. Свидетельств более чем достаточно, равно и странностей, сопровождавших его мнимую смерть и спешные похороны. Несколько конкретных доказательств последовали; но у меня из головы не выходила ее светлая и грустная улыбка. С одной стороны, она улыбалась нашему невежеству. С другой — эта улыбка означала что-то, не имеющее отношения к точной истории, документам и статистике. Она говорила о вере этой дамы в то, что такая покойная жизнь «после смерти» возможна. В ней, в улыбке, было много веры и надежды, что поверх всей ученой статистики есть нечто большее, никакой статистике не поддающееся.

Затем и нужен Александр, спасшийся из Таганрога в Сибири. Такой Александр доказывает нам, что посмертное — многолетнее, светлое, покойное — существование возможно.

*

Этой темой, таким Александром занялся незадолго до смерти главный наш литературный «оптик» Лев Толстой, когда принялся за «Посмертные записки старца Федора Кузьмича».

Можно предположить, что материала об императоре Александре у него еще со времени писания романа «Война и мир» было более чем достаточно. Не только точного исторического материала, к которому Толстой, нужно отметить, относился с большой ответственностью, но и суммы интуиций, творческих прозрений и открытий, без которых в свое время его главный роман не состоялся бы. Толстой понимал и чувствовал, «видел» Александра, хотя понимал во многом от противного, как петербургскую креатуру (сам Толстой был убежденный московит и противупетербуржец).

Эта поздняя попытка Толстого написания романа об Александре очень важна для нас, потому что это был опыт возвращения к той «моисеевой» деятельности, когда его творческим усилием была переверстана память целого народа о событиях 1812 года. Толстой-оптик тогда настроил «телескоп» нашей памяти заново.

Видимо, что-то не устраивало Толстого в им же самим созданном портрете императора в романе «Война и мир». Наверное, вот что: в том его портрете было слишком мало Александра.

Царь тогда от Толстого спрятался: ничего в этом нет удивительного, — он ото всех спрятался. Так что не так уж и хорошо Толстой его «видел», пишучи роман «Война и мир». Но вот прошло еще полвека, толстовская оптика поменялась или развилась на порядок: наконец он «увидел» Александра.

Старец Федор Кузьмич захватил воображение Толстого; он пишет о нем просто и прямо, как ему свойственно в последнее десятилетие жизни. Это тем более просто и прямо потому, что старик пишет о старике: теперь у Александра нет от Толстого никаких тайн.

Начало толстовских «Записок» о старце Федоре Кузьмиче — многообещающее, широкое, поместительное для ума. Но едва разворачивается и освещается это бумажное помещение, едва выставляются «полюса» нового романа (старик в Сибири — мальчик в Зимнем дворце, тот самый «мальчик в кубе»), Толстой останавливает работу, бросает «Записки» и больше к ним не возвращается. Почему? Сам он говорит, что выяснил достаточно точно: история о том, что сибирский старец — это император Александр, — легенда.

Однако представляется, дело не только в этом. Толстой э т о м у Александру, старцу Федору Кузьмичу, приписал слишком много своего. Сибирскому старику он сообщил слишком много своих стариковских вопросов, чувств и страхов. И первый из страхов, что повел Толстого за этим Александром, — страх смерти. Спрятавшийся в Сибири Александр, то есть Федор Кузьмич, пообещал Льву Николаевичу чаемое им посмертное существование. Толстой этим обнадежился и принялся за «Записки».

Но как только он понял, как только разобрался в самом себе, что в самом деле его интересует в этом Александре, а именно: как нужно умирать, что такое смерть? — Толстой немедленно оставил работу. Это был не поиск ответов на вопросы истории, не писание верного портрета Александра, а заглядывание в самого себя и страх смерти.

Так когда-то Толстой следил за смертью брата Николая (дело было в Италии, в 1860 году) и затем свои наблюдения и домыслы о посмертном существовании прописал в сцене смерти Андрея Болконского. Теперь такой задачи он перед собой не ставил — следить за чужой кончиной, чтобы лучше разобраться со своей. Зачем? Теперь он сам стоял у могилы; оставалось следить прямо за собой. Этим Толстой и занялся, и оставил «Записки» о старце.

Довольно было того, что он весьма компактно и убедительно описал инсценировку смерти императора в Таганроге. Того, что было за Таганрогом, Толстой не различал. Его интуиция молчала на этот счет: стало быть, *не было Александра после Таганрога*. Он умер в Таганроге, исчез (для Толстого).

А может, и был, ушел в Сибирь и стал старцем, все одно — спрятался окончательно.

*

Здесь интересен евангельский аспект его поступка. Причастившись русскому Евангелию, которое писалось (переводилось) едва ли не специально для него, у него на глазах, синхронно с его жизнью, Александр добивается своего: прячется окончательно, перестает быть царем-отцеубийцей; умирая, он делается человеком, не важно — мертвым солдатом или старцем Федором Кузьмичом.

Он умирает или начинает новую жизнь (какой все мы желаем и ждем), святым старцем, где-то очень далеко, так далеко, что прежней жизни как бы и не было, — в том и другом случае он снимает с себя царское бремя, отваливает от себя куб «мертвого» петербургского пространства, встречается с самим собой, обретает свое настоящее «Я».

В этом смысле Александр становится центральной фигурой своей эпохи, которая стала временем нового для России «сейчас». Образцовой (невидимой) фигурой образцовой (во многом остающейся невидимой для нас) эпохи.

Анонимной, отсутствующей фигурой, сумевшей спрятаться за зеркало, за пространство, за город Таганрог.

*

Эта эволюция царя Александра имеет литературные проекции, притом важнейшие, основополагающие — и неизбежно скрытые, существующие как бы по ту сторону наших исторических книг, тем более самих литературных сочинений, имеющих собственные приемы заглядывания в прошлое.

У Александра была способность, которую мы уже определили как «зеркальную», которая очень важна для его образцовой фигуры — не ангело-, но евангелоподобной (неуклюже, но по-другому не выходит) — способность обнадеживать. Кого-то ненадолго, кого-то навсегда. Давать надежду и разочаровывать: таково его историческое амплуа.

Для нас важно то, что Александр своим колдовским «зеркальным» образом обнадеживает двух наших литературных апостолов, Карамзина и Толстого.

Легко, наверное, их было обнадежить, если так обаятельно «зеркален» был русский царь.

*

Они надеялись по-разному: Карамзин, глядя на Александра, уповал на будущее, Толстой — на прошлое (именно так).

Оба они были обнадежены и затем неизбежно разочарованы. Здесь обнаруживается одна из ключевых позиций нашей гипотетической науки, оптики русского языка. Она в очередной раз указывает на концентрический (царский) характер нашей памяти, и как следствие — нашего сознания. Надежда обращает векторы внимания Карамзина и Толстого на Александра как идеального царя: их мысль устремляется к центру русской метафизической композиции. Затем, после неизбежного разочарования, оба они отворачиваются от Александра — при этом тот и другой их взгляды, к царю и от царя, по сути, внеисторичны. Сфера, которая рисуется в их совместном жесте, «вечная» русская сфера, существует вне времени, вне реальной истории; это сфера чувств, верований, упований и разочарований, которая обнаруживает себя отдельно от времени.

Или так — это сфера слова; оба наших литературных Моисея уповают на слово (в данном случае на римское слово «царь») и затем в этом слове, существующем вне времени — в «вечном» Риме, — разочаровываются.

Они выражают свое разочарование по-разному. Карамзин — прямо, подавая царю в 1810 году записку «О древней и новой России», где среди прочего сравнивает императора Павла с Иваном Грозным, после чего между ним и Александром, сыном Павла, возникает понятное охлаждение, не переросшее, впрочем, в конфликт и опалу историографа. Толстой свои разочарования озвучивает в сюжете «Войны и мира», где сообщает их Николаю Ростову, который по ходу действия сначала боготворит императора, затем заметно к нему остывает; нет сомнения, что эти чувства были хорошо знакомы самому Толстому.

Надежда на Александра в полной мере не оставляет Толстого: об этом говорит его позднейшее погружение в тему старца Федора Кузьмича. Но и это погружение, этот «царский» замысел остается не реализован; это определенно указывает на очередное разочарование Толстого в Александре, царе, так и не сумевшем стать святым старцем Федором Кузьмичом.

Ничего удивительного нет в их разочаровании: они надеются на изображение, в известном — «зеркальном» — смысле свое собственное. Они надеются на собственное отражение в слове. Или так: уповают на место, с которого человек (Александр) либо давно ушел, либо его и вовсе там не было. Они надеются на «зеркальный» блик, контур, в котором положено находиться человеку, но там нет его, там только слово «Александр».

Интересный эпизод в «Войне и мире» у Толстого: во время парада накануне Аустерлица Николай Ростов, находясь в апогее своей любви к императору, ожидает его появления перед войсками. Он еще не видит Александра, но слышит приветственные крики солдат; они приближаются. Николай встает на стременах, вытягивает шею, стараясь заглянуть за спины впереди стоящих, стремясь увидеть *приближающееся слово*.

У Толстого так и написано: «приближающееся слово». Тут прямо слышно эхо Евангелия. И еще: здесь замечательно, хотя, наверное, невольно, выражена суть упований обоих наших языкотворцев, оптиков русского сознания: они надеются, рассчитывают, молятся на *приближающееся слово*.

Это слово — «Александр».

Но сам император Александр не принимает этой ответственности; скорее всего такой ответственности он вовсе не предполагает. Сколько можно судить по его уходу, по одному только навязчивому желанию уйти, которое он не скрывал еще с юности и на всяком повороте судьбы о нем вспоминал, Александр понимает, что не соответствует упованиям, на него возложенным. Его сил, и то на время, хватает только на то, чтобы удерживать на виду царский блик, который не сам он, но только его изображение. Александр делает то, что делал всю жизнь: укрывается за зеркалом; это его инстинктивное защитное действие.

*

Внимание: тут и происходит переворот, рокировка — не в истории, в нашей памяти: один Александр в своем «царском» значении сменяет другого. Александр Пушкин в качестве символа эпохи сменяет Александра Романова. Совершается решительный, существенный переворот метафизического русского чертежа. На поверхности же остается прежнее имя, прежнее ключевое слово; для нашей памяти этого довольно.

В реальности не было и не могло быть такой рокировки. Два Александра были слишком неравны: в жизни царь был многократно тяжелее поэта, в памяти (литературной) поэт во столько же раз оказался тяжелее царя. Но для общей композиции, которая имеет силу над нашей памятью, которая, собственно говоря, и есть помещение нашей памяти, это имеет мало значения. Важно только то, что в этой композиции сохранена центральная, несущая фигура. И слово — «Александр».

Что такое эта общая композиция, что такое п о м е щ е-
н и е п а м я т и?

*

Занятно то, что подобная замена символа эпохи, будь она предложена двум Александрам (предположение химерическое, но все-таки), скорее всего обоих бы устроила. Слишком определенно один Александр (Романов) стремился уйти в тень, «выйти из времени», а другой (Пушкин) всеми силами тогда же в него стремился — в свет, во время, от которого был отторгнут. Как отторгнут? Сослан. Далее мы постараемся рассмотреть эту ссылку возможно подробно — настолько важно ее «пространственное» содержание. Пока же можно констатировать решительное стремление одного Александра покинуть свет (уйти из нашей памяти), а другого — войти в свет (в этой памяти утвердиться).

Так и происходит: тот малый бог, что отвечает за работу исторической памяти, благоволит к обоим Александрам (как зовут этого малого бога? наверное, это бог не русский, но к России он снисходителен): наша память чудесным образом позволяет двум «А» поменяться местами. Один Александр уходит за «зеркало», преграду нашей памяти, другой встает перед ним. Один «прячется» в книгу, в Евангелие, другой встает перед ним и в известной мере заслоняет от нас Евангелие: в нашем понимании оно было переведено на русский язык в пушкинскую эпоху. Именно так: не «Пушкин явился в момент перевода Евангелия (потому и явился)», но «Евангелие было переведено в эпоху Пушкина».

Эти перевороты так же просты, как и несознаваемы (несознаваемы, потому что просты). По сути, это ошибка — мы смотрим не на то «А». Советская безбожная эпоха поставила этот простой барьер между нами и событием перевода Библии — самый простой из всех: портрет Пушкина. И он действен, этот барьер, этот фильтр памяти: он загораживает нам разом Евангелие и тогдашнего царя, заведомо искажая картину той эпохи.

*

Итак, исчезает Александр Романов, появляется Александр Пушкин. Для нас это так естественно, что рассказ о первом герое может без труда перетечь в рассказ о втором. Так и вышло: долго я разбирал сюжет царских пряток, преображение Александра I в зеркале эпохи — и вот уже в этом зеркале Пушкин. Все верно: царь Александр освободился от имени (допустим, стал Федором), исчез, как сам того страстно желал, — какой после этого может о нем продолжаться рассказ?

Слово «Александр» сработало как шарнир: само осталось, но фигуры вокруг него, течение истории, содержание эпохи — все переменилось.

Здесь много игры смыслов, знаковых связей, слов-паролей. Скажем, слово «свобода»: современники, чающие свободы и свобод, надеялись на царя Александра. Мы, только произнося слово «свобода», сразу вспоминаем Пушкина. Мы надеемся на него — удивительной, обращенной в прошлое надеждой; мы свели слова «Пушкин» и «свобода» в одно нерасторжимое целое. Мы, в отличие от современников царя Александра, в своем Александре не разочарованы: у нас другой предмет надежд — слово.

Еще одно связующее слово — «царь»: эти двое как будто им жонглируют, перебрасывают один другому. Неверно: один, Романов, бросает слово «царь», оно жжет ему руки — Пушкин его подхватывает; он часто играет с этим словом, правда, у него оно то хвалебное, то ругательное.

Еще между ними рисуется Москва. Не город, не столица, но образ, ментальная фигура. В пределах этой «пространственной» фигуры совершается царская рокировка.

Вот что важно: эта рокировка закономерна. Она естественна, логична; не случайно рассказ о «зеркале» и «Александре», начавшийся о царе Александре Романове, заканчивается Александром Пушкиным.

Еще важнее то, что это логика сочинения: в очередной раз русская история хлопнула створками, свела и развела свои зеркальные плоскости, чтобы мы услышали в ней рифму, игру слов. Только так, сведенная в литературное целое, она нами прочитывается, воспринимается как правда или нечто большее, нежели (историческая) правда, — как сообщение поверх-логическое, как откровение своеобразной русской веры.

Мы принимаем на веру эти сюжеты, имеющие в своей основе литературные композиции, явленные в «пространстве времени»; к ним относятся «зеркальные» игры, прятки и появления, неслучайные совпадения и рифмы имен. Нет ничего убедительнее для нас, чем эти чудные рифмы.

●

Сам собой возникает вопрос — читательский, ненужный: возможно ли, чтобы эти двое сознавали свою «зеркальную» связь? Можно вообразить, что Пушкин о том задумывался. Особенно по мере того, как его фронда противу царя понемногу переросла в соревнование с ним и даже, как мы увидим дальше, в особого рода поэтическое самозванство. Тем более, когда это самозванство, явленное в «Борисе Годунове», оказалось столь (литературно и не только) успешно. Это мы также разберем поэтапно и подробно, поскольку это пушкинское достижение является одним из самых удивительных и труднообъяснимых фокусов, произведенных русской литературой. Да, наверное, Александр Пушкин задумывался о своей «зеркальной» связи с Александром Романовым. Царь — едва ли. Они вращались в разных сферах. Они пребывали в разных временах, которых времен тогда в России текло по многим направлениям множество. Это теперь, задним числом то время нам может показаться единым, текущим одним руслом. Нет, совершалось несколько времен; несколько циферблатов было подложено под российскую карту: вся она была в движении.

О вращении Москвы

Нехитрый фокус *с бильярдными шарами (стоит
закрутить один, и уже вертятся все, лишь бы
под ними было блюдце с круглым дном, сводящее их
вместе), будучи мысленно перенесен на план Москвы,
оборачивается многозначительной метафорой.
Есть притяжение Москвы, то именно, что обозначено
известной формулой «Москва = Рим», сводящее вместе
русские составляющие. В Москве время «цело»; по ее
округлому дну оно влачится незаметным вихрем.
Этот по циркулю идущий вихрь подхватывает любые
исторические сюжеты, без труда наворачивает их
на московский клубок. Подхватывает, разумеется, наша
память: она так устроена, так обучена толковать
бесконечное протяжение времени. Таков московский
чертеж, так Москва обеспечивает русскому сознанию
формообразующее чувство целого. Другой вопрос об этих
составляющих, об исторических сюжетах, которые век
за веком она наматывает на свой клубок. Насколько они
разны, что они такое в отдельности, насколько полон
или пуст этот необъятный московский клубок?*

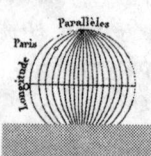

ЧЕТЫРЕ ИСТОРИИ

Прежде чем рассмотреть путешествие-перемещение (из темноты на свет) Александра Пушкина, хотелось бы остановиться ненадолго для одного попутного рассуждения.

Остановиться – для попутного. Тут есть какая-то ошибка в соотношении покоя и движения.

Несколько русских историй пересекаются в пространстве нескольких лет. Этим интересен перекресток эпохи Александра (двух Александров) — присутствием и с т о р и ч е с к о г о п р о с т р а н с т в а. Оно, это воображаемое помещение эпохи, столь ясно «видимо», что как будто само вызывает на черчение, выявление симметричных фигур, кругов и квадратов.

Пусть это мнимости, пусть эта симметрия существует только в нашем воображении (воспоминании), — главное, что эта эпоха открыта для подобных умозрительных опытов. Она доступна проектированию, и не только задним числом, к примеру, толстовскому литературному проектированию, когда спустя пятьдесят лет после события автор большого сочинения «различает» рисунок эпохи уже состоявшейся, обнаруживает в ней «геометрические» закономерности и тем проясняет композицию своего сочинения — нет, тут-то как раз все ясно. В случае с Толстым мы имеем дело с «перепроектированием» эпохи задним числом. Гораздо важнее то, что определенную пластику своего времени ощущали герои той эпохи: будущее для них еще не было столь строго предопределено, как это видится нам сегодня. У них был выбор — они загадывали, рассчитывали (именно так), «расчерчивали» свое будущее, налагали на него, согласно представлениям своей эпохи, симметричные фигуры, квадраты и круги — и действовали согласно этим «чертежам», этим идеальным кругам и квадратам.

Поэтому мы имеем дело с действенными мнимостями, химерами, имеющими прямую силу, результативным сочинением. Пространство исторического воображения открылось тогда России; в этом пространстве столкнулись спорящие «чертежи» (из них наиболее заметны были два, «западников» и «южан», которые в общих чертах мы рассмотрели и смогли убедиться, насколько эффективны были их расчеты в оформлении ментального русского пространства). Да, его расчерчивали, населяли квадратами и кругами, выявляли в течение дней закономерности и действовали в соответствии с ними. Это была черчёная эпоха — оттого так верны ее расшифровки позднейшего «чертителя» Толстого.

В самом деле, это заманчивая штука — наложение идеальных квадратов и кругов, сличение отрезков (времени), возрастов эпохи и ее героев.

Скажем, если принять за рамки этой эпохи начало и конец александровского правления — с 1801 по 1825 год (четверть века, одна круглая цифра уже есть), — то почти точно в его середине, в 1812 году, поместится событие Отечественной войны. Царь Александр сначала «поднимается» к нему как к высшей точке своего правления, в ней максимально возможно возвышается, а затем, симметрично «подъему», спускается. Его правление «равнобедренно-треугольно», оно по обеим пятам треугольника начинается и заканчивается несчастьем — и так далее. Сразу по окончании его правления (уже к концу) эти «мнимые» треугольники принялись чертить его современники и отыскивать много смысла в этой заумной симметрии.

Вспомним Толстого и его «циркуль», вертящийся вокруг точки кометы 1812 года. Понятно, что это позднейшая фокусировка, наложение фигур задним числом, так сказывается тяготение памяти, но в самом деле как-то особенно ровно раскладываются в обе стороны московского события 1812 года отрезки александровского подъема и спуска, предварения события войны и его последствия.

Одновременно с этими симметричными «расшифровками» прослеживается, скажем так, стилистическая эволюция, то именно «путешествие из Петербурга в Москву», характерное омосковление ситуации: петербургские проекты, нараставшие в своем размахе и значении и вместе с Александром достигавшие в зените его правления должного максимума, постепенно переменяются, пересказываются на новый, послевоенный манер, на послепожарном «московском» языке. После победы над Наполеоном петербургское классическое пространство как будто размывается, эволюционирует, заменяется «внепространственным» помещением слова. Русским воображаемым помещением, которое обладает собственной пластикой и более чем своеобразными «оптическими» свойствами. Эта общая эволюция достаточно последовательно и вместе с тем драматично совпадает с хронологией бытия, пряток от пространства (см. выше) самого Александра I; тем легче запомнить стадии этой эволюции, что они связаны симметричным драматическим сюжетом: от убийства отца, императора Павла, до исчезновения самого Александра в Таганроге.

Все встает как будто по заранее приготовленным местам, словно за много лет вперед был готов проект этого хорошо освещенного помещения времени. События сходятся интригующе определенно; на арену истории, где совершается интересующая нас метаморфоза (революционное преображение русского языка и сознания), мы готовы смотреть с неослабевающим интересом.

Здесь нам является русское «Я», обнаруживает себя — в пересечении многих сюжетных линий — новый человек послепожарной России. Здесь совершается отложенный переворот Ренессанса, в полной мере подтвержденный событием перевода Библии (еще один, невидимый, магнит памяти, собирающий в «опилки» разрозненных малых сообщений начала XIX века).

Допустим, это рисунок, наведенный в результате позднейшей (механистической, толстовской) регулировки памяти, регулировки тем более эффективной, что память у нас настроена литературно, сюжетно, скомпонована с существенными поправками идеологии. Но это в самом деле позднейшие настройки, не отменяющие заявленного сюжета: исходный рисунок верен — мы наблюдаем закономерное появление и окончательное (пушкинское) оформление русского «Я». Эта фигура проявляет себя в пересечении нескольких сюжетных линий, что лишний раз доказывает ее актуальность и легитимность. Она встает на перекрестке нескольких русских историй: политической, духовной, литературной. Эти истории сходятся в хорошо узнаваемом, «видимом» пункте 1812 года, означенном яркой вспышкой отечественного самосознания, точнее, так — в нашей памяти они, каждая со своей стороны, были притянуты к «магниту» 1812 года, освещены московским пожаром, открылись для национальной рефлексии.

Этот узел разных русских историй (очень важно, что разных, шедших до того момента как будто отдельно друг от друга, но теперь связанных общим притягательным событием) — главное, что обеспечивает эпоху 1812 года сознанием исторического пространства.

Он весьма интересен, этот исторический узел, который мы обозначили как «московский», интересен как своим точечным плотным сплетением, так и ему предшествовавшим и за ним последовавшим ослаблением, расхождением разных русских историй врозь. Это также важно: понять, что состояние исторического единства (ощущения нации в одном пространстве сознания) — не только это, 1812 года, но все, что мы можем вспомнить, все эти состояния общей мобилизации в России очень недолги. Большей частью наши истории — политическая, духовная, литературная (история языка), национальные (именно так, во множественном числе) — длятся у нас «отдельно» друг от друга.

Упомянутая симметрия александровской эпохи, обнаруживающая в центральном событии московской жертвы 1812 года некий ментальный пик, узел общенационального сознания, что наградил эту эпоху ощущением исторического пространства, — эта «мнимая» симметрия тем и характерна, что показывает, как одинаково разрозненно д о э т о г о у з л а длились русские истории и как п о с л е н е г о они вновь стали расходиться, распадаться между собой.

Расходиться, обнаруживая между собой некоторое подобие пустоты, которая меж-историческая пустота, возможно, не менее характерна для нашего сознания, нежели яркие исторические сплочения, мобилизационные мгновения нашей истории. Или так: наше сознание обнаруживает склонность к подобному восприятию и толкованию тех отрезков национальной истории, которые не отмечены ярким светом; ему они задним числом представляются пустыми, неосвещенными, как будто пропущенными на исторической шкале. Мы склонны выбирать моменты героической (точечной) мобилизации. Поэтому пересечение нескольких историй России в пункте 1812 года можно рассмотреть двояко — увидеть в нем фокус исторических линий и одновременно различить их разность, их предстоящее и последующее после этого фокуса характерное расхождение друг от друга.

*

В этом и состоит повод для попутного рассуждения. Точнее, очередного «оптического» упражнения, необходимого только затем, чтобы отчетливее увидеть со стороны «макет» наблюдаемой нами эпохи. В его пространстве обнаруживается разрозненно-сплетенный исторический узел.

Кстати, сколько этих малых (разрозненных или сплетенных одна с другой) русских историй можно насчитать в нашей большей, общей истории, в нашем сложно собранном и с т о р и ч е с к о м п р о с т р а н с т в е?

Нетрудно проследить четыре «главные» российские истории, вышедшие в свое время из древнего новгородского узла; тогда сошлись варяги, греки, финны и славяне, объединившиеся в союз, известный нам как древнерусский. Они составили союз, изначально хрупкий, далеко не сразу сросшийся в некое подобие целого. (Еще раз: это только упражнение, в котором для простоты показа взята эта легендарная четверка.) Хоть и соединившись в подобие семьи, эти четверо «братьев» продолжили жить всяк по-своему: каждый тянул свою историю, устную или письменную. Так потянулись четыре пряди истории, очень разные, изредка стягиваемые одной косицей, но большей частью распущенные; и все же общей их суммой обозначилось большее историческое («римское») пространство.

Именно пространство — перед нами разворачивается общий, хоть и «полупустой» сюжет, условно в одну сторону влекомый (в вопросе о том, что все идут в одну сторону, есть разночтения).

*

Далее этот макет из четырех новгородских историй можно разложить по сторонам света — при ясном сознании условности подобной сортировки.

Первой обозначает себя история северян, «варяжский» (норманнский) вектор, история с в е р х у. Этот сквозной сюжет наиболее известен и разработан, научно обоснован, идеологически обеспечен; он представляет собой прежде всего историю нашего государства.

Ею, историей государства Российского, очередной иерархической хроникой, отчетливо обозначающей идущий сверху вниз государственный вектор, был занят в свое время первый русский «оптик», в данном случае первый государственный историограф Николай Карамзин.

Действительно, история русских северян, сколько возможно, аргументирована, научно (направленно) верифицирована и вложена в головы отечественным читателям с младых ногтей, со школы, что неудивительно ввиду того, что именно эту историю прослеживала российская власть. По той же причине направленного заданного сверху устроения она чертится более или менее прямо. Спрямление искусственно и составляет результат неоднократных редакций и позднейших уточнений, однако в части логики это много способствует ее убедительности. Так или иначе, эта северная хроника выглядит — неверно: не просто выглядит, но р а -
б о т а е т некоей несущей осью нашего исторического пространства, осью памяти, которой надобно собрать, нанизать на эту ось тысячелетнее, пестрое и пространственно противоречивое русское повествование.

Норманнскую хронику, историю России № 1 не то чтобы дополняет, и тем более не соревнуется с ней, но существует как будто рядом с ней, живет автономно другая история — южан, «греков»: это история русской церкви. Хронологически она имеет множество соответствий и параллелей с государственной хроникой северян, но, по сути, по своим внутренним задачам и установлениям являет собой другой рассказ, другую логическую последовательность, иначе начерченную «фигуру в пространстве». Эта «греческая» история России также подробно прописана, аргументирована (в той степени, в которой церковной истории нужны академические аргументы), а также, что очень важно, она имеет свою систему связей с внешним миром, большим временем, вселенской историей христианской церкви. Эти связи русской церкви со своим большим миром — не тем, с каким соотносит себя, с каким спорит, с каким воюет Российское государство, не с первым Римом, но со вторым — также непросты и полны противоречий, борьбы и столкновения интересов. Но эта борьба, совершаемая по другому фронту, только подчеркивает «пространственную» автономию второй русской истории, ее самостоятельный сложный чертеж. Сложный, конфликтный, подвижно-покойный, сюжетно богатый.

Богатство второй (церковной) русской истории не вполне укоренено в нашей «школьной» памяти. Свою историю церковь пишет сама и учит ей своих адептов, не соотнося ее напрямую с официальным учебником, на что, несомненно, у нее есть серьезные основания. Эта «южная», константинопольская хроника, история России № 2, имеет много влияния на наше сознание, но влияние это опосредованно.

Мы наблюдали «стереометрический» конфликт двух наших «римских» мировоззрений — первый Рим против второго — на примере столкновения русских европеистов и «цареградцев», в литературной проекции — партий Карамзина и Шишкова. Отчасти это было следствием несовпадения между собой двух русских историй, первой и второй. В тот момент это несовпадение, обычно микшируемое тем, что истории № 1 и № 2 происходят на разных «этажах», внезапно остро проявило себя. Отчего? Оттого, что речь пошла о слове, пункте общего жаркого спора. Это противоречие было снято войной 1812 года; тогда нарисовался новый третий Рим, новая Москва, как внепространственный ментальный феномен, претендующий на оформление собственной «автономной» эпохи. Перевод Библии способствовал его утверждению. Последующие события и потрясения показали достаточно определенно, до какой степени был противоречив этот московский проект, сколь хрупким было «перемирие» 1812 года. Послепожарное расхождение русских историй обнаружило многие провалы и пустоты в поле русского сознания, его анизотропию, склонность к перенапряжению и срывам, «заговариванию» себя (московским) словом. Но это отдельный сюжет, к которому мы еще не раз вернемся. Пока идет пересчет «малых» русских историй, из которых в первую очередь были отмечены две: государева и церковная.

*

Далее начинаются сложности. По идее, если руководствоваться хотя бы в схеме «хоровой» логикой, оставшиеся двое участников исходного новгородского «хора», славяне и финны, также могут претендовать на участие в историческом строительстве, на голос с н и з у. Однако этот голос слышен слабо; российская «история снизу», история земли всерьез не прописана. Вместо нее мы часто наблюдаем миф, явленный в культурных проекциях, этнографической (региональной) активности. И — в бунте.

Да, так выйдет лучше, с бунтом.

Хронику перманентного русского бунта, представляющего в общем «хоре» голос земли, можно с уверенностью записать русской историей № 3. Она по-своему последовательна, потому уже, что выстраивается от противного по отношению к истории № 1 — как возражение на нее. Земля возражала на нарушение северянами исходного новгородского договора.

Власть северян неизбежно, по нарастающей, искажала изначальную «справедливую» договоренность (скорее всего мифическую, но со временем только выигрывавшую оттого, что она миф). Эта власть попирала права «нижних» народов, на каждом этапе своей эволюции переписывая историю № 1 в обеспечение этого попрания. В ответ — «зеркально», по нарастающей — рос и ширился общий русский бунт. От местных и региональных проявлений он скоро возрос до масштаба общенационального. Степан Разин и Пугачев, особенно Пугачев, обозначили характерные ступени этого роста, этапы «третьей» русской истории. Наконец, охватив в XIX веке все слои русского общества и обретя прежде отсутствующие внешние связи (резонируя, хоть и весьма своеобразно, с всеевропейским революционным движением), русский «земляной» бунт опрокинул в 1917 году все сложно составленное историческое строение России.

Тут бы и появиться полноценной русской истории № 3. Но принципиального обновления концепта не произошло: новые, советские историки взялись за привычную редакцию первой государственной истории. Эта первая история, хроника русской власти, частично поменяла цвет, переменила в первом ряду портреты, но в целом сохранила осевой государственнический настрой. Она сохранила прежнюю несущую ось и счет дат, добавив оформительские акценты на движении снизу, народном вопросе и бунте.

Известную попытку переменить логику формирования русской исторической конструкции в конце 20-х годов предприняли евразийцы, но она осталась лишь проектом применения нового «архитектурного» мышления. История снизу была только предварительно размечена евразийцами. Далее на эту тему следовали маргиналии.

В отношении времени, нас интересующего, рубежа XVIII—XIX веков, можно уверенно говорить о голосе снизу, об истории № 3, прямо сказывающейся в общем русском «хоре»: это был голос Пугачева и его большого бунта. Масштаб его выступления, вековая укорененность претензий восставшего народа, принесшая Пугачеву скорый и выдающийся успех, указывают на его своеобразную легитимность этого бунта, определяемую вне связи с профанной легитимностью «государя» Петра III. Да, тогда во весь голос заговорила третья русская история; межнациональный характер восстания в известном смысле возвращал ситуацию в исходное новгородское положение. Башкиры и калмыки Пугачева мстили, сами того не зная, за обманутую финскую чудь и язычников-славян. На империю Екатерины двинулась «симметричная» ей империя Пугачева. Их «стереометрическое» равенство привело к тому, что многовековое сооружение северян сотряслось до основания. Разумеется, до основания — если ходило ходуном самое основание русского «макета».

*

Что такое четвертая русская история? Сохраняя «былинный» расклад, рассматривая исходную новгородскую позицию как точку фундаментального метагеографического договора (встретились варяги, греки, славяне и финны и так-то договорились: тут уже довольно сказки), историю № 4 можно определить так. К первой, варяжской истории, второй, церковной, третьей — назовем ее славяно-финской, истории земли, следует добавить четвертую: и с т о р и ю   я з ы к а.

Здесь сложностей возникает на порядок больше, чем с тремя первыми номерами.

Это самая из всех неустойчивая, «творческая», зыбкая, готовая к перемене и самоопровержению и, главное, постоянно претендующая на внеисторический, метафизический статус четвертая русская история. Как правило, она выступает не сама по себе, но сказывается в исторических (пространственных) комбинациях с другими историями. Она очень важна, поскольку именно слово определяет работу всей русской мнемотехники, равно и исторического проектирования. Эволюции русского языка прямо подчинено наше историческое сочинение (и неизбежно сознание). Тем более необходимо отделять эту четвертую историю от остальных, понимать ее своеобразную «оптическую» роль в формировании пейзажа нашего прошлого — и будущего.

Итак, в первом опыте мы насчитали четыре истории: государства, веры, земли (бунта) и языка.

Пока рассуждал, сам себе поверил наполовину, хотя начинал рассматривать легенду, сказку о драконе, у которого не три головы, а четыре. Нет! там были братья. Все одно сказка. Но я сам же и поверил в эту сказку. Вот пример вторжения слова в историю. Русское слово живо, активно, пристрастно, трудноуловимо «оптически» и опасно соблазном тотального (переменяющего сознание) сочинения.

*

Нужно вернуться к началу рассуждения и пояснить, зачем
понадобился этот пространственный набросок композиции
нескольких русских историй, очерк, следует признать, весьма схематический. Вот зачем: уже было сказано — возникает подозрение, что действие составляющих нашей общей
истории не всегда хорошо согласовано. (Их, кстати, много
больше, чем эти легендарные четыре: достаточно вспомнить
о не включенных в общий «хор» историях мусульманского и
буддистского — русского — Востока, национальных и цеховых концептов, военно-исторического мифа, не вполне сов-
падающего с официальной доктриной и тому подобное.) Тут
уже не косица тянется по пространству времени, тут нужна
другая метафора: лес, куст, рыхлый клубок историй.

Этот русский клубок в самом деле полон пустот, происходящих вовсе не от неисследованности того или иного этапа
нашей общей истории, но именно от несогласования, а порой и взаимоотторжения ее составляющих. Ее малые истории, нити, ветви и пряди большей частью не наблюдают одна
другую и, пребывая каждая сама в себе, развиваясь линеарно,
не предполагают вовсе общего, сознаваемого как нечто целое, пространства. Эти о д н о м е р н ы е линии сходятся и
расходятся точно в вакууме, «освещая» его фрагментарно и
оставляя все сооружение пространственно бессвязным.
Мы замечаем только фокусы общей композиции, когда на
протяжении нескольких лет — для истории это точка — как
правило, силою внешних обстоятельств, военной угрозы
или внутреннего опасного нестроения пересекаются и свя-
зываются в узлы несколько русских историй. Резонируя одна
с другой, провоцируя одна другую, они предъявляют нам яркие исторические сплочения. Таковы, к примеру, перекрест-
ки фокусных русских лет: 1380 (Куликовская битва), 1492 (конец византийской эры, перемена календаря, новое начало

Москвы), 1613 (Смутное время), наконец, интересующий нас в первую очередь перекресток 1812 года. Как правило, это сопровождается масштабными потрясениями или, скорее, вызывается потрясениями, но так или иначе, в эти моменты наши малые истории сходятся в некоем «электрическом» разряде и только этим и запоминаются: фокусом и громовым разрядом, иначе на них не смогла бы сосредоточиться наша рассеянная, сама с собой спорящая историческая память.

*

Эпоха двух Александров (1812—1825: отрезок времени, когда они оба на виду) как раз и есть подобный фокус и разряд. Этот отрезок общей нашей истории сюжетно насыщен, полон артистических персоналий; оттого она представляется пространством переполненной театральной сцены. Неудивительно, если в его локальных пределах мы наблюдаем узел нескольких русских историй, каждая из которых во взаимосвязи с другими историческими составляющими переживает в этот момент качественное обновление.

Так оно и происходит: все русские «провода» разом оказываются под током (времени). Меняется власть, обновляются конструкции государственного строения; «греческий» вопрос (здесь — вопрос веры) встает со всей остротой в связи с переводом Библии. Меняясь, Россия навлекает на себя войну извне, в которой для нее среди прочих имеет существенную силу греческий (здесь уже без кавычек) вопрос, проблема самоидентификации русского Рима; все эти перемены России сверху дублированы недавним потрясением снизу, пугачевщиной, не только не изжитой, но едва прикрытой сверху поспешными строениями екатерининской империи. И наконец, в резонансе со всеми этими переменами заново пересказывает себя русский язык — так заново, что мы уже двести лет по умолчанию полагаем эту эпоху за «изначальный» образец русского слова.

Эта сплоченность нескольких русских историй на отрезке начала XIX века предъявляет выдающееся и в равной мере противоречивое з р е л и щ е в р е м е н и. Нам его обеспечивает язык, обновленное слово, которое играет роль «линзы сознания», сосредоточивающей наше внимание на событиях этой эпохи.

Обновление языка было потребно и актуально во всяком аспекте — государственном, эстетическом, духовном — для всех участников исторической пьесы (можно в очередной раз вспомнить вопрос перевода Библии, сквозной в нашем исследовании), и поэтому это обновление, вспоминаемое нами как новое рождение слова, оказалось в итоге настолько успешно, что Россия получила этот язык как продукт и с т о - р и ч е с к и с а м о д о с т а т о ч н ы й. Революционным образом обновленный русский язык не просто ответил на внешние вопросы, не только среагировал на вызовы времени (времени как пространства), но освоил и заменил в нашем сознании самое это пространство времени.

Это был поэтический подвиг, годный в основание нового исторического мифа. Миф и был создан; новое слово «поглотило» пространство, исчерпало его (об этом можно судить определенно по представительству Пушкина за всю эту эпоху) — таково было следствие создания нового языка. Московского языка! Событие 1812 года, означавшее духовное преображение Москвы, претендующее не без основания на то, чтобы стать началом новой эры, некоторым образом «отменило», обнулило нашу историю. Это произошло в резонансе с эффектом от перевода Священного Писания и выдающимся пушкинским предложением (здесь Пушкин уже лицо обобщенное, представитель словотворящего цеха).

Еще бы мы не смотрели в эту эпоху мимо двух последовавших затем веков. Новое слово «поглотило» новое время. Мы получили «царский» язык — центроустремленный, внепространственный, самозабвенный.

*

Итак, Москва предъявила истории язык «вместо пространства». Можно сказать и так: Россия не обрела большего языка, слова в пространстве: центробежного, «зрячего», внятно располагающего ее во внешнем мире и так же осмысленно координирующего между собой ее внутренние (изначально конфликтные) движения. Россия получила язык не для эволюции, но для революции, с гипертрофией функции «сейчас», язык нетерпеливый и нервный, с претензией на тотальность и вербальную сакральность, и при всем этом «детский», требующий сказочной завершенности, литературности от всякого реального исторического сюжета.

*

Новая Россия принялась выводить себя из слова, позабыв, что это слово явилось ей в историческом пространстве. Поэтому Александр Пушкин, московский мальчик, выросший в люльке слова, уверенно закрыл для нас Александра Романова, петербургского младенца, с момента рождения попавшего в черченый куб, — закрыл не сразу: по мере того как оптика языка в нашем сознании возобладала над объективной исторической оптикой.

За это Пушкину была расплата: пересочинение его жизни задним числом.

Тут можно завершить рассуждение о русском историческом «макете». Мы подступаем к фигуре Пушкина, как самому яркому, сложному, дробносоставленному и при этом показательно ц е л о с т н о м у из всех явлений эпохи. Для того и потребовались эти предварительные «оптические» построения, чтобы обнаружить многогранность пушкинского явления. Пушкин является нам как «человек-макет» (русской истории). Он обнаруживает способность, с одной стороны, отразить в своей эволюции все заявленные темы, все русские истории — политическую, духовную, «бунташную» и литературную, и с другой — собрать их в целое, преодолеть их дробность в своем поверх-историческом, объединяющем национальное сознание опыте поэтического бытия.

*

Пушкин как будто был к этому готов; с молодости он ясно ощущал себя в большем пространстве истории и так же ясно ощущал (понимал), что ему дано освоить это пространство словом. Каково это? в восемнадцать лет написать, веруя в каждое слово, что *неподкупный голос мой есть эхо целого народа.*

Он без труда помещал себя в пространство (явное и воображаемое, слышимое в одном только слове *эхо);* путешествия его были бесконечны: он выглядит как идеальный путешественник. Была бы его воля, Пушкин всю жизнь извел бы на черчение по земле своих скорых маршрутов. Тут можно написать с большой буквы: по Земле — Европе, Америке и Африке, по Африке-то непременно. Но этой воли у него не было. Пушкин часто сидел взаперти, и тогда время чертило по нему свои маршруты.

Тогда он путешествовал словом; посредством слова он «видел» русское помещение целиком — в этом смысле он был не менее глазаст, чем Карамзин. (Успех его пространство-заменяющих странствий оказался в итоге противоречив: после него мы с легкостью стали заменять пространство словом.)

Пушкин «видел», хотя, разумеется, проговаривал это иначе, что на нем пересекается несколько сюжетных линий истории; это «видение» обеспечили ему самые острые литературно-пространственные ощущения. Договаривая сказку о четырех русских историях, можно сказать, что они сошлись на Пушкине «чертежом времени», узлом русской косицы, затянутым ленточкой нового языка.

322

*

Сразу же выясняется — так же, на уровне вспомогательной игровой модели, — как позиция Пушкина на чертеже истории отличается от позиции Карамзина: Пушкин в ф о к у с е истории, Карамзин же (такое впечатление, что осознанно) отстраняется, выходит из этого фокуса. Карамзин как будто затем и становится историком, чтобы держать русскую историю в постоянном и неусыпном наблюдении, на расстоянии от себя.

Он осторожен — Пушкин нет.

Пушкин налагает на себя рисунок истории, пускаясь в опыты: сначала со словом, затем со словом во времени, затем прямо с временем. В результате жизнь его задним числом без труда прописывается «евангельским» образом: в ней все не случайно, все «поверяется» закономерностями — квадратами и кругами, налагаемыми им самим и его исследователями. Это его помещение в историческое пространство представляет собой характерный «оптический» сюжет.

Занятное слово — «помещение»: в нем разом видны простор и процесс, интерьер и действие, в этом интерьере совершающееся. Пушкин «помещается в помещение» русской истории и самым решительным образом эту историю переменяет. В нашей памяти, в нашем восприятии с ним она становится п р о с т р а н с т в о м.

В связи с этим возникает два заключительных коротких соображения, два вопроса, которые стоит теперь задать, но ответы на которые лучше оставить на потом.

Первое: допустим, будущее для нас развернуто веером, оно вариативно, пластично — разве не таким же должно оставаться и прошлое? История — это прежде всего сумма вариаций, то именно пространство творческого выбора, которое вызывает наш постоянный интерес, соблазн п о м е с т и т ь- с я в и с т о р и ю.

И второе: для нашего «оптического» опыта потребовались четыре малые русские истории. Четырьмя створками новгородского «макета» мы попытались удержать некое исходное пространство, которому могло бы соответствовать некое «русское целое»: власть, вера, земля (бунт) и слово. Четвертой составляющей оказалась история русского слова, та, что нам в первую очередь интересна. Как уже было сказано, это самая запутанная наша история: спорная, разносочиненная, претендующая на сакральность и право на отмену исторического времени как такового, претендующая на замену одной собой всего исторического строения России. Тем не менее при известном усилии можно проследить историю № 4, хронику русского чтения, как отдельную составляющую этого воображаемого строения.

И вот он, второй вопрос: можно ли так же проследить хронику русского зрения?

То есть: можно ли проследить такую историю, которая на всем протяжении существования России фиксировала бы ее сложносоставленную целостность, сознавала ее существование подвижным клубком во времени?

Очередной (праздный) «стереометрический» вопрос.

Первое, что приходит в голову: нет, невозможно. Такую, всесторонне отрефлектированную русскую историю можно вообразить только в ретроспективе. Начиная с определенного момента — да, наверное. Тут, кстати, в качестве некоей поворотной точки мог бы быть рассмотрен этот исторический момент, «мгновение» между Карамзиным и Пушкиным, когда России явилась идея мировоззренческой рефлексии, самонаблюдения себя во времени. До этого момента нам таковая рефлексия не требовалась: понятийный аппарат, которым традиционно пользовалась русская мысль, в принципе был устроен отлично от европейских моделей и образцов (что ни в коем случае не подразумевает его ущербного в сравнении с ними состояния). Довольно было слова «Рим», чтобы русское сознание успокоилось в условном равновесии. Но вот пришел этот момент, Россия взглянула в «зеркало» Европы; драма самообозрения с сопутствующей жертвою Москвы совершилась — от этого момента стартовала наша «зрящая» история. От этого перекрестка распались вееры времен, не только в будущее, о котором немедленно закипел жестокий спор, но и в прошлое, где нашлось не менее поводов для конфликта. Наша «оптическая» история началась переводом Библии, путешествием Карамзина и явлением Пушкина... но как она ярко началась, так скоро и закончилась.

Пространство, в котором фехтовали координатами русские «западники» и «южане», в котором заблудился Блудов, распались Арзамас и «Арзамас», в которое полвека спустя оглянулся Толстой и увидел мир, — закрылось, убыло до плоскости (страницы), поместилось в слово.

«Оптическая» история России остается по сей день не видна.

●

На этом можно закончить обозрение *перекрестка, открытого во времени между Карамзиным и Пушкиным. Первая и главная мысль его проста: он есть пространство; в нем действуют герои «перпендикулярные», люди-точки (лучше – люди-фокусы), человеки-зеркала, более отражающие других, нежели въяве существующие. Наверное, всякая эпоха такова; другое дело, что эта эпоха стала для русского слова образцовой. Мы оглядываемся на нее, сводим ее помещение на плоскость своего восприятия и тем как будто лишаем ее воздуха, тогда как она была именно воздух. Расстояния между словами имели значение, углы между одной мыслью и другой были заметно остры, они то и дело ранили оппонентов – всё геометрия одушевленная. Так же и несколько очерков о той эпохе не составляют прямой последовательности, хотя и пытаются соблюсти хронологию: Федор Толстой с его героическим плаванием 1803–1806 годов встает прежде события 1812 года и проч. Здесь не одно после другого, а сбоку, над или под – в пространстве. В центре композиции Москва, где ей и быть положено. Теперь в этот центр встает Пушкин.*

Части и целое

Наше внимание к нему понятно, *исполнено уважения, восхищения, поклонения – и одновременно это наше внимание жестоко и навязчиво. Мы совершаем, наверное того не желая, перманентное* р а з ъ я т и е П у ш к и н а. *На первый взгляд это происходит в области идей, не имеет физической проекции и не должно задним числом досаждать поэту. Однако полной уверенности в этом нет. Эти вопросы не вполне разобраны. Сфера интуиций – потому уже, что речь идет об интуициях – помещена достаточно своеобразно в большем пространстве времени; предчувствия в высокой степени свойственны поэту, тем более поэту Пушкину. Разве не мог он всерьез предчувствовать наши позднейшие разборы и критики? По нем ходили аневризмы, он страдал, душа его терзалась – разве не могло это хотя бы отчасти быть вызвано жалом будущего? Нашим ненасытным, хуже (лучше?) скальпеля режущим взглядом, посылаемым нами сквозь пространство истории. Это тем легче представить в нашем разборе, который налагает на него чертеж из нескольких русских историй. Пушкин разъят между ними, расчленен между русскими метафизическими этажами, разобран на молекулы нашего каждого-на-свой-лад прочтения. С другой стороны, это прежде всего его собственный опыт – только не по разъятию, но напротив – собиранию в целое всех наших историй, этажей и молекул.*

ЧЕРЧЕНИЕ ПО ЧЕЛОВЕКУ*

*Первая часть эссе в журнальном варианте под заголовком *Месторождение Александра Пушкина* была опубликована в журнале «Октябрь», № 2, 2002.

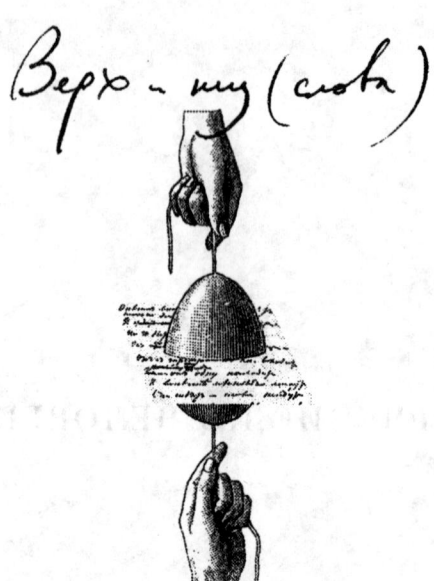

Верх – низ (слова)

Первое усилие вертикально; *согласно логике данного исследования – «меридионально». Теперь мы переходим к терминам внутренней географии: что такое меридиан или сокровенная (духовная) вертикальность человека? Тут как будто нет вопроса, формулировка сама говорит о некоем внутреннем стержне, помогающем хозяину различить верх и низ, то есть – высокое и низкое, хорошее и дурное. Но у нас речь идет о чем-то ином – о гипотетическом соответствии человека и карты, об их буквальном сходстве. Что это вообще такое: homo geographicus? Не уверен, что так правильно. На первый взгляд это полная химера. Человек – не стрелка компаса, чтобы выкладывать себя на карте ногами на юг и головой на север (и сердцем в Москве). Но мы уже рассматривали первый наш литературный меридиан, «совпавший» с вертикальной границей между древними и новым мирами (Римами); мы рассуждали о высокой чувствительности людей слова к именно так по этим местам начерченной (невидимой) границе. Нет, все же человек есть стрелка: духовного, исторического, паломнического компаса; память его «вертикальна». Он «вертикален» даже в том случае, если не прочитывает отчетливо сигналы карты. Мы помним о севере и юге, эти направления для нас внутренне важны.*

Первая часть

ВНИЗ, ВВЕРХ

I

В мае 1820 года Пушкин отправляется из Петербурга в южную ссылку: по карте вниз[51].

Северо-запад России поэт пролетел незаметно; Белорусский и Смоленский тракты не отмечены у него ни словом. Мчался в карете, точно в капсуле, ничего вокруг себя не различая от обиды и унижения; позже сочинил сказку, что две недели спал.

В самом деле — взяли за шиворот и выкинули из столицы вон.

[51] Таково начало его большого странствия; до этого момента перемещения Пушкина локальны. Переезд его мальчиком из Москвы в Лицей был значительной переменой места, но все же он укладывался в рамки закономерного, в порядке вещей, путешествия — из детства в отрочество. Движение Пушкина, которое началось в мае 1820 года, было в н е п о р я д к а в е щ е й: оно было ссылкой, наказанием в пространстве, наказанием ущербным пространством. Это путешествие-убывание с самого начала потребовало встречного творческого действия. В дороге Пушкин сопротивляется, противостоит обстоятельствам; постепенно он восстанавливает (в слове) помещение сознания, поврежденное ссылкой. Это новое помещение самостоятельно светло, потому что возникает в результате отрыва от «света», после испытания поэта тьмой одиночества, тяготами дороги и двухлетним михайловским сидением. Так в мае 1820 года началось странствие, во всяком смысле слова формообразующее. При этом началом пушкинской метаморфозы было скорое падение вниз: географическое (с севера на юг), психологическое, не мироустроительное, но миро-разрушительное.

Еще вслед отправилась сплетня, что его перед отъездом выпороли.

Нет, это не черчение по человеку (красным по белому), это скверное слово, прилепленное ему на спину. Пушкин, узнав о сплетне, едва не пустил себе пулю в лоб. Его отговорил Чаадаев; он имел на Александра много влияния. Чаадаев был прав: нелепо стреляться из-за одного дрянного слуха. Видимо, до такой степени Пушкин был тогда обескуражен, так внутренне перевернут, потрясен отпадением от петербургского рая, от «света», что готов был провалиться на тот свет.

Автором сплетни, по общему мнению, был Федор Толстой Американец, нами уже отмеченный[52]. Слух, пущенный им ни с того ни с сего, безо всякого на то основания, словно его попутал бес, стал поводом для долгой ссоры э т о г о Толстого с Пушкиным. Между ними последовал заочный обмен эпиграммами, вызов на дуэль, долгое ее ожидание и едва не состоявшаяся сама дуэль. Стоит вспомнить, как много знаков оставило на судьбе Пушкина одно ожидание этой дуэли. Явилась даже проза (в отличие от дуэли состоявшаяся): повесть «Выстрел».

Все это важные материи; присутствие э т о г о Толстого в сюжете о явлении современного русского языка и позднейшее включение в игру т о г о, Льва Николаевича, замыкает происходящее в узком кругу избранных участников. Мы как

---

[52] См. заметку *Случай в океане,* о приключениях Федора Толстого во время первой русской кругосветной экспедиции. Не все исследователи подтверждают, что автором сплетни о полицейской расправе над Пушкиным был Федор Толстой. Достоверно известно, что не однажды они с Пушкиным были близки к дуэли, несколько раз ссорились и наконец много лет спустя помирились в Москве. Начало их отношений было пестро; между ними находился князь Шаховской, нашептывающий на ухо то одному, то другому недобрые слухи. То, что произошло весной 1820 года, было продолжением темной и запутанной истории в отношениях двух и более сочинителей. Сама эта ссора была наполовину сочинена.

будто смотрим семейную драму: герои все знают друг о друге, их отношения окрашены живым и личным чувством. Неудивительно, что после того оказался так окрашен чувством, так наэлектризован и сфокусирован на человеке этот «семейный» (наш семейный) русский язык.

В его «пространстве» и не такие совершались драмы. Похоже, Федора Толстого, как это с ним не однажды случалось, повел бес слова. Один сочинитель плеснул в спину другому, точно чернилами — выдумкой, негодной сплетней. Слава Богу, стреляться из-за этого Пушкин не стал. Однако его движение на юг в первые дни ссылки стало спуском в ад. Оно прошло в молчании, которое само за себя говорило.

Говорило пустотой.

*

Так, драматически пусто, началось это путешествие длиною в пять с лишним лет, в течение которого Пушкин «перечертился» совершенно. Был один Александр, стал другой.

Вообще с именем Александр происходит некая загадочная «грамматическая» игра[53]. Южная ссылка началась как «физическое» разделение Александра I и Александра Пушкина; был в столице один Александр, рядом с ним другой — до определенного момента две эти буквы «А» совпадали географически. Но вот случился судьбоносный разрыв; имя Александр «разделилось». И ощутимо поменялся сокровенный русский чертеж. Одна буква «А» осталась в столице, в центре чертежа, другая отправилась вниз, на периферию, на южный его предел. Чертеж раздвинулся, разорвался, обнаружил показательную пустоту.

---

[53] См. выше — *Зеркало и Александр,* рассуждение о «рокировке» в истории Александра Романова и Александра Пушкина.

Это не просто игра букв: таково было начало смыслового разделения двух «царских» сюжетов, за которыми мы будем следить далее со всем вниманием. Их расхождения-схождения принципиально важны. Уже для современников южная ссылка Пушкина была действием заметным и в общественном плане знаменательным[54]. Царь и поэт (царь букв) хорошо друг друга знали; царь сослал поэта — отправил по вертикали сверху вниз. Это действие составило символ: начались другие времена, вступают в силу правила новой «геометрии». Послевоенная эпоха, на которой еще сказывался отсвет победы 1812 года, заканчивалась; бытие убыло до буден, праздник победы остался за спиной.

Многое можно разглядеть в рисунке того времени, глядя на летящего в карете Александра, отпавшего от Александра.

Только теперь, сию секунду вокруг него нет ничего: обочины дороги пусты.

[54] Есть много толкований причины южной ссылки Пушкина, в том числе то, что подает ее как некоторое благодеяние. Будто бы влиятельные друзья поэта, посовещавшись, решили отправить его подальше от столицы, где он уже нажил довольно неприятностей. Заодно стоило подлечить его на кавказских водах и южном солнце: здоровье Пушкина после первых трех лет вольной жизни было основательно подорвано. Воспользовавшись своими связями, друзья спровоцировали царский указ о ссылке. Показали кому следует некоторые его стихи, затем дали ему их сжечь: в сумме вышла ссылка не самая строгая — на юг, под надзор добрейшего генерала Инзова. Будто бы в этом случае один Александр не собирался наказывать другого, но дал ему возможность исправления.
В отношении «игры пространств» такая версия оставляет нашу реконструкцию без изменений: так или иначе, два Александра были один от другого максимально далеко отторгнуты. Между ними ощутилась пустота; если говорить об указаниях судеб, 1820 год этой пустотой предварил роковые события 1825 года.

Смотреть не на что: белорусская дорога проложена недавно. Движение коляски, ввиду однообразия той просеки, которая только называется дорогой, совершенно незаметно. Коляска «неподвижна», не едет никуда — или едет в «никуда» — только качается, борта ее трясутся, более ничего. Пассажиры, Александр и его слуга, Никита Козлов, качаются, трясутся, бьются, один в отчаянии, другой во сне.

Унылая дорога; она не обросла еще веселящими глаз деталями — писанными вохрой деревнями, петухами из линючего шелка, одинаково фарфоровыми колокольнями и бабами, стоящими у всякого поворота, точно солдат на посту, с ладонью у глаз. Вместо них мимо окон, мимо Пушкина летят пустота и ничто. Сменяют друг друга свежепоставленные столбы, однообразием своим отменяющие пройденное расстояние; просеки прямы, ровные стены леса еще несут на себе следы пилы и топора.

Пологая равнина не различает на себе дороги, пейзаж не обратился к ней лицом.

II

В этом исследовании нужно внимательно различать дороги. Мало того, что они в России очень разны; Бог бы с ним, это повод для статистического опуса. Нас интересует аспект «оптический»: не дорога, но грань, соединяющая или разделяющая дробные русские миры. Вот и пейзаж: он либо дорогой связан, либо разрезан (этот разрезан). Это разные сюжеты, в них по-разному разворачивается драма: соревнования русской плотности с русской пустотой.

Еще важнее: оглядываясь в историю, мы наблюдаем определенно, что на «атомарном» (царское ядро и периферия) чертеже империи дороги в самом деле составляют линии судеб. А также — иерархические связи, направления для полета искр (чувств), проходы во времени, по которым мы следим наше будущее.

Будущее ссыльного поэта более или менее известно. Эта долгая дорога, что началась в мае 1820 года как вертикальная стрела, спускающаяся по карте, для Пушкина — важнейшая из всех. Она сделает немало петель и в итоге приведет его прямо в центр интересующего нас события: по ней он теперь катится (к новому слову), точно бильярдный шар в лузу.

Пока эта линия пуста, до-событийна. И — нет у Александра слов для описания этой дороги. Казенный тракт, легший по прямой среди унылых елей и осин, так нем, что заразил немотой самого Пушкина. Тогда он не выжал из себя ни одного дорожного слова, что добавило ему лишних мучений[55].

[55] Только через десять лет Пушкин соберется с силами, чтобы описать это северо-западное «ничто».
В «Станционном смотрителе» он вспомнит эту дорогу. Картины повести, словно раздавленные низким небом, прямо списаны с этих безымянных, тусклых мест, пропадающих втуне между Питером и Минском.
«В 1816 году, в мае месяце, случилось мне проезжать через ***скую губернию, по тракту, ныне уничтоженному».
В мае — это о ней, о первой ссыльной дороге: ей, мучительной, пустейшей из всех возможных, положено быть уничтоженной. «Станционный смотритель» составляет эхо тех первых дней ссылки. Напоминанием о том служит фамилия героя: Минский. Беспутный ротмистр награжден обезвешенной фамилией: Минск, или Менск, куда вела стрела «нулевой» дороги, был Александру Сергеевичу неизвестен, положительным смыслом не наполнен. Скорее наоборот, с того момента Минск сделался для Пушкина напоминанием не самым приятным. Минский тракт Пушкину показался плох (пуст), и неизбежно ротмистр Минский вышел у него в «Смотрителе» в известной мере плох и пуст. Зато смотритель, Самсон Вырин, был назван Пушкиным по имени одной из ближайших к Питеру станций, Выры. Пушкин хорошо знал Выру; дорога через нее была езжая, пестрая, богатая разнообразными впечатлениями. Потому, наверное, смотритель Вырин делается у Пушкина героем, в общем и целом положительным.

Многое можно прочитать по строке-дороге, если понять, что она не просто тракт, но линия на чертеже (слова), что она отражена в «зеркале» языка и существует в особом его пространстве. В пространстве слова и сознания она — грань, складывающая или вычитающая миры.

Эта — сплошное вычитание; в поездке по ней жизнь убывает, рассыпается на одинаковые, «нулевые» дни, которые не означают никакого движения, а только пустое качание и тряску на одном месте.

*

В самом деле, дорога — важнейший элемент русского метафизического чертежа. Можно (пока несчастный ссыльный качается в коляске и молчит) порассуждать о том, что такое наша история в свете эволюции дорог. И вообще: что она такое как эволюция пространства, если принять дорогу как грань постепенно раскладывающегося русского воображаемого помещения.

История, если понимать ее как учебник ментальной геометрии (историю роста национального сознания), может быть достаточно последовательно прочитана через перемены в значении и состоянии дорог.

Петр, насаждая на Руси европейское пространство, в большей мере проектировал его, грезил о нем, аккуратно по всем осям расчерченном, и, предваряя его, выставлял на плане будущей страны некие исходные точки (первая из них — Петербург, до того мы отмечали Таганрог, как его южный опорный пункт, но история прошлась по нему ластиком). Екатерина принялась соединять петровские точки линиями. То есть: царствие Петра было для новой России «точечно» (начально), царствие Екатерины — «линеарно». В ее эпоху дороги были линиями складок, по которым постепенно разворачивалась русская карта.

Далее, согласно учебнику геометрии, должна была наступить эпоха «плоскости»: все верно, пересечения дорог сообщают стране второе измерение. В результате ее двумерная карта ложится гладко, страна в сознании ее жителей равномерно раскладывается во все четыре стороны света. Такова ментальная геометрия-география: это вовсе не игра; ее процессы закономерны и последовательны. История всякой страны скрыто содержит эту последовательность, ее только нужно расшифровать в терминах пространства.

От Петра к Екатерине, от нее к Павлу (или через него?): так прибывали в России «немецкие» романовские измерения, так, шаг за шагом, страна приобщалась к просвещенному пространству Европы.

Итак, эра «плоскости»: таково стереометрическое содержание эпохи Александра. Тогда от екатерининских «линий» в обе стороны принялась раскладываться русская карта. Дороги «обрастали» все новыми освоенными территориями.

Занятно то, что это заливание страны бумажной плоскостью совпало с революционным ростом русской литературы. Как будто Россия раскатывалась нашим писателям под перо.

Поэтому с точки зрения метафизического литературоведения (вот еще наука, термины которой столь длинны, что им впору приделывать дополнительные колеса) так важны были дороги, коммуникации сознания, так важен был знак, плюс или минус, с которым они укладывались в голове сочинителя. Мир, как ментальный ландшафт, собирался или распадался по линиям дорог.

Эта линия дороги, по которой Пушкин катился на юг, была, несомненно, минус-линией, отворяющей пустоту в м е с т о п р о с т р а н с т в а. От обочины и далее расстилается приминаемая ветром пустыня.

Таково выходит геометрическое рассуждение о первой ссыльной дороге Пушкина.

III

Потом, задним числом, он напишет, что эти дни провел точно во сне (скорее, в полуобмороке, некоторой потере сознания по причине потери пространства).

Пропустил сонные широты, очнулся в Екатеринославе.
Отчего так? Не оттого ли, что пересек границу языков, русского и украинского? Это не только географическая граница, которую, кстати, различить было нетрудно: северо-западная русская плоскость ощутимо сменяется всхолмленной, полной дыхания землей Поднепровья. Здесь и слово принимается дышать и двигаться иначе, сколько бы ни были сходны родственные русский и украинский языки. Спустя немного времени эту границу, двигаясь в обратном направлении, пересечет Гоголь. Он отправится «вверх», в Петербург; как человек чувствительный к поведению слова, он сразу отметит эту перемену рельефа, реального и вербального. Гоголь съедет на северную русскую плоскость, *местоположение однообразно гладкое и ровное, везде почти болотистое, истыканное печальными елями и соснами...* Душа его сожмется сообразно потере третьего измерения (разглаживанию рельефа).
Не эта ли ступень и за нею южный подъем слова разбудили Пушкина? Объяснение может быть много проще. В Екатеринославе он встретил знакомых, Раевских.
Только от этого момента, как если бы сознание жизни и души в самом деле, как полагал Лафатер, возможно только в общем пространстве с «отражающим» вас визави, — от встречи с Раевскими начинаются у Пушкина выраженные в слове южные воспоминания.

Южный рассказ будет короток; он только предварение к дальнейшему исследованию на тему: Пушкин и линия (вертикальная, вниз-вверх, дорога), Пушкин и точка (Михайловское).

Первые строки, июньские, после маеты и немоты мая сошедшиеся рифмой, являются на Кавказе. Позади пройденный сверху донизу русский меридиан, позади русское «целое», перед глазами рисуется его южный предел.

Ужасный край чудес!..[56]

[56] *Я видел Азии бесплодные пределы,*
Кавказа дальний край, долины обгорелы...
Жилище [дикое] черкесских табунов,
Подкумка знойный брег, пустынные вершины,
Обвитые венцом летучим облаков,
И закубанские равнины!
Стихотворение июня 1820 года. Пробы пера на юге, первые попытки связать в ссылке взгляд и слово. Настоящее исследование не имеет цели углубиться в поэтику Пушкина первых лет ссылки (только в обстоящее его пространство, видимое и невидимое, в котором угадываются некие сопутствующие стихам подсказки и «стереометрические» расшифровки). Нет, только дорожная оптика, с акцентом на 1825-й год, здесь представляющийся центральным: поворотный, меняющий времена и пространства михайловский год Пушкина. Поэтому ранние поэмы, от «Руслана и Людмилы» до «Цыган», здесь могут быть только упомянуты. В них «стереометрически» интересно то, что они созданы в пространстве диалога: в них Пушкин непременно кому-то отвечает, кому-то вторит, с кем-то спорит. «Руслан и Людмила» пишется три года, с 1817 по 1820-й — в ответ «арзамасцу» Жуковскому. Это пародия на «Вадима», которая в конце концов вырастает в нечто гораздо большее и значительное, но все же остается ответом на внешний импульс, текстом в режиме диалога. Также и «Кавказский пленник», «Братья-разбойники», «Бахчисарайский фонтан» суть следование за Байроном. «Цыганы» есть возражение Байрону. Все это замечательная поэзия, которой, однако, необходим внешний пример. Она поэтически самостоятельна и «пространственно» зависима. Совсем не то начнется в Михайловском, в настоящей глухой ссылке, в отсутствие всякого внешнего движения, но только во в н у т р е н н е м   р о с т е. Тогда явится другой Пушкин, способный опереться на самого себя и стать внешним примером для других.

Хорошо сказано. «Геометрическое» замечание: край, периметр империи тем уже хорош, что не так пуст, как ее сердцевина. Он (чертеж) чудесен, край его ужасен.

*

Население южного края Пушкиным большей частью выдумано, как наполовину выдуман поэтом и сам этот юг. Он у Александра одновременно античный (таврический) и турецкий, из времен Мехмета II Завоевателя. Таковы и персонажи. Чего стоят одни бродящие в виду Кавказских гор увядшие безымянные юноши, осужденные на тайные муки Кипридой? Такие же, как он, столичные скитальцы, или это здешние герои, закутанные вместо сюртуков и плащей в шкуры варваров?

Среди этих полупоэтических фантомов Пушкин блуждает четыре года. Явь у него мешается с романтической выдумкой: он поклонник Байрона, *байронит*, для которого творящееся в его собственной голове много важнее яви. Реальность допускается только в качестве рифмы к его скоро сменяющимся романтическим грезам.

Все документальные несоответствия ранних поэм Александра оправдывает юг, счастливая Таврида, или скифская степь в окрестностях Кишинева, легитимности которой в глазах Пушкина много добавляет некогда сосланный в эти края Овидий.

Юг Александром додуман, рифмован с его же античными аллюзиями — пусть так, но все же этот пушкинский юг полон. Герои его, смуглые обитатели Причерноморья, так же как и легкие его слова, подвижны, словно мальки на мели. Пушкин сам прежде них подвижен; таковы же и стихи его.

Траектория его скитаний рисует на карте крыло стрекозы *(см. стр. 333)*, растянутое между грядами Кавказских гор и цыганскими шатрами в Молдавии; крыло без конца трепещет.

*

Между тем реальная, горячая история творится на его глазах; князь Ипсиланти поднимает в те годы бунт против турок, народ Греции поднимается на свое освобождение – одно только наблюдение за этим восстанием одушевляет Пушкина необыкновенно. Сам он грезит о другом восстании, русском, и оно как будто вокруг него закипает (в Южном обществе Кишинева) – и ни в одном, ни в другом толком не участвует. Александр между бунтовщиков, тех и этих, между слов горячего политического текста, но сам не бунтовщик, не слово – воздух между словами.

Воздух, сотрясаемый невидимым крылом стрекозы, трепещет рифмами.

В Одессе Пушкин много говорил с греками. Был разговор метафизический, как раз на тему легкости и тяжести слов.

Один из греков, Стурдза, потомок фанариотов, рассказал ему, как православие спасло греческий народ во время иноземного ига. Защитило, удержало в круге веры в то тяжкое время, когда христианскую Грецию окружила иноверующая пустыня. Тогда пение церковных служб в рифму ставило в этой пустыне храмы – невидимые, но слышимые, найденные в воздухе словом.

Пение в рифму ощутимо, на слух, замыкало воображаемое пространство.

В самом деле, рифма есть эхо. Эхо противостоит пустоте. Оно говорит о близкой защите, покрове: стене или своде храма.

Слово вместо пространства: здесь сказывается византийская традиция. Календари приписывают «изобретение» рифмы Константину Философу (Кириллу), просветителю славян. Называют и других авторов, но все сходятся в том, что рифма родилась в Константинополе.

Рифма, подарившая нам «слышимое» пространство.

Второй Рим был ментально (опасно) безбрежен, равно открыт на запад и восток. Эта открытость делала само его существование в чем-то неустойчивым, как будто проникнутым сквозняком — током времени, с запада на восток. Рифма хотя бы на слух замыкала сквозящее со всех сторон помещение второй Римской империи: собирала мир словом, возводя по его краям границу из слов. Каменных, недвижимо тяжелых.

Возвышенная лекция Стурдзы удивила Пушкина. Архитектурой церковных песнопений он был не слишком увлечен. В то время он брал уроки чистого *афеизма* у заезжего британца; что такое храмы без стен, но в слове? В общем и целом на этот рассказ о плоти слова он (по крайней мере внешне) не обратил внимания: пушкинское слово было в тот момент не камень, но бег, глагольные рифмы, подвижные, воздушные фигуры.

К теме «тяжести» слов Пушкин вернется в Михайловском.

Пока же все длилось невесомо: он пребывал на пиру истории, в гостях у нее, был с нею и в то же время вне ее, и только скоростью легких своих стихов удерживал себя в ее порывистом пространстве.

*

Есть смутные сообщения, в которые чем больше погружаешься, тем меньше в них веришь, что все это время на юге Пушкин был занят мистикой и метафизикой истории, составлял философические таблицы, исторические расшифровки и пророчества. Будто бы его южные эскапады были только прикрытием сокровенной работы наблюдателя, а затем и расчислителя эпох. Что он, Пушкин, был таинственный, хладнокровный и всевидящий пророк, соединяющий помещения первого, второго и третьего Рима в едином надмирном видении. Что будто бы он возил с собой эти герметические таблицы, там и сям их перепрятывая, и перед тем как покинуть юг, передал их на хранение казацкому атаману Кутейникову и его потомкам, завещав опубликовать их не ранее 1978 года (странная посылка, да еще с таким точным адресом). И они, таблицы, будто бы дождались заказанного года, чудесным образом открылись людям и должны были быть выставлены в городском музее Таганрога, и уже готовилась выставка пушкинской исторической премудрости, но в последний момент вмешались безбожные власти, забрали вещие таблицы и спрятали их в свои мрачные архивы-казематы, где они сгинули или пропадают втуне.

Все это звучит довольно странно. К тому же упомянут Таганрог. Он и без того отмечен показательной «александровской» историей. Здесь сгинул, пропал втуне один из участников нашей «А—пары», Александр первый — царь. В том же доме, кстати, где, проездом через Таганрог, прежде царя останавливался другой Александр — поэт.

В Таганроге, точно в бездонном сундуке, замкнутом между морем и степью, хранится много тайн и еще больше мифов. Думаю, история с пушкинскими философическими таблицами — миф, притом новейший.

Я не против того, чтобы Пушкин составлял философские таблицы и шифры и возил их за дном дорожного баула. Это могло быть своего рода ученичеством, юношескими упражнениями, поверяющими мир арифметикой. Еще с лицея Пушкин был подобными опытами увлечен. Пусть будут атаман Кутейников и его потомки. Фигура Пушкина в принципе притягательна для подобного рода построений задним числом. Мысль о другом: пушкинское существование в то время более напоминало сито, нежели мешок с тайнами. Время текло сквозь него и в нем особо не задерживалось. Главным приемом Пушкина той поры по отношению к времени был бег рядом с ним, параллельно с ним (таковы его южные рифмы) и все же, в этом скором движении, — вне его.

Меридиан южной ссылки: *контраст между вертикалью падения Пушкина из Петербурга на юг и его горизонтальными (широтными) приключениями на берегах Черного моря: от Кавказа до Молдавии.*

Непровское

оз. Кучане

Михайловское

Тригорское

Бугрово

Святые Горы

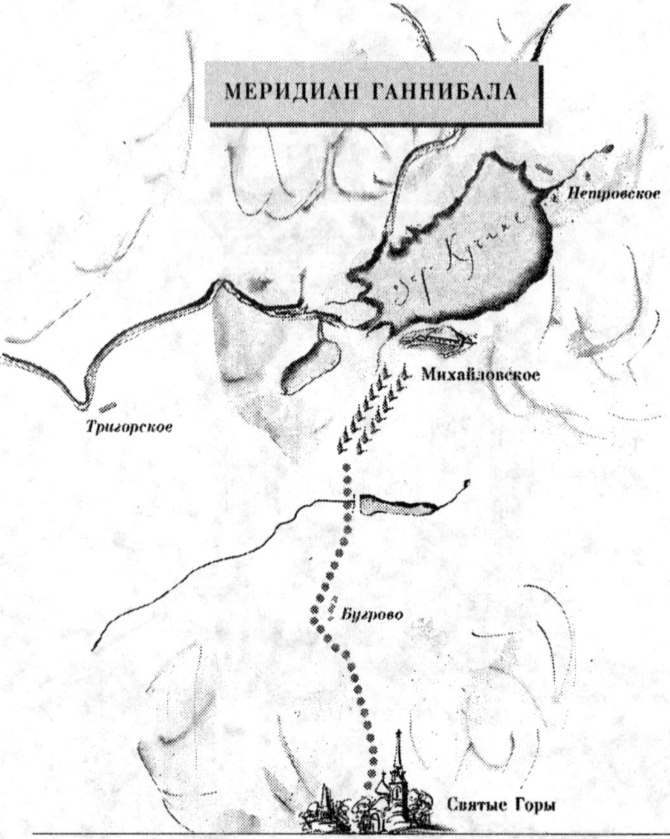

Мы поднимаемся в Михайловское *(географически)* по вертикали: от Святогорского монастыря – по карте вверх. Это заключительный отрезок пути Пушкина в августе 1824 года: сюда он катился – от Одессы к северному «полюсу». Заканчивается восхождение: за монастырем – темный лес сырой стеной, потом просвет: поля, пустынные развилки. Далее опять лес, и вот наконец эти ели, встающие в две линии – аллея Ганнибала. Вот в чем вопрос: такова ли была карта в 1824 году или этот ритм пустоты и плоти возник позже, как следствие наших усилий, когда мы в мечтах и наяву прокладывали дорогу к Пушкину? Ритм очевиден: перемена темени на свет и обратно, пока в конце пунктира не нарисуются «точка» Михайловского и озеро Кучане.

Очередное тому доказательство: очередной подзатыльник от властей, после которого поэт покатился обратно: с юга на север, вверх по тому же осевому меридиану, по которому он в 20-м году свалился по карте вниз.

Теперь помчался вверх. Где его многомудрые таблицы, где тяжесть пророка и ведуна? Пушкин еще обезвешен. Это теперь мы видим вместо Пушкина бронзовый памятник, тогда же он был — Сверчок.

*

Очерк о его южных странствиях в самом деле выходит короток. Это предварение, «тренировочный забег»; так перед соревнованием проверяют спортсменов: в каком они состоянии, стоит ли выпускать их на арену (на страницу, ристалище текста)? Пушкину предстоит северное соревнование — один на один с миром в холодной михайловской глуши. Южные его перелеты в настоящем контексте составляют разбег для путешествия куда более важного: не внешнего, но внутреннего, невидимого.

Пока он на в и д и м о й дороге: из Одессы в Псков. С каждым градусом северной широты атмосфера остывает на градус. Путешественник в своей повозке съеживается, как будто сам убывает в размере. Вот и Минск-Менск (через Москву проезд запрещен): из пространства Александр вновь сплющен в плоскость. Обратная дорога, согласно «геометрическому» принципу, также как и первая, вся есть убывание жизненно важных (поэтических) измерений.

Чем не чертеж? Пушкин движется на север сужающимся, теряющим измерения коридором: «пространство» моря — «плоскость» степи — «линия» северо-западной (той самой, никакой) дороги — «точка» Михайловского.

Как не увидеть в этом закономерности? Михайловское оказывается во всяком смысле точкой.

IV

Дошед до этой крайней точки, после четырех лет движения, начавшегося в мае 1820 года, Пушкин наконец остановился. Тяжелее испытания, чем это торможение в Михайловском, трудно было придумать.

Он не просто переехал с юга на север — он почти исчез.

Всего тяжелее было убывание дружеского круга, который на юге поставлял ему эхо для его стихов, без которого они теряли смысл, глохли, угасали. Еще один символ точки: Пушкин остался один. Все, с кем он праздновал и спорил, от кого бесился, над кем смеялся, в кого был влюблен (безуспешно, игрово), остались за спиной. Колесо его судьбы перевернулось: Пушкин вернулся на север — только не в Питер, а в Псков: *дьявольская разница*.

Опять он угодил в болота и между ними унылые плоскости унылой земли. Туда, где некогда несколько лет тому назад (по дороге несколько дней) ему было так худо, что перо не вывело ни слова.

Здравствуй, север! Имя тебе ноль (по Кельвину). Только и жизни здесь, что лечь под рябиновый куст и замерзнуть: сколько это выйдет минут по расчислению философических таблиц, спрятанных в сундуке атамана Кутейникова?

Александр, остановивший свой скорый бег в Михайловском, всерьез ждет здесь близкой смерти.

*

Нет, сначала он кричит и бьется: энергия торможения проливается огнем и яркими страстями. От гнева и обиды волосы на Александре будто стоят дыбом (вот вам еще вертикали, сонм ординат, страсти на языке стереометрии). Пушкин раскален обстоятельствами недавней одесской отставки.

В Михайловском поэта ждет прием самый охлажденный: пар при встрече семьи и Александра, льда и пламени валит до небес. Ссора с отцом, которого Пушкин будто бы прибил, или едва не прибил, или только замахнулся. Размолвка с родными, оскорбленными его афеизмом и манерами карбонария; скорый их отъезд. Перевод поэта под надзор соседа, который насилу от него открестился; полицейский надзор остался.

И вот на островке туманном среди моря леса и елей, торчащих, точно штыки у караула, сидит поэт Пушкин и кричит криком — о тьме чухонской, тусклой тундре, гнете гиперборейском.

Здравствуй, Вульф, приятель мой!
Приезжай сюда зимой.

Что такое эти стихи?

Чудо – жизнь анахорета!
В Троегорском до ночи,
А в Михайловском до света.

Он сослан из света в темень, из тепла в холод, из Эфиопии во Псков. Из движения в неподвижность, из жизни в смерть: в точку.

Послание Вульфу, написанное в первые дни по приезде в Михайловское, продиктовано либо неведением того, что за «чудо — жизнь» ждет анахорета Пушкина в этой приполярной земле, либо безумной надеждой спастись посредством привычных камланий, самоуговоров в рифму: южных, вчерашних, «тогдашних» стихов, чередующих *смертельно пьяны* – *мертвецки влюблены*. Правда здесь в том, что слова о смерти первенствуют, опережают слова о пьянстве и любви.

Приезжай к нему зимой, Вульф.

*

Нет, Пушкин не просто переехал из Одессы в Михайловское — он утонул. Линия на чертеже, беспечно перепрыгнув
по карте вниз и вверх, пришла к михайловской точке (лунке,
лузе, дыре на тот свет) — и провалилась сквозь бумагу неведомо куда, прекратила бег.

Тут не одни «геометрические» метафоры, тут действуют
скрытые дорожные образы, действующие не только на него,
но и на нас: универсальные, транслируемые через чувство
пространства, которое нам дано прежде слова.

В этом до-словном пространстве, воображая «паломни-
ческий» путь с юга на север, который у всех нас записан на
уровне матрицы сознания, мы следуем по пути Пушкина;
его путевые зарисовки сами собой без особого труда нами
додумываются. Дочувствуются, доощущаются.

В случае с псковской дорогой Пушкина, по которой он
пролетел вниз и теперь поднялся вверх, мы так доощущаем
его у м о л ч а н и я. Как будто он оставил для нас на обочине дороги запечатанную посылку: проезжая вслед за ним, мы
открываем эту посылку — и не находим в ней ничего. Вздох,
многоточие исходят из посылки. Остается одна мысль, что
тебя окружает то же поле, та же колючая трава и поверх всего то же пепельно-серое небо, что дважды к Александру так
низко опустилось.

И нам достаточно этой простой мысли: при виде одного
этого низкого неба все недосказанное содержание пушкинской посылки доходит до нас, и так сжимается душа, что хоть
волком вой.

Этот странник хотя бы нам известен. А сколько еще безвестных тут проехало и прошло? И так же все они дохнули
и подавились тишиной, и закашлялись, исторгая из себя ее
холодное ничто.

V

Между тем эти места вовсе не пусты — напротив, они исписаны историей вдоль и поперек. Нужно только прочесть этот скрытый текст (для чего у Пушкина в первый момент встречи не нашлось ни времени, ни желания).

Отступление об «окне» на русско-литовской границе

Отступлений будет много; все это тексты на полях — пусть и будут хоть немного сдвинуты на поля. Опыт, который начинается в жизни Пушкина, есть опыт универсальный, не одного его касающийся. Добавятся многие горизонты смысла. Сведения об истории, географии, календаря (очень важны будут сообщения календаря) должны составить раму для картины, на которой будет чертиться портрет главного героя.

Сначала карта, прямая «видимость пространства» *(см. схемы на стр. 343, 433)*.

Село Михайловское и его окрестности представляют на карте русского северо-запада важнейшее историко-географическое окно. Здесь проходила граница между средневековыми Литвой и Московией — в ней было открыто это окно. Сам по себе этот просвет (ток исторического времени) образовался много раньше. Полторы тысячи лет назад через него с юго-запада на северо-восток протекли, вышли на финскую плоскость пришельцы славяне. В этих местах ими был обнаружен проход в море непроходимых болот.

С того момента по этому проходу неизменно тянул сквозняк истории. Менялись названия областей и государств, разделенных этой полосой болот, менялись имена путников и беглецов, следующих в обе стороны через пограничное окно, менялись причины, соблазны и опасности, их подгонявшие, однако сам рисунок сквозящей местности, сам сквозняк оставался.

В этих местах пересекаются два романовских (царских, важных для нас) сюжета — начальный и конечный. Романовы вышли из этих пустынных мест; правда, тогда они были не Романовы, а Кошки и Кобылы (эволюции имени в духе Чарльза Дарвина). Здесь же расположена знаменитая железнодорожная станция Дно, на которой отрекся от власти последний царь этой династии.

Можно наблюдать характерный (пространственный) фокус с романовскими началом и концом. Фокус под названием Дно. Здесь поднялась со «дна» царская история — здесь же и утонула, легла на «дно».

В сталинские времена станция Дно была оформлена примерно так же, как подмосковные Горки Ленинские: помпезно, в классическом советском стиле: посередине башня со шпилем, могучие колонны, капители с завитками. Можно ли было перепутать Ленина с Николаем II? Отчего им возвели одинаковые дорожные мавзолеи, что это за архитектурная рифма? Не иначе оттого, что Сталин почитал их обоих (и себя за ними) как русских царей.

Цари суть фокусы русского «пространства».

Россия есть море (времени); на дно его ложатся царские ракушки; станция Дно составляет этому тезису лучшую иллюстрацию. И далее: пути царя Романова и «царя» Ленина оборвались и завились похожими узлами.

Какая-то связь должна быть между возникновением и исчезновением Романовых в одном и том же месте, похожем на морское дно.

Пространство в этом месте между Псковом и Новгородом в полной мере насыщено историческим содержанием. Здесь многие сюжеты зашифрованы. Нам наиболее заметны эти два — романовский и пушкинский. Они между собою родственны; родство обозначено словами «дно» и «царь».

Этот «придонный», тупиковый сюжет нужно хорошо различать, наблюдая Пушкина и эволюцию его чувств осенью 1824 года по приезде в Михайловское.

*

Сюжеты начала и конца пути неявным образом «записываются» в пространстве. Есть места начальные и конечные, стартовые площадки и тупики. И мы способны отличить их, принять сообщение, посылаемое нам д о с л о в. Особенно если дело касается сюжетов «меридиональных» — восхождения и падения, рождения и смерти. К тому еще и царских, фокусных сюжетов.

Скажем, дорога прадеда Пушкина Ганнибала на север — важнейшая линия на нашей метафизической карте — была царской. Петров арап был царевич, хоть и побывавший в рабстве, выкупленный Петром Толстым, прадедом «царя» Льва Толстого (кем же еще?) у турецкого султана.

Именно такие дороги прочитываются нами до слов: они протянуты в неравнодушном, «многознающем» пространстве; текст в нем накоплен невидимо, его содержание угадывается интуитивно.

*

Что такое в этом свете село Михайловское?

В плане оно представляет собой хорошо читаемую «ловушку» (времени? — *см. стр. 340*).

Дорога к нему поднимается по меридиану, по узкой длинной аллее. Поднявшись, она свивается узлом, рисуя круг: двор господского дома. Все, конец пути, тупик.

Эту простую схему — луч и точка — начертил прадед Пушкина Ганнибал, первооснователь места. Если вообразить себе его путешествие из Эфиопии в Россию, из нижней точки православной сферы на самую ее верхушку, меридиан начертится более чем убедительный — от «полюса» до «полюса».

Стоит вспомнить еще раз, что «вертикальное» путешествие во многих культурах оценивается как паломничество, восхождение, сокровенный духовный путь.

Пушкин в 1824 году отчасти повторяет путь прадеда: он также восходит по меридиану (не из Эфиопии, от берега Черного моря, это половина пути прадеда, но все равно — подъем впечатляющий). Ни о каком духовном восхождении он тогда не задумывается: катится, как раскаленный шар, одетый паром, проклиная все и вся. Из ссылки в ссылку.

И закатывается в Ганнибалову ловушку.

Вот она, на плане, эта линия — еловая узкая аллея: между строк деревьев она восходит вертикально и упирается в круг зданий: господский дом и службы. После долгого бега по прямой — тупик.

Ели сажал Ганнибал, стало быть, ко времени Александра они были высоки довольно (теперь это почти секвойи); их тесная аллея сжимает щель дороги так, что невозможно остановиться и остается катиться — вверх, в домовую лунку.

*

Для нас этот сюжет с Ганнибаловой «ловушкой» в полной мере наведенный; нам его не просто подсказала, нам на него прямо указала история. Мы слишком хорошо знаем Пушкина. С «оптикой сознания», сфокусированной на Пушкине, мы влечемся из Пскова в Михайловское, заворачиваясь, как в ракушку, в место, заранее известное. Мы, литературные паломники, в полной мере «загипнотизированные» своим знанием Пушкина, не задумываемся, почему так чертятся, так раскладываются эти места. Их геометрия для нас — данность, не подлежащая особому осмыслению. Разбираться в с неравнодушным пространством Михайловского, искать в нем повороты и скрытые сообщения, воображать, каково оно было до приезда Пушкина, нам не надобно.

Для нас чудо Михайловского есть данность; оно совершилось; Пушкину по приезде в Михайловское в августе 1824 года только предстоит это чудо пережить.

VI

К Пушкинским Горам дорога заворачивает по спирали (символ предопределенности, «тупикового», свернутого сюжета).

Кстати, гор тут нет, есть г о р с т ь невысоких холмов, несколькими круговыми движениями собранных к одному центру. В центре – Святогорский монастырь, с определенно читаемой шишкой земли, точно пальцем подоткнутой снизу. Еще на эту шишку поставлена церковь, сложенная детской пирамидкой: высота на высоте. К церкви ведет узкая каменная лестница в несколько колен; ее повороты туго, в точку свивают исходную размашистую спираль дороги. Последние завитки лестничной спирали идут словно по горному склону, по ним карабкаешься, как к небесам – и хоть земля близко, приходит волнение долгого подъема (поднимался от самого Пскова). Тут, на одном из поворотов, является могила Пушкина – на лестничной клетке, за шаг до облаков. До входа в церковь; не донесли один пролет.

*

Для нас это маршрут духовный; несколько поколений паломников, полтора века неустанной деятельности по обустройству Михайловского как «религиозного» центра, переменили эти места совершенно.

Пейзаж Пушкинских (прежде Святых) Гор прямо изменен; местами он переходит в васнецовские декорации. Так «специально» нарос лес в заповеднике, окружающем Михайловское, – нетронутый, нехоженый, «писанный маслом», как на картине про бабу Ягу. Его ровно прорезает асфальтовая лента, украшенная ненастоящими предметами, обманками души. На обочине – скамья для туристов из омшелого бревна, повсюду столбики и камни с наведенными по ним пушкинскими стихами.

Когда-то мой знакомый, шествуя без дела сквозь этот лес — не собираясь вовсе в Михайловское, позабыв, что оно рядом, — споткнулся о такой камень и прочел на нем: *Вновь я посетил...* Он обомлел. Какую-то долю секунды, пока память не подсказала ему, где он, знакомый пребывал в странном сне. Кого он посетил, куда забрел? Но вот на ум ему явился Пушкин. И сразу все переменилось — не деревья, но кудрявые, рифмованные фразы во множестве нарисовались вокруг: вместо леса он очутился на странице; пахнуло бумагой. Томление и школьная скука явились ему. Как же так можно? за что так Пушкина? Как будто поэта, точно лесника, запускают по округе, заставляя подписывать камни и столбы. Предопределенность всякого действия задним числом надевает на него кандалы (пусть и золотые, хотя на деле это вериги бумажные). Пушкин в кандалах! Знакомый отмахнулся от докучливых видений и побрел далее. Но лес уже был населен словами, русалками на ветвях и лешими в театральной бахроме.

Природа Михайловского изменена непоправимо.

Это следствие «завитка» во времени, спирали русского сознания, шествующего неотрывно за Пушкиным, сознания, самооформляющегося на этом пушкинском пути.

Если вспомнить, каково было Пушкину заворачивать в 1824 году по спирали в Михайловское, где впереди его ждал глухой затвор на два года, то выйдет, что наше сознание оформляет себя по пути на «дно». Что это означает в отношении пространства, развернутого в наших головах?

*

Нет, еще случаются на пути в Михайловское окна и полыньи свободного от слов пейзажа. Из-за кулис леса справа появляется голое (без букв) поле; справа деревня — обыкновеннейшая, полузаброшенная. Надпись на табличке — Бугрово. По дороге тарахтит мотоцикл, на пригорке стоит лошадь и мотает головой.

Не все забрал бумажный морок, иные места расчищены ветром до состояния «несовершенного сейчас».

Явь открывается слоями; природа здесь двуедина — в ней наблюдается пейзаж живой, подвижный, и поверх него положенная бумажная «икона», всякое мгновение готовая замкнуть его в неизменяемый статичный «вид».

Александр в первое время по приезде путешествовал по этим лесам и долам ежедневно, нарезывая круги верхом, не глядя на погоду, — тем только и утешался. Не отпускает мысль: он наблюдал пейзаж, свободный от самого себя. Отверстые дали живой природы одни его успокаивали.

Уединение мое совершенно, праздность торжественна.

Теперь главное ощущение от п о с т а н о в к и л а н д-ш а ф т а — театральное, искусственное. Уединение здесь невозможно, праздность искусственна. Окрестности села Михайловского большей частью сочинены, подложены с четырех сторон акварельною бумагой, по которой наведено нечто образцово художественное. Псковские дали теперь осеяны буквами; их тут больше, чем молекул кислорода.

*

Если время подобно хлебу или пирогу с рыбой, нет — лучше будет вода, простая чистая вода, время в самом деле подобно воде, — то это чистое время выпито здесь до последней капли. Пирог села Михайловского съеден, и теперь нам представлено его изображение, невесомый и несъедобный муляж. Это ощущение странно; оно очень характерно, в известной мере оно теперь составляет главное впечатление от места и многое сообщает о селе Михайловском.

Его пространство раздвоено, двухслойно: сверху «бумага», снизу нечто, до которого еще нужно добраться, развернув эту акварельно разрисованную «бумагу».

Уже в момент спуска от ворот по аллее, ущемленной между исполинских сизых елей, начинаешь подозревать неладное. Сами ели предельно правдивы; в тени у основания стволов-колонн холодно, острые верхушки режут небо. Тут все в порядке, все настоящее, только является наивная мысль — откуда здесь эти таежные виды?

Но вот дорожка опускается вниз и погружается в парк, условно — пушкинской эпохи. Именно условно: точно из спичек собранные белые скамейки, мостики и беседки рассыпаны в сырой полутьме. Ненастоящие: знаки вместо предметов, имеющие цель создать впечатление, вызвать (литературный) трепет.

Из тенистого — тени тяжелее предметов — Эдема аллея ведет вверх, к дому; только это не дом, теперь от него остался измененный миллионами взглядов небольшой аккуратный макет: задник сцены, сумма легких ширм. Как будто мы в своих читательских молитвах, в своем неустанном всматривании в Пушкина соскоблили, сняли со стен все живое и оставили аккуратно разрисованные картонки. Это свойство взгляда, который направлен на икону. Из бумажных «иконок» составлен невесомый михайловский макет.

Это нельзя назвать в точном значении слова иконным пространством, это попытка создать таковое. Ты не в доме, но в книге: отвернул обложку и вошел. Очень тесно — не буквально, но по ощущению: это место было тесно для Пушкина. Так-то тут не тесно: дом теперь почти пуст. Редкие «предметы эпохи» подпирают стены. Интерьер неустойчив; все стараются ступить как можно тише — из уважения к «образу», но отчасти еще и потому, что боятся резким движением повалить театральные ширмы. Потолкавшись в середине комнат, пару раз оскользнувшись на зеркальном паркете, вы проходите насквозь пушкинские декорации и неожиданно оказываетесь на высоком берегу озера, дали вокруг которого не декоративно, но истинно прекрасны.

*

Вот что — не сон, не задник сцены, н о н а с т о я щ е е — оказывается в пригоршне Михайловского: дали и озеро Кучане. В первый момент наблюдения, когда вы еще не пришли в себя от столь резкой перемены пустоты на пространство, озеро невидимо расходится во все стороны, точно мгновением раньше бесшумно пало с неба; затем так же невидимо и бесшумно оно собирается к середине, понемногу фокусируя, восстанавливая ваш взгляд.

Спустя малое время «оптический» прибор сознания позволяет разглядеть детали. В середине водного круга виден малый штрих: лодка рыбака.

Вьется река, на одном из поворотов выставляя мельницу, отсюда видимую плоско, словно она вырезана из картона; за нею — россыпь игрушечных черно-белых коров. Дальний берег озера и за ним излучины реки уходят широкими шагами, словно в огромном театре (не человечьем, но Божьем) слева и справа поочередно открываются кулисы. Умножение простора в этом шаге такое, что задыхаешься; сердце готово лопнуть, дыра размером с озеро бьется и болит в груди.

*

В самом деле, здесь два пространства: «мертвое» и «живое».

Сюжет Михайловского есть только наполовину тупик, концовка: он так же, как здешний романовский (царский) сюжет — наполовину начало.

Эти озеро и дали, или потаенное, в Святых Горах укрытое лоно, предназначенное не для к о н ц а, но для н а ч а л а, Пушкин увидел сразу по приезде с юга (открыл внезапно, отняв от глаз еловые шоры).

Он увидел «живое», чистое пространство, «помещение до Пушкина». Можно вообразить, что это было болезненное ощущение, только эта боль была другой, не той, что происходила от досады и тюремного стеснения ссылки. Нет, это была боль от неспособности поэта «проговорить» это новое для него пространство, разом перевести его в слово.

Не было слов, чтобы связать эти шаг за шагом уходящие, отверстые в историю дали, удержать их в простом и ясном понимании, тем более словесном переложении. Перед ним была сразу открыта вся сфера здешнего «многознающего» пространства (времени). Чертеж этой сферы был ему неведом. Но задание по постижению чертежа этой чужой-родной ему земли, по освоению нового знания о ней Пушкин, наверное, воспринял.

Теперь мы знаем — нам, как всегда, легко делать выводы задним числом — мы твердо знаем, что ему было назначено освоить этот невидимо, но идеально ровно вырезанный в воздухе шар. Запечатлеть, найти ему словесное выражение-наполнение. Мы знаем, что Пушкин выполнил это задание. Но каково было в первое мгновение воспринять этот вопрос пространства?

Согласно хронологии пушкинского бытия в Михайловском, эта первая встреча с настоящим пространством Михайловского была своего рода зачатием следующего Пушкина. *Этот* был «мертв»: утонул, провалившись в прадедову ловушку.

В тот момент *прежний* Пушкин во всяком смысле в тупике. Прежде чем отвечать новому пространству, ему предстояло родиться заново: а пока — ноги согнуть и улечься, свернувшись калачиком, в эту ясно обозначенную материнскую полость пейзажа.

Лег, небеса захлопнулись. Внешний бег перетек в энергию сокровенного роста.

VII

Итак, Михайловское, осень 1824 года: арзамасский Сверчок застыл в морилке. Сидит на булавке, на оси «игрек». Энтомологический этюд: Сверчок перепорхнул половину России, нарисовал на карте крыло стрекозы, испугался саранчи, выскочил, как кузнечик, в отставку. И со всего размаху — в Псков. В затвор.

От внезапной неподвижности у Сверчка заныли в обеих ногах аневризмы. Пушкин порывается бежать в Европу, через Дерпт (благо рядом). Повод: просится на лечение. Профессор университетский, хирург Мойер, как будто с ним в заговоре. Ждет, готов к «операции» — с целью изъять из непомерного русского тела бьющую словом жилку.

Мойер не был с ним в заговоре; после переписки с Жуковским профессор понял дело так, что Пушкину в самом деле понадобилась его хирургическая помощь, и — честный немец — собрался ехать в Псков резать русского поэта. Александр Сергеевич, испытывая смущение, отговорил его, объясняя это малой важностью операции: конечно! такая операция была ему вовсе не важна. Аневризм (расширение вен) в ноге был нужен Пушкину для скорого бега за пределы несносного отечества.

Аневризмом своим дорожил я пять лет, как последним предлогом к избавлению, ultima ratio libertatis – и вдруг последняя моя надежда разрушена проклятым дозволением ехать лечиться в ссылку! ... выписывают мне Мойера, который, конечно, может совершить операцию и в сибирском руднике... (П.А. Вяземскому, 13 сентября 1825 г. Из Михайловского в Москву.)

Побег Пушкина из Михайловского в Европу не состоялся. В письме к Вяземскому мы слышим далекие отголоски этого сюжета; к тому моменту Пушкин уже год как стреножен в деревне.

Связь его с растекшимся по окрестным холмам сизым пейзажем оказалась на удивление прочной. Так глубоко вошла булавка — что такое эта булавка, чей это взгляд, какого бога? Или это наш взгляд, протянутый к нему из будущего? Или смута русской карты, кружево координат (сходятся в точку: полюс близок) затянуло Сверчка в паутину? У нас особым образом устроено пространство: не кубами, но узлом.

Зима навалилась, солнце, и прежде не больно гревшее, убыло вовсе. Окрестности залил мрак, крестьяне попрятались, озеро Кучане ушло в туман.

В декабре Пушкин готов повеситься.

*

«Раздвоенное» Михайловское, где на каждом повороте открываются два пространства, «мертвое» и «живое», к концу 1824 года повернулось к Александру одною «мертвой» стороной. Движение воды-времени прекращено; вот они, водные метафоры, связывающие напрямую ход времени и слова. Ощущение катастрофы, опустошения александровского бытия, происходящего в малых пределах Михайловского, Опочек и Тригорского, было в тот момент ощущением определенно «придонным».

В тот момент для Пушкина имел силу только один сюжет: исчерпанности прошлой жизни, прежнего пространства души. Контраст южного, пестрого и подвижного существования и этого охлажденного небытия, был трагикомически подчеркнут осенним похолоданием. «Утопленник» Александр в эту осень успел остыть дважды, снаружи и изнутри. Пик его погружения, касание Пушкиным псковского «дна» можно уверенно выставлять на рубеж 1824 и 1825 годов.

Новогодний узел времени затянулся у Александра на шее; следующий год не нужен — зачем ему еще один т а к о й год?

VIII

Предположение, с учетом сюжетного «двоения» Михайловского, следующее: это была катастрофа нового начала.

Прежде всего имела место общая беда: положение в Михайловском сосредоточенно выражает то, что творилось во всем русском помещении (души), остывающем после войны 1812 года. Начался его распад на составляющие[57]; государство и общество все менее были единым целым. Это касалось всего, в том числе знаковой фигуры героя, образца для подражания. Прежде для общества и государства был один кумир – государь Александр (его стремились повторить буквально, даже лысина царя одно время была модна). Теперь общество искало нового кумира, новый фокус для своего внимания. Пушкина? Нет, тогда этот Александр был не слишком заметен. Он заметен нам, смотрящим из другой эпохи – через «окуляр» слова. Мы как будто указываем людям той эпохи: вот вам новый фокус, новый кумир – Пушкин. Нам видится отчетливо, как александровская эпоха, не меняя имени, становится пушкинской.

На самом деле второго Александра, поэта, в ту пору видно не было – свято место оставалось пусто.

Возвращаемся к теме двух «А».

Видна определенная синхронность в действиях (и бездействиях) двух Александров: в 1820 году поэт отправляется на юг – в том же году (Семеновский бунт, конгресс в Троппау) царь, по сути, подводит черту под процессом европейских реформ в России. От этого момента общественные надежды отменены, в Европе правит Меттерних, в России, по общему

---

[57] См. *Четыре истории*, рассуждение о сложении и расхождении нескольких исторических сюжетов: несовпадающих русских историй — государства (сверху), бунта (снизу) церкви (с юга), языка и проч.

мнению, — Аракчеев. Так одновременно в России «исчезают» оба Александра. Это синхронное исключение обоих «А» из состава метафизического русского чертежа показывает, до какой степени в 1820 году он стал пуст.

У обоих Александров все происходит синхронно и в о -в р е м я. Даже тупик у них одновременен и взаимно «уместен». Петербургский проект, так ясно и ровно на-веденный в начале царствования Александра I, исчерпал к 1820 году свой концептуальный ресурс. Петербургское идеальное строение было разрушено изнутри — резуль-татами войны, обозначившей реальный духовный центр России — Москву; разрывом поколений, не поделивших второй и третий Рим, спором элиты, так и не нашедшей конструктивного способа взаимодействия общества и правительства[58].

Наконец, оформляя это завершение александровской эпохи, совершается революция языка, которую мы здесь рассматриваем в контексте перемены его метафизической

---

[58] Все это достаточно определенно диагностировано Толстым в эпилоге «Войны и мира», в котором описан декабрь 1820 года. Эпилог, следует признать, выглядит против остального романа завершением несколько схематическим, но для того Толстому и нужна схема, нужна эта характерная точка (конец 1820 года), чтобы зафиксировать момент перелома, когда заканчивается прежняя, петербургская Россия — заканчивается опустошением, катастрофой Александра I, — и начинаются поиски новой, московской (толстовской) России. Эпилог «Войны и мира» весь на эту тему: диалог с правительством невозможен, общественные движения под запретом, любые кружки и объединения на подозрении у секретных служб, масонские ложи не сегодня-завтра будут распущены, последовательной политики не предвидится, впереди только разрывы и конфликты, грозящие нарастающей пустотой, бунтом и безвременьем.

«оптики» (см. выше: из государства — в царство слова, «из Петербурга в Москву»). Не просто обретение современного языка, но потрясение, перемена способа мысли: «катастрофа начала» нового литературного сознания.

Новый язык вступал в права над отечественным сознанием, все настойчивее рисуя время сферою. В его «царскую» систему тяготений более не вписывались «немецкие» (петербургские) начинания. Они отслаивались, отпадали от нового, московского чертежа.

Сам Александр I был уже неравен своим прежним затеям. Он от них прятался. Все более он желал остаться обыкновенным человеком и все менее царем. Это несводимое уравнение постепенно изымало его из привычных питерских рамок и помещало — не в Москву, но в никуда.

1820—1824: в эти годы пришла и разлилась большая русская пустота, наводнение пустоты. В этом, если рассуждать от противного, обнаруживается еще одна причина появления в России нового языка, в данном случае как языка, заменяющего собой (заговаривающего) реальное пространство.

Этот новый язык понадобился вовремя: России после победы над Наполеоном и закономерной «демобилизации» потребовалась несущая конструкция иного рода: началось собирание страны словом, замаливание, заполнение словом послевоенного разрежения духа. Общественный упадок оставлял наедине с собой не одного Пушкина, сидящего в Михайловском, но всякого мыслящего человека; мысль обратилась к слову как фантому живого общения.

Теперь, оглядываясь в ту эпоху, можно оценить как вовремя явилась Пушкину, странствующему с 1820 по 1824 год, эта общая тишина, катастрофа тишины. Молчание Михайловского составило ее максимцм. За ним ожидалось новое время и с ним — новое слово. В этом контексте можно оценивать мучительную пушкинскую паузу конца 1824 года, как предродовую.

IX

Слова и образы, сами собой являющиеся на этом перекрестке лет: Пушкин «утонул», дно и море — все о воде.

Нельзя упускать из виду море; здесь это образ ключевой. Пушкин приехал сюда от моря, искал его среди черных елей. Отсутствие моря выражалось наводнением тишины. Время, точно в сказке, оборачивалось то мертвой, то живой водой.

О мертвой воде: 7 ноября 1824 года в Петербурге произошло знаменитое наводнение — катастрофическое, сокрушительное, которое превзошло все предыдущие своим масштабом и потерями. Это ключевой сюжет конца года, прямо сказавшийся на состоянии Пушкина в Михайловском, отозвавшийся много лет спустя «Медным всадником»[59].

Наводнение было воспринято народом как наказание Господне. Русские люди, как недавно московским пожаром, были поражены известием о питерском наводнении (Чаадаев в Риме, услышав о нем, засобирался на родину, как если бы услышал о надвигающемся конце времен). Только в отличие от московского огня, который осветил начало новой Москвы, питерское нашествие воды было прочитано как свидетельство конца эпохи.

---

[59] Первая реакция Пушкина на сообщение о наводнении была привычной для него — фрондерской, фривольной, если не сказать циничной. Петербург утонул? И поделом ему. *...ничто проклятому Петербургу! voila belle occasion a vos dames de faire bidet (вот прекрасный случай вашим дамам подмыться)* — так он пишет брату Льву в двадцатых числах ноября. Но уже через две недели, в следующем письме, звучит иное: *Этот потоп с ума мне нейдет, он вовсе не так забавен, как с первого взгляда кажется.*
Впоследствии Александру со всей ясностью откроется метафизическое значение петербургской катастрофы; тогда, сличив даты, Пушкин разберется, что в тот момент произошло — с ним и с Петербургом.

Царь Александр, со второго этажа Зимнего дворца наблюдая буйство волн, также понял его как роковой знак; понял верно: до следующего ноября он уже не дожил.

Наводнение 1824 года в контексте михайловского «самоутопления» Пушкина можно прочитать как последнюю отметку (максимальный подъем) тишины, с которой должен начаться отсчет нового пушкинского звука. Прежний язык оставлен, из тишины, из «морской глубины», со дна должен подняться новый.

Сам Пушкин наперед этого не знает. В ноябре он не различает будущего подъема: этой осенью и зимой Александр в самом деле ведет себя как живой утопленник.

*

Известие о потопе не одушевило этого ходячего утопленника, но как будто под водой отворило ему зрение. Он хорошо помнит Неву. Бег ее волн всегда тайно грозен; берегам ее, плоским, образованным в результате доисторической катастрофы, свойственно неизбывное скрытое напряжение. Нева слишком подвижна: ветер способен увлечь ее в противоположную сторону, запереть в тесном русле.

Петербург своим недвижным классическим строением выступает с Невой в контрасте; их схватка достигает апогея в моменты наводнений. Эта метафизическая схватка сказывается в поэтических прозрениях и интуициях, проявляемых в слове. Событие, до времени неявно ощущаемое, в одно мгновение сплачивается с приходом вод. Эту катастрофу, совпадающую с ощущением конца времен, изначально присущим Петербургу, должно было осваивать в поэтическом опыте, родственном библейскому сюжету о потопе.

Но библейский потоп есть не только конец, но и начало. Мир, его начало и конец, собираются в это мгновение — и удерживаются словом (мифом). Является слово о потопе как о катастрофе — конца и начала: о том, как *дух носился над водами.*

И вот в ноябре 1824 года Нева роковым образом выходит из берегов. Одному Александру (царю) она делает очевидное и мрачное послание о конце. Что другой Александр? Понял ли он, что этот царский конец означает его, Пушкина (царское) начало?

Не сразу, но понял. Текст его «Медного всадника» встает над *пустынными* водами, составляющими должный фон для петровского начального пророчества и заканчивается катастрофой. Именно такие начало и конец обрамляют пушкинскую (образцовую, «библейскую») поэму о Петербурге.

«Медный всадник» явится позже, в 1833 году, — тогда события ноября 1824 года будут открыты Пушкину во всем их противоречивом значении. Он постоянно возвращался к михайловскому опыту как к фокусному событию в своем творчестве; его переосмысление задним числом составит род упражнений, расширяющих пространство его памяти.

Он умер и ожил в Михайловском: как это не вспоминать, как об этом не задумываться?

Вот он осенью 1824 года — нем и «мертв»[60]: опять и опять — Пушкин на «дне», посреди пустыни, тонет в море скуки. Время аморфно, вода его стоит недвижно, от земли до облаков. Зубчатый очерк пейзажа есть отпечаток тишины.

[60] Душевного просвета в его существовании в те дни не видно никакого (не оттого ли первая реакция Пушкина на известие о наводнении оказалась настолько вызывающей?). 10—12 ноября 1824 года Пушкин провожает сестру в Петербург. В Святых Горах они заходят в монастырь. «Утопленник» Александр не различает духовного помещения: зрелище келий кажется ему отталкивающим. Сырость, нищета, окна, заткнутые подушками. Вернувшись в Михайловское, он пишет отрывок: *с перегородкою коморки,* — к которым подыскивает рифму *порки,* впрочем, стихотворения не заканчивает. Даже смеяться над увиденным нет сил. Святогорские знакомства отложены на следующий год.

X

Зима в тот год задержалась. Окрестности явили собой бескрайние топкие хляби.

Показания очевидца: с утра до ночи Александр Сергеевич играет сам с собой в два шара на бильярде.

Это занятие есть квинтэссенция скуки. В столкновении холостых шаров видится передача эстафеты от одного, «южного» поэта другому, «северному» (еще одно толкование, которое легко произвести задним числом): один шар-Пушкин докатился до места, до точки села Михайловского, и весь заряд своей энергии готов щелчком передать другому. Только тому катиться некуда: все выходы, все лузы михайловского бильярда заперты на ключ.

Треск (слов), бег сферы по сукну — и скука. Атомы и молекулы наукой еще не обнаружены, но явлены в модели. Вот они, в замкнутом зеленом поле, носятся, меняясь местами (не меняется ничего), чертят схему. Существование Фауста, человека искусственно расчерченного.

Сцены «Фауста» Пушкин пишет параллельно.

Берег моря – мне скучно, бес – кто верит, кто утратил веру – и всяк скучает и живет – и всех нас гроб, зевая, ждет – fastidium est quies – скука отдохновение души – все утопить.

Бильярд в самом деле иной раз видится — именно видится — игрой чересчур абстрактной, почти космической: белые, переполненные костью планеты бегут беззвучно среди звенящей пустоты. Их отекает вакуум, поле стола бездыханное. И процедура игры с самим собой (это самое главное, самое ужасное, что приходится играть с самим собой): черчение и щелканье, два шара — два Александра — межзвездно бездыханна; она в два счета способна довести человека до сердечного исступления. До зевоты точно: так рыба на берегу разевает рот.

Времяпровождение, даже если вообразить поэта помещиком (Пушкин — помещик!) — бесплодно: осень отошла, перелив летний свет в сараи да амбары, где почивает урожай, а у него в руке вместо яблока мертвый бильярдный шар. Одиночество меняет ощущения тактильные; начинается жизнь на ощупь.

*

Все это «оптические» пробы и подходы к тому, что представляется главным: михайловской метаморфозе Пушкина, поэтической и духовной, перемене его места в пространстве и времени (такой перемене, что вслед за собой переменила самую здешнюю природу, пространство и время).

Что об этом перевороте может сказать наша «одушевленная» география? На карте пушкинских меридиональных странствий все просто: путешествие «вниз» и «вверх» по России перевернуло его страницу. В первую ссылку Александр отправился в самый низ (юг) страны-страницы. Теперь его сослали на север. Теперь Пушкин — точно Овидий: того сослали из Рима на крайний северо-восточный предел империи. Вот и Пушкин из Одессы «римским» образом сослан на север. И действительно: здесь он законным образом воображает себя Овидием — ходит по еловой аллее, нанизывая на иголки печальных северных дерев страницы рукописи. Белые лоскуты остаются на черно-зеленой хвое, нимало ее не возмущая: она вечна.

Это правильная ссылка.

Та, первая, из Петербурга на юг, была только предварением, пьесой; так в зеркале истории Третий Рим относительно Второго выходит перевернут. Теперь перед нами уже не пьеса, но «римская» правда об Александре Пушкине, о настоящем его северном наказании и — настоящем задании, которое определила ему судьба.

В Михайловском был уловлен мотылек Александр; пришпилен к бумаге. Остановилось его внешнее движение и началось новое, внутреннее. В самом деле, будто в игре на зеленом поле один шар, щелкнув, ударил другой (когда это произошло, что такое был этот удар?), и этот другой покатился — невидимо. Где, в каком пространстве пошло это невидимое движение? Не под водой; эту метафору не следует принимать буквально. Не в царстве мертвых, как это порой представлялось самому Александру, но в царстве живых предков. Пушкину начинает открываться море (исторического) времени: его глубина постепенно отворяется окрест села Михайловского.

●

Полет сверху вниз заканчивается на дне: это даже не аллегория, но буквальная, «механическая» иллюстрация, взятая из некоей азбуки (чему только учит эта азбука – правилам плавания по воде времени?). Слабым утешением служит то, что Пушкин не все эти пять лет валился по карте вниз, напротив, последним усилием он взобрался по карте вверх, в собственные – Ганнибаловы – пенаты. Но даже и тут, наверху – «утонул». Жесты судьбы слишком определенны; она указывает большим пальцем вниз. Римский жест; с тех еще, античных, времен на уровне простейшей жестикуляции различали – жизнь вверху, смерть внизу. Пушкин «мертв». На схеме «дна» (стр. 369) вертикаль границы между двумя мирами, московским и литовским, отчеркнута показательно прямо: железною дорогой Петербург–Царьград. Романовский Петербург на этой дороге в этом месте утонул. Пушкин помещается в роковом месте на границе между Москвой и Литвой, но он, похоже, пока не разгадал, зачем он оказался в этом месте, на этой границе, что сулит ему рок.

Следующее рассуждение просто, *как только может быть проста настольная игра. Это даже не арифметика, а то, что до нее, совершаемое на счет «раз-два-три». Упражнение Пифагора: прибавление пространства жизни – с началом года и далее, по праздникам. Но Александру сейчас только и нужна арифметика: все, что выше ее и сложнее, ему, «утопленнику», скучно разбирать. И начинается арифметика, подъем по году по ступенькам – «раз-два-три». По-прежнему Пушкин отыскивает себя на вертикальной шкале и пока выставляет себе нижние отметки. Оценки: одновременно начинается его учеба в дисциплине, которую здесь можно определить как «времяведение». У него теперь бездна лишнего времени (опять это тяжелое как камень слово «дно») – отчего не расчислить его на счет от одного до трех? И все же есть различие между вчерашней, прошлогодней пустотой – и скукой первых дней нового, 1825 года. В том году, особенно в конце его, в ноябре и декабре, все были дни-нули, теперь пошли дни-единицы.*

Вторая часть

ВСЕ ПО ПРАЗДНИКАМ

I

Из последних сил Пушкин перебрался через дебри декабря. Не застрелился, не повесился. Накатил новый, 1825 год, который Александру Сергеевичу предстоит встречать и коротать в одиночестве.

Первое мгновение года довольно уныло. Новогодний праздник не удался; в самом деле, *мертвецки* скучно. Дома от печки угар, и выйти некуда: дороги замело. Александр Сергеевич сидит дома. А куда деться?

Это недвижное сидение для Пушкина тем более болезненно, что наступающий 1825 год венчает первую четверть века. Это означает, согласно тогдашним представлениям о хронологии, максимальную подвижность эпохи.

Ему известны эти хронологии. Их принцип прост: век проходит как человеческая жизнь. Новый век родится в нулевом году; Александр (поэт), как по заказу, родился к началу своего века, в 1799-м. В первом году нового века сел на трон Александр (царь): воплощение надежд, идеальная фигура будущего.

Так началось общее движение двух Александров: фуга, которой голоса то сходятся, то расходятся, и еще неизвестно, какую в конце концов они выведут мелодию.

Век родился, возрос, побежал: к четверти своей он разгоняется стремительно — с е й ч а с, в начале 1825 года, он бежит так скоро, когда Александр в Михайловском сидит на цепи! Век молод, его помещение само разворачивается, пространство (времени) все прибывает.

К середине века, к «полудню», 1850 году, время раскроется возможно полно. До «полудня» Александр не доживет. Век, его ровесник, с 1837 года потянется далее без Пушкина.

К «без четверти» столетия, к году примерно 1875-му, век устанет.

К полночи, к 1900 году, — замкнется, замрет, уйдет в тот же ноль времени, из которого явился.

Все это абстрактные расчеты и «черчения»; нам задним числом их делать легче, чем Пушкину.

Век широкими шагами проходит мимо. Спрашивается: как тут не пролиться желчи? Пушкин — ровесник века, и ему в первой, наиболее подвижной, четверти столетия самому положено быть подвижну, а он тут захлопнут в Пскове, как в пыльной книге мотылек.

Новый, 1825 год ожидается невесел.

*

Пространства для поэта закрыты: Пушкин вынужден двинуться во время.

Это принципиальный поворот в его движении. Странное дело, как ему, московскому уроженцу, это не пришло в голову раньше?

Здесь обнаруживается ключевой пункт в сюжете о «мертвом» и «живом» пространстве. Мы подошли к моменту, начиная с которого, словно в самом деле ударившись о невидимое дно времени, Пушкин понемногу начинает путь вверх. По крупицам, по корпускулам света (так, как после Рождества начинает расти день), Александр начинает меняться.

Это видно по тому, как меняется его поэтический материал: Пушкин принимается вырезать стихи из тишины, из «ничего». Из самого себя: диалог вести более не с кем. Это новое для него приключение; пока результаты этой его работы незаметны.

Вот что заметно, что может послужить отправной точкой к дальнейшим рассуждениям: от пребывания в праздности Пушкин переходит к изучению праздников[61].

*

Именно к изучению.

Когда-то я полагал, что хронологические совпадения в его творчестве 1825 года с ходом православного календаря большей частью случайны; они показательны, интересны, в них можно отыскивать метафоры «весенних» или «летних» стихов, но все же они остаются совпадениями, которых всегда было достаточно в жизни Пушкина.

От января до декабря по праздникам, точно по заказу, являются у него такие «сезонные» стихи.

Всего интереснее «Борис Годунов», главное, что создал Пушкин в 1825 году: «Годунов» идеально, по пунктам разложен по календарю. Эти совпадения настолько точны, что сами собой наводят на мысль, что они не случайны, что мы имеем дело с сознательным композиционным действием Пушкина, «согласовывающего» сочинение «Годунова» с ходом календаря.

Тайное начало работы — в январе 1825 года. Затем — весенний, «пасхальный» переворот в самом пушкинском стихосложении (заметный более на примере «Онегина» — новые главы «Онегина» легко сличить со старыми и отметить их очевидную разность). Это был формальный и содержательный переворот, ознаменованный приходом в поэзию Пушкина нового слова. Затем — летние открытия и решительная перемена в «сезонной» композиции «Годунова», точно совпав-

---

[61] Опыт знакомства Пушкина с православным календарем был в общих чертах разобран в уже упомянутой журнальной публикации (*Месторождение Александра Пушкина*, «Октябрь», № 2, 2002).

шая с большой церемонией из нескольких праздников: дня рождения Александра, Вознесения и Троицы (и еще одного, именуемого «Девятник», который стоит того, чтобы его рассмотреть отдельно). Наконец, завершение работы над «Годуновым» — собирание его «урожая» — осенью, к празднику Покрова, который будто бы сам Александр Сергеевич выбрал для того, чтобы поставить точку в работе, длившейся весь этот год. И это только главные отметки, к которым можно добавить по ходу календаря малых праздников и «малых» стихов, вполне друг другу подходящих.

И все же я относил это к совпадениям, пока не обнаружились свидетельства, что Пушкин в самом деле в этом году постоянно смотрел в календарь, изучал его, раздумывал над ним и даже советовался со знающими людьми о принципах его устройства. Одно из таких свидетельств мы рассмотрим ниже.

Постепенно подозрения перешли в уверенность: Пушкин последовательно и осмысленно п р а з д н о в а л этот год, проходя, как по точкам заранее размеченного маршрута, весь календарный круг 1825 года.

Это было не просто изучение и затем приложение нового знания в работе; по сути, это было новое путешествие — странствие в русский календарь. И вслед за тем, и вместе с тем — в русскую историю. Уже не сказочную, не замененную в стиле Жуковского гладко текущим мифом, но заново и иначе прочитанную, связанную невидимыми рифмами времени. В историю, готовую стать новым мифом, произведенным самим Пушкиным. Нет, это было не изучение, но «вживление» в календарь, явственно ощутимое, отчетливо сознаваемое путешествие во времени — невидимое, принявшее эстафету от видимого (южного) путешествия Пушкина.

Путешествие, как смена внутренних пространств, настолько важное и влиятельное в духовном плане, что переменило в конце концов самого путешественника.

О круге праздников

Последовательность традиционных русских праздников определяется логикой устроения церковного календаря. Сразу следует отметить: это не последовательная, но «пространственная» композиция: ее пункты согласованы друг с другом на всем протяжении календаря, как если бы праздники находились в одном помещении и «видели» друг друга.

Есть общее для них помещение, годовой цикл церковных служб, в котором они могут перекликаться: большой округлый «зал» года.

«Зал» проектировался в Константинополе: второй Рим свел христианские праздники в единый цикл; тогда они оказались в общем объемлющем «пространстве» — том самом, где рифмы церковных песнопений звучали эхом во времени (см. выше — о разговоре Пушкина с греком Стурдзой в Одессе).

Изначально круг константинопольских праздников начинался 1 сентября по старому стилю, им же и заканчивался. Последним большим праздником в том календаре было Преображение — 5 августа по старому стилю, 19-го по новому.

Затем этот календарный круг «перекатился» к нам на север. Здесь в его устройство были внесены неизбежные поправки: северный мир живет по своему природному графику. У нас зимы больше, чем лета, белого цвета (снега) много больше зелени.

Со временем новогодний праздник переехал у нас на 1 января, добавились новые церемонии, многие были позабыты. Но в целом строение «праздничного дома» осталось то же: оно округло, циклично, пространственно (поместительно для души).

В переносе новогоднего (Рождественского) праздника на конец декабря была своя логика. Год начинался с минимума света, с *точки* зимнего солнцестояния,

символом которой была Рождественская звезда — и
далее последовательно «рос» к максимуму света в точке летнего солнцестояния: конец июня, Иванов день,
Рождество Иоанна Крестителя. После этого год вместе со светом убывал, сжимался обратно в точку, обо-
рачивался звездой в небесах.

То есть: не просто округлое помещение было вы-
строено для общей суммы праздников, но «живое»,
пульсирующее, совпадающее в своих опосредованных
эмоциях с переживаниями верующего человека.

Время в понимании верующего, жителя второго
Рима, в пределах годового римского цикла «рожда-
лось» и «умирало»: время было «живо», так же и он
жил во времени, согласно с временем.

Это универсальная схема: на подобной основе
строились многие календари, не только христианские.
В этом отношении христианство унаследовало антич-
ную схему «пульса» года, соответствующую астроно-
мическому календарю.

Москва без труда восприняла от Константинополя
сюжет о «живом» времени. Тем более просто было это
сделать, что и до прихода христианства время в языческой Руси было в должной мере «живо». В народном
сознании (здесь, наверное, уместнее говорить о подсо-
знании) ему, времени, были свойственны «ощущения»
младенчества, молодости, зрелости, старения и страха
смерти. (Время страшится смерти — показательный
оборот.) Ход языческого календаря составлял должный круг метаморфоз времени: от зимней «спячки» к
летней полноте жизни и обратно.

Мы и сейчас, большей частью по инерции, того
особо не сознавая, но только следуя кругом традиционных праздников, приобщаемся к этому пульсу календаря — так в него помещаемся, так с ним в «дыха-
нии» года совпадаем.

*

Так же с ним принялся «совпадать» Пушкин, оказавшийся в своей невольной михайловской праздности один на один с календарем. Праздники обступили его своим округлым помещением, вовлекли в круг забытых переживаний (не весь же свой век Пушкин был *афеистом*, напротив, его безбожие было относительно недолгим, перед этим в детстве и юности он, несомненно, праздновал христианский год).

Можно производить положительное хронологическое исследование 1825-го пушкинского года. С его началом он вступил в пределы московской праздничной матрицы. И далее, шагая по ключевым пунктам праздников, имеющих скрытый смысл раскрытия света и времени, он постепенно заново освоил помещение календаря.

И — внутренне переменился. Не только календарь открылся для Пушкина, но и Пушкин в нем открылся, обнаружил новое для себя пространство слова.

Это было пространство для нового путешествия — взамен прежнего, которое привело его к тупику, к «самоутоплению» осенью и зимой 1824 года.

*

Первое совпадение можно отметить — совпадение в исходном состоянии: спящее под снегом время праздничного календаря соответствовало анабиозу Александра на темном (минимум света, минимум надежды) рубеже 1824 и 1825 годов. То и другое было сон, или забытье без сновидений, без надежды очнуться. Так, кстати, веровали наши предки, провожая солнце осенью без надежды дождаться весны. Тем радостнее для них было пробуждение. Тем ярче и острее Пушкин воспринял свое возвращение в календарь, в помещение русского времени, открывшееся ему полным 1825 годом.

II

Рождество он, кстати, пропустил; Новый год прозевал — оттого, что более зевал, нежели праздновал. Где-то сбоку сознания остались темень и чудеса Святок, две недели от Рождества до Крещения. Святки прошли над ним, поверх его «подводного», пропащего состояния. Гадания совершались в соседних комнатах. Как он мог их проспать? Святки пестры, «животны», незаконны. Беготня с петухом, прятки по амбарам, вопрошание воды в колодце. Хотя бы для того, чтобы вспомнить «Светлану» Жуковского, Пушкину необходимо было посмотреть на Святки.

«Светлану», он, наверное, вспоминал. Но дальше дело не заходило. Начало года никак не праздновалось. Александр смотрел на скачущий огонь свечей, на петуха, в этом свете похожего на ювелирное изделие, только изредка моргающего. Он этим немного развлекался, просто слушал и смотрел. Он — за крестьянами, они — за водой (за новонародившимся временем).

О поведении воды в Святочные дни

О воде уже много было сказано: было и море, видимое и невидимое (псковское), было «дно» и на нем «утопленник» Александр. Речь о времени, все, что о воде — о времени: оно как будто остановилось и в нем замер Александр. И вот приходят Святки, двенадцать дней от Рождества до Крещения; тут выясняется, что эти праздничные дни и сопутствующие им церемонии в первую очередь посвящены наблюдению за водой.

Вода — главный участник святочных представлений. В эти дни она языческим образом бунтует, стремится выйти из христианского «графика». Ей надобно пролиться мимо календаря, в иные дни, в прошлое и будущее. Вода на Святки символизирует все время целиком: слушание воды есть заглядывание в большее время, загадывание будущего. Языческие корни Святок довольно глубоки — все они «под водой». Драматическое содержание Святок, страхи, с ними связанные, равно и содержание большинства обрядов связано с соревнованием (схваткой) язычества и христианства. Бунт воды заканчивается на Крещение: так в ее поведение возвращается правильный ритм. На Крещение вода (время) оказывается регулярно «расчерчена» крестом — опускание креста в прорубь есть важнейший символ этого успокоения воды, — далее она течет спокойно, «синхронно» с календарем.

*

Это таинственное соревнование времен (древнего, бунтующего, и нового, «правильного», христианского) пока от Александра скрыто.

Пестрое, чуждое зрелище, пение, гадание, шевеление воды тянется две недели; Пушкин наскучивается «финским» праздником, отворачивается от яркого морока, выходит на улицу в темноту и мороз.

Координаты гуляют по ветру. Ставни пейзажа распались, придвинулся вплотную «медведь зимы».

О чем ему гадать? Аукаешь в темень, она не отзывается, точно вымер весь дальний мир. Где в нем Петербург, где Одесса? Где его вольное пространство? Нет ничего, только очерк елового леса разнимает пополам вселенную — на верх и низ: темный и темнейший.

*

И тут совершается первое чудо: на Крещение к Пушкину является лицейский друг Пущин. Он будит Александра от «мертвого» сна, извлекает его из безвременья, «из-под воды». Это — совпадение, никто не загадывал его приезда на праздник, но так совершилось, и это стало переломным пунктом пушкинского сидения в Михайловском (недаром он потом не раз вспоминал этот чудесный пущинский визит).

Пущин приехал в Михайловское в первые дни после Крещения, 11 января 1825 года[62]. Вот когда стартовал его 1825-й год!

Для поэта Александра важно было следующее: новый год начался с о з в у к а.

Со звона колокольчика, что пронесся по Ганнибаловой аллее, приблизился ко двору и весь его заполнил мелодией неслыханной, небесной полноты.

Или так: колокольчик Пущина вынул у Александра из ушей снежные пробки. И «мертвое» пространство ожило, задвигалось и зазвучало. Двор, что был накануне теснее колодца, стал шире Красной площади. Неужели все это только оттого, что к нему приехал старый лицейский приятель? Нет, безусловно, в первую очередь именно оттого, но одна ли это причина совершающегося чуда?

Допустим, так: в этот момент «проснулись» все отложенные и пропущенные праздники: (европейский) Новый год, Рождество и Святки. Они совпали — и со слезами, и речами, и в три ручья шампанским пролилось наконец новое в новом году время. Просквозило из точки звона, задребезжало, прерываясь, на фоне тьмы и мерзлоты. Звезды высыпали над головой — теперь их было множество, и было ясно, что эти звезды — звуки, рассыпавшиеся по небу во все стороны от первой, Рождественской звезды-колокольчика.

Праздник, что и говорить.

---

[62] Когда-то, приняв эту дату по новому календарю,
я решил, что Пущин приехал к нему в рождественские дни.
В этом случае «пробуждение» Пушкина приходилось бы
точно на начало годового праздничного цикла. Схема
выходила идеальной: начав с Рождества, Александр словно
сам «рождался» заново, начинал свое пробуждение
от «спячки» синхронно с прибавлением солнечного света.
Однако это была ошибка: считать следовало по старому
календарю: праздник, который Пущин, сам того
не сознавая, устроил Пушкину, был праздник крещенский.

*

Тут и происходит эпизод, разбор которого был обещан, а именно — рассуждение на тему: хорошо ли знал Пушкин церковный календарь, случайны или нет были многочисленные совпадения этого года между праздничным календарем и его творческим расписанием.

Эпизод простой: во время общего чтения вслух комедии Грибоедова «Горе от ума», которую привез Пущин (она много преуспела в столицах, пошла по России в списках, стала первой литературной новостью и вот добралась до Михайловского), за окном опять раздался колокольчик. Пушкин выглянул в окно и очевидно смутился. В одну минуту, спешно, он пролистал-прочитал что-то в книге «Четьих Миней», тут же, в углу лежавшей (календарь был закапан воском и явно был принесен откуда-то извне, положен сверху остальных книг, точно кому-то напоказ). В следующую минуту в комнату вошел монах, невысокого роста, рыжеватый, который представился Пущину настоятелем соседнего монастыря, отцом Ионой. Александр с ним удалился на недолгие переговоры, затем они вернулись, выпили втроем чаю с ромом, до которого отец Иона оказался большой охотник, затем распрощались, настоятель уехал, и чтение комедии было продолжено.

Нетрудно понять, что визит настоятеля был частью того официального надзора, который был установлен над ссыльным поэтом. Собственно, этими визитами надзор и ограничивался. Но о чем был разговор и, главное, зачем Пушкин листал церковный календарь, прежде чем говорить с монахом, точно он не выучил урока и теперь смотрел подсказку?

Простое объяснение: он в самом деле должен был отвечать урок — что такое сегодняшний день в календаре, какой нынче праздник и в чем его суть. Или суть ему излагал дополнительно отец-настоятель? Не важно, главное, что Александр знал календарь, следил за ним и толковал его — сначала подневольно, затем все с большим интересом, о чем свидетельствуют его дальнейшая сердечная дружба с отцом Ионой, их постоянные беседы и рассуждения на духовные темы.

Так что это не совпадения, не предположения, но факт: Пушкин в Михайловской ссылке был вовлечен в чтение и последовательное изучение календаря. Такова была его официальная *епитимья* (так о занятиях Александра с отцом Ионой позже напишет Жуковский).

*

После этого сообщения все встало на свои места. Не просто «случайно» совпадали два графика бытия, календарный и пушкинский, — нет, слежение за ними, сличение их было постоянно поэтом сознаваемо. Изучение праздников было вменено Александру в ученическую обязанность. Он по дням исследовал православный календарь и сдавал по нему регулярные уроки. Можно представить, что вначале эти уроки Александра бесили. Но за неимением другого досуга и образованного собеседника он вовлекся в размышления на эту тему, а затем и увлекся ими. Еще раз: в контексте данного исследования было бы достаточно и совпадения — «пространственного», основанного на скрытом родстве праздничных и поэтических ощущений Пушкина. «Помещения» праздников, с каждым днем в новом году все ярче освещаемые, были достаточно схожи с «помещениями» его стихов, точнее — с постепенно заливаемой светом большой «залой» «Годунова». Эхо, летающее по русскому календарю, вторило звуку «Годунова». Пушкин слышал то и другое. Эти звучащие «пространства» были достаточно схожи, чтобы угадать их родство.

И вот оказалось, что Александру не нужно было этого угадывать: он просто знал об этом. Он собирал «Годунова» осознанно, синхронно с ходом календаря.

III

Таковы оказались новогодние подарки, хоть и не сразу, только после Крещения до Пушкина дошедшие. Подарки были: *календарь*, открываемый как дверца в помещение большее и неведомое, и при этом чрезвычайно интересное, *звук* (колокольчика) и — *новые книги*.

Пущин привез ему уже указанного Грибоедова и «Историю» Карамзина: тома, только что вышедшие, — о царствовании Иоанна Грозного.

Михайловская пустыня принялась полниться новым содержанием.

*

Чтение залило Пушкина с головой, так же как прежде заливала, топила тишина. То ли оттого, что Александр сомлел в одиночестве без нового слова, то ли изменилось письмо Карамзина, который дошел наконец в своей летописи до эпохи, соразмерной его писательскому таланту, но его «История» показалась Александру настолько жива, так остро и синхронно ощутима, что как будто сам он перенесся в то время.

На самом деле тут все было важно, все способствовало эффекту перенесения читателя через время. Тут и долгое пребывание в «спячке», и резонанс от совпадения автора, Карамзина, с темой самой драматической, грозненской. Карамзинское «осовременивание» истории стало литературно убедительно; рассыпанные по средним векам Эрасты из «Бедной Лизы», превращавшие первые тома его летописи в отдаленное подобие сентиментального романа (отчего эти тома казались несколько картонны), эти подвластные Карамзину типы оказались на фоне эпохи Грозного драматически уместны. Да, история царя Иоанна сделалась под его пером подобием романа, но зато от этого она возымела прямое действие на Пушкина-читателя.

Время (в его воображении) двинулось. Это было его, Пушкина, время — растущее, «крещеное» (возвращенное в координаты Христова пространства), открытое духовному взору.

Кстати, Пушкин считал, что через память его рода ему было дано особое сочувствие к русской истории. Пушкины участвовали в описываемых Карамзиным событиях XVI века. Читая, Александр вспоминал своих предков, они в его воображении успешно оживали — и текст был уже не текст, но окно в иное время. И это также сказалось в том реанимирующем эффекте, который оказало на Пушкина чтение девятого тома карамзинской «Истории».

Так начинается сюжет, заранее заявленный, теперь получивший конкретное воплощение. В пространстве карамзинской «Истории» для Пушкина открылась возможность нового путешествия. Того долгожданного, пусть виртуального странствия, которое в реальном пространстве и времени было для него закрыто. Пушкину открылся XVI век как поле для новой экспедиции, как пространство (историческое) по-новому поместительного текста.

*

Без движения, без перемены пейзажа Александр словно засыпал. Теперь на место реального михайловского вида, покрытого снегом, точно саваном, ему открылся внутренний пейзаж русской истории. Михайловский заоконный пейзаж был неподвижен — этот, внутристраничный, двигался. И этот невидимый пейзаж — наговоренный, проявленный в слове — показался ему много ярче и живее реального.

Так его 1824 год, главным событием которого был реальный переезд Пушкина с юга в псковскую зиму, закончился и через п е р е к р е с т о к К р е щ е н и я (тавтология не случайна) продолжился сокровенным переездом в «Историю» Карамзина.

Начало (праздничного) crime

Рождественская звезда

Вот праздник единицы: *первая минута первого часа первого дня года. В христианском исчислении – все то же, только в первый день Рождества. Не так сложна наука, которую преподают ему отец Иона и собратия (если все правда в сообщении Жуковского, что на Пушкина наложена «эпитимья» по изучению календаря). Псковский пленник оказался учеником в классе перед черною доской – только вместо доски – черное как смоль небо; посередине черноты* н е к т о *ставит мелом точку. Так является Рождественская звезда, начиная отсчет Божьего времени. Куда проще? Так приучали к счету язычников первые проповедники, которые были в те времена заодно и учителя арифметики. Александр в эти дни все равно что язычник, он еще темнее язычника в глазах отца-настоятеля, ибо разум его затенен изрядно афеистическим мраком. Пушкину пока скучны эти уроки; Пущина в Рождество у него в гостях не было, так что живого счета он еще не ведет – все тянет мертвый. Но это ненадолго, ошибка вышла в две недели: лицейский друг Пущин к нему приехал на Крещение.*

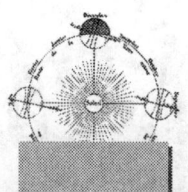

О двоице

Сретение

С числом два немного сложнее. Также слово «двоица» не так понятно. как «единица», хотя по сути это все та же арифметика (то, что до арифметики: метафизика). Время делает в году первый широкий шаг: протягивается из января в февраль, от одной точки к другой; выходит две точки – «двоица». Время протягивается линией, обретает ход; в январе оно еще дробится подневно. Но движение уже ощутимо, несколько нервное, спорное, февральское движение. В самом деле, есть повод для спора – зима встречается с весной. Северянину это слышать странно: какая еще весна в середине февраля? Видимо, праздничный календарь был сверстан где-то южнее. Но это уже детали, календарь есть выдумка, значит, он помещается поверх температуры и заранее различает (обещает) весну. Иначе бы мы не праздновали Масленицу. Впрочем, Масленица – это еще не вполне встреча, это выкликание, зазывание весны. Но диалог, только и возможный под знаком «двоицы», уже начался. Вот и Пушкин с началом февраля все читает диалоги: здесь нет ошибки или отставания, в этот год у него все совершается вовремя.

Тут все о пространстве — новом, «живом» и вполне себе просторном: помещении времени. Чтение Карамзина прибавляет бытию Александра новое измерение бытия. Чудесное, праздничное — не двигаясь с места, он обнаруживает себя в пути. Только перелистывая страницы — бегом, верхом на слове. Слово нарисовалось стрелкой, обратилось в вектор.

Все о чертеже: от «точки», от звезды Рождества (пропущенного), через мельтешение Святок (подсмотрены вполглаза), через перекресток Крещения (этот в полной мере был отмечен — как первый праздник года) протянулся «луч» нового пушкинского чтения.

Разве чтение не путь, не луч? Начало нового, «правильного» (черченого) движения.

*

Небо расступилось; днем прошел снегопад. Не столько снег идет вниз, сколько поднимаются вверх, в белесые бездны, окрестные холмы. Они идут и идут вверх, оставаясь на месте. Мир всплывает понемногу; если задуматься, в этом заключается «геометрический» смысл Крещения. Иоанн Предтеча на реке Иордан наклонился к воде и нарисовал на ее поверхности крест. В пересечении креста (координат) всплыл Христос — из-под воды небытия, лбом-холмом вверх. К нему с шумом голубиных крыльев спустилось небо. В наших краях оно оседает беззвучно, бесконечной снежной кисеей.

Крещение, оно же Богоявление: его рисунок вертикален.

Александр различает композицию праздника, но смысла его пока не прочитывает; все верно — пространство нам является раньше слова.

Пока Пушкину достаточно того, что небеса открылись и поманили землю снегом; та вздохнула, взглянула сквозь налегшие на нее облака на еще невидимое солнце, и стало ясно, что на чертеже мира, который вчера был бездной, есть верх.

IV

Не так все просто— не одно только приятие новых правил самоустроения, но отказ от старых: вот что ожидало Пушкина на его пути в русскую историю.

Ему начала открываться московская история, геометрия которой решительно отличалась от привычной Пушкину петербургской (европейской). «Переводчик» Карамзин, который когда-то начинал со сличения двух помещений слова, русского и немецкого, в определенный момент оказался в схожей позиции — между прежним русским и новым русским языками. Приступив к своей «Истории», он принялся перемещать слова (смыслы, идеи, образы) из Средневековья в Новое время. Тот, московский, допетровский мир Карамзин принялся переводить в этот, сглаживая углы, которыми то и дело сталкивались древняя и новая эпохи. Это было начинание сверхтрудное: содержание двух этих текстов-миров — тем более их «оптика» — были слишком разны.

О соревновании древней и новой геометрий
Русские эпохи, новая и средневековая, были ментально (пространственно) конфликтны. «Немцы» Романовы насаждали в Московии регулярное «кубическое» бытие — «круглая» Москва им сопротивлялась.

Москва постоянно, явно или скрыто, отторгала наводимую Романовыми европейскую геометрию. Сначала она уступила царю Петру, позволила ему основать в северо-западном, самом «немецком» углу страны, новую столицу, «Царьград в пространстве». Петербург тогда пришел к первенству, повел реформы, целью которых было ментальное преображение страны; Москва отступила на второй план, однако определенный и болезненный разрыв нарисовался: московское духовное строение (во времени, не в пространстве) принципиально противоречило модернизации, материализации России в настоящем времени.

С этим конфликтом связаны все сюжеты нашего исследования, в том числе главная его тема — поведение русского языка в столкновении с внешним, насаждаемым сверху пространством. Или так: с заданием (грамматической) реконструкции — непривычной, дискомфортной, отрезвляющей, десакрализующей письменное русское слово.

Привыкание языка к такому пространству обернулось принципиальной метаморфозой слова. За сто лет соревнования с новыми порядками Московия (тут лучше так, в целом, поскольку речь не о городе, но о стране, не желающей ровно ложиться на привезенную из-за моря голландскую карту) выработала противоядие петербургской пространственной «инфекции». Она заговорила на новом языке, который предстал самодостаточным поместительным пространством.

Литературные опыты Карамзина, с одной стороны, подразумевали освоение правил европейской рефлексии. После его опытов русский язык был заметно «онемечен» — или «офранцужен», по мнению его очередного оппонента, — так или иначе модернизирован, «синхронизирован» с настоящим временем. С другой стороны, решительный успех этой карамзинской «синхронизации» парадоксальным образом привел к тому, что новый текст, русское слово в настоящем времени оказалось «пространственно» самодостаточно. Читатель поместился в его текст с головой, нырнул в бумагу (московскую). Он заново уверовал в слово, наделил его своеобразным сакральным свойством.

Так Москва возразила Петербургу в ответ на его пространственную агрессию; Карамзин первый подпал под процедуру этого тайного (традиционного) «омосковления». Теперь этот опыт предстояло пережить Пушкину. Не случайно метаморфозы его слова начались с чтения карамзинской «Истории»: тот показывал ему «настоящую» Москву — пространство в слове.

*

Итак, Москва возвращается; московская тема в селе Михайловском понемногу делается актуальной. Каковы ожидаются метаморфозы поэта Пушкина на фоне возвращения в его творчество Москвы и московской темы?

Интуитивно, внутренне он готов к перемене, «переезду» в Москву, внешне — нет. По крайней мере пока — нет.

У него есть претензии к северной столице; Петербург отказал ему в пространстве, в свободе, запер его на замок в тесном Пскове. Пушкин в ответ грозит Петербургу. Пока это проявляется в привычной ему фронде: Пушкин оппонирует Романовым, пишет о «варении царей» в аду[63], но метафизики тут нет: это знакомая политическая оппозиция. Он отстраняется от Александра Романова (тот его отстраняет): этот разрыв озвучивает Пушкин-республиканец, бунтовщик и безбожник. То есть — вчерашний Пушкин.

Но вот начинается его постепенная метаморфоза, его взаимораскрытие с русской историей, преображение через календарь. И понемногу Пушкин уже не политически, но поэтически начинает склоняться к Москве, переходит в ее «пространство», принимает фокусы ее языка, чтобы в конце концов самому стать ее литературным (главным) фокусом.

*

Этого мало, это общее «геометрическое» соображение. Есть и частные, конкретные следствия: Карамзин в своей «Истории» не просто показывает Александру н а с т о я щ у ю Москву — он «подсказывает» Пушкину идею нового сочинения и, что не менее важно — тему царя и самозванца, тему традиционного русского бунта.

---

[63] *Фауст, ха-ха-ха, Посмотри — уха, Погляди — цари. О вари, вари!..* («Наброски к замыслу о Фаусте», 1825 год, январь).

Так начинается «Годунов».

Это предположение только о конкретном времени (декабрь, январь), когда Александру является мысль написать пьесу о московском самозванце и — выступить тем самым московским образом против (царя) Александра. В том, что в результате погружения в «Годунова» Пушкин окончательно примет эту мысль, нет сомнения. Заканчивать «Годунова» Пушкин будет, сам играя в самозванца. Вопрос в том, когда началась эта игра? Предположение таково: в январе, с чтения карамзинской «Истории». Сама по себе тема возражения царю Пушкину была не нова — теперь он нашел для нее актуальное московское продолжение.

Он изначально бунтовал против царя, за что и отправился в ссылку. Он выставлял себя против царя в разных ролях; до определенного момента пушкинские роли были все до одной республиканские, романтические, европейского происхождения и стиля. Теперь он начинает прослеживать для себя (в себе) другое, московское происхождение и неизбежно начинает искать другой стиль.

Пушкин не отказывается бунтовать и далее против царя. Но что означает бунтовать по-московски? Здесь и совершается ключевой переход из прежнего состояния в новое, из 24-го года в 25-й — это означает самому становиться царем, точнее — самозванцем.

Почему нет? Это отличная игра. Вот и у Карамзина она прописана по ролям Годунова и Лжедмитрия — замечательная, у с п е ш н а я игра.

Отсюда и предположение: чтение Карамзина дает Пушкину счастливую подсказку: повод к перемене маски. Он больше не карбонарий — он самозванец, претендент на трон.

Тут же выясняется, что такая перемена в контексте настоящего момента, на фоне тех метаморфоз, которые переживает Россия, на фоне ее духовного «омосковления» — уместна, актуальна, остра и обещает успех.

И какой масштаб: царь противу царя. Бунт на русском чертеже: «А» восстает против «А». Один Александр исчезает, уступает Москве, другой заступает на его место — он тоже царь (слова), и теперь он на московской стороне. Стало быть — в поэтических интуициях, в пространстве замысла, в помещении эпохи, которая все увереннее рисуется по-московски, за ним будет победа.

Вот и Карамзин пишет: победа будет за претендентом, за самозванцем, который скинет прежнего царя и сядет на его место. Это замечательная игра, и стоит вообразить себе Пушкина, которому только намеком взошла на ум такая мысль — а намек налицо, — чтобы понять, с каким азартом он начнет такую игру.

Он ее и начинает: он принимается писать нечто противу царя, на московский манер.

Пушкин замышляет большое дело — «Годунова».

В январе, сразу после своего «крещения», с началом чтения Карамзина.

Его «галлюцинации» многократно усилены одиночеством. Тут не одна только месть царю, упекшему его в глухую ссылку. Тут начинает сказываться особый характер творчества взаперти, когда безумная идея с легкостью овладевает воображением сочинителя. Некому возразить на нее. Писать кому бы то ни было, чтобы посоветоваться, потолковать о своей затее — невозможно. Такую тему Пушкин может воображать себе, развивать, облекать в слова, только находясь с собой один на один. От этого его азарт только усиливается; новая тема кажется ему все более веселой.

Весь год он будет с нею веселиться — и весь год прятать эту работу. «Борис Годунов» будет сочиняться втайне, потому что подоплека его замысла — новый бунт Пушкина, уже не карбонария, но московского самозванца. А это иной — внутренний, сокровенный, настоящий московский бунт.

V

На поверхности — без особых перемен. Первое время по Крещении Пушкин все читает; восполняет прорехи и паузы, голодовку «мертвого» сезона. Карамзин, Грибоедов, в двух переводах Библия, Коран, Шекспир — на двух языках. Склад звука и смысла плотности неимоверной. Идет лихорадочное переполнение словом. После немоты рождественского поста — объедение до состояния камня. Словоед оголодал смертельно.

Допустим, некий замысел ему явился; но тут же выясняется, что Александр не готов к нему «технически». Для реализации его безумной затеи нужны новые слова и самые звуки. Их нет у него новых, а прежние явно не годятся.

*

О звуке: точно в самом деле Александра проглотила эта неподъемная земля, и потому он пребывает в ее безгласном внутри: все, что ни скажет, ни напишет, звучит, словно в сундуке или норе. Опять это несносное: разговор с самим собой. Не слышно дружеского эха, мгновенного, живого ответа (о том, чтобы переносить эти мысли на бумагу, в письма, не может быть и речи: слишком много глаз смотрят на эту бумагу). К тому же эта русскость: Карамзин своей «Историей» вернул на нее моду; теперь многие пишут, щеголяя средневековым прононсом, именами, которые прежде произнести бы не смогли.

Само имя — Псков: тесное название — замкнуто, как на засов. На одно мгновение, на букву «о» оно едва приоткрывается — слово лопается во рту, исходя темнотой — и вновь затворяется. Псков.

Но Александру не нужны модные поветрия: слишком всерьез он задумал русский бунт. И — умолк без должных слов.

393

Тут даже иностранные языки звучат как-то иначе: несерьезно, неубедительно. Собственно, а с кем тут говорить на других языках? С березами, солеными груздями? Пушкин упражняется в языках, так же как в стрельбе (дуэль-то заявлена, с Федором Толстым — опасная дуэль), но эти иноземные разговоры с самим собой, во-первых, отдают уже настоящим сумасшествием, а во-вторых, как будто запирают Пушкина еще на один замок. От этих иноземных слов в его хижине дробится и мельчает пространство.

В них хорошо прятаться.

Французский словарь,
что спрятан в моем кармане —
лучшее логово,
в котором я спрячусь сам.

В оригинале, у Дефо, это звучит в рифму.

Только зачем Пушкину прятаться, когда он и так взаперти?

В ссылке он всегда точно в подполе, даже если вышел на воздух. Звуки выстрелов глохнут раньше, чем загорится порох. Это если оттепель и туман. В мороз, напротив, пистолет щелкает звонко, и потом еще долго дребезжит тишина, словно кто-то сзади со всего размаху хлопнул тебя по ушам.

*

Январь все длится. Этот начальный месяц года как-то особенно долог — оттого что полон (праздниками). Очень разными, полярными по ощущению и цвету. Свету: часть этих праздников происходит на свету, подразумевает приход света (вслед за Рождеством), другая часть как будто прячется от света, уходит в тень, в ночь. Вообще дни в январе отдельны:катятся поодиночке.

Преодоление одиночества для Александра труднейшая из задач.

Об отшельниках

Во второй половине января в календаре один за другим выступают великие отшельники, отцы-основатели монашества. Вот кто поодиночке — и не одинок.

То же, что творится в небе: вслед за Рождественской звездой на темном зимнем куполе небес высыпают (различаются «прозревшими» на Рождество христианами) многие созвездия. На языке календаря это означает, что в пространстве времени, «срез» которого мы наблюдаем в виде звездного неба, в его темнейшей бездне подвижники и отшельники выступают вслед за Христом, «загораясь» по его примеру, добавляя света в его поддержку. Январь в небесах являет их светлое, поодиночке воинство. Сонм звезд.

Сезон отшельников начинается сразу за Крещением. На следующий день после этого праздника, оказавшегося у Пушкина первым в новом году (новой жизни), церковь празднует собор Иоанна Крестителя. Крещение, как следует уже из названия — его праздник, что подтверждает на следующий день его собор. При этом Иоанн — покровитель монашества, первый отшельник и пустынник. Он открывает шествие январских святых.

После Иоанна в календаре празднуется соответствующее продолжение: каждый вечер в храме поминают то Феодосия Великого, то Павла Фивейского, то Антония, Великого тож. Празднуют первых из первых, январских людей-единиц, что в первый, «точечный» месяц года, очень даже понятно.

Это особый сезон, в феврале он не имеет продолжения (заканчивается в первых числах). Это именно «темные», ночные праздничные дни, процедуры которых сокровенны и непредполагают «новогоднего» шума. В народе они непопулярны, происходят как будто по ту сторону будней, по монастырям и кельям, в тишине, наедине с небом.

*

Таков рисунок январского начального времени: оно еще не связалось в линию. Свет д р о б н о с о с р е д о т о ч е н; нужно хорошо напрячь воображение, чтобы представить себе столь противоречивое состояние света. Но таков он есть, согласно христианской символике, во второй половине января.

Уж не монах ли сам Александр? Отчасти так: живет в уединении, молится на свои буквы, на расчирканные строками листы. Он учится жить и творить один, «звездно», вне поля привычного диалога, вне переклички с «Арзамасом» (созвездием угаснувшим), в черноте и пустоте псковской ночи.

*

Пушкину не то чтобы вдруг стали интересны монахи (тут можно вспомнить его ничем не завершившиеся наблюдения Святогорского монастыря, сделанные в прошлом ноябре: см. выше — подушки в окнах и *коморки);* нет, такой прямой связи не наблюдается. Пушкин и не помышляет о подобном ученичестве. Пока это отдаленно параллельные и «композиционно» родственные состояния: бытия в одиночку на фоне ночи.

Сюжет с монахами ему интересен именно композиционно. Перекличка через время, точнее, через безвременье. Неслышные голоса «звезд»: не таковой ли быть теперь его поэзии, создаваемой под замком? Это невозможно, поэзия не может быть беззвучна; но как извлечь звук из тишины, нечто из ничего?

Пока это приводит к немоте, попыткам петь прежним голосом, которые как будто удаются, но уже не могут удовлетворить самого певца. Предощущение нового пространства поменяло ему внутренний слух. Вот оно — пространство д о с л о в а.

O троице (Троице)

ПОЛДНЕВНАЯ ПОЗИЦИЯ. *Тут аллегория с часами дает
сбой. Июль, полдневный месяц, означен у нас числом шесть
(не двенадцать). Число измерений, которых к июню набирает
время, – три. Время на Троицу после Единицы (точки)
Рождества и Двоицы (линии) Сретения достигает категории
объема, трехмерия, летней, максимальной полноты.
(Пропущен праздник пасхальной «плоскости», скатерти
света – об этом подробно будет написано в основном тексте).
Так полдневное число 12 мешается с числом месяцев –
6 и числом измерений – 3. Но это сбой условный.
Во-первых, эти числа не случайно кратны (они делятся на три
и в этом смысле «троичны»), а во-вторых, все три означают
максимум – света и времени. Сама по себе мысль проста:
год достигает своей пространственной полноты, его фигура
в этой позиции совершенна. Здесь же, в этой ключевой
точке календаря мы отмечаем рождение Пушкина: можно
ли это признать за простое совпадение, или все же человек
«геометрически» соответствует полноте света и времени,
пришедшихся на момент его рождения? Это не означает
ущерба для остальных, в других месяцах народившихся
сочинителей, просто их фигуры иначе начерчены на большом
циферблате судеб. В этом году Пушкину он открывается весь.
Его зимняя и весенняя учеба ко дню рождения заканчивается.
Вот и в школе каникулы – не многовато ли тут совпадений?*

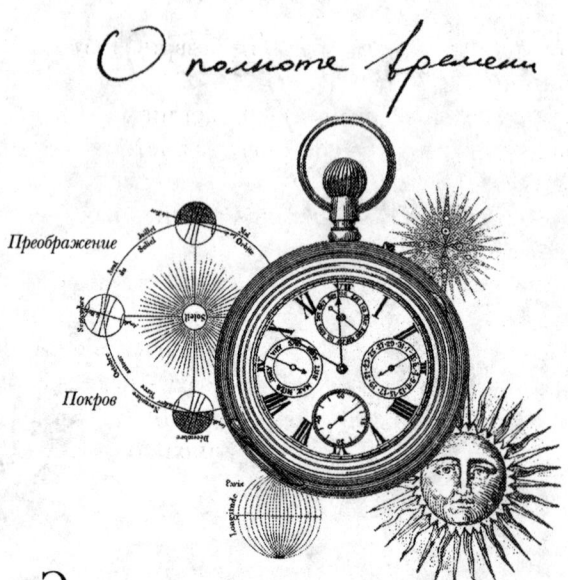

О полноте времени

Преображение

Покров

Это сложная фигура. *О том, какому месяцу
(часу, количеству света) она соответствует, идет спор.
Очевидно, что это не полночь: сбор всех времен, плотность
(не отсутствие, именно плотность) света не соответствует
зимней темени, предродовой пустоте декабря. Нет, здесь
подразумевается, скорее, праздник урожая. Урожая времени.
Стало быть, эти четырехчастные часы показывают осень
или ее преддверие. Тут и начинается спор. Год в Царьграде –
там, где был составлен и темперирован христианский
календарь, завершался августом. 1 сентября (по старому
стилю) праздновалось начало Нового года – Новолетие.
Последний из больших праздников в этом году – Преображение.
Преображение (урожай света и времени) завершало, замыкало
год идеальною фигурой. На рисунке она представлена
урожаем циферблатов. Итак, август. Однако русская
традиция, обязанная учитывать северную игру света, его
иначе оформляемую симфонию, склоняется к тому, чтобы
передвинуть в календаре сборную фигуру времени, отнести
его на 1 октября, то есть на Покров (см. стр. 491).*

Отшельник прядет из безмолвия, из безвременья — нить времени, истории.

Не просто отшельник: летописец. Счастливый «случай»: Пушкину явился образ — ученый монах над летописью. Монах, который ведает большее время.

Пушкину явился на ум новый герой, ученый монах Пимен, тот, что открывает «Бориса Годунова»[64].

Классическая январская сцена: Пимен под своей звездой-лампадой как будто погружен в космическую бездну — во тьму безвременья, в провал меж двух эпох. То же и в его речи: он адресует свой труд, свое слово другому монаху — невидимому, удаленному в неразличимое будущее.

Год и текст «Годунова» начинаются синхронно, словами Пимена.

*

Еще одна «рифма»: за фигурой ученого монаха Пимена без труда узнается Карамзин. Его «История» является Пушкину в январе: Карамзин есть Пимен, Пушкин — Отрепьев. Карамзин-Пимен сообщает «самозванцу» Пушкину секрет русской истории, правило перемены царств. Тому только это и нужно. Прежде всего ему нужно с о р и е н т и р о в а т ь с я в п у с т о т е.

---

[64] Диалог Пимена и Отрепьева — не первая сцена в «Борисе Годунове». Ей предшествует обширная экспликация, представляющая события 1598 года: воцарение Годунова, начало «тучных» лет его правления. Но это именно экспликация, вступление, написанное, кстати, много позже диалога Пимена с будущим самозванцем. Их ночной («январский») диалог — первое и важнейшее действие в пьесе: с него разворачивается интрига, начинается переворот, замена одного царя другим. В этой исходной сцене Отрепьеву является его дерзкий замысел. Отсюда растет «Годунов».

Нет еще верных слов и самые замыслы смутны. Драма разворачивается до слов; пока мы можем разбирать только указания судьбы, предрасположения пространства, которое все еще непроглядно темно. В нем только на ощупь угадываются закоулки; наполнение «Годунова» идет не последовательно от сцены к сцене, но «разбросанно»: отдельные отрывки освещаются цветно и пестро, загораются и скоро гаснут. Пока помещение пьесы полнится эхом; понятен только размер его — по тому, как не скоро возвращается эхо — это «царский» размер; на этот счет интуиция Александра не подводит никогда.

VI

Пока провидцу худо; зима гнетет его в полную силу. Испытание одиночеством, безмолвием, пробами нового слова, которое все не дается, когда Пушкин готов завидовать монаху, способному к диалогу с тишиной, продолжается.

Население Михайловского страдает вместе с хозяином: на дворе «Будняя скрута» — уже не праздничный, напротив, скучный сезон: томление после праздников. Это народный календарь, после Крещения отвернувший от монашеского. В народном календаре красные дни закончились. Они тянулись более месяца, начиная от декабрьской Никольщины (Николы зимнего, 6 декабря по старому стилю), и уже порядком надоели.

Невозможно долее откладывать дела: наступают будни, непривычные, позабытые и оттого вдвойне тяжелые. Отсюда это название — «скрута». Нужно возвращаться к работе, которая еще не раз скрутит. Между тем еще середина зимы, тьма и мороз только нарастают, загоняют в дом. Что делать дома? Считать дни до весны, прикидывать, хватит ли до тепла зимних запасов, и ясно уже, что не хватит и нужно затягивать пояса, готовиться голодать. Скучная пора.

Александру являются мрачные мысли. Но теперь понемногу их удается озвучивать, и в этом отличие от немоты декабря: время двинулось с места, мертвая зимняя точка пройдена.

В эти сквозящие черной скукой дни Пушкин пишет «Андрея Шенье». Он как будто выдумывает самому себе смерть.

Не только «Годуновым» занят слушающий темноту поэт; он, собственно, не занят «Годуновым». Он еще оглядывается в его темном помещении, в котором только и есть, что лампада на столе у Пимена.

Пушкин пишет стихи на злобу дня — на злобу ночи. Таков «Шенье».

В «Шенье» интересен поиск звука.

Казнь в первую очередь с л ы ш и т с я (звонкие — з, ж, н: так отозвался колокольчик Пущина? плоти слова немного прибавилось).

Звучат ключи, замки, запоры.
Зовут... Постой, постой; день только, день один:
И казней нет, и всем свобода,
И жив великий гражданин
Среди великого народа.
Не слышат...

А как его услышать? И кому слушать? Где его, Пушкина, великий народ, с которым он готов звучать в рифму? Разве что в книгах Карамзина.

*

Не только звук важен в «Шенье», не только его безмолвная январская уместность (тьма, замки, запоры). В первую очередь это политическое сообщение, в котором прочитывается то же, что всегда было слышно у Пушкина: очередной призыв к бунту.

Перевоплощение в Шенье, французского поэта-заговорщика, для Пушкина привычно. Опять эти угрозы и филиппики, бравада противу царя. Разница — опасная разница — в том, что тогда Пушкин пел в общем хоре, теперь же он «январским» образом один. И отвечать ему теперь предстоит одному: наказание подразумевается куда более жесткое, нежели тогда, в 20-м году. Тогда его сослали «на лечение», теперь так могут упечь, что лечить будет нечего. Пушкин, продолжая испытывать внешний мрак, сочиняет себе казнь, кладет голову на бумажную плаху.

«Перевод» из Шенье сам по себе, как напоминание о революции, был достаточно острой провокацией. Она, кстати, будет услышана, и реакция на нее, с опозданием на несколько лет, непременно последует. Что такое это опоздание, какое оледенение времени откладывает у нас наказания? Пушкин предчувствует это наказание и, в январском отчаянии, доведенный до крайности, вызывает власть на дуэль, доказывая всем (прежде всех самому себе), что терять ему нечего.

Расчет дуэлянта: либо он погибает, либо за черной ширмой будущего его ждут перемена судьбы, спасение, свобода.

Расшифровать этот жест нетрудно. Александр, наводя пистолет на ширму, целит в царя Александра.

Но теперь это принципиально новая угроза с его стороны. В том сокровенном пространстве, которое он обнаружил в замысле «Годунова», Пушкин, готовясь в самозванцы, московским образом «уравнялся» с царем. Также и на «чертеже» страны, где соотносят себя друг с другом два Александра — их положение (задним числом нам это очевидно) понемногу уравнивается. Настоящий царь убывает, бумажный растет. В этом есть та композиционная завершенность, которая косвенно убеждает Пушкина в своей правоте, в успехе его тайного замысла.

Поэтому «Шенье» звучит (звенит) по-новому. Это только отчасти прежние стихи; теперь в них больше веса — и звука.

VII

Согласно календарю, это игра самая опасная. На носу февраль и Сретение: двоящийся, «рисковый» праздник. Вряд ли такое его содержание расшифровал Александру добрейший отец Иона. Здесь сработало совпадение; интуиция свела острые стихи Пушкина со Сретением.

О Сретении как встрече времен

Второй месяц года, февраль, отмечен в календаре вторым большим праздником — Сретением. Вторым — в житии новорожденного Христа. После Рождества проходят сорок дней, и младенца Христа несут в храм для принесения благодарственной жертвы. Его встречают старец Симеон и пророчица Анна. Эта встреча — буквально: *сретение* — и есть повод для праздника. Встречаются эпохи: Ветхий Завет и Новый, Симеон и Иисус. То же и в народном календаре: близится Масленица, встреча, сретение зимы и весны. В сюжете Сретения ясно виден диалог: две позиции, два субъекта.

После январской «единицы» в календаре встает число «два».

Еще в средневековье этот простой счет был освоен. Сретение есть *двоица*. Две точки, соединяемые линией. Символ Сретения — луч, устремленный в темень грядущего года. Это означает, что божий свет приобрел первое измерение: время пришло в движение, из точки протянулось линией.

При этом Сретение небезопасно: налицо не просто встреча, но рискованное соприкосновение (временами соревнование) времен. Его сюжет драматичен. Ветхий Завет не просто продолжается новым. Христа должно узнать. Неузнавание грозит разрывом времен, расхождением Заветов, между которыми готово поселиться темное мгновение *ничто*.

*

Очередной синхронный с календарем жест (календарь есть уже шкала, на которой можно проверять состояния души, замыслы и первые воплощения): на Сретение Пушкин затевает рискованную дерзость с Шенье. Мало этого — уравнивая времена, садясь на одни весы с царем, замышляя самозванство, он провоцирует столкновение времен, Заветов — бунт, раздвоение времени на Годунова и Отрепьева, на «зиму» царя Александра и весну «царя» Пушкина.

*

Легко достроить сцену диалога времен в келье у Пимена, «темперировать» ее по календарю. Если Пимен — январский, то Отрепьев — сретенский, февральский персонаж. Пимен недвижен, Самозванец делает первый шаг.

На шкале календаря их разговор обретает новые смыслы.

Пушкин понимает или ощущает, что подходит «сретенский» момент передачи русской эстафеты, когда один царь «убывает», а другой — невидимый — растет. В этом положении выступить самозванцем есть великий (по меньшей мере сочинительский) соблазн.

*

Тема соблазна сама по себе остра. Пимен (невольно) соблазняет Отрепьева. Тогда выходит, согласно списку прототипов, что К а р а м з и н с о б л а з н я е т П у ш к и н а.

Разве не так? Он увлекает его в историю; он рассказывает Пушкину о переменах на русском троне, об убывании и возрастании царей. Это прямо отражается в тексте пушкинской драмы: Пимен сообщает Отрепьеву сведения, согласно которым Годунов «убывает» и которые в итоге толкают Григория на дерзость самозванства.

Карамзин толкает Пушкина на самозванство. Тут есть о чем задуматься. В контексте перемен в русском языке так оно и есть: Карамзин (невольно) соблазняет Пушкина царством слова. Сам оставаясь в Моисеевой позиции, «архитектором» события, он открывает Пушкину возможность первому перейти Иордан, воцариться в земле обетованной — и погибнуть, пожертвовать собой за эту царскую участь.

Карамзин не идет на это, он отстраняется в исторические наблюдения, остается вне события.

Пушкин прямо в него вовлекается. Он наследует Карамзину, по крайней мере претендует на его наследие. Но Пушкин принимает не эстафету историка (много позже он будет к этому склоняться, исследуя Петра и Пугачева), но опасное право на «царское» сочинение собственной истории. Вот главное для Пушкина наследие Карамзина: слово, фокусирующее историю в нашей памяти, оформляющее ее заново.

То же в драме: Пимен говорит Отрепьеву — *тебе свой труд передаю*. То есть: один историк передает другому право на «владение» историей. Во что превращает Отрепьев это право? В сочинение, в дерзость самозванства, в попытку самому занять московский трон.

Тут много сходства, и сходства неслучайного. Оба они, Пушкин и Отрепьев, злоупотребляют наследием учителей в своих претензиях на московское царство. Пушкин в этой общей мизансцене равен Отрепьеву, он выдает в своем герое многое из собственных замыслов.

Он понимает, что его претензии на историческое сочинение, на наследие Карамзина незаконны; тем более преступны его замыслы против царя Александра. Этот грех Пушкин сознает изначально — тем легче ему представить себя в роли самозванца: преступника, цареубийцы, ниспровергателя трона. В январе 1825 года Пушкин еще европейский революционер. Его упражнение с «Шенье» показывает это вполне определенно.

*

Все же совесть не дает покоя Александру — не в отношении царя, того в котел, того вари! — в отношении Карамзина. Он готовится злоупотребить его подарком: перетолковать историю заново, да еще с преступными намерениями. И Пушкин — показательная деталь — в одной из первых редакций выводит третьего участника, злого инока Леонида: будто бы этот инок, а вовсе не старец Пимен (не Карамзин) подталкивает Отрепьева (Пушкина) к преступлению. Так снимается с учителя ответственность за дерзость ученика.

Но немного спустя Александр возвращается к исходной мизансцене: удаляет «лишнего» Леонида, и остаются двое — Пимен (Карамзин) и Отрепьев (Пушкин).

Это справедливо: Карамзин «виновен» — Пушкин пользуется тем его словесным изобретением, которое производит вместо истории миф. Пушкин получает у Карамзина инструмент п р о т и в истории: литературное «пространствообразующее» московское слово. Это слово претендует на то, чтобы творить историю задним числом — заново[65].

Вооруженный им Отрепьев делается сильнее царя Бориса; также и Александр Пушкин, вооруженный словом, которое ему сообщил Карамзин, делается сильнее Александра Романова.

Борис, Борис! все пред тобой трепещет,
Никто тебе не смеет и напомнить
О жребии несчастного младенца, —
А между тем отшельник в темной келье
Здесь на тебя донос ужасный пишет.

От слов отшельника, от одного разговора о несчастном младенце Борис слабеет, кренится и падает с московского трона. Он мертв, а слово живо.

---

[65] Из письма Пушкина Гнедичу, ф е в р а л ь 1825 года: ... *История народа принадлежит поэту.*

Однако и о сочинителе тут сказано тяжкое слово.

Донос. Да еще *ужасный.* Важная оговорка. Переложение истории, поэтизация ее заново с целью захвата власти есть грех. Самозванство уже есть великий грех. К этому заранее готовится самозванец Отрепьев. Оба готовятся: Отрепьев и Пушкин.

*

Отступление о несчастном младенце: можно ли, сознавая условность этих расшифровок, предположить, кто в современной Пушкину ситуации этот невинно убиенный Димитрий? Здесь появляется опасность схемы: непременно всех персонажей драмы (которой толком еще и нет) нужно расписать по современным поэту прототипам.

Можно вообразить, что под младенцем, что погиб на его веку, Пушкин подразумевает все свое поколение, в свое время поверившее царю Александру. Александровские юноши были царем обмануты и теперь на глазах поэта погибали, тонули в пустоте послевоенного безвременья. Все они были «зарезанные» (обманутые властью) царевичи Димитрии.

Пушкин в принципе был заряжен идеей мести старшим, перечеркнувшим ему и его ровесникам настоящую жизнь, отменившим свободу, сославшим его в псковские нети. Много мести в «Годунове»; в частности это месть сыновей отцам. Так он озвучивал конфликт поколений: сыновья против отцов, против поколения Екатерины. У них есть новое оружие: новое, «живое» слово; отцы, поверженные в войне слов, забываются, уходят в *старину.*

Но ответ на вопрос о прототипе Димитрия может быть более конкретен. Намек самозванца на невинно убиенного, который одним словом сводит Годунова в могилу, в переложении на пушкинское время может означать намек Александру I на убийство отца, императора Павла. Этим словом можно свести в могилу царя Александра.

Когда-то Пушкин позволил себе такой намек — и за это отправился в ссылку. Его полет на юг по русской вертикали, с
разбора которого началось это исследование, случился как
раз после такого намека[66].

Теперь, в Михайловском, Пушкин ведет себя осторожнее.
Намеки на цареубийство он упаковывает в историю. Он не
говорит Александру слово «Павел» — у него Отрепьев говорит Годунову слово «Димитрий». И одно это слово перевешивает Годунова со всей тяжестью его власти.

Этот фокус радует Пушкина необыкновенно. Он напуска-
ет на царя Бориса «Димитрия» и дальше только смотрит, как
слово перевешивает царя.

Годунов не в силах отвести угрозы:

...Кто на меня? Пустое имя, тень –
Ужели тень сорвет с меня порфиру,
Иль звук лишит детей моих наследства?

Сорвет, лишит: на то оно и русское слово.

Поколение отцов в пушкинской трагедии обескуражено,
встревожено, оно заранее проигрывает битву за московский
трон. Самый старший из всех отцов — патриарх Иов. Он воз-
мущен, он пеняет молодым (пеняет на два века вперед поэту
Пушкину):

«Уж эти мне грамотеи! что еще выдумал! *буду царем на Москве!*»

Выдумал — Пушкин: он первый из всех молодых грамо-
тей, тот, что владеет словом, как архимедовым рычагом. Он
именно это и выдумал для себя — сесть на Москве царем.

[66] Такова общепринятая версия причины пушкинской
ссылки: в оде «Вольность» (1817) Пушкин описывает,
кстати, без всякого намека, подробно и прямо, сцену
убийства императора Павла. Знаменитые стихи, по всей
России ходившие в списках, за три года добрались наконец
до правительства, и Пушкин отправился на юг.

По крайней мере он движется в этом направлении. Пушкин имеет к этому определенные предрасположения пространства. Возможно, нет еще «Годунова» как ясно прописанного замысла, нет первых сцен и заготовок на будущее. Но даже и в этом случае уже обозначившаяся (до слов) гравитация сочинения, соразмерения себя с московским пространством влечет Пушкина в центр композиции н е к о е г о п р о и з в е д е н и я, которое неизбежно обратится «Годуновым» или подобной ему царской сказкой.

*

Допустим, так: сначала — в январе — Пушкину видится (возмутительная, с намеком и замыслом) романтической поэма о монахе-историке и его дерзком ученике. Но очень скоро, по мере освоения в «праздничном пространстве» нового года, по мере того как открывается перед ним новое московское пространство, он понимает, что теперь недостаточно будет такой романтической поэмы.

Нужен новый текст, иначе скомпонованный, удерживающий историю по-московски — магнетически (фокусно), где автор играет «царскую» роль — «Я–текст».

Но прежде чем создавать такой неведомый, только предощущаемый «Я–текст», сам Пушкин должен перемениться, п е р е ч е р т и т ь с я, чтобы соответствовать этой новой для себя, с каждым днем все яснее ощущаемой московской гравитации. Пока для этого он остается чересчур европейцем, романтиком, сочинителем по инерции петербургским, внешним для Москвы. Он только начал меняться после Крещения, первой, нечаянной примерки на себя чертежа, невесть откуда взявшегося (с небес, с колокольчиком Пущина); сюжеты, что ему являются, он принимает в привычном формате. Отсюда переложение себя в «Шенье», хорошо знакомое по настроению, разве только отмеченное новым звоном слов.

Собственно, и этот-то разговор — монаха с учеником — еще вполне романтичен, в нем слышны «южные» проговоры; он, хоть и оставленный в итоге в общей композиции (аппликации) «Годунова», несет в себе отзвук прошлого, 1824 года.

1825 год только просыпается; он сделал один только шаг, из января в февраль. Время едва двинулось с места. Но уже теперь оно подает поэту «пространственные» указания, требует нового текста.

*

Первыми набросками исторической поэмы Пушкин недоволен. Все это не то, не так ново и не так полно, как теперь ему хочется. Календарь, за ним открывающееся пространство русской истории отзываются другим эхом.

Что-то не сходится; пока этот едва намеченный «Годунов» не похож на календарь. Да был ли это «Годунов», было ли произнесено такое название? Неизвестно. И Пушкин прячет неназванного «Годунова» или то, что потом выйдет таковым; в письмах о нем не упоминает (только в апреле рискнет показать первые наброски Дельвигу). И далее, когда пойдет дело, он будет умалчивать об этом своем принципиально новом сочинении.

Лучше так: о новом принципе сочинения. То ли из суеверия, то ли из некоего глубинного ощущения, что это не просто новое сочинение, но иной порядок устроения самого себя, и потому это прежде всего должно остаться тайной, Александр умалчивает о своем новом путешествии — извне вовнутрь себя.

Едва начав, он прячет «Годунова», или н е ч т о, что еще обернется «Годуновым», и продолжает наедине с самим собой слушать эхо (истории, календаря).

Незаметно, но ощутимо меняется пушкинский чертеж; у него появляется невидимая московская подкладка.

VII

За окнами прибыло света, отчего серые полосы у горизонта делаются сиреневыми и начинают понемногу оплывать вниз. Неужели весна тяжелее зимы? Время растет, время прибывает в весе. Красок за окном больше, поверхность озера оживлена поземкою, которую, впрочем, лучше наблюдать издалека, а не запускать под подол, отчего до самого сердца снизу пробирает ледяным.

Движения прибавилось. Но не это главное; главное — в очередном удивительно уместном (календарном) совпадении, подарке судьбы, которые в этом году следуют Пушкину один за другим.

Он читает драмы: «Горе от ума» (в списке) и сверх того Шекспира (в подлиннике, на английском). После «Истории» Карамзина Александр с головой погружается в наблюдение диалогов. Он с утра до ночи читает драмы — и какие! — его чтение, его попутное чтению существование диалогично, сретенски двоично. Вот в чем совпадение и подарок: после темных праздников январского одиночества, после наблюдения за монахами Пушкину выпадает праздник февральских встреч — «сретений», — явленный в чтении театральных драм.

*

Диалог уже начался — между учителем и учеником, Карамзиным и Пушкиным, Пименом и Отрепьевым. Но это прежний, «плоский», односторонний (на одной стороне листа), однообразный диалог. Говорили герои поэмы; нужна полноценная, приготовленная к сцене драма. Сцена, ее особое пространство даст тексту необходимый отзвук, подкладку, обнаружит скрытые смыслы слов.

Так январский эскиз «сретенским» образом оборачивается в феврале драмой.

Сретение — праздник диалога: герои на сцене перебрасываются репликами, и всегда между ними бликует н а с т о я щ е е мгновение, трещина междузаветная.

Новое соображение: этой, еще не написанной, едва задуманной драме *должно* идти в настоящем театре. Отчего так? Слов для нее еще не найдено, но автор уже уверен, что они будут настолько «тяжелее» прежних его слов, что бумага может не выдержать, прогнется под ними и порвется. Ими нужно будет перебрасываться в театре: они остры, они опасны. Это будут настоящие слова уже по той причине, что в театре они прозвучат в настоящем времени, явятся прямо из трещины ныне длящегося мгновения. Сталкиваются реплики, просыпая искры. Нужны новые, плотные слова, которые не должны принадлежать одной бумаге. Новые, «объемные», с острыми гранями, режущие и ранящие слова.

Пока их нет; для их производства нужна алхимия, Александру еще неведомая. Нужны все его знания, все чувства, сообщающие ему то, что сверх его прежнего знания, чтобы произвести на свет эти слова, эту новую пьесу.

*

Опыты в драматургии заняли в феврале все внимание Александра: сцена в своем искусственном, замкнуто-разверстом мире дает уроки конфликтного умножения простран-ства. Трещины диалога, разномыслие героев: воздух в михайловской «келье» так и рябит.

Пушкин по пунктам разбирает Грибоедова, пробует на зуб каждого его героя. Сначала ругает автора, затем отпускает ему все грехи — художника *должно* судить по его же собственным законам.

Вот что Пушкин пишет о Чацком: он вовсе не умен, он где-то наслушался умного человека (это он о себе, а не о Чацком, он, Александр, наслушался Пимена—Карамзина).

VIII

Солнце, что с каждым днем незаметно его ободряло, показывая пример диалога в природе (зима против весны), в должный момент прервало эти книжные представления. Театр, ежедневно отворяемый в книге, ближе к весне был закрыт.

Наверное, причиной стало солнце — его прибыло уже довольно. Каждый год на рубеже февраля и марта непременно случается день, когда свет прибывает заметно — мгновенно, внезапно. Против закона природы, но согласно закону восприятия: «тяжести» света уже достаточно, чтобы весна потянула свою чашу весов вниз.

После этого солнечное представление становится куда заметнее, ярче потустраничного грибоедовского. Водопады сосулек, играющие огнем, как органные трубы, деревья, сбрасывающие морозные кисеи, видимые ясно, до последней черточки на коре: внешний, явный мир подступает все ближе и все дальше прячутся в книгу бумажные герои, которыми он любовался накануне.

*

В книгу заглянуло солнце: Пушкин разбирает прежние свои стихи, над каждым стесняясь душой, не узнавая в них себя нынешнего. Казалось бы, какая разница? Два-три месяца. Но — глаза теперь, как в «Гамлете», повернуты зрачками в душу.

Слова не находятся потому, что он сам себе теперь не равен. Кто — он? Кто он теперь? Зачем — он?

Зачем ему дана эта жизнь, зачем натягивается все звонче ее нить над пропастью *ничто*?

Тут уже сам собой вспоминается календарь, хотя к весне уже не нужно его напоминаний: Александр вошел в его пространство, где не одно за другим, не одно по причине другого, но вся композиция имеет силу, причинно-следственные связи развернуты объемною фигурой. Христианин помнит о Боге и долге не потому, что сегодня начался Великий пост — он начинается всякий день в пространстве времени, в помещении души.

Возможно, для возвращающегося к вере Пушкина еще имеют значение этапы духовной метаморфозы — поэтому именно к весне ему начинают являться классические вопросы Великого поста: «Кто я? Зачем я? В чем моя вина?» До Пасхи эти мучения поэту обеспечены.

О воскресных днях Великого поста

Праздники Великого поста, оттого что они связаны с переходящим праздником Пасхи, выстраиваются отдельно от календаря — птичьей стаей вокруг «вожака». От этого сии летучие дни общей суммой удаляются куда-то вверх от сознания начинающего верующего (нелепое определение, тем более что Пушкин не начинающий, а скорее воспоминающий верующий).

Допустим, Торжество православия (первое воскресенье поста) — что это такое, примерно понятно, название говорит само за себя. Но уже второе воскресенье поста, когда вспоминают греческого мудреца Григория Паламу, становится праздником «герметическим», понятным только посвященным. Он учил о том, что есть больший свет, который прежде солнечного, что солнце явилось после этого большего света, после того как ему была дана «земная» форма — шара, сферы. Крестопоклонная — это понятно, пост достиг середины, крест отмечает середину, а дальше? Иоанн Лествичник, Мария Египетская: эти далеко, за какой-то внутренней преградой во времени.

Потом Вербное — это опять понятно, «видимо», в этом есть что узнать, сличить с просыпающейся природой.

Мучает и ранит непонятное, невидимое: взять этот свет, который больше земного, непомещающийся в голове.

Все в эти дни расходится, обнажая дно души у «верующего *афеиста*» Пушкина.

*

На этом фоне обостряется вопрос о герое (литературном). Прежний, романтический, ни во что не верующий беглец отменен. Байрон позабыт, — нет не позабыт, но отвергнут как кумир, образец для «узнавания» себя.

Две половинки Пушкина распались. И словно разошлись кулисы — явились другие лица. Приблизился, обрел плоть ранее не замечаемый, неведомый, неназванный н а р о д. Что он теперь такое, этот народ? Народ ходит в церковь, поминает (ближе к Пасхе) Марию Египетскую, вряд ли понимая до конца, кто была эта египетская Мария. Спроси иного — не та ли это Мария, что бежала с Иосифом в Египет? И не ответит; промолчит, опустит глаза.

Вот они, народ: окружили, обвели беззвучным нулем его бумажную плаху; ими ли ему править, над ними ли играть в царя?

Пока не разбираемые, до конца самим автором не понимаемые, герметические формулы. Русские формулы. Царь — повелитель пустоты. Народ есть вакуум.

Но это такой вакуум, который в один миг, окликнутый неким, пока еще неизвестным словом, обернется плотью и ударит царя по голове. Ударит бунтом. Он пуст или он полон, этот непонятный народ? Он то и другое одновременно, надежно-ненадежен, вместе ободряет и разочаровывает, внушает восторг, вгоняет в тоску. Он не делится на знать и чернь (тем более он не просто чернь), не различается на «Я» и «не Я» (разве я — не народ?). Затевая бунт, необходимо разобраться — что есть народ и что есть царь.

415

Царить — не просто гнать, понукать литературными намеками уйти Годунова—Александра: все это уместно до того момента, пока ты самозванец. А что дальше? Как можно затевать бунт, не веря, что дело твое удастся, что в конце концов ты сам сядешь на трон. Как можно затевать царскую пьесу, не будучи уверенным, что ты есть (или будешь) царь слов?

Прежде чем посягать на царя (царское слово), нужно хотя бы попытаться заранее взглянуть его глазами в эту многоглазую пустоту-полноту.

Смотреть царем в народ — значит, смотреть в зеркало. Не там плотности и пустоты, а тут, по эту сторону, в душе царя; такой же личный «Я–текст» должен быть в царской драме.

Нет текста.

Существует пока только общее пространство, без слов; в комедии о беде русского царства действует один герой.

Тут всех убийца (и родитель) — автор.

*

Что такое этот московский календарь, если, едва вступив в него, едва начав по пунктам и со смыслом отмечать его праздники, ты обнаруживаешь себя наедине с временем, зеркалом времени?

Календарь оказался помещением, которого архитектурные свойства противоречивы. Оно перенаселено и пусто одновременно. Праздники в нем попеременно светлы и мрачны; попытка совпадения с ним чревата резонансом, который разнимает тебя на части. Собирание души грозит ее последующим распадом: и все это по праздникам!

Но сколько новых поворотов тебе является; история прочитывается заново, притом через самого себя: ты празднуешь историю и оттого переносишься без видимой преграды в любое московское время — где те же праздники, те же повреждения и спасения души.

Удивительное путешествие. Нет, Александру совсем не пусто и не скучно, как это было всего два месяца назад. Он вслушивается во время, читает, различает слово во времени. Все это нами только угадывается; мы можем реконструировать замысел «Годунова» лишь в общих чертах. Мы можем по конечному результату, полно и плотно звучащему слову «Годунова» предполагать полноту и плотность молчания, ему предшествующего.

Полноту и плотность замысла, явившегося за чтением Грибоедова, Шекспира, Карамзина.

Пушкин всерьез взялся за освоение нового письма, прежде на Руси невиданного. За этим занятием он не раз ощутит себя первопроходцем. Ощущения его будут остры, перспективы покажутся волшебными.

●

Для нас это ретроспективы. *Здесь видна «оптическая» ловушка: в назад перевернутом взгляде многие находки Пушкина, тем более такие – не в области слова, но в освоении календаря – могут показаться наивными. Прирастание души вместе с прибавлением в природе света – сущий механицизм. Или такие смещения: «народ» – нет, не слово, но прежде него сам народ с тех пор переменился неузнаваемо. Затем и слово «народ» поменяло цвет и смысл. Мы многое знаем из того, что Пушкин загадывал на будущее, в чем он был прав и в чем ошибался. Но никакие позднейшие расшифровки, произведенные задним числом, не поставят нас рядом с ним, не передадут нам той оправданной, потенциально плодотворной наивности, обладающей должной перспективой, правом на оформление будущего. Именно такую счастливую наивность приобрел Александр в первые месяцы 1825 года.*

О спасительной наивности

Теперь игра возможна — *высокая, воздушная игра.
Наверное, отсюда берется подъемная сила Пушкина: рядом
с ним на этой лестнице лета (лето – там, наверху
лестницы) допустима, позволительна наивность.
Даже так: она тут обязательна, иначе не перешагнуть
на следующую ступеньку. При этом внешне ничего не
меняется, никто не ходит, подкидывая колени, земля
не растет под ногами. Растет – время, но что такое
этот рост? Это таинственный, сокровенный, личный
рост. Тут является повод для пряток: наверное, это тот
рост, о котором никому сообщать не стоит, иначе он
прекратится. Поэтому нужно уточнить: тут применена
особого рода, хитрая наивность. Пушкин начинает игру
в умолчания и чем выше забирается по своей майской
лестнице, тем крепче затворяет рот. Он молчит
о «Годунове» – значит, растет, прибывает, взлетает
«Годунов». Не в словах, но в замысле, в предчувствии будущей
полноты. Тем более хрупко его строение – и еще плотнее
затворяется рот и выше взлетает «Годунов».*

Третья часть

МЕЖДУ ПУШКИНЫМ И НЕБОМ

I

Вроде потеплело и много прибавилось света, а все зима.
На Великий пост соседи сникли, Арина онемела, в *щетах*
экономки Розы Григорьевны обнаружился провал, в сенях и
на полатях — вакуум.

Ох, север. *Небо сивое, луна точно репа.*

*

Великий пост открыл великий поиск новых слов. Плоть
их поверяется через сочувствие, совпадение с собственной
двоящейся (переполненно пустой) плотью.

«Шенье» звенел кандальным звоном, но ключевым, про-
верочным словом-звуком было все же не *каземат,* не *замок,* но
казнь.

Слова распадаются на звуки; в два счета дело доходит до
абсурда.

Шекспира Пушкин читает в переводе и одновременно в
подлиннике, старательно выговаривая все th, ch, sh и иже с
ними на латинский манер. Он не знает, как звучит это в английской транскрипции, и произносит просто — тх, цх, сх.
Эта тарабарщина допустима только в поиске нового звука.
(Ошибка будет замечена много позже, в 1829 году, во время
путешествия в Арзрум, на кавказском привале, когда знакомый офицер услышит пушкинские декламации из С х а к е -
с п е *а* р е: ударение на предпоследний слог.) Такое чтение,
когда сию секунду родится новый, дикий, дребезжащий звук,

наверное, было упражнение более по разбиранию, нежели синтезу нового слова.

Шекспир загромоздил ему уши, застил зрение и растравил душу — явлением большего мира и большего слова.

Чем более Пушкин восхищался Шекспиром, его самодостаточной полнотой, тем яснее понимал собственную неполноту. У него не было *такого* запаса *таких* слов. Собственные его слова теперь, после знакомства с «английской» тарабарщиной, кажутся «одетыми» как-то особенно скучно и одинаково (к тому же в прошлогодние костюмы). Не то что у этого многоязыкого англичанина, щелкающего и скрипящего как телега — тх, цх, сх. Иные слова у Шекспира остаются бесстыдно голы. Все нипочем заморскому пииту: пишет то стихами, то прозой, перескакивает с пятого на десятое, забегает вперед и возвращается — а пьесы остаются целы.

Пушкин так не свободен: тянет равноукрашенный рифмами текст в линию. И текст этот узок и тесен, и так не похож на просыпающийся после зимы (убогий, голый, настоящий) русский мир.

Александр собою недоволен, книги оставлены, попытки продолжить то тайное действо, что пообещалось ему в Крещение и напомнило о себе на Сретение, делаются все более мучительны. В них нет праздника, есть только замысел его.

*

Очередное «совпадение»: в Петербурге печатают первую главу «Онегина», еще несколько сборников прежних стихов складываются и раскладываются; обсуждением этого полны письма Пушкина. Но главное не то, что на поверхности бойкой переписки, но то, что под нею. Александр читает самого себя и разводит руками. Куда подевался сердечный друг Онегин?

Где сам он теперь, прежний Александр?

*

И Пушкин начинает писать другого «Онегина». Очень хорошо: есть с чем сравнить. В этом сравнении новая, 4-я глава «Онегина», которую Пушкин дописывает в Михайловском, вся целиком есть панорама, на которой совершается демонстративный разворот к новому слову, от прежнего бумажного персонажа — к реальному фону.

На этот разворот смотрят, его определяют в свою пользу литературные реалисты; дело, однако, выглядит сложнее. Пушкину понадобилась реальность своего «Я», поставленная под вопрос «великопостным» самовопрошанием.

Онегин был раньше сам и свой (теперь он сам не свой): по нему Александр узнавал себя, хотя писал не с себя ни в коем случае. Это было опознавание «вида».

И вот в Петербурге издают «Онегина». Как будто в гости к нему едет давний друг: Пушкин встречает старого знакомого, сажает перед собой в продавленное «дядино» кресло и пытается разговорить (прочитать свою прежнюю, «южную» книгу). Вместо героя бумажная кукла разинула рот — и окатила автора пустотой.

*

По 4-й главе можно чертить диаграмму: так поэтапно меняется его, Онегина, *вид*. Глава начинается гимном себялюбию, утверждением на пьедестал мраморощекой фигуры героя. Затем происходит ее последовательная и неостановимая диффузия. Бледный Евгений после объяснения с акварельною Татьяной постепенно растворяется, точно в тумане; его место заступает разведенный водою Ленский; за ним открываются полные эфемерид альбомы, над ними веет дым элегий, к 35-й строфе плоть слова окончательно отменена одою. Онегин исчез.

Герой исчез — вот фокус, который более всего нам интересен в этой метаморфозе автора и текста на рубеже зимы и весны 1825 года.

Онегина не видно. Поцелуй беглянки из 38-й строфы повиснул в воздухе, не найдя адресата. В 44-й, в ванне *со льдом* — ударение на предлог — также никто не обнаружен, виден только лед, треснувший посередине (где и помещается предлог).

Одновременно, проступая темной краской сквозь эту обезвешенную кисею, выплывает вперед и рассыпается перед глазами какая-то суматошная дробь, как будто никому не нужная, но запоминаемая в первую очередь.

На красных лапках гусь тяжелый,
Задумав плыть по лону вод,
Ступает бережно на лед.
Скользит и падает.

Именно б е р е ж н о. Здесь каждый звук знает свой вес. В тот момент, когда персонаж исчез или сам превратился в стороннего наблюдателя, фон ожил и сделался на время самодостаточен. Детали взяли верх.

Вот они, искомые, «голые» слова.

*

Нет, герой в этом новом, постепенно открывающемся, оплотняющемся мире не отменен. Теперь, на время, герой — сторонний наблюдатель (таков этой ранней весной сам Пушкин: весь в наблюдении, просеивании взглядом новорожденного мира).

В «Онегине» видно то, что видит Онегин, сам он пока невидим. К этому привела вынужденная остановка, торможение, неподвижность поэта в топком, ватном Пскове. То, что раньше пролетало мимо окна его кибитки, растворялось в белой накипи у горизонта, теперь торчит весь день перед глазами: забор, лохматая собака, лошадь мотает головой. Снег уже так черен, что его не отличить от грязи, расплеснутой по двору. Плотные пустоты, голые предметы, веяния весны. Эти лошади и собаки как будто вечны; таковы же лишенные зрачков глаза светловолосой девы, которую ты встретил у храма и спрашиваешь о Марии Египетской, а она молчит, как если бы ее (или тебя) тут не было. Их — церковь, снег, в канаву съехавшие сани, веснушки на носу у девы — можно прямо ставить в «Годунова».

Наблюдение, производимое глазами «прозревшего» Онегина, весенним образом углубило картину русского мира, прежде плоско картонную, проложило по ней поперечную «народную» ось.

Теперь оптика Пушкина умножена; он еще побьется с англичанином за краски и слова — у кого их больше и чьи тяжеле. Пушкинский текст уже не линеарен: ему добавилось новых измерений. Сначала он распластывается в (говорящую, звучащую) плоскость — эту как раз, что вышла из-под снега, затем эта плоскость обнаруживает «народную» изнанку. Пушкину стал «пространственно» подвластен окрестный пейзаж.

Русский мир более не пустотелое строение, абстрактный круг, где актуальны только центр (столица) и край (Таврида), теперь по меньшей мере он «плоско плотен». По пустоте наведен перекресток: допустим, так — вертикальный штрих героя перечеркнут линией народа, горизонталью псковской пустыни, осью «икс».

Свету прибавляется, измерений прибавляется; новое пространство Пушкина начинает понемногу совпадать с тем исходным пространством, что открылось ему когда-то над озером Кучане и наградило на полгода немотой, ибо оно было неописуемо.

Теперь он в нем пошевелился, точно ребенок во чреве.

Вчерашний «утопленник» ожил: встал и огляделся на дне. Заговорил: первые слова взошли ото дна.

II

Март, природа взбалтывает чернила. Деревья за окном растекаются кляксами. Воздух пришел в движение, тем более вода; под тонкой снежной кромкой кипит грязь.

Пушкин вновь принимается за «Годунова».

Именно так: до этого общего начала движения у него были ауканья с темнотой, подступы, репетиции и попутные находки (как новое слово в «Онегине»). Теперь в с ё д в и - н у л о с ь; вместе с весной — как будто Пушкину была нужна эта санкция солнца, отмашка природы.

Ему и нужно — не поэму, но вот это как раз в с ё .

На бумаге тают окончания строк, стихи то и дело развоз- ит в прозу.

Первые «шекспировские» перебои ритма географиче- ски показательны: Отрепьев бежит из Москвы — короткая поэтическая строка разворачивается прозаической дорогой; корчма на литовской границе — через нее опять течет проза. Переходы эти неслучайны, все это бегство от рифмы: вон из затвора, из жесткого московского размера — в белое поле, в «степь».

Но вдруг опять Москва: подмораживает, поэтический текст удержан, схвачен ритмом, страничным льдом.

*

Стремленье к перемене мест напомнило Александру о про- шлогоднем проекте бегства — в Дерпт, в Европу. Пушкин «вспомнил», что он на границе. Это немедленно отозвалось эхом в пространстве «Годунова»: в пьесе начертилась та же литовская граница.

Теперь неизвестно, какая граница волнует его больше. Он качается на московско-литовской границе вместе со своим героем Отрепьевым. Наверное, это добавляет живости его авторскому видению. Они вместе «бегут» в Литву. Пушкин — «проводник». Он знает, где тут Луевы горы. Диалоги беглеца Лжедмитрия поэтому весьма одушевлены. *Пока не буду в Литве, до тех пор не буду спокоен.*

Так же и Пушкин: никак не успокоится со своим Дерптом. Он уже давно химера, этот побег через Дерпт. Он теперь нужен Пушкину более для поэтического вдохновения: сцена бегства через корчму ему удается сразу.

*

Его волнует судьба Курбского; вдобавок к «Годунову» Александр замышляет уже несколько пьес — о Марине Мнишек, о Василии Шуйском и о Курбском, о нем непременно. Так пустыня, о которой он полгода назад, пролетая вверх-вниз по карте, не мог написать ни слова, внезапно переполнилась героями.

Псковский покойный пейзаж, разрезанный дорогами московского бегства, протек тысячью чувств, надеждой, страхом и болью. Теперь под ним другая карта, на которой далекая Москва с уходом снега открыла зев. Это совсем не то, что петербургские бумажные координаты. Здесь небеса мешаются с землей; зима едва сняла оковы — и начинается общая драма: природы и истории. В трещине межсезонья, в первую четверть века, четверть солнца (март, календарь бывших и будущих цареубийц: бомбы, иды, сечение по человеку мечом).

Русский пейзаж одушевлен, предрасположен к тексту; нужно только попасть с ним в резонанс — это и производит с Пушкиным покачнувшийся мартовский календарь.

*

Качание – равноденствие.

О качелях календаря

Дни весеннего равноденствия с 18 по 22 марта представляют собой особый пункт в календаре: это сущие в е с ы в о в р е м е н и, качели бога Кроноса. В эти дни совершается игра с временем, простая и вместе с тем необыкновенная игра, когда будущее «уравнивается» с прошлым. Это можно писать без кавычек, если представить себе большее помещение времени, в котором уравнены все его составляющие: прошлое, настоящее и будущее.

Количества света и темноты в природе (и сознании наблюдателя) делаются одинаковы. Это неустойчивое состояние, провоцирующее на игру и сочинение; комбинации могут быть разны. Допустим, для Пушкина образца 1824 года: свет — это Литва, Европа, будущее. Тьма — прошлое, Москва. Для нового Пушкина, «крещенного» в январе 1825 года, комбинация должна быть иной; какой? покажет будущее. Но определенно иное, ибо иное целое, иной рисунок мира теперь проявляется перед его мысленным взором.

Пока же совершается игра. Одинаковый «вес» темноты и света, зимы и весны зовет наблюдателя покачаться на качелях (смысла). Он на перекрестке, где все направления равны, и неизвестно, куда побежит время с этого перекрестка, вперед, в весну, или назад, в зиму.

Половины мира, ветхая и новая, в эти дни не спорят, как на Сретение — они качаются, веселя разум. Весело от уверенности, что весна возьмет свое. Еще веселее от сознания, предощущения свободы: теперь сочинитель сам решает, куда ему двигаться, но пока под ним качается земля, качается календарь, он играет. Дни равноденствия — птичьи дни, время с крыльями. Небо и земля подвижны. Льет с востока то свет, то темень, в обе стороны бегут дороги, оба направления открыты — вне и внутрь Москвы.

Качания повсюду. Пушкин пишет о царе Борисе, имея в голове царя Александра. Тот и другой к а ч а ю т с я. У Бориса Годунова прошли семь «тучных» лет благоденствия. Каковы будут следующие семь?

Царь Александр покачнулся в 1812 году: прошла восходящая половина его царствования, начался спуск. Теперь, в 1825 году, обрыв близок.

Что общего между двумя царями, как можно обозначить пункт, округ которого вращаются, шатаются, качаются качели? Очень просто: этот пункт — Москва[67].

*

Теперь фигура Москвы обозначилась ясно: сферой, притом такой — качающейся, вертящейся вокруг «царской» точки. Весь мир бежит по карусели вокруг Москвы; в ней сидит царь (спит, как в люльке).

Эта метафизическая геометрия Москвы неизменна. То, что по обе стороны ее коромысла «подвешены» запад и восток — очевидно. Это общее место; менее заметно равновесие между севером и югом, верхом и низом русской карты. Наверное, Александру было бы легче воспринять эту меридиональную роль Москвы как балансира между севером и югом (скажем, Петербургом и Царьградом), если бы в своих полетах вниз и вверх по карте он мог бы хоть на минуту заглянуть в Москву. Но его проносило мимо: оттого эти его странствия совершались как в трубе, душевном вакууме. Однако и в этом случае ему в Михайловском нетрудно различить Москву как некий универсальный русский балансир.

Тем более в равноденствие.

[67] Оба они теряют Москву, расходятся с ней на чертеже русской власти. На первый взгляд ни царю Борису, ни Александру I ничего не угрожает реально. Зато метафизически их положение уже безнадежно: с тем и другим происходит фатальная р а с ф о к у с и р о в к а.

На равноденствие встает метафизический вопрос о **симметрии во времени** как в высшей степени характерном московском свойстве.

О равновесии Москвы во времени

Равновесие Москвы во времени куда важнее ее очевидного метагеографического равновесия на русской карте. Москва в первую очередь ищет себе место во времени, стремясь по образу и подобию Царьграда занять положение «балансира времен»: это одно из самых характерных проявлений московского закона симметрии. В результате она чертит круг (сферу) не только на карте, но и в календаре.

Москва как сфера времени не слишком озабочена поступательным движением, прогрессом, как векторным перемещением — все это европейские мании. Прогресс и развитие (так же как регресс и деградация) могут быть выражены ростом московской сферы или ее сжатием.

Время, воспринимаемое Москвой через цикл (пульс) праздников, представляется ею как результат большего Божьего сочинения или, в переложении на приземленный язык историка, как некая всеобъемлющая коллективная метафора. Время — тем более история — «выдумывается», рифмуется (постигается через исторические рифмы), складываясь из множества сочинений и обобщений. Эти разнонаправленные опусы понятным образом уравновешивают друг друга; их сумма тотально симметрична. Время не просто «длится», но на самом деле в (праздничном) ощущении круглится, растет и опадает сферой. Нам в умозрение оно является Москвой, точнее, устойчиво округлым образом Москвы. Это все-симметричное округление может прямо не сознаваться, но результат его прочтется без труда, как идеальная (московская) фигура — и всегда эта фигура будет круг, шар, сфера.

«Она» — это тоже важно; Москва — «она», а не «он» (как Петербург). Москва даже в отвлеченном образе всегда матерински материальна — она жива, способна к дыханию, зачатию и родинам: все это разные состояния времени в Москве. И всегда она в итоге оказывается, согласно правилу симметрии, уравновешена в подвижном покое — в люльке.

Пушкину необходима новая композиция для своей заветной пьесы. Он не озабочен отвлеченной метафизикой Москвы, но сама по себе игра во всеобщее равновесие ему интересна. Она подразумевает другой рисунок драмы, не сюжетной, а позиционной. Этический или духовный дисбаланс приводит такую композицию в движение (так Отрепьев злоупотребляет знанием, данным ему Пименом, Годунова выводит из равновесия голос совести, напоминание о младенце). И начинаются качания, начинаются страсти и хаос, люлька переворачивается, вываливая своего спящего обитателя, прежнего царя, в небытие — все это творится в ожидании неизбежного успокоения после обретения нового царя.

Такая композиция устраивает Пушкина; не поступательный (петербургский) ход действия, но коловращение Москвы. Все это непременно должно найти отражение в языке, в новом-старом московском языке, его центроустремленном помещении.

Пушкин делает свой «царский» выбор; с этого момента он уже невозвратимо «омосковлен».

*

Пушкину, как композитору новой московской драмы, в его игре в царские качели важнее всего встать в центр; сначала он понимает эту задачу поэтически и одновременно политически: он весь в игре, он не задумывается об устройстве качелей — только бы выиграть эту игру, встать в центр. Но наступает момент, когда он начинает «видеть» московское устройство в целом как симметричную (равноденствующую) фигуру, сидящую посередине качелей времени. Затевая о Москве некий новый «идеальный» текст, Александр эволюционирует как автор. Поэма не соответствует, «не равна» Москве; является мысль о пьесе. Для пьесы, не сразу, но постепенно обнаруживаются слова, которые он может признать за московские. Но теперь ему мало обыкновенной пьесы. Потому что и пьеса обыкновенного рода не будет «равна» Москве. Нужно что-то новое, композиция не столько литературная, сколько метафизическая.

Пушкин пишет не литературное произведение, но нечто большее, что подразумевает сакральное содержание текста о перемене московского царствования, он пишет *комедию о беде* — текст как таинство.

Наконец, ему подсказывает «всезнающий» календарь: равноденствие указывает на Москву, как идеальную композицию во времени.

*

Теперь, когда вошли в движение качели года и в равноденствие земная сфера и небесная заметно покачнулись, когда пришло предпасхальное волнение, которое в себе Александр различить не мог, но только понимал, что чудо близко, ему в этом общем качании открылся секрет московской композиции: Москва — это симметрия в движении (пульсе).

Кружение и качание сфер, где будущее отражено в прошлом, как в зеркале.

Сложные, «геометрические» определения; ощутить без слов это гораздо проще — весь мир покачнулся вокруг тебя, но ты в безопасности, ты в центре. Ты — царь, ты в божьей люльке. Так убаюкивает сочинителя московское слово. Наверное, можно найти этому грамматическое толкование; тотальная игра флексий, избыточная пластика слов, изменяемых во всех направлениях, кувыркание глаголов — все в сфере, все в Москве.

*

Великая игра пространств (не пьеса — более чем пьеса) им ощутилась — в тот момент, когда март протек сквозь март, золотыми кругами во дворе разбежались лужи, и стало ясно, что Пушкин перезимовал.

Погиб зимой и спасся: точно перед Пасхой. Как после этого не рассудить, что в тот год календарь был за него?

Игра в московскую симметрию — в отражения, исторические блики, скрытые рифмы — позволила ему заново войти в «Годунова», до того несколько раз отложенного и забракованного. Теперь Александр ощущает новую свободу монтажа: можно чередовать стихи и прозу (см. выше — если это обеспечено московскими правилами: стихи в центре, проза по краям), можно тасовать Пушкиных, как колоду карт — сам он в Михайловском, пращур его в Москве, племянник пращура, Гаврила (блик Александра) в Кракове.

III

Вот пример позиционной игры, где драма заключена в поиске равновесия между временами: между Пушкиным и Пушкиным.

Предок Александра, Пушкин, что сидит в Москве, сообщает Василию Шуйскому роковое известие о явлении самозванца, запускает в дело страшную сказку о воскресшем царевиче Димитрии. Эту сказку необходимо представить правдой, поэтому она подается прозой, но сразу за ней идут стихи — Пушкин сообщает Шуйскому, что племянник его Гаврила прислал ему известие из Кракова: *Димитрий жив.*

Тут уже играют три Пушкина: один в Михайловском, другой в Москве и третий в Кракове. Этот «утроенный» Пушкин начинает игру в слова: представляет самозванца царевичем.

И пошла потеха — наклонились царские качели.

Далее идет показательная оговорка:

Кто б ни был он, спасенный ли царевич,
Иль некий дух во образе его,
Иль смелый плут, бесстыдный самозванец,
Но только там Димитрий появился.
Шуйский: *Не может быть.*
Пушкин: *Его сам Пушкин видел.*

Как этому не поверить? Пушкин клянется Пушкиным!

Самое занятное в этом то, что если размотать до конца этот клубок, распаковать пушкинский пакет в несколько слоев, выяснится, что сказана правда: явилось *слово*, которое одним движением столкнет Бориса с трона. Тот самый *звук*, который лишит его детей наследства.

И это слово произносит Пушкин. Разве не правда?

Тут есть еще одна правда — про «сейчас», про царя Александра, который теперь, в подвижном 1825 году, в «равноденствие (первую четверть) века» роковым образом закачался на троне. И эти качели толкнул Пушкин, иначе зачем ему было затеваться со столь давней историей? Он целится в Александра, ощущая в своей душе некое неоспоримое право так рифмовать пространство и время.

История народа принадлежит поэту.

После этого игра с фамилией Пушкин может быть продолжена сколь угодно весело. Начинка у нее всегда останется серьезна, текст сохранит несколько этажей смысла.

Пушкин: *...вряд царю Борису сдержать венец на умной голове. И поделом ему!..* Не Борису — Александру!

Или вот еще, не менее живое: *...На Пушкина пришел донос...*

Царь (Борис?): *Противен мне род Пушкиных мятежных...*

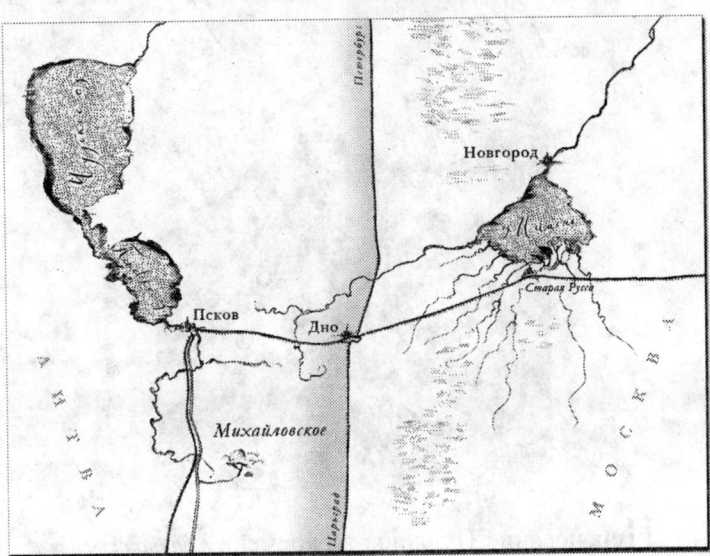

Р**асположение села Михайловского** *на границе
между Москвой и Литвой. Если быть точным, Михайловское
помещается на «литовском» (псковском) берегу. Между
Псковом и Новгородом простирается «дно»: низкая, плоская
равнина, незаметно переходящая в бескрайние болота.
На схеме отчетливо читается романовский перекресток
(см. рассуждение о нем на стр. 349): первые Романовы прошли
его в направлении с запада на восток. Много позже, когда их
правление уже подходило к концу, низкую равнину
по меридиану сверху вниз перечеркнула железная дорога –
Петербург–Крым (в идеале – Царьград). В пересечении осей,
в корешке царской книги была построена станция Дно.
С точки зрения географии название было точно; с точки
зрения метафизики, расписания царских судеб оно было
тем более точно: здесь «утонул» последний из Романовых.
Пушкин наблюдает игру истории со своего михайловского холма.*

О передвижении во времени

*Он же раненый воин. Тут все,
что ни нарисовано – Пушкин*

Перенесение Пушкина во времени *в равной степени
весело (он первый веселится по этому поводу) и совершенно
серьезно. Серьезно в первую очередь для нас: не задумываясь,
мы отправляемся за ним в шестнадцатый век.
Мы – его горячее войско. Еще серьезнее во время путешествия
через времена ведет себя слово. Оно связывает времена,
оно вертится на осях повозки (сознания), перенося нас
в гости к Годунову, в Краков и на русско-литовскую границу.
Самое важное во время этих переездов – как себя чувствует,
что думает, насколько полно в эту игру времен погружен
автор, пребывающий, кстати сказать, и не в воображении,
а наяву на этой самой границе. Судя по тому, что Пушкин
переделывает исходную поэму в пьесу, он не вполне доверяет
слову: ему нужна поддержка театральной постановки,
бижутерия сцены, магические актерские пассы.
Но временами он все же верит, что он там, в той Москве;
тогда Александр хватается за невидимый меч, и окрестности
села Михайловского оглашают звуки боя.*

Иногда автор готов посмеяться над собой. Московский Пушкин в разговоре с воеводой Басмановым, пытаясь склонить его на свою сторону (против царя Бориса), продолжает толковать про *законнейшего* царевича Димитрия, на что Басманов отвечает:

Послушай, Пушкин, полно,
Пустого мне не говори; я знаю, кто он такой.

Кто же этого не знает? Но важно не то, кто он такой, этот мнимый Дмитрий, а что он за с л о в о. А он такое слово, что Басманов на следующий день со всем московским войском идет к нему (слову) под присягу.

И это истинно московская присяга — слову.

*

Иногда новый, михайловский Пушкин, «Пушкин сейчас», перебирает лишнего, играя в свою машину времени. Зачем-то он подсылает самозванцу поэта (полагая под ним скорее всего самого себя, перенесшегося на два с лишним века назад); поэт, схватив «Димитрия» за полу, вручает ему латинские стихи. Латинские! К чему такая маскировка? Или это дань романтическому прошлому? Не иначе эту сцену Пушкин задумал по другому случаю, для исторической поэмы — давно, в другую, до-михайловскую эпоху.

Вот след той поэмы: самозванец говорит поэту — весьма напыщенно:

Я верую в пророчества пиитов.

И дарит ему перстень. Ему, Александру. К перстням, амулетам, талисманам суеверный Пушкин всегда был неравнодушен — и тут не удержался.

К чему эти позы, зачем ему прямо заглядывать в тот век? Неужели за амулетом? Возможно, эта романтическая сцена была написана когда-то прежним, «южным» Пушкиным, и теперь пригодилась. Она своим бумажным, плоским звуком

435

только подчеркивает тот объем драмы (в том числе поэтический, речевой), который Александр набрал к весне 1825 года. К тому моменту, когда он уже вполне ощутил свой рост, совместный с набирающим пространство московским календарем.

*

Не нужен переодетый поэт, тут теперь идут другие переодевания, куда более успешные.

«Годунов», сцена в корчме. Приставы допрашивают странников, двух бродячих монахов и беглеца Отрепьева, которого им и нужно. Приметы преступника, точно маска, одеваются поочередно на каждого — и каждому они к лицу.

А ростом он мал, грудь широкая, одна рука короче другой, глаза голубые, волоса рыжие, на щеке бородавка, на лбу другая.

Да это сам Пушкин, сам и есть, сукин сын! Как в зеркале. Напялил на себя маску (слово) и во мгновение обернулся самозванцем.

Настоящая, веселая игра. Это не рассчитывается заранее, просто улавливается момент свободы, когда игра становится возможна.

На качелях Кроноса — между временами, в точке равноденствия — Александр лицедействует, жонглирует словами, перебрасывая их из одного века в другой. Для этого ему довольно места и света: дни подвинулись, земля пошла по кругу; за ней и голова. В нем самом как будто качаются весы: Пушкин уже наполовину переменился.

Вроде бы он прежний Пушкин, насмешник и жонглер, но, с другой стороны, московский закон симметрии, взаимоотражения эпох диктует свое: Александр со своим новым словом уже наполовину т а м — в пространстве «Годунова»; он слышит, видит т о время, он в том времени, в эпохе «Годунова».

Он доигрался. После проектного превращения себя в Шенье и «бумажной» смерти, после освоения нового дыхания (письма) в пустыне, когда явились ему слова-предметы и слово-народ, Пушкин начинает всерьез двоиться и качаться, поэтапно переменяет поэтическую плоть (пространство сознания). Сливается с пустыней, становится народом, погружается в Москву.

IV

Удивительное дело Москва.

Пушкин в Михайловском начинает с того, что собирается бежать за тридевять земель. Куда угодно, лишь бы подальше из России; еще точнее — из Московии, из Москвы. Не Петербург составляет центр той тяжкой гравитации, гнетущей в наших северных пределах все и вся; что такое Петербург? Внешняя приставка, витрина, балкон снаружи русского дома, обращенный к Европе. Правила притяжения и отталкивания в нашей полупустой вселенной диктует Москва. От нее бегут и в нее возвращаются.

Идея бегства не оставляет Александра на всем протяжении его михайловской ссылки. Он регулярно пишет письма друзьям и знакомым с просьбой о ходатайстве, посылает прошения сначала одному царю, потом другому — простить, отпустить его на все четыре стороны. Вот и в истории, к которой он все более приникает, к чему его склоняет учитель Карамзин, Пушкин ищет примеры бегства (из Москвы). Не зря его так привлекает Курбский, да, собственно, и самозванец, ищущий окно на границе с Литвой. Историю Лжедмитрия он замышляет как месть Москве, скрытую угрозу царю Александру, которая угроза постепенно преобразуется (из поэмы — в драму) в некоторое таинство, камлания волхва, насылающего на московского царя злого духа — опасное, сокрушительное слово.

Но постепенно, подбирая на слух это опасное слово и для того, по сути, заново знакомясь с Москвой, Пушкин незаметно для себя входит в ее духовные пределы, в ее помещение времени — и разворачивается в своем замысле на сто восемьдесят градусов. Он стремится уже не из Москвы, но в Москву. Его захватила собственная царская мысль, московская «оптика» взяла над ним верх, слово нарисовало на белом поле страницы невидимые линии тяготения: и вот он уже не просто в новом пространстве, но сам наполовину другой. Пушкин всерьез омосковлен, он отмечает московские праздники; на третий месяц своего таинственного путешествия, в марте, в дни равноденствия он качается на качелях — в Москву? из Москвы?

*

Он поглощен, проглочен Москвой.

Точно по невидимым сосудам времени — спасибо Карамзину? — взошла и выступила на окрестной равнине темная муть (истории). Снег сошел. Оголилось прошлое.

На стороне Москвы козырь сильнейший из всех в глазах русского человека: она обустраивает время. Узурпация календаря, его волшебной и текучей сферы позволяет московским царям перемещаться во времени по своему усмотрению.

О войне во времени

Эпизод истории соревнования Москвы и северо-запада, конфликта времени с пространством. В 1570 году Иоанн Грозный при взятии Новгорода повел себя как древний норманн IX века. Он осадил город, севши при этом на Рюриково городище, по другую сторону реки Волхов, в то место, где в IX веке было поселение викингов. Грозный вернулся в истории на семь веков назад, во времена варваров, стал новым варваром, отменив семь веков русского христианства. Новгород был взят и как будто исключен из истории (жест хронофага), после чего последовало неслыханное кровопролитие, образцом которому были расправы древних викингов. Горожан везли на Рюриков холм, где несколько дней шло избиение народа — всех подряд, от младенцев до старцев. Холм был превращен в плаху, земля до уреза воды на несколько сажен пропиталась кровью. Так поработала московская машина времени, поглотившая новгородское пространство.

Затем, *по восстановлении Москвой христианства*, на этой крови встало восемь церквей.

Затем, в XX веке, *после отмены Москвой христианства*, все эти церкви до одной были разрушены.

Так Москва повелевает временем, заказывая себе в проживание то десятый век, то шестнадцатый, то двадцатый.

Но так же и слаб московский царь — перед словом. Перед пилюлей, что в своей оболочке переносит время. Тот же поход Грозного: после расправы с Новгородом — на Псков. Здесь Иоанн намеревался продолжить свою варяжскую экспедицию-экзекуцию. На улице его встретил местный юродивый, Никола Солос, что в переводе с греческого означает «дурак». («Солос» — тут слышится «соло»: один, одиночка.) Никола был на улице один, остальные горожане сидели по домам. Он протянул царю кусок мяса. *Что с тобой, дурак? Нынче пост. Я в пост мяса не ем!* — сказал Грозный. *А христианской кровью питаешься!* — ответил Никола. После чего будто бы взгляды их скрестились, и Грозный был вынужден опустить глаза. Царь проглотил пилюлю слова. На следующий день Иоанн пришел к Солосу исповедаться и после исповеди в скорби и раскаянии и ужасе телесном покинул город. Такова по крайней мере легенда; так хочется, чтобы хоть иногда слово правды брало верх над нашими безумными царями.

*

Юродивый есть у Александра в его писании о сотворении московского мира, но свой, здешний — блаженный Иван, по прозвищу Железный колпак. Что такое этот Иван, Пушкин будет уточнять у Карамзина, но не теперь, ближе к осени, когда вся панорама пьесы свяжется и в списке действующих лиц понадобится юродивый. На самом деле все сложнее: Александру не для комедии, а для самого себя понадобилась эта маска. Он более не карбонарий с кинжалом, он стреляет и жалит словом. Поэта он вставил в свою пьесу, но тот таким вставным нерусским номером (в Кракове, на приеме у Самозванца) и остался. Здесь нужен шут, дурак, юродивый.

Юродивый у Пушкина переименован[68], назван Николкой. В исходном тексте он не так суров к царю Борису, как его потом выставят в опере и еще заставят петь голосом Ивана Козловского. Он, конечно, выдает царю пилюлю — *вели их* (мальчишек) *зарезать, как зарезал ты маленького царевича.* Но все же вторую убийственную фразу — *нельзя молиться за царя Ирода* — он говорит, когда Годунова уже нет на сцене.

Пушкин, несомненно, знал анекдот о встрече Грозного и Николы Солоса, — потому и переименовал московского Ивана в (псковского) Николку. Он не мог пропустить этой сцены, для него, поэта, главнейшей — как слово блаженного, слабейшего из всех одиночки, пролетает насквозь всю русскую сферу, от полюса до полюса, из точки «А» в точку «А», — и побеждает всесильного царя.

Но каковы слова: *царь Ирод, вели их зарезать, как зарезал маленького царевича.*

Не муть, но кровь встает из-под земли; ею написана история московского качания.

---

[68] Пушкин еще добавил ему пятнадцать лет жизни: настоящий Иоанн Железный колпак скончался в 1589 году.

V

Нынче пост, Страстная неделя. Подходит конец качаниям между зимою и весной, между собой прежним и собой будущим, смертным и бессмертным.

В нашей истории живут одни вопросы, она отворяется трясиной: спорит сама с собой и особо не рифмуется. История народа не принадлежит поэту — тут Александр Сергеевич загнул, выдал желаемое за действительное.

Да он и не поэт более. Его занятие — собирание «Годунова» — все более напоминает попытки пророчества, мироустроения посредством слова. Он приступает к опытам со временем, во времени.

*

Страстная неделя обнажила ему душу. Что за странная блажь пришла в голову — идти в Москву самозванцем? В Москву, где всякое слово качается и двоится. Убил — не убивал. Царевич — самозванец. Государь — народ.

Попытку перепланировки московского сознания уже предпринял Карамзин (см. эссе о его странствии по Европе), попытку разумной дефиниции слов, когда не сливались бы воедино «убил — не убивал» — и первый от нее отказался. Наверное, не случайно; в Москве так просто не разделяются эти (кровью склеенные) слова.

Карамзин — просветитель. Пушкин — не просветитель, сочинитель, он принимает эти рифмы, эти сиамские пары слов и смыслов. Он сочиняет *комедию о беде* согласно тотальному пульсу московского сознания.

Однако теперь, ввиду Пасхи, *комедия* его так повернулась, так покачнулась под пером страна-страница, что смешались правда и неправда, а это уже другая пара, другое размерение пространства — и «Годунов» пошел вверх дном.

Не было у Александра никакого высокого просветительского задания, были поэтический замысел и великая дерзость. Пушкин захотел сыграть в царя, покачаться в царевой люльке, забросил в небо крюк, и вдруг небо подхватило его. Ему явились слова, льющиеся в такт московскому качанию, явилось ощущение правоты — поэтической — и одновременно сомнения относительно правоты духовной.

Явился юродивый, не как персонаж истории, но как тип, образец поведения (самонаблюдения, самовопрошания, самообвинения).

*

Нелепости, нестыковки в вопросе о самом важном: откуда взялось твое «царское» право? Не есть ли оно грех и обещание наказания (судьбы)? Где правда? С кем Господь?

У Пушкина патриарх Иов для опровержения злостной выдумки Григория Отрепьева предлагает перенести мощи царевича Димитрия в Кремль для опознания народом. Для поклонения! Вот и народный слух прошел, что эти мощи исцеляют, что он, Димитрий, новый чудотворец.

Неловкое предложение: признание Димитрия чудотворцем означает, что он не умер, но был убит, злодейски зарезан, что он — жертва. Это означает обвинение Годунову самое серьезное из всех возможных. Как мог искушенный в придворных играх патриарх, который был обязан царю Борису своим саном (тот настоял на этом в переговорах с Константинополем), допустить такую нелепую оплошность — пусть косвенно, но обвинить Годунова?

Пушкин выставляет патриарха Иова *дураком* (так у него в письме), что очевидно против исторической правды. Но Пушкину нужен драматический поворот, и ради него он легко жертвует этой правдой.

Во время речи патриарха бояре смущены.

Борис, слушая патриарха, несколько раз отирает лицо платком. Это и нужно Александру — качания и язвы царской совести.

Еще одна накладка, несовпадение слова и смысла. Анафема Григорию Отрепьеву, провозглашенная по церквям, не трогает народ. Люди верят в царевича Димитрия, в то, что он жив и идет в Москву восстанавливать божью правду. При чем тут какой-то Отрепьев? И в итоге неправда, вооруженная польскими саблями, идет в Москву восстанавливать правду — хорошие выходят повороты!

Самозванец на границе хватается за голову: как он мог допустить такое, чтобы русские во имя неправды пошли убивать русских — стало быть, и Александр на своей (на той же, псковской) границе также схватился за голову: это он допустил такое, он навел их на Москву.

Прежде Пушкин играл, так рифмуя и так поворачивая свою комедию о беде, теперь его настигли страсти по правде. Он более не играет, но с возрастающим волнением следит за схваткой правды и неправды, за несовпадением слова и смысла. Так же как самозванец, Пушкин внезапно сознает свою вину. Так оборачивается наизнанку его попытка бегства от Москвы.

Подвижны, зеркальны, плоски — чудны ее пространства.

*

Страстная неделя — опять календарь, с очередным своим все вовремя.

Пасхальное открытие составило в данном случае (для композитора Александра) опознание правила симметрии, равенства во времени, с помощью которой Москва успокаивает свои несводимые смысловые пары (центр и окраина, царь и претендент, победитель и жертва).

О жертве и спасении

Пасха, главный православный праздник, составляет архимедов пункт, через который, согласно композиционной логике календаря, Господом производится на Москве «усилие времени». В это округлое вселенское усилие только вписываются своим революционным сюжетом исследуемые (провоцируемые) Пушкиным царев переворот и Смута. В этом обороте времени, вокруг его центральной (московской) точки не жизнь уравновешивается со смертью — бытие не равно небытию, — но рисуется равновесная сфера бытия, помещение любви, что обнимает спорящих, умаляет их перед лицом Москвы. Такова Пасха, суть которой, образно говоря, — объятие Господне, спасение от смерти и отмена всякого спора. Ее сочинение всепоместительно и — простительно, разрешительно для изнемогшего во внутреннем сомнении московита.

Все нестроения весны, меняющиеся ежедневно планы (на лето; не столько на отдых, сколько на проект, на главное в году усилие), все оставляется за пределами пасхального круга. Это не означает, что для Пасхи нет будущего: все переплетено и связано в ее праздничных пределах, в том числе и прошлое, прощенное прошлое. Но то, что внутри них, решительно отлично от того, что за ними; другая сумма света, как если бы этот праздник был сам себе рефлектор.

И еще одно, что здесь следует признать самым важным, что необходимо понять сочинителю, впервые всерьез взявшемуся за московскую тему: ступить в этот спасительный круг можно только ж е р т в у я с о б о й, веруя в правду перемены смертной тьмы — на свет, споров и сомнений Страстной недели — на мир в пасхальное Воскресенье. Это самое сложное: собственная жертва; тут требуется решение поверх-рациональное; никакие чертежи, расчеты и наводимые от ума геометрии тут недейственны.

*

Пасхальных сцен нет в драме Пушкина и со стороны они неразличимы. Где сам он встретил Пасху? Возможно, спрятался ото всех; в церкви, куда уже не по обязанности перед отцом Ионой, но сам пришел, Александр старается держаться в стороне, никем не замеченный.

Возвращался в темноте; опять не видно Александра — может, и не было его в церкви? И только утром, когда свет лег на землю и стало ясно, что он — скатерть, что земля вся им покрыта, по ней можно ходить и не тонуть, что он спасителен, что этой ночью Пушкин спасся, — только после этого что-то отпустило у него в душе, и он понял, что теперь можно показаться на свет Божий.

В этот момент Пушкина еще нельзя назвать человеком верующим, но уже есть громадная разница между тем декабрьским «утопленником» и этим улыбающимся прохожим, который взошел на последний в природе сугроб (тот хрупнул под ним, осел до земли, и памятник Пушкину оказался в воде по колено), снял шапку, задрал нос к солнцу и засмеялся. Допустим, он понимает время только после того, как добьется от него внятной рифмы. Но теперь эта рифма — спасение.

Так, с первым веянием весны, полный сюжет развернулся перед Александром — завораживающий, центральный, царский — одоление смерти через жертву, спасительное заклание самого себя.

*

Страстные бдения поэта разрешились светом (прояснением в тексте?).

Все же есть известная геометрическая логика в положении Пасхи: измерения времени прибывают согласно цареградскому учебнику: после «точки» звезды и сретенского «луча» — «плоскость» света: все по расписанию.

VI

О скатерти света

Образ Пасхи как «скатерти света» одновременно прост и утешителен. Свет, который на Рождество явился точкой-звездой, затем разошелся «созвездием» отшельников, питомцев Иоанна Крестителя, который затем, на Сретение, означающее *двоицу* и *луч* (сознания), протянулся линией, которая затем над пропастью Великого поста так натянулась, так утончилась, что стало ясно, что эта линия есть человеческая жизнь, что это время жизни так натянулось и утончилось, — этот свет, все прибывая, встретился наконец и переплелся с множеством других таких лучей. И составилась, соткалась *скатерть света,* которой уже не грозит обрыв одной нити, одной жизни, не грозит смерть, и стало быть, мы бессмертны.

Умение русского человека праздновать смерть и несчастье Пушкина и раньше восхищало (сердило, вызывало на злые насмешки, отталкивало). Но почему несчастье? Пасха была и есть праздник омовения глаз, прозрения к большей жизни. Как будто в отвердевшей за зиму коже отворяются разом сто глаз. И в каждый льет белым. Колотит колокол, тонкий дребезг колокольчика, пущинского зимнего чуда, теперь в его звуке умножен: времени прибыло достаточно, чтобы в нем спастись.

С утра по темной зале ходили блики. Белела горка кулича, белел творожный стаканчик, который Арина вынесла из дверей, закрывая фартуком от его *арапского* глаза, а потом поставила на стол, засмеялась. Христос воскресе.

Давай, барин, целоваться!

Давай, няня.

Теперь и он был как будто многое, многие, многих — Пушкин, царь, минус-царь, поэт, юродивый, народ, Москва. Равновесие композиции, хотя бы в замысле, достигнуто.

446

*

В апреле к нему приехал Дельвиг; теперь для Александра всякая встреча с прежними друзьями была, ко всему прочему, проверкой — точно ли он так переменился, или эти душевные перестроения ощутимы только изнутри?

Дельвиг был одним из тех (числом немногих), кому Пушкин показал свои наброски «Годунова». Душевный друг немного после них пошевелился, улегся на диван и, точно колода, двое суток на нем пролежал, толкуя про *чигиринского старосту* Рылеева.

Как можно было не заметить перемены, когда вся природа Пушкина теперь другая, что он обоюдосторонен, светел, бесплотен, плотен и бессмертен?

*

Плотность стала теперь его поэтическим девизом: обнаженность и вес слов.

Даже привычные просьбы брату — прислать из столицы книг и к ним в придачу предметов бессловесных — сделались вдвое плотны (письмо от 23 апреля): «*Фуше, ouvres dramatiques de Schiller, Schlegel, Don Juan* (последние 6-я и пр. песни), новое Walter Scott, «Сибирский вестник» *весь* — и все это через St. Florent, а не через Слёнина. — Вино, вино, ром (12 бутылок), горчицы, Fleur d'Orange, чемодан дорожный. *Сыру лимбургского* (книгу об верховой езде — хочу жеребцов выезжать; вольное подражание Alfieri и Байрону)».

Долго ли он готовил этот список? Нет, выпалил сразу. Тут все так подряд и плотно, что кажется, Walter Scott пишет в «Сибирский вестник», отчего в голове являются географические химеры, а выездка жеребцов есть подражание Байрону (почему нет?). Еще и дорожный чемодан, точно всю эту мешанину Пушкин хочет затолкать в чемодан и податься в бега. Зачем вся эта скороговорка? Затем, что у него Дельвиг, прежние слова ожили и запрыгали с языка, но вот уехал Дельвиг, над головой простерлись едва голубеющие небеса, реки вышли из берегов; он опять один, один как Робинзон.

Кстати, Робинзон на своем острове читал Библию и праздновал Пасху регулярно, чем и спасся.

VII

Протяжение земного, будничного времени после Пасхи вызывает какое-то детское недоумение. Точно из-под ковра самолета, на котором только что народ летал всем миром, выехала тень.

Краски ожившего леса мешаются с легкими на подъем духами. В березовой роще, в низине, собираются ведьмы и водят хоровод.

В апреле годовщина смерти Байрона. Тогда, год назад, на юге, эта новость поразила Александра. Хромец, прыгая с острова на остров, меняя в стихах своих эпохи, точно листая страницы, добрался до Эллады, перепрыгнул через горы и исчез — куда, зачем?

Теперь Пушкин идет в церковь и заказывает в его память молебен. После зимовки он отогрелся, отмяк душой и уже не задает вослед Байрону вопросов — куда он и зачем.

Поп, Илларион Раевский, по прозвищу Шкода, молебен отслужил и вручил поэту просвирку в память «раба Божия, болярина Георгия». Ни тот ни другой и не подумали улыбнуться. А чему тут, собственно, улыбаться?

Придя домой, на листе рукописи, как обычно, среди виньеток и зачеркиваний, Пушкин нарисовал портрет усопшего англичанина Георгия. Срисовал из книги. Портрет отличается от привычных пушкинских зарисовок: все они в профиль — этот в три четверти. Важное различие; во-первых,

Что значит слов „подводный воз“?

Финская, языческая тема *непременно должна
присутствовать в михайловском переустроении Пушкина.
Не в «Годунове», это московский сюжет. Москву Александр
понимает как христианскую столицу – видимо, сказывается
расстояние: на самом деле Москва «двухэтажна», у нее
христианский верх и финский поддон. Так или иначе,
в московской пьесе Пушкин не допускает языческого звука
(только отзвуки). Но в целом, меняясь в Михайловском,
«перечерчивая» русский мир в своем сознании от верха
до основания, он не может обойти финской темы. Когда-то
он разделался с ней играючи – в «Руслане и Людмиле»;
но тогда, в семнадцать лет, он не столько с ней разбирался,
сколько отвечал в пародийном ключе Жуковскому.
Это была игра, теперь время игр закончено и не отделаться
более русалками и кудесниками, нужно иначе осваивать
«подводный» мир. Пока Александр от него отстраняется
(сам едва всплыл ото «дна»). Завидует Баратынскому с его
чухонкой Эддой, но не отваживается на погружение:
в московской пьесе его интересует более верх, чем низ.*

Портрет в пространстве

Его интересует пространство. *Рисунок головы Байрона, извлекаемый из бумаги – из двух измерений в три, – о том свидетельствует. Здесь мы видим очередную попытку Пушкина скопировать тот же портрет (a), датируемую 1836 годом; рядом женская голова, привычно «плоская» (b): по-прежнему остается велико притяжение русской бумаги.*

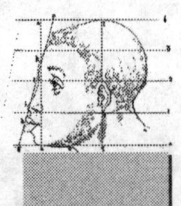

один этот поворот показывает, что рисунок сведен с образца, во-вторых, так в обычно «плоские» росчерки Александра характерным образом вторгается искомое нами пространство: поворачиваясь в три четверти, Байрон «отрывает» физиономию от листа, выставляет нос в воздух. Романтик Георгий оказывается «реалистическим» образом опространствлен.

Пушкин, стремясь подчеркнуть это выставление бумажного героя вон из страницы, наводит на нем светотень, причем не просто штрихует лоб и щеки Байрону по кругу, но различает грани на лице героя. Пушкину удается «архитектурный» рисунок (специалисты меня поймут). И хотя линии его медленны, видно, что руку ведет не мысль Александра, но желание совпасть с образцом, гравированным портретом из томика Байрона, все же общее впечатление — изъятия героя из бумаги на свет Божий — остается.

*

Пушкин сам себя извлекает из бумаги в мир больший. Он пишет, отбрасывая тесные, непоместительные отрывки, бракуя сцену за сценой именно из-за их ощутимой неполноты, «вырезает» из себя прежнего и «плоского» вещь, прежде не виданную: текст в пространстве.

Рисовал Александр хорошо; и без этих предположений Байрон в три четверти легко мог у него получиться.

О Георгиевской «лестнице в небеса»

О Георгии Победоносце (22 апреля по старому стилю), о нашем Георгии, не о Байроне, хотя и тут дни сошлись близко.

Переходящий праздник Пасхи оставляет позади себя в календаре некоторого рода «тень»: апрельские дни и ночи, когда оживают по весне в душе народной языческие славяно-финские духи, бродят по некрещеным закоулкам леса, по изнанке дремучей финской природы. Крестьяне слышат сквозняки языческого духа (все мы их слышим) — весна идет, льется по долам и низинам новым временем, вешней водой. Календарь в эти дни как будто двухэтажен.

Ниже остальных текут русалки; вода еще холодна, особенно на севере, во Пскове — еще не весь сошел снег. Зато, я слышал, русские русалки суть девы с ногами, а вовсе не с хвостом; стало быть, они могут хотя бы временами выбираться из-под снега и на размякшем берегу торопить тепло. Выше — ведьмы и вся лесная нечисть, оживающая совместно с языческим весенним духом.

Но вот является святой Георгий. Он затем и нужен северянам, чтобы крестить лес и поле окончательно. В отличие от Пасхи он имеет постоянное место в календаре: таков его остров, каменный валун посреди моря травы. В церковном календаре Георгий — конник, рыцарь с копием, в народном — пастух с кнутом. Этим кнутом-копием святой Георгий Победоносец хлыщет вдоль и поперек (крестит) обстоящую его нечисть, водных духов и лесных дриад.

Только после майской победы Георгия русский дух поднимается окончательно над финской почвой; начинается подъем, счастливое нарастание света. Согласно стереометрии календаря, начинается подъем пасхальной плоскости, «скатерти света» — в объем, пространство, к *трехмерию* Троицы. Это самый оптимистический сезон в нашем году. Все обещает рост и умножение духа.

Русские цари, давно угадавшие этот общий подъем, предпочитали венчаться на царство в мае. С первой ступеньки, от дня Георгия они шагали вверх, порываясь поддеть короной близкое синее небо.

Небо, однако, поднимается еще скорее царей, на головокружительную высоту.

*

Что же Пушкин, сам растущий во цари? Великомученика Георгия, сам того не сознавая, помянул вместе с Байроном.

Почему нет? Англичанин — богохульник, бродяга, романтик — погиб, точно крестоносец, в борьбе за свободу православной Греции.

*

Про царей: на этом отрезке календаря нет твердых свидетельств роста Пушкина в «царское пространство». «Годунова» он собирает по-прежнему тайно; не столько собирает, сколько осматривается в согревающемся округ него весеннем мире. Нет сомнения, что с января он уже вполне в нем освоился — именно так, освоился, стал (почти) своим. Перезимовал, отпраздновал, оценил полноту, вселенскую симметрию Пасхи. Было бы занятно определить его синхронность синусоиде календаря именно теперь, когда время сделалось как будто двухэтажно (поверх ковра-самолета Пасхи и под ним) когда уже проглянул верх небес, и приблизилось его, Пушкина, Вознесение, то бишь день рождения.

Несомненно: он на подъеме. После Пасхи, вспомнив рыцаря Георгия, Александр бесстрашно ступил на георгиевскую (царскую) лестницу календаря и шаг за шагом идет по ней вверх.

На церковном языке эта лестница называется *Пятидесятница*, что означает, что через пятьдесят дней после Пасхи наступит Троица; и свет, и звук, и Пушкин должны будут взойти к пределу роста, приблизиться к небу.

На этом подъеме ступеньки высоки и ровны; среди праздников, которые нужно отметить, — Никола летний (22 мая) и братья-просветители Кирилл и Мефодий (24-го): их «бумажная» ступенька в русском понимании — самая прочная.

VIII

Последний отрезок подъема к Троице Пушкин одолел, словно играючи — собственно, так оно и было: Александр майским образом играл.

Он не просто взлетел (вознесся) по последним ступенькам весенних дней к бледным псковским небесам, но выкинул такую штуку, что поневоле задумаешься: не было ли у самого Александра собственного тайного плана по переустроению себя?

Тут не просто чтение календаря, с отцом Ионой или без. Здесь обнаруживается его самостоятельное «архитектурное» действие. Если так, это поменяло бы ситуацию в принципе. Одно дело, когда мы со стороны сличаем рисунки, позиции, графики — изменений сезона, возрастания света и настроения поэта, сравниваем содержание создаваемой им драмы и «попутно» идущего календаря, и только подозреваем неслучайную *синхронность* многих совершающихся в нем и вне его изменений и последовательностей. И далее, уловив эту синхронность, мы полагаем — только полагаем, — что возможны некие неявные «пространственные» предрасположения, подсказки Пушкину извне, скрытые тяготения во времени, им различаемые, которые делают его творчество фокусным явлением эпохи («нулевой», словообразующей).

И так, предполагая, убеждаясь и сомневаясь, мы доходим до Вознесения и Троицы, и тут совершается нечто не вполне обычное. Пушкин не просто читает про праздники и сдает по ним уроки, не просто участвует в них тайно или явно, но как будто замышляет свою собственную церемонию и производит оную в характерном пушкинском стиле. А именно — веселя и пугая почтенную публику.

Нет, все совершается всерьез; поэт, объект наших наблюдений, делается субъектом — вступает в игру, явно, «зряче».

Различает рисунок и содержание праздничного события и выдумывает в формообразующей (времяобразующей) последовательности праздников — свой, ни на что не похожий. Пушкин производит праздничное действо, которое не просто вписывается в диаграмму «роста» 1825 года, но в известном смысле дополняет ее полным аккордом: ярко и демонстративно.

*

Прежде всего подошел день его рождения.

Родился Пушкин в Москве; точною датой своего рождения он не слишком интересовался, а отмечал его на Вознесение.

Тут его афеизм куда-то отступал, он шел в церковь, гулял, виделся с родными и вообще отмечал день по-христиански, без демонстрации и фронды, не устраивал шумного веселья, а праздновал тихо и сокровенно.

Бог знает почему он вел себя так, может, потому, что Вознесение — праздник «неуловимый», гуляющий по календарю? Уже было сказано, что переходящие праздники ходят по общей «зале» года общей компанией, в центре которой Пасха, перед которой Масленица и церемонии Великого поста, а после Пятидесятница, Вознесение и Троица с Духовым днем. Эти переходящие праздники не то чтобы свободны в своем устройстве, напротив, им предшествует особый и очень определенный календарный расчет. Но все же то, что каждый год они оказываются на новом месте, придает им тайное ощущение свободы.

И еще: в этом их «неожиданном» появлении всегда есть что-то личное, только тебе адресованное. Ты сам должен найти такому празднику место в своей душе: душа живет по собственному календарю — что ей «немецкие» пространства и графики? Ее подъемы и спады необходимо соотнести с пасхальной «синусоидой» — вне жестких дат и дефиниций официального (астрономического) календаря.

А тут еще день рождения: в метриках Пушкина было написано слово (не цифра): *Вознесение.* Как же не взяться особой, сокровенной церемонии, как тут обойтись без тайного сравнения своего календаря с Христовым?

*

Вознесение всегда электризовало Пушкина; в этот день он именно что *возносился* (не для других, для себя одного). Этот день Александр считал для себя счастливым. Его первая публикация пришлась на Вознесение, он женился на Вознесение, в церкви у Никитских ворот — разумеется, Вознесенской: огромной, светлой, с куполом, упирающимся в небеса.

*

На Вознесение лестница Пятидесятницы начинает заключительный подъем вверх. Это, собственно, уже не лестничный пролет (тут вспоминается Святогорский монастырь и могила Пушкина на «лестничной клетке» церкви), но трамплин, по которому остается пройти только несколько шагов — вознестись — и праздновать Троицу.

На Вознесение положено возноситься (духом), на Троицу «утраивать» число измерений души до состояния — три измерения — пространства.

Так было и в этот раз: Пушкин отметил свой потаенный (переходящий) день рождения, возносился в одиночестве, у себя в комнате, к примеру, так: вороша листы «Годунова» и выстраивая их лесенкой.

Затем в десять дней он добежал до Троицы и тут уже праздновал со всеми домашними: таскал по дому, пристраивая по всем углам, прозрачные березовые ветки. Дом обезвесился, растворился гранями и частично слился с природой. Все верно: Троица — праздник общего пространства, душевного трехмерия, для которого нет преград, ни деревянных, ни каменных. Что для праздника стены дома? Сегодня их без труда проницает новый (утроенный в измерении, Троицкий) воздух.

Девки, шаркая ногами, из комнаты в комнату возят по полу траву.

IX

Миновала Троица, навалилось лето, но Александр все не успокаивался. Обычного отмечания дня рождения и Троицы в этом году ему было явно мало. Он слишком здесь переменился, «прозрел», стал говорить и писать заново. История ему открылась как поле сочинения, проясняющего рисунок большего времени. Он вырос размером с озеро Кучане, научился полету в этом большем времени (не просто в пространстве). Его первопроходческие подвиги, странствия и открытия в истории не могли остаться не отмечены. Тем более на Вознесение и Троицу, когда полет календаря есть его, Александра, полет, его личное вознесение.

И вот, спустя несколько дней после Троицы, «трехмерный» праздник был им продолжен. Состоялось знаменитое хождение Пушкина в народ.

В 9-ю пятницу по Пасхе, в *Девятник*, Пушкин переоделся в красную рубаху и пешком пошел в Святогорский монастырь. Здесь пел с нищими Лазаря, мешался с народом.

Ел апельсины, по шести штук кряду.

Все это подробно описано, экранизировано, большей частью сочтено за шутку, обыкновенный пушкинский эпатаж. Так же в Молдавии Пушкин переодевался цыганом, ходил в степь и притворялся разбойником.

Все бы так сошло и в этом году: за дерзость и эскапады, коими он привык пугать постную публику, — если бы не Девятник.

Этот праздник не так известен, как приключение Александра с апельсинами и пением Лазаря. Необычный день, праздник-ключ, который, повернувшись, открывает перед русским человеком все пространство северного лета.

*

В этот день отмечается память Варлаама Хутынского, новгородского святого XII века. О тонкостях этой церемонии Александру могли сообщить отец Иона и его братия. У них он, готовясь к «Годунову», не раз смотрел летописи и документы иных эпох.

Девятник

Преподобного Варлаама вспоминают несколько раз в году. Преставление святого — в ноябре.

В начале лета, в пяти днях после Троицы, отмечается переходящий праздник Варлаама Хутынского, помещенный в пасхальный цикл. Попасть в круг избранных святых, праздники которых отмечаются в связи с Пасхой, мог только тот подвижник, у которого есть некие особые заслуги в оформлении «архитектуры сознания», который участвует в составлении совершенного расписания христианской жизни.

Таким и был преподобный Варлаам. Он учил Новгород искусству понимания, видения пространства. Если Новгород, как самый «немецкий» из наших древних городов, учил пространству Русь, то Варлаам прежде этого учил науке о пространстве сам Новгород.

Это был один из самых почитаемых в Новгороде святых. Сын богатых родителей, раздал имущество бедным, уединился в урочище Хутынь, в десяти верстах от Новгорода, где основал монастырь. На острове он проводил время в постах и молитве, чем снискал дар прозрения. Скончался в 1192 году, был похоронен в монастыре, им основанном.

Есть легенда, что спустя много лет после смерти святого пономарь того монастыря Тарасий, пришед однажды ночью в церковь Спаса Хутынского, имел видение. Гробница преподобного Варлаама отверзлась, святой вышел из нее и послал Тарасия на кровлю церкви. Взобравшись на кровлю, Тарасий увидел, что озеро Ильмень встало дыбом, поднялось вертикально и готово затопить Новгород.

Есть икона середины XVI века, изображающая этот сюжет.

То, что угроза исходила в этом сюжете от воды, не случайно. Это была финская, языческая угроза. Язычники финны были в этом смысле «водопоклонники»; для них время было водой; по движению воды наши предки судили (гадали) о времени.

Варлаам понимал силу этого характерного верования, *силу воды,* а также своеобразный «плоскостной», до-пространственный тип этого сознания. Образно говоря, Варлаам и соратники сооружали плотины этому «плоскостному» сознанию, понукая северян освоить мыслью объем — через новое сочинение, миф, встречный прежнему, «водному». В этом контексте легенда о походе пономаря Тарасия на кровлю храма представляет собой притчу о том, как христианское пространство ставит плотину финскому чудищу Ильменя, — не дает ему затопить Новгород. Новгород спасается от наводнения прежней веры благодаря плотине (ментального) пространства, осту христианской веры.

Поэтому Варлаам продолжает и «архитектурно» завершает праздник Троицы: его день есть торжество христианской «плотины», архитектурного сооружения следующего, спасенного мира. Мира, который на порядок — на одно измерение — превосходит прежний, язычески «плоский». Плотина Троицы ставит вертикально водную гладь и с нею древнее время, побуждая северян к расширению мысли, к росту ее в объем (истории личной и общей). За этим и будил спящего пономаря Тарасия преподобный Варлаам, загоняя его ночью на крышу храма, дабы он узрел спасительное — надводное — строение мира.

Для возведения и удержания в своей голове этого спасительного пространства света нужно усилие; пространство являет собой п р о д у к т строительного усилия разума. Оно не природная данность, но результат высокого строительного творчества.

*

Пушкину был нужен такой же урок, но уже не для восприятия пространства как такового — ему, возросшему и обученному в Петербурге, городе, сложенном из классических кубов, оно давно было дано в прямые ощущения. Ему нужен был праздник по поводу освоения пространства сознания, как его помещения во время. Праздник христианской истории в контексте Варлаамова учения о христианском пространстве.

С января месяца Александр, особо о том не задумываясь, осваивает разумную последовательность приращения в календаре света и времени. Через перемену языка, через погружение в историю, через игровые церемонии Масленицы и Пасхи, отозвавшиеся в «Годунове» должными сюжетами и «рифмами», Пушкин возвращается к русской истории и вере.

Теперь, взойдя по «лестнице» Пятидесятницы, отметив свой день рождения как Вознесение — сюжет, ему привычный, — Пушкин приблизился к точке отрыва от пасхальной плоскости. К началу лета пасхальный урок освоен, его просветительский — тут корень «свет» можно принимать буквально — просвещенческий потенциал исчерпан. Христианин взошел до Троицы, с возвышения которой ему нужно сделать следующий шаг: принять во всей полноте значений летнее, насыщенное светом пространство. Здесь «лестница»

Пятидесятницы завершает рост, и сознанию открывается новый простор; время, покойно текшее по пасхальной «скатерти», находит на плотину и поднимается в объем.

Девятник «строительным», окончательным образом фиксирует этот подъем. Отмечать после Троицы день Варлаама означало, согласно этой логике, праздновать в и д е н и е полного мира.

*

Здесь обнаруживается в календаре особый пункт Пушкина. В своем движении по кругу праздников он приблизился к месту, для себя важнейшему. День рождения становится для него точкой определенного духовного резонанса. Пережив его, Александр устраивает себе Девятник, как праздник русского пространства; он поминает Варлаама Хутынского, своего новгородского соседа, просветителя, строителя плотин.

Русский народ, который Пушкин различил на Пасху, оказался вовсе не плосок, напротив: многоэтажен. Его пестрота и внутренняя разность подразумевают ментальную разность потенциалов; его сознание конфликтно-продуктивно. По своему новгородскому происхождению оно со времен просветителя Варлаама вполне себе пространственно. Пушкину важен творческий аспект — его народ творит себя в пространстве: поднимает над собой купол (христианского) небосвода и одновременно вниз проваливает пропасть, на дне которой змеятся русалки и колдуют ведуны. Между землей и небом, в бескрайний, легкий воздух выставлен трамплин, с которого положено шагать в народ: здесь обнаружена точка обозрения троическая.

Оттого вышел такой сюжет у праздника — (внешне) игровой и (внутренне) предельно серьезный: Пушкин дождался Девятника, надел красную рубаху, разбежался по трамплину календаря и прыгнул.

В ы ш е л в с в е т.

461

*

В начале наших наблюдений была заявлена идея «зеркала языка», устройство которого в теории воображал себе молодой Карамзин — идея рефлексии слова, способности к которой русский язык в то время (конец XVIII века) еще не приобрел. Успехи и неуспехи Карамзина как первого русского «рефлектора» в общих чертах были рассмотрены. Тогда же, в начале разбора, явилось предположение, что обретение этой способности, по сути революционное, можно с уверенностью связывать с именем Пушкина. Это логично: Пушкин составил имя эпохе, которую до сегодняшнего дня мы в плане словесности принимаем за некий исходный образец. То есть: «зеркало языка» было задумано Карамзиным и выставлено перед нами Пушкиным.

В первую очередь перед самим собой: это и составило революцию языка — внутренний переворот, переведший (отразивший) внешнее пространство в слово.

Тогда же был задан вопрос: можно ли определить момент, когда и при каких обстоятельствах это произошло, можно ли найти на «чертеже» нашего языка гипотетическую фокусную точку, в которой преломились векторы эпохи и язык стал отражением не просто пространства, но помещения всей нашей истории? Предположение таково: если принять «оптические» критерии оценки произошедшего, то этой фокусной точкой можно считать пушкинское лето 1825 года, точнее — переход Пушкина в лето того года.

Этим событием, тогда сохранявшим статус сокровенного, частного творческого происшествия стал праздник «перехода Пушкина в пространство», протянувшийся от Вознесения до Девятника, до троицких полетов мысли и хождения в народ. «Годунов» составил для этого праздника должную иллюстрацию. Кстати, какова была иллюстрация? Первая, белая страница рукописи (почему белая, выяснится чуть ниже).

Многое, ближнее и дальнее, сознаваемое или интуитивно ощущаемое, сошлось в одном простом символе — белом зеркале страницы, подразумевающем не пустоту, но глубину, «пространство света» — переполненное помещение времени.

Пушкин стелет перед собой это п е р е п о л н е н н о е б е - л о е и пишет по нему (Вяземскому, кому же еще?) следующее заявление:

Передо мной моя трагедия. Не могу вытерпеть, чтоб не написать ее заглавия: Комедия о настоящей беде Московскому государству, о царе Борисе и о Гришке Отрепьеве. Писал раб Божий Александр сын Сергеев Пушкин в лето 7333 на городище Ворониче. Каково?

●

Пока это выглядит как шифр. *За спором «комедии» и «беды», за вывернутыми набок суставами падежей, за тремя тройками после семерки скорее угадывается, нежели видится пространство. В том, что оно готово отвориться, нет сомнения, только первый лист похож на дверь с навешанными на нее десятью замками. Каково будет открыть эту тяжкую страницу? Она разделяет, а не связывает времена (это свойство русской бумаги мы уже отмечали, разбирая метаморфозы диглоссии). Ворониче – это за Тригорским в двух шагах, стало быть, тут можно заподозрить игру в древние названия с хозяйкою Тригорского Прасковьей Осиповой. Тут вообще много игры, произошедшей от полноты дорожных впечатлений человека, съездившего на три сотни лет назад в гости к родственникам (Пушкиным). Там он насмотрелся многого, и в верности его наблюдений не приходится сомневаться, но говорит он пока на т о м языке, и нужно еще дождаться, когда он заговорит на э т о м. На новом (московском) этом, готовом вместить т о т без особого повреждения. Нужно еще подождать немного, и этот странник заговорит.*

О новой аппликации

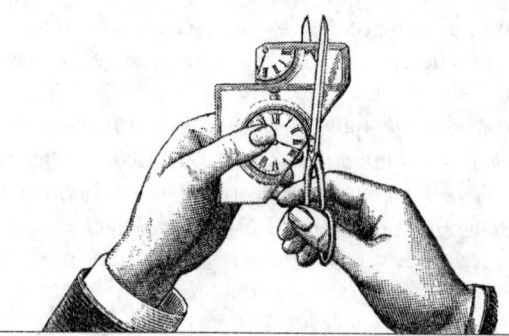

Новая игра; *перекладывание страниц календаря
привело к тому, что в нем завелось пространство.
Ком его довольно разросся; явилось ощущение свободы, ранее
неведомой. Солнце: в хмурых северных краях его и так-то
бывает немного, в этом году оно едва выглянуло,
но и этого мгновения оказалось достаточно, чтобы
величина (обретенного) мира внушила Александру надежду,
что и он, Пушкин, велик. Достаточно велик и свободен,
чтобы оставить уроки и заняться собственно сочинением,
которое есть дело мироустроительное, начальное,
демиургическое. Он – великан, он царъ – Пушкин:
на такую фантазию его подвигло солнце. В это мгновение
солнце колеблется на вершине года; есть парные праздники,
к примеру, Ульян и Ульяна, начинающие июль (по-русски
он должен был бы называться «ульян»), повисающие
как коромысло по обе стороны от точки солнечного
максимума и тем самым не дающие времени идти дальше,
удерживающие его в этой высшей точке. Время встало, оно
поймано за вихор: что хочешь, то и делай со временем.*

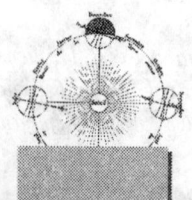

Четвертая часть

УВИДЕТЬ ВРЕМЯ

I

Замечательно то, что трагедии — *комедии!* — как таковой еще нет вовсе. Есть ее первый очерк, по которому автор может судить о ней как о чем-то целом. Это целое ц е л и к о м будет изменено, и не раз. Поэтому страница чиста и бела (зато под ней света накоплено довольно). Но достаточно этого провидения, того, как перед Александром нарисовалось это воображаемое целое, чтобы понять: он перешагнул в новый мир. Его слово «прозрело», обнаружило свойство целого, услышало собственный звук во времени.

*

Первым результатом «прозрения» было наказание поэту. В тот же момент, когда он запечатал письмо Вяземскому, Александр сообразил, что его трагедия в таком виде пока что никуда не годится. Не годится т а к о й «Годунов»: он прежним образом «плосок». Беспространствен, архаичен, допотопен (тут нужно понимать «потоп» как приход летнего света): никуда не годен «оптически». Тот летний мир, в пределы которого в середине лета 1825 года Пушкин едва заступил, первое, что сделал — пространственно отторг весенний набросок «Годунова».

С этого начинается новая история русского литературного языка: Пушкин берет в руки ножницы и разрезает текст на сотню кусков, после чего принимается собирать его заново. Он перекладывает, апплицирует «Годунова», намеренно разводя и сводя сцены, добиваясь необходимой непоследовательности, действуя разрывами и прочерками, свободным соединением фрагментов. За этим немедленно является необходимость переписывания, по сути, всех сцен. Александр в досаде и восхищении одновременно.

Собственно, почему в досаде? Огорчить его теперь может только то, что он мог выпустить «Годунова» таким: однообразно и слитно «плоским»[69].

Теперь Пушкин настолько увлечен переклеиванием частей драмы в настольный («Варлаамов») макет, что временами хватает лишнего. От иных сцен он оставляет одни короткие намеки, между другими вставляет новые картины, такие же короткие. Словно он монтирует фильм; иной раз ему достаточно нескольких кадров, чтобы закончить сцену. Это кино, а не театр; все же четырех фраз маловато, чтобы ради них городить на сцене псковский лес или московские палаты.

Свои настольные пространства Пушкин «перелистывает» очень скоро: мысль его торопится обежать многие расстояния между Москвой, литовской границей, Краковом и Кромами. Таково теперь помещение, раздвинувшее ему голову. Привычными приемами в воображении (тем более в слове) его не удержать; Пушкин выдумывает новые приемы увеличения «кадра» или берет за пример Шекспира, для которого частые смены сцен и времен были привычным приемом.

---

[69] Письмо, в котором Пушкин сообщает Вяземскому о том, что трагедия у него на столе, отправляется через Карамзина. Понятно, что такова была только форма посылки: через Царское Село, где жил Карамзин и в те дни гостил Вяземский (письмо его не застало: Вяземский уехал в Ревель на морские купания). Однако трудно представить, что Пушкин, посылая свое заявление таким маршрутом, не подумал о том, что Карамзин рано или поздно прочтет его трагедию. Одно это письмо было формой отложенной публикации.

Дальше — больше: между сценами, написанными, вослед Шекспиру, то в размер, то прозой, являются новые углы, сказываются новые точки зрения, позиции взаимной рефлексии героев, всяк по-своему комментирующих ход действия. О вторжении в действие самого Пушкина уже было сказано. Первоначально это было родом «фамильного» озорства, но затем дело становилось все серьезнее: писание драмы превратилось постепенно в оформление самых сокровенных авторских сообщений.

Чем дальше, тем отчетливее слышны личные высказывания Пушкина, делаемые в сознании своей ответственности за происходящее. Именно так: в конце концов Пушкин признает себя внутренне виновным за действия самозванца, в которого когда-то он шутки ради переоделся.

Действие происходит в пространстве памяти, где является и исчезает, кричит и безмолвствует московский народ, — пустота переполненная. Правые и виноватые меняются местами; не действует привычное правило, когда сочинение должно составить обвинение или оправдание героям. Этого нет; драма разворачивается в душе автора, язвя его и ублажая, обвиняя и оправдывая — «пространство души» самого Александра с каждой поправкой видно все более отчетливо.

Тут, наверное, сказалось то, что Александр пишет свою драму взаперти и оттого неизбежно «изнутри». В таких условиях можно и должно судить, и казнить, и миловать себя (не героя); от этого «оптика» «Годунова» меняется на глазах.

Это уже не просто поэма или просто драма, но постановка внутри-душевная, индивидуально-монархическая (звучит нелепо, но как иначе обозначить эту автономию, само-государственность нового пушкинского текста?).

В этом видно действие некоего уравнения: драму пишет новый русский «царь», государь слова; одновременно на наших глазах в реальном времени 1825 года уравниваются в своем метафизическом значении две России — Александра Романова и Александра Пушкина. Их соотношение, принципиально важное для всей русской истории первой четверти XIX века, теперь выражается как равенство.

Мы наблюдаем равенство двух царств: именно сейчас, в это лето, два Александра сходятся в размере: при этом царь убывает — поэт растет.

II

Пушкин сознает это; к нему приходит внутреннее понимание своего «царского» права. Он и прежде претендовал на него — поэтически, иначе не затеял бы «Годунова», но прежде это была, скорее, игра интуиций (и просто игра), теперь же это все более предмет ясного видения; не ясновидения.

Косвенно на это указывают замечания из писем Пушкина своим, Дельвигу и Вяземскому, отправленных в те же дни середины лета 1825 года. С уверенностью он судит о всем русском — о том как раз, от которого он еще зимой открещивался. Тогда оно ему было наполовину чуждо — теперь оно все его, Пушкина. Теперь: после нового рождения на Вознесение и «полетов» на Девятник.

Александр почувствовал русское целое — новое, выраженное в слове.

Державин для него перестает быть образцовым русским поэтом (теперь он, Александр, образец). *...вот мое окончательное мнение. Этот чудак не знал ни русской грамоты, ни духа русского языка... читая его, кажется, читаешь дурной, вольный перевод с какого-то чудесного подлинника. Ей-богу, его гений думал по-татарски...* Письмо Дельвигу из Михайловского в Петербург, не позднее 8 июня 1825 года. (В этом же письме показательный пассаж о *неблагодарных Романовых.*) Неизвестно, что на это отвечает Дель-виг, который, помнится, Державина боготворил за один его «Водопад». Но вот как вторит этому «царскому» настроению Александра сердечный друг Вяземский. Он обсуждает с михайловским затворником детали одной не самой заметной публикации (одна за другой статьи Пушкинского и Вяземского, разумеется не подписанные, в «Московском телеграфе», в июне того же года). Подробности не так важны — Вяземский, к примеру, опубликовал комментарии на критику Дениса Давыдова новейшей французской поэзии; рикошет на рикошет. Важно вот что: оттолкнувшись от русско-французских филиппик, два наших арзамасца полушутя определяют отношение русского государства и русского языка. Почему сегодня, что такого нового происходит с государством и языком? Видимо, происходит, и происходит нечто важное: *Пусть целость нашего языка будет равносвященна, как и неприкосновенность наших границ...* Не нужно принимать этот тон совершенно всерьез, все же эти двое не адмирал Шишков с Хвостовым, но содержание «законодательной» цитаты вполне фундаментально. Другой вопрос: насколько жестки границы русского языка, допустимо ли их расширение (развитие русского слова) за счет внешних, европейских пространств? Поэтому продолжение «охранительной» цитаты: ... *но позвольте спросить: разве и завоевания наши – почитать за нарушение этой драгоценной целости?*

Речь о галлицизмах, которые для Пушкина и Вяземского суть необходимые порции внешнего «воздуха»; с ними вместе русский язык — их, двоих, новый русский язык — делается более поместителен и гибок.

Всего важнее целое, драгоценная (новообретенная) ц е л о с т ь. В ней явлено, ею обеспечено новое бумажное царство, о котором грезят Пушкин с Вяземским.

Также определенно было то, что Пушкиным рисуется именно царство, то есть — Москва. Петербург не так сосредоточен на царе (человеке); он, скорее, равномерно рассредоточен — с такой геометрией можно ли поместиться в русском слове целиком?

*

В любом случае псковский чертеж более не был скучен, — потому что стал теперь одушевлен, пропущен Александром сквозь самого себя.

О разности пейзажа

Наверное, нужно еще раз уточнить пространственные позиции Пскова и Новгорода: все же они разны. Новгород из своей исходной плоскости раскладывается как конверт, расписывая по пунктам, историческим и географическим, стадии развития русской цивилизации. Это готовый учебник под открытым небом. Псков, тем более Михайловское, расположенное сокровенным узлом на холмистом «острове» середь густого леса, не так геометрически наглядны. Но Михайловскому и не требуется быть учебником пространства. Здесь в потаенной пригоршне пейзажа, так, как нам в данном случае интересно — по праздникам — «складывается» новый человек.

Он, Александр, в себе обнаруживает море, год назад утраченное — летнее, внутреннее море, округлое царство времени. И за этой метаморфозой также виден чертеж, которому новгородский образец служит только вспомогательным подспорьем. Новгород на своем «макете» показывает последовательность русского ментального роста; Пушкин в Михайловском в один год на себе ее повторяет. Вначале он может вовсе не задумываться о значении праздников и сопутствующим им приращениям души, однако как по нотам играет эту партию. И вот ключевой момент: к лету 1825 года Пушкин понимает — почти физически, или, если угодно, метафизически, — что за чудо с ним происходит. Он прямо об этом пишет, он «переклеивает» свою трагедию согласно ясному сознанию своего преображения в пространстве.

*

Эта аппликация-анимация страницы с новым текстом интересует его необыкновенно.

Письмо Н.Н. Раевскому, конец июля.

Я пишу и думаю. (Вариант: *размышляю* — J'ecris et je pense; то есть — пишу «перед зеркалом», различаю мысль в пространстве.)

Большая часть сцен требует только рассуждения; когда же я подхожу к сцене, требующей вдохновения, я или выжидаю, или перескакиваю через нее. Этот прием работы для меня совершенно нов...

...Я чувствую, что духовные силы мои достигли полного развития.

Вот она, «совершенная новость»: он сам, как замысел, как чей-то «чертеж», теперь развернут полностью. Он и есть воплощенное пространство. Только так он может писать новый московский миф: совпадая с Москвой во внутреннем самоощущении — поэтапно разворачиваясь *сферой, не имеющей размеров.*

Все же русский язык для выражения таких мыслей показался Пушкину недостаточно опространствен: манифест (письмо Раевскому) написан по-французски. Ключевое слово, однако, произнесено — вернее, обозначено, так как объект впрямую непроизносим: ame, душа — перестроение себя есть процесс д у х о в н ы й.

Это душевное и духовное наполнение столь остро им сейчас ощутимо, что временами Александр задумывается о возможности дальнейшего роста. Не есть ли это конец его как поэта, и тогда это преображение — начало чего? Кто он, следующий Пушкин?

Он — человек растущий; на этот счет у него есть заклинание, цитата (если память не изменяет) из Сократа. На языке метафизики, коего в России не существует или он пребывает в диком состоянии[70], это звучит так: *Достижение своего предела есть уже выход за него.*

Не случайно именно сейчас Пушкин цитирует в своих дневниках Паскаля.

Все, что превышает геометрию, превышает нас.

*

Мы — «черченый» народ; сознание этого, соучастие в «черчении» есть преодоление ограниченности, заданности, несвободы «чертежа». Мы чертим себя свободно.

*

«Годунов» выше геометрии вот в каком смысле: он представляет собой поле захватывающих поверх-математических упражнений: заглядывание в иное (большее) время, сплочение русского вакуума, синтез героя и фона, соразмерение себя со страной, посажение «самозванца» Александра в цари.

Сюда же записать заполнение собой пейзажа, который когда-то над озером Кучане столь широко и многообещающе распался. Все это *поверх геометрии*, это выход за пределы, как собственно работа над «Годуновым» есть выход за пределы собственно поэзии. Пушкинское сочинение за год стало таинством. Оттого Александр ото всех прячет «Годунова», только

---

[70] В том же письме, где Пушкин сообщает Вяземскому, что у него готова трагедия, затем называет ее комедией, затем сознает, что ни то ни другое у него толком не готово (13 июля 1825 года), он пишет следующие вещие строки: *Когда-нибудь должно же вслух сказать, что русский метафизический язык находится у нас еще в диком состоянии.* Когда-нибудь! Еще находится… Этот метафизический язык должен прежде как следует отвлечься от упоенного самонаблюдения, увидеть себя со стороны, только затем прояснится выход его из отмеченного поэтом счастливого (дикого) состояния.

намекая о нем в письмах ближайшим своим друзьям. «Нечто» пятистопным ямбом без рифм, «что-то» у него на пяльцах: драма растет где-то в самой глубине пушкинской лаборатории, оставаясь на поверхности в намеках и иносказаниях.

Не просто поэзия, но некое большее действие (рифмы во времени?) производится Пушкиным в Михайловском. Для этого весной явилось новое слово; оно поднялось до небес, наполнило легкие. Теперь новорожденный Новоалександр может перекачивать без усилия свинцовый северный воздух. Он выжил в этот год, к тому же выдумал себе занятие необыкновенное. Можно попытаться передать его встречной метафорой: через полынью бумаги перенырнуть в иное время, рассеять Смуту, сесть на трон — царем времени.

*

Июнь — месяц непростой; иные полеты в июне над Москвой порой бывают наказуемы.

О наказании светом

В июне 1606 года самозванец Григорий Отрепьев был убит заговорщиками. Очередной (организованный Шуйским) московский бунт полыхнул и спалил самозванца. Кончина его была героической; он бросился на бунтовщиков с саблей, с большой высоты, отчего разбился насмерть или покалечился и был добит на месте. Такова легенда. Москва его проводила огнем — избытком света, как раз по сезону. Деревянная потешная крепость под названием «Ад», которую некогда построил сам Лжедмитрий по случаю очередного праздника, была вывезена за город в урочище Котлы, где, согласно не русскому, но, скорее, индийскому (опять-таки южному) обряду, самозванец был сожжен. На глазах Москвы он сгорел в а д с к о м   к о т л е. Пеплом его зарядили пушку и выстрелили — прочь от Москвы. Туда же, на юг — к солнцу. Так Григорий Отрепьев «вышел в свет».

473

III

О календаре забывать не следует, хотя он составляет только фон происходящего, — календарь есть та ткань, что растянута у Александра на пяльцах; по ней он вышивает своего «Годунова».

Москва меряет мир временем: оттого ее календарь так подробно разработан и осмыслен как универсальный модуль бытия. Даже стрельба из пушек («царским» пеплом) производится в ней согласно рисунку циферблата.

О макушке года

Июль для Москвы есть вершина, «макушка года». Это «кремль» календаря, верхняя цитадель года (города). С января месяца Москва взбирается все выше, разворачиваясь все шире сферою календаря, пока не покоряет вершину июля.

Есть положение Москвы в зените: праздник, отмеченный как во времени, так и в пространстве: Иванов день (7 июля по новому стилю), который соответствует в реальном пространстве города золотой макушке колокольни Ивана Великого. Сей хронотоп означает метафизический центр столицы. Вокруг этой точки, уперев в нее иглу невидимого циркуля, Москва чертит свои характерные круги.

То же происходит и с Александром: он также находит свой зенит. В очередной раз можно отметить его замечательную синхронность с Москвой: с января месяца Пушкин московским образом растет, пока не достигает в вознесенском полете высшей, июльской точки года. С нее, как с Ивана Великого, Пушкину открыт весь русский мир. Здесь со всею силой им овладевают «царские» химеры. Отсюда он судит (в слове) всех и вся — посылает Державина на восток, к татарам, за то, что язык того не русский, не московский.

*

Вставная сцена в «Годунове» на первый взгляд неожиданная, но в свете «царского прозрения» Пушкина достаточно уместная. Царевич Федор рисует географическую карту, чертеж земли московской. При этом не только царевич, наследник русского престола, смотрит на карту, но из-за плеча его невидимый Александр Пушкин, «бумажный царевич» (еще не царь слова) смотрит с высоты на с в о е царство и видит его целиком: центр и крайние пределы. Москва, Новгород, Астрахань, *вот море, вот пермские дремучие леса, а вот Сибирь.*

Здесь пересекаются несколько скрытых мотивов; один из них — способность к зрению нового поколения и «слепота» старших. Царь Борис, глядя на карту, которую чертит сын, не узнает Волги. *А это что такое узором здесь виется?*

Как можно царю не различать Волги?[71]

Не только Волги, но просто — сторон света. Позже этот мотив вернется: в «Золотом петушке» царь Додон доверится кудеснику и его птице-компасу. Под царем Додоном в поэме разумеется Николай I, под кудесником — сам Пушкин.

[71] Упрек скорее всего незаслуженный: Годунов был один из самых образованных русских государей, тем более что вышел он из «премьеров» и по надобности реального управления страной был обязан различать на ее карте Сибирь и Волгу. И все же Пушкин награждает его географической слепотой — как человека старшего поколения. Страну как с облаков впервые различил Грозный; географический переворот в его сознании произошел в момент взятия Казани. Тогда как на шарнире (шарниром и была Казань) повернулся вектор русской миссии. До того Московия шла на север, перешагивая Волгу в верхнем ее течении, после этого она двинулась через Волгу на восток и скоро приросла Сибирью. Тогда прозрел на карте русский царь; различил даже Англию. «Слепота» Годунова после этого представляется анахронизмом.

Пушкин видит страну как с небес: это «летнее» (полное) видение Москвы он освоил в 1825 году, собирая «Годунова» не на плоскости страницы, но в пространстве[72].

*

Географически действие «Годунова» составляет характерный пульс: сначала «царь» бежит из Москвы за ее дальние пределы, затем окраина идет на столицу. Мы наблюдаем «расширение» и «сжатие» страны, полный цикл русской драмы. Бежавшему в Польшу самозванцу в Кракове являются казаки: пограничные люди, которые призваны служить русскому расширению — теперь вектор их движения развернут внутрь страны. Сын Курбского, некогда бежавшего из Москвы, теперь идет в Москву. Пестрый набор войска самозванца (тут и немец с французом, ругающийся всяк на своем языке), на первый взгляд представляющий полный хаос, на самом деле имеет некоторый простейший принцип организации: э т и русские идут извне вовнутрь. Так «дышит» Москва; драма Пушкина рассматривает все стадии ее живого пульса.

Это не вполне география, более, чем геометрия, — это одушевление пространства, которое сообщает автору много нового чувства (к примеру, раскаяния за выдуманное пре-

---

[72] Эту способность большего видения, причем не данного от природы, но в определенный момент приобретенного, Пушкин отличал в себе постоянно. Вернувшись в столицы из ссылки, где он сумел «прозреть», он всякую минуту ощущал это свое отличие от окружающих. Об этом свидетельствует история о том, как он впервые увидел живопись Брюллова, в которой пространственный прием был применен так, как никогда до того в России не применялся. В картинах Брюллова открылся живой воздух, без условностей и искажения перспективы. «Наконец-то, — говорил Пушкин, глядя на его «Итальянское утро», — у нас в России начали так писать картины.
Я так же начал писать стихи...» — и проч.

дательство). Он начинает ощущать себя с Москвой единым целым. То, что происходит с ней, ее стремительные перемены синхронны с его внутренними переменами. От этого приходит ощущение «расширения» времени и света, ощущение некоего ве́рхнего предела в том общем подъеме, который пришелся на июль, сознания полноты творчества, которой прежде он не знал.

Чем меньше Александр сознает «регулярность» своего преображения, то, что перемены в нем совершаются как по расписанию, тем лучше для него как для поэта. Незамечаемый, этот порядок становится процедурой таинства. Совершается чудо: он просыпается к жизни вместе с Москвой, которая с каждым днем все яснее открывается его взору.

Тут можно вспомнить сюжет с «зачатием» нового Пушкина в селе Михайловское осенью 1824 года. Тогда понесло здешнее девственное пространство: через еловую аллею южное семя проникло внутрь сокровенных михайловских глубин; озеро округлостью своей обозначило потенциальные пределы дремлющего северного лона.

Окрестности, чреватые младенцем Александром, должный срок с ним промучились: сначала, осенью и зимой, изменения одушевленного пейзажа были незаметны, все прятал снег; весной пространства пошли в рост. Томление поста и Смуты, пульс пустоты и плоти, перевороты половодья. Сознание (поэтической) переполненности, равно как и путь разрешения от бремени, пришло к поэту на Пасху. Тогда начал оформляться новый «Годунов», который до того был точно прошлогодний плод или воспоминание о нем: сухо и плоско. К лету сокровенное московское помещение взошло до небес; на Вознесение простор наконец разрешился новым Пушкиным. Красная рубаха поэта окрашена кровью его заново-рождения. Связная сказка. Во всяком ее повороте присутствует Москва, место перманентного зачатия (времени), томления, ожидания, средоточие разрывов и боли.

Год рисовался Годуновым, время в ы х о д и л о человеком. Здесь слышно чудо, которому может повредить точный календарный расчет. Впрочем, московский календарь есть поминутное, подневное празднование чуда. Пространство для Москвы есть выдумка, она помещена во время — через цикл зачатия и рождения (времени, здесь — поэта, рифмующего, удерживающего время).

*

Тут не слышно романтической любви; для Пушкина это представляется странным.

«Годунов» — сочинение метафизическое; царская игра с временем в нем преобладает над прямой любовною игрой. Можно сказать, что в этой драме нет женщины. Марина Мнишек ни в коем случае не представляет собой романтической героини. Напротив: сколько может, автор выставляет ее расчетливой особой, не ожидающей, а отвергающей любовные поползновения самозванца.

Он, Григорий, влюблен, но так влюблен, что будто бы отравлен. Марину он боится, при появлении ее трепещет, как от змеи — и постоянно рассуждает о ней как о змее, которая вот-вот его погубит. Так ведь едва не погубила — не зря он так боялся.

Вторжение любви в привычном романтическом понимании разрушило бы «царскую» сказку Александра. Таким был изначальный план: писать «без любви»; Пушкин по ходу дела еще смягчил его. В первоначальном варианте была сцена в комнате Марины, где ее холодная расчетливость была показана прямо, без прикрас. Затем, разрезав пьесу и заново ее сложив, Пушкин вычеркнул эту сцену: и без того с романтической любовью в «Годунове» все было ясно. Любовь к Москве заслоняет в пьесе все прочие разновидности нежного чувства. Этой любви Москве довольно.

478

Другое дело наяву, где отворилось лето, где возросла сколько можно душа, вернулись чувства, — и в Тригорское приехала Анна Керн. На макушке лета Пушкин короткой вспышкой переживает самый свой возвышенный (опять о геометрии) роман. Переживания столь бурны, что на несколько мгновений оставлен «Годунов» — вот она, отрава, которая сердечным ядом готова разрушить главное дело жизни.

Неужели Анна Петровна Керн, которая скоро Пушкина оставила и уехала в Ригу, — ее вообще-то увезли от него почти насильно тетушка и кузина во избежание семейной катастрофы, которая при Александровом пожаре чувств казалась почти неизбежна, — неужели сия нежная певунья послужила прообразом холодной и расчетливой полячки Мнишек? Не может быть, не верю. Хотя изображения Анны Петровны являют нам на первый взгляд особу отнюдь не страстную. Во всяком случае, это предмет отдельного разбора. Оставляю здесь только то, что любовь к Керн ненадолго помешала «Годунову», за что, как таковая, как роковое чувство, была выведена в драме как отрава и укус змеи.

Силен, однако, ее укус! Самозванец способен обмануть всех, кроме Марины. Слово сильнее царя, но слабее любви. Вот треугольник, из которого в «Годунове» остаются только царь и слово.

Любовь Александра совершается в другом пространстве; реальном, вне бумаги, прямо под небесами — так тому и быть. Стоит отметить еще раз упомянутую синхронность чувств Пушкина общей метаморфозе времени, стратегии календаря. Александр обретает любовь в июле как награду за восхождение на пик года. Здесь его, точно древнего викинга, ждет «летняя жена»; так называли своих возлюбленных, не важно, законных или нет, дикари норманны. Не иначе только летом телам их, наполовину погруженным в лед, являлись нежные чувства во всей их полноте.

IV

Тонкое «часовое» устройство, которое сводит в общий ход жизнь Пушкина в Михайловском и ход московского календаря, которое движет «Годунова», в июле стоит рассмотреть подробнее. Здесь мы обнаруживаем некоторую сложность.

О подъеме и спуске

Июль (по старому календарю — конец июня) есть пространство двуединое. Его полный объем, совершенная округлость имеют оборотную сторону; мы не только поднимаемся по календарю к июлю, но и спускаемся с него. В нем не одна только победная вершина года с Иваном Великим и Пушкиным на макушке. С июля начинается большой спуск с московской «царь-горы»: свет начинает убывать, лето клонится в осень и то ментальное пространство, которое только вчера было развернуто максимально, начинает сжиматься, убывать, исчезать. С каждым днем, каждой неделей: «Петр и Павел час убавил» — это о 12 июля по новому стилю, когда всего пять дней прошло после достижения ивановского пика, «Илья пророк два уволок» — 2 августа: день стал на два часа короче. И все — кончилось наше лето, солнце зевнуло в небесах и засобиралось спать: клонится все ниже; уже и купаться нельзя: «Медведь лапу обмочил».

И это сразу сказывается в настроении Москвы, чуткой к ходу календаря. Вторая половина июля для нее сезон скрытой тревоги; праздники ее уже не победны: она ищет святых-учителей (таков преподобный Сергий Радонежский, отмечаемый 18 июля), христианских умников, к примеру, врачей, которых в календаре несколько (главный из них — великомученик Пантелеимон, 9 августа). Это поведение Москвы логично: природный рост света закончен, теперь возможен только умный рост, умножение христианской грамоты, приращение сознаваемого пространства.

Этот переход лета от подъема к спуску и соответствующую перемену настроения Александра, который теперь истинный *человек-Москва*, обнаружить нетрудно. Его и искать не нужно: Анна Петровна уехала, облака сошли к земле, и — посеяло водой, как у попа из кропильницы. В этот год вообще с погодой не заладилось. Еще один повод к тому, чтобы следить, что за погода у тебя нынче на душе.

Северное лето коротко, закругляется, не дождавшись августа. Вот, к примеру, об июле: Пушкин — Плетневу: *...у нас осень, дождик шумит, ветер шумит, лес шумит – шумно, а скучно.*

Теперь ему не скучно, не так скучно, как в прошлый год. Теперь, если мир молчит, слышен шум слов; с ним полнота пушкинской картины понемногу восстанавливается.

*

Две цитаты, уже приведенные, могут составить иллюстрацию к тому, как меняется время (ощущение времени) в начале и в конце июля. В начале месяца Пушкин сидит на самой кремлевской макушке и судит Державина за татарский гений. Он упоен своим верховенством, пребыванием наверху Москвы. Виды, ему открытые, бескрайни, голова идет кругом. Таков его июнь. В конце июля Пушкин пишет по-французски упомянутое письмо Раевскому о том, что обнаружил себя в пространстве (сочинения), осознал «зрячий» метод письма и только теперь готов к творчеству. Это слова другого Пушкина, не упоенного собой июньского «царя», но оглянувшегося на себя, успевшего успокоиться июльского грамотея. Они охлаждены уже тем, что написаны не по-русски.

Главная тема письма Раевскому — о правдоподобии и неправдоподобии драматургии и театра вообще. В этом рассуждении Пушкин трезв и даже приземлен. Никакого головокружения: на сцене, рассуждает он, всё условности и обманы. Театр вообще есть великая странность: зачем-то с одной стороны сидят две тысячи человек и молчат, по сцене же ходят несколько и говорят без умолку. Все это — внешне — странно; но еще страннее требовать, чтобы время и пространство по обе стороны сцены были одинаковы. Так Пушкин (ссылаясь на Шекспира) отменяет классические театральные принципы единства места, времени и действия. Как можно уравнивать время на сцене и в зале, когда с одной стороны проходит четыре месяца, а с другой — два часа? О пространстве говорить нечего: тут в помещение театра входит вся страна целиком и плюс к ней польский Краков. И Пушкин разбирает и собирает заново время и пространство — просто для того, чтобы все поместилось. Рассуждение сугубо прагматическое. Для того и трезв и расчетлив Александр — в конце июля, — чтобы у него все поместилось. И помещается: от того, как ясно и трезво он теперь себя видит.

Пространство более не растет само по себе, вместе с летним светом: теперь оно разумно устраивается.

*

Поэт стремительно взрослеет. И летнее время, и легкий летний свет — взрослеют, текут с заметным замедлением по вершинам и бокам михайловских холмов, с каждым днем все тише и положе. Самое занятное в перемене восприятия света: его не стало меньше, он стал «плотнее».

О ступенях августа

Об этом сообщают умные святые в календаре июля—августа: близится Преображение, заключительный праздник константинопольского календаря. В цареградском оригинале это праздник подведения итогов года.

Подошло время собирать урожай времени, «выросшего» за прошедший световой цикл, дошедшего до необходимой полноты и плотности и готового теперь перейти в новое качество.

Вопрос в том и состоит: что такое это новое качество света-времени? Для крестьянина свет и время заключены теперь в плоти взращенных им плодов: год, который для него есть рабочий цикл, прячется, сворачивается, связывается понятными (праздничными) формами: ягод, яблок, огурцов.

Это находит необходимое отражение в праздничных церемониях; не только христианских: христианство связывает «надстроечным» сюжетом традиционные праздники урожая, знакомые с древности всем народам и языкам. Три главных праздника августа — три Спаса: медовый, яблочный, ореховый — составляют показательную последовательность в перемене образа, п р е о б р а ж е н и и света.

Так в три этапа, по праздникам «замедляется» летний свет: сначала течет медом, затем встает соком, но еще сохраняет потенцию движения в яблоке, наконец, окончательно «твердеет» в орехе. Это уже не хаотический спуск, не бегство с вершины лета, но истинная симфония: грамотные, постепенные действия, шаги по ступеням в осень: эти действия показывают, насколько время в августе старше и «умнее», нежели в июне.

С огурцами некоторая заминка. В переводе с греческого «огурец» означает «незрелый»; его вечная зелень не соответствует закону календаря. Сколько ни ступай с ним из месяца в месяц, он все зелен и «незрел». Поэтому огурец исключен из списка плодов, которые положено благословлять на Преображение вместе с яблоками и прежними законными фруктами. Грешный овощ огурец. Зато его можно есть в любое время, а все остальные, законные, — только после праздника.

На севере дела с провожанием солнца понятным образом затягиваются. Многие праздники урожая откладываются на сентябрь. При этом они несколько теряют в легитимности, остаются церемониями в большей мере языческими, пестрыми и цветными.

*

Александра эти материи не слишком занимают; он более не корпит над календарем в ожидании очередного экзамена отца-настоятеля. С ним он, кстати, подружился и немало времени проводит в беседах (за пуншем тож). Этому есть объяснение: Пушкин привык к календарю, сыграл с ним в общую игру во времени. Преображение наступает уже не вне его, но в нем самом. Его ягоды, яблоки и огурцы — слова, зрелые и «незрелые».

Слова, тяжелея, трезвеют.

Что такое чувство? – Дополнение к темпераменту. — Что более вам нравится, запах розы или резеды? – Запах селедки. (Август; ответы в девичью анкету.)

V

Если сложить вместе все части уравнения (Александра и календаря), выйдет, что на Преображение сам Пушкин предстает яблоком. *Пушкин – яблоко.* Это вам не бильярдный шар. Это символ — самодостаточности, завершенного очерка его новой фигуры. Свет в человеке свернут, спрятан извне вовнутрь. Зрелость предъявлена буквально. Он виден «сферой» — не юношеской (линеарной) последовательностью суждений, но общим, «округлым» помещением мысли.

Также интересно, насколько этот кокон многослоен. Пушкин и прежде «прятался», сохраняя самое важное для себя в глубине, в потайной рабочей комнате, выдавая вовне готовые, завершенные вещи. Но ни одна из них не была спрятана так тщательно, как «Годунов». Неточно: «Годунов», начиная с лета, уже не спрятан за пазухой у автора, а сращен с ним. Это сердцевина пушкинского яблока, на которой в три, пять, десять слоев навернута привычная Александру жизнь.

Также и роман с Анной Керн, теперь перешедший в письма. Письма идут в Ригу: и они стали «многоэтажны». Послания Анне — внутри, поверх же — оболочка, записки тетушке, г-же Осиповой. То и другое по-французски.

Пушкин как кокон языков.

Вот, кстати, еще вопрос: как располагаются этажи языков в голове у полиглота? Как то же происходит у влюбленного полиглота? Видимо, французский помещается у Пушкина этажом выше русского.

Русский теперь тяжелее; слова его полновесны, остры, оставляют раны. Теперь это настоящие слова.

*

Осень уже осень, а не затянувшееся, засыпающее на холоде лето.

Пролетела буря: три дня Александр не выходил из дому. Поди пойми — в самом ли деле была буря (не лезть же в календари, читать про погоду), или сие иносказание о буре внутренней, скажем, словесной?

Вряд ли; перемещения стихов по своему поэтическому организму Александр привычным лицейским образом сравнивает с коловращением пищеварения. Что такое в этом случае была трехдневная словесная буря?

Овладев настоящими словами, Пушкин соскучился прежними. Вдруг он взялся редактировать свои старые дневники. Почему «вдруг»? именно теперь, когда центр тяжести найден заново и «Я» преобразилось в «яблоко», стоит вспомнить дневники, которые помещаются там же — внутри, в самой сердцевине.

Катенину, не позднее 14 сентября: *Стихи покамест я бросил и пишу свои memoires, то есть переписываю набело скучную, сбивчивую, черновую тетрадь.*

Эти его мемуары есть некоторая загадка. Кто-то видит в этом названии знакомый шифр: будто бы так в сентябре Пушкин обозначает «Годунова». Это было бы неплохо — писать о Москве начала семнадцатого века с в о и мемуары[73].

Писать свои Memoires заманчиво и приятно. Никого так не любишь, никого так не знаешь, как самого себя. Предмет неистощимый. Но трудно. Не лгать – можно; быть искренним – невозможность физическая. Перо иногда остановится, как с разбега перед пропастью – на том, что посторонний прочел бы равнодушно.

Скорее всего это не о «Годунове», но о настоящих мемуарах. Александр в эти «грамотные», урожайные дни сентября пытается собрать в одно целое историю Пушкиных и Ганнибалов. Во всяком случае, видится закономерным ее соседство с исторической драмой о царе Борисе: тут много буквальных исторических пересечений. Еще важнее ощущение целого, родство чертежа московского и пушкинского (с Ганнибалами другая история, ее Пушкин начнет проговаривать позднее в «Арапе Петра Великого», но только начнет, не найдет настоящего интереса в продолжении).

Сочинитель прячется: хвалит подряд, что ни прочтет из современной драматургии, в том числе переложение (по этажам — по тяжести языка — снизу вверх, из испанского во французский) Ротру из пьесы Рохаса: «Нельзя быть отцом короля». Но и тут видно, что интересно: династический пасьянс, царские драмы.

Прячется главным образом потому, что не хочет из суеверия до времени показывать свою династическую пьесу, почти готовую. Чем она ближе к концу, тем он осторожнее.

[73] Свои сентябрьские генеалогические заметки Пушкин сжег в декабре, после получения известия о поражении восстания декабристов. Теперь трудно понять, в какой степени эти записи пересекались с «воспоминаниями» о царе Борисе и беде московского царства в 7333 году.

*

15 сентября у Пушкина окончательно готова первая половина «Годунова». Опять-таки — это по его словам, которые непонятно до какой степени искренни (прятки с московской пьесой продолжаются).

В те же примерно дни у него случается встреча с лицейским товарищем Горчаковым. Тот ехал из-за границы, с вод, и остановился неподалеку у своего родственника. Пушкин к нему прилетел и среди разговоров не утерпел и прочел ему несколько первых сцен. Горчакову не все в них понравилось: язык диалога Пимена и Отрепьева показался ему слишком груб. Он и в лицее был довольно осторожен.

Как же, – возразил Горчакову Пушкин, *– у Шекспира еще грубее.* – *Шекспир писал в XVI веке, а ты сейчас.* — От этих слов Александр растерялся. Он в своем «Годунове» ощущал себя достаточно живо как раз в XVI веке (не только в нем одном: Пушкин в «Годунове» нашел свое развернутое время — «всегда сейчас»).

Горчаков уверял позднее, что после его замечаний Пушкин много переделывал диалог Пимена и Отрепьева. Тот самый, начальный, январский. Возможно, переделывал: для Пушкина не было в «Годунове» истории, рассказанной по одной линии, но было пространство времени. Поэтому трудно судить: в самом ли деле в середине сентября была готова половина «Годунова». Смотря от чего считать эту половину. Может, это была верхняя его половина? Или нижняя, или внутренняя, или мнимая, или та, что напоказ, или наоборот. Беда с этим русским потустраничным пространством: слишком оно зыбко, слишком само себе соразмерно.

Сухие замечания Горчакова скоро были тому же Горчакову возвращены. Пушкин пишет о нем Вяземскому: *Он ужасно высок – впрочем, как и должно; зрелости нет у нас на севере, мы или сохнем, или гнием; первое все-таки лучше.*

*

Еще нужно вносить изменения: Карамзин прислал ему подсказки о юродивом Иване Железном колпаке и о самом Годунове сделал замечание: царь Борис был одновременно крайне набожен и жесток (наследие Грозного). Это указание, несомненно, обогащает фигуру Годунова, отчего Пушкин готов его образ психологически поэтизировать, посадить царя за Евангелие, напомнить ему об Ироде и тому подобное.

Когда же закончит? Готовы две части, всего задумано четыре.

*

О другом царе (который «сейчас», об Александре). В сентябре 1825 года Пушкин пишет очередное царю письмо; просьба та же — пустить в столицы или за рубеж на лечение. Разница одна: аневризм у Александра перебрался в сердце — такой не выведешь во Пскове, от Пскова только лишний выскочит аневризм.

Эти разговоры и переписка с царем о болезни еще продолжатся, с тем же результатом — безо всякого результата.

Но почему он выдумал это переселение болезни в сердце? Простое объяснение: прежний диагноз не подействовал. С такой хворью далее Пскова Пушкина не выпустили, на нее довольно местного *коновала* Всеволожского. Болезнь обязана стать серьезнее: является сердечный аневризм.

Сложное объяснение, вернее, предположение, исходящее из общей логики метаморфозы, что с ним в этот год состоялось, таково. Пушкин слишком многое переменил в себе в этот год; его душевная анатомия подверглась переоформлению, которое было равно появлению д р у г о г о П у ш к и н а.

В том, что касается веры, это можно назвать возвращением в прежние пределы; правда, это такое возвращение, когда путешественник находит свою родину, точно заново освещенную. Она открывается ему во времени (не в истории, история еще только пишется, и его задание в том, чтобы найти слова, из которых когда-нибудь сложится ее настоящая, полная история), и этот вид его родной страны, России во времени, оказывается так нов, что он, Александр, ощущает себя вторым Колумбом, равно заинтересованным и ответственным за нее. Это та Россия, которая поэтапно, попразднично, открывается в его сердце.

И вот у него заболело сердце. Это ни в коем случае не аневризм; сей недуг и в ноге-то был условен, составлял только повод для жалоб. Это другая боль, другое сознание своего внутреннего помещения. У Пушкина «заболела» Москва: где она может болеть? Внутри, в самой середине, в сердце. После преображения на Преображение другой локализации Москвы, кроме как в сердцевине пушкинского «яблока», представить себе невозможно.

И еще одно предположение, основанное на той же отвлеченной «стереометрии». Настоящий руководитель этой страны, России во времени — царь «сейчас» — Александр I, в то же самое время, когда новый Колумб, Александр Пушкин, принимает ее в исследование и ответственность, напротив, отвергает, отторгает от себя эту страну, прячется от нее. Сейчас, сию минуту, он движется по ней в свое последнее путешествие и так же поэтапно для нее убывает, как Пушкин для нее растет.

Таков чертеж события, новые позиции на нем двух наших «А», который интересует нас прежде всего остального. Он отвлечен, умозрителен; его пространства могут быть ощущаемы только интуитивно. Такой чертеж действен только в таких проектах, которые следует признать за метафизические. И он, этот чертеж, действен для обоих Александров. Он для них один, зеркально раздвоенный. Оба они поступают согласно логике его умозрительных пространств: один от Москвы прячется, другой в нее заступает.

Это отвлеченно-болезненные — сердечные — движения. Настолько болезненные и столь глубоко сердечные, что русский царь всерьез собрался умирать, а поэт, так же всерьез, в сей момент в ней заново (с аневризмом в сердце) рождается.

*

Хватит аневризмов. Сентябрь в русской деревне есть праздник урожая; продолжение «грамотных» церемоний августа. Заметил ли Пушкин такой сентябрь?

Урожай форм в его творении заметен. «Годунова» он перебирает сценами-корзинами, рассматривая, перекладывая с места на место (проветривая?) образы, вполне созревшие. В чтении его драма выглядит застольем, в котором совершаются одна за другой перемены ярких блюд. Наверное, сочинение, то бишь приготовление этих яств подразумевало искусство кулинара; впрочем, с этими сравнениями в отношении Пушкина нужно быть осторожнее; сейчас явятся образы пищеварительные, которые он готов применить даже к «Годунову».

Горчаков его немного *огорчил*; буквально — во рту ненадолго поменялся вкус. За это князь наказан сравнением с высохшим плодом. Сухость Горчакова и его оценки особенно неуместна в сентябре, когда московское время предметно и полно.

В этом кратком несхождении с лицейским приятелем кроется обещание дальнейших капитальных пушкинских расхождений. Когда Александр вернется в Москву и Петербург, его мало кто поймет, мало кто доберется до дна в переполненном сундуке «Годунова». Его и теперь мало кто понимает. Это очень охлаждает Пушкина; его сокровенное строение на самом деле хрупко.

Поэтому он сразу спохватывается, просит Вяземского сохранить его главное дело в тайне. Иначе таинство рассеется, и трагедия в своем зеркале не отразит того вселенского переворота, который с ним теперь ежедневно совершается.

Покров

П раздник Покров *не просто сводит вместе все
фигуры (плоды) времени, созревшие в это лето и собранные
к октябрю, не просто сопрягает в одном циферблате
несколько кругов-сезонов (см. рисунок на стр. 398),
но и закрывает, захлопывает этот циферблат резной
крышкой. Случается, что снежной – на то он и Покров.
Этот праздник удвоен в своем метафизическом значении –
полноты и закрытости, замыкания времени на ключ.
В русском календаре он приобрел особое свойство, отличное
от исходного константинопольского, связанного с защитой
от восточных соседей персов. Это свойство «выключателя»:
русское время под крышкою Покрова как бы останавливается
до Рождества. Наступает особый, нулевой сезон в году –
безвременья или до-временья, беззвездной тьмы, которая
разрешится появлением в декабре Рождественской звезды.
Это время сосредоточения, особой пластики, пример
которой подает природа, когда начинает оформлять
себя пустотами, ледяными сколами пейзажа, еще вчера
переполненного цветом и движением (опадающей листвы).*

Время Пушкина

Для Пушкина Покров *есть вторая вершина года после триады Троицы; на Покров он «седлает» время; иллюстрация представляет это буквально. В момент Покрова, «рифмующего» год, Пушкину является совершенная способность рифмы. Это говорит о его феноменальной помещенности в цикл (многие циклы) русского времени. В этот момент он обнаруживает себя в месте их скрытого сопряжения – так, пользуясь терминологией чертежника, можно определить его октябрьскую позицию. Александру в этой позиции является «эхо целого народа», наши малые истории делаются ему открыты и проч. Пушкин хорошо сознавал эту свою сезонную способность, он являл (в том же Болдине, и не только в нем) чудеса стихотворения – здесь это слово означает процесс. В Михайловском его ожидало другое чудо, показанное не столько им самим, закончившим на Покров «Годунова», но всей русской историей. Она вовлекла поэта в движение своих шестерен. Рисунок должен быть исправлен – не поэт садится верхом на часы, но часы, отверзши крышку, затягивают его в свой механизм.*

*

Но как возрос — горами до небес — его возвышенный (ото всех скрываемый) пейзаж! «Годунов» течет по дну ущелья, много ниже французских записок и эпистолярных страстей (по Анне Керн). Его поток все ближе к устью, к выходу в «море времени». Чем ближе устье, тем более Пушкин хочет сохранить его движение в тайне.

Это не суеверие, но сознание, что дело вертят шестерни самой судьбы.

Жуковский понимает это. В сентябре он пишет Александру, что царь простит его за «Годунова». Еще журит за аневризмы, за то, что Пушкин не хочет лечиться (все поверили поэту, что он опасно болен). «Больной» отвечает:

...я не умру; это невозможно; Бог не захочет, чтоб «Годунов» со мною уничтожился. Дай срок: жадно принимаю твое пророчество; пусть трагедия искупит меня...

VI

Снег пал на Покров, просторы стали чисты, словно на них легла белейшая, сама собой расположенная к письму свободная страница. Вот его сезон, время собирать урожай слов!

О первом снеге (Покрове)

Покров, с точки зрения «архитектуры года», один из самых важных русских праздников. Его история восходит к X веку; она имеет константинопольские корни: на Покров граждане Царьграда просили у Богородицы защиты от внешнего врага. На Руси это значение праздника сохранилось; Покров был популярен у казаков, оборонявших Россию с востока и юга. Но не менее важно оказалось значение праздника в «чертеже» года, на котором он составил ключевой осенний пункт. В этот день свет, преображенный в августе, ставший плотью, собранный урожаем, «прячется»; лето уходит окончательно, время делается невидимо, засыпает до Рождества. Тут еще и первый снег является, странный фокус природы, когда раньше времени, много впереди зимы на землю опадает белая пелена — держится один день и затем бесследно исчезает.

Теперь такое случается нечасто; по всей земле изменился климат, погоды неузнаваемы, привычные приметы отменены. Но в памяти народа и его традиционном календаре этот фокус остается жив: Покров по-прежнему связан с однодневным таинством первого снега. Многие покровские церемонии разыгрывают чудо перемены цвета, когда один день земля бела — печальна, прекрасна — и затем опять черна, обнажена и просто печальна.

Деревенские невесты в этот день разом грустили и радовались: *Батюшка Покров, покрой землю снежком, меня женишком.* Интересно: фаты они не носили, это позднейшее, городское приобретение, а ведь первый снег есть сущая фата. Чудный покров, кисея деве-земле на один день. Нынешние невесты, сами того не сознавая, носят на головах своих и плечах первый снег.

С точки зрения метафизики календаря русский Покров представляет собой (в силу природных причин) отложенное константинопольское Преображение. Таков у нас конец светового цикла: свет уходит под снег. Мгновенно: год закругляется, время засыпает, и от Покрова до Рождества начинается своеобразный пост-праздничный сезон — «безвременья», некоторой пустоты, когда фоном традиционных церемоний делается тьма поздней осени и ранней зимы. Покров — день-выключатель: до него длится одно (полное) время, переполненный цветом и формой сентябрь, после него начинаются прорехи и пустоты октября.

Он отмечается 1 октября по старому стилю, 14-го по новому.

*

Для Пушкина Покров был важен необыкновенно. Можно предположить, что он был поэт по методу работы «крестьянский»: стихи зачастую собирал осенью — как урожай, оставляя на октябрь и ноябрь наброски, «посеянные» на протяжении всего года. Так он еще до Михайловского естественным образом был помещен в годовой цикл света. Покров как будто фокусировал это состояние.

Положение Пушкина даже во время совершенного упадка духа, скажем, того, что посетил его в 1824 году, никогда не было безнадежно — колесо года всегда вывозило его к Покрову и «урожаю» осени.

Покров служил своего рода указателем: наступал пик пушкинского «крестьянского» сезона. Александр принимался за сбор (сборку) поэтического продукта. Совершалось (после «греческого» августа и языческого сентября) предзимнее московское преображение, когда меняется как будто самый состав времени; просеянное через первый снег, оно очищается, легче несет звук и заворачивается рифмами.

Возможно, указанные пустоты октября взывали к слову: прорехи в листве, голые ветки и между ними отверстия души (дунул ветер, и на сердце стало холодно) требовали заполнения словом. Пушкин заменял потери природы стихотворными приобретениями; закон сохранения материи образа, или образного материала, что-то в этом роде.

Так или иначе, его стихотворная работа заметно оживлялась на Покров. Это было его малое чудо с временем, одно из самых характерных синхронных движений с календарем, сравнимое с вознесением на Вознесение. То и другое подразумевало его родство с Москвой, проживающей год в сумме своих малых чудес, праздничных резонансов в соответствии с хорошо темперированным календарем.

В этом году в Михайловском чудо определенно состоялось. К Покрову собирание «Годунова», переставление с места на место его переполненных корзин было закончено[74]. После праздника Александр уселся за последнюю читку-чистку.

В месяц работа была окончена. 7 ноября из-под последней страницы вылез младенец в бакенбардах. Хлопал в ладоши и кричал: *Ай да Пушкин!*

*

Спустя еще две недели в Михайловское пришла весть, что в эти дни, когда в «Годунове» были поставлены последние точки и запятые, когда он хлопал и кричал, что *Пушкин — сукин сын*, в Таганроге умер царь Александр I.

Это известие одним махом перевернуло весь прошедший год. Все предположения, расчеты, прикидки о совпадениях и осмысленных действиях Пушкина в процессе создания «Годунова» после этого известия приобретают новое значение и вес.

Но дело не в наших сторонних суждениях и предположениях, а в его, Пушкина, загадываниях и расчете, в его «проектировании» будущего посредством поэтического слова. До этого момента эти замыслы, дерзкие или праведные затеи были его внутреннее дело, совершались в пределах его (потоянно скрываемой) внутренней вселенной; теперь они оказались проецированы на реальное пространство, на реальные события, вмешивались в них, воздействовали на них, ими «управляли».

---

[74] Есть точка зрения, что на Покров «Годунов» был закончен и спрятан до времени, точно мешок с зерном в амбар. Спустя месяц Александр к нему вернулся, чтобы прочитать комедию свежим взглядом. Тогда и состоялись аплодисменты самому себе, крики *Молодец, Пушкин!* и проч.

Пушкин совершил некое действие, необъяснимое, не укладывающееся даже в его горячей голове. Он вмешался в ход событий — тем уже, что так точно их предугадал.

Что это было?

*

Аплодисменты смолкли. Кому, чему он хлопал? Тут впору было решиться ума. Здесь, в этот момент на его глазах поворотились большие шестерни судьбы, и Александр у в и д е л в р е м я.

Он выстрелил в царя словом — и «попал». Но этого было мало; из этого мог бы родиться хороший анекдот: Александр Пушкин написал комедию о том, как самозванец столкнул с трона царя Бориса Годунова, и в тот день, когда он поставил в конце текста точку, *настоящий* русский царь умер.

Пушкину этого было мало, потому что на всем протяжении сочинения этого текста, который, конечно, был много больше, чем *комедия о беде*, с ним и с этим текстом совершались большие и малые чудеса. Часть из них он принимал как должное, как «рифмы» природы или случайные совпадения, самую же интересную часть составляли события неслучайные, «рифмы» черченого сознания, когда как по расписанию менялось его слово, обретая новые звук и плоть, менялись его поэтические приемы, менялся сам Пушкин, в конце концов доведя качество своих перемен до прямо осознанного внутреннего преображения. Сам Пушкин проехал этот год на большом московском колесе, на обратной стороне которого сидел царь: и вот Пушкин (на севере) вознесся, а царь (на юге) умер.

Не Александр столкнул Александра с трона, но оба они совершили в вихре времени совместный поворот — и все с ним повернулось, все было одна большая «рифма», читаемая невооруженным глазом на общем чертеже, в пространстве одного события.

VII

Слово «пророк», не раз за этот год произнесенное, в этот момент вернулось к Пушкину и указало на него пальцем. Я думаю, чувства его были полярны: он был в восторге — он ужаснулся.

Пророчество, заглядывание в большее время (стихийное выражение его можно наблюдать в церемониях святочных гаданий, когда в ответ на рождественскую фокусировку, начало Христова времени традиционное сознание как будто оглядывалось в иные, древние времена и соответственно теряло фокус, обращалось в хаос) в отношении Александра Сергеевича можно определить как поэтическое таинство: он вслушивался во время, разбирал на слух его скрытые ритмы. До Пушкина доносилось эхо общего события, которое он в сосредоточенном помещении ссылки различал тем более отчетливо. Его пророчество выражалось в авторском сопереживании с эпохой, пересочинении эпохи.

В том году, который начался в самом деле с некоторого хаоса, хоть и не связанного прямо с игровым хаосом Святок (они прошли мимо его внимания) михайловское сосредоточение Пушкина постепенно обернулось его преображением, принципиальным «омосковлением». Александр «присвоил», поглотил своей рифмой историческую Москву, одел царские одежды на себя — пусть карнавальным образом, нарядившись для сцены самозванцем. Это было провидением, обращенным в прошлое, что для сверх-симметричной Москвы было равно провидению будущего. Игра в Москву научила Пушкина пророчеству от противного, читаемому от прошлого — в будущее. *Комедия* «Годунова» зазвучала, отзываясь по всей сфере руского времени, возвращая автору эхо рифм и «московские» слова. Она вписалась своим поворотом царского колеса (просто — переворотом) во время; в этом движении слишком многое оказалось предопределено.

*

В первую очередь в московском «округлом» пророчестве Пушкиным различается царская жертва. Тут прямо слышен константинопольский сюжет: Второй Рим тем и был занят, что сличал и сводил судьбу кесаря с Христовой судьбой. Его церемонии, его цикличный календарь были сверстаны согласно этому центральному сюжету. Москва его унаследовала; московский царь принимает Христову участь: подходя под венец, принимая ответственность за Москву к а к   ц а р - с т в о   в о   в р е м е н и, он заведомо жертвует собой.

Все это прямо или косвенно прописано у Пушкина: его «Годунов» в какой-то мере представляет собой пропись обряда, который начинается долгими отказами Бориса принять царство, его венчание, возвышение (пропущенное в тексте между 1598 и 1603 годами) и крах, неизбежный, как кара за убийство невинного царевича, законного московского государя. Этот круг царских страстей Годунова весь есть в трагедии; он расписан по пунктам. То, что происходит на этом круге за пределами пьесы, в ней упоминается не однажды. Поэтому весь жертвенный круг царя Бориса налицо.

Начиная со второго такта (1603 года) Пушкин запускает второй, теневой круг царских страстей — приключения самозванца. К ним он, как завзятый бунтовщик, со всей душой присоединяется: в переложении годуновского сюжета на его, александровскую эпоху он, Пушкин, и есть самозванец. С отставанием на полкруга начинается этот второй цикл. Понемногу автор втягивается в игру, сообщая герою много своего, скрытого и задушевного. Так же в ответ он получает от Лжедмитрия сокровенные (читаемые интуицией) послания; они слишком хорошо понимают друг друга. Далее сочинителю являются сомнения, по мере действия нарастающие. Постепенно для Александра и его героя открывается Москва — и открывается грех, ими обоими против нее совершаемый.

Очень важно это сознание греха: Пушкин, возвращающийся к вере, преображаемый своим же сочинением, открывает для себя новую ответственность — уже не поэта, но пророка. Удивительное состояние: он все более прав в своем поэтическом ясновидении и все более в своих глазах греховен. Пушкин в процессе сочинения «Годунова» оказывается полярно раздвоен; его преображение к осени заканчивает эту эволюцию сознанием полной правды — о своем творческом подвиге и своем преступлении.

Пьеса заканчивается двойным апофеозом: со знаком плюс — Борис повержен, убийца умер (не от меча, а от сознания своего греха), и со знаком минус — толпа врывается в Кремль, заговорщики-бояре убивают Федора и Ксению Годуновых, и народ кричит славу новому царю Димитрию[75] (славу поэту Пушкину?) над трупами невинно убиенных царских детей. Кремлевское колесо повернулось: царь умер — новый царь вознесся, для того чтобы очень скоро, через один оборот колеса, жертвенным образом погибнуть.

Так классическим образом сюжет царской жертвы проявляет себя в пьесе Пушкина. Полный оборот совершен, вселенная сомкнулась и разомкнулась, время совершило в сфере Москвы свой характерный пульс — *ай да Пушкин!* Он в самом деле не поэт, но пророк.

И вот Пушкин хлопает самому себе — и вдруг доходит до него известие, что настоящий царь умер, заклание состоялось наяву. Стало быть, Пушкин сам на том же жертвенном кругу. Он, играя, искал царской участи и добился ее: ему явился зверь времени и открыл пасть. Сочиняя, преобража-

---

[75] Знаменитое *народ безмолвствует* появилось много позже, в 1830-е годы, при подготовке пьесы к печати.
Эта перемена концовки имела свою логику, политическую и поэтическую. В первоначальном варианте 1825 года «Годунов» заканчивался приветственными криками народа во славу новому царю — во славу самозванцу.

ясь, округляясь московским «яблоком», Александр открылся ему — открылся следующей жертвой в большем, внешнем времени.

*

Судьба пророка: заклание самого себя. Прояснив себе взор во внешнем времени, он понимает, что оно аморфно, дособытийно, разлито противоречивой (переполненно пустой) массой ментального вакуума. Из нее посредством жертвенного, по образу и подобию Христова пророческого усилия извлекается с о б ы т и е как очеловеченная форма времени, форма осознанного бытия.

В нашем случае — это пушкинская форма московского времени, московского бытия.

*

Остается добавить, что весь этот сюжет разворачивается в большей по отношению к Пушкину сфере языка. Его, языка, потенциальное (по сей день не развернутое) пространство нас интересует, его геометрия и предрасположения. Эта воображаемая — действующая через воображение — литературная сфера всех русских времен сфокусирована на Александре Пушкине; его поэтическое преображение 1825 года становится ее резонансным, Христовым событием.

Мы участвуем в пушкинском событии; мы выбираем себе в этой сфере царя слова, более чем царя — пророка Пушкина. Этот выбор закономерен и по-своему объективен в нескольких читательских поколениях. Но, выбирая себе пророка, мы должны быть готовы к тому, что пророк предчувствует, предвидит наш выбор. В этом взаимном узнавании со всей силой сказывается оптика московского, симметричного во времени сознания. Этим сознанием прочитывается как закономерный сюжет пушкинского пророчества и — жертвы.

Согласно логике этого сознания, мы принимаем жертву Пушкина, содействуем его жертве, жертвуем Пушкиным.

Этой участи избежал Карамзин; еще раз — создается впечатление, что он осознанно от нее отстранился. Пушкин принял ее. До 1825 года она не была ему открыта во всей ее драме, в сюжете царской жертвы, «заказанной» всей сферой большого времени, в том числе нашим будущим временем. Для прояснения этого сюжета ему потребовалось написать «Годунова» — и услышать в известии о смерти Александра I большое московское эхо: он — следующий.

Еще бы он не пришел в восторг, еще бы не ужаснулся: то и другое чувства были верны. Александр заслужил того, чего добивался. Бумажное царство, бездонная Москва перед ним опасно отворилась. Она увидела поэта — мы из будущего увидели его (потребовали от него Христовой жертвы).

Москва есть зверь времени.

VIII

Жизнь усложнилась необыкновенно. Зеркало страницы, на которой видно все, было обнаружено на столе летом — письмо Вяземскому, где на первой строчке написано *трагедия*, а на второй — *комедия*. Зеркало текста было выставлено летом — теперь Александр увидел в этом зеркале себя: преображенным, в красной (жертвенной) рубахе, в виде яблока.

Так старательно он вписывал в этот «зеркальный» текст Пушкина и Пушкиных и вписал — и вот увидел себя в тексте, себя во времени. Тут только, получив роковое сообщение об Александре, Александр очнулся. С этого момента Пушкин постоянно будет в фокусе самонаблюдения, в пространстве напряженной рефлексии. Оттого и сложности: от сознания невозможности длить жизнь прежним образом.

Как теперь отмечать праздники?

Что такое теперь, скажем, лицейская годовщина? Прежде выпускники отмечали ее на греческий лад, с питием горячего вина и аннибаловыми клятвами. Но теперь Александр в своем опасном многозрении, омытый плазмою межвременного путешествия, оказался столь сильно от них удален, что впору было выдумывать новый обряд.

На самом деле плакать хочется.

*

Арина Родионовна ходит за ним и каждый вечер видит. Сидит у огня и плачет.

....мне надоело тебе писать, потому что не могу являться тебе в халате, нараспашку и спустя рукава.

Вяземскому, вторая половина ноября 1825 г. Из Михайловского в Москву.

О лицейской годовщине.

Перемена календаря со старого на новый привела к тому, что прежнее, пушкинское 19 октября «переехало» на 1 ноября. Но мы согласно литературной привычке, во власти магии знакомых цифр продолжаем отмечать лицейский праздник 19 октября. Ошибка в две недели, по московскому счету, весьма существенная.

Для Москвы 19 октября и 1 ноября — это разные сезоны. Середина октября — конец золотой осени; листва деревьев, пусть поредевшая, но светит, веселя душу, *небо синё*. В начале ноября фон праздника выглядит иначе: природа опустела и теперь заливается слезами (как Пушкин); нет золота, нет яркого багрянца. Ноябрь оголен, сквозит унылою воронкой года. Или так: ноябрь, «световлов», сосредоточен на том, чтобы ловить и праздновать малые блестки света, напоминания о лете, — и нас подвигает к тому же.

Все эти наблюдения относятся к прежней эпохе, когда климат был в порядке и приметы сохраняли силу.

19 октября по новому стилю — день апостола Фомы неверующего. Мы отмечаем лицейскую годовщину, празднуем Пушкина как Фому неверующего.

19 октября по старому стилю, когда, собственно, и отмечали свой праздник лицеисты — день преподобного Иоанна Рыльского, болгарского святого.

Принципиальная, стилистическая разница; для правильного проведения праздника это соображение существенное.

Что такое для нашего сознания Фома неверующий, в общем и целом ясно. Что такое болгарин Иоанн, известный нам гораздо менее?

Иоанн Рыльский родился примерно в 875 году, прожил свой век в молитве, последние 60 лет в пустыне. (*В пустыне!* — кивает Пушкин, пьет горячее вино и плачет.) Предполагают, что Иоанн был знаком с Климентом Охридским и его соратниками, семью просветителями болгар. Те, в свою очередь, были ученики Кирилла и Мефодия. Неудивительно: письменность славянская только недавно изобретена.

Если задуматься, это праздник слова, путешествующего по вертикали карты. Вверх-вниз: в стиле Александра.

Слова поднимаются по вертикали, с «римского» дна языка, не тронутые временем.

Иоанну молятся об избавлении от немоты.

Лицейский праздник уместен в день Иоанна. Отверзающий уста, он должен быть (он и есть) их патрон. Что до Александра Сергеевича, почетного лицеиста, жизнь которого вся как будто колеблется между неверием и благословенным отверстием уст, то 19 октября ему пригодно и в старом, и в новом стиле.

Его и принимают, точно семилетнего отрока в школу, — в оба календаря, новый ждет Пушкина как Фому, старый как Иоанна.

*

Крестьяне в поле встречают зимних птиц. Праздник птицы: сороки.

С начала ноября начинается кормление хлебом и пирогами: птиц, домовых и даже земли. Самый вид ее голоден, навевает мысль о смерти.

Но смерти нет, есть птичьи и человекоперелеты, с полюса на полюс, вверх и вниз *шара жизни, не имеющего размеров.* На макушку времясферы или на дно ее, что затворено внутри (Москвы), — там открываются контуры пейзажа — души? наверное, души.

Ноябрь, или дно года: сосредоточение наблюдателя необходимо стократ большее. Теперь ему все время должно помнить о Москве. Москва взошла к Пушкину кружением и чадом слов, проснулась, прояснилась в «Годунове».

Дно года

В ноябре московская сфера времени прокатывается по своему дну. Где-то в этом месте календаря (числа примерно двадцатого, это нужно еще проверить; тут может сказаться дата смерти Толстого — 20 ноября, как наводящее, указующее пальцем событие: здесь низ, здесь смерть Москвы), примерно во второй половине месяца угадывается своеобразный сток московской сферы, через который она теряет, упускает время. Есть метафизическая точка (пункт, существенный для геометрии нашего сознания), подобие отверстия в воображаемом пространстве, в которое, как в воронку, готов пролиться год. Здесь в ноябре воображается дно года и темный сток Москвы; над ним пульсирует сырое северное небо, собираясь к нему и от него разворачиваясь, путая в безвременьи свет и темень.

*

Вошли сумерки. Вспоминается (понятно почему — декабрь близок) холодный Петербург. В прошлом 1824 году как раз об эти дни он утонул в Неве.

Как видится теперь, с обретением пророческорго дара, «утопленник» Петербург?

Есть образ Петербурга, которым часто пользуются его критики: апофеоз счета, жестких стереометрий, фабрика кубов — разве может т а к о й Петербург принять время как сферу-химеру? Он для этого слишком прям и твердоуголен — и, значит, во времени обречен.

Такой Петербург распластал проект европейских (в России — утопических) реформ на параграфы. Раскатал страну, точно скалкой. Себя на плоскости страны-страницы выставил в месте буквицы, в левом верхнем углу. И — побежали, бросились линии-строки соединять концы с концами.

Такой Петербург сам ясен и только и делает, что повсюду ищет ясности. Он уверен, что таковые возможны кристальные ясность и твердость, и требует их от России; на деле же сам он призрачен, повис плоской льдинкой над финским бездонным болотом. Во времени (над ним) рисует стрелку. Все у него по стрелке, прямо указующему пальцу.

По стрелке же, слева направо, погнал в свое время царь Петр, железный Питер, преображенный, скальпированный древний алфавит, обратив его в гражданский — скорее уж солдатский — шрифт. Исходные размеры слова новым русским языком были скоро позабыты.

Теперь, в «Годунове», они восстановлены. Их уже не позабудешь — слово разливается за окном: се кратер озера Кучане.
Не озера, но Москвы.
Москва спустя сто лет ответила Петру Великому и его путешествию в пространстве (против слова) пушкинским путешествием во времени (в слове).

Москва вырастила себе пророка, который еще напишет о царе Петре. Но все это в будущем. Ей это известно, Пушкину пока нет. У него в Михайловском поздней осенью 1825 года продолжается праздник окончания «Годунова», о котором теперь и подумать невозможно без великой радости и великого страха.

А.А. Бестужеву, 30 ноября 1825 г. Из Михайловского в Петербург.
...поэмы мои скоро выйдут. И они мне надоели. ...Важная вещь! Я написал трагедию и ею очень доволен; но страшно в свет выдать – робкий вкус наш не стерпит истинного романтизма.

IX

Петербург накануне очередного потрясения, «наводнения» номер два; готовится восстание истинных романтиков. Пушкин в курсе: дата мятежа назначена на декабрь.

Похоже, комедия о московской беде — теперь уже о всероссийской беде, о трясении Руси при перемене царства — не вся еще написана. Год еще не кончен, стало быть, представление продолжается. Царь Александр умер, «утонул», на сцене выставлены декорации настоящего бунта.

Д е к о р а ц и и н а с т о я щ е г о — это ничего. Это по-петербургски. Нет — по-годуновски, по-русски.

Московские прозрения, которые Пушкин испытал, пишучи «Годунова», заставляют его по-новому взглянуть на Петербург. Оплот русской рациональности, плацдарм Европы, выставленный с ее стороны, точно балкон, в сизые пространства Азии. Александр, следуя примеру своего тезки царя, долгое время был примерным петербуржцем. Но вот Пушкин в царе разочаровался; он отторгнут от Петербурга и ответным образом готов его отрицать.

*

Пушкин смотрит из Михайловского: из глубины — снизу вверх — на обе русские столицы. Обе они, Москва и Петербург, теперь в его видении; также и воображаемое пространство, их обнимающее, ему видно. Это умноженное видение Пушкин приобрел в результате сводного опыта: сложенных вместе московских прозрений и петербургских расчетов. Он освоил письмо у «зеркала», когда необходимо писать и размышлять одновременно. Пушкин не отказывается, у него и мысли нет отказаться от европейского (Карамзин сказал бы — Лафатерова) «зрячего» подхода к творчеству. Нет, именно такое, сводное, его творчество полно.

Москва и Петербург конфликтны и одновременно необходимы друг другу. Они дополняют друг друга, как категории движения и покоя. Москва есть покой, Питер — вечный вектор.

Движенья нет, сказал мудрец брадатый,
Другой смолчал и стал пред ним ходить.

Эти двое (не мудрецы, но столицы) вместе несводимы; всегда найдется неуловимо малая между ними трещина, не поддающаяся простому исчислению. Но при всей их несводимости они представляют части одного целого; этим целым Пушкин более всего теперь обеспокоен.

Обстоятельства ссылки принудили его к покою. Это было тяжкое испытание, проходя которое, Пушкин освоил московские рецепты движения в недвижении. Так освоил, что сделался пророком, всевидцем, который, не сходя с места, обещает кончину царям и перемену участи стране. Но, едва он достиг этого (московского) совершенства, перед глазами его нарисовалась манящая питерская стрелка: друзья позвали его на бунт — прямой, настоящий, тот, о котором он столько лет с ними грезил.

*

-

Случись это год назад, Александр полетел бы в Петербург, не задумываясь. А теперь он словно замер. Концовка петербургской пьесы о н а с т о я щ е м трясении трона не то чтобы ему неясна. Она давно всем ясна; с 20-го года (эту ситуацию мы уже разобрали) петербургский республиканский проект становится анахронизмом.

С 20-го года Европа отступает из России, конституционные надежды меркнут. Московское царство берет верх; мы рассматриваем этот процесс с точки зрения обустройства языка, оптики народного сознания, и находим, что в России возрождается характерное московское сознание, восстает из пепла 1812 года традиционная, «центростремительная», цареградская логика бытия. И самым показательным примером этой эволюции становится пушкинский опыт, выраженный в явлении «Годунова», прямо связанный с михайловской духовной метаморфозой, преображением самого Пушкина. Поэтому так ясен преображенному Пушкину итог грядущего бунта, на пять лет опоздавшего против своего времени. В Петербурге готовится анахронизм, действие «не в рифму», обреченное на провал и имеющее смысл только как жертвенный жест, героическая дерзость для памяти потомкам.

А Пушкин уже надерзил довольно, сыграл в самозванца, перевел Москву (русское время) в рифму и понял, чем в Московии заканчивается подобная игра. Понял, увидел, различил закономерность в работе московского колеса (времени), возвышающего и свергающего царей. Геометрия его работы не поступательна; с точки зрения концепции, принимающей историю как процесс-прогресс, московское колесо только и делает, что вращается на одном месте. Москва все «буксует»; Петербург не в состоянии двинуть ее с места, эти его нескончаемые попытки обречены на провал и неизбежную отмену Петербурга. Тут должно поправить прогрессистов: движение Москвы во времени есть пульс, не пробуксовка.

*

Не страх заставил Пушкина замереть в Михайловском.

Он поехал на бунт; дурные приметы заставили его вернуться. Все они известны: дважды выбегал на дорогу заяц, в деревне заболел работник, встретился поп — все, дальше ехать некуда. Но все это поверхность и мелочи, от которых Александр в другой ситуации попросту отмахнулся бы. Его заставило поколебаться внутреннее несогласие с сюжетом пьесы, непомещение себя в этот сюжет.

В письме Плетневу, в те же дни (4—6 декабря), внезапно: *Душа! Я пророк, ей-богу пророк!* — но это как будто о другом: как бы только дам *взбуторажить*, чтобы заступились за него и выписали в столицы. Будто бы он пророчествовал о гибели тирана в «Шенье». Кто с этим спорит? Только теперь, в декабре, что вспоминать о прошлогоднем прогнозе? Теперь пришла другая зима, и он, назвавшись пророком, обязан различить то, что совершится в ближайшие две недели.

Совершится шаг нового самозванца (декабриста) — в яму, под пушки нового царя. Петербург провалится в самое себя, в то «европейское» пространство, которое по сей день проектно пусто, потому что русская плоть — в Москве.

Теперь легко судить задним числом, зная, чем закончилось восстание декабристов. Есть подозрение, что Пушкин различил это заранее, пережил сомнения, разнимающие его пополам, так что весь он закачался на весах: ехать, не ехать — и остался.

Ужасный внутренний раздор: вот как, очень скоро развернулась ситуация концовки «Годунова», когда он самому себе хлопал и сразу вслед за тем ужаснулся, устрашился своего достижения и своей участи. Да, он обнаружил у себя дар поэтического пророчества. Магический кристалл был им найден — и жег руку. Яма между осенью и зимой, ноябрьский ад, едва успела зарасти снегом и вот опять открылась.

Лист у пророка взял и порвался, обнажил шевеление хаоса. Два зайца выскочили из прорехи, стреканули, следя чернилами, со страницы вон.

Он остался дома.

Новоиспеченный медиум пугается теперь всякого знака, могущего быть истолкованным как предвестие. В нем поселяется страх судьбы, уже начертанной; верх берет суеверие, и раньше ему не чуждое, но теперь подтвержденное собственным запредельным, потустраничным опытом.

До конца дней оно его не отпустит.

X

Оставшись, Пушкин пишет «Графа Нулина» — точно в дни восстания. Это можно расценить как ответ на вопрос, почему он не поехал в Петербург. После события преображения, после «Годунова» «Нулин» — первое большое сочинение. Демонстративное, показывающее ту дистанцию, которую Пушкин будет теперь держать от всякой столичной акции.

Пора, пора! рога трубят... — и в самом деле, словно по их сигналу, начинается бунт в Петербурге.

> *Псари в охотничьих уборах*
> *чем свет уж на конях сидят,*
> *борзые прыгают на сворах.*

Это также опыт провидения — явленного в сатире, шутке, но оттого не менее убедительного.

Что за штука — расколдовать, увидеть бумажный Петербург? Страна, обнаруженная Пушкиным в пространстве «Годунова», превосходила такой Петербург на порядок — по знаку сложности, по принципу уложения «пространства времени». Она была бездна и Тартар: над нею повисал ровною картонкой романовский, петербургский парадиз. Все что ни чертится на нем, предсказуемо, к тому же чертится п о -

в т о р. Питер от основания своего только и делает, что снимает европейские кальки; в декабре 1825 года повстанцами сводилась калька республиканская (древнеримская).

Происходящее опаздывает на один темп (на пять лет): так опаздывает копия, следующая за оригиналом.

Под петербургскою картонкой течет ледяная русская лава. Эта цепенящая влага, стоит только надорвать бумагу, в одно мгновение выходит из-под снега, открывая настоящую, провиденную Пушкиным глубину.

*

Александр говорил потом, что затевал Нулина как «Нового Тарквиния», пародию на Шекспира: что бы вдруг Лукреции пришла в голову мысль дать Тарквинию пощечину? Вся история Европы пошла бы по иному сценарию.

В Петербурге его друзья готовятся произвести постановку сцены из этой как раз, европейской истории.

Александр, разыгрывая «Нулина», переставляет европейский сюжет задом наперед. В самом деле странный, какой-то перевернутый сюжет. В Россию является русский европеец с пустейшей, нулевой фамилией: *Нулин*. В два приема, обернувшись новым Тарквинием, приступает он к русской Лукреции, имеющей прозвище *Наталья Павловна*. И получает пощечину. История России идет другим путем, противным европейскому. Разумеется, это шутка. Тем более, что еще не известно, чем обернется н а с т о я щ е е дело в Петербурге.

Но прогноз уже читается. Пощечину получит республиканский идол, петербургский романтик, не ведающий своей страны картонный истукан.

Другое дело, что на Сенатской площади — не Нулин и не гипсовые куклы, но все его друзья; каково ему наблюдать их смертельно опасную пьесу? Пушкин терзается сердцем — смеясь. Подобное состояние делает его медиумом, которого за нервы дергают флюиды, долетающие из Петербурга. Сообщения ужасны. С мраморными лицами герои получают топором по лбу, декорации рушатся, разливается мрак.

А у Пушкина, на бледном экране страницы – Наталья Павловна: грезит, развернув роман сентиментальный.

Хорош выходит роман.

> *Наталья Павловна сначала*
> *Его внимательно читала,*
> *Но скоро как-то развлеклась*
> *Перед окном возникшей дракой*
> *Козла с дворовою собакой*
> *И ею тихо занялась.*
> *Кругом мальчишки хохотали.*
> *Меж тем печально, под окном,*
> *Индейки с криком выступали*
> *Вослед за мокрым петухом;*
> *Три утки полоскались в луже;*
> *Шла баба через грязный двор*
> *Белье повесить на забор;*
> *Погода становилась хуже:*
> *Казалось, снег идти хотел...*
> *Вдруг колокольчик зазвенел.*

Спрашивается – на что, на кого у него вышла в «Нулине» эта несколько раз перевернутая карикатура? Козел с дворовою собакой – кто тут кто?

Нет карикатуры, зато у него на столе есть предмет обоюдосторонний, двуликий – бумага с двумя лицами: там Петербург, здесь мокрая деревня. В бумаге дыра, которую своими словами проделал Пушкин. Простые, тяжелые, ясные слова. Гусь, который тяжелей Онегина, индейки, баба и белье. Слова-предметы. Тут даже пустота – предмет.

Александр один в пустоте, в пустыне, смотрит в бумажную дыру.

С той стороны – Сенатская площадь.

*

Рядом с Сенатской в земле была вырыта н а с т о я щ а я
яма. На южной стороне площади строился Исаакиевский собор. Под него был вырыт котлован размером не менее самой
площади. Мы воображаем себе восстание 1825 года в тех де-
корациях, что сложились к сегодняшнему дню: стоим спиной
к собору, смотрим на памятник Петру. Это ошибка: собора не
было, был только котлован. Его кривые края, его бездонная
яма, наполовину заполненная грязным снегом, были хорошо
видны восставшим. Сенатская площадь с этой стороны была
пуста, проваливалась до горизонта в серый цвет и ничто. На
юго-восток, в Россию. Многие из участников события при-
знавались потом, что вид ямы на месте будущего храма вну-
шал им мысль о могиле.

Пушки нового царя выстрелили со стороны ямы.

*

Отказ от участия в восстании дался Пушкину очень нелег-
ко; еще тяжелее его толкователям, для которых оправдание
поэта в его колебаниях декабря 1825 года стало дело прин-
ципа. Больше всего говорят о суеверии Александра; поставлен даже памятник зайцу, что развернул поэта на дороге
в Петербург и тем спас его для отечественной культуры. В
самом деле, Пушкин был очень суеверен. Год, проведенный
им в Михайловском, год «Годунова», полный неслучайных
совпадений, явных и тайных указаний судьбы, настроил его
дополнительно к осторожности при совершении всякого от-
ветственного шага (этой осторожности впоследствии он не
всегда следовал). Поэтому дурные приметы, сопровождав-
шие его отъезд в Петербург, несомненно, сделали свое дело.
Но все же это не главное. Это, скорее, повод для отказа; ска-
завшись зайцем, он остался дома — также и для его защитни-
ков заяц стал героем эпизода.

Памятник зайцу в Михайловском весьма условен, точно он слеплен из папье-маше. Это свойство современных меморий: все они сделаны как бы в шутку, они обезвешены и ненастоящи. В этом смысле заяц на постаменте ничем не отличается от *златой цепи на дубе том* — вон она, повисла на ветке, наподобие детских качелей. Дуб растет за забором у одного из домов в Михайловском; это запасник здешнего музея. Или это липа? Не важно, дуб или липа, все одно «липа»: на дерево закинули «цепь», не иначе, в ожидании школьного утренника. Цитата из Александра Пушкина праздно болтается на ветру. Таков же и заяц: символ, штука для показа по телевизору.

Все это на поверхности, внутри совсем иное: событие для Пушкина к тому моменту уже произошло. Событие — не бунт, не демонстрации на Сенатской. Это — возвращение России из Петербурга в Москву, из государства в царство, из «полуострова» Европы — домой, на материк, вслед за словом, указания которого всегда были для нас важнее доводов рассудка.

*

Пушкин в декабре 1825 года переживает состояние постсобытийное, которое ему внове. Состояние многовидения, когда всякая вещь и слово обнаруживают затылок, обратную сторону во времени. Так «Граф Нулин» — анекдот, легкая шутка — обнаруживает в пустоте (времени) тяжкую изнанку смысла: рога, что трубят на Сенатской. И шутка «Нулина» становится подобием пророчества. Слова «Нулина», написанные «зрячим» автором, оказываются вовсе не «нулевыми», но полновесными, как баба и ведро, и — пророческими.

«Нулин», первое большое сочинение, написанное Пушкиным после «Годунова», показывает определенно, как он изменился за этот год. Он перешел в объем, стал тяжел (на подъем) и центроустремлен. Здесь родятся поздние его мотивы — «я русский мещанин», «я царь», «ты царь — живи один». Это можно трактовать как осторожность, как мудрость, можно все списать на суеверие и заполонить голову зайцами, можно как прямое провидение. Это новая для Пушкина «геометрия» поведения, когда вектор, который влек его по жизни вверх и вниз, обратился на него самого. «Я-вектор», фигура московского слова, звук, ведущий Александра в пустыне, оказался сильнее петербургского указующего перста в первом же поэтическом (после «Годунова») испытании.

*

Так год «Годунова» совершился — по праздникам: вдохнул и выдохнул, и сошелся к нулю «Нулина».

Паролем этому году можно определить *колокольчик*. Колокольчик явился Пушкину 11 января с приездом друга Пущина. Задребезжал, запел solo: одинокий звук, фотон света, Рождественская звезда. Затем он вырос в колокол, что уже не забренчал, а заревел в июле, на Ивана Крестителя на Иване Великом. Под ним бабахнула пушка, отправившая самозванца «в свет». В этом полном колокольно-пушечном звуке Пушкину открылась вся Москва; он сам стал Москвой. Оделся пространством, оделся временем, признал свой грех (заглядывания в иное) и — в раскаянии — сжался, собрался в точку.

И вот он, *колокольчик дальний*, — в «Графе Нулине».

Тут нужно закончить цитату про бабу и забор: в ней всякое слово важно.

...Погода становилась хуже:
Казалось, снег идти хотел...
Вдруг к о л о к о л ь ч и к зазвенел.
Кто долго жил в глуши печальной,
Друзья, тот верно знает сам,
Как сильно колокольчик дальний
Порой волнует сердце нам.
Не друг ли едет запоздалый,
Товарищ юности удалой?..
Уж не она ли?.. Боже мой!

Вот ближе, ближе. Сердце бьется.
Но мимо, мимо звук несется,
Слабей... и смолкнул за горой.

Вот он, весь год: развернулся и сошелся в точку звона. Тут и Пущин в январе, *товарищ юности удалой, и уж не она ли?..* – она, Анна Керн в июле, и *мимо, мимо* – декабрь и Петербург.
Год смолкнул за горой. Но этот год и был гора – «Годунова».

Все сошлось симфонически точно; метафизический московский пульс совершился, можно закрывать календарь.

●

Вс е же звук для него важнее; *чему тут удивляться?*
Александр в первую очередь поэт и только на полях
художник. Колокольчик Пушкину является прежде звезды,
колокольчик озвучивает звезду, рассыпаясь затем попутными
сюжетами (как та – соседними звездами), которые будто
бы делаются видны, но на деле остаются воображаемы,
скрыты в его однообразно-дробном звуке. Ничего в концовке
«Нулина» прямо не видно: нечто так и осталось за горой,
донесся только звук. Пушкин «видит» звуком, рисует для нас
картины – звуком; после того и мы «видим» звуком.
Все это не очевидно, а оче-слышно; тут много можно
додумать игры слов. Но таково это и есть: игра слов.
Мы пребываем в подобии пространства, обеспеченном
игрой слов. Вот эти слова «прозрели» – в этот как раз год,
на протяжении расписанного как по нотам пушкинского
праздничного сюжета (радостно, печально, полно-
празднично); с этого момента книга календаря закрыта –
и открыта книга Пушкина, переполненная подобием
пространства. В той и в другой связано время.
Александр закрывает календарь; теперь он – пророк.

О просвете во времени

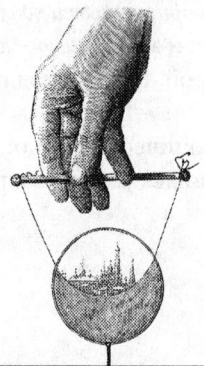

Настольные упражнения заканчиваются.

*Прежде эта аппликация была игрой. Все же не вполне игрой:
играющий верил в то, что это мельтешение карт, пирамиды
чисел, рифмы «двор-забор», чертежи, что наводят на столе
бильярдные шары, – все эти пассы откроет ему просвет
в мир больший. Не дорогу на волю – хотя бы просвет. И вот
открылось это окно, но оно так открылось, что видимое
там, на воле, оказалось Александру знакомо. Как же
не знакомо, когда он все это провидел, когда он пророк?
Это привело к понятному результату: на выходе из затвора
узник остановился. «Дорогу ему перебежал заяц». Дело
не в зайце. Беглецу заранее ясно, что будет впереди.
В просвете, что открылся Пушкину за еловыми шорами
Ганнибаловой аллеи, прежде всего было видно, что теперь
там – пустота. Вот взгляд из сердцевины атома вовне:
в пустоту. Пушкин наколдовал мир, заарканил, притянул его
петлями рифм – и мир на то согласился, сошелся в целое
в заданном размере. Радуйся, пророк! Пророк сидит
в недвижной бричке, смотрит между елей – не вперед, а назад:
все, что ждет впереди, вперед у него записано (рифмовано).*

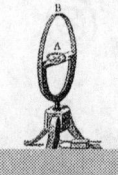

Пятая часть

ПРОРОК

I

Год угас в одно мгновенье; оборвался на Сенатской. Пришла (вместо пространства) пустота, ранее неведомая; жестко объемлющая предметы, стиснувшая, точно в кулаке, новообретенную фигуру слова и с ней равную слову фигуру человека. 1826 год ознаменован этой пустотой. В сравнении двух лет он именно этим характерен: по нему точно пролит вакуум, разделивший русский атом на составляющие. Или так: тогда, на рубеже двух лет, образовался этот русский атом, «пространственная» структура, определяющая рисунок и оптику русского сознания. Она отражена в строении русского языка; одно в другом отражено — литературный русский язык и русское сознание с этого момента являют собой, по сути, единое целое. Это одно и то же русское (литературное) целое; таково же и помещение нашего сознания; оно устроено округло, «атомарно». С ядром «Пророка», вокруг него струениями энергий-смыслов и пустотой вместо пространства.

Границы литературного «атома» — границы языка и сознания — довольно жестки. Многое остается непереводимо: изнутри вовне и обратно. Вспомним, как писал князь Вяземский, один из первых русских «физиков», создателей атомарной модели слова: границы языка должны быть так же неприкосновенны, как границы государства.

Царства: так будет точнее. Московского царства — еще точнее. Так и вышло: великий опыт удался нашим «физикам»: нарисовалось царство-государство языка, имеющее своей серединою сакральное ядро, окруженное волнением бесплотных смыслов и недвижением (материковых) пустот.

*

Слово «пустота» на переломе двух лет представляет ситуацию наиболее точно. 1826 год начался с поселения вакуума в русском (ментальном) «космосе».

«Космос» звучит лучше, чем «атом»; все же Россия не атом: пусть она будет размером с космос.

*

Метафора стала заменой пространству — поэтому наша «космическая» пустота есть нечто сверхъестественное, взывающее к сочинению, которое могло бы связать эту бездну подходящим образом, словом.

Разум (европейский) не вмещает этого необъятного пространства. Поражение восстания декабристов было окончательным утверждением этого диагноза.

Возник разрыв безразмерной русской данности и всеразмеряющего европейского метода, — каким он был на момент исследуемого события. Метальная рецептура того времени со всем сопутствующим набором приемов и практик не могла освоить эту данность непротиворечиво. Поражение декабристов отразило эту неспособность в политическом аспекте.

На отрезке развития русской словесности от Карамзина до Пушкина сказывалась тема неспособности освоить европейским слогом русскую ментальную бездну.

Карамзин положил на это свою жизнь. В начале 1826 года он еще жив, Карамзин. Он наблюдает за событиями «бунташного» декабря в понятном раздвоении чувств. Как бы ни был он далек от декабристов, их поражение наносит ему жестокую рану. Оно надорвет его; от декабря до мая 1826 года его жизнь составит угасание без надежды на спасение. После декабря его жизнь сделалась умиранием в пустоте, в новообразованном вместо пространства русском «космосе».

Пушкин в нем выживет. Неудивительно: его масштабное промосковское действие, создание «Годунова», было, помимо прочего, учебой анаэробного бытия. Он сумел окуклиться в затворе Михайловского, научился «дышать временем». Более того, он занял место в центре русского литературного атома; прошу прощения — космоса.

Его переход из 1825 года в 1826-й прошел болезненно, но без роковых последствий. Пушкин перешагнул в пустоту (николаевского) будущего в бумажном «скафандре»; язык, составляющий Александру пищу для дыхания, в нем самом и находился.

*

«Атомарный» сюжет творчества Пушкина в Михайловском в 1826 году (в первой половине года; в августе Александр отправится в Москву встречаться с новым царем Николаем) выглядит так: альбом поэта полупуст, стихов в нем много меньше, чем годом раьше, но главное — они как будто роятся в пустоте. За ними нет того переполненного фона, как в прошлом году, когда позади пушкинских стихов, набросков и отрывков, опираясь на календарь, росла и росла гора «Годунова». Теперь на его месте пустота. Потому этот 1826 год выглядит, словно модель атома: он содержит, по сути, одну главу, собственно ядро: «Пророка» и вокруг него малые «электроны» слова, летающие без особой связи друг с другом. «Пророк» — стихотворение, состоящее как будто из одной материи словесного ядра; сверхплотной, имеющей силу невероятного смыслового и образного притяжения.

Если продолжить «физические» формулы, это прозвучит так: «Пророк» «весит» примерно столько же, сколько «Годунов». Равны по весу два года: переполненный 1825-й, имеющий на всем своем протяжении связный сюжет праздничной метаморфозы Пушкина, и «пустейший» 1826-й, у которого в самом центре, в июле, помещается ядро «Пророка».

II

Можно попытаться представить некий больший язык, гипотетическое строение, предположение о котором составляет сквозную линию настоящего исследования — большее «пространство слова», в котором были реализованы (сведены вместе?) спорящие потенции той эпохи. Такой, в котором были бы уравновешены силы русского сжатия и расширения, «московское» и «морское» наречия. Такое трудно себе вообразить — еще бы, если мы мыслим и пишем теперь только по-московски.

Вот почему является на ум этот невозможный вопрос. История показала, что этот московский «меньшой» язык (тип мышления) — центростремительный, сужающий поле реальных наблюдений, понемногу утомил самого Пушкина. По своей природе он был человеком центробежным, путешествующим. Его дальнейшая, постсобытийная эволюция, от 1826 года и далее, вся на это указывает: он все более определенно стремился *от* московского ядра[76]. И приходил во все большее противоречие со своим же (царским) очерком пространства 1825 года.

[76] Его «электрон» описывал вокруг Москвы все более
широкие круги. Эрзерум (первый и единственный выход
Пушкина за пределы Российской империи), Оренбург,
куда он устремился за Пугачевым, «История Петра»,
которая хотя бы теоретически нарисовала перед ним
расширяющийся горизонт. Движение за Петром наиболее
показательно: принимая его стратегическое задание,
Пушкин искал возможности роста русской мысли
за пределы того круга, который он в 1825 году столь
успешно очертил, замкнул на московский манер. Последние
его опыты совершались в Петербурге, в январе 1837 года,
за день до дуэли с Дантесом. Он разбирал записки
о Камчатке академика Крашенинникова; водил пальцем
по карте, повторяя насыщенные иным пространством
новые слова: Чикажу, Тигиль и Кыкша.

Наверное, так сказывалась его нереализованная тяга к путешествию, в первую очередь в Европу: желание, до конца дней не утоленное. Запреты, ссылки, полицейский надзор эту тягу только усиливали.

Пушкин составил для себя миф о заморском (европейском) рае и не успел в нем разочароваться. Карамзин и Чаадаев успели: они поехали в Европу и затем оба вернулись (не они одни), хоть и по разным причинам, но в одном убеждении, что *там*, при всем комфорте пребывания, они никогда не станут своими, не заговорят уверенно на своем языке — до такой степени он не совпадает с любой иной, кроме российской, окрестностью. Эти свойство и чужеродность, притяжение и отторжение внешних пространств ими были испытаны, Пушкиным — нет. Ему не дали оглядеться и остыть в Европе, удержали во внутренней изоляции. Отсюда эти непреходящие грезы и вождения пальцем по карте с нарисованными далекими морями.

И все же мысль о большем русском языке не оставляет — мысль о возможности путешествующего (расширяющегося) пушкинского текста.

*

Его странствия обозначали не линии, но грани, переломы измерений. Не по плоскости, но вдоль по трещине, разделяющей миры знакомый и неведомый, двигалось его слово. Всегда по краю; так написано на карте: у других «части света», у нас — «края».

Это пограничное видение себя в пространстве унаследует Лермонтов. Осознание себя на границе миров, томительное ощущение возможности взглянуть в мир больший: таково чувство, направляющее русского путешественника.

Оно превратило Пушкина в одного из лучших медиаторов русской ментальной сферы.

*

С переходом из 1825 года в 1826-й эта сфера сделалась пуста и гулка. Пространство сохранилось в переполненных головах русских мечтателей о путешествиях. Внешние пустоты забрали их в тиски; головы мечтателей стали тяжелы как ядра; духовные напряжения отдавали звоном и внешней немотой. Мысль сделалась отражением геологического (не географического) процесса.

Как-то раз в библиотеке я обнаружил в книжных залежах брошюру: «Месторожденіе Александра Пушкина» и не сразу понял, что это всего лишь столетней давности пропись обыкновенного *места рождения*. А уже фантазия нарисовала невесть что: угольные копи, черную пыль, каторжане с заступами — роют книгу. Из-под земли появляется каменный истукан, черный лицом. За сто лет пушкинское слово слежалось в уголь, железную руду. Таков оказался результат ментального катаклизма — сжатия слова пустотой 1826 года.

Месторождения породы (части поэтической машины Александра Пушкина) разбросаны повсюду — чертеж утрачен. Вместо него — пустыня.

*

Равновесие сил, удерживающее русский «атом» в состоянии относительного покоя, обеспечено этой как раз пустыней.

Пушкин с первых дней ссылки ищет для себя пример поэта-отшельника. Первоначально это Овидий, римский ссыльный, отбывавший срок на берегу Черного моря. Затем его сменил другой образ: Иоанна Богослова на острове Патмос, пишущего последнее откровение.

Время от времени Александром овладевает соблазн юродства, хотя бы игрового. Он сыграл в самозванца, отчего не пойти в юродивые? Эти умеют (только им и дозволено) говорить в пустыне. У них слова оправданны — не извне, а изнутри, в этом случае корень «правда» имеет прямое значение: слова отмечены правдой.

Но все же образ юродивого, хоть и явившийся в работе над «Годуновым», — Иоанн Железный Колпак, Никола Солос, Николка — как пример для подражания явится Пушкину позднее. Пока, в Михайловском, он «царь», он испытал полноту существования русского самоназванного государя, осознал ответственность и риск пророчества.

Пророчество в пустыне, противопоставление ей своего «густого» слова: таково его самоощущение на рубеже 1825 и 1826 годов. Так начинается год «Пророка»: с опустошения и крайнего напряжения рисунка обстоящих Александра пространств.

III

Михайловское; январь, февраль, март. Что-то производится по инерции, в помещении как будто обустроенном, только все, кто ни есть в этом помещении, повернулись к нему затылком. Пушкин пишет письма, в ответ тишина — как это?

Он пишет новому царю. Отчасти по инерции: просьбы все те же. Он не столько надеется на царя, сколько на силы небесные — те, что там же, сверху, но все же повыше царя.

...Жду, чтоб Некто повернул сверху кран...

Кран на небесах все не поворачивается.

Все же в обращении к Николаю появляются новые ноты. Дело не только в том, что теперь в каждой строке ему требуется писать о неучастии в заговоре, — при этом так, чтобы не отказаться от своих друзей: та еще эквилибристика. После перемены царствования состоялись некоторые перестановки наверху, открылись новые возможности для его заступников (так секретарем следственного комитета по делу декабристов был назначен его старый приятель Дмитрий Блудов), Жуковский сохранил авторитет.

Дело, однако, не в этих конкретных обстоятельствах, но в общем состоянии пустоты, отменяющей прежние «физические» законы бытия и определяющей новые. Закачались весы — подо всеми закачались, и новый царь еще как на них закачался! И неизвестно, кто и кому теперь больше окажется надобен, царь или поэт.

Может быть, поэтому меняется интонация в обращениях Пушкина наверх. У него в столе «Годунов», в котором прописано по главам (сценам), как на Москве опрокидывается царский трон. После «Годунова» Пушкин уже другой, он по собственному ощущению стал много тяжелее на тех весах, где взвешиваются судьбы. Признания этого ждать не от кого, только от того, кто взвешивает, а как у него спрашивать признания? Только ждать, терпеливо и с уверенностью, что твоя чаша, которая уже полна, когда-нибудь да перевесит.

Расчеты Пушкина помириться с Николаем оказались в итоге верны. После качания на весах, после казни руководителей восстания новый царь через Дмитрия Блудова вызовет в столицу опального поэта, понимающего о себе, что он пророк.

*

Опять Александр пишет Плетневу (3 марта) о себе аки пророке, и под тем же соусом: спасайте, вывозите меня в Петербург. *Не будет вам Бориса, пока не выпишете меня в Петербург – что это в самом деле? стыдное дело. Сле-Пушкину дают и кафтан, и часы, и полумедаль, а Пушкину полному – шиш.*

Слепушкин, Федор Никифорович, — крестьянский поэт, которому Пушкин сочувствовал.

А зачем что-то — *Пушкину полному?* Он и без того полон.

IV

Не зависть к крестьянину Слепушкину, но томительное ощущение, что перемены совершаются без него: перемены в большом русском проекте — прежней России уже не будет, будет следующая, что такое эта *следующая Россия?* Это следует спросить у пророка. О чем там думает Блудов? Он теперь в советниках у нового царя. Разве не знает Дмитрий Блудов, кто в России пророк?

Карамзин тяжело заболел: Пушкин боится открывать газеты. Возможно, боится того, что после Карамзина ему заступать на его место. Готов ли его проект, или у него для показа обществу есть только «комедия», XVII век с царем Борисом?

*

Совпадение, которое никак не идет из головы. Ясно как будто, что тема иная: тут прямо о математике, о геометрии в предположении точного расчета.

23 февраля 1826 года Николай Лобачевский выступил в Казанском университете с докладом на тему «Воображаемая геометрия»: сжатое изложение начал геометрии со строгим доказательством теоремы о параллельных. Доклад был сделан на французском языке (оригинал текста утрачен). У коллег он энтузиазма не вызвал, равно и у оппонентов, коим был разослан заранее: ответов на сочинение Лобачевского не последовало. Много позже идеи, высказанные автором в «Пангеометрии», получили всемирное признание.

Pangeometria — так в оригинале.

Все же это не воображаемая геометрия, но все-геометрия, попытка пересчета большего мира, для воображения которого доказательство теоремы о параллельных есть только повод, вход, порог, через который необходимо переступить, переменившись внутренне.

Мои знакомые математики расценивают предложение Лобачевского как философский проект, косвенно относящийся к строгой математической науке[77].

Кстати, все они относят появление теории Лобачевского к сороковым годам. Тогда, не ранее, по их ученому ощущению, могло возникнуть это видение (ударение на первый слог) Лобачевского, наблюдение следующего по знаку сложности мира.

Нет, это видение было заявлено вовремя, в начале 1826 года, в тот момент большого русского пересменка, когда прежней России — даже в теории, в воображении — более существовать не могло. Прежнее ее пространство было отменено; это могли понять только люди, в высшей степени чувствительные к переменам метафизического чертежа, к тем сбоям и смещениям внутренней картины, которые ощутились наблюдателями как приход некоей новой пустоты. Пустота была истолкована и затем не однажды перетолкована как прямое политическое следствие провала восстания декабристов. Политическая пустота: тут спорить не о чем. Предположение таково: эта политическая пауза, *ничто* во времени между декабрем 1825 года и коронацией Николая I в августе 1826 года в Москве была внешним выражением паузы метафизической, метаисторической, куда более значительной по своему масштабу и последствиям. Россия исчерпала ресурс движения, заданного за сто лет до того реформатором Петром I. Она не поместилась в европейские координаты — внутренне, в ощущении верного для себя места. Оттого это в первую очередь выразилось в ее языке. В этой сфере ее общее мнение могло выразиться достаточно объективно:

---

[77] См. эссе «О нахождении Арзамаса», рассуждение о несчастиях отца Лобачевского, московского землемера, имевших место на юге Нижегородской области во время его работы в екатерининской комиссии, рассматривающей следствия пугачевского бунта.

в авторском и читательском «естественном» отборе, сумме предпочтений, которые в несколько поколений отсеяли все лишнее и ненужное русскому человеку и оставили нечто «геометрически» узнаваемое: царство, *Москву в слове*. И бумажного царя, который с этого момента мог соперничать с настоящими царями.

Первым на этот трон был посажен Пушкин; не сразу, не при жизни, но задним числом, в середине XIX века, когда победа московского «бумажного» сознания уже не вызывала сомнений.

*

Эти метаморфозы (России как большой книги) не имели непосредственного отношения к фигуре нового императора Николая I. Переворот в истории русского слова состоялся прежде его воцарения; он только воплощал его следствия, оставаясь на поверхности, наверное, и для себя самого императором петербургским, но на деле все далее уходящим от Европы в Москву (не географически, но ментально, пангеометрически).

Отсюда и вопрос, который все нейдет из головы: случайно ли появление проекта Лобачевского на переломе внутренних русских пространств, случайна ли его синхронность с выступлением Пушкина, с пушкинским «московским» проектом, предъявленным сначала в «Годунове» и затем, в сжатом виде, в «Пророке»?

Эти двое опередили свой век: они превзошли его в масштабе своего «пространственного» видения, приступив к описанию большего русского мира, каждый на своем языке, много раньше современников. Да и догнали ли этих двоих современники и за ними потомки? Нет, пожалуй, не догнали, не поняли вполне ни того, ни другого предложения. Опусы обоих провидцев остались не до конца расшифрованы.

Россия замерла тогда на перекрестке времен, точно в темноте рождественских Святок. Празднующие взглядывали в разные стороны. Кто-то — в Средневековье. Общим мнением комиссии по делу о декабристах, которое было предъявлено новому царю для высочайшего утверждения, было: казнить до ста участников выступления на Сенатской, пятерых же руководителей его четвертовать публично.

Вердикт из времен царя Бориса.

*

Пушкин — Вяземскому, не позднее 24 мая 1826 года.

Представь ее (судьбу — А.Б.) огромной обезьяной, которой дана полная воля. Кто посадит ее на цепь? Не ты, не я, никто. Делать нечего, так и говорить нечего.

V

22 мая 1826 года умер Карамзин.

Опустошение — опустынивание — эпохи достигло своего предела.

Возможно, смерть Карамзина была поворотным пунктом, после которого Пушкин направляется прямиком к «Пророку». Далее добавлялись поводы и подсказки, провокации судьбы, но первым толчком был этот: уход историка, удерживающего от распада рисунок времен, и сознание того, что более с этой ролью справиться некому (кроме него, Александра). Некоторое время потребовалось Пушкину, чтобы успокоиться, оценить реакцию современников на уход Карамзина, возмутиться ею, написать посвящение «Годунова» — памяти его, Карамзина. Оглянуться, собраться с духом, признать свою (персональную) ответственность за новый чертеж слова и времени, и — писать манифест.

Манифестом стал «Пророк».

Фокус города

Расположение войск восставших

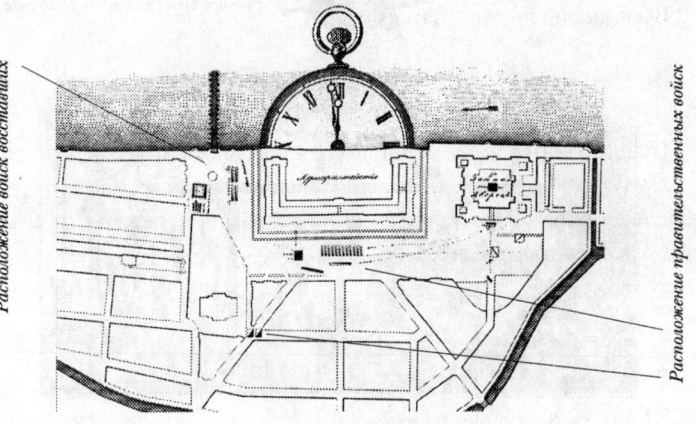

Расположение правительственных войск

На плане Петербурга *(центральная часть: Сенат, Адмиралтейство, Зимний; чертеж составлен для цесаревича Константина по следам недавнего декабрьского бунта) прежде всего бросается в глаза некая случайность в расположении войск – как восставших, так и царских. Все они стоят в углах или движутся по касательной; их так мало, что кажется, будто дети в парке играют в казаки-разбойники, то есть – более прячутся, нежели воюют. Это неправильное впечатление, однако причины, которыми оно вызвано, стоит разобрать. Главное, что приводит к «оптической» ошибке – притяжение центральной башни Адмиралтейства. К ней все сходится как в фокус; таково планировочное решение. Восставшие и окружающие их царские войска промахиваются мимо фокуса. Отсюда ощущение случайности, подтверждаемое в полной мере сознанием того, что на Сенатской площади произошел анахронизм. Петербургские стрелки сошли с оси; происходящее на чертеже составило мгновение хаоса, и чертеж в одно мгновение (визуально и существенно) опустел, обессмыслился, утратил время.*

Рисунок Пушкина, июль 1826 года

Ужасная игра — *в человечков. Есть странный эффект, который производят некоторого рода зрелища, наподобие массовых гимнастических упражнений. В них заключена определенная гармония, явленная в визуальной оркестровке движений; порой, если движения слаженны и хорош балетмейстер, это вызывает восторг. Мир, словно хорошо натренированный спортсмен, сам себе послушен. Весь мир. Это вызывает восторг не столько зрительский, сколько, если можно так выразиться, философический. Метафизический. Одновременно в этом зрелище что-то холодит душу. Может быть, сказывается сознание того, что в прошлом этими многофигурными оркестровками развлекались, как правило, диктаторы? Наверное, и это, но не только это. Игра в человечков, в солдатиков, вообще – в куклы, всегда имеет изнанку. Пляшущие человечки: образ, не однажды задействованный в литературе, обычно отрицательный. В них виден шифр, скрывающий нечто зловещее. Или так сказывается соседство виселицы? Наверное, так – ничего нет ужасного в зрелище гимнастов, всем скопом высыпавших на плац и по команде из репродуктора принявшихся приседать, разводить руки, наклоняться, вставать вертикально.*

Потрясение от смерти Карамзина по календарю приходится примерно на его, Александра, рождение (тут нужно уточнить, когда известие об этом достигло Михайловского). Странное совпадение. Вот он взошел на гору года — и тем большее и горшее сознание своего одиночества приходит к нему на вершине.

День рождения-вознесения Пушкин пропустить не мог. Каков вышел этот день пространства? Вид страны, как будто обезглавленной, умолкнувшей, вмиг позабывшей самое себя, ему открылся, овеял пустотой.

В сравнении с прошлым годом — праздничным, хоть и тяжким, проведенным на перекрестках и в сомнениях, но все же целым, — этот, 1826-й, обходится без церемоний и весь разбит на части, на дни, друг с другом особо не связанные.

Вместо все объединяющего магнита «Годунова» — процесс по делу декабристов. Ничего не скажешь, и тут виден центральный, не отпускающий внимания сюжет.

Тянется уже полгода.

*

13 июля на кронверке Петропавловской крепости были повешены руководители восстания. Так начинается спуск с вершины 1826 года.

Пушкин узнает о казни 22 июля; вместо стихов в альбоме рисует виселицу в нескольких ракурсах. Один рисунок — в п е р с п е к т и в е .

Возможно, с целью проверить его реакцию на казнь и, во всяком случае, навести о поэте справки, в июле в Святые горы приезжает некто Бошняк. Источники пишут о нем уверенно: шпион. Добрейший настоятель, отец Иона, дает ему об Александре отзыв самый благоприятный.

Он ни во что не вмешивается и живет как красная девка.

*

«Красная девка» Пушкин едет в монастырь в конце июля. Служба за помин души усопшей тетки; в церкви, стоящей высоко, как скворечник, с несколькими пролетами лестницы, на которой предпоследняя площадка уготована для его могилы, Александр видит на столике Библию, открытую на шестом пророчестве Исайи.

...Тогда прилетел ко мне один из Серафимов, и в руке у него горящий уголь, который он взял клещами с жертвенника, и коснулся уст моих...

Считается, с этого момента пошел прямой отсчет (собирания, сплочения) «Пророка».

*

Подсказка — шестикрылый серафим, горящий уголь, уста — слишком очевидна. Настолько, что сам эпизод в церкви кажется сочиненным по случаю. Также в качестве некоторого образца (первотолчка), не столь близкого, упоминают 38-й псалом Давида: *...воспламенилось сердце мое во мне; в мыслях моих возгорелся огонь...* Еще добавляют Коран и прозрение Магомета в пустыне.

Таких приуготовляющих сюжетов можно насчитать немало.

В тексте, который в 1815 году послужил поводом к созданию «Старого Арзамаса» — «Видении в какой-то ограде» Дмитрия Блудова, — есть пассаж, который также можно отнести к ряду скрытых источников пушкинского «Пророка». Герою «Видения», тучному и косноязычному персонажу, под которым подразумевается драматург Шаховской, является старец (адмирал Шишков) и сообщает откровение, излагающее в перевернутом виде принципы «Беседы любителей русского слова». Заканчивается «Видение» следующими словами:

И престал вещать старец, и вложил он мне в сердце главу змии малой, и наполнился я духа старчого...

И тут узнаваем «Пророк» — потому узнаваем, что сама ситуация встречи с вещим старцем, ангелом, серафимом, ближним или дальним подобием (посланцем) Бога вполне универсальна. Вероятно, Блудов цитировал Исайю; для него это была вспомогательная подсказка. Также и для Пушкина это были наводящие сюжеты; разумеется, он помнил о начале «Арзамаса», помнил и «сакральный» текст Блудова. Но, в отличие от смеющегося Блудова, от пародийного начала «Арзамаса», Пушкин теперь предельно серьезен. Не карнавальное, но истинное пророчество он излагает в своем стихотворении. Им окончательно исчерпывается «Арзамас»: «Пророк» заканчивает эпоху поиска нового слова: он и есть это слово. Насмешки отменены; будущее открылось носителю нового слова со всей возможной полнотой.

Чем больше «первоисточников», тем становится яснее, что они могут послужить только фоном для пророчества самого Александра. Оно универсально, включено в традицию, взято «извне» из Библии и Корана и в то же время является является поэту «изнутри», рожденное в индивидуальном опыте самоосмысления и духовного преображения.

Есть спор по поводу прототипа: Пушкин, мол, пишет не о себе, а о — приводятся варианты: упомянутые Исайя и Магомет, а также современники Пушкина, в том числе женские персонажи; разброс довольно велик. Наверное, и тут сказывается универсальный характер откровения, которое можно приложить (присвоить) многим из его читателей. И все же при внешних совпадениях, которые все до единого могут отозваться у Пушкина суммарным взаимоподтверждающим эхом, основным прототипом — героем, пережившим и освоившим опыт преображения, — остается сам поэт. Он сообщает то, что «видит» изнутри; внешнее пространство резонирует в такт его внутреннему сообщению.

*

«Пророк» составляет точку пересечения (притяжения) внутреннего и внешнего миров; к ней собираются сюжеты и «рифмы», найденные Александром за два последних года. Два года — от того момента, как Пушкин отправился от моря в северную пустыню и умалился по дороге в точку, заметную одному Господу Богу.

Теперь Александр подводит итог своему мучительному — недвижному — скитанию в пустыне, где он сначала «тонул», погибал без веры, но затем обрел веру, данную ему в зрелище времени (календаря) и пространства, и с этой з р я щ е й верой он обрел новое слово.

Далее — не разбор, но простое перечисление сокровенных михайловских мотивов, которые за два года собрались в своего рода оглавление книги (не от слова «глава», но от «главное»).

Духовной жаждою томим,
В пустыне мрачной я влачился,
И шестикрылый Серафим
На перепутье мне явился.

Хорошо это «мне»; тут является еще один герой «Пророка», который встречает на перепутье посланца небес. Это — читатель, это я, это он, это всякий, кто взял в руки «Пророка». Каждый читает о себе: отсюда это «мне».

М н е явился Серафим, и вот почему я принимаю это сообщение так лично: я вырос в этой стране, в космосе ее безразмерного языка, и части моей сознающей машины так настроены, что отзываются разом на трубный глас «Пророка». Двух первых строк достаточно, чтобы у меня зазвенела голова, горизонт распался и отверз пустыню, до времени — до этих первых слов — неразличимую.

На перепутье, не у храма, как у Исайи: важное пространственное уточнение — пушкинский пророк остается в движении, когда на него накладывается Господень «чертеж».

Начинается черчение по человеку.

Перстами легкими как сон
Моих зениц коснулся он:
Отверзлись вещие зеницы,
Как у испуганной орлицы.

Главный сюжет двух этих лет Пушкина — прозрение в мир больший, который не столько вне, сколько внутри; слово является на границе двух этих миров, на тонкой грани, разделяющей воображаемое и реальное пространства.

Они уравновешены в слове пророка.

Еще важнее прозрение во время, которое открыло Александру море много большее, нежели он оставил на юге. Теперь он н а д морем: в летней позиции, после Вознесения и Троицы. Потому орлица: тут все видно отчетливо.

Моих ушей коснулся он,
И их наполнил шум и звон:
И внял я неба содроганье
И горних ангелов полет,
И гад морских подводный ход,
И дольней лозы прозябанье.

Тут представлен весь мир разом. Лишь частью в нем прочитывается пустыня Пскова, но прочитывается без труда: именно шум и звон словесной плоти, в Михайловском обретенный, отличает новое слово Пушкина от невесомых «южных» стихов. Эти новые — тяжки, звонки и шумны.

Обитатели финского моря — подводным ходом бродящие *гады,* лешие, водяные и русалки, — все тут, на дне его «псковского» моря.

И он к устам моим приник,
И вырвал грешный мой язык,
И празднословный и лукавый,
И жало мудрыя змеи
В уста замершие мои
Вложил десницею кровавой.

Тут хорошо слышно «Годунова». Наверное, инерция «гео-метрического» исследования сказывается: скрытое равен-ство двух фигур, двух главных произведений михайловской ссылки, «Годунова» и «Пророка», диктует свое. Они одина-ково центральны, ценны и тайны; это таинство само по себе показательно — оно и показывает их равную ценность для автора. «Годунов» и «Пророк» равны потому уже, что оба со-храняются на самом дне пушкинского поэтического потока: два камня, которые не может двинуть с места этот поток. Они остаются покойны, пока поверх них движется толща прочих пестрых слов.

Но есть и другое подобие. Подводя итог заточению, раз-мыкая ключом «Пророка» замок псковской ссылки, Пушкин вспоминает о перевороте (тот же отворяющий жест), кото-рый в нем самом совершил «Годунов». Сочиняя, составляя, угадывая «Годунова», Александр пересочинил себя, преоб-разился. Его комедия о царе Борисе начиналась на праздник (мы предположили, что на Крещенье), как опасное озорство и самозванство, деяние празднословное и лукавое, продол-жилась осознанием своего греха и завершилась — на празд-ник, на Покров — замиранием, немотою при известии о та-инственном успехе «Годунова», о настоящей смене царя на Руси. Тогда Александр в себе ощутил *жало мудрыя змеи*, что произвело слово, опрокинувшее русский трон.

О крови умолчим. Так или иначе, собирая «Пророка», Пушкин не мог не вспомнить «Годунова».

И он мне грудь рассек мечом,
И сердце трепетное вынул,
И угль, пылающий огнем,
Во грудь отверстую водвинул.

Ответственность за сказанное слово, и прежде Александру знакомая, теперь многократно усилилась. Он более не поэт, он пророк; он ф и г у р а в о в р е м е н и — согласно этому в процессе михайловского «черчения» меняется весь его духовный состав. Москва ему напомнила о царской ответственности, эта праздная столица, казалось бы, только и умеющая, что завидовать высоко вознесшемуся Петербургу. Нет, более не существует той безмятежно спящей столицы, есть город-фокус, перечерченный в 12-м году огнем. Потеря Москвы отозвалась сердечным трепетом по всей России; тут многое можно добавить из области метафизической анатомии. Теперь в стране, где начертилась новая-старая столица, перечерчивается человек.

Это русское (жертвенное) черчение: угль не касается уст, очища оные, как у Исайи, но прямо вкладывается в сердце — вместо сердца.

Как труп в пустыне я лежал,
И Бога глас ко мне воззвал:
«Восстань, пророк, и виждь, и внемли,
Исполнись волею моей
И, обходя моря и земли,
Глаголом жги сердца людей».

Слова, от первого до последнего, сами за себя говорящие. «Утопленник» Александр всплыл словом, поднялся сочинением к небу, на глаза Господа. Пустыня обратилась «густынею» (слово из монашеской молитвы: *О, прекрасная пустыня; прими мя в свою густыню*): она признала и приняла странника, духовное перепутье пройдено.

VI

Синтез видимого и невидимого, сведенного в «Пророке» воедино, можно долго разбирать на составляющие. Важнее отметить само это магнетическое действие, собирающее к ключевой точке июля 1826 года эти многие и многие сюжеты. Здесь виден «центр сборки» языка, то именно «ядро» атома (слова), удерживающее бегущие вокруг него по ближним и дальним орбитам наши переполненные космические пустоты.

Здесь, в концовке «Пророка», среди прочего слышно сообщение о Карамзине. После его ухода Пушкин принимает следующее свое важнейшее задание: представительствовать словом во времени, в истории: теперь время для него *моря и земли*, время есть пространство, в котором действует его глагол.

*

Пушкин и прежде различал помещение времени – в сумме поэтических интуиций. История, как прошедшая, так и едва намечаемая, понималась им как композиция (целостного) сочинения: часть его прочитана, многое еще предстоит различить, продумать и сложить в рифму. В таком случае один только замысел будущего произведения становится видом пророчества. Другой вопрос, насколько это будущее произведение соответствует общей композиции истории как большего – общего, Божьего – сочинения. Здесь сказывался уникальный поэтический слух Пушкина, с восемнадцати лет понимающего свой голос как *эхо целого народа*.

Сидение в многознающей псковской пустыне, «аппликация» «Годунова», праздничный цикл, темперирующий память Александра, дополнили это поэтическое созерцание-творение истории – не просто дополнили, но качественно его изменили. Теперь не одно только угадывание народного эха во времени, но знание истории, знание календаря, как квинтэссенции русской истории, становится оружием Пушкина: не поэта, но пророка.

*

Несомненно, опыт михайловского творчества изменил рисунок «магического кристалла», с помощью которого Пушкин пытался заглянуть в будущее; собственно, тогда этот «кристалл» и явился Пушкину: слово, как «оптический» инструмент, данный ему для различения времени как пространства.

Эта перемена метода — от интуиций к прямому «зрению» во времени — здесь более всего интересна. Пушкин приехал в Михайловское, разочарованный в прежнем методе: его «южный» атеизм прямо противоречил поэтическому опыту, предполагающему чудо прозрения. Поэт, отказывая себе в праве на предвидение, как будто намеренно делался «слеп»; ему оставалось одно предощущение пространства, которое во второй половине 1824 года было тревожно и темно. Перед ним вовсе не было этого сокровенного пространства, оттого являлись страхи и соблазны смерти и душа сама ложилась на дно.

В таком случае тем более интересен 1825 год Пушкина, так как это был год не просто «всплытия», спасения Пушкина из темных вод уныния, но полный цикл его ментального переворота. Пушкин-скептик, убивающий время за бильярдом, отвергающий пространство русской азбуки, начинает — празднуя, пробуя время на цвет и вкус — воспринимать новые токи жизни, новые звуки и дуновения духа, чтобы в итоге вернуться к русской вере и создать «Бориса Годунова». «Пророк» в сжатом виде это подтверждает. Он выглядит как подпись к «Годунову», свидетельство того, что драму о царе Борисе написал *пророк*.

Пульс времени ему открылся явно; поэтому можно говорить о сокровенном «чертеже», наложенном на человека, целиком этого человека изменившем. «Пророк» — заключительная запись, пояснительная записка к этому чертежу.

*

Тут, наверное, стоит вспомнить еще раз о переводе Библии на русский язык, что оказался «синхронным» началу пушкинского творчества. Этот перевод начинался непросто, судьба его была противоречива. Подав надежду на преображение страны по образу и подобию духовной революции Ренессанса в Европе, русский перевод в скором времени был отложен, отменен (дело дошло до сожжения Библий, напечатанных по-новому); не оттого ли отменен, что подал ненужную надежду? Его судьба была во многом характерна для времени правления Александра I. Закат этого правления составил и закат проекта перевода. Но вот является новый Пушкин: его михайловская метаморфоза составляет перемену в духовном царствии в России — теперь она «бумажное» царство, империя языка. Уход одного Александра означает приход другого — и проект перевода Библии как бы переверстывается. Он подхвачен Пушкиным, передиктован им в «Пророке». С этого момента духовная власть в России уже не принадлежит безраздельно православной церкви: она начинает делить ее с русскими писателями. Положение неустойчивое, обернувшееся многими потрясениями русского духа.

Все это не названо явно, но действует скрыто, и от этого тайного действия производит тем больший эффект. «Пророк» не случайно является сразу вслед за русским Евангелием. Он становится предметом веры, уже не отменяемой.

Это значение «Пророка» еще скажется на судьбе Пушкина, которая с момента написания его начинает склоняться все заметнее к жертвенному евангельскому сюжету. Смерть Пушкина завершит этот сюжет окончательным подтверждающим акцентом. Для «государства» московского слова, в которое начинает превращаться Россия, Пушкин сделается неявным подобием Христа.

От этого откровение «Пророка» приобретает тем больший вес. Он становится «евангельской» точкой во времени, точкой начала, родственной пункту Рождества Христова в мировой истории. Была в России эра до «Пророка», начинается эра после него, время, обустроенное согласно его пророчеству.

Так произошла перефокусировка во времени, выставлен центр притяжения новой русской истории. Впрочем, сознание этого события произошло много после Пушкина, когда литературная «религия» уже владела русскими умами.

VII

Известный эпизод с (предполагаемым) дописыванием «Пророка» может послужить этому первым примером. В середине XIX века — отсрочка показательна — является версия, что в оригинале стихотворения были еще четыре строки, которые Пушкин написал спустя несколько дней после главного стихотворения и затем сохранил в тайне. Точнее, он написал их сразу после известия о том, что его вызывают в Москву на коронацию Николая. Будто бы, ожидая этой встречи, Александр вспомнил о казненных друзьях и дописал к «Пророку» такие строки:

Восстаны, восстаны, пророк России,
В позорны ризы облекись,
Иди, и с вервием вкруг выи
<У.г.> явись.

У.г., согласно расшифровке, произведенной тогда же, спустя 25 лет после написания стихов, означало — *убийце гнусному.* То есть: *явись* в Москве царю Николаю, убийце декабристов.

543

Если эти строки прямо продолжают «Пророка», то призыв идти к царю Николаю принадлежит Господу Богу: именно он обращается к пророку. Тут слышна некоторая неувязка, политическая проекция, очевидно сужающая изначальное «пространственное» сообщение «Пророка». Авторы версии доказывают, что эти строки принадлежат Пушкину, что сам он в разговорах о них упоминал. Но даже и в этом случае эти строки были дописаны задним числом: слишком явно они не попадают ни в настроение, ни в самый масштаб «Пророка». Можно предположить, что эти строки были написаны после получения известия о том, что царь вызывает Пушкина в Москву. Пока неизвестно зачем, но так или иначе ясно, что предстоит судьбоносное свидание.

Пушкин отреагировал на эту новость очень болезненно: в этот момент Николай вспомнился ему именно как убийца друзей. Александр содрогнулся при одной мысли о том, что должен будет подать ему руку. Именно тогда ему явился образ юродивого как пример должного поведения в этой непростой ситуации.

В таком случае можно предположить, что именно эти политические строки, так явно не совпадающие по тону с основным текстом «Пророка», были написаны по дороге из Михайловского в Москву. Их Пушкин прятал в кармане, когда направлялся в Кремль на свидание с Николаем, за них испугался, когда они куда-то пропали (и спустя двадцать пять лет нашлись?).

Здесь важнее то, что их притянул, поместил в свое поле (и удержал на расстоянии) «Пророк», уже написанный. Тогда в первый раз сказалась его сакральная гравитация: спустя месяц после написания он был уже событием — центральным событием на карте русского языка, относительно которого начинается отсчет истории современного русского слова. В центре его — «евангельский» текст «Пророка», вокруг вращается, к нему тянется все, что много легче его, в том числе эти горячие, задним числом найденные строки.

*

Черчение закончено; через «Годунова» к точке «Пророка»: так пушкинский фокус нарисовался тем более отчетливо. Затем и нужен был этот чертеж: необходимо было найти эту фокусную точку, в которой положение языка фиксируется как образцовое. К нему склоняется, с ним, как с Евангелием, сравнивает себя все наше последующее сочинение: здесь выставлено «зеркало», в которое смотрит наш язык. Неудивительно, если из «зеркала» смотрит «Пророк».

Пушкин первый оглядывается на это волшебное стекло: теперь оно его «магический кристалл». Событие рефлексии языка, совершившееся на вершине 1825 года и затем подтвержденное его, языка, магнетической фокусировкой на следующей «горной» вершине в июле 1826 года можно считать совершенным.

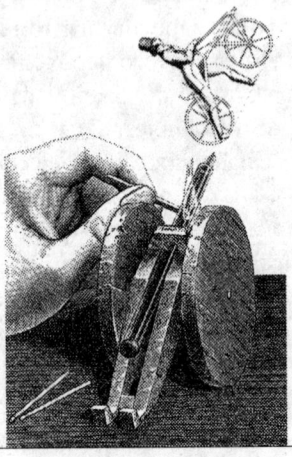

О геометрии полета

Пальба из пушки Пушкиным. *Так заканчивается
его ссылка – мгновенно, одним выстрелом. Тут можно
вспомнить Самозванца (веселое слово – «самозванец») –
как Григория Отрепьева по окончании дерзкого выступления
вместе с деревянной крепостью «Ад» сожгли в Котлах,
затем его пеплом зарядили пушку и выстрелили в сторону
солнца (на юг). Вот и Александра, сплотившегося
в псковском уединении до состояния пушечного – тут
сходство с фамилией уместно – или «атомарного» ядра,
зарядили в «пушку» и собираются пальнуть им на юг.
В Москву. Царский вызов в августе 1826 года совершается
внезапно, хоть и ожидаем два года, – пожалуй, в нем
услышишь угрозу. Предстоит полет: скорость, с какой
повлечет его царский посланник, такова, что как будто на
сапогах у него не шпоры, а крылья. Со свистом между облаков
Александр полетит в Москву, не зная заранее, разобьется ли
при падении или приземлится мягко. Сначала дорога
знакомым образом поведет на юг, затем тяготение Москвы
скажется: карта утратит стороны света, и на ней
останется один только фокус, одно направление – в центр.*

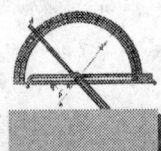

Часто присутствие в нашей жизни некоего незаметного правила (мы живем «правильно», но сами того не замечаем) подтверждается задним числом. Мы не задумываемся о том, что наша жизнь подчинена определенному закону, и различаем его действие только после того, как он был нарушен. Не сразу — проходит день, месяц или год, и вдруг мы понимаем, что закон нарушен, вместо расписания наступил хаос. День, месяц или год назад мы жили правильно, «по чертежу», и все совершалось правильно (и потому незаметно), а теперь не сходятся концы с концами, планы рушатся и руки опускаются перед задачей, которая вчера казалась легко выполнимой.

Закономерности отменены; время расплывается безгранично и свободно, и эта демобилизация (времени) становится особенно ощутима после вчерашней предельной душевной и духовной мобилизации.

Нужно уточнить: дальнейшие рассуждения не являются продолжением эссе «Черчение по человеку», которое было посвящено михайловской метаморфозе Пушкина. Преображение в Михайловском завершилось в высшей точке; заключительным аккордом стало создание «Пророка». Пространство, обнаруженное поэтом в его северном уединении — сокрытое, до-словное, потенциальное пространство — было им освоено (по всем направлениям «рифмовано»).

Всякая территория, как бы ни механистично это прозвучало, обладает определенным потенциалом слова. Этот невидимый запас выговаривается, реализуется в сочинении автора, «соразмерного» данному пространству. «Пророк» проговорил Михайловское, выговорил его до конца, до дна.

Пушкин вовремя уезжает из псковской ссылки в Москву; с ним все происходит вовремя. Начинается его следующая книга, пост-пророческая, трагическая, полупустая.

*

После сосредоточения «Пророка» наступает демобилизация Пушкина, понятным образом совпавшая с его освобождением из ссылки.

Он съезжает сверху вниз с верхней «июльской» точки 1826 года в «август», в (положенные по московскому календарю) сквозняк и суету души. Пушкин «расфокусируется»: сходит с того перепутья, на котором он был царем времен, пророком. Вчера Александр был целое, теперь состоит из частей, из нервов, мечется, не зная, за что взяться, позабыв, что он пророк.

Им получено известие из Пскова, что за ним из Москвы едет фельдъегерь, чтобы доставить в столицу, где ему объявят о перемене участи.

Не освободят — в тот момент это Пушкину неизвестно; он готовится к худшему, Соловкам или Сибири, к очередному разбору грехов (подошла его очередь отчитаться за декабрьский бунт?), за которым последует наказание посерьезнее михайловской ссылки.

В глубине души живет надежда, что его пророчества услышаны — кем? на небесах повернулся кран? Надежда на слово «Годунова», которое теперь еще предельно сжато, огранено каменно гремящим «Пророком». И теперь ему только остается дождаться эха этих слов, которыми он замолил, перекричал пустыню, и за это его наконец отпустят жернова судьбы и он выйдет на свободу.

*

В самом деле, почему нет? Если стихотворение способно разомкнуть шестерни судьбы, чтобы они двинулись свободно и вынесли пленника со дна бытия на свет Божий, то таким стихотворением может быть именно «Пророк». Разумеется, «Пророк» — никакая другая литературная молитва не может претендовать на чудодействие в такой степени, как эта. Пушкин напророчил себе выход из затвора; после всех сбывшихся предсказаний «Годунова» такого нетрудно было ожидать от «Пророка».

Здесь не одни камлания, но также и расчет Пушкина, уже упомянутый: на то, что он надобен новому царю, и есть люди, способные растолковать ему эту надобность.

Александр в своем расчете более чем хладнокровен; он даже успевает отправить царю заочное послание, которое, честно говоря, на первый взгляд звучит жутковато. *Повешенные повешены* (так в черновике письма Пушкина Николаю). То есть — закрываем тему. Наступает новая эпоха, к оформлению которой нужно приступать, простив друг друга.

Пушкин — провидец этой новой эпохи; он протягивает царю руку для примирения, не просто взаимно необходимого, но необходимого из соображений высшего порядка. (Письмо с упоминанием о повешенных было написано до получения Александром известия о вызове в Москву; он еще мобилизован, по крайней мере спокоен, ему еще ведом высший порядок, он еще пророк.)

Далее — никакого спокойствия, только трепет и тревога. Великан в селе Михайловском оказывается уязвимым, устрашенным, обыкновенным человеком. И как скоро! Еще недавно перед его внутренним взором пересекались несколько русских историй, он владел пространством времени, различал прошлое, знал, что Россию ждет завтра, и проч. Но вот всевидящий Пушкин получает депешу от губернатора фон Адеркаса, из которой следует, что за ним едет казенная карета и в ней фельдъегерь, и вмиг отменено его многозрение. В первое мгновение Александр в панике, во второе сверкает глазами и замышляет отомстить убийце за друзей, в третье ему приходит на ум план пойти в юродивые и предстать перед царем Николкой в железном колпаке.

*

Нет, никаких сомнений: в эти дни совершается важная партия в нашей истории, разыгрывается мистерия, заново смешивающая разно обустроенные, вечно спорящие русские времена. Это, кстати, всей душой чувствует Арина Родионовна, имеющая в своем славяно-чухонском роду немало колдунов и ведьм. После получения известия, которое застало ее не в Михайловском, а в гостях у кумы, простоволосая, в слезах, она бежит обратно и, едва войдя в дом, проделывает следующее: находит среди вещей барина сыр и бросает его в печь. Французский сыр.

Здесь возможны варианты. Арина Родионовна ненавидела сыр как таковой, заморский тем более. Поэтому жертвой ее темного обряда пал либо сыр лимбургский, *живой* (по консистенции подобный маслу), либо зеленый, трижды зловонный, имеющий вид порошка, коим Александр Сергеевич имел большую страсть посыпать мучные изделия наподобие вермишели или макарон. Поэтому в печь не полетел круг сыра, а потек поток живого сыра или был брошен в огонь зеленый сырный порошок.

Старушка была в большом волнении, к тому же немного во хмелю, к чему, по свидетельству современников, она вообще была склонна. Но теперь ее колдовское действие было оправданно, притом в простом, земном смысле: любая связь барина с заграницей, пусть и такая, кулинарная, в тот момент могла ему повредить. Ожидали обыска. Александр у себя жег «лишние» бумаги, Арина Родионовна в слезах палила дорогущий французский сыр.

Наверное, здесь все имело место — и колдовство (невольное), и спешка сборов. Хаос и сумятица тому сопутствовали, а также множество ошибок: все же предстоял не переезд в Сибирь, но возвращение в Москву.

По идее, в центр.

При этом совершалась очевидная «расцентровка»: Александр стремительно съезжал из центра чертежа судеб. Рисунки сущего двоились. Теперь Пушкину предстояло жить и творить п о с л е с о б ы т и я.

Теперь, задним числом, известно: начиная от этого момента, он все чаще будет вспоминать «Пророка», оглядываться на его чудо, искать равновесия между своим настоящим и тем «совершенным настоящим», что нашло простое и ясное выражение в этом стихотворении. Пушкин будет вспоминать, искать и не находить этого равновесия и переживать то, что здесь может быть обозначено как «бытие без чертежа».

*

Это освобождение от креста, столь тяжко (центром координат) его отметившего, составило особую церемонию. Иначе и быть не могло; всякое действие, Пушкиным в этот момент производимое или производимое над ним — тем, кто наверху, сидит у крана и кропит землю, — составляло во времени законченный сюжет, рисунок, хронологический завиток.

Точнее, раз-виток: мы наблюдаем демобилизацию Александра, распускание метафизического узла, который удерживал его на месте два года. Внутренние движения закончены, вновь начались внешние; путешествие Александра по России возобновляется.

Пушкина везут в Москву, на коронацию Николая. Точнее, на празднества, начавшиеся после коронации: сама она состоялась 22 августа, Александра привозят 8 сентября, спустя две недели, в самый разгар общемосковских отмечаний. Они только разворачиваются. 15 сентября предстоят большие гулянья на Ходынском поле, для чего во множестве заготовлены столы и пироги, которые заранее сложены штабелями, как дрова. Они и жестки, как дрова, ибо заготовлены за месяц вперед, но, отмечает в своих заметках Пушкин, москвичам будет чем их размочить: им обещаны фонтаны вина и пива. И так каждый день. Москва давно так не веселилась; после победы 1812 года в ней было много праздников, но такого еще не было. Суть его вот в чем: в Москве не просто происходит коронация государя, но восстановление ее сакрального столичного статуса, который после «евангельской» московской жертвы в Отечественную войну уже не подлежит сомнению.

Об этом было сказано: меняется русская ментальная гравитация: спасенная Москва начинает понемногу «перевешивать» Петербург. Пока это скрытое действие, однако общее движение уже началось. Пример этому — коронация Николая, которая принципиально отличается от предыдущей коронации, когда на трон садился Александр I. Тот праздник был вообще не слишком весел; для самого Александра он был ужасен: сам он ясно сознавал свое преступление, понимал, что садится на трон отцеубийцей. Эта, 1826 года церемония также была омрачена недавней казнью декабристов, но все же ее законность сомнения не вызывала. Более того: Москва как будто выручала нового царя от того трясения, что ему устроил Петербург. Он был мал, этот новый царь, ему приходилось помогать, и Москва помогала ему, как старшая — меньшому брату. Это внутреннее ощущение превосходства добавляло ей праздничных эмоций.

Здесь нет политики; тут выставлены другие весы: не важно, у кого официальный титул, важно, кто старше, кто святее.

И вот добавление к этой картине, которым добавлением мы, собственно, и заняты. Не только этот царь едет к ней, на ее возвышенный (выше Питера) престол, но и другой, «бумажный» — Пушкин. Это не сознается, но ощущается — в том, как весело Москве оттого, что к ней едет Пушкин.

Это удивительно: никто не читал его «Годунова», «Пророк» едет в Москву в самом глубоком кармане его сюртука, но уже древняя столица встречает Пушкина как триумфатора:

Александру устраивают один прием за другим (разумеется, после свидания с царем, на котором он был прощен — мы еще поговорим об этом свидании, оно также вышло занимательно). Большой театр ему рукоплещет, во всякой гостиной он первый гость. Александр несколько ошарашен, он одет не по случаю: на голове пуховая шляпа, и точно пух с этой шляпы оседает ему под ноги — Пушкин летает по Москве, как на облаке.

*

Его встреча с царем в Кремле по традиции прочитывается как в высшей степени драматическая: поэт против царя. Симпатии потомков понятно на чьей стороне. Разговор Пушкина и Николая в нашем сознании есть роковой поединок, который имел несколько опасных поворотов, но закончился трудным примирением.

Мне же хочется увидеть поверх этой политической оптики третьего участника диалога — Москву. Здесь есть повод для того, чтобы, в качестве некоторого попутного опыта, взглянуть на этот эпизод в другом ракурсе. Принимающая сторона здесь не Николай, хотя Пушкин приходит к нему в кремлевский дворец, нет — Москва. Они оба у нее в гостях, оба приехали к ней за чем-то, по великой надобности, и она обоим это, каждому свое, дарует.

Во-первых, праздник. 8 сентября — Рождество Богородицы, в определенном смысле день для Москвы центральный. Ее календарь издревле сфокусирован на начале сентября: это самые московские дни, которые даже нынешняя власть, не слишком чувствительная к метафизическим указаниям, назначает «днями Москвы». И это только фон рождественского праздника. В календаре добавилось важнейшее событие: 8 сентября 1812 года город сгорел полностью или — принес себя в жертву. На этот день приходится сожжениеспасение Москвы.

В этот день официально праздновалось рождение России, и к этому всему вдобавок память Куликовской битвы, победа в которой 8 сентября 1380 года считается еще одним рождением Москвы. Нет, это не случайный день; в календаре нет дней случайных, тем более в том календаре, где складываются рисунки во времени Пушкина и Москвы.

Столица отмечала не просто праздник, но «день рождения времени», максимальный разворот московской хронопанорамы, которая еще недавно лежала в угольях, на фоне которой разыгрывается мистерия нового начала Москвы.

Это ее начало, не Николая, который правит уже почти год: с этого дня начинается новая московская эпоха, «царство языка» (тут является наша тема), и в знак этого начала Москва принимает на Боровицком холме двух царей. Двух меньших: для нее эти двое оба малы.

Она их мирит.

Другого исхода разговора Николая и Пушкина не предполагалось. Москва их мирит ввиду начала новой своей эпохи, для должного обустройства этой эпохи. И оба они, меньшие, обязанные выполнить каждый свою роль, проговаривают пьесу о примирении. В ней могли быть любые повороты: Пушкин садится на стол и сейчас спрыгивает, видя смущение Николая, тот задает вопрос — где бы оказался Пушкин в день бунта, Пушкин отвечает — встал бы в ряды восставших, и разговор не прерывается арестом, нет — движется далее к счастливому финалу.

Этим двоим (новоиспеченным царям, или царю и пророку) нужно договориться о том, как обустраивать будущую Москву — всю Россию, как новое царство — и они договариваются. Пушкин первый протягивает Николаю руку, которой по идее должен был зарезать *убийцу гнусного*, и торжественно обещает перемениться. Во имя чего? Во имя следующего, большего (московского) царства. Царь пожимает руку, что, наверное, противоречит этикету, и обещает быть Александру личным *цензором*, после чего разрешает поэту печатать то, что прежде было запрещено. Неужели просто так, широким жестом? Нет, во имя будущего царства. Его ли, Николая? Нет, Москвы.

Это другой ракурс того же драматического разговора, который не отменяет политического значения встречи поэта и царя, но только помещает эту встречу на одушевленный фон, прямо влияющий на ход разговора — на московский фон.

Духовная гравитация древней столицы сработала: она уравняла эту пару, в которой в нашем представлении в принципе не могло быть равенства.

*

Юродствовал ли в этом разговоре Пушкин, играл ли в Николку, который может сказать царю правду, сунуть ему под нос кусок мяса и напомнить о человечине? Нет, не думаю. У него мог быть такой план, родившийся в одну минуту, еще в Михайловском, когда он узнал, что за встреча ему предстоит в Москве. Но этот план (если он был) не сработал. В нем и надобности не было. Мы наблюдаем некое невозможное, немыслимое равенство двух фигур — при том что на поверхности все чин чином: вот царь, а вот опальный поэт.

Наконец, с юродивыми по два часа не разговаривают.

О чем была эта беседа? Нам известны ее фрагменты, заведомо переиначенные и хорошо причесанные или, напротив, пускающие искры: поэт возражает царю, тот терпит. Это именно фрагменты, ремарки, но не собственно содержание.

В тот же вечер Николай скажет Дмитрию Блудову, главному организатору «саммита»: я сегодня беседовал с умнейшим человеком в России. Понятно, что это сказано «для прессы», но все же — два часа разговора, который, наверное, был содержателен.

Пушкин получает задание: писать записку о новых принципах народного образования в России. Его приглашают к участию в просветительской программе нового государя, в которой уже участвует старый его знакомый, *арзамасец* Сергей Уваров. Человек, с определенного времени не слишком близкий Александру, или так: далеко от него отошедший. Нельзя сказать, что они в ссоре; они слишком разны, Пушкин и Уваров.

Ничего не выйдет из этого государева проекта, Пушкин первый от него отстранится; но это будет позже. Пока же, в эти несколько праздничных дней, он согласен. Ему и вправду есть что сказать о новом знании, том знании, что неким целым — потенциально, в момент исторических прозрений в Михайловском — ему открылось.

Ему есть что сказать о Москве.

Это знание и составляет характеристику нового Пушкина. Он знает, как оформляется (сочиняется?) историческое русское целое, какие духовные скрепы его удерживают и какое слово обеспечивает работу этой конструкции. В этом он теперь главный специалист. Он — наследник Карамзина.

Последнее очень важно. Николай сохранил пиетет к имени Карамзина[78], он сознает его значение как стоящей над схваткой поверх-политической фигуры, крайне ему необходимой, тем более сейчас, когда трон под ним еще не слишком стоек. Ему нужен новый Карамзин, историограф, поэт, просветитель. Больше, чем писатель. Если писатель, то *в духе Вальтера Скотта*, читаемый и почитаемый в обществе. Не-

---

[78] Весной 1826 года, когда Карамзин тяжело заболел, Николай снаряжал фрегат для отправки его в Италию на лечение. Карамзин отказался. Он знал, что путешествие в Европу его не спасет, когда Россия на его глазах ощутимо двинулась от Европы. Его время уходило безвозвратно; как историк, Карамзин понимал это лучше других.

сколько шаблонный образ (Николай всегда был склонен действовать по шаблону и инструкции), но в данном случае это можно посчитать за что-то второстепенное.

Новый царь не слишком задумывался о том, московский это выбор или петербургский; тайное склонение Карамзина на московские позиции вряд ли ему было ведомо. Пушкин прокламировал московскую позицию более открыто, но так же вряд ли это было заметно Николаю. Просто — ему нужен был новый «главный» историк. В разговоре — так можно предположить — Пушкин обозначил свою способность наследовать в этом Карамзину. Он — еще одно предположение — рассказал Николаю о Москве. И показался умнейшим человеком в России, почему нет?

И получил задание писать записку о принципах новой российской школы.

*

И — не выполнил этого задания.

Тут мы возвращаемся к главной теме данного эссе: праздничной демобилизации Александра Пушкина, которая совершилась показательно противоположно его михайловской праздничной мобилизации.

Москва приняла Пушкина в свои объятия; он шагнул в них — и как будто растворился, воспарил и «испарился», рассыпался на застолья, встречи и приемы. Гнет был с него снят: в тот же миг «каменный» Пушкин, который двумя месяцами ранее проговорил в пустыне «Пророка», и пустыня расступилась, — этот «каменный» Пушкин вновь стал легким, «южным», воздушным.

Московский праздник, у которого свои художественные приемы рисования по человеку, наложил на «черченого» человека Пушкина цветной и дробный, пляшущий узор. И псковский чертеж был смыт, духовные координаты, обретенные в ссылке, распались.

Вопрос: почему с ним так обошлась Москва? Да, Пушкин читал в этот приезд «Годунова»[79] и получил признание умнейшей московской молодежи. Действие его волшебной драмы началось. И одновременно продолжилось его, Александра, бездействие, распыление на праздные атомы.

Почему так? В Москве он не был пятнадцать лет. Он сочинил ее заново в Михайловском, и это сочинение оказалось правильнее того, что есть Москва на самом деле. Оно было и есть метафизически верно. Ее «часовой механизм» в пушкинской драме был заведен правильно. Не очерчен: запущен заново. С «Бориса Годунова» началась новая московская эра.

Тогда выходит, что Москве только этого и нужно было от Пушкина. Он сказал свое слово и еще подтвердил это «Пророком»: краеугольный камень современного (московского) языка был заложен. Зачем еще нужен Пушкин, «бумажный» царь? Для поклонения, для праздника, для качания в пуховой шляпе. Он стал нужен Москве как икона.

Как жертва. Такой примерно поворот. Разумеется, все это условно: город не человек, чтобы рассуждать так и поступать эдак, все это метафоры. Но Москва такой город, более чем город, который все же отчасти человек. Она рассуждает так и поступает эдак, и главное, умеет приносить себя в жертву и принимать жертвы.

Москва отменила наказание Пушкину. Или так: она переменила ему наказание.

Событие «Пророка» не было отменено. Оно отодвинулось, замкнулось в своем июле, на «горе» — лучше «пике» —

---

[79] 12 октября 1826 года Пушкин читал «Бориса Годунова» в доме Д.В. Веневитинова в Кривоколенном переулке, о чем свидетельствует мемориальная доска (дом запылен изрядно). Памятник первому чтению: это по-московски.

1826 года (Пушкин стремительно с него съезжает). Событие «Пророка» составило и к о н у с л о в а. В пустоте, которая отворилась по всей России, «Пророк» нарисовался источником нового света, нового духовного притяжения.

В этом свете и этом притяжении заново увиделся-собрался бумажный русский материк. Свободное движение по нему Александра Пушкина — разве он теперь не свободен? наказание его отменено — это вольное движение от Эрзерума до Оренбурга отныне только подчеркивает незыблемую статику страны-страницы. Составилось классическое строение слова, образец для подражания, образ для (литературной) молитвы. Интереснейшее сооружение: страна из слов, встающая поверх реальной — обыденной, огромной, на три четверти бессловесной.

•

Как понять Москву? *Ее объятия пухово-невесомы*
и вместе с тем каменны, неразмыкаемы, неподъемны.
Москва заключает вас во время, обнимает навсегда. То же
и с московской свободой: ты свободен, Александр. Запрет
на перемещения (по России) условен; Пушкин сумеет его
нарушить не раз, за что наказания не последует. Выезжать
из России запрещено категорически, этого Москва
(не царь Николай, но именно Москва, которая старше царя)
не позволит ни при каких обстоятельствах. За пределы
русского слова Александру выезжать нельзя. Они теперь
совпадают – пределы родины и слова. Пушкин по
определению не может выехать за пределы русского слова –
это же его собственный контур. Ты свободен: сиди дома.
«Ты царь – живи один». Тут все о пространстве, о законе
русского пространства, о его московском тяготении. Закон
п р о с т р а н с т в а с л о в а оказался весьма эффективен.

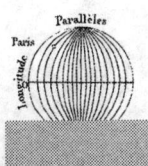

О геометрии письма

Пространство чувств: *для его регуляции Москве нужна особая грамматика, геометрия письма. В воображаемом московском пространстве понятия «ближе» или «дальше» максимально очеловечены, одушевлены. Тут нет никакого «из точки А в точку В», но только «из точки Я в точку Ты». Иногда безо всякого «Ты» – только «Я». Не нужно «Оно»: формула, которая различает «Я» и «Оно», для Москвы пространственно бессмысленна. Нет внятного (московского) расстояния от «Я» до «Оно», тем более до минус-слова «Иное». «Оно», «Иное» – все это для Москвы попросту нигде. Как можно измерять расстояние между Москвой и «нигде»? Все это вне ее пространства, вне зоны действия московского стереометрического закона. При этом химерический закон, определяющий москвоцентричную работу нашего сознания, удивительно эффективен; стоит посмотреть на карту – никакая другая точка тяжести, никакая другая мировая столица не окружена таким облаком пространства, как Москва. Тут приходится писать в кавычках, потому что это особое, русское пространство. Бумажный материк Москвы уверенно удержан словом.*

ПРОТЯЖЕНИЕ ТОЧКИ
Карамзин и Пушкин

Путешествие по России есть первый опыт протяжения волшебной точки слова. Фокусной, «московской», притягивающей к себе поле нашей памяти, пространство нашего сознания.

Сама по себе «москвоточка» не слишком склонна к странствию. Карамзин постарался найти средства для приведения ее в движение и довольно в этом преуспел. Новое слово, им понукаемое, скоро побежало по строке-дороге.

Далее побежал — Пушкин. Это событие является главной темой нашего исследования.

Пушкинское путешествие по карте и по бумаге, явное и сокровенное, привело к открытию наблюдаемого нами — читаемого нами! — бумажного материка русской прозы. Его белейшие, точно застланные снегом, «говорящие» пейзажи тогда впервые нарисовались перед умственным взором русского человека.

В самом деле, Пушкин представляется своего рода Колумбом: часть света (того света, что разливается в наших головах) была им обнаружена; он первым взошел на ее берег.

Карамзин в рамках данной метафоры представляется «географическим» провидцем этой новой бумажной России; лучше так — ее проектировщиком, рассчитавшим и начертившим путь на следующее русское «полушарие», которое открылось России в новую эпоху, после события московского пожара 1812 года; он осветил ее будущее.

Пушкин прошел этим путем; сначала он повторил путь Карамзина: через Европу (как сумму предпочтений) — в Москву, затем шагнул далее, взяв Москву, покорив ее рифмою как перекресток времен. Это «дорожное» приключение было отражено в его «Годунове». Так ему открылся берег материка слова; от него вперед на сто лет раскатилась страница классического русского текста.

Чудная земля, страна, заливаемая с запада на восток неостановимо бегущим текстом — именно так, мы так и пишем на своем скором языке: «географически», с запада на восток, слева направо по плоскости страны.

Где-то посередине страны-страницы поднимается гора Толстого.

Занимательное дело эти географические метафоры: сейчас составляется «видимое» целое бумажной страны.

Пока, на открытом перекрестке между Пушкиным и Карамзиным, эта страна только провидится. Эти двое в первую очередь интересны для литературно-географического (тут нужно вставить еще — исторического) исследования. В диалоге между ними впервые очертился (проговорился, стал виден в слове) русский глобус.

Так даже лучше — глобус, фигура самодостаточная, самоупоенная (письмом и чтением).

Поэтому на титуле исследования — Карамзин и Пушкин.

*

Далее возникает конфликтная тема, в данном случае обозначенная противостоянием реального Арзамаса и «Арзамаса» литературного.

Первые же приключения — блуждания Блудова, разрывы слова между столицей и морем русской провинции, спор русских «западников» и «южан» — обозначили со всей очевидностью, что новая страна текста и реальная Россия не совпадают друг с другом в «размере». Началось соревнование географии и литературы, конечного и бесконечного, видимого и невидимого пространств. Между географической и литературной картами (образами) России обнаружились несовпадения, смещения, разрывы.

В поле русского сознания начался спор пространств, понемногу приведший к душевным и духовным катаклизмам. Споря сама с собой, Россия начала двоиться в борьбе движения и недвижения. Век русской литературной классики оказался напряженно подвижен — всякую минуту слово было готово встать на грань (сознания), обнаружить за ней космические высоты и одновременно провалы, бездны духа. Начало этого движения одушевило русское слово, конец принес катастрофу.

*

Следствиями метафизического спора, контрастного внутреннего бытия России стали: разрыв русской «бумаги», распад целостного сознания страны, революция и все дальнейшие потрясения XX века.

Русское сознание не приняло того факта, что его литературный материк (в классической проекции) в пространстве и времени оказался конечен.

Именно так: этот «вечный» проект (разве слово не призвано удерживать в нашем сознании вечность, разве оно не способно в отличие от нас, смертных, путешествовать сквозь времена?), этот московский бумажный Рим оказался конечен во времени и пространстве. Драма осознания его конечности, как и положено классическому сюжету, составила законченную пьесу.

В этой пьесе конец классического пространства XIX века нарисовался синхронно с концом этого века. Астаповское происшествие, смерть Толстого на границе *его* времени и пространства составили этому показательную иллюстрацию. Вместе с тем это двойное завершение, обрыв русской бумаги обратным образом подтвердили ее, теперь уже утраченное, целое. Век вышел цел — в слове. С окончанием его астаповским образом остановилось и слово.

*

Эту пьесу о конце русского бумажного века сыграл — не сочинил, но именно сыграл — Чехов. Думается, что он достаточно хладнокровно оценивал отведенные ему в наблюдение годы (1880—1900) как заключительный акт русской бумажной драмы: конец пространства — конец страницы с прежним текстом. Он выставил России точный диагноз, *доктор Чехов*. Выставил, разумеется, в путешествии: конец страницы он обнаружил въяве, на Дальнем Востоке, направляясь на Сахалин.

Литературные путешествия в России всегда удивительно показательны: они начались на пределе (см. рассуждение о «литературной» реке Танаис) и так продолжаются. Чеховский выход на дальневосточный предел служит тому доказательством: он отправился искать границу, за которой его воображению явилась бы следующая земля, о которой ему суждено написать настоящую, большую книгу. Мечта о большой книге составляла его навязчивую идею; она выразилась у него мечтой о большей, следующей земле. Следующей землей оказался остров Сахалин; за ним доктору нарисовался конец света.

Остров Сахалин, оплот каторги и ссылки, показался ему ужасен. Слово — даже его, Чехова, слово — не зашагивало за этот предел.

*

Движения по краю широко развернутой русской бумаги рано или поздно непременно выводят сочинителя к пределу его сознания, понимаемому как конец света. Если этот сочинитель — Чехов, это свидетельствует о конце бумажного материка как такового.

Чехов угадал предел, во всяком отношении показательный. Он отправился на берег Тихого океана, чтобы наблюдать предел бумажной России. Так и есть: по этой восточной линии ее страница характерным образом оборвана.

Чехов был великий русский путешественник, знающий, что наше странствие всегда «удвоено»: мы вечно движемся в двух пространствах, воображаемом и реальном. Между ними мы существуем, порою мечемся, желая выбрать одно или другое, тогда как нужно выбрать сумму того и другого. Чехов был метафизический путешественник (хотя сторонился метафизики); он отчетливо сознавал свое положение как конечное, предельное — географическое и «географическое» — на берегу реального Тихого океана, куда он стремился совсем не случайно, и на берегу бумажном, литературном. Под его ногами закончилась земля слова, открылся океан будущего времени, будущего языка (до сей поры нами не освоенного).

*

Мы далеко забежали вперед; уже перед мысленным взором нарисовался последний остров прозы (Сахалин), тогда как мы исследуем начало путешествия. Оно также начиналось на «острове»: «Письма русского путешественника» Карамзина еще не большая литературная земля, но именно остров, ее обещающий.

В этом смысле Карамзин и Чехов симметрично отстоят от (толстовского) центра нашего бумажного материка. Это два «островитянина», стоящие от большой земли один на востоке, другой на западе, в начале литературного материка и в его конце.

Карамзин, разумеется, на западе: он и ходил в свое странствие туда, на запад. Его хождение было запредельно, но — опережающе, предстартово запредельно. Чеховское — во всяком смысле конечно. Классическое русское предложение длиной в десять тысяч верст под его ногами закончилось.

Так на литературной карте рисуется два симметричных острова. «Письма» Карамзина так же отдельны от материкового тела русской прозы, как чеховский «Остров Сахалин».

Два «островных» сочинения симметричны во времени. «Письма» предстоят (на оси времени) материку классической прозы, «Сахалин» его замыкает.

Карамзин и Чехов не просто отделены от бумажной суши каждый своим «проливом» — они стремятся отодвинуться еще дальше, выйти в следующее пространство слова и смысла.

Скажем так: Карамзин и Чехов на панораме литературной классики выглядят как своего рода географы, искатели следующего (большего) мира слова. Все верно, интуиция их не подводит; оба они знакомы с пространством, им ведомо задание запредельного путешествия, их сознание в должной мере географизировано.

Оба они оптимисты; в отношении Карамзина это понятно, хотя физиономия его на портрете как будто выражает скепсис. В отношении Чехова оптимизм не очень понятен, однако само его мероприятие по поиску следующей земли определенно говорит о его географическом оптимизме.

*

Я продолжаю попытки сравнить реальную страну и переполненную текстом страницу. Соблазн слишком велик, особенно если вообразить Петербург буквицей на этой странице (это сравнение уже было произведено, но нет сил удежаться и не повторить его: как свойственна этому городу роль начала в строке, в некоем безукоризненно правильном тексте, роль города-параграфа, учителя с указкой, за которым должен следовать весь расхристанный и разболтанный, толком необученный русский класс). Нетрудно различить ход русского слова слева направо по странице синхронно с ходом отечественной истории.

Это только наполовину умозрительная, отвлеченная игра. На другую половину это самые серьезные опыты отстранения от привычной картины фатально сращенного (литература поверх реальности) русского сознания. Все это попытки — в путешествии, в испытании привычной литературной картины реальным пространством — по-новому увидеть слово.

*

Историю классической русской литературы — «материковой», от Карамзина до Чехова, — можно представить как некоторого рода оптическую эволюцию, поэтапное освоение русским сознанием феномена бо́льшего пространства.

Испытание реальным пространством началось, разумеется, с Петра, царя, являющего собой вертикально поставленную немецкую линейку. Традиционному средневековому сознанию Руси судьба была столкнуться с его жестоким квазиевропейским «заданием». При этом царь Петр вовлек страну не столько в Европу, сколько в (чуждое, жесткое, внешнее) пространство. Потрясение вышло таково, что страна на сто лет как будто онемела. Однако рано или поздно Россия обязана была отреагировать на кесарево сечение-прозрение. Ее реакция на приход внешнего пространства в первую очередь должна была выразиться в слове.

'Оттого что дело касалось слова, фундаментальных установок русского сознания, процесс ново-помещения Московии вышел долгим и сложным: ответ на «оптическое» задание царя Петра русский класс готовил сто лет.

Предположение таково: этим ответом стало явление новой русской литературы.

Нетрудно вообразить, что на вопрос Петра о пространстве за Россию отвечала Москва (в представлении Питера — увалень и второгодник, который только и умеет, что сладко спать). Опять-таки — не город, но тип сознания: «Москва».

Этот ответ был в полной мере фундаментален: он явился синхронно с переводом Библии на русский язык. Он был более чем актуален, являясь одновременно ответом на вторжение Наполеона (и опять: на вторжение иного пространства).

Москва ответила Петру явлением новой, на порядок более сложной литературы: обнаружив себя в большем мире, она создала мир в слове.

Так было заложено строение русской классики. Далее мы можем следить за своего рода эволюцией, которая в итоге обернулась настоящим переворотом в вопросе об отношении русской культуры к феномену пространства: от Пушкина, как а в т о р а в п р о с т р а н с т в е, летнего, летящего, побуждающего нас к полету, до п р о с т р а н с т в а в а в т о р е, до Льва Толстого, уже не парящего, но царящего, раздвинувшего бумажный материк максимально широко, до Толстого, в тексте которого как будто помещен весь мир.

Петр принес в Россию пространство — в ответ слово «поглотило» его, заменив на текст о пространстве.

*

Как совершился этот удивительный (нами не замечаемый) переворот? Здесь обнаруживает себя тема, за которой мы следили на всем протяжении исследования: сакральной самодостаточности нового слова. В эволюции русской литературы с самого начала обозначила себя религиозная составляющая. Слово составило предмет веры (см. сюжет о «Пророке»); бумажный материк, открытый «Колумбом» Пушкиным, изначально рисовался в воображении русского читателя как подобие земли обетованной.

В этом прежде всего сказалось присутствие Москвы — не как города, но как укорененной фигуры отечественного сознания. Москва обещает русскому человеку рай, рисуется округлым облаком, готовым поднять его прямо на небеса.

Нужно внимательно рассмотреть литературную карту Карамзина-Пушкина с учетом позднейшей редакции Толстого. Москва действует на этой карте как центр притяжения слова; в этой роли она заведомо недвижна (она и есть та «точка тяжести» нашего сознания), которой должно искать протяжение. Москва есть литературно-пространственный фокус современного русского языка.

Этот фокус собирает вокруг себя необъятную сферу русского текста, придает ему высший (сакральный) смысл и неотменимое чувство целого. Эта способность *воцелять* и делает Москву столицей бумажного материка. Начиная с Карамзина, со всей силой ощутившего ее ментальное тяготение, продолжая Пушкиным, «переехавшим» из Петербурга в Москву со своим «Годуновым», склонение нового слова к московскому целому в дальнейшем только упрочивалось. Гоголь приехал в нее из своих вечных странствий. В Москве он поставил точку в своем движении, которую точку до того не решался поставить нигде в своем скором и трудном беге. Толстой только и писал о Москве, только и чертил Москву, полагая, что чертит русскую душу — неизменно и одинаково: сферой, с непременным фокусом Кремля посередине и бесконечной, уходящей за горизонт обочиной. Чехов — путешественник, поклонник Пржевальского — своим скрытым девизом выставил слова (без конца цитируемые, нечего делать, придется сделать это еще раз) — *в Москву, в Москву*.

*

В этом нет ничего удивительного. Следует помнить, что Москва, помимо прочего, это столица вековой старины, древняя «планета», обладающая традиционной культурной гравитацией, восходящей к римской (константинопольской) традиции. Она в понимании «укорененного» русского человека есть помещение совершенного покоя, — «точечное» (готовое сойтись в самое себя), в принципе отличное от беспокойного, «векторного» (устремленного вовне) Петербурга.

Такая «вечная» Москва предпочитает бытовать, по сути, вне реальной истории и географии. При этом она куда успешнее калькированного с Европы Петербурга сообщает русскому человеку о его культурной идентичности. Ее образы утверждены в глубине нашего сознания. Они проявляют себя в языке, в исследуемой нами оптике русского слова.

*

Тут обнаруживается некое переворачивающее дополнение к простой исходной схеме «роста» русской литературы: от Пушкина к Толстому и далее на восток к «сахалинцу» Чехову. То дополнение, которое, возможно. способно объяснить феномен «поглощения» пространства московским словом.

Если различить за поверхностью литературных событий работу средневекового «магнита» Москвы — архаической, самой-в-себя-смотрящей, можно предположить, что Россия н е в ы п о л н и л а петровского задания по приобщению к пространству Европы — она о т м е н и л а его, выдумав, намолив, нарифмовав себе новый язык как замену внешнего пространства.

Москве потребовалось на это сто лет — раскачивания слова на месте, перемены вектора развития сначала с западного на южный (цареградский проект Екатерины), а затем на устремленный внутрь самое себя. Ей потребовались тотальная война с Наполеоном и «евангельская» жертва Москвы 1812 года, когда сознание русского человека «архитектурно» оформилось в позиции «против Европы» (что было многократно усилено в ретроспекции Толстого), чтобы явился этот старый-новый язык, заменяющий собой пространство.

Язык, границы которого нужно охранять не менее ревностно, нежели пределы самого заветного московского царства.

*

Этот новый язык, переговоривший карту Карамзина-Пушкина заново, этот всепоглощающий язык Москвы не был архаичен, напротив. Он был остро современен; он оперировал формами «сейчас–Москва», «Я–Москва», обнаруженными в момент встречи русского языка и Евангелия, с переосознанием формулы «сейчас–Христос». На таком уловляющем мгновения языке было заново записано событие Москвы.

На этом языке «поверх времен» Пушкин писал своего «Годунова» — и через линзу слова «видел» Годунова, перелетая без усилия на двести лет назад (к другому Пушкину, Гавриле). В режиме «сейчас–Москва» и «Я–Москва» Толстой писал роман «Война и мир»: и вышло подобие Библии — московской, заявляющей начало в 1812 году новой (христианской?) эры.

Прежде всего в этом контексте важен «Пророк» — он был проговорен истинно пророческим языком, «видящим» пространство не только будущего, но всей сферы времени.

Это важно понимать: такова «геометрия» русского пророчества: оно не только о будущем, но и о прошлом, о всех временах разом.

Таинство московского пророчества, когда помещенное в фокус эпохи слово оформляет аморфный, сырой материал времени, когда безымянное, немое время усилием поэта-пророка становится историей, было освоено Пушкиным — в первую очередь по отношению к Москве. Поэтому ее пушкинский язык не архаичен (хотя обладает свойством присваивать древние формы), но «все-временен» — и вместе с тем толстовским образом «фокусен», мгновенен. В центре его светит вечно нулевое мгновение Москвы.

Такая — с *центром везде и окружностью нигде* — московская сфера слова, к которой хорошо применимо определение Толстого *(шар, не имеющий размеров)*, стала новым идеальным помещением русского центроустремленного сознания.

Москва для этого сознания есть лучший центр, сама в себе пребывающая, непротяжимая точка.

Новая литература одела эту точку облаком слов; нарисовался интереснейший «космический» объект — вселенная слова, которой не нужно никакого (внешнего) пространства, настолько много в ней пространства наговоренного, сочиненного, внутреннего. После севастопольского поражения 1855 года Москва заново отгородилась от Европы своим внепространственным языком — много раньше железного занавеса большевиков. Русская литература в этом контексте выглядит скоро возрастающим бумажным редутом, масштабной оборонительной акцией Москвы как внеевропейского сакрального и культурного центра в ответ на попытку кесаревой европеизации России.

*

Допустим, это предположение, продиктованное логикой метафизического «чертежа» и оттого по-своему радикальное. Реальная картина была и остается много сложнее биполярной схемы: «Москва против Европы», «литература против пространства». История создания современного русского языка включает многие составляющие, она не окончена, эволюция языка и сознания продолжается.

И все же в ней достаточно ощутимо московское склонение, готовность нашего сознания бытовать вне пространства, в слове, в сумме представлений, вербальных образов, заменяющих собой пространство. По сей день остается ощутимо влияние московской матрицы, оформляющей центростремительный рисунок нашего сознания, избирательный характер нашей национальной памяти. Мы фокусируем внимание на отдельных точках нашей истории — так действует эта «бумажная» память, оставляющая нам вместо пространства истории линию привычного сюжета или политический, красный или белый пунктир, внешне и внутренне противоречивый.

Можно сказать так: две спорящие карты существуют в обиходе нашего сознания: литературная (карта времени) с центром тяготения в Москве и географическая, предъявляющая нам очерк реального пространства. Несовпадение двух этих карт, воображаемой и реальной, составляют постоянно искрящий и потому бесконечно интересный катаклизм: спор русского времени и русского пространства.

Как совместить эти несводимые этажи сводной русской карты? Начать с истории: теперь мы понемногу приучаемся видеть в ней большее помещение (сознания), способное включить и помирить спорящие «малые» истории России. Один исторический пунктир сходится с другим — наверное, когда-нибудь они сольются в целое; бо́льшая история России рано или поздно будет собрана. И уже теперь на расступающемся фоне истории иначе — в новом целом — делается виден наш спасительный Эдем, бумажный «материк» классической русской прозы. Как архитектурное сооружение, он истинно прекрасен, разве что не занят в должной степени наблюдением себя извне (об этом заранее печалился «оптик» Карамзин). Наш литературный материк ожидает новых экспедиций; по нему должна двинуться, протянуться новым словом «смотрящая» точка слова.

Но это и означает примирение литературы с географией. Географизация литературного материка остается актуальным заданием, важное прежде всего для литературы, занятой сегодня самоповтором, проговором самое себя. Ей требуется возвращение в большее пространство. В известной мере это возвращение, переосмысление исходного задания географического (пространственного) оптимиста Карамзина.

Выполнение этого задания видится опытом во всяком смысле многообещающим: исследовательским, «смотрящим», новоговорящим.

О ПРОЕКТЕ

Идея экспедиции, которая двигалась бы «вслед за словом», наблюдая, как меняется слово в движении по географической карте и как меняется при этом сама карта, появилась во время работы над книгой о Москве[80].

Москва — особенное место, это не город, а сумма городов, особая, ни на что не похожая земля. Эта земля собрана словом; на месте Москвы мы наблюдаем сведенный в круг бесконечно льющийся текст (на карте хорошо виден круг этого текста), с множеством явных и скрытых рифм, стихотворных и прозаических фрагментов, трагических, комических, торжественных глав, повестей-площадей, уголков-анекдотов. Слово меняется, перемещаясь по Москве, — и Москва меняется в движении слова.

Что такое в этом случае вся русская карта? Она также заселена словом, местами плотно, местами обнаруживая бескрайние бессловесные пустоши. С этой точки зрения наша карта устроена весьма своеобразно. Она как будто наросла вокруг некоего длиннейшего предложения, которое началось тысячу лет назад и теперь все продолжается. Русский человек сочиняет свою страну как текст длиною в десять тысяч верст. Иные места зачеркивает, пишет их заново, исправляет, сочиняет, выдумывает лишнее. Наша карта представляет собой результат многовекового совместного творчества, в котором одинаково важны сочинение и чтение. В чтении мы принимаем как свое собственное это освоенное словом пространство.

Исследование этого «географического» творчества, в котором участвовали как литературные классики, так и безвестные, анонимные, чье слово остается безымянно, нача-

[80]Андрей Балдин, «Москва. Портрет города в пословицах и поговорках» (1997).

лось с движения на север[81]. Первые русские географические «фразы» были направлены по вертикали, по меридиану «из варяг в греки (и персы)». Затем слово повернуло на восток, к правому краю страны-страницы. Так прирастало русское пространство — то, что раздвинуто в наших головах, — этот рост был неизменно связан с движением слова, с развитием нашей «грамматической» цивилизации.

В 1999 году была организована литературно-исследовательская группа «Путевой Журнал», основным занятием которой стали дорожные — непременно дорожные — наблюдения за путешествием русского слова. Постоянные участники — Андрей Балдин, Василий Голованов, Рустам Рахматуллин, Дмитрий Замятин, Владимир Березин. Материалы об экспедициях «Путевого Журнала», начиная с 2002 года, печатает журнал «Октябрь». Большую помощь в организации литературных экспедиций оказал Издательский дом «Первое сентября».

Проект «Протяжение точки» посвящен исследованию пространства классического русского текста: от Карамзина до Чехова. Первый том — литературные путешествия Карамзина и Пушкина; второй — от Гоголя к Толстому. Третий, планируемый, полный уже наполовину — спор о пространстве и времени Толстого и Чехова.

Автор выражает благодарность друзьям и коллегам, которые много помогли ему в создании этой книги; она, как и положено, появилась в пространстве — заинтересованного диалога, обсуждения в деталях этого удивительного феномена — путешествующего, растущего в дороге русского слова.

---

[81] 1998 год, поход на север Кольского полуострова, наблюдение за деятельностью святителя Трифона Печенгского и блаженного Феодорита Кольского, просветителя лопарей. В дальнейшем северный вектор был продолжен: в 2006 году совместно с Национальным музеем Республики Коми состоялась экспедиция по маршруту первого русского миссионера Стефана Пермского (XIV век).

Литературно-художественное издание

ЛАУРЕАТЫ ЛИТЕРАТУРНЫХ ПРЕМИЙ

Балдин Андрей Николаевич

ПРОТЯЖЕНИЕ ТОЧКИ

ЛИТЕРАТУРНЫЕ ПУТЕШЕСТВИЯ

Карамзин и Пушкин

Ответственный редактор *Л. Михайлова*
Оформление *А. Балдин*
Верстка и обработка иллюстраций *Н. Балдина*
Корректор *Е. Литвиненко*
Художественный редактор *А. Сауков*
Иллюстрация на переплете *С. Борисова*

ООО «Издательство «Эксмо»
127299, Москва, ул. Клары Цеткин, д. 18/5. Тел. 411-68-86, 956-39-21.
Home page: **www.eksmo.ru** E-mail: **info@eksmo.ru**

Оптовая торговля книгами «Эксмо»:
ООО «ТД «Эксмо». 142702, Московская обл., Ленинский р-н, г. Видное,
Белокаменное ш., д. 1, многоканальный тел. 411-50-74.
E-mail: **reception@eksmo-sale.ru**

**По вопросам приобретения книг «Эксмо» зарубежными оптовыми
покупателями обращаться в отдел зарубежных продаж ТД «Эксмо»**
E-mail: **international@eksmo-sale.ru**

International Sales: International wholesale customers should contact
Foreign Sales Department of Trading House «Eksmo» for their orders.
international@eksmo-sale.ru

**По вопросам заказа книг корпоративным клиентам, в том числе в специальном
оформлении, обращаться по тел. 411-68-59 доб. 2115, 2117, 2118.**
E-mail: **vipzakaz@eksmo.ru**

Подписано в печать 22.10.2009. Формат 60×90 $^1/_{16}$.
Печать офсетная. Усл. печ. л. 36,0.
Тираж 3000 экз. Заказ № 11138.

Отпечатано с предоставленных монтажей
в ОАО «Тульская типография». 300600, г. Тула, пр. Ленина, 109.

ISBN 978-5-699-38995-7

9 785699 389957 >

Не реки, не дороги, не квадраты городов

и круги, но фигуры времени [фигуры времени] —

вот, что мы видим, глядя на карту.

Эти фигуры имеют власть над нашим сознанием

Тем более, что оно наше литературное сознание, линеарно

интонациее важнее для нас, чем композиция.

В ненарушаемой последовательности рассказа скрыта

для нас дополнительная (литературная) магия.

Возможно, гнёт грозного евразийского "пространства",

гнёт неоформленна времени

оставляет нашей мысли только коридоры [линии]

для осторожного движения вперёд.

От точки к точке — предложение за предложением,

через еще не пространство, но безразмерное "оно", [ОНО].

Регион движения — не морское;

"линеарное" — море устроено иначе.

Opera Godofr. Henselii delineata.